Anna Blaman

Einsames Abenteuer

Roman

Aus dem
Niederländischen von
Maria Csollány

Arche

Die niederländische Originalausgabe
erschien 1948 u. d. T. *Eenzaam Avontuur*

Umschlag: Max Bartholl, Frankfurt
Satz: Uhl + Massopust, Aalen
Druck, Bindung: Wilhelm Röck, Weinsberg
Printed in Germany
ISBN 3-7160-2071-0

Einsames Abenteuer

Prolog

(*An Alide*) Das Folgende, Alide, weißt du schon. Ich war sechzehn Jahre alt, als ich den blauen Palast zum erstenmal sah. Ich machte mit einigen Freunden eine Reise durch die Französischen Vogesen. Eines Abends ging ich allein den Berg hinunter, um ein paar Briefe einzuwerfen. Auf dem Rückweg wählte ich leichtsinnigerweise einen anderen Weg und verirrte mich. Auf halber Höhe des Berges kam ich nicht weiter, da der Weg von der Richtung abbog, in die ich unbedingt gehen mußte. Ich beschloß, mir quer durchs Gebüsch einen Weg zu bahnen, der mir richtig erschien, merkte dann aber, daß ich wieder bergab ging, und gelangte schließlich in ein Tal, das ich noch nicht kannte. Inzwischen war es dunkel geworden, und ich hielt Ausschau nach einem Haus, in dem noch Licht brannte, um notfalls um Obdach zu bitten. Da entdeckte ich den blauen Palast. Er war von Terrassen und griechischen Säulen aus blauem Stein umgeben. Große Bogenlampen an den Giebeln tauchten die Terrassen in ein merkwürdig blaues Licht. Der Palast hatte viele Fenster mit sorgfältig zugezogenen Gardinen. Man sah jedoch, daß alle Zimmer hell erleuchtet waren. Leise fing ein Radio an zu spielen, weiche, schleppende Walzermusik. Plötzlich erschienen auf der Terrasse ein Mann und eine Frau. Der Mann war im Abendanzug, die Frau trug ein weißes Kleid. Sie wandten sich einander zu, so daß ich ihre Profile sah. Beide erschienen mir außergewöhnlich schön. Sie begannen ein leidenschaftliches Gespräch in einer fremden Sprache. Es war ein Strom tiefer, zärtlicher Geständnisse. Die Frau hatte den Kopf etwas zurückgebeugt und sprach flehend mit dunkler, beschwörender Stimme. Der Mann schaute sie eindringlich an, unterbrach sie heiser und flehte und beschwor sie nun seinerseits. Es war ein kurzer leidenschaftlicher Wechselgesang, den das Radio mit schleppenden Walzerklängen untermalte. Plötzlich verstummten beide. Sie faßten sich an den Händen, näherten sich und standen regungslos, Leib an Leib, Wange an Wange, ohne sich zu küssen...

Ich getraute mich nicht, ins Licht zu treten, und zog mich tappend wieder ins Dunkel zurück. Es kümmerte mich nicht mehr, wie ich mich zurechtfinden würde. Ich fühlte mich beschämt, vor allem aber sonderbar verwirrt. Ich hätte nicht zuschauen dürfen, hätte meine Anwesenheit zu erkennen geben müssen oder besser noch, mich sofort, still und keusch, zurückziehen. Ich wußte jetzt um ein Geheimnis, das ich nicht ergründen konnte. Ich wußte, daß es mich immer bedrücken würde als etwas Unerforschbares, das nicht aufhören würde, mich zu beschäftigen... Ich fand den Weg zur Herberge zurück. Tief in der Nacht und todmüde kam ich an. Ich fiel in einen traumlosen Schlaf, der mich jedoch nicht erquickte. Später, viel später, Alide, als ich mich einmal sehr unglücklich fühlte, schlief ich genauso. Am nächsten Morgen erwachte ich in einer Stimmung zwischen Unmut und Sehnsucht. Es kam mir nicht in den Sinn, den blauen Palast aufzusuchen und ihn mit meiner Erinnerung zu vergleichen. Ich dachte nicht einmal daran, daß ich ihn auf meinen Wanderungen zufällig wiederfinden könnte. Ich hatte ihn aus meinen Gedanken verdrängt, ihn tief in mein geheimstes Inneres verbannt und sprach nie darüber. Es gab vieles, das ich erlebt und über das ich nie gesprochen habe. Ich bin zum Beispiel Winnetou gewesen, edel, naiv und weise. Ich bin auch ein Magier gewesen, ich konnte mich unsichtbar machen und in Paläste eindringen. Ich war auch ich selbst, aber auf eine phantastische Art, in der ich gefürchtet und großartig war. Meine Wachträume waren Hymnen an mich selbst. Jetzt aber kannte ich eine neue Hymne, düster und schicksalsschwer, die sich nicht an mich selbst richtete und deren fatalen Sinn ich erst später durchschauen sollte...

Vielleicht wirst du ungeduldig, Alide. Nun habe ich schon mehrere Seiten geschrieben, die dir nichts Neues sagen. Du kannst dich so schrecklich gelangweilt zeigen, daß du einen sensiblen Mann zum Lügen bringen kannst, nur damit du ihm auch weiterhin dein Interesse schenkst. Aber lies weiter, hier kommt vieles, was du noch nicht weißt. Ich, der ich meines Wissens jahrelang ein offenes Buch für dich war, habe die Entdeckung gemacht, daß zwischen uns Schweigen herrschte über alles, was wirklich von Bedeutung in meinem Leben war. Ein großer Augenblick, ein schicksalhaftes Geschehen zwischen mir und dir, Alide, führte mich zu dieser Erkenntnis...

(*Der Ball*) Ich war zwanzig. Ich war zu einem Ball eingeladen in einem Haus mit einer Terrasse und einem Garten, und tanzte dort mit einem Mädchen, das in mich verliebt war. Ich wußte es, und es bedrückte mich. Sie hatte eine matte, blasse Haut, die mich abstieß, und große dunkle Augen. Auf diesem Ball trug sie ein weißes Kleid. Nach dem Tanz bat sie mich, mit ihr auf die Terrasse zu gehen. Weiche, schleppende Walzermusik drang zu uns heraus. Dann sagte sie mir, daß sie mich liebe. Eine dunkle, flehend beschwörende Stimme. Sie sagte, sie habe nie geglaubt, daß sie mir dies je zu sagen getraue. Aber es entscheide über ihr Schicksal: »Du oder niemand, das ist alles. Verstehst du mich?« Sie sah mich mit einem fanatischen Blick an. »Du weißt nicht«, sagte sie, »wie ich gelitten habe...« Ich schwieg und ergriff ihre Hände. Verschämt und unglücklich hielten wir uns an den Händen fest. So standen wir da, bis drinnen die Musik plötzlich aufhörte und Stimmen laut wurden. Sie zog ihre Hände sanft aus den meinen und verschwand. – In jener Nacht fand ich keinen Schlaf. Ich hatte eine Tragik ausgelöst, eine Tragik, deren Tiefe ich nicht ermessen konnte. Ich fühlte mich beschämt und unglücklich. Und voller Sehnsucht. Ich schaute in die Dunkelheit, und meine Phantasie schuf von neuem die Situation, die Terrasse, das Mädchen, das Geständnis. Aber nun hatte das Mädchen graue Augen, eine gerade Nase, einen großen, schön geformten Mund, und dieses Mädchen liebte ich.

Nein, es war anders. Ich hatte sie abgewiesen. Sie kehrte nach Hause zurück, ging zu Bett und blieb aufrecht darin sitzen. Ihre Augen in dem widerwärtig mattbleichen Gesicht starrten leer vor sich hin. Sie tastete nach einer Schachtel Tabletten, die sie neben sich auf das Nachtschränkchen gelegt hatte, und nahm alle ein. Dann legte sie sich flach auf den Rücken und faltete die Hände über der Brust. – Nein, nein, so tragisch war es nicht. Aber ich hätte es anders anfangen müssen, ich hätte nicht schweigen und ihre Hände ergreifen dürfen. Warum hatte ich das getan? Hätte ich ihr nur sagen können, daß ich sie liebte. Ich faßte sie an den Händen, wir näherten uns und standen regungslos da, Leib an Leib, Wange an Wange, ohne uns zu küssen. Das war Liebe. Ihre Augen waren grau, ihr Mund war reif und doch weich wie der eines Kindes. Und ich hatte Lust zu weinen, als wäre Liebe ein großes und tiefes Leid. Voller Angst vor dem Leben schlief ich endlich ein …

(*An Alide*) Ich frage mich, Alide, ob du dich selbst jemals bewußt gebildet hast. Du bist wie ein Reflex auf alles, was geschieht, ein verspielter, geheimnisvoller und fast immer kommentarloser Reflex. Ich weiß noch, als ich dich zum erstenmal sah, lächeltest du über etwas, ein durchaus gewöhnliches und doch reserviertes Lächeln. Und von diesem ersten Augenblick an sehnte ich mich nach der Seelenwelt, die sich dahinter verbarg. Aber wenn ich dich fragte: »Wie warst du, als du zwanzig warst?«, dann konntest du sagen: »Das weiß ich wirklich nicht mehr«, als meintest du das im Ernst. Ich hingegen erinnere mich gut. Wie ein griechischer Gott war ich damals, so stark, so lebenshungrig. Doch die Leute, die sich an dich erinnern, sagen, du seist jung und unbekümmert gewesen wie ein weiblicher Waldfaun, du hättest deine Jugend ungestüm ausgelebt und Scharen von Freundinnen und Anbetern gehabt. Ich war ernst, ein Einzelgänger. Später begegnete ich zufällig dem Manne, der dich als erster geliebt hat. Er war deiner nicht wert. Ich denke an die schöne, verspielte zwanzigjährige Alide, die, ihres schönen Körpers, ihres schönen Mundes und ihrer schönen grauen Augen bewußt, so selbstsicher durch den Frühling stürmte und dann auf der Schute eines Schiffers landete und von ihm verführt wurde: Schnäpse und Seeräubersprache, Dämmerlicht in der Kajüte und ein brutaler Griff, ein paar Worte und ein zynisch routiniert vollzogener Akt. Und am anderen Morgen die Wiederholung: ein Urlaubstag auf dem Wasser, Trägheit, Essen und erneut dieses schamlose, unverhohlene Suchen nach Genuß. Ich dachte, dies sei das Märchen von der Prinzessin und dem Seeräuber. Er hatte sie böswillig verzaubert und hielt sie in seinem Bann, der jedoch später völlig gebrochen und vergessen wurde. Wie ein Phönix wurde sie wiedergeboren in Schönheit und Adel. Denn als ich dich kennenlernte, warst du schön und adelig, Alide …

(*Le Palais Bleu*) Ich war in Brüssel. In einer Straße, die ich nicht mehr wiederfinden könnte, sah ich eine blaue, von Neonlicht erleuchtete Fassade und las darauf in glitzernden Lettern: *Le Palais Bleu*. Ich war allein und suchte vergeblich ein Abenteuer. Ich dachte an nächtliche Feste voller Sünden und Genüsse. Doch die Stadt war obskur, banal und unergründlich. Wo war nun das gefährliche, verführerische, festliche Leben, nach dem ich suchte? Ich hatte schon in zu vielen Bars und Cafés gesessen, doch allein und wie ausgestoßen. Hin und wieder wurden Prostituierte auf mich aufmerksam und berührten mich, doch sie schüchterten mich ein und widerten mich an. Nun aber der Traum, der Rausch. Sollte er mir nie zuteil werden? Ich erinnerte mich an allerlei Geschichten, die ich gelesen hatte: von einsamen Menschen in fremden Städten, von Männern, die dort endlich *die* Frau entdeckten und die große, fatale Liebe oder das unvergeßliche Abenteuer fanden, oder von Abenteuern, die mit Gangstern und Verschwörungen zu tun hatten. So romantisch war ich, auf so billige Weise romantisch. Und *Le Palais Bleu* wiederum war nichts anderes als ein ganz gewöhnliches Tanzlokal mit einer riesigen Parkettfläche und zwei großen Orchestern, die sich abwechselten, voll mit jungem Publikum und billigen Getränken in grobem Tongeschirr: eine ganz und gar nicht traumhafte Atmosphäre. Ich setzte mich an einen der zahlreichen Holztische und suchte, wohl mit einer gewissen Verachtung in meinem Blick, nach etwas, das vielleicht den Namen *Palais* rechtfertigte. Und sei es nur ein Mädchen, das mit verträumten Augen tanzte, oder ein Paar, das sich im Rausch gerade entdeckter gegenseitiger Anziehung bewegte – Wesen in einem Palast der eigenen Träume. Der Tanz war zu Ende. Lächelnd und lachend, keineswegs festlich, sondern steif oder unbeherrscht, löste sich die Menge auf der Tanzfläche in Paare und Einzelgänger auf, die an den Tischen Platz nahmen. An meinen Tisch setzten sich zwei Mädchen, Freundinnen, eine blonde und eine dunkelhaarige. Ich gab der Dunklen den Vorzug. Ich träumte: dunkles Haar, weißes Kissen. In meinen Liebesnöten musterte und verglich ich die beiden Mädchen mir gegenüber. Aber recht besehen, gab es denn einen Unterschied? Dieselben zinnoberroten Lippen, die ein schlechtes, bereits lückenhaftes Gebiß freigaben, und in den Augen dieselbe Seele, so einfach wie die eines Kindes und zugleich so lebensklug, wie käufliche Frauen oder wie Mütter sein können. Die beiden Mädchen hatten mich natürlich längst begutachtet, und in ihren Augen stand ein bereitwilliges Lächeln. Ich fühlte mich befangen. In meinen Träumen fühlte ich mich oft als Held, in Wirklichkeit jedoch war ich nur ein junger Mann, der sich verschämt, mit sinnlicher Gier nach einer Frau sehnte. Ich war unsicher, ich konnte mich nicht von den literarischen Vorstellungen über das Leben frei machen und verschanzte mich hinter ihnen. Die beiden Mädchen, arm und nüchtern, waren reifer und ehrlicher als ich, waren das Leben selbst. Oder war das auch wieder nur eine literarische Vorstellung? Ich ermannte mich und bat die Blonde um einen Tanz. Warum sie? Die Dunkle war zu begehrenswert. Aber danach war es ja nur eine Pflicht der Höflichkeit. Und sie stand auf, ging mir voraus in ihren billigen Schuhen mit wackeligen hohen Absätzen, im Taftkleid, mit ihren dunklen Haaren: *La Princesse du Palais Bleu.* Sie tanzte gut und gern, erriet wohl auch meine

Einsamkeit. »*Monsieur est étranger.*« – »*Oui, Hollandais.*« – »*Tiens.*« Und lächelnd, mit erhobenem Kinn grüßte sie jemanden. »*Comment vous appelez-vous?*« fragte ich schwerfällig. »*Yvonne*«, sagte sie. Da drückte ich sie an mich, und meine Schüchternheit schlug um in Schamlosigkeit. Der Körper der Namenlosen, die sich soeben Yvonne genannt hatte, versetzte mich in einen trübseligen Rausch. Und feige sagte ich: »*C'est un beau nom, Yvonne.*« Sie lachte mir kurz in die Augen, doch ihre Hand in der meinen blieb passiv. Dann machte ich ihr mit einem Lächeln, an dem meine Augen nicht teilhatten, einen Vorschlag. »*Non.*« – »*Pourquoi pas?*« – »*Pourquoi oui?*« Und wieder lächelte sie mit erhobenem Kinn Bekannten zu... Das ist alles, was ich in *Le Palais Bleu* erlebte. Nachts träumte ich. Da war der verlogene Satz, der mir den Geschmack vergällte und den ich immer wieder nachkostete. Ich sagte zu einer Namenlosen: »*C'est un beau nom.*« Und wieder machte ich meinen Vorschlag, aber jetzt mit so zaghafter, leiser Stimme, daß sie die Augen verschämt niederschlug und ebenso leise antwortete: »Ich liebe jemanden.« Und bewegt standen wir einander gegenüber, in einer Dekoration aus Blau, aus Musik und wogenden Baumwipfeln...

(*An Alide*) Nach dem Schiffer bist du einer Frau begegnet. Von dieser Frau hast du mir zuwenig erzählt. Sie war dir wichtiger als der Schiffer, deshalb wußtest du mehr und auch weniger von ihr als von allen Menschen in deinem früheren Leben. Du hast dich immer vage über sie geäußert, fast unwillig, und stets mit tiefem Ernst. Wenn diese Frau ein Mann gewesen wäre, hättest du mich niemals liebgewonnen, und wenn du dieser Frau nach mir begegnet wärest, hättest du mich ihretwegen verlassen. Was ist so stark an dir, Alide, daß du deine Geliebten auswählen und verstoßen kannst, als ginge es nur um die Erfüllung eines einzigen Schicksals, des deinen? ...

(*Danser*) Eines Abends – ich war fünfundzwanzig Jahre alt – machte ich einen Besuch bei einer Freundin. Sie war krank, empfing mich aber trotzdem. Sie lag im Bett. Ich glaubte, zwischen uns bestünde lediglich Freundschaft. Sie wußte viel über Bücher und war auf höchst unerfreuliche Weise in einen verzweifelten Scheidungsprozeß verwikkelt. Das Verzweifelte daran war, daß sich ihr Ehemann nur unter Bedingungen scheiden lassen wollte, die sie nicht akzeptieren konnte. Zwischen uns gab es also nichts als diese Gespräche über Bücher und ihre Scheidungsprobleme. Die letzteren waren für mich eine wichtige und interessante Lehre, die ich mit Neugierde, wenn auch mit Unbehagen verfolgte. Insgeheim gab ich ihr die Schuld: eine Frau, die frei sein wollte und eine gerechte Abfindung forderte. Am begehrenswertesten fand ich ihren Mund, einen großen, zum Lächeln neigenden Mund mit einem prächtigen weißen Raubtiergebiß. Begehrenswert und unsympathisch zugleich. Ich dachte: »Dieser Mund lacht nur, um seine finstere Gefräßigkeit zu verbergen und verrät sie gerade dadurch.« Es war ein phantastischer Gedanke bei einer bürgerlichen Frau, die anspruchsvolle Bücher las und einen banal-praktischen Kampf um ihre nachehelichen Rechte führte. Was trotz meiner Vorahnung schließlich an jenem Abend geschah, das weißt du, Alide. Du weißt auch, daß sie meine Frau wurde. Aber du weißt nichts über mein Gespräch mit Danser, ihrem früheren Ehemann. Er sagte: »Eigentlich sollte ich als Ehrenmann nicht darüber reden. Aber ich sage Ihnen, wir Männer müßten eine Liga bilden und uns fest verbünden. Indem Sie sie heiraten, entlasten Sie mich von Verpflichtungen, denen ich nur widerwillig nachkomme. Und was kann ich Ihnen dafür bieten? Nur einen Verrat. Es würde mir zur Ehre gereichen, wenn ich Sie wenigstens darauf vorbereite, was Sie erwartet.« Empört wollte ich ihn verlassen, doch er hielt mich zurück und sagte provozierend: »Sie gibt sich herzlich und leidenschaftlich, aber sie ist gierig, gierig und kalt. Anfangs umsorgt und verwöhnt sie dich, aber zuletzt wird sie dich vernachlässigen und betrügen. Später denkst du dann: ›Ich bin die abgenagte Beute eines schönen Raubtiers.‹ Ihr werdet dann nicht mehr zusammenleben können, und sie wird ihre Freiheit fordern. Die Freiheit willst du ihr gerne geben, aber dann wird sie auf ihre Rechte pochen, die sie längst verspielt hat, was du jedoch nicht beweisen kannst. Hör mir zu«, sagte er und neigte sein Gesicht dicht zu mir. Er sah mich mit hämischem Vergnügen an und fuhr flüsternd fort: »Und das gewisse Spiel von zwei Liebenden, nackt, duftend, voll Seifenschaum – ich meine, wäscht sie dich schon eigenhändig, keusch, zärtlich und lieb-verliebt – ich meine, badet sie schon mit dir? Du meinst, das sei eine jener Intimitäten, die es nur zwischen euch beiden geben kann? Später geht sie tagelang auf Besuch zu ihrer Familie. Und du schreibst ihr: ›Mein Liebling, ich träume von Seife, vom warmen, schäumenden Wasser, von deinen Händen und deiner Liebe, komm zurück, o komm doch bald zurück ...‹«

Danser hieß zu Recht Danser. Rhythmisch wiegte er sich zu seinen Worten und unterstrich sie zum Schluß mit einer kleinen Verbeugung. Finster und widerwillig blickte ich in das wissende Gesicht voll hämischer Freude, schlug seine Warnungen in den Wind, heiratete sie und machte alles genau so durch, wie er es mir vorausgesagt hatte. Später begegnete ich ihm noch einmal. Diesmal war er nicht mehr ironisch, nur noch höflich. Doch im Gespräch schnitt er alles Persönliche ab und sagte: »Ich hoffe, daß Sie bald über Ihre bitteren Erfahrungen hinwegkommen. Aber finden Sie nicht auch, daß die Geschlechter einen zu großen Platz im Leben des anderen einnehmen? Wir Männer müßten Waldläufer sein in den Domänen des Geistes, einsam und frei. Wir müßten unsere großen Unternehmungen mit Männern ausführen, Frauen sollten nur am Rande unseres Lebens als Mütter und als Spielzeug existieren.« Ich war nicht reif genug für diesen einsamen, stolzen Gedanken, sondern hielt mein Scheitern für den Beweis meiner eigenen Mittelmäßigkeit. Und worin hatte ich versagt? Ich war ein Träumer und Fragender. Ich war ein Waldläufer im Labyrinth des Eros. Ohne den Faden der Ariadne...

(*An Alide*) Zwei Männer gingen bei uns aus und ein, der Maler A. und der Notar B. Beide waren verheiratet. Beide wurden von ihren Frauen verlassen. Den ersten Fall betrachtete man als Anekdote, den zweiten als Tragödie. Der Maler malte eine Abendlandschaft, in der die untergehende Sonne die Erde in ihrem blutigen Rot erstickte. Der Notar, der fünfzig Jahre alt war, suchte eine Dame zwischen fünfundzwanzig und fünfunddreißig für den Haushalt. Ich, Alide, geriet in Zorn und äußerte ihn, indem ich ostentativ Partei ergriff. Doch du, Alide, du lachtest nur amüsiert, vielleicht mehr noch über mich als über die Geschichte. Damals glaubte ich noch, du stündest darüber und nicht außerhalb...

(*Der Blaue Palast*) Vergangenes Glück, Alide, findet in unserer Erinnerung immer Situationen, in denen es sich als Ganzes, mit all seiner Wärme und Herrlichkeit zeigt. Zum Beispiel: Wie wir zusammen Musik hörten. Es wird nie mehr einen Menschen geben, mit dem ich so etwas erlebe. Oder: Wie wir uns unter anderen Menschen bewegten, immer mit dem Gefühl des Bedauerns, daß sie dich meiner und mich deiner beraubten. Oder: Wenn wir zueinander sagten: »Wie kurz sind doch die Tage und Nächte, unsere gemeinsamen Tage und unsere gemeinsamen Nächte.« Oder: Wenn wir zusammen erwachten. Uns jeden Morgen wieder in die Augen sahen. Jeden Morgen wieder dankbar und voller Wohlbehagen waren. Ich sagte: »Bist du da? Wo bist du in deinen Träumen gewesen?« Und du: »Wir waren irgendwo zusammen.« Oder: »Ich war allein, und doch nicht ohne dich.« – So stand es damals um uns, Alide. Und der Sonntagmorgen an jedem Sonntag! Das Frühstück im Bett. Hinterher ließest du dich mit Geschichten unterhalten. Ich erzählte dir mein Leben. Oh, was war ich für ein Phantast. Das Kanu meiner Knabenzeit wurde zur Prau des Entdeckers, mein Heldentum in der Schule zum Charakterbild eines heroischen Freibeuters mit einem Hang zum Träumen, mein erster Liebesseufzer zu Tristans Traum. Wir tranken Tee aus blauen chinesischen Tassen, auf denen eine Ruine abgebildet war, ein blauer Palast. Der blaue Palast stand an einem Weiher und war von fernen Wäldern umringt. Am Ufer des Weihers saß ein Chinese mit einem Strohhut und einer Blume in der Hand. Er meditierte. In der Ferne schritt ein Bauer, ebenfalls mit Strohhut, hinter seinen Wasserbüffeln her. Im Wald sprang ein Hirsch durchs Gestrüpp. Es war ein geheimnisvoller und friedlicher Ort, fast ohne Laut und Bewegung, doch voll großer, einfacher Geschichten, die nur der meditierende Chinese hören konnte. Der blaue Palast stammte aus dem Mittelalter. Damals wohnte dort ein reiches junges Ehepaar, Leute von Adel. Sie hatte die kleinsten Füße, die man sich denken kann, und er trug sein schwarzglänzendes Haar in einem Zopf, der ihm bis unter die Schulterblätter reichte. Diese beiden Menschen verstrickten sich in einen uralten Konflikt. Sie liebten einander und dachten nicht, daß diese Liebe jemals etwas anderes sein könne als eine Quelle unschuldiger Freuden. Er hatte sie aus rein konventionellen Erwägungen erwählt, und sie hatte sich ihrem Schicksal willig und ehrfurchtsvoll gefügt. Doch auf wundersame Weise war bei ihrer ersten Begegnung die Liebe erblüht. Sobald sie die Arme umeinander schlangen, wurden sie zu geborgenen, zufriedenen und glücklichen Kindern. Und er, der so scheu und still war, begann zu reden und erzählte ihr alles, was er jemals geträumt und gedacht hatte: Hatte er je zuvor geahnt, daß er eine so reiche Welt in sich trug? Eine Welt voll Abenteuer und menschlicher Weisheit? Und sie, die so passiv und bescheiden war, wurde als seine Gefährtin mutig und stark; lachend folgte sie ihm auf den Pfaden des Geistes. Keusch und aufrichtig war das alles. Auch die Liebe des Blutes war keusch: ein kurzes Spiel, eine Erregung, die vorüberging und ihre Seelen immer wieder unverletzt und ohne Trübung zurückließ, ein kurzes Erröten im Rausch, danach waren sie wieder blaß und mild und einander selbstlos zugetan. Doch einmal brachte er einen Freund mit, und vom ersten Augenblick an entflammte eine heftige Leidenschaft zwischen ihr und dem fremden Mann. Der Gatte mit dem schönen glänzenden Zopf auf dem Rücken und dem würdevollen Blick, der nur mit Mühe seine Lebensfreude verbarg, merkte natürlich nichts. Wie konnte er ahnen, daß sie ihm jemals Leid zufügen würde? Doch sie erlebte hinter dichten Schleiern, unter den stillen, glühenden Blicken eine schreckliche und wunderbare Verwandlung. Sie wurde innerlich groß und wach wie eine Göttin der Liebe, sie wurde so verhängnisvoll und grausam wie das grausame Schicksal selbst. Sie war dem Mann begegnet, der sie über alle Menschlichkeit hinaus zur Frau erhob. Und der Mann wurde über alle Menschlichkeit hinaus zum Mann. Das ist die größte Wirkung, die zwei Wesen aufeinander ausüben können. Ein Schicksalsdrama – ist das nicht immer die Geschichte des Mannes als Mann und der Frau als Frau? Gib zu, Mensch ist man nur in Zeiten der Freiheit, besser gesagt, in verlorenen Zeiten, und sehnt sich unterdessen nach dem Fatum, das einen zum Manne oder zur Frau erhebt. Die kleinfüßige chinesische Frau, die mit der Liebe eines frohen Kindes die Pfade des Geistes betreten hatte, erfuhr die Leidenschaft wie eine Berufung. Sie begegnete dem Gast auf einer Terrasse des blauen Palastes, in dem sie bisher so spielerisch geliebt hatte. Regungslos standen sie einander gegenüber, doch ihre Blicke drangen tief in die geheimnisvolle Seele des anderen ein, die düster und offen war wie eine Grotte. »Ich gehe mit dir«, sagte sie. Der Gast verneigte sich kaum merklich. In seinen Augen war keine Erregung, sondern nur die düstere Offenheit des verhängnisvollen, schicksalhaften Triebes. Dann ging er zu seinem Gastgeber und bot ihm seinen Dolch dar, auf dessen Heft goldene Sinnsprüche über Ehre, Mut und Treue geschrieben standen. Er sagte: »Töte mich, denn ich will dir deine Frau rauben.« Auf dem Gesicht des Hausherrn, der seinem Gast liebenswürdig lächelnd entgegengetreten war, erstarrte das Lächeln zu einer Kerbe um die Mundwinkel. Er schlug langsam die Augen nieder, als denke er freundlich nach über etwas, dem er aus Höflichkeit Beachtung schenken müsse. Dann fragte er: »Und sie?« Der Gast antwortete nicht, sondern schlug seinerseits die Augen nieder. Da begriff der chinesische Prinz aus dem blauen Palast, daß er beide töten mußte, und das konnte er nicht. Kurz wallten Abscheu und machtlose Verzweiflung in ihm auf. Doch er beherrschte sich und sagte: »Der würdige Mann straft sich selbst, der unwürdige erbittet die Strafe von einer Hand, die er wehrlos weiß.« Und er ging auf die Terrasse. Der Gast sah stumm auf den verschmähten Dolch in seiner Hand, kurz zögerte er zwischen Tod und Leben, Ehre und Schicksal. Dann steckte er mit einer entschlossenen, leidenschaftlichen Gebärde das Messer in die Scheide, sprang auf sein Pferd und galoppierte zum Waldrand, um dort auf die Frau zu warten, die ihm folgen wollte... Auf der Terrasse standen ein Mann und eine Frau: der chinesische Prinz und seine Prinzessin, die Abschied von ihm nahm. Er sagte: »Die Götter haben ein gutes und ein böses Auge. Wir haben zusammen im Licht des guten Auges gelebt.« Sie sah ihn an voll zärtlicher Liebe und sagte: »Ja, Prinz.« Er fuhr fort: »Wenn wir uns trennen, wird das gute Auge sich schließen, und das böse Auge wird uns bis in unsere verschwiegensten Träume verfolgen.« Und nochmals sagte sie: »Ja, Prinz.« Aber dann überkam sie machtloses Mitleid und ihn blinde Verzweiflung. Sie streckte die Hände aus wie nach einem Halt, er griff nach ihr, als sie taumelte, und plötzlich hielten sie einander umfangen und lehnten Wange an Wange. So schwach machte die Liebe diese beiden Kinder des Himmels, die sich trennen mußten. Dann ging sie fort, ohne sich noch einmal umzusehen, mit humpelnden und dennoch zierlichen Trippelschritten. Übrigens wußte sie, daß ihr Prinz die Terrasse schon verlassen hatte. Noch einmal folgte sie ihm in Gedanken. Er ging hinein. Sein edles Gesicht war ruhig und verträumt. Kaum verriet es Erregung oder Schmerz, als er das Gift, das er trank, wie ein Feuer durch Körper und Seele rinnen spürte... Alide! Du lagst in meinen Armen, als ich dir die Geschichte erzählte, weißt du noch? Und du blinzeltest in der Sonntagmorgensonne oder wegen einer Träne. Du sagtest: »Und jetzt noch eine fröhliche Geschichte.« – Und du streicheltest meine Füße mit den deinen. Ich antwortete: »Der blaue Palast hat mich so traurig gemacht, ich weiß keine fröhliche Geschichte mehr.«

Der Palast in den Vogesen und zwei Menschen, die sich Leid zufügten, die Terrasse neben dem Ballsaal und das matte, bleiche Mädchen, das sein junges Liebesleben mit Verzweiflung begann, *Le Palais Bleu*, Yvonne und meine Einsamkeit, Danser und seine männliche Vereinsamung – all das Unglück war in mir lebendig. »Warum«, fragtest du mit geschlossenen Augen, »warum macht es dich so traurig?« – Ich sah deine undurchdringliche Miene, deine geschlossenen Augenlider über den grauen Augen, deine gerade Nase, deinen schön geformten, ernsten Mund. Vom Anflug einer Eingebung gestreift, sagte ich: »Wir Himmelskinder.« – Die Tränen, die du bis jetzt zurückgehalten hattest, quollen nun doch unter deinen Wimpern hervor. Du sagtest: »Aber ich werde dich immer lieben.« Und ich wollte glauben, daß du dich damit für das Gift entschieden hättest, obwohl ich spürte, daß es auch ein zärtliches Versprechen sein konnte mit einem vom Verstand bestimmten Vorbehalt, so tödlich wie Gift: Auch wenn ich dich verlasse... Du standest auf und erfülltest das Sonntagmorgenhaus mit deiner Stimme und Geschäftigkeit, mit deiner rätselhaft betörenden Anwesenheit. Für meine unersättlichen Augen warst du so vielgestaltig und so wunderbar. Und ich versuchte, mir vorzustellen, daß es dich nicht mehr gäbe. Aber dann sagtest du: »Woran um Gottes willen denkst du jetzt?« – Und du streicheltest mein Haar und meinen Mund. »Daran, daß du mich trotzdem irgendwann verlassen könntest«, war meine Antwort. Da wurdest du beinahe böse wegen meiner Melancholie. Du wandtest dich nervös von mir ab, dem Weinen nahe: »Wenn du wüßtest, wie sehr ich dich liebe«, sagtest du, »wenn du das wüßtest…«

Eins

(*Schicksalswende*) Als es Sommer wurde, zogen wir für ein paar Monate in ein Holzhäuschen mitten im Wald, das von Terrassen umgeben war. Auf dem niedrigen Giebel stand ein Name eingeschnitzt: *Mon Repos*. Ich hatte die Absicht, dort einen Detektivroman zu schreiben nach den Theorien, die ich Alide begeistert dargelegt hatte. Es ging um einen Mord, und alle Spuren führten zu einer Frau: Sie war kein Vamp, keine tragisch rachsüchtige Frau, nein, eine junge, zutrauliche, muntere Frau, die jedoch allem Anschein nach wie eine Kreuzspinne im Netz auf ihre Opfer gelauert und sie überrumpelt hatte. Doch es gab keine Beweise dafür, und der Detektiv mußte deshalb psychologische Fallstricke ausspannen. Gewaltige Spannungen zwischen ihm und ihr! Er konstruiert vorsichtig eine neue, analoge Situation und verführt sie beinahe zu einem zweiten Mord. Ein Detektivroman, der auf dem psychologischen Problem beruht: Besteht tatsächlich ein Unterschied zwischen Schein und Sein, ein geheimes Leben hinter der zur Schau gestellten Fassade? Die Problemstellung gefiel Alide nicht. Warum nicht? »Jeder Mensch«, sagte sie, »hat noch ein anderes Leben, kennt andere wichtige Dinge in den tieferen Schichten seiner Seele. Dieses Geheimnis macht nun einmal den Menschen aus, den ganzen Menschen, wie er ist, was er träumt, sogar mit allem, was er geheimhalten kann.« – »Nein«, sagte ich damals, »meiner Ansicht nach ist der Mensch eine Ganzheit, und nur der Mangel an Einsicht und Intuition läßt ihn widersprüchlich erscheinen. Deshalb ist meine Giftmischerin eine noch junge, zutrauliche Frau, aber rückblikkend erkennt man sogar in der Form und Farbe ihres unschuldigen Äußeren die geborene Giftmischerin.« – »Ich meine«, sagte darauf wieder Alide, »es gibt doch oft Gegensätze, tiefe Gegensätze zwischen dem Fassadenleben und den Tiefenschichten.« – Ich antwortete: »Aber das ändert nichts an der Ganzheit.« – »Aber dann«, sagte sie, halb spöttisch, halb unsicher lachend, »dann würdest du ja alle Leute durchschauen können.« – »Ja«, sagte ich, »durchschaust du mich?« – »Vielleicht«, antwortete sie, »ich weiß es nicht.« – »Alide!« Ich legte meine Arme um sie. Wozu das nutzlose Spekulieren? Ich würde alles unwiderlegbar niederschreiben. Und ich begann zu spielen, spielte Scheu und Schläue: »Du weißt nicht, ob du mich kennst? Nun, in der Tat, du kennst mich nicht, jedenfalls nicht genügend. Ich habe noch ein anderes, geheimes Leben, noch eine andere Frau. Ich sage zu zwei Frauen: ›Ich bin verrückt nach dir.‹ Ich mit meinem feinen Sprachgefühl benutze für zwei Frauen zugleich den Superlativ *Liebste*. Das hättest du nicht gedacht? Aber so ist es.« – »Liebster, nein«, sagte sie und drückte plötzlich mein scheues, komödiantisch lachendes Gesicht an sich, »sag das nicht.« – Und sie streichelte mich, als wollte sie mich beschützen. »Siehst du«, murmelte ich triumphierend und tief gerührt, »so etwas kannst du nicht glauben, wenn du mich kennst. Meine tieferen Schichten sind von derselben Art wie meine Fassade. Deshalb kennst du mich und weißt, daß ich so etwas nie tun könnte.« – »Darin magst du recht haben, Liebster«, sagte sie so sanft, als gäbe sie sich geschlagen. »Aber dann bist du«, fuhr sie hartnäckig und unlogisch fort – ich mußte wirklich darüber lachen –, »aber dann bist du vielleicht auch zu einem Mord imstande.«

Alide war unsäglich faul in jenem Sommer. Sie lag tagelang auf den Terrassen von *Mon Repos* in der Sonne, je nachdem, wohin sie schien, hinter oder vor dem Haus. Morgens lag sie vor dem Haus in einem Liegestuhl, nackt bis zur Grenze der Schicklichkeit, glänzend vor Sonnenöl, schläfrig, mit geschlossenen Augen und halboffenem, wollüstig träumendem Mund. Ich schaute oft beim Schreiben auf und sah die Sicheln ihrer Wimpern goldfarbig auf ihrem schmalen Gesicht liegen. Oft stand ich dann auf und strich kurz mit meiner Hand über ihr sonnendurchglühtes Haar oder berührte mit meinem Mund ihre Stirn, die ein bißchen feucht und salzig schmeckte. Am hohen Mittag verzog sie sich auf die seitliche Terrasse, später auf die hinter dem Haus. Die Abendsonne machte sie still und rot. Manchmal gingen wir auch spazieren oder ich las ihr vor:

»Bevor King läutete, betrachtete er den Giebel des Hauses, in dem Juliette wohnte. Es war das erste Mal, daß sie ihm erlaubte, sie zu besuchen. Ein Detektiv ist ein großer Komödiant. Er kannte längst nicht nur den Giebel, sondern auch ihre Zimmer, ihre Lebensweise, ihre Freunde und Freundinnen, ihren Geschmack und ihren Lebenslauf, ihre Träume und Sehnsüchte. Und er selbst, King, versuchte nun, in das Traumleben dieses Wesens einzudringen. Gestern abend in der Tanzbar glaubte er, endlich Erfolg bei ihr zu haben. Er war hochgewachsen und dunkelhaarig, aber abgrundhäßlich: schadhafte Zähne, fliehendes Kinn und Clownsnase. Er wußte, was an ihm schön war, was aber nur wenige Frauen zu würdigen wußten: seine hellgrauen, sehr klaren, hochintelligenten Augen, die einen wachen Verstand und eine lebhafte Phantasie verrieten.

Sehr selten fesselt ein Mann eine Frau nur durch seine Intelligenz, seine Bildung und seinen Takt. Aber King konnte außerdem tanzen wie ein Gigolo und erwies sich dabei als unwiderstehlich und beeindruckend. Er hatte Juliette in eine Tanzbar eingeladen, sie über eine Himmelstreppe ins Slowfox-Paradies geleitet, sie dann ruhig, geschickt und schwungvoll geführt, und dies alles später mit Schampus gefeiert...«

Ich blickte auf. Alide schien nicht angetan zu sein von dem Fragment. Ihre Augen schauten schlecht gelaunt und unwillig drein. »Es gefällt dir nicht«, sagte ich. – »Warum in Gottes Namen *Schampus*«, sagte sie unzufrieden. »Darum geht es nicht«, sagte ich bestimmt, »sondern weil du darin eine Verachtung der Frauen siehst.« – Ich klappte das Manuskript zu, setzte mich zu ihren Füßen und zwang sie, die Arme um mich zu legen. »Ich werde dir erklären«, sagte ich, »warum dieser King so zynisch ist. Dieser King bin ich. Juliette ist die Frau im allgemeinen, die ihre geheimen Instinkte ein einziges Mal verbrecherisch ausgelebt hat. Von Natur aus verachte ich tatsächlich die Frauen, schon weil ich so eifersüchtig bin. Weißt du, daß ich schrecklich eifersüchtig bin? Die Eifersucht des Mannes gründet sich auf der Verachtung der Frau. Warum also verachte ich die Frau? Die Frau ist von Natur aus Delila, die Verräterin. Und vielleicht ist sie auch von Natur aus eine La Voisin, die große Giftmischerin. Und schließlich bin ich zynisch wegen meiner sentimentalen Veranlagung, das ist die Kehrseite meiner Romantik. Aber King ist vor allem so zynisch wie ein moderner Teufel, weil es nun einmal zum modernen Stil gehört und weil er es letzten Endes mit einer Giftmischerin zu tun hat.« – So unterhielt ich sie und mich selber mit den Abenteuern meiner Phantasie und meinen

Gedankengängen. Und sie, Alide, streichelte mein Haar wie das eines Kindes und sagte nachgiebig: »Dann laß den *Schampus* halt stehen ...«

Dann kam der Tag, an dem ich aus geschäftlichen Gründen in die Stadt mußte. Ich wollte bei der Gelegenheit auch in unser Haus gehen und nachsehen, ob dort alles noch so war, wie wir es verlassen hatten. »Aber, Alide, fühle du dich darum nicht einsam, trink heute abend Tee bei unseren Nachbarn.« In *Mon Plaisir* wohnten junge Mädchen, die Freizeitkleidung im Wildweststil trugen, gegürtet und behängt mit Riemen, an denen Banjos und Campingflaschen hingen ...

Ich ging wie ein Gast, wie ein Fremder, durch die Stadt. Mir war angenehm abenteuerlich zumute ohne Alide. Dort ging ich also, ein verwöhnter, heiterer Mensch, der sich mit einer gewissen Wollust den Schmerz des Verlassen- und Verlorenseins vorzustellen versuchte. Es war schwer, denn ihr Abschiedskuß war mir noch liebevoll in jüngster Erinnerung, das ganze Echo ihres Wesens hallte noch laut in dem meinen nach. Angenommen, das Echo würde einmal verstummen und ich würde sie nicht mehr wiedersehen ... schon bei dem bloßen Gedanken fühlte ich eine Leere in der Magengrube. Ich durfte es mir nicht zu lebhaft vorstellen, nur wie ein Abenteuer, ein Spiel: Alide war also fort. Ich bestieg ein Schiff, landete in Südafrika und verschwand dort im dunklen Urwald unter Männern, die Menschen aßen und das Tamtam schlugen, und unter Frauen mit bizarr langgezogenen Ohrläppchen und breitgepreßten Lippen. Ich wurde als Kuriosum bestaunt und schließlich bei lebendigem Leibe gebraten und verspeist, was weniger schmerzhaft war als vorher meine nostalgische Sehnsucht nach Alide ... Aber dann ärgerte ich mich über mich selbst. Ich ging da im Sonnenschein auf dem Asphalt, ihren Abschiedskuß fast noch warm auf den Lippen, in meinem grauen Anzug, der mir wie angegossen paßte, und nichts, was mein Glück, mein Leben und meine Pläne bedrohte! War ich denn ein Masochist, der sich selber quälte? Ich bog in die Straße ein, in der wir wohnten, und bemerkte, daß an diesem Sommermittag viele Jalousien heruntergelassen waren. Die Straße sah aus wie die Straße in meiner Erzählung, eine freundliche Straße mit verschwiegenen Häusern. In einem dieser Häuser wohnte also Juliette. Ich hatte sie als King besucht, und sie hatte mich wahrhaft fürstlich empfangen. Mit Tee, Keksen und Zigaretten und einem Slowfox aus dem Koffergrammophon, mit einem Kuß, der aber nicht zu sinnlich von King und nicht zu vielversprechend von Juliette gewesen war. Es sollte ein vernünftiges und dauerhaftes Verhältnis werden, das mindestens vier Monate anhielt. Und an diesem Mittag, so phantasierte ich weiter, wußte King, daß sie nicht zu Hause war. Er wußte sogar, wohin sie gegangen war und daß sie spät wiederkommen würde. King war ein schlanker junger Mann in einem grauen Anzug. Er trug einen weichen Hut, den er sich ein wenig tiefer über die Augen zog. Man glaube nicht, daß er sich jemals vermummte. Vermummungen waren seiner Ansicht nach aus der Mode. Heutzutage geht es um psychologische Vermummung, um Taktiken, die bis in die gröbsten wie subtilsten Konsequenzen durchgehalten werden. King zum Beispiel will Juliette erobern. Er tanzt mit ihr in Lokalen, sehr korrekt, er spendiert ihr *Schampus*, sehr großzügig, er schaut sie selten an, wenn sie ihn ansieht, sondern nur, wenn sie es nicht merkt. Dann betrachtet er sie, ganz still, ganz von ihr gefangen und ihr aufrichtig zugetan. Sobald sie den Blick zurückgibt, täuscht er Oberflächlichkeit vor und macht eine kühle Miene. Er liebt mich, fängt Juliette an zu denken, aber er will mich nicht lieben, denn er kann oder getraut sich nur unsäglich schwer aus sich heraus. Und sie beginnt, sich selber eine derartige Nonsens-Psychologie einzureden, die man ihr nur leicht zu suggerieren braucht. Je komplizierter und raffinierter jemand ist, desto anfälliger ist er für falsche Romantik. Und das wird Juliette zum Verderben. Denn Juliette beginnt nun, King ernst zu nehmen. Und King wird sie seinerzeit gnadenlos zermalmen, wie eine Boa constrictor ihre Beute. King bog also, den Hut tief in die Augen gezogen, in die Straße ein, in der Juliette, die heimtückische Giftmischerin, wohnte. Er bewegte sich rasch und unauffällig. In der Hand hielt er einen Nachschlüssel bereit. Sehr leise, sehr rasch ging er hinein und blieb gespannt horchend minutenlang hinter der Tür stehen. Keine Schritte draußen auf der Straße, keine Schritte dort oben. Leicht wie eine Feder lief er die Treppe hinauf, wie gesagt, eine weißgestrichene Treppe mit rotem Läufer. Auch jetzt hielt er die Nachschlüssel der Zimmer und Schränke in der Hand parat. Wie mit einer Wünschelrute würde er mit seinem Spürsinn dem Geheimnis dieses Frauenlebens vielleicht auf die Spur kommen, nur hier, wo sie, von anderen unbeobachtet, alle Gedanken gedacht und alle Träume in ihre Gesten und Blicke eingeflochten hatte. – So spielte ich, ich sei King. An der Garderobe sah ich den mattgrünen Seidenschal hängen, den du, Alide, nicht mehr trägst und nur noch dazu benutzt, um dein Fahrrad festzubinden, wenn du es in die Diele bringst und halb auf die Treppe hebst. Ich, als King, blieb horchend vor der Schlafzimmertür stehen. War da drinnen nicht ein kaum hörbares Atmen, das arglose Atmen von Juliette, die sich sicher wähnte und ihre Traumbilder unsichtbar glaubte?

Dann trat ich ein, Alide, und sah unser Bett mit den Nachtschränkchen an beiden Seiten. Ich sah das große, altmodische Wandbild aus Kacheln, das zwar häßlich, aber sehr kostbar ist. Und auch den französischen Stich, wo auf einer Marmorterrasse zwischen griechischen Säulen eine liebliche Jungfrau in weißem Gewand steht. Sie hat die träumerischen Augen auf den Horizont gerichtet und erwartet süß und hingebungsvoll *Le Retour des Colombes*. Im goldgrauen Schimmer, der durch die Jalousien drang, sah ich den mit blauen Teppichen ausgelegten Fußboden. Hier lief Alide barfuß herum, hier ließ sie ihre seidenen Kleidungsstücke an sich herabgleiten, hier auch habe ich ihr heimlich durch die Wimpern zugesehen, wenn sie sich ankleidete: Sie bewegte sich überaus harmonisch und widmete ihre Aufmerksamkeit ausschließlich dem, was sie gerade tat. Und wenn sie dann doch merkte, daß ich ihr zuschaute, lachte sie mir von einem fernen, behaglichen Ort ihrer Gedankenwelt zu. »Woran hast du gedacht? Du warst ganz versunken.« – »An etwas Belangloses.« – »Sag es doch.« – »Daß ich das Kleid, das ich gerade anhabe, ändern sollte.« – »Warum?« – »Weil ...« Sie setzte sich zu mir aufs Bett und erklärte es mir treuherzig, und ich hörte ihr ebenso treuherzig zu. »Warum interessiert dich das?« – »Weil ich es, wie alles von dir, liebevoll verfolge, Alide ...« Doch ich zwang mich weiterzuspielen. King trat leise ans Fenster und zog geräuschlos eine der Jalousien hoch. Die Nachbarn gegenüber hatte er nicht zu befürchten, gleich gegenüber stand ein Lattenzaun, und dahinter lag ein vergessener, verwilderter Garten. Nun war es hell, und er ließ seine hellgrauen, sehr intelligenten Augen forschend über Teppich und Bett streifen, über die Nachtschränkchen und den Kaminsims und über alle Schubladen. In Gedanken versetzte er sich an die Stelle des weiblichen Wesens, das hier wohnte, allein oder mit einem Liebhaber. Sie war keineswegs häßlich, diese Juliette. Durchaus möglich, daß sie einen Liebhaber hatte und King nur als flüchtigen Bekannten ansah, oder daß sie ihm mißtraute und deshalb – um dieses Mißtrauen auf seine Richtigkeit zu prüfen – mit ihm verkehrte. Gleichwohl entdeckte King keine Spur eines Liebhabers. Aber wenn es nun jemand war, der nur heimlich nachts kam? Zum Beispiel ein verheirateter Mann, ab und zu auf einer sogenannten Geschäftsreise? Vorsicht, korrigierte King sich selbst: Nicht zu viele Mutmaßungen, sonst verliert man die Spur. Die Wahrheit ist immer banal und liegt in der Regel auf der Hand. Also, Juliette ohne Liebhaber, Juliette hier allein in ihrem Schlafzimmer. Was bewahrt sie in der Schublade ihres Nachtschränkchens auf? Keine Geheimnisse, sondern Dinge, die auf ihre Gewohnheiten schließen lassen. Wo versteckt sie die Spuren ihrer Geheimnisse? Zwischen der Wäsche oder unten im Nähkörbchen. Es war sehr zweifelhaft, ob es überhaupt noch konkrete Spuren gab. Also beginnen wir mit der Schublade des Nachtschränkchens. Die Frau, die auf der Straße geht, in ein Taxi steigt und in einem Tanzlokal dir lachend mit einem Glas *Schampus* zuprostet, scheint eine ganz andere zu sein als jene, die allein, im Nachthemd oder Pyjama, in der Schublade kramt und ihre Lockenwickler herausnimmt oder nach einer Schlaftablette, einem Hühneraugenstift oder einer Tube Nachtcreme sucht. Im Nachthemd oder Pyjama! King sah unter das Kopfkissen. Ein Nachthemd, wie das von Alide! Frauen, die ein Nachthemd tragen, haben meistens Männer, die diese Art Nachtgewand bevorzugen, oder es sind im Gegenteil einsame, scheinbar sehr tugendhafte Frauen, die aber häufig unter einem Jugendkomplex leiden oder verkümmern. So dachten wir jedenfalls, King und ich. Und jetzt der Inhalt der Lade: Oh, nur liebenswerter Krimskrams, dachte ich. Attribute unendlich einsamer Nachtwachen, dachte King: Aspirin, Koffein, Schlaftabletten, Lockenwickler, kaputte Ohrringe, eine zerrissene Perlenkette und außerdem ein Detektivroman mit dem Titel: *Das Verbrechen ohne Fehler*. Das hier war eine psychologische Spur. Hatte sie, Juliette, nicht selber ein fehlerloses Verbrechen begangen? King prägte sich Titel und Autor des Buches gut ein; er schrieb nie etwas auf, denn damit hätte er selber eine Spur der gefundenen Spuren hinterlassen, und er war ein genialer Detektiv. Er merkte sich sogar, welche Seiten besonders speckig und abgegriffen waren. Weiß Gott, dort war die Rede von Arzneien, von Giften und von einem Legat, das der Heldin zufiel, wenn ein gewisser Jemand starb. Und was hätte King danach getan? Er hätte zweifellos in den Vasen auf dem Kaminsims, zwischen der Wäsche und in ihrem Nähkörbchen nachgesehen. Dabei hätte er entdeckt, dieser King, daß Juliette recht kokett war, koketter sogar, als man vermuten würde, wenn man sie sah. Er, der große King, hätte entdeckt, daß meine Alide zu jedem Kleid den passenden Schmuck besaß. Meine Alide war überaus haushälterisch veranlagt, sie beherrschte die Kunst, für dasselbe Geld dreimal soviel wie andere zu kaufen, nur weil sie so überlegt zu Werke ging. Auf diese Weise hätte King seine Ermittlungen fortgesetzt. Doch was geschah? Ihm stockte fast das Herz. Es läutete. Ich hatte mich so sehr mit King identifiziert, daß mich der gleiche Schrecken durchfuhr. Das kurze, kühle Klingeln in der Stille voll Gefahr und Phantasie, der Stille von King und mir! King, jawohl, Detektiv King, verschwand in diesem Augenblick und löste sich in Nichts auf. Sein Verschwinden erinnerte mich an einen Film, einen Krimi, der im spannendsten Augenblick abbricht. Durch den Saal geht ein Schock der Enttäuschung, in den unteren Rängen wird Murren laut. Die Leinwand bleibt leer. Ungeduld, Stampfen und Pfeifen. Das Licht geht an. Eine Art Conférencier schiebt sich vor die tote, fahle Leinwand: »Meine Damen und Herren, zu unserem Bedauern ist ein Teil des Films in Brand geraten. Es wird eine Weile dauern, bis der Film wiederhergestellt ist. In der Zwischenzeit zeigen wir Ihnen einen urkomischen Einakter: *Der verliebte Barbier.*« – Ich lief zur Treppe und schaute hinunter. Vor der Haustür, in der eine Glasscheibe mit einem Gitter davor war, stand ein Herr. Ich kannte ihn nicht. Von oben zog ich die Tür an der Schnur auf. Er trat in die Diele und sagte: »Ich möchte Sie sprechen.« – »Was wünschen Sie?« fragte ich von oben herab und machte Anstalten hinunterzugehen. Der Herr sagte darauf: »Wollen Sie mich nicht empfangen? Es ist sehr wichtig.« – Ich ging trotzdem langsam die Treppe hinunter und fragte: »Wer sind Sie, und worum handelt es sich?« Er schaute mich lange und schweigend an und antwortete dann fast flüsternd: »Um Ihre Frau und mich.« Ich spürte plötzlich ein sonderbares Gefühl, ein Gefühl, als ob die Welt ins Schwanken geriete und sich auf den Kopf stellte. Noch eine Filmreminiszenz: Jemand wurde hingerichtet, das Exekutionskommando gab Feuer, die Welt machte einen riesigen Purzelbaum, das war der Tod. Aber noch leistete ich mir das Gefühl nur als eine Art Luxus, ich war nicht tot, auch wenn ich mit seltsam trockener Stimme, die mir selber fremd vorkam, sagte: »Kommen Sie herauf.« – Wir saßen einander gegenüber, der Herr und ich. Und das Komische war, er ähnelte King: schlechte Zähne, fliehendes Kinn und Clownsnase. Nur seine Augen waren anders, nicht hellgrau, klar und intelligent, sondern von einem hündischen Braun. Und er gab sich zu sehr als Herr, um ein Herr wie King zu sein. Er hatte zuviel Pomade im Haar und eine zu scharfe Falte in der Hose. Das alles stellte ich insgeheim fest, während mein Herz beunruhigend heftig klopfte. Ich hätte das heftig klopfende Herz gern als Fortsetzung meines King-Traums angesehen, als Fortsetzung des Abenteuers meiner Phantasie, wenn mich nicht ein deutliches, nicht zu verdrängendes Vorgefühl von Unheil überkommen hätte. Ich mußte mich nüchtern und logisch verhalten, King war verschwunden, auch wenn dort mir gegenüber sein Zwillingsbruder und Gegenpol saß. Es hatte so sonderbar und beängstigend geklungen: »Um Ihre Frau und mich.« Laut sagte ich: »Was haben Sie auf dem Herzen?« – Er sagte ganz leise: »Mein Name ist Peps«, und schwieg dann. Seine Augen streiften tragisch bekümmert über mich hinweg, auf seiner Stirn standen Schweißperlen, er war schrecklich nervös. »Ist es so schwer zu sagen?« fragte ich beherrscht. Doch eine irrsinnige Ahnung jagte mir Angst und Schrecken ein: War dieser Herr Peps vielleicht ein Arzt, ein Wunderdoktor für allerlei Übel? Würde er sagen: »Schließlich fanden Ihre Frau und ich, daß auch Sie es wissen müssen. Gemeinsam bilden wir einen Abszeß, der wird jetzt aufbrechen, und Sie werden vor Schmerzen sterben und im Schmutz ersticken ...?« – Doch er sagte: »Es ist mir sehr peinlich, darüber zu sprechen, aber Ihre Frau und ich, wir lieben einander. Schon seit einem Jahr. Ich war verheiratet, ich habe mich frei gemacht. Jetzt will auch sie sich für mich frei machen. Ich weiß sehr wohl, daß Sie sie lieben, aber machen Sie es ihr nicht zu schwer. Sie liebt Sie immer noch sehr innig, und trotzdem möchten wir zusammenleben. Heute hat sie mich angerufen. Sie kann es nicht länger aushalten, sie will zu mir kommen. Sie müssen sie gehenlassen. Ich flehe Sie an, lassen Sie sie gehen. Sie hat sich nicht getraut, es Ihnen zu sagen, darum tue ich es jetzt. Ich sah die hochgezogenen Jalousien ... In Gottes Namen, Herr Kosta ...« Ich stand auf, er ebenfalls. »Gehen Sie«, sagte ich. Und er ging an mir vorbei, so scheu und befangen, als fürchtete er, daß ich ihn schlüge. So schnell er konnte, lief er die Treppe hinunter und ließ die Tür hinter sich ins Schloß fallen. – Ich ging zu einem Spiegel und schaute mich an. Kein Wunder, daß er Angst bekommen hatte, ich sah aus wie ein Wahnsinniger. Aber wahnsinnig war doch dieser Kerl, nicht ich. Mir wurde plötzlich drückend heiß im Zimmer. Im Vorbeigehen schob ich den Stuhl zurecht, auf dem der Kerl gesessen hatte, und öffnete weit die Balkontüren. Auf dem Balkon zündete ich mir eine Zigarette an. Und ich grüßte freundlich die Nachbarn, die unten im Garten herumgingen. Wie oft habe ich hier an deine Knie gelehnt gesessen, meine Alide, Peps-Alide, während du im Liegestuhl lagst. Du streicheltest verliebt und zärtlich über mein Haar und dachtest unterdessen an Herrn Peps. Ich raffte mich auf und sah im Telefonbuch nach: *Peps, W. Damenfriseursalon, Dijkwal 150.* Ich hatte kalte Lippen und einen schrecklich trockenen Mund. Die Zigarette, die ich angezündet hatte, schmeckte, als hätte sie in Petroleum gelegen, und mir war zum Erbrechen übel. Danach begann ich, im Schlafzimmer alle Schränke auszuleeren, alle Schubladen herauszuziehen, und suchte mit kalten, klammen Fingern. Aber wonach? Nach einem Beweis, daß Peps die Wahrheit gesagt hatte, daß er also nicht wahnsinnig war? Todmüde, von allen Kräften verlassen, sank ich auf die Bettkante. Die glatten, freundlichen Möbel und der auf einen Haufen geworfene Inhalt der Schränke bildeten ein schauerliches Stilleben. Ich merkte, daß meine Augen feucht waren. Weinte ich, obwohl ich es nicht glaubte und keinesfalls sicher wußte? Und warum saß ich hier? Mußte ich nicht sofort zu Alide? Alide! Nur ruhig, das ist alles bloß Phantasie. Wie kann jemand so verrückt sein. Sie wird ihre Arme um mich legen und mich zärtlich-besorgt, bestürzt und verständnislos ansehen...

Die vier jungen Mädchen in *Mon Plaisir* waren schon eine Woche da, als das Ehepaar Kosta in *Mon Repos* einzog. Sie sahen tatsächlich aus, als seien sie einem Wildwestfilm entlaufen, in Khakibraun mit roten Tüchern um den Hals und mondän rotgeschminkten Lippen, wie sie auf den Terrassen von *Mon Plaisir* pittoresk an der Balustrade lehnten. Nur gab es keinen verliebten Cowboy zu Pferd, der in den vier Mädchenherzen Verwirrung stiftete. Sie trösteten sich darüber und sangen vierstimmige Lieder. Sie klimperten romantisch auf dem Banjo, vor allem das blonde Banjo-Mädchen. Eines der Mädchen wurde offenbar spontan als Frau des Hauses anerkannt. Sie hatte als erste das Ehepaar Kosta freundlich gegrüßt, mit einem Blick voll gesundem Menschenverstand, sie danach angesprochen und zum Tee eingeladen. Das Banjo-Mädchen fand *ihn* sehr nett, *sie* aber nicht. Das einfache, vernünftige Mädchen fand, *er* sei zu verliebt und *sie* zu faul. Dann gab es noch ein drittes Mädchen mit sehr schönen braunen Locken, das aber schrecklich unbedeutend war und keine eigene Meinung hatte, sondern immer verwundert und bewundernd der Meinung der anderen lauschte. Das vierte Mädchen hatte etwas Maskulines: Sie trug nach guter Cowboymanier eine Feldflasche an der einen Hüfte und einen Dolch an der anderen. Maskulin waren vor allem ihr kurzes glattes Haar und ihr Herz. Scheinbar herrschte in *Mon Plaisir* immer Harmonie. In Wahrheit jedoch gab es dort dieselben Reibereien und Meinungsverschiedenheiten wie überall im Leben, sie waren nur unterschwellig und versteckt und deshalb gespannter, fataler, lehrreicher. Das Banjo-Mädchen flirtete zu gern, das vernünftige war zu selbstgefällig und herrschsüchtig, das Lockenmädchen war entweder zu einfältig oder zu hinterlistig, und das Dolch-Mädchen schließlich war Expertin im Mogeln bei den ihr aufgetragenen Arbeiten. Wohlverstanden, es mußten Kartoffeln geschält und Betten gemacht werden, und es mußte eingekauft werden. Zum Einkaufen ging man zu zweit, zwei in allen möglichen Kombinationen sind insgesamt sechs: A mit B, B mit C, C mit D, A mit D, B mit D und A mit C, also sechs feindliche Ligen in geistiger Aktion gegen die Zuhausegebliebenen. Die Zuhausegebliebenen schliffen ihrerseits die Giftpfeile der Analyse und spannten den Bogen der Kritik. So gab es also zwölf feindliche Ligen, sechs in Bewegung und sechs im Ruhelager. Hinzu kam noch, daß jede Liga, scheinbar gleichgesinnt, in Wirklichkeit aus Opponenten bestand, die einander so entgegengesetzt waren wie Schwarz und Weiß, wie heiß und kalt. Also gab es praktisch vierundzwanzig unversöhnliche Individualitäten, die zusammen im recht kleinen *Mon Plaisir* hockten, wo es nur vier Betten für die Vierundzwanzig gab, so daß sie also zu sechst ein Bett teilten, zu sechst auf einem Stuhl saßen und zu sechst einander widersprachen, Individualitäten, die sich gegenseitig in die Quere kamen und den Weg versperrten, einander verabscheuten und zärtlich liebten und die sich manchmal in süßer Harmonie für ein und dasselbe Lied entschieden und einstimmig die glucksende Melodie des Banjo-Songs sangen. Und natürlich sorgten auch Ereignisse von außen dafür, daß die Vierundzwanzig gelegentlich wunderbar harmonierten: das unhöfliche Betragen des einen oder anderen Lieferanten, ein Sommergewitter, das wie ein verhextes Bengalisches Feuer krachte, aber auch persönliche Nöte, wie zum Beispiel echter Kummer oder wirkliches Pech. Und die Heftigkeit und Dauer dieser Übereinstimmung fand ihren Höhepunkt in der Affäre Kosta. Und so fing es an: Sie saßen gerade beim Frühstück auf der Terrasse, als Kosta vorbeiradelte. Er hielt an, lehnte sich an die Balustrade und erzählte, daß er in die Stadt fahre. Alide werde vielleicht zum Tee herüberkommen. Yolande, das Banjo-Mädchen, war an diesem Morgen nicht so keck wie sonst und errötete sogar in einem gewissen Augenblick, als Kosta ihr unbefangen in die Augen schaute. Dieser Kosta hatte so einen klaren, gelassenen Blick, eigentlich den Blick eines einfachen, ehrlichen Menschen ohne das geringste Gefühl für Humor. Yolande, die sich noch nicht gepudert und geschminkt hatte, fühlte sich unsicher und errötete. Sie fand Kosta mehr als nett, was Berthe, das maskuline Mädchen, denn auch sofort bemerkte. Sie hatte ein *feeling* für sehnsüchtige Menschenherzen und gerührte Seelen. Eine halbe Stunde später kam Alide vorbei. In ihrer Art war sie weniger spontan als Kosta. Sie grüßte mit leiser Stimme und blieb erst nach kurzem Zögern an der Balustrade stehen. »Schon so fleißig?« fragte sie. Ihre Stimme hatte einen schönen, dunklen Klang. Annie, das Mädchen ohne Meinung, schaute kurz auf und lächelte schwach, ihre Reaktionen waren oft völlig unbedeutend. Hilda, die Vernünftige, fragte: »Eine Tasse Kaffee?« Doch Alide lehnte freundlich ab. Sie sagte, sie käme vielleicht mittags vorbei, falls ihre Kopfschmerzen bis dahin nachgelassen hätten. Und tatsächlich, die straffen bleichen Wangen, der verspannte Mund, die umflorten grauen Augen: ein von Kopfweh gequältes Gesicht. Sie wolle eine Stunde spazierengehen, dann werde es wohl besser. Und damit setzte sie ihren Weg fort. Yolande sagte: »Sie hat einen griechischen Gang.« – Annie, das unbedeutende Mädchen ohne Meinung, blickte kurz auf und sagte: »Ich beneide sie um ihr Haar.« – Sich elegant in den Hüften wiegend, spazierte Alide davon, das dunkle Haar fiel ihr in Wellen in den Nacken.

An diesem Tag waren Berthe und Yolande an der Reihe, ins Dorf einkaufen zu gehen. Yolande ließ ihr Banjo daheim, Berthe trug den Dolch und die Feldflasche an den Hüften. Es war unbegreiflich, daß Berthe und Yolande einander je begegnet waren. Allein dies entkräftete alle Hypothesen des Karma. Charakter, Milieu und Interessen der beiden waren grundlegend verschieden. Sie pflegten einander wie Fremde anzusehen, als träfe ihr leerer Blick zufällig auf eine Mauer ohne Türen, oder sogar mit Widerwillen, da ihre Charaktere schon bei der bloßen Begegnung aufeinanderprallten. Yolande, einfach und extravertiert, konnte tatsächlich so schauen, ihre blauen, wie viele Leute sagten, schelmischen, schalkhaften und kecken Augen waren dann leer, fast farblos, wie stumpfes Porzellan in tiefen Marlene-Dietrich-Augenhöhlen. Berthe hatte immerhin versucht, sich nicht nur über Sinn und Ziel ihres eigenen Wesens Rechenschaft zu geben, sondern auch über das der anderen. Warum existierte sie und wozu? Warum war sie Yolande begegnet, dieser armseligen Nymphomanin, die einen Mann nur als Sexualtierchen und eine Frau überhaupt nicht zur Kenntnis nahm? War das nicht widerlich? Und Berthe schaute sie daraufhin nochmals genau an. Berthes Augen kannten keine Mauern ohne Türen, die ihr Schauen stumpf machten und zur Umkehr zwangen, denn hinter einer solchen Mauer liegt immer ein geheimer Lustgarten oder ein unbekannter, dunkler Sumpf oder einfach nur ein Haufen Abfälle. Aber sie ruhte nicht, bis sie das herausgefunden hatte. Sie fragte: »Was hältst du von dieser Alide?« – Yolande antwortete: »Ich verstehe nicht, was Kosta an ihr findet. Er ist ganz vernarrt in sie. Das ist, ich würde fast sagen, nicht gesund. Ein Mann muß alle Frauen lieben können.« Sie ging mit wiegenden Schritten, als ahmte sie Alide nach. »Ich hätte einiges für ihn übrig«, sagte sie, »für diesen Kosta ... wirklich, denn sie glaubt, daß es so etwas nicht gäbe ... sie ist ihrer Sache viel zu sicher ... darum ... nun, ich würde gut mit ihm auskommen, er würde sie niemals vermissen.« Und sie lachte mit weit offenem, rotem Mund, drehte sich herausfordernd mit dem ganzen Oberkörper, der weißen Kehle und den festen, spitzen Brüsten unter dem Khakibraun zu Berthe und bedachte sie mit ihrem schalkhaftesten Blick. Berthe sah sie kühl an. »Du hast nicht die Spur einer Chance«, sagte sie. – »O nein?« rief Yolande laut. »Wollen wir wetten?« – »Wetten wir?« wiederholte sie leise. Das siegesgewisse, schelmische Funkeln war jetzt aus ihren Porzellanaugen verschwunden und hatte einem wollüstigen Schimmer Platz gemacht. Es war ihr ernst mit der Wette. Später gingen sie eine Weile hintereinander auf einem Waldweg. Berthe sah Yolande vor sich hergehen und ließ sich auch diesmal nicht von einer türlosen Mauer aufhalten. Sie krallte sich sozusagen im Basalt fest, zog sich hoch und schaute hinüber, in einen Lustgarten voll seichter, spielerischer Erotik, in dem Yolande die Prinzessin war. Ihre Macht, die Lüste und die Anbetung, die sie genoß, standen ihr von Geburts wegen zu, sie war die Prinzessin. Sie brauchte nur etwas Glanz in ihre Augen zu legen, die Lippen von den Zähnen zu ziehen, die Brüste vorzuwölben und die Beine auszustrecken, und sofort war jemand da, der seine Arme um sie legte, sie küßte und ihren Körper vor Hunger erglühen und danach befriedigt ermatten ließ. Berthe, das maskuline Mädchen, hatte einen riesigen Liebeshunger, sie hatte nur selten geküßt und noch nie in den Armen eines anderen den Frieden der Ermattung kennengelernt. Ihre Erotik war wie ein einsam schwelendes Feuer. Die unbedeutende Annie hingegen, die nie eine Meinung hatte, besaß etwas Stilles, Heimliches, Zartes, das Berthe anzog. Wenn sie nebeneinanderstanden, konnte es geschehen, daß Annie plötzlich die Augen zu ihr aufschlug. Diese Bewegung, still, spröde, federleicht und schüchtern, gab den Ausschlag. Berthe spürte sie, als griffe die Bewegung nackt und glühend nach ihrem Herzen. Sie hätte am liebsten diese Annie an sich gedrückt und den zerbrechlichen, scheuen Mädchenkopf mit all seiner Sanftheit und Wärme in die Hände genommen und geküßt. Aber die zarte Annie merkte nichts, merkte nicht einmal den kurzen, dunklen Kampf in Berthes Blick. Nein, Berthe war, was die Erotik betrifft, keineswegs eine Prinzessin. Sie zog sich heimlich in die Orgien der Phantasie zurück, in denen Annie, überrumpelt und selig verführt, ihre Leidenschaft erwiderte. Das war alles. Diese Annie. Wie sich ihre Augen schlossen, ihre Lippen feucht öffneten! Aber das wußte sie zum Glück nicht. Sie würde es auch nie vermuten, denn Berthe konnte sich beherrschen, auch wenn ein Frauenblick sie wie ein unerwarteter Biß aus der Fassung brachte. – Ohne es zu merken, war Berthe von der Mauer geglitten, die Yolandes Lustgärtchen umschloß. Sie ging wieder ruhig hinter ihr her. Vielleicht war es ein kleiner Racheakt gegen die Prinzessin, die in ihrem Lustgärtchen so große, unbeschränkte Macht genoß, als Berthe sagte: »Wenn ich ein Mann wäre, hättest du bestimmt keine Chancen bei mir.« – »Warum nicht?« fragte Yolande uninteressiert. »Bin ich so häßlich?« – »Nein, aber du müßtest« – und Berthe sann kurz nach über das Wort, das eine Kritik ihres banalen Charmes sein sollte –, »du müßtest undurchschaubarer sein.« Yolande lachte laut auf: »Undurchschaubarer? Man könnte sagen, *sie* sei das!« Es dauerte eine Weile, bis Berthe begriff, daß Yolande immer noch an Kosta und Alide dachte. – Langsam schlenderten sie die Hauptstraße des Dorfes entlang. Yolande blieb vor fast jedem Schaufenster stehen. Es lagen dort viele schöne Sachen, die Schönheit des Lebens als Souvenir und Kunst, ausgestellt voller Verständnis für alles, was man sich sogar noch im Urlaub wünschen kann. Urlaub ist ja schon an sich eine Hochform des Lebens, das bedeutet, frei zu sein und sich zu amüsieren, sich ganz bewußt der Zwangsjacke kultureller Pflichten zu entledigen und in kultivierter Barbarei zu faulenzen oder herumzurennen. Das bewiesen die Gäste des Dorfes. Sie spazierten hochgestimmt im Dorf und in den Alleen hin und her, in der schicken, barbarischen Verkleidung aus weißen Hosen und Blazern, Musselinfähnchen oder Khaki. Alle hatten spontan denselben Einfall, den Elf-Uhr-Kaffee auf der Terrasse einer Pension oder eines Restaurants zu trinken. Und jetzt waren alle zugleich auf den Gedanken gekommen, eine Stunde spazierenzugehen, um einen barbarischen Hunger für das Mittagessen zu züchten. Unterdessen wurden hinter den Schaufensterscheiben die Souvenirs für dieses freie und großartige Ausleben feilgeboten: kleine Holzschuhe mit Waldmotiven, Bücherstützen mit Waldmotiven, Tabletts mit Waldmotiven. Und die unbekannten, aber großen Maler, die diesen Wald bevölkerten, stellten ihre Bilder aus, eine Kunst voll erhabener Barbarei in einer Auswahl, die dem barbarischen Elan der geistigen Freibeuter entsprach. Berthe hatte ihre Schwierigkeiten. Für sie bestand immer die Gefahr der Entfremdung. So sah sie sich plötzlich neben Yolande vor einem Schaufenster stehen, in Khaki, in der Maskerade von Dolch und Feldflasche, den spielerischen Attributen eines Halbwüchsigen, an einem Sommermorgen, als Dekor eines Feriendorfes, dieser Bühne des Pseudovergnügens. Alles wurde zu Zierat am schweren, spröden Skelett des Lebens. Das Sonnenlicht wurde zu Konfetti und Luftschlangen, die Farben waren wie aufgetupft, die Menschen wie aus einem Schattenspiel, Lachen wurde zu leerer Musik und Lächeln zum Muskelkrampf. Glücklichsein ist Mitspielen aus der Tiefe der eigenen tierischen Vitalität oder Sich-Vergessen an der warmen Oberfläche eines anderen. Auch wer nur Hand in Hand mit jemand ging, konnte daran teilhaben. Aber wie konnte man mitspielen, wenn man einsam und bedächtig war und eine breite Stirn hatte, hinter der sich Liebe zur Wahrheit und Kritik an dem Lügenspiel des Lebens regte? In diesem Moment erblickte Berthe, die schon lange nicht mehr Holzschühchen und Bilder betrachtete, Alide. Alide kam aus dem Postamt. Und Berthe bemerkte, daß ihr Gesicht verzerrt und starr vor Nervosität war. Noch immer Migräne? Es war von einer Blässe, als fühle sie sich ertappt, verurteilt und verworfen. Zugleich spielte ein verkrampftes Lächeln um ihren blassen Mund. Nervös lächelnd wie jemand, der sich nichts anmerken lassen will, so sah sie aus. Sie trug ein Musselinkleid, in dem ihre reife, weiche Gestalt fürstlich wirkte. Doch sie bewegte sich wie eine Fürstin, die durch die Reihen ihrer abtrünnigen Vasallen Spießruten läuft. Sie hatte angerufen. Sie hatte ein tiefbewegtes Ferngespräch mit Peps geführt. Ihr beider Blut hatte sich über eine Entfernung von rund vierzig Kilometern hinweg berührt. Und vielleicht weil vollendete Tatsachen durchs Telefon weniger konkret erscheinen, war es nun so weit gekommen, daß sie endlich *Carte blanche* gegeben hatte, *Carte blanche* an Peps. Und das war Hochverrat, niederträchtigster Verrat; sie wußte nicht, ob sie die Konsequenzen ertragen konnte, obwohl sie sie schon seit einem Jahr erwogen und zu übersehen versucht hatte. Und die abtrünnigen Vasallen, die sie in unsichtbaren Reihen umgaben, spuckten ihr voller Haß ins Gesicht, schlugen ihr sogar voller Haß auf den Hintern. Hätten sie denn je gedacht, daß ihre Fürstin mit einem Lakai... Aber Alide blieb trotzdem Fürstin, sie lief mit ihrem griechischen Gang Spießruten, und auf ihrem schönen Gesicht lag ein verzweifeltes, hochmütiges kleines Lächeln. In diesem Augenblick sah sie Berthe vor dem Schaufenster stehen. Sie begegnete zwei stillen Augen voller Aufmerksamkeit und Fragen. Dieses Mädchen, hatte der verratene Fürst erst kürzlich zu ihr gesagt, ist das merkwürdigste der vier. Das Mädchen Berthe zählte außerdem nicht zu den spuckenden und spottenden Abtrünnigen. Berthe sah Alide noch immer triumphierend auf dem Thron ungeschmälerter Macht. Für Berthe war sie noch die Fürstin. Sie erwiderte deshalb mild und gern den Blick der stillen Augen, lächelte ohne Rücksicht auf das Hohngelächter und sagte mit tiefer, warmer Stimme: »So, seid ihr auch da?« – Es klang banal, aber doch wie ein Geschenk, eine Liebkosung. Mit derselben Stimme hatte sie kurz zuvor gesagt: »Ja, Willem, ich sehne mich nach dir.« Die Sehnsucht des Blutes klopfte noch in ihrer Stimme. Yolande wandte sich vom Schaufenster ab und sah Alide an. Yolande war in einer einfachen Familie geboren und aufgewachsen, in der die Lebensinstinkte wie Nerven bloßlagen. Dadurch spürte sie beispielsweise immer sofort, wo sich Hunger versteckte und wo Betrug: der Hunger der Männer und der Betrug der Frauen. Mit ihren nüchternen, empfindsamen, porzellanblauen Augen durchschaute sie alle moralischen Kinkerlitzchen und erkannte die blanken Tatsachen, den Hunger oder den Betrug. Feindlich sah sie Fürstin Alide an, in der sie beides erkannte. Alide wandte sich zu Berthe, die so schönes glänzendes Haar hatte, daß der Gedanke nahelag, sie benutze Brillantine. »Brillantine?« fragte Alide und strich liebkosend mit zwei Fingern über Berthes Schläfen. »Nein«, sagte Berthe leise, »keine Brillantine.« Und Yolande sah, wie zwischen den beiden ein Lächeln aufkam, ein Lächeln, das sie ausschloß. Auch wenn die beiden ihre Gesichter, die volles Einverständnis ausdrückten, ihr zugewandt hätten, so wäre sie doch nicht in den Bund aufgenommen worden. Zwei Menschen von gleichem Niveau, die im selben Stil, in derselben Sprache sich miteinander verständigten oder widersprachen: Das war eine Begegnung im selben geistigen Klima. Selbst wenn sie Yolande einbeziehen würden, sie hätte nicht mithalten können, nicht mithalten wollen. Sie schaute kurz in diesen Lustgarten plötzlichen und gegenseitigen Entdeckens und wandte sich unmutig ab. Sie kannte das. Es wurde daraus eine Unterhaltung, die sie weder verfolgen noch genießen konnte. Sie sagte: »Geht ihr nur zusammen Kaffeetrinken, ich mache inzwischen die Einkäufe.« Das war die Lösung. Die Unterhaltung von Berthe und Alide konnte jetzt ungehindert von Ellipsen zu nuancenreichen Phrasen übergehen und wieder zurück zu einsilbigen Fragen und Geständnissen. Natürlich war vor allem Berthe die Redende und Gebende, es war Berthe, die Alide in den Lustgarten von Traum und Spiel lockte. Sie saßen im *Goldenen Hirschen*. Drinnen war es dämmrig. Wie leer, wie fern hörte Alide ihr zuerst zu. Mit leerem Gesicht und fernen Augen, nur ihr Lächeln war nahe. »Noch immer Migräne?« – »Schrecklich!« – »Kann man dem nicht mit Aspirin abhelfen?« – »Nein.« – Ein gespanntes Lächeln aus nächster Nähe. »Soll ich lieber still sein oder reden?« – »Das letztere.« – Und Alide lehnte sich im Schutz von Berthes Bewunderung in den Sessel zurück. Denn Berthe fand sie schön. Alide wußte genau, wie fesselnd und bezaubernd sie wirkte, wenn man sie schön fand. Es war ein Wissen, das vor allem im letzten Jahr zwischen Peps und Kosta herangereift war. Es war eine Macht, die ihr sehr bewußt geworden war, eine Macht, die viele, wie jetzt eben Berthe, unbewußt in ihr erkannten. Daraus ergab sich eine Spannung. Nichts ist so gut gegen Migräne wie eine ablenkende, fesselnde Spannung, wie sie das Mädchen Berthe hervorgerufen hatte. Das Mädchen mit der etwas heiseren Stimme und den suchenden Augen zog mit ihrem behutsam vorantastenden Gespräch einen Zauberkreis, aus dem die Migräne und ihre Ursache verbannt wurde. Das war gut. Warum sich ins Unvermeidliche, Unberechenbare vertiefen? Alides Stirn war ohne Falten, ihre Augen ohne Schatten, ihr Mund ohne einen Zug von Müdigkeit. Sie dachte niemals nach über Dinge, die sie nicht begreifen konnte, sondern schnitt sich sozusagen ihre Gemütsverfassung nach dem Maß des Augenblicks zurecht und gab dunkler Unsicherheit den Vorzug gegenüber dem Schmerz allen Denkens und Vermutens. Nein, träge und sicher im dämmerigen Saal des *Goldenen Hirschen* zu sitzen, war gut. Sie lehnte sich in ihren Sessel zurück und ließ sich von Berthe eine Zigarette und Feuer geben. Berthe sagte sonderbare Dinge. Sie erzählte, wie sie Alide zum erstenmal zusammen mit Kosta im Wald gesehen habe. Alide hatte damals ein blaues Seidenkleid getragen, und Kosta hatte den Arm um sie gelegt. Sie hatten sich geküßt, einfach mitten auf dem Waldweg, und hatten, als sie Berthe erblickten, nicht gegrüßt, sondern nur gelächelt. Sie, Berthe, hatte oft an sie gedacht. Und sie glaubte an Begegnungen, mit Sinn oder ohne Sinn. Ob Alide jemals schon von *Karma* gehört habe? Es sei nicht schwer, für sich selbst an Karma zu glauben, weil man sein eigenes Wesen und eigenes Leben für wichtig halte. Und es sei auch nicht schwer, an Karma zu glauben, wenn man einer Frau wie Alide begegne. Auf der Straße jedoch sehe man so viele Leute, aus deren Augen nur eine Gruppenseele starre. Sollten nicht nur Auserwählte ein persönliches Karma haben? Und Auserwählte, waren das nicht jene, die zu leiden vermochten, tief und wahrhaftig, und zu lieben, ebenfalls tief und wahrhaftig? Berthe war noch so jung und so leidenschaftlich. Alide reagierte kaum auf diese unwillkommene und sublimierte Form des Flirts, sie begnügte sich damit, lieb dreinzuschauen und ermutigend zu lächeln. Sie rauchte wie eine Frau, die eigentlich nicht rauchen kann; ohne zu inhalieren, in kleinen, flüchtig gepafften Zügen. Außerdem vergaß sie die Zigarette oft und drückte sie schließlich ungeschickt und umständlich aus. Berthe beobachtete die Hand bei ihrem Tun. Es war keine schöne Hand, keine Hand, wie man sie in einem romantischen Roman beschreibt. Diese Alide, die sich so selbstbewußt, so sinnlich bewegte und ein so schönes gesundes Lächeln zeigte, so eine reife, fürstliche Frau konnte keine zarten Hände haben, auch nicht die Hände eines Vamps oder feinfühlige, langfingrige Streichelhände. Die Handteller waren breit, die Finger kurz und stark mit kräftigen Nägeln. Brutale Hände. Hände, die jähzornig und sadistisch zuschlagen konnten. Aber das war ein Geheimnis. Berthe sah nur, daß ihre Fähigkeit, zärtlich zu streicheln, wie ein Geheimnis tief verborgen war. Sie dachte: Für alle außer für Kosta, den sie liebt, bleibt die Zärtlichkeit dieser Hände unbekannt. »Was schaust du so?« fragte da Alide. »Siehst du meine Hand an?« Sie öffnete die Hand und zeigte den glatten, flachen Handteller. »Ich habe keine schönen Hände«, sagte sie unbefangen, »sie sind zu kräftig, oder schaust du meinen Ring an?« – Sie drehte die Hand wieder um, an der sie einen Ring mit einem Opal trug. Berthe hielt die kurzen starken Finger einen Augenblick lang fest. »Ein schöner Ring«, sagte sie, »aber ein Opal! Opale sollen Unglück und Mißerfolg bringen.« – Alide lächelte. Aberglaube ist oft amüsant. »Was sollte ich denn tragen?« – »Saphire oder Smaragde, sie verheißen Liebe und Glück.« – »Aber den Ring hier«, sagte Alide, »kann ich doch nicht ablegen, ich habe ihn von Bart, von Kosta also, bekommen.« Sie schlug die Augen nieder, hörte auf zu lächeln und zog ihre Hand auf die Sessellehne zurück...

Sie traten zusammen den Heimweg nach *Mon Repos* und *Mon Plaisir* an. Das Gespräch war in eine Stimmung abgeglitten, die viel von Verdrossenheit hatte. Der Wald war Zeuge, war vielleicht selber ein wenig schuld daran. All die verschlungenen Wege unter dem schweren Laub waren so doppelsinnig still, verdächtig und vereinsamt. Ein Wald, ein melancholischer Wald, eignet sich gut dazu, um darin allein, seines einsamen Herzens bewußt, herumzulaufen oder zu zweit darin zu wandeln, wenn es mit inniger Zuneigung und unbefangener Sentimentalität geschieht. Aber ach, dieses Mädchen in ihrer Khaki-Verkleidung und diese junge Frau im Musselinkleid waren doch ein sonderbares Paar. Das Mädchen war in verliebter Stimmung, während die junge Frau Berthe völlig vergessen hatte. Alles erschien unwirklich, ihr Gang durch den Wald und besonders ihr gemeinsames Gehen. Es war wie ein sinnloses Zusammentreffen. Der Wald hätte ein Urwald sein können und das Paar eine junge weiße Frau mit ihrem schweigsamen indianischen Führer. Doch hinter seiner Teilnahmslosigkeit, seinen spähenden Blicken verborgen, träumte der Führer einen leidenschaftlichen Traum. Er träumte, daß die Frau in seinem Wigwam wohnte. Ihre Gedanken galten jedoch einem Old Shatterhand, der, nachdem sie ihn leichtsinnigerweise enttäuscht hatte, in die Wildnis gezogen war, um sie zu vergessen. Doch Frauenherzen haben wenig Selbsterkenntnis. Erst seit er fortgegangen war, liebte sie ihn wirklich und ging ihn nun suchen. Manchmal schaute der Führer heimlich aus den Augenwinkeln in das Gesicht, auf die Nackenlinie der weißen Frau und beobachtete ihren Gang. Und er wunderte sich über den strengen Zug um den weichen Mund und über den starren Blick der grauen Augen. Das war die Unruhe, die sich wieder ihres weißen Körpers bemächtigte, obwohl diese Unruhe soeben noch durch den guten Geist gebannt zu sein schien, der aus seinen Worten sprach. Er dachte: Ich muß jetzt etwas sagen, eine Geschichte erzählen über einen meiner Vorväter, die allesamt Helden waren und längst in den Ewigen Jagdgründen weilen und ihren Wigwam mit einer Frau wie ihr teilen. Mein guter Geist muß zwei böse Geister bannen: den meiner Wigwamphantasie, der lebend in den Jagdgründen jagen möchte, und den ihres Kummers, denn er ist Undankbarkeit gegenüber den Göttern. Und der Führer sann nach über eine Geschichte von urväterlicher Größe, ein Heldenlied voll echter indianischer Allegorie. Unterdessen fragte Khaki-Berthe, nur um das Schweigen zu brechen: »Hast du noch Kopfschmerzen?« – »Ja«, war die Antwort, »aber erzähl mir noch was, denn wie ich merke, vergesse ich dann die Schmerzen.« – Nun, im Pseudo-Urwald hingen die Geschichten in dicken Trauben an den Bäumen und standen bündelweise hinter jedem dicken Stamm. Auch die Sonne schickte mit ihren Strahlen noch einige auf die Erde, und die Erde selbst war eine Geschichte, eine warme, altersgraue Sage von ängstlichen, sehnsüchtigen, ruhelosen Erdenwesen, von erbärmlichen, flüchtigen Erdenwesen. Und Berthe sagte: »Ich habe mir vorhin ausgedacht, wir gingen durch einen Urwald, und ich sei dein Führer. Du wußtest den Weg nicht, aber ich wußte ihn auch nicht mehr. Ich getraute mich nicht, es dir zu sagen. Und ich wußte, daß wir nie, nie wieder herausfinden würden.« War das etwa ein Trost, eine magische Beschwörung von Kummer und Schmerz? Wieviel besser, edler hätte ein Indianer das gemacht. Wäre Alide Arm in Arm mit Berthe gegangen, dann hätte wohl ein Sonnenstrahl seinen Weg in diese grauen Augen gefunden. Ja, allein die Berührung dieses Armes hätte sie selbstlosere, tröstendere Worte finden lassen. Beispielsweise diese: »Ich war dein Führer. Du wußtest den Weg nicht, doch ich wußte ihn. Denn auf jedem irreführenden Kreuzweg sah ich eine Fee. Feen helfen dem, der nicht mehr weiterweiß. Und wenn es dunkel wird, was übrigens erst in Stunden sein wird, kommen die Zwerge, eine Eskorte verspielter Geister, die alle Ängste bannen. Lach nicht, Alide, es gibt sie, die Feen und Zwerge. Ich könnte dir sogar erzählen, wann, wo und wie sie geboren werden, leben und sterben und wen sie lieben und wen nicht...« Aber Berthe war weder zu Selbstlosigkeit noch zu Trost bereit, denn sie fühlte Alides Arm nicht in den ihren. Mit Wollust spann sie deshalb ihre traurige Geschichte weiter: »Und nie, nie wieder würden wir herausfinden«, wiederholte sie melancholisch. »Für mich war das nicht schlimm. Was hatte ich schon zu verlieren? Niemanden und nichts. Aber du, wie langsam flochtest du die Zweige für eine Hütte, für die ich junge Baumstämme heranschleppte. Denn wir brauchten eine Hütte, einen Schutz gegen Wölfe, Regen, Wind! Doch während ich dich zu trösten versuchte, hörtest du mich nicht. Du hörtest mir nicht einmal zu! Dein ganzes Horchen galt nur dem Mann, der dich suchte, Bart Kosta, der früher im selben Urwald mit dir herumgewandert war und alle Schleichwege zu kennen glaubte. Und du wußtest, bei Gott, er würde gründlich nach dir suchen, nicht nur im Wald, sondern in jedem Wolfsbau, jeder Hasensasse, unter Zweigen, Blättern, Moos. Es ist jedoch möglich, zumal in einem solchen Urwald, daß du dich verirrst und niemand dich mehr finden kann, nicht einmal dein Kosta. Das geschieht, wenn du dem Geist des dunklen Urwalds begegnest, einem Geist der Finsternis. Er wirft den Schatten einer schrecklichen Mimikry über dich. Schwarz wie die Erde bist du plötzlich, grausam wie ein Wolf, scheu wie ein Hase, unfaßbar wie der Wind. Und wenn Kosta dich so fände, würde er dich nicht erkennen und sagen: ›Waldkind, hast du jemals den gesegneten Namen Alide gehört?‹ Und du würdest sagen wollen: ›Ja, das bin ich.‹ Aber der Geist der Finsternis würde deine Worte verdrehen, so daß du sagst: ›Sie hat vor langer Zeit gelebt.‹ Beinahe hätte Kosta sich gebrochen für immer abgewandt. Du wärest also tot. Aber dann hättest du plötzlich zu weinen angefangen. Echter tiefer Kummer bricht allen falschen Schein, alle Zauberei. Und er hätte dich erkannt und nach Hause gebracht. Ich aber …« Berthe schwieg beschämt und erschrocken. Denn was bemerkte sie? Wirkliche Tränen auf Alides glatter weißer Wange. Weinte Alide wirklich? Eher könnte man sagen, sie verlor ein paar Tränen, schwere Kullertränen, die dicht aufeinanderfolgten. Still, erschütternd und überzeugend. Alide hatte Kummer. Berthe griff nach ihrem Arm: »Alide, kann ich dir vielleicht helfen?« Sie war selber dem Weinen nahe. Alide schüttelte den Kopf und rieb die Tränen fort. »Nein«, sagte sie matt, »es ist alles nur ein bißchen schwer für mich.« Berthe, die Alides Arm wieder losgelassen hatte, hätte sie gern getröstet, nicht mit Worten, nein, mit einer Gebärde. Wie anders auch, da sie ja nicht wußte, worum es ging. Aber sie so zu trösten hatte den Nachteil, daß sie sie umarmen müßte, ihr den Kopf, das Haar streicheln und selber den Duft der weichen Frauenhaare aus nächster Nähe spüren. Es hätte danach ausgesehen, als nutze sie die Gelegenheit, also ließ sie es sein. Und doch, wie sie so neben Alide herging, mußte diese begriffen haben, daß sie, Berthe, alles, auch das Unsinnigste für sie getan hätte. Als sie bei *Mon Repos* angelangt waren, sagte Alide: »Danke, Berthe.« – Und wofür? Für ihre Bewunderung, aber auch für ihr Mitleid mit einem unbekannten Kummer. Gerührt und wissend sah sie Berthe an. Dieser Abschiedsblick voll wissender Rührung spielte fortan eine wichtige Rolle in Berthes Phantasie.

In *Mon Repos* war Alide danach stundenlang allein. Zuerst machte sie sich ein paar Butterbrote und setzte Kaffee auf. Nicht daß sie Hunger gehabt hätte, aber sie würde niemals wegen irgendwelcher Emotionen den täglichen Gang der Dinge unterbrechen; diese vollzogen sich sozusagen automatisch unter ihren instinktiv festen Händen. Sie schnitt das Brot, setzte den Kaffee auf und aß. Nein, sie aß nicht wirklich, sie griff nach einem Butterbrot, vergaß es, starrte benommen vor sich hin, besann sich dann und biß einen Happen ab. Das konnte man doch nicht essen nennen, das war nur ein Versunkensein in sich selbst. Arme Alide. Ihr Kummer war größer, als sie selber wußte. Die halb heruntergelassenen Jalousien sorgten für leichte Dämmerung im Raum. Es war ein Zimmer mit heller

Tapete, Korbmöbeln und Kreppgardinen, heiter, sommerlich, verspielt, ohne Beständigkeit. Insofern war es ein geeignetes Dekor für eine Auseinandersetzung, die zu einem Lebewohl führte, lieber hier, wo alles vom Vergänglichen und von den Festen des Lebens kündete, als an einem Ort, wo man versucht hatte, der Freude Beständigkeit zu verleihen durch teure, unechte Antiquitäten, Perserteppiche und Gardinen aus Samt oder Plüsch. Alide dachte nicht an die Vorteile des Dekors. Sie aß, starrte benommen vor sich hin, besann sich wieder und aß weiter. So hätte sie sich auch verhalten, wenn Kosta ernsthaft erkrankt wäre und sie jeden Augenblick gefürchtet hätte, das Telefon zu hören, das sie ins Krankenhaus und an sein Sterbebett rief. Sie war lediglich unruhig, entsetzlich unruhig. Sie mußte noch Stunden warten, ehe sie wußte, wie es ihm ging. Und niemand würde sie anrufen, um sie von der schrecklichen Unruhe zu erlösen. Es ist nun einmal so, daß Menschen, die tief einer in des anderen Leben und Liebe verstrickt sind, eine Schicksalswende gemeinsam durchstehen müssen, das heißt, jeder für sich allein. Kein anderer Mensch, kein Umstand mischt sich helfend oder besänftigend ein. Nein, jeder bekommt sein volles Maß an Spannung und Misere. So saß sie also deprimiert im Korbstuhl am Korbtischchen. Ein großer Kontrast: verpfuschte Lebensfreude zwischen heiterem Mobiliar. Ihr einsames Tun erinnerte an das einer Epileptikerin. Sie starrte ab und zu blicklos vor sich hin, hielt in der beabsichtigten Bewegung inne, hob das Butterbrot nur halb zum Mund, kam wieder zu sich, aß weiter und fiel dann wieder in einen Zustand des Abwesendseins, zupfte am geblümten Tischtuch und strich sich wie in ohnmächtiger Besinnung über die Stirn. Sie brachte es schließlich doch nur auf ein Butterbrot und trug den Rest wieder in die winzige Küche. Ins Zimmer zurückgekehrt, blieb sie unentschlossen, wie betroffen und verloren stehen. Die Stille, die Dämmerung fielen ihr auf, eine Trauerstimmung. Sie fühlte sich allein, fremd und beklommen. Wer war hier die Gastgeberin? Eine unbekannte Tote oder sie? Sie ging rasch zu den Jalousien und zog sie hoch. Draußen war noch strahlendes Sonnenlicht; es sprang ins Zimmer herein und verwandelte die Trauer in ein Fest. Die Korbmöbel wurden zu Gold, der Spiegel an der Wand bekam eine glänzende Tiefe. Und in diesem Spiegel sah sie sich zufällig ihrem freudlosen Gesicht gegenüber. Sie griff nach einer Puderquaste, nach Rouge und Lippenstift. Diese Berthe, dachte sie dabei, um sich abzulenken, die liebt ja Frauen. Zögernd, sich immer wieder in Gedanken verlierend, begann sie, ihr Gesicht zu schminken, und erinnerte sich daran, was sie selbst einmal mit einer Frau erlebt hatte. Mit einer Frau wie Berthe, was anfangs ziemlich analog dem kleinen Abenteuer von heute morgen verlief. Fast zehn Jahre war das nun schon wieder her. Ich werde wahrhaftig alt, dachte sie dazwischen. Und dazu der Gedanke, daß sie durchaus nicht sicher war, ob die Sache mit Peps von Dauer sein würde. Ich kann nicht anders, dachte sie. Das war der Brunnenstein über einem unauslotbaren Gefühlsabgrund: Ich kann nicht anders. Manchmal trat ihr die unselige Vision eines einsam verbrachten Alters vor Augen. Das geschieht doch den Frauen, die nicht festhalten, was sie besitzen? Außerdem hatte sie die fixe Idee – ein karger Trost –, daß sie wahrscheinlich früh sterben werde. Niemand in ihrer Familie war sehr alt geworden. Sie zog bedächtig ihre Lippen nach. Einsam zu altern, welch ein Gedanke für eine noch junge Frau, die sich vor *l'embarras du choix* gestellt sieht. *Qual der Wahl?* Keine Rede davon. Sie hatte schon gewählt, und Peps hatte es Bart mitgeteilt.

So hätte es eigentlich nicht geschehen dürfen, das war schrecklich unüberlegt von ihr gewesen. Um so mehr, als sie den bloßen Gedanken, die beiden könnten sich begegnen, immer für geschmacklos gehalten hatte. Sie beugte sich näher zum Spiegel und betrachtete ihre Augen, die sie mit einem Stift nachgezogen hatte. Sie schaute in das Grau um ihre Pupillen, das heute so matt und trübe war, und betrachtete aufmerksam die zarten Linien zwischen Nase und Augen, um dadurch das scharfe Bild von Bart und Peps, die einander gegenüberstanden, aus ihrer Vorstellung zu verbannen. Es war zu widersinnig, zu unbegreiflich. Barts Gesicht und Konstitution waren so anders, so solide und gut. Sonderbarerweise war dadurch ihre Liebe für ihn inniger geworden, aber seine sinnliche Anziehungskraft für sie abgestumpft. Peps dagegen mit seinem Plebejer-Körper, mit dieser Nase, diesem Mund, diesem Kinn... schon wenn sie nur an ihn dachte! Eine Flamme durchzuckte sie. Sie sah, wie ihre Augen sich im Spiegel verengten und verschleierten. Und der Brunnenstein hieß: Sie konnte nicht anders. Sie nahm einen Kamm und zog sich rigoros den Scheitel. Locker fallendes, glänzendes Haar mit Naturwellen. Diese Berthe, versuchte sie, sich wieder abzulenken, liebte doch tatsächlich Frauen. Bart merkte so was nie, er hatte absolut kein *feeling* dafür. Er sah nur, daß Berthe kein gewöhnliches Mädchen war, alles andere entging ihm völlig, wie immer. Die Erotik im allgemeinen interessierte ihn nicht besonders, da es in seinen Augen nur eine einzige schöne und begehrenswerte Frau gab, und das war sie. Ein dumpfer Magenschmerz, ausgelöst durch den Kummer. Abwesend hörte sie auf, sich zu kämmen und wandte sich vom Spiegel ab. Die Schminke war und blieb nur eine durchsichtige Maske, unter der sie ihre Unruhe und ihren Kummer sah. Sich selbst konnte man wohl am wenigsten betrügen. Aber, besann sie sich, vielleicht war es besser, die ganze Schminke abzuwaschen. Männer verstanden so etwas nicht. Bart könnte denken, sie sei gar nicht bekümmert. Oder war es seinetwegen besser, wenn er das dachte? Ach, sie wußte es nicht. In einer ratlosen Gebärde drückte sie ihre Hände an die Schläfen und verlor sich in widersprüchlichen Phantasien: Bart, wie er lächelte und an seinem *King und Juliette* schrieb, aufschaute und lachte, warm, sicher, selbstbewußt. – Peps lieb und leidenschaftlich, er nahm sie in die Arme, seine rauhen Lippen waren glühend und irdisch, sein unbeholfenes Gerede wickelte sie in einen Kokon weichen Verlangens, und das Ende war ein Vereinigtsein, so köstlich und vollkommen, daß sie deswegen ein ganzes Jahr lang blindlings zu ihm gegangen war. Allein bei dem Gedanken daran fühlte sie dieselbe blinde Bedenkenlosigkeit in ihr Blut wiederkehren. Ihre Hände glitten von den Schläfen herab, einen Augenblick lang lauschte sie wollüstig dem Trieb in ihr. Ich kann nicht anders, dachte sie wieder. Aber dann kehrte sie sich auch von diesem schwindelerregenden Abgrund bewußter Lust ab. Und wieder zwang sie sich, an Berthe zu denken: Dieses Mädchen, das Frauen liebte, könnte sie im Handumdrehen in sich verliebt machen. Wenn sie es nicht ohnehin schon war. Typisch, wie anziehend man wirkt, wenn man selber verliebt ist. Es ist, als ob man die anderen magisch anlockt. Sogar Bart hatte sich dem Einfluß nicht entziehen können. Oder wohl richtiger gesagt: Vor allem Bart konnte sich dem Einfluß nicht entziehen. Noch nie hatte er sie so angebetet wie in diesem Jahr. Sie war allmächtig in ihrer Schönheit, allmächtig für sein Glück. Noch nie zuvor hatte er in solch einer intensiven Abhängigkeit von ihr gelebt. Hinter all seinen Handlungen, hinter seinem gesamten Lebenstrieb stand die Liebe als eigentliche Inspiration und Antriebskraft. Für Alide war es ein berauschendes Gefühl. Es war, als spiele sie auf seiner Seele wie auf einem edlen Instrument. Alles von ihr wurde in ihm zu Gesang. Wenn Alide mittags vor dem Spiegel gestanden hatte, wo sie mit ruhigem, berechnendem Blick Ohrringe, Halskette und Anstecknadel anlegte und sich parfümierte, dann schrieb er, wenn sie fortgegangen war, weiter an seinen Notizen über King und Juliette: Und Juliette stand vor dem Spiegel und schmückte sich mit Juwelen. Sie tat es mit einer kühlen Gleichgültigkeit, wie eine Pflicht. Und so war es auch. Auch wenn Juliette Gift im Herzen trug und im Kopf die verwerflichsten Pläne einer Giftmischerin hegte, so würde dennoch jedermann sie wohlwollend und sogar begehrlich ansehen: ihr duftendes Gesicht, ihren weißen Hals mit der Halskette und ihre geschmückten Ohren. Wer würde in einer so anziehenden Frau eine Schlange vermuten, die ihm nach dem Leben trachtete? – Alles an Alide wurde ihm zum Erlebnis und fand Ausdruck in einer ganz neuen Form, in der er seine Freude über Alide mit spielerischer Ironie verspottete. Alide fand das faszinierend. Seine Verehrung für Alide wurde zum schändlichen Spiel mit Juliette. Es war, als schwebte er gemeinsam mit Alide auf einem Zauberteppich durch die Welt. Gemeinsam blickten sie darauf herab, in Abgründe und Schluchten voll Dunkelheit, Verbrechen und Geheimnisse. Auf diesem Zauberteppich begann Bart mit der Arbeit an *King und Juliette*. Auch wenn er glaubte, dabei überhaupt nicht an Alide zu denken, dachte er ausschließlich an sie. Alide war so vielfältig, so überwältigend wie ein kosmisches Ereignis. Ihretwegen, für sie begann er auch *King und Juliette* zu schreiben. Ihretwegen, für sie schaute er vom Zauberteppich der

Liebe herab in einen Abgrund, auf eine Welt voll Missetaten und Ränke, Schein und Spiel, der sie beide aus Liebe entstiegen waren. Und sein argloser Blick unter den spöttisch hochgezogenen Augenbrauen war herausfordernd und vergnügt. – Peps hingegen, der erfahrene Unterweltlotse, landete mit dem Zauberteppich, dem Luftschiff *Liebe*, auf einer Felsspitze über der Schlucht *Verrat*. Das führte leider und unvermeidlicherweise zum Schiffbruch. Heute abend hatte Alide das Schiff verlassen und war, vielleicht für immer, bei Peps an Land gegangen. War sie wirklich auf dieses bedeutungsschwere Unternehmen vorbereitet? Sie hatte heimlich Angst, sie könnte etwas sehr Wichtiges vergessen haben, so wie man das passende Kleid für ein Abendessen, das wichtigste Datum bei einem Examen, das Ja bei einer Hochzeit vergißt. Sie fühlte sich als Opfer ihres eigenen Schicksals. Am liebsten hätte sie sich selbst beweint, die kummervolle Alide, die nun ihrem Bart Kummer bereiten mußte. Doch es weint sich nicht so leicht, wenn man allein ist. Ihre Augen blieben trocken und starrten ernst auf den Zauberteppich mit den eingewebten, unlösbaren Rätseln, den Rätseln des Schicksals und des Lebens, die Bart und sie bislang nur für bizarre Muster gehalten hatten. Dann fiel ihr Blick auf ihre Hände. Wie weich waren diese starken Hände seinetwegen geworden. Sie hatten ihn zärtlicher gestreichelt, als es eigentlich ihre Art war. Anfangs leicht und voll verhaltener Sinnlichkeit, später weich und träge aus Mangel an Lust. Der Fehler war, daß ihre Liebe sich im Laufe der Zeit sublimiert hatte. Sublimierung ist der Tod aller Erotik, und ganz besonders einer Erotik, die sich zurückhalten mußte und sich nicht im eigenen großartigen Spiel frei ausleben durfte. So wandelte sich die Liebe zu Liebhaben, aber ist das gewissermaßen nicht oft nur *faire bonne mine à mauvais jeu*, gute Miene zum bösen Spiel machen? Frau seiner Träume, aber Mutter seines Herzens sein, so sehr, daß ihr seine körperliche Liebe mehr und mehr inzestuös vorkam, sie anwiderte und ihr unangebracht und fast unnatürlich erschien. Oder hatte daran vor allem Peps schuld? Sie ballte die Hände und ließ sie vom Schoß gleiten. Daran durfte sie nicht denken. Sie war heute zu unruhig und zu zerfahren, als daß sie sich heiter der Erinnerung an heimliche Zusammenkünfte überlassen konnte, Zusammenkünfte mit heißen Mündern, leisen Stimmen und einem lechzenden, krampfhaften, süß ersterbenden Verlangen nach Lust, die sie ebenso schicksalsergeben beherrschte, wie sie sich ihr hingab. Je tiefer die Unruhe sich in sie hineinfraß, desto größer wurde ihr Bedürfnis nach völligem Selbstverlorensein, nach Sinnenfreude mit der darauf folgenden Entspannung und Ruhe. Nein, Berthe, mußte sie wieder denken, die Frauen liebte und sich leicht in sie verlieben könnte, wenn es nicht schon passiert war, Berthe ähnelte in ihrem Wesen Sascha, sehr sogar. Sascha war die Frau, die vor fast zehn Jahren in ihr Leben getreten war. Sascha war weniger hübsch und weniger intelligent als Berthe, auch demütiger, empfindsamer: lieb, aber entsetzlich zweitrangig und nachgiebig wie das Protoplasma um einen Kern. Der Kern war Alide. Die demütige Sascha betete sie an. Sie, die heitere Alide, war die Prinzessin in goldenen Pantoffeln, die Saschas Blumen in einer Vase ordnete, sich überrascht und begeistert gab und doch genau wußte, wie es um Sascha stand. In Wirklichkeit hieß sie nicht Sascha. Alide hatte ihr den Namen Sascha gegeben, lachend, rätselhaft lachend, mit liebkosender Stimme. Er setzte sich zusammen aus den Anfangsbuchstaben von drei kleinen Wörtern heimlicher Kritik: sexuell abnormale Schöne, das »a« am Ende war Zugabe.

»Warum Sascha, Alide?« fragte die sanfte, bescheidene Stimme. »Du hast so etwas russisch Dunkles an dir«, sagte Alide mit schamhaft niedergeschlagenen Augen, »ich verstehe dich nicht immer ganz, darum.« – Ja, Alide spielte oft Spiele mit niedrigem oder hohem Einsatz, je nachdem, wer ihr Partner war. Doch in Sascha, der anfangs so Bescheidenen, erwuchs ihr später eine gefürchtete Gegnerin, die oft Widerstand leistete. Die Freundschaft wurde zu einer Lehre, die Alide im Gedächtnis behielt. Obwohl sie Sascha in der Erinnerung immer noch Sascha nannte, geschah es nun nicht mehr mit heimlichem Schmunzeln, o nein. – Die Affäre Sascha war mit einem Geheimnis verknüpft, das Alide tief im Herzen verschlossen hielt. Nicht einmal Bart hatte sie erzählt, auf welche Weise Sascha aus ihrem Leben verschwunden war, die schlaksige, leptosome, katholische Sascha mit den Plattfüßen, Ponyfransen, der großen Brille und dem goldenen Kreuzchen als Amulett um den vorgestreckten Hals. Vielleicht war diese Affäre das Musterbeispiel eines schlechten, mißlungenen, verlorenen Spiels. Und auch wenn es tatsächlich so war, hätte Bart es doch begriffen. Denn spielte er nicht selber? Das Leben war für ihn ein Puppenspiel, dessen Fäden er in Händen hielt. Ja, aber immer nur herab von dem Zauberteppich, solange er die Gnade von Alides Liebe genoß. Und es gab noch einen Unterschied: Alide hatte in der Talschlucht kein Phantasiespiel gespielt, sondern ein Spiel, das so grausam direkt war wie eine Vivisektion. Nein, das war eine Lüge. Ist es noch ein Spiel, wenn man einfach nicht anders kann, wenn man selber Opfer ist, das Opfer des eigenen Schicksals, des eigenen Ichs? Nichts ist verhängnisvoller, als wenn der Abstand zwischen dem Ich und dem Instinkt aufgehoben ist. Wie oft war Alide betrübt gewesen, weil sie Bart betrogen hatte. Hätte sie ihn weniger geliebt, so hätte sie es sicherlich nicht so geschickt und sorgsam geheimgehalten. Obwohl, hätte er es denn überhaupt bemerkt, auch wenn sie weniger vorsichtig gewesen wäre? Es gab nur eine einzige schöne, absolut verläßliche Frau, und das war sie. Und die vielen Stunden, die sie ohne ihn verbrachte, widmete sie jenen charmanten Nebensächlichkeiten, die eine Frau so liebenswert geheimnisvoll und *ewig weiblich* erscheinen lassen. So ging sie etwa eine Woche lang jeden Nachmittag in die Stadt, um zu einem Kleid den passenden Kragen zu suchen, bis sie ihn schließlich gefunden hat. Sie näht ihn an, probiert das Kleid an und betrachtet sich mit kundigem Blick. Bart, vielleicht schon etwas ungeduldig, fordert ihre Aufmerksamkeit für Wichtigeres und sagt: »Ich habe mir vorgenommen, Alide, diesem King ein einsames Seelenleben und ein kaltes Herz zu geben. Er wird Juliettes Geliebter, und zwar mit Vergnügen, doch nicht einmal wenn sie in seinen Armen stürbe, würde es ihn erschüttern.« – »Also«, fragt Alide, »ist er nur an der Giftaffäre interessiert?« – »Nein, sondern an dem Problem von Schein und Sein, das er in Juliette verkörpert sieht.« – Alide lächelt matt und mißbilligend. Er sagt: »Obwohl dieses Problem kaum für dich bestehen dürfte, aber wäre dadurch Kings Interesse für die Affäre Juliette und also auch für Juliette nicht begründet?« Alide schenkt ihre ganze Aufmerksamkeit dem Krägelchen, nach dem sie mehrere Tage stundenlang in der Stadt gesucht hat, und sagt dann: »Ja, wenn er letzten Endes in die Frau verliebt ist, dann schon.« – Er sieht sie an, entzückt, als verkünde sie eine Offenbarung: »Natürlich ist er in sie verliebt, denn ich bin es ja auch.« – »Selbstverständlich«, sagt Alide darauf in leicht ironischem Ton, »denn Juliette bin ich, eine kleine Doppeldeutigkeit zwischen Schein und Sein.« – Aber sie weiß sehr wohl, daß Juliette, ihre Schwesterseele, auf einer vollkommen verschiedenen, ganz und gar anders gelagerten Seinsebene existiert. Sie, Alide, begeht keinen Giftmord und spielt nicht die Naive, zumindest nicht mehr jetzt. Sie gibt sich als eine Frau, die mit Unwichtigem herumtrödelt, dann aber plötzlich Beweise liefert für einen Gefühls- und Gedankenreichtum, den man nicht vermutet hätte, der überrascht, verwirrt und zu denken gibt: Kenne ich diese Frau? Alide ist ein Geheimnis, doch ein Geheimnis, das sich Bart völlig offenbart in der Gebärde, mit der sie Kragen und Schleifen anprobiert. Sie besitzt eine schlichte, alltägliche Logik, die bei unwichtigen Dingen wie Kragen und Schleifen unfehlbar guten Geschmack beweist und die, auf tiefere Lebensbereiche angewandt, die finstersten Probleme vereinfachen und überschauen kann. – So denkt Bart über Alide, die ihn verlassen muß. Alide macht ein paar leere Kaubewegungen und kann sich dann doch nicht beherrschen. Und obwohl sie immer noch allein ist, kommen ihr nun die Tränen, echte Tränen, die ihre Hornhaut überfluten und ihren Blick verdunkeln, die sie in dünnen Tropfen fortzwinkert und mit ihrer kräftigen, unsentimentalen Hand abwischt. – Mittlerweile ist das Nachmittagslicht verblaßt, ergraut. Es ist seines eigenen Strahlens, seiner eigenen Freude überdrüssig. Die Welt draußen gleicht nun der Stimmung eines Menschen, der ohne konkrete Ursache in einer törichten Melancholie gestrandet ist. Im Zimmer ist jetzt alles doppelt still, die Korbsessel und geblümten Deckchen sehen aus wie desolate Überbleibsel nach einem Fest. Alide sitzt in einem der desolaten Korbsessel vor dem Tisch. Sie stützt die Hände schwer auf die Lehnen und schaut mit plötzlich geweitetem Blick durchs Fenster, hinaus in den Garten. Bart ist durchs Gartentor gekommen. Sein ganzes Wesen ist ungläubiges Entsetzen. Nun wird er gleich hereinkommen in seiner offenen und impulsiven Art, die sie so gut kennt und liebt. Und vielleicht wird er sie umarmen wie ein Kind, das im Wald eine böse Vision der Einsamkeit gehabt hat.

Als der Mond die Welt in sein romantisches Licht tauchte, brachen Berthe und Annie aus *Mon Plaisir* auf. Vorher war Banjomusik erklungen, über die sich der rauhe synkopische Gesang eines der Mädchen erhob wie ein rhythmischer Schrei. Es war Yolande, die gesungen hatte, kalt, herausfordernd und ohne Freude am Singen. Sie war ein für allemal fertig mit Berthe. Wenn ihre Augen zufällig Berthes Augen begegneten, blieben ihre Pupillen klein und eisblau-kalt, wie wenn man in einer Straßenbahn sitzt und dem Blick eines Fremden begegnet, der außerdem unsympathisch oder häßlich ist. Natürlich würde sie sich anständig benehmen und die Ferienstimmung nicht verderben. Aber das änderte nichts daran, daß sie genug hatte von Berthe, die, wenn es darauf ankam, einem auch noch zu imponieren versuchte. Mittags war Yolande allein nach *Mon Plaisir* zurückgekehrt. Ihr selber war es so lieber gewesen. Allein hatte es ihr sogar mehr Spaß gemacht. Sie war natürlich keineswegs beleidigt, daß Berthe Alide so offen bevorzugt hatte. Nein, ihr Selbstbewußtsein und das Seriöse nahm sie ihr nicht ab, zumal sie, wenn man sie durchschaut hatte, recht kleinlaut wurde. Und diese Alide, nein, die mochte sie schon gar nicht. Die wenigen Begegnungen hatten ihr genügt. In dieser gebildeten und reservierten Dame steckte etwas, und zwar nichts Gutes. Der idiotische Kosta hatte natürlich keine Ahnung davon. Dann gab sie sich schon lieber mit einem dieser Animiermädchen ab, das weder gebildet noch reserviert war, lauthals lachte und ein affektiertes schlechtes Niederländisch sprach, geschickt ihren Vorteil zu nutzen wußte und sich mit ihresgleichen vergnügte, das jedoch, wenn es darauf ankam, sehr gutherzig und loyal sein konnte. Alide war eine Schlange. Bei dem Gedanken schlug Yolande die Banjosaiten besonders laut an. Sie sang mit rauher und ausdrucksloser Kehlstimme: *Somebody stole my gal.* – Hilda stellte die Becher für den Tee zurecht, Berthe träumte, Annie tat gar nichts, und draußen schien der Mond. Es war ein Abend, um kleine Kinder aus dem Bett zu holen und mit ihnen in den Wald zu gehen. Eine prächtige Gelegenheit, endlich mal Elfen zu sehen, Geschöpfe, die nur Zierde sind und Reigen tanzen. Und wenn die Kinder sie nicht in ihrer Zierlichkeit beim Mondreigen erspähen konnten, so würden sie doch spüren, daß sie da waren, freilich nicht in der Nähe von *Mon Repos* oder *Mon Plaisir*. Die Häuser strahlten nichts aus, was Elfen anlockte. In *Mon Repos* trachteten zwei Menschenkinder einander nach dem Leben, auf eine Weise, vor der sogar den Elfen graute, obwohl sie manches blutige Duell gesehen hatten. In *Mon Plaisir* gab es nur wenig Pläsier. Yolande übersah Berthe geflissentlich und mit Genugtuung. Berthe hingegen träumte heimlich von Alide, einen Traum wie eine Mohnblüte in einer Wüste von Einsamkeit, in der sich die Sehnsucht in die Wollust der Macht verwandelte und tief befriedigt wurde. In Berthes Phantasieträumen war Alide verlassen, arm und krank, und sie, Berthe, erntete ihre Liebe und Dankbarkeit. Doch dann verwarf sie diese schmähliche Ernte und träumte, Alide werde plötzlich das Opfer einer berauschenden Fixierung. Und wie war diese entstanden? Einzig und allein durch einen Kuß, einen unerwarteten Kuß, mit dem sie Berthe sehr nahegekommen war und durch den das bislang Unbekannte in hohem Maße wirklich wurde, warm, jung, schön und lieblich, etwas, das man unersättlich immer wieder erleben möchte. Berthe hatte noch nicht gemerkt, daß die lärmende Yolande sie ignorierte und etwas gegen sie hatte. Die geistige Überlegenheit Berthes war nur Schein, nur ein Bollwerk. In Wahrheit war Yolande die überlegenere Repräsentantin einer Mehrheit, die oberflächlich sein mag, trotzdem aber überlegen ist. Und sie erdrückt die Einsamen, wie jetzt Berthe, die vergessen will, daß sie eine Frau ist und sich ihrem eigenen Geschlecht mit den Gedanken eines Mannes nähert. Kein Mann würde sich nach einer Frau wie Berthe umsehen, diesem Mauerblümchen im Tal der Liebe, sei sie auch eine Persönlichkeit und intellektuell dazu. Und Yolande sang dazu herausfordernd mit rauher Stimme. Ihre Stimme fuhr wie ein Panzer über die Mondlandschaft und donnerte über Menschenliebe und -leid hinweg: *Somebody stole my gal.* – Hilda, die vernünftige, hatte kein Auge für die Landschaft, kein Ohr für Panzer. Es war ein köstlicher Sommerabend, und Yolande sang. Sie fand das urgemütlich und stellte zufrieden die Teebecher in eine Reihe. Normalerweise arbeitete Hilda in einem Haushalt. Sie war die am wenigsten Gebildete der vier und eigentlich ganz uninteressant. Für sie gab es keine wichtigen Probleme. Die Welt war für sie so wirklich, wie sie sie wahrnahm, ihr Gefühl verschmähte die Dimension des Geheimnisvollen, Unerklärlichen. Die Wirklichkeit war für sie ihr schlechtes Gebiß und die Taktlosigkeit ihrer Dienstherrin, und, als Stütze gegen diese unangenehmen Dinge, ihr Freund, ein Kapitän auf einer Gemeindefähre. Sie war die Älteste der vier, ihre Freundschaft war schlicht und mütterlich. Fleiß und Hilfsbereitschaft waren für sie selbstverständlich. Für die anderen war sie sehr bequem, solange man ihrem Gebiß und den Reibereien mit ihrer Chefin etwas Aufmerksamkeit schenkte, über den Kapitän sprach sie fast nie. Und dann ihr Gebiß, sieh mal, was für gute Zähne. Man mochte denken, es fehle ihnen nichts. Aber die Schmerzen, die sie manchmal hatte, unbeschreiblich! Entzündungen, zuerst in den Backenzähnen, die sie schon alle hatte ziehen lassen, und nun auch in den Schneidezähnen. Man solle ihr nur glauben, sie werde froh sein, wenn alle erst draußen sind. Und ihre Chefin! Steht die zum Beispiel mal in der Küche und hantiert herum, und eine Freundin von ihr, eine von derselben Sorte, steht daneben und schaut zu. Da läßt die Chefin, ungeschickt wie sie ist, ein Ei fallen. Es liegt wie ein ovales Omelett mit zerlaufenem Eigelb auf den Fliesen des Küchenbodens. Die Dame und ihre Freundin sagen: »Oje« und lachen. Dann deutet die Chefin mit einer graziösen, einladenden Geste darauf und sagt: »Hilda, das ist für dich.« Und nun müssen sie erst recht lachen, sittsam prustendes Damengelächter, ein geistreicher Spaß. Was ihren Seemann auf dem Fluß betrifft, so schweigt sie über ihn aus Verschämtheit und auch, weil es wenig über ihn zu erzählen gibt. Er ist etwas älter als sie, immerhin besser als umgekehrt, er wohnt irgendwo in Pension, steht auf seiner Fähre und wirft bedenkenlos alle Probleme wie Ballast über Bord: »Biste-verrückt.« Mit traditioneller Seemannsredlichkeit schaut er jedem, Mann oder Frau, ohne Unterschied gerade in die Augen, ruhig und kühl im Bewußtsein der eigenen Gelassenheit. »Bisteverrückt«, sagt er zu Hilda, und damit schrumpfen die ärgerlichen Angelegenheiten mit der Chefin zu Banalitäten. Hilda spart, sie will erst später heiraten. In letzter Zeit lebt sie mit ihm zusammen, wie man so sagt. Es macht ihr nichts aus, sie hat auch nichts dagegen. Aber sie kann nicht verstehen, daß es Frauen gibt, die darauf versessen sind. Sie versteht aber durchaus, daß Frauen soweit kommen können, es für Geld zu tun. So gelangte Hilda durch ihre eigene Frigidität zu einem milden Urteil. Hin und wieder las sie Romane, in denen die Frauen schön, edel und unschuldig waren und die Männer in abstrakten Sehnsüchten schwelgten und feurige Handküsse verteilten. Sie selbst und ihr Leben waren sehr viel nüchterner. Sie mochte Yolande, Annie war zart und lieb, ein Mädchen, das man beschützen und verwöhnen möchte, und Berthe war wohl ein bißchen sonderbar, aber doch recht nett. Nach dem Tee gingen Annie und Berthe noch ein wenig spazieren. Inzwischen führten Hilda und Yolande ein Gespräch. Yolande sagte: »Weißt du, was ich glaube? Daß Berthe etwas für Frauen übrig hat.« Hilda betrachtete gerade einen Schneidezahn im Taschenspiegel unter der Lampe. Fing der jetzt auch an weh zu tun? Wenn er raus mußte, sah es übel aus. »Biste-verrückt«, plapperte sie ihrem Seemann nach. Ob sie Zähne hatte oder nicht, darauf kam es nicht an. »Was hast du gesagt?« fragte sie und sah Yolande an, wie es der Seemann tun würde. »Daß sie was für Frauen übrig hat.« – Hildas Blick wurde für einen Moment unsicher, als sei sie aus dem Gleichgewicht geraten. Sie hatte zwar schon davon gehört, aber nur von Männern. Die Frage war, gab es so etwas wirklich, war es nur Perversität oder etwas, das Mitleid oder Verachtung verdiente. Was für ein Problem. Was hatte Yolande da gesagt? Hilda dachte kurz über Berthe nach und warf den Ballast des Problems, genau wie ihr Seemann es tun würde, bedenkenlos über Bord: »Biste-verrückt!«

Annie mit ihren hübschen Locken ging rechts von Berthe. Sie lief so demütig und leichtfüßig wie eine Elfenschwester, aber wie eine, die die Freude verloren hatte und deshalb ausgestoßen worden war. Was war nur mit dem

Mädchen los? Ihr Haar kräuselte sich durchsichtig an den Schläfen und fiel ihr in Locken tief in den Nacken. Im Profil die kleine gerade Nase und die betrübte Wölbung des stillen Mundes. Vielleicht hatte Annie tatsächlich eine Elfenseele. Güte und Freude hätten darin wohnen können, doch nur wie verspielte Nachtfalter, die die lockende Mondstimmung der Sommernacht aus dem Kokon der Schüchternheit befreit hat. Also nicht menschliche Güte, menschliche Freude schlechthin: nein, Güte nur als liebliches Spiel, Freude als Daseinsgrund. – Der Mond stand groß und verträumt am Himmel und tauchte den Wald in ein wunderbares und gefährliches Licht. Im Mondlicht ist die Welt mehr denn je, was sie seit Urzeiten war: eine ewige Welt, unabhängig von dem, was jahrhundertelang in ihr geschah. Und im Wald die ewigen Wege mit Baumwurzeln wie alte Reptilien und hie und da als Inkarnation eines bösen Geistes plötzlich eine Kröte oder Echse wie ein Miniaturkrokodil, in den Mondstrahlen erstarrt. Die Sträucher regungslos, verblaßt, in melancholischer Pracht. Gewiß haben sie eine Seele, aber wer begreift das am Tage? Und für die Bäume galt dasselbe: tagsüber schön, doch im Mondlicht prall vor Träumen und sich voll bewußt, wie sehr sie tagsüber dieses Paradies entbehren müssen. – Der Geist der Elfen fährt in die Menschen, die sich der Mondwelt anheimgeben. Dann wollen sie entweder sterben, wenn sie unglücklich sind, denn Elfen können nur im Gnadenzustand großer Güte und Freude leben, oder aber sie wähnen sich unsterblich in ihrem Glück. Ihre Augen bekommen einen wahnsinnigen oder poetischen Glanz, ihre Münder werden entweder kalt vor Einsamkeit oder brennend heiß vor Entbehrung und Unbefriedigtsein, warum denn auch die Unglücklichen so maßlos unglücklich und die Glücklichen so unersättlich glücklich sind.

Und dieses Gefühl von nie genug und nie zuviel läßt die Elfen tanzen, bis sie vor Verzückung außer sich geraten, und bringt die Menschenkinder dazu, sich in Mondstimmung an einem der träumenden Bäume aufzuhängen oder Beschwörungen zu stammeln, die sich bei Tage als verworrenes Zeug entpuppen. – Berthe war unglücklich, aber doch nicht in dem Maße, daß ihr nichts anderes übrigbliebe als ein einladender dicker Ast. Noch konnte sie in Worten damit fertig werden. Sie ging neben Annie her, die sehr schön im Mondlicht war. – Berthe besaß ein reiches, sehnsuchtsvolles Herz. Ihr Traum von Alide war noch nicht an der Wirklichkeit zerschellt, und neben ihr ging ein Mädchen, das schön und zerbrechlich war und mit passiver Sanftmut alles hinnahm, was sie sagte. Der Geist der Elfen, der in Berthe gefahren war, bewog die Unglückliche nur zu melancholischen, traurigen Worten, aber dabei blieb es dann auch. Sie sagte: »Ich stelle mir soviel vom Leben vor, obwohl es mir noch nie etwas geschenkt hat. Warum ist es gerade dann so arm, wenn man seiner würdig ist? Seit mir klargeworden ist, daß ich existiere, habe ich mich darauf vorbereitet, denn ich wollte denken und begreifen, wollte lieben können. Ich habe bewußt versucht, mich reicher und schöner zu machen. Ich habe die anderen danach beurteilt. Wie wenig Menschen tun so etwas bewußt! Ich merke das immer häufiger. Heut oder morgen durchschaue ich alle Masken wie eine Hellseherin und gebe mich nicht mehr mit eitlen Erwartungen zufrieden. Dann kann ich nicht einmal mehr davon träumen, daß es schöne Menschen gibt. Ich hätte längst wissen müssen, daß ich zur Einsamkeit verdammt bin, die nie vergeht und immer schlimmer wird. Wie soll das weitergehen? Oft habe ich Angst, ich könne das nicht ein ganzes Leben lang ertragen. Manchmal denke ich auch: Ich bin auserwählt, ich bin ein Menschenkind mit einem besonders schweren, also auserwählten Schicksal. Wenn ich es ebenso gelassen wie mutig trage, werde ich schon merken, warum es so sein muß. Aber dann ist mir plötzlich wieder klar, daß ich nur warte, daß ich nicht die Ergebenheit einer Märtyrerin besitze und Ausschau halte nach jedem neuen Gesicht, ob es vielleicht eigens für mich bestimmt ist.«

Das Mondlicht wurde nun überhell. Der Wald wurde nach und nach zu einem Paradies, in dem Elfen außer sich vor Freude tanzten und mit entzückten Stimmen sangen, hoch über den Schwingungen alltäglicher Menschenfreude. Ein Paradies, in dem nur das Glück Widerhall fand, das Unglück jedoch ausgestoßen und mit feenhafter Barbarei aufgefordert wurde, sich aufzuhängen. – »Gehöre ich überhaupt auf diese Welt«, meditierte Berthe laut, ohne auf das Gesicht der Elfenschwester zu achten. »Gehöre ich denn hierher«, seufzte sie und merkte nicht, daß über das Gesicht dort neben ihr eine Träne rollte, so rein wie Kristall. »Wenn du wüßtest«, sagte sie egozentrisch, »wie entsetzlich schwer meine Kindheit und meine Jugend war. Wenn du wüßtest, wie oft ich schon aufgeben wollte. Und wenn du wüßtest, wie oft in meinem kurzen Leben ich dankbar war für den Schlaf, dieses herrliche Vergessen. Nachts im Bett dachte ich: Wenn ich nur schlafen und vergessen könnte, und morgens, wenn ich erwachte, dachte ich: Jetzt weiß ich wieder alles. Das Unglücklichsein erwachte mit mir zusammen wie ein wachsames, drohendes Ungeheuer, das mich nie aus den Augen verlor. Aber warum habe ich dann nicht aufgegeben? Vielleicht nur wegen dieses Gefühls des Auserwähltseins. Je seichter das Leben ist, desto weniger gibt es zu bewahren oder zu verlieren. Aber je schwieriger, desto schöner ist es, vielleicht nur weil es einen höheren Lebensstil erforderlich macht. Aber wenn jemand wie ich so stilvoll und menschenwürdig wie möglich zu leben versucht und niemand einem, wenn es darauf ankommt, ein vollwertiges Recht zum Dasein zugesteht, soll man da nicht den Mut verlieren? Ach, vielleicht sind das alles auch nur Phrasen, Scheinargumente, und vielleicht habe ich einfach nur das Warten satt.«

Berthe und Annie waren an einen breiten Weg gelangt, an eine Asphaltbahn, die jedoch nicht aus dem Mondparadies hinausführte, sondern vielmehr dessen Königsweg war. Der Asphalt glänzte tief wie ein Gewässer, darüber spannte sich ein weites Firmament mit feierlich und festlich zur Schau gestellten Sternen. Man konnte sich auf diesem Königsweg eine Delegation von Elfen vorstellen, die zu Verhandlungen mit den Menschen unterwegs war. Die Elfen erklärten sich bereit, ihr Reich für die Menschen zu öffnen und es ihnen notfalls sogar abzutreten, falls alle sich aufknüpften, die keine Wahnideen oder Träume hatten, und zwar unverzüglich. Und den Elfen stünde es zu, das Urteil darüber zu fällen. Sie würden lange über Berthe diskutieren, die zwar maßlos träumen konnte, doch gleichsam als grausamen Ausgleich ein alle Träume und Wahnvorstellungen mordendes Kritikvermögen besaß. Und wie stand es um Kosta und Alide, die im Augenblick zwar nicht hier gingen, sondern ein Stück weiter in *Mon Repos* wohnten, um Kosta mit seinem Traum und Alide mit ihrem Wahn? Die Elfen hätten sie geliebt, obwohl ihnen davor graute, wie Alide Kostas Traum und Kosta Alides Wahn zu töten versuchte. Dort wogte in diesem Augenblick ein Kampf, mit dem verglichen die blutigen Duelle der Ritter und Drachen ein Kinderspiel waren. Nein, die Elfen wollten zunächst abwarten, was von Kosta und Alide übrigblieb und dann die Entscheidung treffen:

Paradies oder Erhängen, unverzüglich. Hilda und Yolande waren ihnen nur flüchtig bekannt, sie glaubten aber nicht, daß die beiden ihr Reich jemals betreten würden, weder als Auserkorene noch als Verurteilte. Und Annie? Annie, die den Elfen so nah verwandt schien, hatte sie denn einen Traum, einen Wahn? Nein. Sollte sich dieses Elfenwesen mit den ernsten, zarten Gebärden und ihrem traurigen, blassen Gesicht also aufknüpfen? Sie getraute sich nicht, selber zu träumen, sondern träumte die Träume anderer mit, so lieb, passiv und gefühlvoll, daß die Elfen beschlossen hätten, sie zu dulden. Die Elfen hätten folgendermaßen argumentiert: Warum eigentlich nicht, sie war zwar unbedeutend, aber nie lästig. Und das war ein mildes und liebevolles Urteil, denn im gewöhnlichen Leben wurde sie mit weniger Milde und Liebe geduldet. War ihr Gesicht deswegen feucht wie von Tränen? Oder teilte sie wieder nur Berthes Kummer? Los, Annie, sag doch was! Nein, was Annie möglicherweise sagen könnte, würde sie nicht aus ihrer Bedeutungslosigkeit emporheben, man glaube das bloß nicht. Sie war ganz und gar unbedeutend. Alles was sie hinderte, lastete wie ein Stein auf ihrer Seele, wie ein erratischer Felsblock, hinterlassen von einer Eiszeit verletzender Erfahrungen. Es müßte jemand kommen und ihn herunterwälzen, da sie es selber nicht tat, denn sie war passiv und tief verletzt, ohne empört oder aufsässig zu sein. Los, Annie, sag was! Und Annie sagte: »Als Paul starb, wußte ich nicht, wie klein ich mich machen und wo ich mich verstecken sollte. Ich wußte, daß Mutter dachte: Wäre sie es nur gewesen. Und das denkt sie heute noch. Sie haßt mich, weil ich lebe. Und deshalb denke ich selber: Wie kann ich es wagen weiterzuleben. Aber auch: Wenn ich nun schon einmal lebe, auch wenn ich nicht Paul bin, habe ich doch wohl ein Recht darauf. Obwohl du wissen mußt: Meist habe ich das Gefühl, ich sei in Wirklichkeit mehr tot als Paul.« Das Schlimmste dabei ist, wenn man sich darüber beklagt, daß man lebt, schlägt man sich selber die Waffe aus der Hand, um stichhaltig Trost spenden zu können. Was sollte Berthe darauf sagen? Ach, liebe Annie, weißt du sicher, daß du dich nicht irrst? Wie kann eine Mutter die Tochter hassen, weil sie es ist, die lebt und nicht der Sohn? Wie können die Menschen hundertmal kränkend über ein unbedeutendes Mädchen hinwegsehen, und wie können Elfen sagen: Sie ist zwar unbedeutend, aber nicht lästig? Aber leider irrt Annie sich nicht. Bei ihr zu Hause sitzt eine Frau mit trübsinnigen Augen im schlaffen Gesicht. In der Dämmerung türmen sich Verzweiflung und Groll in ihr auf, die einen Sturm in ihrem Innersten entfachen, einen Sturm, der den grausamen Tatsachen zu Leibe rückt, um sie ungeschehen zu machen. Aber was wahr ist, bleibt wahr. Die grausamen Tatsachen erheben sich wie Leuchttürme, die allen Stürmen trotzen und die Ohnmacht des rebellierenden Grolls anzeigen. Der geliebte Paul ist tot. Annie dagegen lebt. Manchmal nimmt die Mutter Annie demütig in die Arme und weint beschämt. Doch häufiger verläßt sie das Zimmer und geht in Pauls Zimmer, dieses Mausoleum seiner Größe, seiner edlen Natur. Sie unternimmt eine Wallfahrt entlang der Bücher und Gegenstände, die etwas mit diesem einmaligen Leben zu tun hatten. Sie stellt sich krampfhaft vor, daß er noch lebe, daß sein Geruch, sein Geist in diesem toten Zimmer noch lebendig sei, daß er soeben noch dort auf dem Stuhl vor dem Schreibtisch gesessen habe und von seiner Arbeit mit abwesendem Blick aufsah, daß er nur mal kurz hinausgegangen sei, ohne zu sagen, wohin, ein schlanker Junge mit lockigem braunem Haar, wortkarg und voll erhabener Gedanken, ein Dichter. In einer Schublade seines Schreibtischs liegen seine Gedichte. Seine Gedanken waren zu groß für das Korsett des traditionellen Gedichtes. Jeder Gedanke war wie das Öffnen einer Himmelspforte. Nur an Gedenktagen las sie darin wie in einem heiligen Buch, an seinem Geburtstag, an den Jahrestagen seiner Studienzeit und seiner tödlichen Krankheit sowie an allen Tagen, die Feiertage hätten sein können, wenn er nicht gestorben wäre. Und noch immer kamen Blankverse hinzu. Denn seit einiger Zeit war Paul, Pauls Geist, ihr wieder fast greifbar nahe. Einmal im Monat nahm sie an einer Séance teil in einem Kreis von Leuten, die sie kennengelernt hatte und die sich durch ihre geistigen Interessen zusammenfanden. Annies Gegenwart war nicht erwünscht. Manchmal meldete sich Paul. Diese Augenblicke erfüllten die Mutter immer wieder mit nostalgischem, heiligem Schmerz. Auf die Frage: Geht es dir gut, gab er keine Antwort, sondern zitierte jedesmal einen erhabenen, schwer verständlichen Satz, den sie aufschrieb und als neue Reliquie nach Hause trug. Auf die Frage: Freut es dich, daß du deine Gedanken auf diese Weise weitergeben kannst, antwortete er begeistert: Ja. Wie groß hätte er werden, wieviel hätte er der Menschheit geben können, wenn er im Diesseits geblieben wäre. Wenn sie sich in seinem Zimmer seinem Geist überließ, fühlte sie häufig, wie er sie als ungreifbare Realität umgab. Dann war er bei ihr, voller Sehnsucht, er verlangte nach dem irdischen Leben, das er zu früh verlassen hatte, er hatte seine Aufgabe längst nicht erfüllt. Spät am Abend kam sie wieder herunter, das schlaffe Gesicht grau und müde, die Augen stumpf. Verbittert, voller Groll setzte sie sich hin, starrte auf ihre Hände und ließ sich von Annie, die sie vor lauter Groll nicht anschaute, das Abendbrot zubereiten. – Und so ist es dazu gekommen, daß Annie Paul und ihre Mutter haßt. Doch es ist ein unbewußter Haß ohne Aggression und Kraft, denn sie weiß nicht einmal, ob Paul und die Mutter nicht doch recht haben. Sie duckt sich rasch und weicht vor der Größe Pauls und dem Groll ihrer Mutter aus wie ein ängstliches Hündchen vor dem vielleicht wohlverdienten Tritt seines Herrn. Dafür klammert sie sich mit provozierender Anhänglichkeit an alle Fremden, die freundlich zu ihr sind. Und jetzt lebt sie in *Mon Plaisir* wie in einem Paradies, mit ständiger sanftmütiger Bewunderung für alles, was ihre Freundinnen Hilda, Yolande und Berthe tun und sagen. Und so wie Hilda gütig und mütterlich ist, Yolande frivol und sangeslustig, so ist Berthe reich, allzu reich an Gedanken, als daß sie jemals im Leben nicht mitzählte und für andere nicht existierte. Und Annie spricht es aus: »Du, Berthe, du verstehst so vieles.« Demütig und leichtfüßig geht sie neben ihr her und schaut mit glänzenden Rehaugen zu ihr auf. »Wenn du jetzt nicht unglücklich wärst«, sagt sie, »könnte ich glücklich sein.« – »Warum?« – »Weil ich dir alles sagen könnte, alles.« – Und wieder schaut sie zu Berthe auf. Alles, denkt Berthe, ach, sie weiß ja gar nicht, was alles ist, und was man alles sagen kann. Und Berthe hat recht: Annie wurde so vernachlässigt und so oft zurückgewiesen, daß sie nicht versteht, was in ihrem Inneren geschieht, und gewiß nicht darüber reden könnte. Berthe dagegen bewegt sich frei in den Domänen der Sehnsucht und Gedanken. Ermutigend reicht sie Annie den Arm, als hätten sie jetzt erst ihren Spaziergang begonnen. Allein wäre Annie wie ein verirrtes Kind auf diesem Weg, der so dunkel und verlassen ist wie ein totes Gleis, in der Gesellschaft von Berthe jedoch ist sie ein fröhliches Mädchen auf dem Königsweg der Phantasie. – Und so sehen die Elfen die beiden weitergehen. Sie laufen ihnen nicht nach, obwohl ihnen die zaghafte Freude der einen und die ermutigende Zärtlichkeit der anderen gefällt. Denn es geht auf *Mon Repos* zu. Und in *Mon Repos* findet das Duell zwischen Traum und Wahn statt. Elfen haben nicht viel Mut, sie sind kindlich romantisch und spielen im ewigen Wald. Solange ein Kampf noch ein wenig einem Turnier gleicht, schauen sie zu, aber sobald er meuchelmörderisch ernst wird, fliehen sie erschauernd und ängstlich und kehren erst zurück, wenn die Streitenden leblos am Boden liegen und als Leichen wieder unschuldige Bestandteile der Ewigkeit geworden sind. In einem bestimmten Augenblick ist deshalb keine Elfe mehr auf dem Weg oder im Wald ringsherum zu sehen. Hingegen fällt nun ein Lichtstreifen aus *Mon Repos*, unwirklich hell wie eine Vision. Und Berthe flüstert: »Alide ist noch nicht zu Bett gegangen, obwohl sie Kopfschmerzen hatte.« Aber dann verstummt sie. Berthe und Annie bleiben stehen und ziehen sich in den Schatten eines Baumes zurück. Nein, Alide darf nicht merken, daß es zwei Augenzeugen gibt, weder sie noch Kosta. Kosta und Alide sind plötzlich auf der Terrasse erschienen, Alide auf der Flucht, als könne sie es nicht mehr aushalten, Kosta beschwörend hinterher. Er stellt sich neben sie an die Balustrade, zwingt sie, ihn anzusehen, und beginnt flüsternd ein leidenschaftliches Plädoyer. Derselbe Kosta, der erst morgen zurück sein wollte. Die beiden aus *Mon Plaisir* verharrten still im tiefen Dunkel. Sie sahen einem Schauspiel zu, das so spannend und traurig war, daß sie unmöglich die Augen davon abwenden konnten. Später, in ihrer Erinnerung, würde ihnen alles größer erscheinen: *Mon Repos* mit seinen Terrassen wie ein geheimnisvoll erleuchteter Palast, und Kosta und Alide wie zwei Menschenkinder, die verzweifelt und verstört gegen ihr unseliges Schicksal kämpften. Die beiden aus *Mon Plaisir* standen im Schatten eines Baumes verborgen, sie fühlten ihre Herzen klopfen und ihre Lippen kalt werden. Denn was sie dort sahen, war das Ende eines Glücks im offenen Duell zwischen Alides Wahn und Kostas Traum, zwei Menschen, die einander anfaßten mit einer Gebärde, die zwischen Liebe und Mord schwankte, zwei Gesichter, die einander anstarrten im jähen Wechsel zwischen Wehmut und Entsetzen, als entdeckte jeder in den Augen des anderen etwas Gräßliches, das früher einmal schön und anbetungswürdig gewesen war. Die Mädchen beobachteten das leidenschaftlich geflüsterte Gespräch, den Wechsel von Geständnissen, flehenden Bitten, Beschwörungen. Und dieses Gespräch schien die beiden, durch eine Katastrophe getrennten und einander entfremdeten Menschen in noch tiefere Einsamkeit zu stürzen. Und dann plötzlich eine ängstliche, grimmige Umarmung, die die Katastrophe gleichzeitig bestätigte und verleugnete. Eine Umarmung, in der einer den anderen vor dem Fallen zu schützen versuchte. Eine Umarmung, in der beide regungslos dastanden, Leib an Leib, Wange an Wange, ohne sich zu küssen. Berthe griff nach Annies Hand und zog sie mit sich in den Wald zurück. Tastend suchten sie nach einem Weg, ohne darauf zu achten, ob er nach *Mon Plaisir* führte. Tastend ergriffen sie die Flucht, Hand in Hand wie Kinder, die zufällig und ahnungslos in den Palast des gefürchteten Riesen, eines Menschenfressers, geblickt haben. Annies Hand war klamm, Berthe faßte sie rettend mit festem Griff. Eine überstürzte und federleichte Flucht wie vorhin die der Elfen. Erst als sie in Sicherheit waren, blieben sie stehen. Und die Kinder, die den gefürchteten Riesen gesehen hatten, die flüchtenden Elfen wurden wieder zu zwei Mädchen, von denen sich das eine schüchtern, das andere mit schwermütig-sehnsuchtsvollem Blick zu orientieren versuchte. »Hierhin«, sagte Berthe. Auf dem Weg nach *Mon Plaisir* schwiegen sie. Nein, doch nicht ganz, denn Annie sagte einmal: »Ich habe geglaubt, sie seien glücklich.« – Doch als Berthe nicht darauf reagierte, blieb auch Annie still und überließ sich mut- und freudlosen Gedanken. Glück, was war das eigentlich? Sie war eifersüchtig auf die Liebe ihrer Mutter zu Paul gewesen und auch auf Paul selber. Sie hatte geglaubt, die Leute in *Mon Repos* seien glücklich. Liebe und Glück waren offenbar nur die kurze Inkubationszeit einer schrecklichen Krankheit, einer seelischen Krankheit, die die Menschen traurig und verbissen, feindselig oder wahnsinnig machte. Menschen, die zusammen glücklich waren, müßten auch zusammen sterben. Wie oft hatte Annie das schon gedacht. Paul und Mutter. Doch hier war sie an eine Schwelle gelangt, die sie nicht überschreiten durfte. Sie floh in Gedanken und weigerte sich, den Katafalk zu sehen, den ihre Einbildung erschaffen wollte: einen Katafalk für zwei Personen. Sie flüchtete sich in Träume von Wiesen voll Kinder und Lämmer, mit denen sie spielte, in das Paradies ihrer kindlichen, leidenschaftslosen Seele ... Was beschäftigte Berthe so sehr, daß sie keine Antwort gab? Während sie neben Annie herging, war ihr eingefallen, daß sie schon einmal eine solche Szene wie die vorhin zwischen Kosta und Alide gesehen hatte, aber auf der Straße und bei Tag. Die Alide auf der Straße trug damals einen Koffer und lief rasch, aber so unauffällig wie möglich in verkappter Flucht davon. Jener Kosta damals lief hinter ihr her, holte sie ein und packte sie flehend und erbittert beim Arm. Damals lächelte Alide dem Publikum zu, leistete aber verkappten Widerstand, bis es ihr gelang, sich loszureißen. Wiederum griff Kosta zu, aber jetzt umklammerten seine Finger ihren Arm in rücksichtslosem Zorn. Das starre Lächeln, dazu bestimmt, das allmählich aufmerksam werdende Publikum abzulenken, wurde zur Grimasse. Die Augen jener Alide auf der Straße waren zugleich hart und kummervoll: Warum zwingst du mich, dir einen Fußtritt zu geben? Versteh doch, ich kann nicht anders! Einen Augenblick lang kümmerte sie sich absichtlich nicht um die Leute, die stehengeblieben waren, und riß sich mit allen Kräften los. Der Koffer in ihrer Hand schwenkte aus und stieß gegen den heruntergelassenen Rolladen eines Schaufensters. Er sprang auf, und der gesamte Inhalt fiel auf die Straße. Und unterdessen rückten die Leute immer näher, voller Neugier, ob sich die beiden vergessen oder ob sie sich schämen würden. Gemeinsam rafften sie alles zusammen. Und als jener Kosta seiner Alide wieder gegenüberstand, wechselten sie einen Blick, in dem ihre Kapitulation deutlich zu lesen war. Es war ihre letzte Begegnung, ihr Abschied, und ihre Augen trübten sich vor Tränen: Wie innig haben wir uns einst geliebt. Aber dann drehte die Alide auf der Straße sich entschlossen um: Ich kann nicht anders. Und sie ging, während jener Kosta ihr ohnmächtig nachstarrte. Berthe versuchte damals nachzuempfinden, was jener arme Kosta wohl fühlen mochte. Er liebte die Frau so bedingungslos, als hätte ihn ein Liebestrank verzaubert. Natürlich konnte er ohne sie nicht leben. Und nun, da sie ihn verließ, wußte er nicht, was er tun sollte. Jemand mußte sterben, der Eindringling, Alide oder er selbst. Und in ihrer Phantasie sah Berthe die blauen Augen des anderen Kosta aus *Mon Repos*, Augen voll Wahnsinn, der zu töten verlangt. – So trafen Annie und Berthe in *Mon Plaisir* ein. Annie – voller Angst vor ihren verbrecherischen Gedanken – zwang sich, an eine Spielwiese zu denken mit Lämmern so unschuldig wie Kinder und Kindern so rein wie Engel, Berthe voller Angst vor der Liebe, die in Wahnsinn umschlägt. Und bald darauf flüsterten in *Mon Plaisir* vier Mädchen in tiefster Harmonie über alles Mögliche. Sie saßen auf der Terrasse in rötlichem Dämmerlicht. Es war eine hochwichtige Versammlung, ein Areopag um Mitternacht. Die zu Gericht sitzenden vier Mädchen in Khaki hatten alle Vorurteile, die sie hätten entzweien können, über Bord geworfen. Hilda sagte nicht mehr: »Biste-verrückt«, sondern akzeptierte das Problem. Yolande zitierte, besonders für Berthe und mit Erfolg, die brillantesten Aphorismen über den Instinkt. Annie verließ ihre Spielwiese und stimmte verwundert und bewundernd den drei anderen zu, und Berthe war überhaupt nicht mehr arrogant, nein, eher zurückhaltend. Alide wurde der Heuchelei und Treulosigkeit für schuldig befunden und einstimmig verurteilt, von Hilda resolut, von Yolande mit Verachtung, von Annie verschämt, von Berthe jedoch nur mit Vorbehalt. Denn Berthe fügte hinzu: »Wer weiß, wie sehr sie selber darunter leidet«, und beschwor dabei in ihrer Phantasie einen schwer zugänglichen Charakter, der tiefes Leid verbarg hinter einer lächelnden Maske, hinter Koketterie und der bewußten Herausforderung zu einer erotisch gefärbten, sehnsüchtigen Bewunderung wie heute mittag im *Goldenen Hirschen.* »Wer weiß«, wiederholte Berthe mit größerer Überzeugung, denn jetzt dachte sie an den gemeinsamen Weg durch den Wald, wie unnahbar war damals Alide, wie unverkennbar einsam in ihrem heimlichen Kummer. Und dazu ihre Tränen. Nein, das wäre ein bißchen zu leichtfertig behauptet: Alide hinterlistig, Alide eine raffinierte Betrügerin, Alide grausam! »Nein, nein«, flüsterte Berthe und begann, den drei Flüsterstimmen zu widersprechen. Ja, der Areopag in Khaki flüsterte, als hätte Alide ihn hören können. Nein, Alide habe es schwer, unglaublich schwer. Nein, ihr breche das Herz vor Verzweiflung, sie würde sich von der neuen Liebe lossagen, wenn sie es könnte. – In diesem Augenblick hörten sie Schritte, die sich näherten. Hildas dumme Bemerkung ging unter, da niemand zuhörte und alle gespannt auf den Weg schauten. Die dumme Hilda hatte gesagt: »Aber warum kann sie das nicht, wenn sie Kosta so sehr liebt?« Und es war gut, daß Hilda, das am wenigsten erleuchtete Mitglied des Areopags, ihren Einwand auch nur geflüstert hatte. Denn die soeben Verurteilte, Alide persönlich, tauchte aus der Dunkelheit auf und trat in den rötlichen Lichtkreis von *Mon Plaisir*. Als wolle sie sich selber als Überraschung darbieten, so plötzlich stand sie mit lächelndem Gesicht im Strahlenkranz. »Noch nicht im Bett?« fragte sie. Seht mal, wie ostentativ ihr Lächeln ist: die Zurschaustellung einer brillanten Selbstbeherrschung und eines weißen Gebisses. Nur ihre Augen waren müde, verschleiert und gekränkt. Die Mädchen schoben einen Liegestuhl für sie auf die Terrasse. Dabei benahmen sie sich ziemlich befangen. Ertappt war das richtige Wort. Es war nicht schwer zu erraten, daß sie über Alide gesprochen hatten, doch die war vollauf beschäftigt mit Lächeln und völlig fertig mit den Nerven. »Ich konnte nicht schlafen«, gab sie als Erklärung für ihren späten Spaziergang, »und dann langweile ich mich immer so.« – »Herr Kosta ist also noch nicht zurück?« fragte Yolande scheinheilig und richtete ihre weit offenen Porzellanaugen auf sie. Alides Lächeln verschwand, ihre verschleierten Augen kamen forschend aus ihrem Versteck hervor. »Nein«, sagte sie und verbarg wieder ihren Blick. Drei Mädchen schwiegen wissend und beklommen, nur Yolande zog die Brauen hoch und wandte insgeheim ihr helles Gesicht zu Berthe. Bis Berthe schließlich geniert fragte: »Was machen deine Kopfschmerzen?« – Der späte Gast drückte die Hände an die Schläfen. »Ach Gott, ja«, sagte sie, »die habe ich noch, aber deswegen bin ich ja gekommen. Es ist herrlich, in der Nacht herumzulaufen.« – »O ja«, fiel darauf Yolande übermütig ein, »ein Nachtspaziergang ist herrlich!« Annie saß mit gesenktem Kopf da und schämte sich. Warum sagte niemand: Sei still, Alide, wir wissen Bescheid? Die Menschen sind doch grausam, besonders Yolande zu Alide, die es doch so schwer hatte. Aber für Yolande ist das Leben bestenfalls ein öffentliches Turnier, ein Kampfspiel mit stumpfen Lanzen, ein Gefecht mit der Regel *struggle for life* auf allen Gebieten. Aber das weiß Annie, die von Natur aus ewig Besiegte, nicht. Schließlich sagte Alide mit unsicherer Stimme: »Aber wenn ich euch störe, gehe ich wieder.« – »O nein.« – Denn alle begriffen, daß sie vielleicht gar nicht nach *Mon Repos* zurück wollte oder konnte. »Mein Gott, nein, du kannst über Nacht hierbleiben, wenn du willst«, sagte Yolande laut und großzügig, denn man kann auch auf zwei Sesseln schlafen, »was sollst du dort ganz allein!« Alide preßte wieder die Hände an die Schläfen und schaute starr vor sich hin. »Wenn es möglich ist«, sagte sie, und dann wischte sie sich kaum merklich über ihre Augen. Rieb sie heimlich ihre feucht verschleierten Augen trocken? – Sie wandte sich zu Berthe und begann energisch lächelnd ein Gespräch.

Als ich endlich mit dem Zug im Dorf angekommen war, meine Alide, holte ich mein Fahrrad. Langsam fuhr ich auf der breiten Straße nach *Mon Repos*. Langsam, aber die Leidenschaft, die in mir tobte, raubte mir den Atem. Ich hätte zu dir stürmen mögen, Alide, so trieb mich die Leidenschaft zu dir. Dennoch fuhr ich langsam und bedächtig die breite Straße entlang. Was hielt mich zurück, was hemmte mich? Ich wußte es sehr wohl. So heftig es mich auch nach dir und deinen Erklärungen verlangte, ich hatte Angst. Ich hatte Angst und war unsicher. Konnte wahr sein, was ich erlebt hatte? Und wenn es die Wahrheit war, was dann? Ich bog in einen Seitenweg und setzte mich an den Rand eines Wassergrabens. Ich erinnere mich genau an das Schwarz und Moosgrün, an die Wasserspinnen und an das Gras, an die in der Ferne zitternde Luft und an die Stille. Ich saß dort mit meiner Sehnsucht, meinem zwingenden Bedürfnis, dich zu sehen und an dir zu genesen, und war so bedrückt, daß ich fast daran erstickte. Ich geriet in Atemnot. Mein Herz hämmerte nicht nur in meiner Brust, sondern auch im Kopf und in den Pulsen. Genauso würde ich mich fühlen, wenn jemand zu mir gesagt hätte: Alide stirbt, beeile dich, sie will dich sehen, sie wartet auf dich. – Aber nein, in diesem Fall hätte ich Wunder vollbracht, noch aus dem Grab wäre ich auferstanden und gekommen, weiß Gott woher. – Also war es nur Angst, Angst vor den Tatsachen, vor einer Wahrheit, die mir noch immer lächerlich vorkam, was mich zurückhielt? Eine Wahrheit und Tatsachen, die ich doch in Gottes Namen wissen mußte? Nein, nein, Alide, das war es nicht allein. Weißt du, was es war? Ich wußte nicht, wie ich Haltung bewahren, was ich bei meiner Rückkehr tun sollte. Bedenke, mein King und meine Juliette bewahren immer Haltung! Ich dagegen nicht, und du auch nicht, dachte ich. Wie können zwei Menschen, die einander lieben, Haltung bewahren? Nein, du nahmst mich hin wie ich war, ohne Vorbehalte und Hinzufügungen. Meine Haltung sparte ich für King auf, einen Mann, der bewußt sein Dasein bestimmt und für den alles nur Spiel ist: seine Prinzipien, Gefühle, Gespräche und Taten. Ich selber spiele höchstens hin und wieder eine oberflächliche Rolle im gesellschaftlichen Leben: ein Grinsen, ein ernstes, bedauerndes Gesicht, eine Konversation oder ein sachliches

Gespräch, und damit hat es sich. Gleich danach lebt Kosta wieder auf, Kosta, der mit und durch Alide lebt, ohne Bedenken und Überlegungen, so offen und direkt, als wären Alide und Kosta eins. Weißt du, bis heute habe ich mein Leben nur erlebt, aber nicht gelebt. Ich habe Erlebnisse verarbeitet und Erfahrungen verbucht, die ich begriff, aber nicht zu nutzen wußte, was einer verlängerten Pubertät gleichkommt. Darum, Alide, saß ich am Grabenrand, darum wußte ich nicht weiter. Was sollte ich tun? Zu dir hinstürzen, mich dir zu Füßen werfen und bitten: War dieser Peps nicht nur ein böser Traum, sag doch, daß es nur ein böser Traum war? Und ich saß dort am Grabenrand im Gras und richtete mich auf, als wollte ich aufspringen, mich aufs Fahrrad schwingen und losfahren. Doch es gibt sehr viel weniger böse Träume auf dieser Welt als böse Wahrheiten. Wer wüßte das besser als ich? Hatte Juliette nicht einen Menschen kaltblütig vergiftet, eine Tat, an die sie gar nicht mehr dachte, als sie mit King tanzte und sich herausgefordert, gereizt fühlte durch sein gleichgültiges und korrektes Benehmen? Wüßte ich nur sicher, daß er in mich verliebt ist, dachte sie dabei. Es gibt nichts, was Alide nicht sicher weiß. Sie weiß, daß ihr Kosta verliebt ist, schlimmer noch, daß er sie liebt, und zwar über alles. Durch seine Liebe wird für ihn alles zu Alide, alles: Himmel, Wiesen, Wassergraben und Wasserspinnen. Ohne Alide ist der Kosmos entseelt, wird fremd, beängstigend, unmöglich. Trotzdem noch nicht aufstehen, sitzenbleiben, nachdenken. Nein, nicht nur darüber, ob man auf sie zustürzen und ihr zu Füßen fallen soll. Denn das ist letzten Endes nebensächlich. Man muß über das nachdenken, was gewesen ist. Und diese Geschichte ist so schön, daß die Erinnerung einem die Tränen in die Augen treibt. Zum Beispiel wie Alide dem armen verliebten Kosta Blumen bringt. Sie betritt sein Zimmer viel verliebter, als sie wahrhaben will, befangen und mit scheu niedergeschlagenem Blick. Sie trägt einen weiten, karierten Mantel und zierliche Sandalen. Sie ist ohne Hut, hat dunkles, welliges Haar. Sie fragt: »Hast du eine Vase?« Sie stellt die Blumen ungeschickt in die Vase, wirklich, als sei ihr noch nie klargeworden, daß die Stiele in die Vase gehören und der Rest draußen bleiben muß. Und sie sagt: »Schau mal fünf Minuten zum Fenster hinaus, sonst kriege ich sie nicht hin.« – Doch Kosta nimmt ihr die Blumen aus den Händen, legt sie auf den Tisch und umarmt sie. Wie innig sich die beiden umarmen! Von Sinnenlust ist nicht die Rede, ihre Ergriffenheit hat nichts mit dem Unterleib zu tun. Alles gefällt ihnen am andern, fast andächtig nimmt einer den anderen wahr: sein Wesen, seine Liebkosung, sein nahes Gesicht, seine Stimme, seine Liebesworte, seine Art zu schauen, alles, alles. Einander so zu umarmen ist eine Quelle des Glücks. Und später am Nachmittag ordnet Alide geschickt, mit einem unbefangenen, sorglosen Lächeln die Blumen in der Vase. Sie sagt: »Ich bin noch nie so idiotisch verliebt gewesen.« Und das ist wieder nur Spiel, ein leichtsinniges Spielen mit leichtsinnigen Worten. Denn vorhin hat sie gesagt, daß sie ihren Kosta liebt, und das bedeutet viel mehr. So war das mit den Blumen. Und zwei Tage später, nach einer Reihe von gemeinsamen Erlebnissen, die eine solche Frage eigentlich überflüssig machten, fragte er: »Liebst du mich noch?« Sie sah ihn an, als machte sie eine Entdeckung in ihrem Innern und antwortete: »Im Ernst würde ich mich nie getrauen, dich das zu fragen. Insgeheim möchte ich es natürlich gern wissen und wäre erst wieder ruhig, wenn du es mir ganz von selbst versichert hast.« – »Würdest du andernfalls zweifeln«, fragte Kosta, »ob ich die Wahrheit gesagt habe?« Sie schwieg einen Augenblick lang und sagte dann: »Nein, das ist wahr, du kannst nicht lügen, nicht einmal dann, wenn du mich damit glücklich machst.« – Und was hat das alles mit Peps zu tun, diesem Peps, in den sie verliebt ist? Diesem Pomade-Peps? Glaub mir, meine Alide, wir sind zu kultiviert, zu dekadent von Kopf bis Fuß. Ich hätte diesen Peps spurlos verschwinden lassen sollen. Die Straße war leer. Keine Menschenseele zu sehen. Allenfalls ein paar Spinnen unter den Giebelsimsen und ein paar Spatzen auf den Dächern und an den Pferdeäpfeln auf der Straße. Ein kräftiger Schlag auf den Pomadekopf, und alles Leid wäre für heut und allezeit aus der Welt geschafft. Der Mensch, sogar ein Mensch mit hundebraunen Augen und Pomade im Haar, ist einmalig. Einen zweiten Peps gibt es nicht. Und unser Glück wäre mit dem einen, aus dem Weg geräumten Peps sicher und dauerhaft geworden. Denn ich hätte nichts gesagt. Ich hätte dir nie erzählt, daß da ein Peps, ein ordinärer, sentimentaler Pirat, aufgetaucht war und Piratenrechte auf die Liebste meines Lebens geltend gemacht hatte. Ich hätte dir nie erzählt, daß ich ihm den Schädel eingeschlagen, ihn zusammengeschnürt und in einen Jutesack genäht und, mit Steinen beschwert, nach Mitternacht irgendwo in einen See versenkt hätte. Wie verabredet wäre ich erst morgen nach *Mon Repos* zurückgekommen, zufrieden und in Hochstimmung, mit Blumen und einem drängenden: »Liebst du mich noch?« – »Natürlich, Liebster, mehr denn je«, hättest du gesagt. Und du hättest nie etwas von diesem Peps gesagt, so wie du es zuvor nie getan hast. Ja, Alide, hätte ich ihn nur aus dem Weg geräumt. Ein Friseur. Friseure gibt es doch genug, fast so viele wie die Grashalme, die ich hier abzupfe. Aber der Friseur Peps ist auf unerhörte Weise einzigartig. Er trachtet mir nach dem Leben. Denn ohne dich, Alide, werde ich erst ein widerwärtiger Mensch, und dann sterbe ich. Schau, wie ich hier sitze und das Gras kaputtmache, ist schon widerwärtig genug, jedenfalls für mich. Denn wenn ich daran denke, daß du nicht mehr für mich da bist, kommt alles, was um mich herum geschieht, einer kosmischen Entseelung gleich. Ich glaube, nichts hätte meinen Respekt, sogar mein Gefühl für das Geziemende mehr erschüttert. Ich hätte meine Seele, jenen Teil des Organismus, dem man die Gefühle zuschreibt, möglichst bald wie etwas Imaginäres gerächt, meine Seele, die im toten Kosmos keinen Widerhall mehr fände. Aber vielleicht hätte ich Peps ganz überflüssigerweise totgeschlagen und totgeschwiegen, vielleicht ist er nur ein Narr, der das öfter tut, der bei irgend jemandem eindringt und seinen Wunschtraum als Wirklichkeit ausgibt. Denn – und jetzt bin ich an einen Punkt angelangt, über den ich gründlich nachdenken muß – wie kannst du, Alide, ein Jahr lang neben mir noch den Friseur Peps geliebt haben, oh, Bart-Alide, Peps-Alide, *double-cross*-Alide! Nein, Alide, nein, du mit deiner wohlgeratenen Nase, deinen schmalen Schläfen und deinem begnadeten Lächeln, nein, das kannst du nicht! Allerdings, deine Hände, deine Hüften, dein Gang. Deine Hände sind nicht schön, sie sind, wie du selber sagst, pervers. Du hast einmal die Finger beider Hände vor mir gespreizt, plump, unedel, und sie mit einer vernichtenden Gebärde zur Faust geballt. Und deine Hüften, Alide. Ja, ich sehe dich wie eine Erscheinung vor mir. Du stehst und gehst dort auf dem moosgrünen Wasser wie eine fast mit Händen zu greifende Vision. Im Gehen schiebst du deine breiten Hüften vor und präsentierst deinen Schoß. Dein Schoß präsentiert sich selbst mit verlockender Unkeuschheit, und deine Hände schwingen dazu mit unbeherrschter, sadistischer Kraft. Dann aber,

Alide, lächelst du voller Gnade und zeigst mir dein schmales, edles Gesicht. Ich bin ein Schuft. Deine Hände haben mich gestreichelt und behütet, dein Schoß ist keusch und kühl. Ich habe die schurkische Neigung, alles, was meine Phantasie beflügelt, zu übertreiben. Und dann male ich das alles zynisch, unverfroren, in schreienden Farben aus. Mein ganzer Zynismus ist verkappte Romantik. Denk nur an Juliette! Juliette, das bist du. Aber es würde mir keinen Spaß machen, dir in meiner Schilderung die Bedeutung zu geben, die du in Wirklichkeit für mich hast. Ich erschaffe eine Juliette-Alide, deren Geheimnis nicht mehr ideell ist, sondern kriminell. Was mich nämlich fasziniert, ist Alide als ideelles Rätsel. Wie oft habe ich in deinen Worten, in deinem Lächeln, deiner Stirn und in deinem Neben-mir-Hergehen die Grenze gespürt. Ach, du begrenztes und unergründliches Ich. Wenn ich dich nach einer kurzen Trennung wiedersah, fühlte ich die Grenzen und das Unergründliche stärker denn je. Ich wollte nicht nur wissen, sondern selbst erleben, nacherleben, was du erlebt hast, in derselben Weise wie du. Und ich fragte: »Wo bist du gewesen?« Dann sagtest du zum Beispiel: »Bei der Schneiderin.« – »Ist das alles? Erzähle. Du gingst zur Tür hinaus, oder nein, erzähl von Anfang an: Du kleidetest dich an, standest vorm Spiegel, schminktest dich ... was hast du dabei gedacht?« Ich wollte keineswegs kleinlich oder lästig sein. Nein, nein, auch keine Spur von Eifersucht oder Mißtrauen. Nur in Gedanken die Grenzen niederreißen und im Labyrinth des ureigensten Wesens von Alide herumirren. Erzähl, erzähl, ich höre zu. – »Mein Liebster.« Als sie das sagte, lag sie in meinen Armen. »Ich habe die Straßenbahn genommen. Nein, ich lasse nichts aus. Mir gegenüber saßen zwei Frauen. Die eine weinte, die andere redete ihr manchmal zu: ›Komm, Mädchen, nimm dich zusammen –‹, und sah mich dann mitleidig kopfschüttelnd an. Aber sie sagte nicht, was ihrer Nachbarin fehlte. Was meinst du, was ihr passiert sein konnte? Ich hätte es gern gewußt.« – »Wie alt war die Frau, die weinte? War sie hübsch? Konnte sie mit dieser Linie aus einem Krankenhaus nach Hause fahren? Oder dorthin? Und war die Ursache ihrer Trauer schon geschehen oder nur zu erwarten? Eine ganz einfache Frau? Nein, dann hatte es wohl nichts mit Liebe zu tun, eher mit einer Familienkatastrophe. Einfache Frauen werden in einem Liebeskonflikt schamlos rachsüchtig, und Rachetränen waren es ganz gewiß nicht ...« Schau, ich, der ich Grenzmauern niederreißen und in ein Labyrinth eindringen wollte, ich verlor mich selber in einem Labyrinth von hundert Phantasien. Später habe ich nicht mehr gefragt und nicht mehr gewußt, wohin Alide ging, wann sie endlich zurückkehrte und was sie erlebt, gedacht, gefühlt hatte. – In diesem Augenblick, Alide, hörten meine Hände auf, das Gras zu zerzupfen, hielten inne, mein Herz klopfte langsamer und heftiger. Ich sah nicht mehr die flirrende Ferne, nicht den Graben, die Wiese und das Fahrrad neben mir am Wegrand. Ich blickte in eine magisch aufgedeckte Leere, eine Leere, die immer dagewesen war, die aber nur mit einem besonderen Sinnesorgan wahrgenommen werden konnte, sozusagen nur durch ein unmittelbares, jungfräuliches Erschauen. Ich selber, dieses ewig phantasierende, interpretierende Ich, existierte nicht mehr. Und in dieser Leere, Alide, gab es nichts anderes als dich. Kein schwarz und moosgrün schillernder Graben unter meinen Füßen, keine Atmosphäre, nicht einmal ein eisblaues Firmament. Alide in der Leere, in einer bis zum Horizont leeren und namenlosen Domäne von Zeit und Raum. Waren einst deine Stirn, dein Lächeln und deine Geschichten die Grenzen gewesen, in denen ich dich gefangen und mir gegenüber wie in einer Festung eingeschlossen glaubte, so sah ich jetzt mit jungfräulichem Blick, daß diese Festung mitten in einer Wüste stand. In einer Wüste, deren Namen, Lage und Klima ich nicht kannte. Ich, der große imaginäre Dekorateur, der in einem Baum den Urwald, in einem einzigen Wort den Schlüssel zu einem Epos sieht und seine eigenen Träume als Interpretation der unbekannten namenlosen Wahrheit betrachtet! Nein, man muß mit jungfräulichem Blick schauen, nur einen Baum sehen, wenn einer da ist, nur ein Wort hören, dann gibt es keine Träume. Doch dann erscheint alles wie erstorben und erstarrt. Die ganze Vergangenheit ein toter Planet. In Zeit und Raum öffnen sich Spalten, so tief wie Schluchten und so weit wie vergessene Steppen. Wie konnte Alide dort leben? Ich weiß absolut nicht, ob ich das verstehe. Was sagte Alide, wie lebte sie? Sie sagte das Wort, das ich in meiner stets bereiten Phantasie zu einem Epos vervielfachte. In Wahrheit steht das Wort allein in der Leere wie ein einsamer Vogel am Firmament. Die Leere schreit nach Leben, will erfüllt werden. Gib acht, es geht um Peps, um einen Friseurladen, um Begegnungen, Beschwörungen, Versprechen. Der Tag wird kommen, an dem wir vor der ganzen Weltöffentlichkeit diesen Planeten bewohnen, an dem wir zusammenbleiben und uns nicht mehr nach langen, schmerzlichen Küssen trennen müssen. Scheiden bringt Leiden, wie jedermann weiß. Doch jetzt beginnt Peps-Alide zu lächeln. Ein einsames, betrübtes Lächeln, als wolle sie sagen: Trotz allem wirst du nie begreifen, wie ich gelitten habe. Kein Wunder, sie liebte mich ja und durfte mir nichts sagen. Sie lebte mit mir unter demselben Dach, teilte mit mir Tisch und Bett, und doch wußte niemand weniger über ihr Herz als ich. Wer weiß, wie stark ihre Leidenschaft, ihr Verlangen war, wie sehr erfüllt ihr Wesen war von dem seinen. Und sie durfte nichts erzählen. Vielleicht konnte sie auch bei ihm die Blumen, die sie ihm mitbrachte, nicht in die Vase stellen, so befangen, so verliebt war sie. Aber nie durfte sie darüber reden. Vielleicht getraute sie sich nicht einmal, ihn zu fragen: »Liebst du mich noch«, solche Angst hatte sie, daß die bestätigende Antwort nicht spontan, nicht begeistert genug sein könne. Aber sie konnte ihre Sorgen nicht mit mir teilen. Wie habe ich sie mit all meiner Liebe allein gelassen. Wie einsam lag sie in meinen Armen. Wie einsam, unverstanden hat sie meine Leidenschaft erduldet. Wie war sie allein, wenn sie mich, einen Fremden, umarmte, der nichts von ihrer Herzensneigung wußte, wissen durfte. Wie einsam hat sie mich geküßt und mich ihren Liebsten genannt, während ich ihrer Herzensneigung nicht gerecht werden konnte, da ich sie nicht kannte und nicht kennen durfte. – Vorausgesetzt, es ist wahr, daß sie Peps liebt und mich betrügen mußte. Und was für ein schöner Betrug! Morgens beim Erwachen streckten sich unsere Arme spontan zueinander aus. Erkennen und wiederfinden. »Hast du geträumt?« – »Ja, aber ich weiß nicht mehr was.« Sorglos löste sie sich aus ihren Träumen. Ich träume immer ruhig. Ich kann mich nie von dir trennen. Ich weiß immer, auch in meinen tiefsten Träumen, daß es dich gibt. Ohne dich kann ich mich gar nicht vorstellen. Und was immer auch geschieht, du wirst immer bei mir, in mir bleiben. Ich beobachtete sie, wenn sie Brot schnitt und den Tee einschenkte. Sie liebte mich. Mit stillen Augen, einem fast frommen Mund und fürsorglichen Gebärden reichte sie mir Brot und Tee, wie man einen geehrten Gast umsorgt. »Du umsorgst mich«, sagte ich, »wie einen Prinzen, der durch dein Reich zieht und gleich wieder weiter muß, um mit dem Drachen im Nebelland zu kämpfen, aus dem er vielleicht nie zurückkehrt.« Sie sah mich ernst an. »Was immer auch geschieht«, sagte sie, »ich werde nie so gern für jemanden sorgen wie für dich.« Übermütig sagte ich: »Hab keine Angst. Sorge nur für mich. Nichts wird geschehen. Ich bleibe dein prinzlicher Gast und gebe meinen Plan, gegen einen Drachen im Niemandsland zu kämpfen, natürlich auf.« – Der Drachen im Niemandsland ist Peps. Die fetten Haare liegen wie Schuppen auf seinem Kopf, das ist das einzige Drachenhafte an ihm. Sonst ist er eine eher unauffällige Figur mit häßlichem Gesicht und voll Spießerdünkel. Trotzdem wird er der Ehre einer bestimmten Art von Frauen gefährlich, Frauen, die für seine heuchlerische leise Stimme empfänglich sind: Vulgarität in Watte verpackt. Wenn er sie einmal im Griff hat, wird er zu einem richtigen Drachen mit Klauen und sengender Zunge. Ist es das also, die Erotik? Ich hatte mich der Länge nach ins fette Gras gelegt, wandte mein Gesicht von der Sonne ab und schloß die Augen. – Bei uns, Alide, liegt das Herz nicht im Bauch, sondern höher. Mein Gott, natürlich waren anfangs die Nächte, alle unsere Nächte, Orgien. Es war, als erlebten wir beide zum erstenmal, wie zwei Körper einander genießen können. Wir wußten nicht, wie wir uns liebkosen, nehmen und einander schenken sollten. Eines Nachts sagtest du im Rausch: »Ich könnte mich so sehr vergessen, mein Liebster, daß ich dir weh tu, dir große Schmerzen zufüge.« – »Tu mir weh, mach mich kaputt, und wenn ich an dir sterbe.« – Im Dunkel kniff und zwickte sie meine Haut mit ihren starken Fingern und schlug die Zähne tief in mein Fleisch. Ein schönes, schrekkenerregendes Tier. »Es tut mir so leid«, sagte sie anderntags und streichelte zärtlich die gekniffenen und gebissenen Stellen. Dann fügte sie hinzu: »So etwas darf es zwischen uns nicht geben.« Nach und nach entwickelte sie mir gegenüber eine Frigidität, die manchmal von kurzen Perioden fast männlich heftiger Lust unterbrochen wurde. Ihre Frigidität beunruhigte mich kaum, ihre Liebe war so gütig, ihre Zurückhaltung konnte sich zu einer so hingebungsvollen Aufmerksamkeit steigern, und ihre Arme legten sich so anhänglich und beschützend um meine Schultern, als sei ich Kind und Geliebter zugleich. Das ist Frauenliebe in ihrer edelsten Gestalt, voll Vertrauen und Gnade, eine Liebe, die vom Herzen ausgeht und deine Augen sucht und die keusch und sanft ihren Schoß darbietet, wenn du ihn begehrst. So fand ich Hunderte von Vorwänden, sie um so inniger zu lieben, je seltener sie sich zum Sinnenrausch verführen ließ. Die Ursache dafür war die Sublimierung ihrer Gefühle für mich, was sie auch zugab: »Ich liebe dich immer mehr und immer stärker. Was auch geschehen mag, ich werde dich immer lieben.« Was auch geschehen mag! Manchmal aber war es auch, als loderte eine heimliche Flamme in ihr auf, eine flammende Lust zu heftiger, derber Sinnlichkeit. Hinterher war sie verstimmt, sei es, weil diese Lust einsam war und nicht zu unserem delikaten Gefühlsleben paßte, sei es, weil die nackte Befriedigung des Instinkts letzten Endes ihren Widerwillen erregte, oder im Gegenteil, weil sie viel zu selten und nicht hemmungslos genug wagte, ihre Triebe auszuleben. Sie schwieg, sie wollte nicht darüber reden und wehrte jede Anspielung darauf ab. Alide schwieg verstimmt und schaute mit trüben Augen vor sich hin, wobei sich eine scharfe, senkrechte Falte zwischen ihre freudlosen Augen grub. Nichts ist so unerhört, so heimlich und zügellos wie das, was in sexuellen Phantasien ersehnt und in verstohlenem Tun ausgelebt wird. Sei ehrlich, Kosta, denn das weißt du selbst, du, der du immer so gern während des Liebesspiels und auch danach geredet hättest. Doch wie gesagt, Alide wehrte unerbittlich jedes Gespräch über Sexuelles ab, wie innig oder zweifelhaft es auch war, und du hast dich aus Liebe zu ihr gefügt. Ihre Weigerung, hinterher über Liebe oder zweifelhaften Genuß zu sprechen, fandest du wirklich kläglich, nicht aufregend und innig genug. Aus Liebe hast du dich also mit weniger zufriedengegeben, als du verlangtest. – Aber in letzter Zeit hatte ich diese freudlosen Augen mit der tiefen Falte dazwischen nicht mehr gesehen. In letzter Zeit mußte es also Peps gelungen sein, sie zu befriedigen und ihrer unerhörten, heimlichen, zügellosen Phantasie gerecht zu werden. Dieser Pomade-Peps mit der scharfen Bügelfalte in der Hose, ein Friseur, seinem Äußeren nach ein Herr, doch zweifellos auf dem geistigen Stand eines Sechzehnjährigen, ein Hohlkopf mit den stereotypen, gebildeten Redensarten jener Sorte Herren, die sich hinter der Theke stehend mit Damen unterhalten. Nun gut, ich habe mich selber auch schon von den Ellenbogen bis zu den Knien in eine Person verliebt, die absolut nicht zu meinem Leben paßte. Aber ich habe sie nicht in mein Leben geholt, besser gesagt, ich hatte nach drei Wochen genug von der Frau, die zwar meine Sinne reizte, die aber für mich, als Mann von gewissem Niveau, schlechterdings unmöglich war. Und Alide sollte das getan haben, Alide sollte ihre Liebe, ihren Anspruch auf Menschen von gewissem Niveau, kaltblütig preisgegeben haben? Alide, die reservierte Alide, sollte an einem Unterleibsproblem scheitern? Alide sollte hinter die Theke eines Friseursalons schleichen, für ein Mansardenverhältnis ihren Palast verlassen? Nein, nein! Sie wird mir mit aller Entschiedenheit versichern, daß so etwas nicht möglich ist, mit weit offenem, befremdetem grauem Blick, wie ich überhaupt so etwas fragen kann. So wird es sein trotz eines Versprechens, abgerungen in einem Augenblick, in dem man alles verspricht *sans conséquence*, trotz eines exaltierten Herrn Peps, der als greuliches Gespenst, eine Art Materialisation aus dem Ektoplasma von Alides Triebleben, in mein Haus kam und dort herumspukte ...

Ich will mich so genau wie möglich erinnern, was sich danach zwischen ihr und mir in *Mon Repos* abspielte. Meine Haltung war vorbestimmt. Ich mußte natürlich objektiv und ruhig sein. Mußte vergessen, daß es sich um meine Alide und um mich selber handelte. Ich durfte nicht meinen eigenen Roman schreiben, sondern mußte den ihren lesen. Ich mußte meine subjektiven Interpretationen fahrenlassen und versuchen, in ihr die einsame Frau mit einem mir unbekannten Leben zu sehen. Ich mußte sie dazu anregen und bewegen, mir die ganze Wahrheit zu sagen über das Leben, das sie ein ganzes Jahr lang hinter meinem Rücken geführt hatte, ein ganzes Jahr des Betrugs. Sie sollte nicht zu lügen brauchen, weil ich unter der Wahrheit litt, sondern sich vielmehr befreit fühlen, daß sie endlich die Wahrheit sagen durfte. So sollte es sein. Und mein Entschluß, nach *Mon Repos* zurückzukehren und mich aufs Rad zu schwingen, war eins. Ich fuhr wie ein Rasender. Je näher ich kam, desto schneller fuhr ich. Ich verstand schließlich selber nicht mehr, wie ich so lange am Grabenrand hatte sitzen können. Warum hatte ich das eigentlich getan? Ich brauchte doch nur zu ihr zu gehen, um alles zu erfahren. Hatte ich zunächst geglaubt, es sei wohl nur sinnliche Leidenschaft und daß, wenn es darauf ankäme, ihr Gefühl für mich, von soviel höherer Ordnung, letztlich siegen werde? Als ich endlich vor *Mon Repos* stand, wußte und glaubte ich nichts mehr. In mir war ein Chaos, von Haltung war nicht mehr die Rede, ich spürte nur noch quälende Ungewißheit und Angst. Das Herz klopfte mir im Halse. Durchs Fenster sah ich sie am Tisch sitzen, ich sah, wie ihre Augen sich vor Schrecken weit öffneten. Aber als ich eintrat, lächelte sie, wie sie sonst immer lächelte. »Bist du da?« fragte sie. Außer Atem ließ ich mich auf einen Stuhl fallen und schaute sie an. Das Herz klopfte mir so dröhnend im Kopf, als würde mein Trommelfell zerplatzen. Ich hatte fürchterlichen Durst. »Gib mir etwas Wasser«, bat ich sie. Sie sprang auf und brachte es mir. Ich trank. Plötzlich wollte ich das Glas kaputtschmeißen, aus Zorn darüber, daß sie so folgsam und abwartend vor mir stand. Keine Geste, die mich aus meiner Unsicherheit erlöste, keine Furcht, aber auch keine Liebe, die mir entgegenkam und mich beruhigte. Doch ich beherrschte mich. Vorsichtig stellte ich das Glas auf den Tisch. »Dieser Peps«, begann ich leise, »hat mir alles gesagt. Jetzt bist du dran.« – Sie hatte sich hingesetzt, starrte auf den Boden und schwieg. Sie war totenbleich, auf ihren Schläfen perlte der Schweiß. Aber sie schwieg. »Rede doch!« schrie ich sie plötzlich an, und ich stand auf und packte sie bei den Schultern. Sie krümmte sich vor Schmerz. »Liebster«, sagte sie, »du tust mir weh.« – Ich ließ sie los und setzte mich wieder. »Aber Alide, sag es mir doch«, sagte ich, wieder leise geworden. Sie saß da mit niedergeschlagenen Augen, Schweiß auf den Schläfen, totenbleich und sagte unterwürfig: »Ich will dir ja alles sagen, aber ich weiß nicht, was du wissen willst.« – »Du weißt nicht, was ich wissen will? Nun ganz einfach, wann du mich wegen diesem Peps verrecken läßt.« – Als ich das laut aussprach, kam es mir so absurd, so schrecklich, so unerträglich und idiotisch vor, daß ich zu lachen anfing. Es war ein kurzes Lachen, weder laut noch roh, sondern ungläubig und flehend. Alide schlug daraufhin die Hände vors Gesicht und brach in Weinen aus. »O Liebster«, weinte sie, kam zu mir und kniete vor mir nieder. »O Liebster«, sagte sie nochmals, legte ihre Arme um mich und hob den Kopf, »ich liebe ja nur dich ... sei mir doch nicht böse ... ich kann nichts dafür ...« Sie weinte laut und bitterlich. Ich sah auf sie hinab, in ihr Gesicht, das ich in die Hände nahm: ein verstörtes Gesicht mit weinendem, verzerrtem Mund und schmerzlich geschlossenen Augen, aus denen Tränen hervorquollen. »Sei still, sei doch still«, sagte ich und streichelte sanft über ihr Haar. Sie weinte heftig weiter, es klang wie das Wehklagen eines untröstlichen Kindes. Ich hörte ihr zu und sagte: »Beruhige dich doch.« Ich hörte zu und dachte: Ist das Kummer über ihren Verrat? Ich wollte ihr gern alles verzeihen, sie in meine Arme schließen, wieder zu ihr finden. Aber ich getraute mich nicht. Plötzlich begriff ich, daß ich Angst hatte, Angst vor Alide, Angst vor ihrem kläglichen und unglücklichen Weinen. Weinte sie um mich, um meine verlorene Sache oder um sich selbst? »Beruhige dich doch«, sagte ich nochmals und drückte verzweifelt ihren Kopf an mich. »Natürlich weiß ich, daß du mich liebst, das ist doch klar ...« Ich unterdrückte meinen warnenden Instinkt und starrte sehnsüchtig über ihren Kopf hinweg in eine Vergangenheit prinzlichen Geliebtwerdens, in der ich umsorgt und geschont wurde. Noch bis heute morgen! »Und trotzdem«, sagten meine Lippen, »willst du mich verlassen wegen Peps.« – Jetzt weinte sie nicht mehr. Ihr Kopf lehnte sich müde und glühend an mich. Sie flüsterte: »Er glaubt das.« – Noch zerstörte sie meine Hoffnungen nicht ganz. »Wie ist es dazu gekommen, daß er das glaubt?« Sie senkte den Kopf, entrang ihn fast meinen Händen und wollte wieder zu weinen anfangen, elend, in die Enge getrieben. »Wie ist es dazu gekommen?« wiederholte ich und zwang sie aufzuschauen. Sie schloß die Augen und weinte noch lauter, noch jämmerlicher. »Sag es mir doch«, beschwor ich sie. Wie sie mich quälte, und wie ruhig und beherrscht ich trotzdem blieb. Endlich beruhigte sie sich wieder und sagte: »Er glaubt das nur deswegen, weil er mich liebt.« – Aber ich überhörte das: »Du hast es ihm versprochen.« Und wieder senkte sie den Kopf und drückte die Hände wie ratlos an ihre Schläfen. »Ach Gott«, sagte sie, »nur weil er seine Frau verlassen hatte und mich ständig dazu drängte. Aber ich kann nicht ohne dich leben, niemals.« – »Wie soll es nun weitergehen?« fragte ich. Ich teilte ihre Ratlosigkeit und legte, als suchte ich zusammen mit ihr nach einer Lösung, den Arm um sie. Aber das war nur gespielt, damit sie endlich aus sich herausging. »Du mußt doch«, sagte ich ermutigend, »selber auch sehr verliebt sein, wenn du dich zu einem solchen Versprechen hast erpressen lassen.« – Sie antwortete darauf: »Schon möglich«, in einem Ton, als spräche sie nicht von sich selbst, sondern von einer Fremden. Ich begriff natürlich nicht, daß sie es nur vermied, mir eine klare Antwort zu geben, um mich zu schonen, und bekam in meiner Gereiztheit einen Wutanfall. Ich schrie, daß sie mich quäle, stieß sie von mir weg, so daß sie gegen den Tisch prallte und das leere Glas in Scherben ging. Es war etwas in meinen Augen, das sie warnte. Sie raffte sich auf und wich zurück. Ihre Augen waren jetzt hart und kalt. Sie ging noch einen Schritt zurück und sagte mit ebenso harter, kalter Stimme: »Schrei nicht so, du tust ja, als ob du verrückt wärst, sei doch vernünftig.« – »Sei du vernünftig«, sagte ich und stellte mich dicht vor sie hin. Die Augen quollen mir geradezu aus dem Kopf. »Wenn du doch nur ruhig bleiben könntest«, und sie wich noch weiter zurück bis ans Fenster. Und eine kurze Zeit lang war es still zwischen uns. Ich mitten im Zimmer, sie am Fenster. Ich sah sie dort stehen, traurig, mir fremd geworden. Wie war es möglich. War denn alles zwischen ihr und mir nur Schein gewesen, war das die Entlarvung? Ich sagte, nein, ich flehte: »Alide, laß mich alles verstehen, so schlimm es auch sein mag.« Und sie fing an. Ich erwartete gar nicht mehr die Wahrheit zu hören, ich erwartete nur wieder eine Schein-Erklärung. Im Grunde wußte ich von diesem Augenblick an, daß ich in schonender Weise abgespeist und verlassen werden sollte. Sie fing an. Sie suchte tastend, vorsichtig nach Worten: »Du weißt doch, daß ich dich liebe. Ich hatte nie das Gefühl, daß du bei mir jemals zu kurz gekommen bist. Ihn, diesen Peps, habe ich in der Tat vor etwa einem Jahr kennengelernt. Nichts Besonderes. Ich hatte nie gedacht, daß etwas daraus werden könnte, was ich dir erzählen müßte. Aber dann, verstehst du, ist er von seiner Frau fortgezogen. Da merkte ich, wie ernst es ihm war. Hätte ich denn je gedacht, daß es so kommen würde! Mehr gibt es nicht.« – »Mehr gibt es nicht? Das sagst du so leichtfertig dahin. Hast du ihm denn nicht manchmal beteuert, daß du ihn liebst, dich nach ihm sehnst, bei ihm sein möchtest, für immer?« – Sie schwieg. – »Sag es, ja oder nein!« Sie schwieg weiter. Da schlug ich ihr ins Gesicht, in ihr schönes, schmales Gesicht. »Ja«, sagte sie heiser. Oh, *double-cross*-Alide, wer hätte das von dir gedacht! Ich gewiß nicht, der so zärtlich und prinzlich von dir geliebt wurde. Links und rechts und links und rechts schlug ich ihr auf die schmalen Schläfen. Und sie war so verblüfft, so fassungslos, daß sie nicht einmal dazu kam, sich zu wehren. Endlich verbarg sie das Gesicht in beide Hände und rief: »Tu das nicht!« Ich hielt inne, ließ mich auf einen Stuhl fallen und starrte erschöpft vor mich hin. Vom Fenster her klang aufschluchzendes, tonloses Weinen. Ich hätte selber gern geweint, wenn ich mich nicht so erschöpft, so sonderbar leer gefühlt hätte. »Alide«, murmelte ich, »was geschieht denn mit uns?« Schließlich hörte das Schluchzen beim Fenster auf. Dort stand eine Gestalt, ein dumpfer Schatten. Das war Alide, meine Alide. Ich sagte: »Ich komme fast um vor Durst, willst du bitte Kaffee aufsetzen?« Der Schatten löste sich bereitwillig vom Fenster und verließ das Zimmer. Ich hörte sie in der Küche hantieren. Ich barg den Kopf in beide Hände wie vorhin Alide, als ich sie geschlagen hatte, gleichfalls in einer Art Abwehr. Ich wollte denken, begreifen, was mich erwartete und was ich zu tun hatte. Aber das einzige, das mir bewußt war wie eine Todesdrohung, war, daß es einen Peps gab, zu dem Alide ging. Stell dir vor, dachte ich, Alides Kopf auf einem fremden Kopfkissen, ihre Arme um einen fremden Rücken geschlungen, ihre Stimme voll süßem, sinnlichen Verlangen: »Komm zu mir.« Denn das war natürlich hundertmal, an hundert heimlichen Zusammenkünften geschehen. Der Gedanke war verletzend wie ein Messerstich und reizte mich. So ein Gedanke, dachte ich noch, kann dich in einen Zwiespalt von Leid und moralischem Untergang stürzen. Ich hörte meine Alide in der Küche und fühlte, daß meine Alide einem anderen gehörte. Wenn ich es mir vernünftig überlegte, so war das nicht möglich, es war ganz und gar ausgeschlossen und unzulässig. Peps mußte verschwinden, wie auch immer. Alide mußte den Wahnsinn ihres Blutes ersticken. Nein, gültig und rechtens war allein die tiefe, lautere Verbundenheit zwischen ihr und mir. Sogar während dieses ganzen Jahres, in dem sie mich betrog, hatte die tiefe, lautere Verbundenheit zwischen uns bestanden. Liebe, ein Kult der Liebe und gegenseitiger Zuneigung. »Alide!« rief ich laut. Da brachte sie schon den Kaffee herein und setzte sich rasch neben mich. Beide saßen wir nun nebeneinander am Tisch. Sie bemerkte sofort, wie es in mir aussah. Keine Wut, keine blinde Wut mehr. Ich war wie ein Kranker, der aus dem Fieberdelirium zu Ruhe und Klarheit zurückfindet, ein Kranker, der wiederkehrt zu Leben und Liebe. »Liebster«, sagte sie, »trink deinen Kaffee«, und führte mir die Tasse zum Mund. Ich trank, ich griff nach ihrer Hand. Von ihr ging eine große Liebe zu mir aus. Sie sah mich an, weit geöffnete, sanfte graue Augen in dem Gesicht, das noch die Spuren ihrer Tränen und meiner blindlings zuschlagenden Wut trug. Für mich war sie plötzlich wieder so gut und schön wie immer. Ich streichelte ihr Gesicht. »Alide«, sagte ich leise, »es klingt nicht besonders großartig, aber warum sollte ich dir gegenüber großartig tun. Ohne dich kann ich nicht leben, wirklich nicht, Alide ...« Und blind vor Tränen schaute ich an ihr vorbei, als ich das sagte. Alide schlang die Arme um mich, wie um mich zu schützen. »Das weißt du doch«, sagte ich. Sie nickte und umarmte mich noch fester. »Und ich kann nicht einmal genau sagen, was aus mir wird, wenn ich dich verlieren soll ... Und das kommt daher, daß ich es nicht glauben kann ... Denn ich kann es nicht glauben ... Alide, heute morgen noch hast du meine Hand geküßt, als sie zufällig deine Schulter berührte ... Denn Alide, wenn du mich nicht liebkost und mich einen Augenblick lang zu vergessen scheinst, was bist du dann für ein schönes, unnahbares Tier ... Du sollst wissen, du, wie sehr ich dich liebe, wenn du fast nackt mit geschlossenen Augen in der Sonne liegst. Du, mit deinem schönen Mund, deinen geschlossenen Augen. Ach du, ach du ...« Alide weinte vor Rührung. Ich fragte: »Soll ich die dummen Tränen wegwischen?« – Und ich wischte die Tränen von dem Gesicht, das ich immer so schön gefunden hatte, daß ich es mitten in der Nacht, wenn ich erwachte, mit den Fingerspitzen streichelte, bis sie sagte: »Schlaf, mein Schatz.« – Dann kuschelten wir uns enger aneinander und schliefen wieder ein. Sie zuerst, wie ich an ihrer Hand fühlte, die sich in der meinen entspannte. »Ach, Alide«, sagte ich, »unsere Liebe zueinander ist so groß ...« Und unterdessen wischte ich die Tränen von ihrem Gesicht. Es wurde bald zu einem melancholischen, liebkosenden Spiel. Und bald weinte sie auch nicht mehr. Ich hatte sie beruhigt, sie ruhig und still gemacht. Das gab mir wieder ein wenig Selbstvertrauen. Wenn sie nur ihre Augen nicht so traurig geschlossen hielte, wenn sie nur einmal aufblickte, gäbe es nur den Anflug eines Lächelns. »Und außerdem«, sagte ich, »geht es dir ja nicht schlecht bei mir ...« Ich hatte Erfolg, sie schaute erstaunt auf mit einem verständnislosen Blick. Ach, die armen verstörten Augen, die nichts begriffen. »Nein, ich habe das keineswegs wörtlich gemeint«, sagte ich. Jetzt lächelte auch sie, aber wieder so trostlos, daß ich nichts damit anfangen konnte. »Ich bin doch kein Dummkopf«, sagte ich mit schwerer, tonloser Stimme, »daß du ein leeres Leben neben mir führst und dich langweilst. Ich habe dir doch was zu bieten. Ich spreche doch noch etwas in dir an. Wir führen doch zusammen ein Leben mit einem gewissen Niveau. Glaubst du, mit einem anderen sei das selbstverständlich?« – Mir krampfte sich der Magen zusammen, als ich auf diese Weise versuchte, meine Vorzüge herauszustellen und mich anzupreisen. Doch ihr trostloses Lächeln war schon längst erstorben, ihr Gesicht war so traurig und tot wie eine Maske. Und darum fiel mir plötzlich Peps ein. Und darum erwachte zur gleichen Zeit ein Teufel in mir, ein Teufel, der sie auf andere Weise schlagen wollte als mit einer Ohrfeige. »So ein Peps zum Beispiel«, sagte ich. »Du weißt sehr gut, daß ich die Menschheit mit brüderlichen Gefühlen betrachte und daß ich niemanden aus gesellschaftlichen Gründen verachte. Dennoch gibt es Unterschiede. So ein Peps zum Beispiel, von Beruf Friseur. Friseure gehören gewöhnlich zu jener Sorte Herren, die Dienstmädchen den Kopf verdrehen. Herren mit steifer Pomade im Haar und von Berufs wegen gut rasiert, aber ansonsten mit schmutzigen Füßen, schlechten Zähnen und einem Niederländisch zum Kotzen, die üblichen Geschäftsausdrücke ausgenommen.« Nun kam Leben in Alides Totenmaske. Sie schlug die Augen auf und zog sich von mir zurück. Sie sah mich finster und abwartend an. »Ist Peps, dein Friseur, etwa anders?« fragte ich provozierend. »Hat dein Peps ein Anrecht auf eine Frau, die täglich badet, zweimal am Tag die Zähne putzt, mit Messer und Gabel ißt, die ›scheinbar‹ und ›anscheinend‹ unterscheiden kann, Romane liest, über komplizierte Seelenzustände Bescheid weiß und sich langweilt in Gesellschaft von Hohlköpfen, dagegen aber Köpfe, in denen etwas steckt, zu schätzen versteht?« – Alide wich noch weiter zurück. Sie schaute mich hart und feindselig an. »Du bist gemein«, sagte sie. »Peps hat einen guten Charakter, auch wenn er kein Intellektueller ist.« Ich lachte mitleidig und gehässig. »Meine arme, verblendete kleine Alide«, sagte ich, »er ist scheinheilig, feig und dumm. Nachdem er mit mir gesprochen hatte, packte ihn große Angst, daß er einen Tritt in den Hintern kriegen könnte. Er schwitzte wie ein Affe und rollte wie ein Bündel Lumpen die Treppe hinunter.« – »Hast du ihn geschlagen?« – Verächtlich musterte ich Alide von Kopf bis Fuß, als wollte ich sagen: Wie könnte ich mich so erniedrigen? – und sagte erst, als sie es schon nicht mehr erwartete: »Was hast du denn gedacht? Ich habe ihn zusammengeschlagen, daß er wie ein Lumpenbündel die Treppe hinuntergerollt ist.« – Ihre Augen verengten sich vor Angst, aber dann meldete sich ihr Verstand zu Wort, der sehr scharf sein kann, wenn es darauf ankommt. Und sie sagte: »Das ist nicht wahr. So etwas tust du nicht. Schäm dich, so daherzureden. Du kritisierst einen Menschen, den du nicht kennst, und bist selber um kein Haar besser.« – Ich lenkte ein, war sogar so naiv zuzugeben, daß ich meine Würde gewahrt und gerecht geblieben war. »Du hast recht«, sagte ich, »ich habe ihn nicht geschlagen. Ich habe zugehört, mehr nicht, und ihn dann weggeschickt. Und ich will so über ihn reden, wie es sich gehört. Aber ich sage nur eines: Dieser dumme Friseur steht im gleichen Verhältnis zu Alide wie eine Putzfrau zu Bart Kosta. Ich warne dich, Alide, nein, ich flehe dich an, sieh das ein. Wenn deine Verliebtheit vorüber ist, wird dieser Friseur in deinen Augen so stupide und banal werden, daß du dich schämen wirst, und aus triftigeren Gründen als ich. Dieser Friseur mit dem geistigen Niveau eines Sechzehnjährigen wird auf die Dauer schrecklich langweilig, und wenn es einmal zwischen euch nicht klappt, schrecklich gemein. Wenn ihr euch streitet, wird er dir stumpfsinnige Vorwürfe machen, die nur beweisen, wie wenig er dein Wesen versteht, Vorwürfe von dümmster, banalster Verständnislosigkeit. Zweifellos wird es damit enden, daß er dir ins Gesicht schlägt. Verdammt noch mal, muß ich erst einen psychologischen Roman schreiben, damit du das begreifst, oder schlimmer noch, willst du das alles am eigenen Leibe erfahren, gerade du?« – Alide wurde sehr kühl, sehr reserviert. »Ach Gott, nein«, sagte sie, »ich versteh dich schon. Du suchst dein Heil in der geistigen Verbundenheit, weil du natürlich glaubst, daß es so etwas zwischen mir und Peps nicht geben kann. Und trotzdem wage ich es. Denn es gibt noch andere Gründe, verstehst du, warum man einen Menschen lieben kann. Soll ich etwa darüber einen Roman schreiben?« – Ein einziger Satz ihrer langen Tirade prägte sich in meinem Bewußtsein ein: »Trotzdem wage ich es.« Mir verschlug es den Atem, und mir wurde schwarz vor Augen. Sie verließ mich, ich hatte es schon vom ersten Augenblick an gewußt. Sie verließ mich und nahm den Sauerstoff mit, den ich brauchte, und das Licht. Ich schlug die Hände vor die Augen und dachte: Was ich auch tue oder sage, sie wird mich verlassen. Es ist aus, dachte ich. Jetzt konnte ich Peps nur noch töten oder Alide oder mich. Aber was immer ich auch tat, es war aus. Ich fühlte mich gelähmt und elend beim Gedanken an die Verzweiflung, die mich erwartete. Am besten war es, mich selbst zu töten. O nein, tief im Herzen wußte ich, daß ich es nicht tun würde. Nein, laßt nur erst mich ein wenig daran gewöhnen, dann werde ich mit meiner Verzweiflung schon zurechtkommen. Und dabei stammelte ich, den Kernsatz ihrer Tirade schlau ignorierend: »Du einen Roman schreiben? Einen pornographischen Roman? Einen schmutzigen Roman über einen Herrn mit schmutzigen Füßen und stinkendem Atem. Einen Herrn Peps. Und über eine Frau, die sich irrte. Sie saß zuerst mit einer Fahrkarte dritter Klasse in der ersten, aber jetzt sitzt sie am richtigen Platz. Du hast«, sagte ich und grinste breit mit kalten Lippen, »du hast mich aufs Schändlichste betrogen, mit Leib und Seele. Du bist nicht Alide. Du bist nicht einmal Juliette. Du bist nichts als ein vulgäres Flittchen. Und ich Narr, ich habe Gedichte an dich geschrieben und schreibe jetzt einen Roman für dich. Ich Narr habe mein Herz und meine Seele vor dir ausgeschüttet, tagein, tagaus. Es perlte an dir ab wie Wasser an einer Ente. O du, du Seelchen, du paßt zu Peps, zum Friseur Peps. Soll ich dich erschlagen ...« Alide brach in Schluchzen aus. »O Gott, mein Gott«, rief sie und lief hinaus auf die Terrasse. Aber wieviel *show* steckt doch im tragischsten Moment. Ich dachte sofort: Warum gerät sie so aus der Fassung? Wegen des Blödsinns, den ich hier verzapfe? Neugierig ging ich zum Spiegel hin. Das war es also. Ich war kreidebleich, grinste widerlich, und meine Augen hatten den grellen Blick eines zu Untaten gereizten Wahnsinnigen. Ich konnte auch anders schauen, wenn ich mich beherrschte, natürlich konnte ich das. Ich strich meine Haare nach hinten, wie ich es gewöhnlich vor einem Spiegel tue, und betrachtete mich nüchtern. Ich war also noch nicht ganz so verrückt, wie ich mich aufführte. Und dann folgte ich Alide auf die Terrasse: »Alide, schau, ich bin wieder ruhig. Alide, ich liebe dich. Und du mich. Das weiß ich doch, Alide. Auch wenn du fortgehst, auch wenn es ein schlimmes Ende nimmt, ich habe dich lieb. Du mußt zu mir zurückkommen, Alide, denn ich liebe dich wirklich. Jetzt, in drei Monaten, in zwanzig Jahren, immer ...« Alide: »Ach Gott, ich bin so unglücklich. Ich liebe dich. Du bist der einzige, den ich liebe. Und doch, o Gott, ich kann nicht anders. Verzeih mir ...« Wir standen Auge in Auge. Ihre Augen waren groß und grau wie edel glänzende Diamanten. Und weiter ging die Litanei: »Ich liebe dich, ich liebe dich, dich, dich ...« Dann die Umarmung ohne Kuß. Hingebung und Schutz und Vergebung und Liebe, alles. Und dann bat sie: »Laß mich jetzt gehen, bis morgen, bis morgen früh. Ich kann nicht mehr ...« Sie löste sich mit sanfter Gewalt aus meiner Umarmung und lief fort in die Richtung von *Mon Plaisir* ...

Zuerst Yolande. Sobald sich die Gelegenheit bot, hatte sie sich aus *Mon Plaisir* fortgeschlichen. Auf Strümpfen, die Schuhe in der Hand, die sie erst zwanzig Meter weiter anzog. Dann rannte sie, eine blonde Staffelläuferin, nach *Mon Repos*. Sie wollte natürlich Kosta beruhigen, wollte ihm sagen, daß Alide zu ihnen gekommen war. Oder nein, sie wollte eigentlich nachschauen, ob dieser Kosta sich noch nicht erhängt, vergiftet oder ertränkt hatte. Obwohl sie damit rechnete, nein, sicher wußte, daß sie ihn springlebendig antreffen würde. Keine Schnur, keine Schlaftablette, kein Wasser, nicht einmal soviel, um einen Hund darin zu ersäufen. Also ehrlich gesagt, sie wollte eindringen und sich aufdrängen. Das hatte sie übrigens ihr ganzes Leben lang getan, weil sie zu stark empfand, daß sie existierte und sich Geltung verschaffen mußte, so einfach war das! Schon als Baby: Sie brüllte in ihren verschlissenen und geflickten Windeln wie eine zornige Prinzessin. Als Schulkind: Sie raufte sich mit den Mädchen und flirtete mit den Jungen und dem Lehrer. Als junges Mädchen: Sie schaute aus Filmen ein wenig Dekadenz ab, nahm Teerosen-Allüren an und war in Wirklichkeit doch eine aus dem Sumpf hochgeschossene feuerrote Mohnblüte. Yolande, das Kind aus dem Volk, wie war sie zu ihrem schönen Namen gekommen? Einen Augenblick. Jetzt klettert sie gerade auf die Terrasse von *Mon Repos*, wo sie Kosta antrifft, der, wie zu einer Salzsäule erstarrt, in die Nacht schaut. Aber zuerst, wie kommt sie zu dem Namen Yolande? Es gab einmal in einem Buch ein Kind namens Yolande, ein uneheliches Kind einer einfachen Frau wie Yolandes Mutter und eines Grafen. Yolandes Mutter wünschte sich ein Kind wie das aus dem Buch, eines, das sich wehrt, das Leben anzupacken weiß, das lieben, aber noch besser hassen kann. Wie wurde die Yolande aus dem

Buch von ihrer adeligen Stiefmutter gedemütigt, wie wurde ihre Halbschwester bevorzugt! So wurde denn Yolande zum Racheengel und feierte Triumphe über Unrecht und Betrug. Yolandes Mutter wollte ihr Kind, wenn es eine Tochter wurde, Yolande nennen und zu einer Frau erziehen, die sich nicht beiseite schieben ließ, die das Leben meisterte, das Sagen hatte und andere beherrschte wie die Yolande aus dem Buch. Aber ach, in Erfüllung gehen nur jene Wünsche, die von Feen an der Wiege eines Königskindes gesprochen werden. Yolandes Mutter ärgerte sich krank über ihre Yolande, wenn sie vorm Spiegel stand und sich herausputzte, sich dann auf den Weg machte und erst spät in der Nacht nach einem langen Abschied an der Haustür wiederkam, wenn sie mit ihren gezupften, zynisch hochgezogenen Augenbrauen über die Liebe redete und sich beim Gehen sinnlich-sentimental zur Tanzmusik wiegte. »Du hast kein Herz und keine Moral!« Yolande sah sie spöttisch an: »Was soll ich damit?« Vor anderen jedoch verteidigte und lobte Yolandes Mutter ihre Tochter, die im Büro arbeitete und eine Dame war, die Englisch sprach und Banjo spielte und sich nicht wie sie selber grämte und sorgte, sondern forderte und die Gelegenheit nutzte. Zum Beispiel jetzt: Yolande im Urlaub. Sie war gern im Freien, faulenzte gern in der Sonne. Wie so ein Mädchen genießen konnte. Wie selbstverständlich so ein Mädchen ihren Anteil am Leben forderte und genoß. Wenn für den Urlaub kein Geld dagewesen wäre, hätte sie zu Hause mit den Türen geknallt und Streit angezettelt. Aber jetzt lag sie in der Sommersonne und träumte die schönen Träume ihrer hochfliegenden Erwartungen. Natürlich hatte sie ein Herz und eine Moral, jedenfalls solange sie das Leben nicht allzu widerwärtig fand. Sie war durchaus imstande, ehrlich zu lieben. Die Kosta-Romantik zum Beispiel rührte eine empfindliche Saite in ihr an. Falls es je einen Mann geben sollte, der sie liebte wie Kosta Alide, so würde sie das spüren. Sie würde ihr Glück nicht verderben wie Alide, sondern es wachsam verteidigen wie eine Tigerin ihr Junges. Wenn es nur ein Mann war, kein Schmarotzer, sondern ein richtiger Mann. Verdiente sie das etwa nicht? Wie jede Frau besaß sie durchaus eine gewisse Schönheit. Wie sie dort lief, die blonde Staffelläuferin im Mondschein. Schließlich wollte sie nicht nur Kosta beruhigen und sich in Dinge einmischen, die sie nichts angingen, es schien ihr auch, als brächte sie eine gute Neuigkeit, ein Geschenk, nämlich ihr eigenes, großartig rechtschaffenes Gefühl für Männer wie Kosta...

»Hallo«, sagte sie einfach auf der Terrasse von *Mon Repos*. Er rührte sich nicht, nicht einmal dann, als sie dicht vor ihm stand. Er schaute sie an, enttäuscht und wie erstorben. Vielleicht hatte er geglaubt, er höre Alide kommen. Das war nicht erfreulich für Yolande, die darum herausfordernd sagte: »Mann, schau mich nicht so an. Ich bin nur gekommen, um dir zu sagen, wo Alide ist. Bei uns. Ist doch nett von mir, nicht?« – »Das weiß ich schon«, sagte er. Da er sich hochmütig gab, konterte sie gnadenlos: »Das konnte ich nicht wissen, denn Alide sagte, du seist noch nicht zurück.« – »Warum habt ihr das nicht geglaubt?« Und Yolande: »Weil wir euch vorher gesehen haben, hier auf der Terrasse.« Er klammerte sich an der Balustrade fest und schwieg. Yolande stellte sich kumpelhaft, beinahe vergnügt neben ihn hin und schaute in dieselbe Richtung. Als wollten sie beide nur etwas frische Luft schnappen, mehr nicht. Yolande lächelte boshaft und verstohlen. »Es ist schon eine komische Zeit für einen Besuch, den von Alide, meine ich«, sagte sie, »warum hast du sie gehen lassen? Warum hast du sie gezwungen zu lügen?« – Er reagierte nicht. »Willst du mich nicht hereinbitten?« fragte sie und sah fast kokett in sein Gesicht, das so starr und ablehnend war, als hätte sie ihm einen unzüchtigen Antrag gemacht. »Komm«, sagte sie, »sei nur ein Zehntel so gastfreundlich, wie wir es zu deiner Alide sind.« – Sie packte ihn am Arm und drängte ihn hineinzugehen. Dort lag ein Glas in Scherben, Tisch und Stühle standen unordentlich herum wie nach einem handfesten Streit. »Was für ein Durcheinander«, sagte sie, sammelte die Scherben auf und warf sie in den Abfall. »Ja, das ist heruntergefallen«, sagte Kosta. Sie nickte ihm verständnisvoll zu: »Du hältst dich ganz gut, aber sie hält sich noch besser.« – Sie drückte ihn gütig aber entschieden in einen Stuhl. Er war übel dran. Offensichtlich hatte es hier einen Riesenkrach gegeben. Kindisch, daß er das nicht zugab. Aber sie würde ihn schon herumkriegen. »Gib mir eine Zigarette«, sagte sie und setzte sich bequem, mit schamlos hoch übereinandergeschlagenen Beinen hin. »Ich getraue mich gar nicht, um etwas Trinkbares zu bitten, Gastfreundlichkeit steht offenbar nicht in deinem Wörterbuch.« Er stand auf und holte zwei Gläser und eine Flasche Likör. Sie tranken einander zu, er kurz, mit niedergeschlagenen Augen, sie mit ironischem Blick. Beide tranken ihr Glas in einem Zug leer. »Der Likör schmeckt wunderbar«, sagte sie, »trinkst du immer Likör? Eigentlich ein Damengetränk.« – Er schüttelte langsam den Kopf. »Alide«, sagte er leise. »O ja, natürlich.« Sie rauchte und musterte ihn dabei taktlos. »Möchtest du noch einen?« fragte er. Und er schenkte nach. Dann wagte er unsicher, fast stimmlos, ohne sie anzusehen, die Frage: »Und Alide, übernachtet sie bei euch?« – »Ja, sie bat darum, und jetzt schläft sie schon wie ein Engel«, sagte sie herausfordernd. Er griff nach seinem Glas, als wolle jemand es ihm wegnehmen, und trank es wieder in einem Zug aus. Dann zündete er sich ebenfalls eine Zigarette an und hantierte dabei übertrieben herum. Yolande beobachtete ihn dabei mit freundlicher Ironie. Sie hätte sich nicht gewundert, wenn ihm die Tränen gekommen wären. Oder gab ihm das etwa nicht den Gnadenstoß, daß Alide trotz ihrer Auseinandersetzung schlief wie ein Engel? Für ihren Bruder zum Beispiel war es damals ein Gnadenstoß, als er das Mädchen, das ihn nicht haben wollte, lachend und vergnügt mit einem anderen vorbeigehen sah. Er war aufgesprungen, ins Schlafzimmer gerannt, hatte die Jacke seines schönen Sonntagsanzugs ausgezogen, die bunte amerikanische Krawatte herabgerissen und sich mit dem Gesicht zur Wand laut weinend aufs Bett geworfen. Ein unbeherrschtes Kind in seinem nackten, ohnmächtigen Schmerz. Mutter hatte gewartet, bis es still wurde, und dann gesagt: »Wenn das Mädchen dich so sähe, würde sie dich auslachen oder um dich weinen, aber lieben würde sie dich nicht, du Esel.« – Wie gestochen war er hochgefahren, hatte die Mutter hart und feindselig angeblickt, nach Jacke und Krawatte gegriffen, sich angezogen und war aus dem Zimmer gestürzt. »Wo gehst du hin?« – »Das geht dich einen Dreck an!« und damit hatte er die Haustür hinter sich zugeknallt. Mutter hatte lachend zu ihren Töchtern gesagt: »Ist dem noch zu helfen? Ein Mann, der wegen einer Frau jammert, ist kein Mann.« – »Wie ein Engel«, wiederholte Yolande mit Nachdruck. Doch Kosta rauchte ostentativ und sah sie nicht an. Sie fuhr fort: »Zuerst war sie wohl ziemlich nervös, aber dann wollte sie nicht mehr an den Krach mit dir erinnert werden und hat sich prächtig amüsiert. Und jetzt schläft sie wie ein Murmeltier.« Sosehr sie auch spähte, es kamen keine Tränen, worüber sie übrigens später sehr froh war. Er schaute sie nur feindselig an. Was für Augen! »O ja?« sagte er gequält. Ihr Herz klopfte ein wenig heftiger, als sie ihn bis zum äußersten reizte, indem sie leise und scheinheilig fragte: »Ob sie wohl jetzt von einem anderen träumt?« – Er stand auf und ging zur Terrasse. Beim Türpfosten blieb er stehen: »Ach, laß mich bitte allein. Du bist verdammt aufdringlich.« – Doch Yolande blieb mit schlank übereinandergeschlagenen Beinen auf ihrem Stuhl sitzen. Es klang sehr ehrlich, als sie sagte: »Ich wollte dir ja nur helfen. Ich weiß doch, was hier passiert ist.« – Es dauerte lang, bis Kosta reagierte. Er kam wieder ins Zimmer zurück und blieb dicht vor Yolande stehen. Seine Antwort war gleicherweise ritterlich wie töricht. Er sagte: »Gar nichts ist passiert. Ein vorübergehender Konflikt, sonst nichts. Und dabei war sie vernünftiger als ich. Wenn sie hiergeblieben wäre, hätte ich nur weiter mit ihr gezankt. Morgen ist alles wieder in Ordnung. Und jetzt geh endlich.« – Er lächelte nur mit den Muskeln seines Mundes, die Augen lachten nicht mit. Yolande erhob sich langsam von ihrem Stuhl. Sie legte dreist die Hände auf seine Schultern und schaute ihn an, wie sie vielleicht noch nie in ihrem Leben einen Mann angesehen hatte, ohne die geringste Koketterie: »Bist du sicher?« Sein Lächeln verschwand. Er würde niemals die ungeheure Aufrichtigkeit vergessen, mit der ihn diese Augen angeschaut hatten. »Ja natürlich, Mädchen«, murmelte er beschämt. Ihre Hände glitten von ihm ab. »Ich gehe schon«, sagte sie, »versuch zu schlafen.« – Ihre Stimme klang fürsorglich und herzlich, wie man zu einem Kranken redet. Dann ging sie durch die Nacht nach *Mon Plaisir* zurück, mit schleppenden Schritten und freudlosem Gesicht. Ihr großartig rechtschaffenes Gefühl für Männer wie Kosta war zu einem Gefühl ungekannter Einsamkeit verblaßt...

Und schließlich Berthe. Sie lag in dieser Nacht sehr lange wach und starrte mit weit offenen Augen in die Dunkelheit. Neben ihr, in Yolandes Bett, lag Alide. Die Dunkelheit war durchsichtig und voller Streiflichter. Man sah die hellfarbigen Decken auf Alides Bett und darunter ihre gekrümmte Gestalt mit hochgezogenen Knien. Ihr Kopf mit dem dunklen, gewellten Haar hob sich gegen das weiße Kissen ab. Das Gesicht hatte sie leicht nach unten gedreht. Schlafen wie ein Engel, wie Yolande gesagt hatte, war kein passender Vergleich. Schlafen wie ein Engel ist naives, kaum hörbares Atmen, ein junges Gesicht, das sich im Bann der eigenen Unschuld verliert. Alide jedoch atmete geräuschvoll und tief und erweckte dadurch den Eindruck von Unangreifbarkeit und Kraft. Sie atmete in ruhigem Rhythmus durch die Nase. Ihr Schlaf war eine kraftvolle, sich unsentimental bekennende Einsamkeit. Es war der Schlaf einer zu Fleisch gewordenen Göttin, die in ihrer Eigenschaft als Göttin die irdischen Dinge nun einmal anders, kühler und sogar mit Geringschätzung betrachtete. Es war der Schlaf einer gespenstisch Einsamen, die wohl irdisches Verlangen, irdischen Kummer kannte, aber selbst nicht fühlte. Der Schlaf eines olympischen Wesens, das im Schoß der Götter mit einem Menschenherzen gespielt hatte. Sie hatte es angerührt, erfüllt und behütet mit Liebkosungen, die ihren vollkommenen, göttlichen Glanz ahnen ließen, sich ihm aber gleichzeitig verweigert. Indem sie erbarmungslos einschlief, sagte sie sich von der Erde los und ließ das geliebkoste, betrogene Herz allein. Ihr Liebhaber, in dessen Brust dieses Herz schlug, hätte sie am liebsten geweckt, um in einem Nachtgespräch, in einer Umarmung abermals um ihr unnahbares, göttliches Ich zu ringen. – Berthe hatte sich auf den Rücken gedreht. Sie sah jetzt nicht zu Alide hin. Sie sah sie nicht an, weil sich die schlafende Alide nicht dagegen wehren konnte. Es war nicht nur schamlos, sondern auch demütigend und erbärmlich, einen Menschen zu betrachten, von dem die sehnsüchtigen Blicke abprallten wie von einem Toten. Außerdem schliefen nebenan Hilda und Annie, und Yolande auf der Terrasse. Berthe war nicht einmal erstaunt, als sie Yolande leise fortschleichen hörte. Wie spät war es? Sie wußte es nicht. Laß sie nur gehen, diese Yolande. Zweifellos ging sie zu Kosta, vielleicht war das gut. Berthe hatte es selbst schon erwogen, aber sie konnte und wollte an diesem Abend Alide nicht verlassen. Alide war verführerisch und stark, Berthe war schwach. Recht besehen, war das ganze Abenteuer von Kosta und Alide korrupt. Das Schicksal treibt sein Spiel mit uns, dachte Berthe, denn jetzt liegt Alide dort in einem Bett, in das sie überhaupt nicht gehört. Die Frage ist, wohin sie dann gehört. Deshalb ist es vielleicht doch wieder richtig, daß wir sie hier bei uns behalten haben. Aber auch wenn es nicht richtig wäre, mir ist es ganz recht. Aber was kommt dabei heraus? Kosta sucht Alide, Alide sucht den unbekannten anderen, Yolande ihrerseits sucht Kosta, und ich suche Alide. Aber im Grunde bleibt jeder von uns allein. Denn was hat Kosta mit Alide, Alide mit dem anderen, Yolande mit Kosta und ich mit Alide tatsächlich zu schaffen? Möglicherweise überhaupt nichts. Jedermann ist er selbst, und jeder ist allein. Und so geht es allen. Es geschieht hin und wieder, daß man einem Menschen begegnet, der einen mit Phantasien erfüllt, die aus Einsamkeit und sehnendem Verlangen geboren werden, mehr nicht. Und wenn man sich von diesem Augenblick an nur mit ihm beschäftigt, wird daraus maskierte Einsamkeit, mehr nicht. Ich bin doch gespannt, dachte Berthe unlogischerweise, was jemals aus mir werden soll. Vielleicht versuche ich es mal mit einer psychoanalytischen Behandlung, oder ich begehe Selbstmord. Oder aber ich finde doch irgendwann eine Lebensform, die mir Ruhe bringt. Ja, wenn ich nur ernsthaft an okkulten Lehren oder so was interessiert wäre. Aber ich bin jung und habe einen Körper, der noch nie zu seinem Recht gekommen ist. Vielleicht begegnet mir doch irgendwann die Liebe, die gewöhnliche, alltägliche, fleischliche, herrliche, tief empfundene Liebe. Denn nur diese, und das können hundert Theorien mir nicht ausreden, nur diese ist von höchstem Wert. Angenommen, Alide läge jetzt in meinen Armen, schliefe friedlich in meinen Armen, nachdem wir uns geliebt hätten. Aber nein, Alide gehört Kosta, vielleicht auch einem anderen, und derartige Phantasien sind verdorben und erbärmlich. Und doch gibt es in Alides Augen ein Wissen oder vielleicht auch nur ein Ahnen und unbewußtes Reagieren – oder bilde ich mir das nur ein? Ich fürchte diesen Blick von Alide und fordere ihn heraus. Ob sie das nicht längst gemerkt hat? Oder hat sie es gemerkt und spielt mit mir? Wäre es möglich, daß sie, trotz Kosta und jenem anderen, bewußt oder unbewußt, auch an jenem anderen Gefallen findet und davon berührt wird? Ach, ich komme auf Gedanken, die sie nie vermuten würde. Denn jede Frau, die mich erregt, setzt meine Phantasie in Gang und bringt mich durcheinander. Etwa diese Annie, nun, ich hatte doch auch gewisse Gefühle für Annie, obwohl ich ganz genau weiß, daß wir beide nicht zueinander passen und daß ich sie nicht liebe. Natürlich bin ich auch nicht in Alide verliebt. Es ist nur eine Art Hunger, den man zu stillen versucht. Würde ich mich getrauen, wenn sich eine eindeutige Gelegenheit dazu böte? Nein, das glaube ich nicht. Wie könnte ich eine Frau erobern und lieben? Um sich so was vorzustellen, muß man an eine bestimmte Frau denken. Nicht an Alide, nein, das wäre ebenso schamlos wie sinnlos, nicht an diese Frau, deren Liebesleben sich so offen vor aller Welt abspielte. Und Annie mit ihrem zerbrechlichen und schüchternen Charme? Nein, Alide hatte mit ihrem ganzen Gehabe Annie ausgestochen. Also gab es keine Frau für Berthe und für Berthes Phantasie. Doch falls es eine gegeben hätte, wäre ein einziger Kuß, eine Umarmung zu einem großen Fest der Phantasie geworden, zu einer heidnischen, weihevollen Orgie. Und nach diesem Kuß, der Umarmung? Endete diese Art Liebe dort, wo die sinnliche Liebe zwischen Mann und Frau beginnt? Berthe war eifersüchtig wie ein Eunuche auf die körperliche Vereinigung von Mann und Frau. Der Akt war der sinnvolle Schlußstein der Begierde, ein Akt, den Gott, die Natur und die Moral billigten, wie auch die beiden Liebenden, die zusammen den Sinn des Aktes in ihrer Einswerdung verkörperten. Und was konnte die begehrte Frau anderes wünschen und erwarten als eine solche Einswerdung? Es hätte schon einer alles überwältigenden Leidenschaft bedurft oder einer so großen Liebe, daß jeder körperliche Ausdruck dieser Liebe als völlig unzureichend empfunden wurde, damit Berthe das Wagnis einging. Sie hoffte, eines der beiden zu erfahren, entweder die Leidenschaft oder die große Liebe, der gegenüber sie machtlos war. Jedenfalls wollte sie auch einmal teilhaben am wichtigsten Spiel des Lebens, und zwar auf ihre eigene Art und Weise. Sie konnte ja nicht anders. Und das war schlimm genug. Deshalb überkam sie ein Gefühl tiefer und ungerechter Benachteiligung, das ihren Groll erweckte. Was für ein Schicksal. Ein Liebesdrang ohne Form noch Sinn und trotzdem so wirklich und zwingend, als hätten Gott, Natur, Moral und zwei Liebende dieses Begehren ohne Sinn und Zweck gutgeheißen und diese Einsamkeit gebilligt, die um so vollkommener wurde, je näher man einander kam. – Endlich schlief Berthe ein. Auch sie schlief nicht wie ein Engel, aber auch nicht wie ein olympisches Wesen, das mit Menschenherzen spielt. Sie schlief einsam, bekümmert und stolz. – Als Berthe bald darauf wieder die Augen aufschlug, war ein neuer Tag angebrochen, und der Morgen umgab sie weich und zärtlich, als hätte sie selbst diesen Tag erschaffen. Das Gefühl der Einsamkeit und Unzulänglichkeit war mit der Nacht vergangen. Zusammen mit Alide ging sie im neuen Morgen auf dem Rasen hinter dem Häuschen *Mon Plaisir* auf und ab, während die anderen alles aufräumten und für das Frühstück sorgten. In der kühlen Morgenluft lag eine angenehme Spannung. Yolande sang mit unbekümmerter Frechheit ihre Songs, wobei nur das Porzellan ihrer Augen auffallend blau leuchtete. Und Annie schaute erwartungsvoller, verwunderter drein denn je. Hilda wollte ein opulentes Frühstück auftischen, mit Eiern, Schinken und Obst, kurzum, ein richtiges Fest daraus machen. An allen vier Mädchen aus *Mon Plaisir* machte sich eine neue, festliche Stimmung bemerkbar. Alide dagegen war so still, gemessen und bescheiden, als sei sie zur Besinnung gekommen und täte heimlich Buße. Schon mehrmals hatte sie, wie von einem unbezwingbaren Impuls getrieben, auf den Weg hinausgeschaut und zu Berthe gesagt: »Ich habe das Gefühl, daß Bart mich abholen wird.« – Als sie mit geschlossenen Augen auf dem Rasen lag, war sie sehr still. Berthe vermutete, daß Alide vielleicht gar nicht mehr verstand, was gestern in sie gefahren war, und sich Sorgen machte um Bart, den sie allein gelassen hatte mit einem Problem, das bei Licht besehen keines mehr war. Berthe selber ging es ebenso, für sie gab es an diesem Morgen ebenfalls keine Probleme mehr. Ihr war, als habe sie einer gefährlichen

Versuchung widerstanden, sie fühlte sich jung und stark und voll Liebe ohne unzulässige Begierde. Aber warum nur sang Yolande so frech und anzüglich ihr *Somebody stole my gal*? Weil Yolande eben recht gewöhnlich war. Ach, wenn Berthe gewußt hätte, wie wunderbar sie sich fühlte und wie sie ganz und gar sie selbst an dem Morgen war. Auch sie wartete wie Alide auf Kosta. Sie wußte, daß sie Kosta lieben könnte, mehr als Alide. Das wußte sie seit heute nacht, seit dem völlig verrückten Besuch bei ihm, aber sie wußte auch, daß sie nicht die geringste Chance bei ihm hatte, niemals, auch wenn Alide nicht mehr zu ihm zurückkehrte. Aber das schloß ja nicht aus, daß sie ihn hätte lieben können und daß sie ihn sehr gern sah. Er hätte ein ganz besonderes, großartiges, ehrliches Gefühl in ihr erwecken können. Nein, das hatte er bereits, aber er wies es zugleich ab. Darüber war sie nicht unglücklich. Es war vielmehr ein Beweis für die Echtheit ihres Erlebens. Kosta war kein Mann, der die Gelegenheit nutzte, und große Gefühle wird man nicht so ohne weiteres los. Damit bleibt man gewöhnlich sitzen. Ihre einzige Rache für die Abweisung bestand darin, niederträchtig und anzüglich *Somebody stole my gal* zu singen. Ansonsten war sie an diesem Morgen sogar glücklich, auf eine ganz neue Art glücklich über ihr großes Gefühl. – Alide, mit geschlossenen Augen auf dem Rasen, lächelte matt. Zuerst fand sie Yolandes Singen ganz nett. Doch dann überlegte sie, daß die Zeit allmählich knapp wurde, um ein Einvernehmen herzustellen, das unbedingt notwendig war. Bart war jeden Augenblick zu erwarten. Sie lächelte wieder. Bei Yolandes Gesang fiel ihr etwas ein. Und spielerisch griff sie nach Berthes Hand und fragte plötzlich mit allzu bemühter Schalkhaftigkeit: »*Do you love a gal*?« – Berthe errötete, erwiderte aber trotzdem stolz ihren Blick. Alides Lächeln verschwand, ihre Miene wurde ernst. Und Berthe hörte: »Ich habe einmal eine Frau geliebt, sehr sogar.« – Alle Schalkhaftigkeit war nun aus der trägen Stimme gewichen, Alides Augen waren weit und still geworden. Die Iris ihrer Augen war so unbewegt und durchsichtig wie ein Märchensee in einer Geschichte. Doch Berthe senkte wieder den Blick und zog verlegen, sogar ein wenig geniert ihre Hand zurück. Warum hatte Alide das gesagt? Sollte das etwa eine Ermutigung sein? Nur um Berthe wissen zu lassen, daß sie sie durchschaut hatte? Gab sie nur deswegen etwas von sich selber preis? Aber da steckte Alide ihr einen Zettel zu. »Berthe«, sagte sie leise, »das ist ein Telegramm, du mußt das für mich aufgeben, bitte, Berthe, tu das für mich.« – Das Telegramm war natürlich für den anderen. Und sie hatte ihre Bitte genau zur rechten Zeit ausgesprochen, denn Kosta kam schon auf dem Weg angeradelt. Berthe, überrumpelt, nickte wortlos. Sie fühlte sich jetzt nicht mehr, als habe sie einer gefährlichen Versuchung widerstanden, ihre ganze goldene Morgenstimmung war plötzlich dahin. Yolande stand natürlich auf der Terrasse, als Kosta eintraf, und sie war es auch, die nach Alide rief. Alide richtete sich auf, ihr scheuer, bittender Blick streifte noch einmal kurz die schwache Berthe, die nochmals nickte, und ging dann durch das Haus *Mon Plaisir* hindurch auf die Terrasse, wo Kosta stand. »Ich möchte noch hier frühstücken«, sagte sie. Ihr unsicheres Willkommenslächeln gefiel Yolande. »Tu das nur«, sagte Kosta. Seine Augen waren müde und hatten rotgeränderte Lider. Kosta sagte also: »Tu das nur. Dann fahre ich solange ins Dorf. Zum Telefonieren. Ich habe gestern nicht alles erledigt.« – Und damit fuhr er fort. Hier war nun wirklich das Schicksal, das die Entscheidung traf. Denn wäre Alide gleich mit ihm mitgegangen, dann hätte er zuerst nochmals mit ihr geredet. Freilich würde er das später irgendwann mal nachholen, aber jetzt zögerte er nicht mehr, vorher Informationen über diesen Peps einzuholen. Er radelte fort. Er dachte: Eins ist sicher, ich werde sie niemals gehen lassen. Er blinzelte in der hellen Sonne und schloß halb die Augen, außerdem hatte er Kopfschmerzen. Den Kopf neigte er ein wenig zur Seite. Er war schon damals furchtbar unglücklich, obwohl er es noch nicht in vollem Maße begreifen oder glauben konnte...

Detektiv King hatte, was sein Verhältnis zu Juliette betrifft, inzwischen keineswegs auf der faulen Haut gelegen. Es war so weit gekommen, daß man von einer Beziehung sprechen konnte, die einen wichtigen Platz in ihrer beider Leben einnahm. Juliette war erstaunt, ja beunruhigt, wenn ihr William einmal zwei Tage lang nichts von sich hören ließ, und William King hatte begriffen, daß er, wenn er Erfolg haben wollte, sich vorläufig mit keinem anderen Mädchen beschäftigen durfte, nicht einmal wenn es sich um einen weiblichen Haarmann oder Landru handelte. Es kostete ihn keine Mühe, sich auf den Umgang mit Juliette zu beschränken, denn sie war liebenswürdig, so liebenswürdig, daß er, wenn er nicht der geniale Detektiv gewesen wäre, den Zweck seiner Liebeswerbung vergessen hätte. Für King wurde das ganze Unternehmen dadurch nur noch interessanter, weil er sich im kühlen, logischen Denken üben konnte. Er mußte jedes zärtliche Beisammensein zuerst wie ein Puzzle zusammensetzen und danach wieder zerlegen, und Juliettes Verhalten zergliedern wie ein Versuchskaninchen bei der Vivisektion. Dazu benutzte er die halbe Stunde, die er täglich zum Rasieren brauchte. Seine Wirtin brachte ihm warmes Wasser aufs Zimmer. Es war ein düsteres, geschmackloses Hinterhofzimmer, das zu allen Tageszeiten von der Sonne gemieden wurde und eine fensterlose Mauer als Gegenüber hatte. Eine Laune des Schicksals, ein Mann wie King in einer solchen Umgebung. Sogar seine Wirtin sah das Widersinnige der Situation ein. Bekanntlich haben Wirtinnen oft einen Favoriten. Nun, in diesem Hause war King der Favorit. Bekanntlich können Wirtinnen einen Menschen reell und lebensklug einschätzen. Nun, King verdiente ihre Wertschätzung voll und ganz. King war ein *Allround*-Mann. Es war selbstverständlich für ihn, niemanden übers Ohr zu hauen, und er kannte seinerseits die Menschen. Kurzum, dieser King war ein Mann mit einem nicht geringen *Savoir-vivre*. Er hätte Minister sein können oder Tellerwäscher in einem Restaurant, er hätte sich überall durchgeschlagen, und wie! Skrupel oder Prinzipien? Kleinbürgerlicher Ballast! Wenn nötig, brachte er, ohne zu zögern, jemanden um. Wenn nötig, gab er sich so tugendhaft und fanatisch wie ein Soldat der Heilsarmee. So war King. Oft, natürlich ohne daß er es sich anmerken ließ, schimmerte Verachtung in seinem intelligenten Blick, Verachtung für die beklagenswert törichten Marionetten, die sich Menschen nannten. Zieh nur an den Schnüren, und alles kommt an den Tag: ihre Vorurteile und Klischee-Gefühle, ihre allzu durchsichtige, geheuchelte Anständigkeit und ihr schlecht vermummtes, verbrecherisches Triebleben. King, der moderne, sympathische Mephisto, der sehr wohl wußte, wie die allmächtige Gottheit die Menschen erschaffen hatte. Er durchschaute sie, sah die Wahrheit hinter dem Schein. Während er vorm Spiegel stand und geschickt mit dem Rasiermesser sein Gesicht abschabte, erblickte er viel mehr als nur eine Wange, die nach und nach tadellos *cleanshaven* wurde. Sein geistiges Auge sah Juliette, überblickte die Affäre Juliette, dieses

Epos von Absichten und Nebenabsichten, das er allein durchschaute, sie dagegen nicht. Weder hochmütig noch allzu bescheiden gab er sich nie Trugbildern hin, sondern hielt sich äußerst nüchtern an die Tatsachen. Diese Frau, diese Juliette, dachte er, hatte sich, obwohl sie auch unsicher und von Erwartungen erfüllt schien, ebenso bewußt verführen lassen, wie er es bewußt darauf angelegt hatte. Warum auf diese Weise, die gefährlichste und perfideste überhaupt? *On ne badine pas avec l'amour*, man spielt nicht mit der Liebe. Weil sie als Frau nicht damit rechnete. Frauen, alle Frauen, glauben gern an die Liebe. Wie selbstverständlich hatte alles angefangen. Die Tanzlokale sind voll von Männern, die im Tanz, in ein paar Augenblicken rhythmischen Körperkontakts Zerstreuung suchen. Später sah sie in King einen Mann in einer wichtigen und offensichtlich sehr lukrativen Position, über die er jedoch nie sprach, und dieser Mann machte ihr den Hof, und wie! Was dachte sie eigentlich dabei, daß er ihr sehr förmlich, sehr offiziell jede Woche Blumen schickte? Wäre sie überrascht, wenn er sie eines schönen Tages fragte: »Wollen wir heiraten?« Wüßte sie nur genau, woran sie mit ihm war. Denn er interessierte sie mehr und mehr. Sie dachte offenbar: Er scheint mich ganz im Ernst zu lieben. Und sie? King rasierte sorgfältig sein Gesicht und verfolgte sein Tun mit gelassenem Blick. Sie hatte sich in der üblichen Weise verführen lassen, und es war schwer, darin die gezielten Absichten einer Giftmischerin zu erkennen. Sie war eine anständige Frau, keusch und passiv, und doch verrieten manche Gebärden ihre Begierde. Sie verrieten aber auch, daß sie sich noch längst nicht gehenließ. Um auf diese Begierde zurückzukommen, sie war hinreißend. Aber darum ging es jetzt nicht, und King verbannte verächtlich seine Abschweifung ins Unwichtige aus seinen

Gedanken. Wichtig war dagegen, daß sie ihn für überaus solvent hielt: Dafür sprachen sein sorgfältig rasiertes Gesicht, seine Maßanzüge, seine Großzügigkeit beim Bezahlen in den Tanzlokalen und die teuren Blumen. »Was bist du eigentlich?« – »Bei einer Schiffsassekuranz«, sagte er zerstreut, und sonst nichts. Warum hatte sie keine Informationen über ihn eingeholt? Denn immerhin interessierte er sie genügend. Sie hätte es ohne weiteres tun können. Angenommen, ein genialer Detektiv wie King hätte ihr Lügen aufgetischt, die man ihm nachweisen konnte. Sollte sie sich doch informieren, über die Assekuranz, über sein Bankguthaben. Die Zeit schien reif dafür, daß er ihr näherkam, gefühlvoller wurde. Dann würde sie es wagen, würde sich verteidigen und entschuldigen: Es ist ja klar, was du mit mir vorhast, so daß ich wohl ein Recht darauf habe, es zu wissen ... Ja, gefühlvoller werden, das war die zweite Phase, und heute abend wollte er damit beginnen. Hätte er zu früh damit angefangen, so hätte er sie gelangweilt, und sie hätte ihn fallenlassen. Jetzt war sie selbst stark genug gebunden und interessiert, um das Gefühl zu haben, daß sie, nach viel Unsicherheit und Abwarten, gesiegt hatte. Wie bald würden sie die Rollen tauschen. Wie bald würde sie ihm den Fuß in den Nacken setzen. Eine Frau, die sich ihres Erfolgs, ihrer Macht bewußt ist! Und mit diesem Machtbewußtsein würden Habgier und Mordlust Hand in Hand gehen. Dann würde sich hemmungslos die wahre Juliette zeigen, dieselbe Juliette, die ihm jetzt noch aus der Hand aß. Wenn er sie zum Beispiel einmal vergeblich angerufen hatte, welch bedauerndes und demütiges Entschuldigen: »Wenn ich das gewußt hätte, wäre ich sicher zu Hause geblieben, aber sonst rufst du nie so früh an ...« Nie besuchte er sie ohne vorherige Verabredung, denn das hätte einen zu schwärmerischen Eindruck gemacht. Doch heute nachmittag, und damit begann die gefühlvolle Phase, heute nachmittag würde er es tun, mit unergründlicher Miene und der korrekten Ausrede, es sei ihm plötzlich eingefallen, und trotzdem allzu durchsichtig: »Komm heute abend zu mir auf ein Gläschen…« Und heute abend die zweite Phase: Kings Kapitulation. Er grinste seiner häßlichen, intelligenten, glattrasierten Visage im Spiegel zu. – Aber zuvor mußte er noch den einen oder anderen Plan aushecken. An seine armselige, gottverlassene Behausung grenzte eine Suite mit Telefon, Hausbar, Sofa und Radio. Der reiche Mieter der Suite war verreist. King, als distinguierter Herr, würde sich darin nicht schlecht ausmachen. Sogar wenn der reiche Mieter zu Hause gewesen wäre, wäre es King sicher gelungen, ihn für einen Abend aus dem Haus zu schaffen. Ein King kann nun einmal Wunder vollbringen. Nach einem vertraulichen Gespräch mit der Wirtin, die brennend vor Eifer die Gelegenheit wahrnimmt, ihm zu Diensten zu sein, zieht er die Haustür hinter sich zu. Er spaziert in die stille Seitenstraße, wo in dem Haus mit den roten Läufern auf dem weißlackierten Boden und den glänzenden gemütlichen Möbeln in einer Stille, die einem zynischen Schweigen gleicht, seine Juliette wohnt. Gewöhnlich trägt sie rote Pantöffelchen und einen gestickten, weichfallenden Morgenrock mit einer Schnur. Sie erwartet dich oben auf der Treppe, und wenn du sie umarmst, fühlst du, wie mollig und weich ihr Körper ist. Bei ihr widerfährt dir innerhalb kurzer Zeit vielerlei Gutes. Mantel aus, und ehe du dich's versiehst, sitzt du in einem Sessel mit Kaffee und Zigarette nach bester amerikanischer Art. Und um nochmals auf ihre weiche Molligkeit zurückzukommen, das Liebesspiel mit ihr war keineswegs enttäuschend. Ihre Schultern waren so schön rund, glitten wie von selbst in deine Hände. King hatte in seinem Leben schon viele Frauenschultern umarmt, aber die von Juliette bezauberten ihn auf besondere Weise. Es waren nicht die runden Schultern an sich, die es ihm angetan hatten, sondern der Gedanke, daß sie einer Giftmischerin gehörten. Manchmal schloß er sie mit routinierter Andacht in seine Arme und dachte dabei: blutdürstig wie eine Kreuzspinne. Zu gegebener Zeit würde er das Netz zerreißen, in dem sie ihn fangen, einspinnen und aussaugen wollte, und die Kreuzspinne mit den Füßen zertreten. Während des Liebesspiels neigte Juliette den Kopf zur Seite und schloß die Augen in einer keuschen Gebärde voller Hingabe. Wie schön war dann ihr junges, frisches Gesicht, wie zärtlich und überströmt von verhaltener Leidenschaft. Doch nach dem Liebesspiel, intelligenter King, wie sah sie dich dann an: mit verschleiertem Blick, voll düsterer Überlegungen und erfüllt von dem Gedanken, nun habe ich noch kein Blut gekostet. Ein Blick, intelligenter King, den ein argloserer als du wohl ganz anders interpretieren würde, zum Beispiel so: Mein Gott, ihre Seele ... die besitze ich nicht, noch nicht! Ein solcher Mann würde krampfhaft um ihre Seele werben, eine Seele, die sie gar nicht besaß. Und King, auf dem Weg zu Juliette ohne Seele, lächelte geringschätzig. Aber war diese Geringschätzung nicht auch Selbstverteidigung gegen die Schönheit eines zur Seite geneigten Gesichtes voll zärtlicher Hingabe? – Er wußte, daß Juliette um diese Zeit gewöhnlich zu Hause war, aber ob sie ihm öffnete? War es Furcht vor einer Enttäuschung oder eine Vorahnung, daß er, als er sich dem Haus näherte, dachte: Ich werde sicher vor der verschlossenen Tür stehen? Richtig, er würde sein unergründliches Gesicht gar nicht brauchen, ebensowenig die korrekte Entschuldigung wegen seines unerwarteten Überfalls. Er würde mit Sicherheit vergeblich klingeln, weil sie vorschützte, nicht zu Hause zu sein. Sie würde ihn vor der geschlossenen Tür stehenlassen und heimlich hinter der Gardine seinen Abgang beobachten. Und warum? Weil sie an diesem Nachmittag einen anderen erwartete, einen, der zuviel von ihr wußte und sie erpreßte. Schau, da überquerte King die Straße und ging geradewegs auf das Haus von Juliette zu. Vor den Fenstern hingen Spitzenvorhänge mit einem Muster wie das Netz einer Kreuzspinne. Sie schlossen so züchtig und präzise, daß er trotz des Kreuzspinnenmusters an das keusche Kleid einer Erstkommunikantin denken mußte. Es wäre schade, wenn Kings Vorahnung, denn es war wohl nicht die Furcht vor einer Enttäuschung, sich als zutreffend erwiese, wenn er nicht zu ihr hinaufgehen konnte und nur ein paar Zeilen hinterlassen mußte, keinen Mantel aus, kein Sessel und keine Tasse Kaffee mit Zigarette, auch kein Juliette-Lächeln wie eine Sonne, die durch eine stille weiße Wolke bricht. Nein, es war nur gut, daß King die liebliche Juliette nicht nur um der Gerechtigkeit willen verfolgte und zu Fall bringen wollte. Dabei war Geld im Spiel, und außerdem war es eine Ehrensache. Wäre es nur um Gerechtigkeit gegangen, so hätte er diese mit Vergnügen in die Hände höherer Mächte gelegt und sich mit gesteigertem Vergnügen ruhig, aber vorsichtig eine Zeitlang in sie verliebt. Er klingelte. Die Klingel erklang diskret und trotzdem durchdringend. Er horchte und hielt Ausschau. Er schaute durch das kleine, vergitterte Türfenster in den weißgekalkten Flur mit dem roten Läufer. Es war hell und einsam. Nichts zu hören, nichts zu sehen, wie ausgestorben. Und doch spürt er, der empfindsame, intelligente King, daß er beobachtet wird. Darum klingelt er nicht nochmals, sondern zieht seine Brieftasche heraus und entnimmt ihr einen Fetzen Papier, auf den er mit seinem Füllfederhalter kritzelt: *Dear Juliette, kommst du heute abend zu mir? William.* – Er steckt ihn in den Briefkasten. Vorsichtig blinzelt er ganz kurz nach oben und entdeckt einen schmalen Schatten oben auf der Treppe. Oh, er weiß genau, daß sie über den Treppenabsatz späht, seine Juliette. Schade um den Sessel, um den Kaffee und das hübsche Lächeln. Mit meisterhaft gespielter Enttäuschung dreht er sich um und überquert die Straße. Er biegt in eine Nebenstraße ein. Dort bleibt er kurz stehen und sieht durch die Scheiben von zwei Schaufenstern, die übereck stehen, genau auf Juliettes Haus. Die schönen Spitzengardinen des linken Fensters sind jetzt nicht mehr dicht geschlossen. Das Kreuzspinnenmuster ist unterbrochen, und dazwischen ist ein Spalt. Nein, Juliette lauert nicht dahinter, es handelt sich um etwas anderes. Es ist ein Zeichen, ein Zeichen dafür, daß die Luft nicht rein ist und daß derjenige, den sie erwartet, nicht klingeln soll, sondern weitergehen. Vorsichtigkeit bis zur Albernheit. Trotz seines Zettels könnte King jetzt warten oder zurückkehren. Aber King geht in der Querstraße weiter, er wartet nicht und kehrt nicht zurück. Er weiß Bescheid. Er weiß, daß dort oben ein anderer erwartet wird, jemand, den er nicht sehen darf. Und das bedeutet, daß sie etwas gegen ihn plant, daß sie vorsichtig ist, seiner Harmlosigkeit nicht traut und dafür sorgt, daß der Mann, der ihr das Gift bringt, ihm niemals unter die Augen kommt. King weiß jetzt, daß sie ihn liebt wie eine Beute. Er grinst. Grinst! Das heißt, er starrt mit kalten Augen vor sich hin und zieht den Mund breit, als lächle er. Die arme Juliette, sie denkt, sie sei ihm gewachsen. Wenn die Zeit dafür gekommen ist, wird er sie knacken wie eine Laus. Ruhig schlendert er weiter in der Sonne, mit kalten Augen, aber jetzt mit künstlich beherrschtem Mund. Er wandelt zugleich in geistigen Gefilden, wo Liebe und Mord in aufregender Weise miteinander verkoppelt sind, in einem satanischen Paradies. Er spaziert in ein Café. Der Wirt hinter der Theke muß wohl etwas von der Besonderheit dieses Gastes gespürt haben, denn er zapft sofort ein Glas Bier für ihn, so großzügig, mit einer so hohen, prächtigen weißen Blume, daß es sich fast nahtlos in die Paradiessphäre einfügt. Und dann geht King zur Telefonzelle: »Hallo, *my dear,* schon zu Hause? Kommst du heute abend? *Some gin, a dance, and, please, a bit of love?*« – Sie lacht amüsiert, befremdet, auf der Hut. Dann eine kurze Pause. »Ja«, sagt sie. Ihre Stimme ist kühl und träge und steht in krassem, reizvollem Widerspruch zu der Wärme ihrer Schultern. Sie sagt nicht mehr: »Wenn ich das gewußt hätte, wäre ich zu Hause geblieben.« – Sie weiß es, sie gewinnt. Ihre Stimme ist kühl und träge. Sie weicht gespannt zurück, gleichsam wie ein Panther vor dem unfehlbaren Sprung. King erschauert vor Glück ...

Zu Hause dann noch ein Gespräch mit der Zimmerwirtin. Eine prächtige Frau, diese Wirtin, in deren Erfahrung sich mehr als tausend Leben und Romane abgesetzt haben. Sie kreuzt die Arme über den schweren Brüsten, lacht mit kleinen farblosen Fischaugen und entblößt ein prachtvolles künstliches Gebiß. Sie lacht oft über King, der unverschämt vertraulich, aber vor allem unverschämt geistreich sein kann. »Es ist ein schönes, gefährliches Mädchen«, sagte King, »ich muß sie zähmen.« Und er stellte Genever und Likör, Bonbons und Zigaretten bereit. Die Wirtin und er standen in der Suite des reichen Mieters, der verreist war. Nachsichtig verfolgte die Wirtin Kings Vorbereitungen zu der Liebeskomödie. »Sieht es wirklich so aus, als würde ich hier wohnen?« fragte er sehr ernst. Ihre blassen Augen nahmen Maß an ihm. Dann stürzte sie auf einen Wandschrank zu und zog einen Morgenmantel hervor, ein schickes Stück. »Ach Mütterchen«, sagte King gerührt und blickte dankbar durch ihre Augen in ihre lebenskluge Seele, »den ziehe ich an, wenn wir den Koitus vollzogen haben.« – Das war wieder so einer seiner unverschämten Geistesblitze. Die Wirtin lachte kopfschüttelnd und zeigte skrupellos alle falschen Zähne. Danach aßen sie der Gemütlichkeit wegen zusammen in der Küche. Er sagte: »Das Mädchen soll einen guten Eindruck von mir bekommen, passen Sie auf.« – Er gab ihr eine Menge Instruktionen. »Achten Sie darauf«, sagte er zum Beispiel, »daß Sie mich immer leise und ehrerbietig anreden, und sagen Sie nicht *Junge* zu mir, sondern *Herr King*.« – »Was wollen Sie eigentlich von ihr, wenn ich fragen darf?« – »Umgekehrt, sie will etwas von mir«, sagte King, »eine hohe Versicherung auf mein Leben abschließen, und wenn sie das erreicht hat, mich vergiften.« Die Wirtin schaute auf, einen Augenblick lang war sie besorgt, lächelte dann aber: »Das scheint mir die ideale Frau für Sie zu sein«, sagte sie. King legte die Beine auf einen Hocker und benutzte ein Streichholz als Zahnstocher. »Sie ist nett«, sagte er, während er bedächtig in den Zähnen stocherte, »Sie müssen sie nur mal genau ansehen.« – »Nett auch noch«, sagte sie, »bewahren Sie um Himmels willen den Verstand, sonst passiert es wirklich.« King sah überrascht drein: »Also glauben Sie, was ich soeben gesagt habe?« – »Ja«, war die Antwort, »soll ich das etwa nicht?« – Sie heftete die Fischaugen nachdenklich auf sein Gesicht, es waren weise Augen ohne eine Spur Wärme. »Mein Junge«, sagte sie spöttisch und vertraulich, »ich habe noch ganz andere Dinge erlebt.« – »O ja?« fragte King herausfordernd und ein bißchen pikiert. »Bei Ihnen müssen es natürlich mindestens Vampire und Nekrophile sein, die einander den Hof machen.« Etwas Schrecklicheres konnte er sich in diesem wonnigen Augenblick nicht ausdenken. Die gute Wirtin wußte nicht, was Vampire und Nekrophile waren, und lachte deshalb nicht. Mit einer vorsichtigen, häuslichen Gebärde goß sie den Kaffee auf. Der Kaffee duftete durchdringend und warm. »Nein«, sagte sie, »o Gott, nein, aber wenn man sich im Leben ein bißchen umgesehen hat, dann ist ein Mädchen wie das, das heute abend kommt, bloß ein Schaf.« – Und damit stellte sie den großen Wasserkessel auf die Anrichte. King merkte, daß der heiße Wasserkessel schwer sein mußte. Sie preßte die Lippen über ihre falschen Zähne zusammen wie bei einer großen Anstrengung. Ihr altes Gesicht bekam dabei etwas Heroisches...

Doch wie entsetzlich kindisch auch ein genialer Detektiv sein kann! Der Morgenmantel ließ ihm keine Ruhe. Er hatte noch eine Stunde, bis Juliette kam. Er gab sich nicht mit letzten strategischen Überlegungen ab, nein, er zog sein Jackett aus und hüllte sich in den Morgenmantel. Er stellte sich sogar vor den Spiegel. So ein Mantel, dachte er und betrachtete sich bewundernd und wehmütig. Da stand er also, King und sein Spiegelbild King, hochgewachsen und schmächtig, häßlich, aber undefinierbar charmant. Er sah wirklich hervorragend aus in dem Morgenrock, der paßte und zu ihm paßte wie eine zweite Haut. War es der Stoff, die schmeichelnde Seide, die ihn so unwiderstehlich anzog? War es die Farbe, ein geheimnisvolles Nachtblau? Oder der weite, kuttenartige Schnitt? Nein, das wohl nicht, oder vielleicht doch alles zusammen. Es war wie mit einer Frau, die man mag, aber nicht weiß, warum, wie mit einem Haus, in dem man sich auf unerklärliche Weise behaglich und wie zu Hause fühlt. King war plötzlich versessen auf den Mantel. Er hatte das

Gefühl, daß er, in diesen Mantel gehüllt, noch exzellenter, noch genialer im Leben dastehe: Der Mantel machte ihn perfekt. Er hatte das Gefühl, als ob sein Selbstbewußtsein in diesem Mantel noch harmonischer, noch wirkungsvoller zur Geltung kam, der Mantel machte etwas aus ihm. Er wollte diesen verflucht begehrenswerten Mantel haben, und zwar für immer. Warum »diesen« Mantel und nicht »genauso einen« Mantel? Das wäre, als nähme man mit der Zwillingsschwester der Geliebten vorlieb oder mit einem Haus neben dem Haus, das man eigentlich haben wollte. Nein, *dieser* Mantel ...

Soweit King und Juliette. Kosta klappte verdrossen das Manuskript zu und sah Alide unsicher und abwartend an. Alide blickte jedoch weiterhin auf die Hände in ihrem Schoß, so wie sie ihm zugehört hatte. »Was meinst du?« fragte er. – »Es ist eine sonderbare Geschichte«, sagte Alide zögernd, »ich verstehe nicht, was du damit sagen willst und worauf du hinauswillst. Wie geht es weiter?« Kosta gab keine Antwort. Er sah sie nicht an, sondern an ihr vorbei. Seine Augen waren geschwollen, als ob er jeden Augenblick in Tränen ausbrechen könnte. Aber er brach nicht in Tränen aus, er starrte nur verstimmt und bekümmert an ihr vorbei. Seine Stimmung schmerzte und irritierte sie. Beherrscht und freundlich sagte sie: »Erzähl doch mal, wie geht es weiter?« – »Das hier habe ich noch in *Mon Repos* geschrieben«, sagte er, »das weißt du ja.« – »Aber du mußt weitermachen«, beharrte Alide freundlich, »die Geschichte befremdet mich zwar, aber ich finde sie trotzdem hübsch und interessant.« – »In *Mon Repos*«, fuhr er fort, »wußte ich selber noch nicht, wie es weitergehen sollte. Es war ein Spiel. Jetzt weiß ich das Spiel nicht mehr weiter, es hat nicht mehr den geringsten Sinn.« Er stand auf und verschloß das Manuskript in einer Schublade seines Schreibtisches. »Komm«, sagte Alide, »das ist doch nicht nötig.« Sie stellte sich neben ihn und legte schüchtern einen Arm um ihn. Er rührte sich nicht. »Ich könnte weinen«, sagte er, »aber nicht wegen deines schrecklichen Abenteuers, sondern weil du und dieses ganz und gar wertlose Individuum mich aus meiner Stimmung gerissen habt. Wäre das alles nicht geschehen, so hätte ich vielleicht ein Buch geschrieben, wie noch keines geschrieben worden ist.« – Alide legte den Arm noch fester um ihn und trat vor ihn hin, so daß sie ihm ins Gesicht sehen konnte. »Bart«, sagte sie flehend, »das ist jetzt doch vorbei.« Sie küßte ihn behutsam, tröstend und bittend zugleich. Traurig ließ er sie gewähren. Sie küßte seine Wangen, seine Mundwinkel und schließlich seinen Mund. Er schloß die Augen und ließ sie gewähren. Dann nahm er ihren Kopf in die Hände und schaute sie mit müden, trüben Augen an: »Ist es wirklich vorbei?« – Ihre Reaktion erschreckte ihn. Augenblicklich ließ sie ihn los, ihr Kopf lag schwer und steif in seinen Händen. »Ja«, sagte sie grob, »es ist vorbei. Und noch mal: Es ist vorbei. Wie oft fragst du mich das noch!« – Ihre Augen versanken ineinander, die ihren hart, die seinen müde und verletzt. »Wirklich, Alide?« flüsterte er Auge in Auge. Alide riß sich los. »Was willst du hören? Nein? Gut, also dann nein, es ist nicht vorbei.« Grob und gekränkt wandte sie sich von ihm ab. Er hielt sich kurz am Schreibtisch fest, blinde Wut wallte plötzlich in ihm auf. Es war unbeschreiblich gemein, was sie soeben gesagt hatte. Er sah, wie sie mit harter Hand ihre Haare kämmte und mit einer Puderquaste auf ihr Gesicht klopfte. Dann nahm sie einen Mantel aus dem Kleiderschrank. Kalt und grimmig machte sie sich fertig zum Ausgehen. Er glaubte, daß er seine Wut beherrschte, aber seine Stimme war heiser und gepreßt. Ohne daß er es gewahr wurde, war er auf sie zugegangen, ihr nachgelaufen zum Spiegel und Kleiderschrank und dann zum Tisch, auf dem ein Stück Stoff lag, das sie einpackte. »Tust du so einfach alles ab, was geschehen ist? Hör mir zu.« Und er packte sie am Arm. Sie riß sich heftig los. Er ließ nicht ab und sagte mit heiserer, gepreßter Stimme: »In Gottes Namen, hör zu. Ich weiß wohl, du hast dich schließlich für mich entschieden und nicht für jenen Kerl. Eine Ehre, Alide, verdammt noch mal, und ein Beweis deiner Liebe! Aber wir wollen nicht abschweifen. Ich muß, ich will dir jetzt vertrauen. Du bist kein Hündchen an der Leine. Ich will dir nicht nachspionieren. Ich will kein Puzzle aus deinen Gedanken machen, kein Zusammensetzspiel aus deiner Zeit. Dabei würden wir beide verrückt werden. Ich werde dir nie nachspionieren und dich nie fragen, wie du nach einem solchen Jahr wieder mit dir selbst ins reine gekommen bist. Warum sagst du es mir nicht selber, warum schweigst du alles tot?« – Nachdem sie den Stoff fertig eingepackt hatte, stand sie am Ende seiner Tirade regungslos da, die Hände schwer auf den Tisch gestützt. Mit verstörtem Gesicht schaute sie ins Leere. »Ach, hör doch auf«, sagte sie mit zitternder Stimme. »Du spionierst nicht und fragst nicht, aber was du tust, ist viel schlimmer. Vergiß es endlich. Anders kann es ja nie wieder gut werden.« – Verstohlen und brüsk wischte sie ein paar Tränen fort. »Wäre ich doch fortgegangen, nein, nicht zu dem Kerl, nur fort, allein.« – Kosta fühlte sich plötzlich ganz allein schuldig. »Alide«, sagte er unterwürfig und griff nach ihrem Arm. »Nein«, sagte sie, »jetzt hast du alles verdorben.« Ihre Lippen zitterten, aber sie wollte nicht weinen. »Es sieht so aus«, sagte sie mit gebrochener, zitternder Stimme, »als wolltest du mich ganz durcheinanderbringen.« – Er nahm sie trotz ihres Widerstandes in die Arme: »Nein, Alide, sieh mich an, wie könnte ich das, ich habe dich lieb!« – Doch sie schaute abweisend und traurig an ihm vorbei. »Alide«, beschwor er sie, »Alide, wirklich, ich tue mein Bestes, aber manchmal ist mir alles so entsetzlich zuwider. Ich will dir gar nicht sagen, wie es in mir aussieht, denn dann fangen wir wieder von vorne an. Verzeih mir.« – Eine letzte Träne rollte an ihrer Nase entlang. »Warte«, er wischte sie fort, »jetzt ist es vorbei, sag nur noch rasch, ob du mich liebst.« – Langsam hob sie den Blick zu ihm empor. Sie schaute ihn betrübt und aufmerksam an. »Ja«, sagte sie, »nur dich allein.« Und sie wiederholte: »Dich allein.« Und dann: »Liebling, nimm es doch nicht so schwer. Jetzt war doch gar nichts, und trotzdem fängst du immer wieder davon an.« – »Ja, wegen des Scheißromans«, sagte Kosta. Jetzt lächelte sie doch. »Nein«, sagte sie, »er ist schön, ich habe sogar etwas Angst davor, Angst vor deiner Phantasie.« – Er küßte sie. »Hab keine Angst«, murmelte er, »hab keine Angst.« Er fühlte sich innerlich vollkommen geläutert und voller Hingabe. Sie sagte: »Jetzt bringe ich den Stoff zur Schneiderin und komme so bald wie möglich zurück.« Sie schaute ihn fest und aufrichtig an. »Ja, Liebste«, und er half ihr in den Mantel. Das ging einher mit einer Umarmung und einem Kuß. Arm in Arm begleitete er sie über den Flur zur Treppe. Dort nochmals eine Umarmung und ein Kuß. Sie ging ein paar Stufen hinunter, drehte sich dann um und legte die Hand liebkosend auf sein Knie. »Liebster«, sagte sie warm, »geh und schreib weiter.« – »Ja«, sagte er, »ja, über Juliettes Besuch bei King.« – »Gib mir deine Hand«, sagte sie. Er tat es. Sie hob die Hand zum Mund und drückte einen Kuß darauf. »Mein Gott, mein Gott, Alide...«

Mein Gott, mein Gott, Alide! In meiner Brieftasche steckte ein ausführlicher Bericht über den Lebenslauf des Herrn Peps. Er wurde mir von meinem Informanten ausgehändigt, als alles zwischen uns längst wieder in Ordnung war und er eigentlich nicht mehr nötig war. Es war ja alles noch am selben Morgen, als ich dich in *Mon Plaisir* abholte, wieder in Ordnung gekommen. Das war, als wir die Koffer für die Abreise packten. Während des Kofferpackens ging ich zu dir. »Alide«, sagte ich, »tu es nicht, bleib bei mir.« Es war nicht gerade ein sehr gefühlvoller Augenblick. Ich weiß genau, wie es mich dazu trieb. Gewöhnlich packten wir gegenseitig unsere Habseligkeiten, ich die ihren und sie die meinen. Auch am letzten Morgen in *Mon Repos* begann sie, sich wie selbstverständlich um meine Sachen zu kümmern und ich mich um die ihren. Sie tat es so sorgfältig und liebevoll wie immer. Und ich dachte: Ist es das letzte Mal, daß wir das füreinander tun? Das schien mir so bizarr, genauso bizarr wie der Tod, wenn man jung ist und einander liebt. Das konnte nicht wahr sein. Und so sagte ich also: »Alide, tu es nicht, bleib bei mir.« Vielleicht dachte sie gerade dasselbe, denn sie reagierte sofort, ohne zu überlegen, als hätte sie die Frage erwartet. Sie nickte nur. Und meine Reaktion darauf war, daß ich zu zittern begann wie Espenlaub und nicht mehr packen konnte. Deshalb machte ich mich allein auf den Weg und lief, bis ich mich beruhigt hatte. Und dann im Zug überkam es sie, ganz plötzlich, im vollbesetzten Abteil. Sie begann zu weinen und verlor ihre Fassung, meine Alide, meine zurückhaltende, stolze Alide! Zu Hause stellte sie die Bedingung, sie wolle Peps selber mitteilen, daß es aus sei. Sie fürchtete sich davor, weil er es auf seine Art sehr ernst meinte. Sie erschauerte und wurde eiskalt. Aber diese Aufgabe konnte ich ihr nicht abnehmen, das wäre zu grausam gewesen. Schließlich war Peps auch ein Mensch. Sie nahm ihren ganzen Mut zusammen. Innerhalb einer halben Stunde war sie zurück. Sie weinte nicht, als sie zurückkam, und war auch nicht sonderlich deprimiert. Ich war enttäuscht. Vor kurzem noch hatte sie geglaubt, daß Peps ihr etwas bedeutete. Und nun hatte sie Peps aufgegeben und damit ein mehr oder minder großes Opfer gebracht, auch wenn sie dabei dem Gebot ihres Herzens gehorchte. Ich hatte eine weitere Krise erwartet, aber die blieb aus. Ich hatte auch erwartet, daß sie etwas sagen werde, und sei es nur: »Reden wir nicht mehr darüber, es war schrecklich.« Oder: »Es ging, er wird es schon durchstehen.« Doch sie sagte nichts. Ich fragte deshalb: »Wie war es denn?« Ich fragte leise, aber eindringlich, denn ich mußte es wissen. Sie sah starr und abweisend vor sich hin, als ginge sie insgeheim mit sich zu Rate. Dann sagte sie, die grauen Augen fast feindselig zu mir aufgeschlagen: »Das ist nicht mehr wichtig. Ich will von jetzt an nie mehr darüber reden.« – So war die Art, in der sie, meine stolze, abweisende Alide, ihr Opfer brachte. Ich fühlte mich beschämt und zu kurz gekommen...

Mein Gott, Alide, der Bericht über die *Taten und Träume des Herrn Peps* wurde ein noch größerer Markstein in der Geschichte unserer degenerierenden Liebe als die Ereignisse in *Mon Repos* und die Tragödie unserer anschließenden Versöhnung. Bevor ich den Bericht bekommen hatte, grübelte ich in einer ganz anderen Weise als danach. Oft zog ich mich zurück, angeblich, um zu arbeiten. Aber was tat ich? Ich schrieb Seiten über Seiten an dich und zerriß sie wieder. Du wolltest nicht reden, und ich getraute mich nicht zu fragen, ebensowenig wie ich dir meine schriftlichen Analysen und Hypothesen zu zeigen wagte. Ich hatte Angst, daß du gerade durch sie erfahren könntest, daß deine Gefühle für Peps begründeter und tiefer waren, als du dachtest, und daß ich dich damit selber in seine Arme treiben könnte. Auf dem Papier stellte ich mir und dir Hunderte von Fragen, ich versuchte, dich zu ergründen, dich zu verstehen. Und ich wurde immer verwirrter und fand mich nicht mehr zurecht. Du wolltest nicht, daß ich grübelte. »Sei doch froh«, sagtest du einmal, »daß wir uns immerhin nicht verloren haben.« – Doch ich antwortete: »Es steht noch zu vieles zwischen uns. Du solltest mir alles erzählen, in Ruhe und ohne Vorbehalt. Klar Schiff machen. Erst dann wird alles wieder gut.« – Sie sah starr an mir vorbei: »Das hat keinen Sinn. Es ist ja jetzt vorbei.« – Aber du hast mich ein Jahr lang betrogen. Du hieltest es nicht für notwendig, daß alles ausgesprochen, erklärt, gesühnt wurde. Geflissentlich schwiegst du das Verbrechen tot. Denn weißt du ein größeres Verbrechen, als ein argloses Vertrauen zu hintergehen? Du hast deswegen keine halbe Stunde Schlaf versäumt. Nachdem du dich entschieden hattest, keine Spur von Selbstkritik, Schuldbewußtsein oder Reue. Warum konnte ich dich nie bei einem einzigen Wort, einer einzigen Gebärde der Reue ertappen, mit der du meinen Groll besänftigt hättest? Denn ich grollte dir. Hast du nicht begriffen, daß ich nichts anderes tat, als den Betrug eines ganzen Jahres zu rekonstruieren? Hast du nicht begriffen, daß ich täglich auf Erinnerungen stieß, die mir enthüllten, wie systematisch und unerhört du mein Vertrauen in dich mißbraucht und ausgenutzt hast? Wie konntest du das tun? Wie konntest du dich hastig und geborgen in meine Arme schmiegen, wie konntest du lachend zu mir aufschauen, mich küssen mit deinen Lippen, die noch heiß von Peps waren! Daß du dazu fähig warst, zeugt das nicht von seelenloser, gewissenloser Niedertracht? Was sagen diese Worte aus?

Kann ich dich dadurch verstehen? Wie läßt sich deine Gewissenlosigkeit erklären? Mit einer großen Leidenschaft? Nein, nicht ein ganzes Jahr lang. Ein ganzes Jahr voll heimlichen und heißen Verlangens, ohne daran zu zerbrechen? Nein. Aber frühmorgens, noch ehe du die Augen öffnest, deine Arme um mich schlingen, immer wieder in dankbarem gegenseitigen Erkennen. Und zur gleichen Zeit den Verrat in den Tag einplanen, und das ein ganzes Jahr lang! Oder war sie so von Leidenschaft durchdrungen, daß ich selber für sie zu Peps wurde, eine Art Ersatz-Peps für die vielen Stunden und die Liebesenergie, die sie dem echten Peps nicht schenken konnte? Oder war es so, daß sie mich liebte, während Peps nicht mehr als ein unbedeutendes erotisches Abenteuer für sie war? So belanglos für sie, daß sie es vergaß, sobald sie wieder bei mir war. Aber nicht für ihn, denn für ihn bekam es immer mehr Bedeutung. Was für eine Bedeutung? Vielleicht die Bedeutung eines schönen, verwegen gespielten Isolde-Traums. Ich versuchte, es mir vorzustellen: Solange sie bei mir war, existierte der arme Tristan-Peps nicht für sie. Bei ihm jedoch wurde sie gewissermaßen überrumpelt von einer Illusion, auf die sie nicht gefaßt war. Wenn sie zu ihm eilte, hatte sie jedesmal nur die Erinnerung an ihr letztes Zusammensein, das nichts Exaltiertes hatte und zu einer kleinen banalen Erfahrung verblaßt war. Sie fragte sich: Warum gehe ich überhaupt noch hin? Doch wenn sie einmal dort war, fand sie ein Gesicht vor, das bei ihrem Anblick, wie aus einer Hölle erlöst, das Paradies zu schauen wähnte. Und dann spielte sie schmachtend das Tristan-und-Isolde-Spiel mit: Auch ich habe mich so nach dir gesehnt, nur nach dir gesehnt! Es ist nicht unmöglich, daß man solche Worte murmelt in einer Umarmung, wenn nach einer Kadenz leidenschaftlicher Worte ein heftig erregtes Herz gegen das eigene, verträumte Herz pocht. – Also ein ganzes Jahr lang ein solches Schattenspiel des Glücks? Unsinn, nicht wahr, meine nüchterne Alide? Nein, dann schon eher ein Verhältnis aus purer Sinnenlust. Stell dir vor, meine nüchterne, keusche Alide besessen von einem nackten Trieb, den sie ein ganzes Jahr lang brutal befriedigte. Eine tierische Trieb-Affäre, die mit ihrer Zuneigung für Kosta nichts zu schaffen hatte. Versteh mich recht, die Zuneigung für Kosta war so tief und zärtlich, daß sie der Schlüssel zu ihrem Wesen zu sein schien: Bist du aus mir geboren oder ich aus dir? Ich weiß es nicht. Aber ein Leben ohne dich gibt es nicht. Was hätte dann noch einen Sinn? »Gib mir einen Kuß, ich muß weg, einkaufen, ich liebe dich.« – »Da bin ich wieder. Was ich gesehen, gehört, erlebt habe? Nichts. Und wenn ich was gesehen, gehört, erlebt habe, dann mit deinen Augen, deinen Ohren, deiner Seele. Was soll ich dir für Neuigkeiten erzählen. Ich lebe nur in dir...« War das die Wahrheit oder Zynismus? Denn sie war tatsächlich gefangen und existierte nur in meiner maßlosen Egozentrik. Sie bewegte sich in einer Welt, die ich für sie erschuf. Wie sah ihre eigene Welt aus? Ich weiß es nicht. Ich weiß nur, daß Broschen, Perlenketten, Kolliers und Ringe, Parfum und schöne Handtaschen viel Geld kosten. Jetzt weiß ich, daß sie aus ganz bestimmten Gründen und nicht nur aus Liebe sich erkundigte, wenn ich in die Stadt fuhr oder verreiste, wie lang ich fort sein werde. Der Sicherheit wegen drängte sie mich sogar: »Komm bald zurück, ich will dich bald wieder bei mir haben. Sag mir, wann kannst du frühestens wieder dasein...« Und der naive Kosta ging in die Falle. Ihre schönen grauen Augen waren so überzeugend groß, ihre Stimme so warm, ihre Arme um seinen Hals so lieb, so fest. Alide, hast du dich denn nie geschämt? Nein, niemals, bis heute nicht. Nein, es war anders. Du warst traurig, wenn du daran dachtest, daß du mich jemals wegen Peps verlassen würdest. Was sollte dann mit Bart werden, der dich so liebhat? Deshalb sagtest du: »Ich werde dich immer lieben, was auch geschieht.« – Und *was auch geschieht* bedeutete: Auch wenn ich dich wegen Peps verlasse. Das war es also, sie liebte Peps. Es war meine maßlose Egozentrik, meine für Tatsachen blinde Egozentrik, die nicht darauf kam, es nicht wissen wollte. In meiner maßlosen Einbildung glaubte ich, daß ich dich liebte wie kein anderer und du mich wie keinen anderen. Ich dachte: Ich bin vollkommen eins mit Alide und Alide mit mir. In Wahrheit habe ich Alide vielleicht nie gekannt. Aber sie mich wohl, mich armen Teufel mit meiner Liebe, die nicht mehr als eine schöne Halluzination ist. Mich armen Teufel, der mit seinen Träumen und Traumgestalten lebt und der eine fremde Frau, eine gewisse Alide, als Geliebte umarmt. Eine Frau, die einen Willem Peps liebt, weil dieser Willem Peps sie sieht, hört, kennt und liebt, wie sie ist, der sie in ihre ureigensten Träume verfolgt, in die tiefen wie in die verspielten, und ihre ureigensten Wünsche errät, die geheimsten wie die unschuldigsten. Diese Frau verheimlicht ihre Liebe zu Willem Peps aus Mitleid mit einem verrückten Halluzinanten. Liebe macht gut. Sie, die Frau, trägt mit heimlichem Stolz eine Brosche und ein Kollier, mit denen Kostas verliebte Finger spielen. Sie, die fremde Frau, liegt in Kostas Armen, während sie (voller Mitleid) sich nach Peps sehnt, der auf Alide wartet... Bevor ich das Papier zerriß, legte ich verzweifelt den Kopf darauf.

Doch der Bericht erschloß nur einen Ausweg in eine neue Art von Verzweiflung. Der Bericht über *Die Taten und Träume des Herrn Peps* war höchst befriedigend und tief enttäuschend zugleich. Der Informant war ein redlicher Mann, kein Schnüffler, der von Natur aus Gefallen an schmutzigen Dingen wie Verrat findet, nicht einmal ein Schwindler. Er sagte: »Wir haben seinen Lebenswandel genau überprüft und in moralischer Hinsicht möglichst objektiv und logisch interpretiert. Trotzdem sind diese Informationen nur für Sie bestimmt. Falls Sie sie der Öffentlichkeit bekanntgeben, ist das üble Nachrede, die ausschließlich Ihnen angelastet wird.« Ich entfaltete das Papier, das er mir reichte, und las es. Eine heftige Genugtuung erfüllte mich, ein Diplom, mit *cum laude* überreicht, hätte mich nicht mehr befriedigt. Da hatte ich das Porträt von Peps in Lebensgröße: Habsucht und Wichtigtuerei. Aus purer Freude las ich den Bericht zweimal. Damit konnte ich Alide mundtot machen, ihre ganzen Alide-Gefühle für Peps totschlagen. Sie mußte sich vorkommen, als habe sie auf dem Maskenball der Liebe geglaubt, mit einem Prinzen zu tanzen, der sich dann als Lakai entpuppte. Ich kannte doch ihren Stolz! So verachtete sie einen Verwandten, der aus Habsucht eine reiche Frau geheiratet hatte und sich von da an großkotzig von der übrigen Familie fernhielt. Ich hielt die Augen auf den Bericht gesenkt, bis ich meine Genugtuung im Zaum hatte. Dann sah ich meinen Informanten an und fragte quasi einfältig: »Aber wenn das alles Tatsachen sind, warum ist es üble Nachrede, wenn ich darüber spreche?« – Mich traf ein forschender, dann allmählich begreifender und amüsierter Blick. Er sagte quasi dozierend: »Tatsachen sind Tatsachen, aber ihre psychologische Interpretation, auch wenn sie ganz naheliegend scheint, ist immer leicht zu widerlegen.« – Ich hörte schon die Stimme von Peps, jetzt nicht leise und demütig, sondern laut, erstaunt, entrüstet: »Ich, ich soll Klazien geheiratet haben, weil sie Geld hatte, damit ich mich in ihr Geschäft einnisten konnte, ich?« – Alide konnte diese Interpretation keineswegs als falsch und beleidigend zurückweisen, denn da gab es noch mehr. Und wieder hörte ich die hohe Stimme von Peps heuchlerisch sagen: »Ich, ich soll Klazienchen aus dem Geschäft rausgedrängt haben, um dadurch freies Spiel zu bekommen, ich?« – Doch es hatte viele Damen gegeben, die ihn stundenweise oben in seinem Büro im Hinterzimmer besuchten. Sag doch selbst, Klazien war ihm dabei im Wege, nicht wahr. Klazien hatte ein Sofa ins Büro stellen lassen, denn der arme Willem klagte häufig über Rückenschmerzen. Nun konnte er sich dort auf dem Sofa, im Büro ausruhen, hinter der Glastür mit zugezogenen Gardinen, den Schlüssel zweimal im Schloß umgedreht. Im Geschäft vertrat ihn unterdessen sein Geschäftsführer, ein Ausländer, der mit hoher Kopfstimme gebrochen Niederländisch sprach und dessen wichtigste Aufgabe es war, auf eine elektrische Klingel unter der Theke zu drücken, falls Klazien unerwartet auftauchte. Und im Büro war ein tiefer Wandschrank, wo der Besuch sich verstecken konnte, bis die Luft wieder rein war. Doch der Gipfel von allem war wohl, daß die willigen Besucherinnen durchaus keine finanzielle Einbuße bedeuteten, denn es war der Geschäftsführer, der mit süßlicher Miene, aber unerbittlich die Rechnung präsentierte und sich dumm stellte. »Eine Dauerwelle, nicht wahr, die Dame?« – Sich auf den Herrn Peps zu berufen, hatte keinen Sinn. Zahlen bitte! »Ein bedauerlicher Irrtum«, sagte Willem, falls er die Dame wiedersah, »ich werde es dir zurückzahlen.« – Aber das tat er nur selten. Und sein Klazienchen hatte jahrelang nichts von den billigen, flegelhaften Abenteuern gemerkt. Naiv! Stockblind! Mein Informant schaute mich beflissen aufmerksam an. »Sind Sie zufrieden«, fragte er, »wissen Sie jetzt genug?« – »Mehr als genug«, sagte ich und steckte das Papier hastig und beschämt in meine Innentasche. Auch Frau Kosta wurde im Bericht erwähnt. Ich verabschiedete mich. Auf dem Heimweg wogte das Straßenpflaster unter meinen Füßen auf und nieder. Ich war trunken, trunken vor Wut und Sehnsucht. Wie hatte ich dort nur so lange sitzenbleiben können. Dieses Papier in meiner Innentasche war meine Rettung, meine Vergeltung, meine vernichtende Todeserklärung für Peps. Also mußte ich zu Alide, zu Alide! Und dieses Bewußtsein erfüllte mich mit Sehnsucht. Sehnsucht nach ihrer Stimme, der vertrauten Stimme mit dem dunklen Timbre, nach ihren Händen auf meiner Schulter und dem strengen Gesicht, streng vor Besorgnis, was denn wieder mit mir los sei. Sie würde mich anstarren, wenn sie das Papier gelesen hatte, und wußte, was ich jetzt schon wußte. Auf ihrem Gesicht würde sich Bestürzung zeigen: Das also war Peps... Und dann würde sie beherrscht, kühl und ironisch das Papier beiseite schieben, sich hinsetzen und an mir vorbeischauen. Ich würde schweigen, sie nicht berühren, während ich die kalte Ironie von ihrem Gesicht weichen sah. »Nun, Alide?« Sie war zu stolz, um sich zu schämen. Was sollte sie sagen? Höchstens: »Willst du den Brief nicht zerreißen?« – Ich würde es tun, sofort. Und dann würde ich mich neben sie setzen, vielleicht den Arm um sie legen. Gedemütigt und verletzt darüber, daß ich über Peps' minderwertigen Charakter Bescheid wußte, der zwischen uns eine so bedeutsame Rolle gespielt hatte, würde sie steif in meinem Arm sitzen. Und dann wäre es meine Aufgabe, von Mitleid für sie überwältigt, eine Brücke zu schlagen, auf der sie wieder zu mir kommen konnte, ohne dabei vor Scham und Selbsterniedrigung Spießruten laufen zu müssen. Ich könnte beispielsweise sagen: »Was mich so bestürzt, Alide, ist, daß die Liebe oder die Fiktion oder wie man es nennen will im Grunde nichts mit ihrem Gegenstand zu tun hat. Denn wenn du ihn so gekannt hättest, wie er wirklich ist...« Und dann das Gespräch auf mich selber lenken, am besten ein bißchen bettelnd: »Liebst du mich, Alide, mich, wirklich nur mich allein, so wie ich bin?« – Meine Hand würde von ihrer Schulter herabgleiten, sie sollte sehen, daß die Spießruten aus dem Weg geräumt waren und daß sie zu mir kommen konnte als die Alide, die sich hochherzig und gönnerhaft meiner erbarmte. Sie liebte mich, wie ich war, davon war ich fest überzeugt. Ich wußte, wie ihre Augen mich sahen, und das Bild, das sie sich von mir machte, hatte mich schon zu mancher Selbsterkenntnis bewogen. Ich war kompliziert, aber auf eine durchsichtigere, naivere Art und keineswegs unergründlich. Sie liebte die Kompliziertheit meines Wesens, die ihre Aufmerksamkeit erweckte und fesselte und die zwar manchmal schwierig war, aber nie problematisch, gefährlich, suspekt oder befremdend und, dies war die Hauptsache, die ich, der Arglose, vollkommen arglos zur Schau trug. Das machte mich in ihren Augen bedeutsam auf eine unverdorbene Art und Weise, die sie anzog. Manchmal ließ ich mich dazu verleiten, diese anziehende, kristallklare Kompliziertheit auszuspielen und damit zu kokettieren. Doch sie durchschaute das sofort, was sich stimulierend auf ihr sonst so beschränktes, ja kümmerliches Gefühl für Humor auswirkte. Dann betrachtete sie mich mit kritisch amüsiertem Blick. Doch nein, ich durfte mich jetzt nicht in Erinnerungen verlieren, von denen sie heute vielleicht mehr denn je entfernt war. Natürlich würde sie sagen: »Zerreiß doch den Brief.« Und natürlich würde ich es sofort tun. Und natürlich würde es sie demütigen, verletzen, daß ich jetzt wußte, um was für einen Mann es sich handelte. Und deshalb würde sie mit hartnäckiger Selbstverteidigung erwidern: »Was immer er auch ist, mich hat er geliebt.« – Und ich hätte auch eine Antwort darauf. Wenn ich bloß daran dachte, was ich sagen würde, sagen mußte, pochte mir das Blut vor Erregung in den Ohren. »Hör zu, Alide, wie dieser Mann sich vor Szenen absicherte, als er noch nicht geschieden war, und noch lange danach vor dem Gedanken, daß er dich lieben könnte. Alle wußten von den täglichen Besuchen der Frau Kosta. Aber weißt du auch, daß diese Frau Kosta angeblich sehr unglücklich war? Sie liebte ihren Ehemann nicht. Und nun hatte der großmütige Peps die Rolle des Rivalen übernommen, damit der verrückte Kosta sie großmütig freigeben konnte. Man erträgt es leichter, wenn man um eines anderen willen von einer Frau verlassen wird. Der verrückte Kosta würde ohne Peps als *Deus ex machina* nie verstehen können, daß Alide ihn einfach satt, bis zum Kotzen satt hatte. Ist das nicht hübsch? Auf diese Weise sicherte der kleine Mann seine häusliche Ruhe und sogar sein Ansehen, indem er vorgab, der Held und nicht der Düpierte seines Abenteuers zu sein. Geschickt, nicht wahr? Alide würde das Geschacher aus billigen Lügen mit Genugtuung zur Kenntnis nehmen. Denn Alide durchschaute seine Absicht und sah nur seine Liebe. Seine Liebe! Sie würde ihn mit einer gewaltigen *contradictio in terminis* verteidigen: »Wie immer er auch sein mag, seelenlos oder lieblos, mich hat er geliebt.« Ist das nicht zum Lachen? Um atemlos vor Lachen die Arme über den Kopf zu reißen, die Arme über den Kopf wie zur Abwehr gegen ein einstürzendes Himmelreich! Hör zu, Alide! Ich rannte die weich-rote Treppe hinauf und stürzte ins Zimmer, wo in schrillem Kontrast dazu Nachmittagsfriede herrschte und Frau Alide auf einer Chaiselongue lag und träumte. Defensive Härte kam in ihren grauen Blick. Als würde die Hornhaut härter und kühler, als zögen sich die Pupillen zusammen. Das allein war schon schlimm genug. Ich wußte, ich wußte bereits, daß ich ein verlorenes Spiel spielte. Ich wußte, daß Alide nicht mehr mir gehörte. Aber gehörte sie denn Peps, diesem Peps, diesem kleinen, lieblosen Aufschneider? Das konnte nicht sein! Während mein Mund schon redete, durchfuhr mich die Erinnerung an eine Geschichte und damit panische Verzweiflung. Weißt du, es ging dabei um einen Mann, der seine verstorbene Frau einbalsamierte und bei sich versteckte, so sehr liebte er sie. Nach der grauenhaft grandiosen Tat ging die Ehe für ihn in die Brüche. Die Mumie war nicht mehr seine Frau, sondern ein mysteriöses Tabu. Die Augen, einst Aureolen mit einer seelenvollen Pupille, waren nun wie geschlossene Fensterläden vor einem Geheimnis ... Ich war der Mann, der sie einbalsamierte. Ich war der Mann, der mit einer toten Frau verkehrte. Gleich würde ich sie in den Sarg zurücklegen wie ein Juwel in ein Schmuckkästchen und sie unterm Bett verstecken. Und heute abend, heute nacht würde ich sie lieben wie ein Nekrophiler. Morgen früh wäre ich dann vielleicht soweit, mit schwerer Faust auf den Tisch zu schlagen und zu schreien: »Ich will, ich will, daß du mich immer liebst, mich noch liebst.« Und unterdessen redete mein Mund leise, kaum verständlich weiter. Denn wenn es darauf ankam, hatte ich vor diesem Konflikt Angst wie ein kleines Kind. Alide war erwachsen, und je erwachsener jemand ist, desto weniger Angst hat er und umgekehrt. Alide hörte kühl, wachsam und voller Mißtrauen zu. Obwohl ich das merkte, sprach ich ängstlich und verbissen weiter. Ich verhielt mich, als höre sie mir zu wie früher, voll Besorgnis, was nun wieder mit mir los sei. Vielleicht konnte ich auf diese Weise ihre frühere Aufmerksamkeit erringen, dachte ich weiterredend. Ich sagte:

»Ich wollte wissen, wer dieser Peps ist. Und jetzt weiß ich es. Weißt du es auch, Alide, sag mir, hast du dich geirrt? Glaubtest du, er sei die Mühe wert? Hattest du das Gefühl, daß du ein Opfer brachtest, als du schließlich doch nicht zu ihm gingst? Nein, nein, du hast immer gewußt, wie er war. Du hieltest auf dich, und nur um deine Haltung zu wahren, sagtest du, daß du mich verlassen willst. Sonst hättest du nicht so rasch und begierig deinen Entschluß geändert. Aber was hast du für ihn empfunden? Sag es mir doch, liebe Alide, sag es mir ruhig. War es Perversität? Wenn ich dich nur verstehen könnte. Bin ich dazu etwa zu dumm, zu phantasielos? Hättest du mir nur damals an dem Abend in *Mon Repos* alles gesagt. Wegen eines Mannes wie Peps darf doch nicht alles zwischen uns aus sein...« Unterdessen hielt ich den Bericht in den Fingern und legte ihn ihr in den Schoß. Sie rührte ihn nicht an, beugte sich nicht vor. Sie schaute ihn nur an, reserviert und auf der Hut. »Lies das«, sagte ich. Sie begann zu lesen, noch immer ohne ihn anzurühren. Keine Spur von Bestürzung auf ihrem Gesicht. Als sie gelesen hatte, legte sie das Papier widerwillig auf den Tisch, als sei es ein wertloses, gemeines Pamphlet. Sie hatte die Augen niedergeschlagen und besah ihre Fingernägel, die kräftig und rund waren. Noch niemals hatte ich einen Menschen so wenig verstanden wie diese Frau, diese Alide, die ich liebte mit aller Lust und Verzweiflung, deren ich fähig war. Ich betrachtete ihr schmales, intelligentes Profil, in dem die niedergeschlagenen Augen nichts verrieten. Ich trat auf sie zu, neigte meinen Kopf dicht zu dem ihren: »Sag doch was, Alide.« – Hätte sie doch bloß geweint oder verächtlich gelächelt oder ihren Kopf einen Augenblick lang an den meinen gelehnt. Aber nein, der Kopf verharrte steif, gab nicht nach, blieb feindselig. Alide lachte nicht und weinte nicht.

Als ich meine Hand ausstreckte, stand sie auf. Sie erhob sich brüsk und schaute mich an. Ich erschrak vor dem Haß in ihrem Blick. »Was soll das?« sagte sie. »Nichts als Klatschgeschichten.« – »Klatsch?« parierte ich. »Das sind Tatsachen.« Sie schaute mich so wütend, so haßerfüllt an wie noch nie. Ihre Augen waren schmal und hart. »Geh doch zu ihm ins Geschäft, zu den Frisiermädchen und zu seiner Frau«, sagte sie herausfordernd, »dort kriegst du noch viel mehr zu hören.« – Und dann schimpfte sie höhnend: »Du willst ja gar nicht damit aufhören. Du willst mir unentwegt vorhalten, wie minderwertig dieser Peps ist. Und wie edel du dagegen, du, mit deinen hinterlistigen Methoden bist.« – »Ich, hinterlistig?« sagte ich und sah sie vorwurfsvoll an. Plötzlich spannten sich ihre dünnen und grausamen Lippen, und sie schlug mir ins Gesicht. »Du Schuft, willst du mich um jeden Preis demütigen?« – Sie schlug weiter auf mich ein, drosch wütend und blind auf meine Nase, meine Augen, meinen Mund. Es drang gar nicht zu mir durch, daß ich von Alide geschlagen wurde. Ich ertrug es wehrlos und betäubt wie einen Unfall, ein Unglück. In diesem Augenblick verunglückte ich. Mir war, als erfaßte mich das Räderwerk einer Maschine, und ich fühlte, wie sie mich verstümmelte. Es geschah völlig unerwartet und rasch. Soeben war ich noch unverletzt, konnte noch kämpfen, um einen Preis ringen und etwas erwarten. Und jetzt war ich total verstümmelt und außer Gefecht gesetzt. Die Maschine spuckte mich aus, ich schlug die Hände vor mein zerschundenes Gesicht und sackte zusammen. Vernichtet lag ich auf der Chaiselongue, auf der soeben noch Alide gelegen hatte und auf der sie, umgeben von einer Aureole friedlichen Nachmittagslichtes, gelesen und geträumt hatte. Das Buch lag offen auf dem Boden. Ich preßte die Hände an mein Gesicht und fühlte, daß mein Hals und meine Augen anschwollen. Ich drückte die Hände noch fester an. Ich durfte jetzt nicht weinen. So blieb ich mit geschlossenen Augen, die Hände vorm Gesicht sitzen. Ich fühlte mich unsäglich allein, zerschlagen, untröstlich. Wenn sie jetzt zu mir käme, würde ich sagen: »Schlag nur weiter drauflos.« – Nein, wenn sie zu mir käme, zu meinen Füßen niederkniete und sagte: »Was hab ich dir getan, was hab ich dir getan ...«, würden meine Tränen unstillbar zwischen meinen Fingern hervorquellen. Und wenn sie dann sagte: »Verzeih mir, verzeih mir ...«, würden wir mit jammervollem, atemlosem Schluchzen einander in die Arme sinken: »Das ist die letzte, größte Krise unseres Leides, von nun an kann uns nichts mehr geschehen ...« Natürlich kam sie nicht, glücklicherweise kam sie nicht. Ich hätte mich nicht getraut, die Augen zu ihr zu erheben und zu sehen, wie sie, die mich geschlagen hatte, sich zärtlich zu mir neigte. In mir war ein gestaltloses, ungeheures Grauen. Ich nahm es nicht zur Kenntnis, es würde sich später schon Geltung verschaffen, obwohl ich jetzt so tat, als sei es nicht vorhanden. Ich verlegte meine ganze Aufmerksamkeit aufs Horchen. Ich hörte Alide, hörte sogar, während sie im Zimmer hin und her lief, ihre von der bereits nachlassenden Erregung lauten Atemzüge. Ich hörte sie aus dem Zimmer in die Küche gehen. Dort blieb sie und bereitete mit den vertrauten, alltäglichen Geräuschen das Essen zu. Ihr Atem ging jetzt wohl wieder ruhig. Sie bereitete das Essen zu wie immer, als sei nichts Besonderes geschehen. Als hätte sie mich nicht tödlich verletzt mit ihren Händen, ihren grausamen Händen ... Ich blieb regungslos auf ihrer Chaiselongue liegen. Allmählich, behutsam befreite ich mich aus meinem Verletztsein, ich brauchte meine Gefühle, um herauszufinden, wie es Alide dort drüben in der Küche erging. Ich ließ mein Ich im Koma meiner eigenen Schmerzen liegen und dachte an Alide. An Alide, wie sie in ohnmächtiger Vernichtungswut zugeschlagen hatte. Die Wahrheit kann man nicht vernichten, wußte sie das nicht? Doch, sie wußte es, denn ihre Augen waren tückisch vor Verzweiflung, und ihre Hände hatten blindlings und unbändig drauflosgeschlagen. Mit einem Beil hätte sie mir den Hinterkopf zu blutigem Brei geschlagen wie ein deutscher Henker einem Feind, der ihm moralisch überlegen ist und der ihm noch im Sterben zur Schande gereicht... Ich drückte die Hände wieder fester ans Gesicht. Mein Schmerz brachte mich zur Besinnung. Ach du, Alide, du hast mir Böses angetan, du hast dich an mir versündigt, du... Ich drängte heftig die Tränen zurück und dachte, um wieder von mir selber loszukommen: Du, du dort in der Küche, du hast dich an mir versündigt. Ich hörte sie hantieren. Ich wußte genau, womit sie sich jetzt energisch und entschlossen beschäftigte. Oh, meine Alide, wie viele Bilder von dir trage ich mit mir herum! Wie oft habe ich dir in der Küche zugeschaut und mich gefragt: Ist meine Alide nicht die Schönste? Ich habe deiner entschlossenen Geschäftigkeit, deiner anmutigen Sicherheit in einer dir vertrauten Umgebung zugeschaut. Ich kannte alle ihre Gebärden aufs genaueste, wußte genau, wie sie dann dreinschaute: selbstbewußt, naiv und wachsam. Dort in der Küche sah ich sie in ihrer ganzen uneingeschränkten Eigenständigkeit. Sie war naiv und doch erwachsen, ein Engel in Frauengestalt mit heilenden, barmherzigen Gebärden bei all ihren Verrichtungen, Manna wird zum täglichen Brot... Weißt du noch, sanftmütige Alide, wie ich dich einmal anfuhr, als ich neben dir saß? Du hattest nicht sofort auf das reagiert, was ich dir gesagt hatte. Du merktest nicht, wie mich das irritierte. »Hör mir zu«, schrie ich dich an. Nichts hattest du weniger erwartet. Du erschrakst, stelltest die Teller hin und brachst in Tränen aus. Und dieselbe zärtliche, empfindsame Alide hatte mich geschlagen, hatte mich voll Verzweiflung und Haß angestarrt und mich mit grausamer, unerbittlicher Hand geschlagen. Und ich hatte sie dazu getrieben, und wodurch? Indem ich Rechenschaft von ihr forderte, nein, nicht einmal das, nur durch meine einfache Bitte, erfahren, begreifen und akzeptieren zu dürfen, wie sie zu der Peps-Affäre stand. Sie hatte sich hinter dem billigen, höhnenden Vorwurf versteckt: »Du mit deinen hinterlistigen Methoden!« und sich gegen meine lautersten Absichten gewehrt, als wären sie reine Tücke, indem sie mir die Antwort abschlug und um sich schlug. Sie war mir gegenüber schuldig geworden, so ungeheuer schuldig, daß sie es mir nie eingestehen und sich mir nicht mehr nähern konnte, dachte ich, selbst wenn sie es wollte. Und doch nimmt sie jetzt die Teller aus dem Küchenschrank und wird gleich ins Zimmer kommen. Ich schämte mich für sie. Wenn sie hereinkam, würde ich die Hände nicht von den Augen nehmen können. Wie sollte sie es nach alledem noch wagen, mich anzusehen? Ich konnte ihr ebenfalls nicht mehr entgegenkommen. Ich konnte mich nicht noch tiefer demütigen, ich war schon gedemütigt bis zur Ehrlosigkeit, bis zur Perversität. Ich konnte ihr ebensowenig entgegenkommen wie zurückschlagen: Es sei denn, sie käme wie ein Tier auf dem Boden gekrochen, und von meiner moralischen Rücksichtnahme wäre nichts mehr übrig. Weniger als nichts, denn ich müßte ihre Vernichtungswut überbieten! Aber es stimmte, ja, in *Mon Repos* hatte ich sie auch einmal geschlagen. Wie unschuldig war damals die Wut, die mich dazu trieb. Scham, empfand ich damals Scham? O nein. Der Schlag war wie ein Wutschrei. Jetzt war das anders, mit Haß hatte es begonnen, aus Haß war geschlagen worden, aus schändlichem Haß gegen die Klärung dieses ordinär getrübten Beisammenseins. Ich verspürte Widerwillen. Ja, es war Widerwille und keine Scham. Widerwille, der sich in einer Gebärde äußert, wie wenn man mit geballter Faust, den Handrücken nach vorn, jemanden beiseiteschiebt: Zur Seite, und wage es nicht, dich nochmals an mir zu vergreifen, mich zu beschuldigen, wie konntest du es wagen, du, du ... Ich ließ die Hände von den Augen sinken und betrachtete sie, erbärmlich zitternde Hände, die ich kaum noch als die meinen erkannte. Ich war nicht mehr ich selbst. Ich fühlte mich elend und hatte die Fassung verloren. Und als ich schließlich hörte, daß sie sich dem Zimmer näherte, floh ich. Ich sprang auf und lief ins Gästezimmer. Durch die überstürzte Flucht bekam ich Herzklopfen. Ich fiel aufs Bett und kehrte das Gesicht zur Wand. Mit klopfendem Herzen und starren Augen horchte ich, ob sie mir nach oben folgte. Wünschte ich das? Nein, ich fürchtete es. Ich fürchtete, daß sie heraufkommen und mich mit ihrem harten, beleidigten Blick zu Tisch bitten werde. Das konnte ich nicht ertragen. Ich hatte nicht mehr genug Kraft, um die Tyrannei moralischer Gewaltanwendung zu brechen. Ich war ihrem unversöhnlichen Schweigen nicht mehr gewachsen. Denn beleidigt und unversöhnlich würde sie am Tisch sitzen, schweigend, mich totschweigend, und nur aus Pflichtgefühl essen, weil sie beschlossen hatte, ganz unabhängig von der ihr zugefügten Beleidigung den täglichen Lauf der Dinge unter Kontrolle zu halten. Vielleicht würde ich mich dazu hinreißen lassen, die Fäuste zu ballen oder ins andere Extrem zu fallen und die Hände zu falten und eine Frau um Barmherzigkeit anzuflehen, die keine Barmherzigkeit kannte ... Ich lag da und starrte auf die

Wand. Sie kam nicht. Ich war wie zerschlagen vor Müdigkeit, die um so schlimmer wurde, je mehr ich zur Ruhe kam. Ich lag da wie erschlagen. Mein einst so schönes Leben war seines Glanzes beraubt und zerstört. Ich wußte nicht, wie ich es je wieder in Ordnung bringen konnte. Wenn ich einen Freund hätte, dachte ich, und wenn er nichts weiter täte, als mir zuzuhören. Doch ich hatte nur sie, denn ich hatte alle Menschen zurückgewiesen, die meine Freunde hätten sein können. Ich hatte keinen Platz für sie gehabt, da ich auf allen Rängen meines Lebens statt Zuschauern und Gefährten eine Alide plaziert hatte. Und jede dieser Aliden ließ mich im Stich. Was nun? Ein Freund. Der mit gesenktem Kopf zuhört. Manchmal aufschaut, neugierig und mißtrauisch, vielleicht auch widerwillig: »Also zuerst ein Jahr lang betrügen, und dann immer noch nicht mit offenen Karten spielen, das geht zu weit.« – Der Widerwille würde zum Spott, der sich gegen mich richtete: »Entweder du schluckst es, oder du schluckst es nicht.« Ich würde dem Freund antworten: »Ich werde es nicht schlucken.« – Und dann fortgehen. Zu Alide würde ich vorher noch sagen: »Sieh zu, wie du das durchstehst, aber ohne mich, auch wenn ich möchte, kann ich dir darin nicht mehr folgen.« Und ich würde mich mit abwesendem Kopfnicken und einem Blick verabschieden, der meine Überlegenheit und mein apathisches Nichtverstehen ihrer beispiellosen Treulosigkeit gegenüber ausdrückte. Und dann würde ich mich nach Afrika einschiffen. Hatte ich das nicht schon mal früher getan? Ich war nach Afrika gegangen, wo die Frauen mir eine Falle stellten und die Männer mich lebendig auf einen Spieß steckten und rösteten. So war es damals gewesen. Aber jetzt herrschte in meiner Phantasie nicht mehr wie früher das Herzeleid um Alide vor. Alide verkümmerte in Westeuropa, seit ich nicht mehr dort war. Sie kümmerte dahin, allein oder vielleicht neben einem Peps. Aber ohne Kosta war Peps nicht mehr wichtig und begehrenswert und damit kein Ausgleich. Ohne Kosta war Peps der Mann, der im Brief meines Geheimdienstes beschrieben wurde: ein armseliger Kerl ohne Bedeutung, ordinär, dumm und primitiv. Und mit Kosta? Mit mir, nur mit mir zusammen stellte er Alides Konflikt dar, und das war viel. So war das. Denn auch jetzt noch, da er nicht mehr konkret mitspielte, war er von grundlegender Bedeutung zwischen uns. Der Konflikt, aus dem er bereits ausgeschieden war, war immer noch ein Konflikt wegen Peps. Peps war und blieb die Verhöhnung meines moralischen Ansehens und das Debakel des ihren. Sie hatte verloren, gab es aber nicht zu. Um nichts in der Welt hätte sie es zugegeben, weil sie ihrer Meinung nach dann erst wirklich verloren hatte, nicht nur in ihren eigenen Augen, auch in den meinen. Deshalb kämpfte sie weiter, setzte den bereits verlorenen Kampf mit preußischer Verbissenheit fort, immer blinder und grausamer, alles wagend, alles aufs Spiel setzend in tollkühnem Selbstmordstil, obwohl es die Möglichkeit, zu fliehen oder zu gewinnen, längst nicht mehr gab. Schon seit *Mon Repos* war die Sache für sie verloren. Dort war ich es, der über ihr Herz triumphierte, was dem Hissen der Siegesfahne in einer feindlichen Hauptstadt gleichkam. Wozu diese, wider alles bessere Wissen nutzlosen Gefechte im Hinterland. Gib zu, daß du verloren hast, gib deinen Scheinwiderstand auf und gib vor allem zu, daß der *casus belli*, dein Peps, minder als minderwertig ist. Spuck dir selber ins Gesicht. Kannst du das nicht?... Ich betrachtete mit starrem Blick die abscheuliche Tapete, ein abscheuliches, verstaubtes Grau mit roten Kreisen. Kein Wunder, dachte ich, wenn einem davon übel wird. Der

Freund, den ich mir zurechtphantasiert hatte, dachte ich weiter, taugte nichts. Er hatte die gleichen neugierigen, traumlosen, spottenden Augen wie Yolande, das Mädchen aus *Mon Plaisir*. Der Freund und sie waren Menschen mit einer gewissen Mentalität, ihre Gedankengänge waren geradlinig und mit Scheuklappen versehen, und was sie bei anderen nicht verstanden, taten sie als fragwürdig ab. Von der Sorte konnte einem schlecht werden. Einen Augenblick lang haßte ich den Phantasiefreund und Yolande. Dann begriff ich plötzlich, daß ich meine Gedanken von vorhin diesem Freund und Yolande unterschob. Voll Ekel schaute ich auf die Tapete. Die roten Kreise im staubigen Grau begannen ein merkwürdiges Spiel. Sie wirbelten durcheinander wie die hochgeworfenen Reifen in den Händen eines Jongleurs. Ich preßte die Hände auf den Magen. Ich kann kaum noch aufstehen, dachte ich, so übel ist mir. Dann drehte ich mich mühsam um. Ich warf einen kurzen Blick auf die Stukkatur der beängstigend schmalen Zimmerdecke. Die roten Kreise drehten sich und kreisten wie meine Gedanken, die von verschiedenen, gegensätzlichen Impulsen angetrieben wurden. Es wurde ein verwirrendes Spiel in meinem Innern. Die Kreise wirbelten durcheinander, verschmolzen, flogen auseinander und wieder zurück, sie halbierten sich und verschlangen einander. Ich saß schon auf der Bettkante. Ist das nun Taktik oder Liebe, dachte ich, ich weiß es nicht. Ich ging zur Tür, die Treppe hinunter und ins Zimmer, in dem Alide saß. Leise wie ein Dieb schlich ich hinunter. Ich mied die knarrende Mitte der Treppenstufen und ging geräuschlos, eine Hand auf die Magengegend gepreßt, hinunter. Auf Zehenspitzen lief ich zur offenen Zimmertür. Das Essen war aufgetragen, aber unberührt. Alide saß am Tisch, vor sich einen sauberen, leeren Teller. Sie stützte sich auf die Ellenbogen und hatte die Wange in die Hand gelegt. Sie schaute zum Fenster hin. Sie sah mich nicht, hatte mich nicht gehört. Ich sah sie an. Nein, es war nicht Taktik, die mich hertrieb, auch nicht der Wunsch, barmherzig und objektiv zu verstehen, sondern mehr: ein Schuldgefühl. Dort saß Alide. Wie hatte sie neben mir so unglücklich werden können, so einsam und tief enttäuscht... Es gab für sie einen Menschen, nämlich mich, für den sie schön war und bleiben wollte. Und jetzt hatte sie selbst ihre Statue vom Podest gestoßen. Wodurch? Weil sich ihr königlicher Körper mit einem Peps eingelassen hatte und weil sie nun zwischen den zwei Polen ihres Seelenlebens stand: zwischen mir und Peps. Sie hatte ihren Glanz verloren und die Maske abgenommen. Man hat nur einen Namen und eine Identität. Wer würde glauben, daß Peps sie entlarven könnte und nicht Kosta, der alles daransetzte? Wenn Peps Illusion war, so war Kosta die Wirklichkeit. Auch Alide war Wirklichkeit für Kosta und für Peps Illusion... aber das hatte Peps nie begriffen, und deshalb hatte er sie nicht entlarven können. Und Kosta, der ebenso Wirklichkeit für sie war wie sie für ihn, Kosta hatte sie noch weniger verstanden als Peps. Kosta riß eine Maske ab, wo es keine gab... »Alide«, sagte ich. Sie wandte den Blick vom Fenster ab, sah mich aber nicht an. Sie starrte nun mit demselben glanzlosen, verstörten Ausdruck im Gesicht auf den Tisch. Offensichtlich erwartete sie weder etwas von mir noch von sich selbst. Das große Mißverständnis vereitelte jede Geste der Annäherung, denn ich erkannte sie selber kaum mehr... Ich weiß nicht, was ich damals stammelte, es wird wohl unzusammenhängend und bewegt gewesen sein: »Du, Alide, du bist meine Alide. Wer Peps für dich war, spielt keine Rolle. Und was du für Peps warst, spielt noch weniger eine Rolle, nein, Alide, ich wollte dich nicht demütigen, wirklich nicht. Du bist und bleibst Alide...« Da sah sie mich an, zuerst furchtsam und ungläubig, dann traurig und interessiert. Schließlich füllte sich ihr trauriger Blick mit trauriger Liebe. Ihr Blick schweifte wie liebkosend über meine Augen und meinen Mund. Ich lächelte, sie sollte spüren, daß das, was ich soeben gesagt hatte, ein heiliges Kredo, das Kredo meiner Liebe war. Aber ich konnte nicht verhindern, daß meine Augen feucht wurden. Darauf schlug sie plötzlich mit einer heftigen Bewegung beide Hände vors Gesicht und begann zu weinen. Weinend rief sie: »Ich kann nichts dafür, ich kann nichts dafür!« – Und ich fragte: »Wofür kannst du nichts, für die Affäre mit Peps oder deine Schläge von vorhin?« – Ich tröstete sie ganz vorsichtig, legte behutsam den Arm um sie, streichelte ihre Hände, versuchte ganz vorsichtig, ihre Tränenflut zu stillen. Als sie sich ausgeweint hatte, lehnte sie den Kopf an mich und schaute zu mir auf. Ihre verweinten Augen waren zärtlicher denn je. Und mit liebkosenden Fingerspitzen streichelte sie mein Gesicht, berührte zart meine Augen, meinen Mund. »Wie konnte ich das nur tun«, sagte sie tonlos und heiser vor Rührung. Ich lächelte sanftmütig und schüttelte gleichzeitig heftig den Kopf, da ich ihre Augen wieder feucht werden sah. Sie meinte die Schläge von vorhin...

King legte den Arm noch fester um Juliettes weiche Taille und drückte sie an sich. Sie verlangsamten ihre Tanzschritte und blieben stehen. Ihre Augen trafen sich aus nächster Nähe. Das Grammophon spielte den Tango zu Ende, dann war es einen Augenblick totenstill. In diesem kurzen Augenblick der Umarmung, des Aneinandergelehnt-Stehens und Einander-in-die-Augen-Sehens nahm

King eine Reihe starker Impressionen wahr. Zunächst einmal gefiel es ihm ungemein, daß sie kein Korsett trug, obwohl sie gute Gründe dafür hatte: Juliette hatte die typische Venusfigur, oben schmal und unten breit. Obwohl er ihre mollige Weichheit nicht zum erstenmal spürte, war sie für ihn eine Überraschung, mehr noch eine Tatsache, die ihn fast wissenschaftlich interessierte. Substanz, Form und Linie, das alles war so grundlegend verschieden von seiner eigenen Körperlichkeit und eben dadurch so geheimnisvoll begehrenswert in einer Weise, die einen Komplex von Trieben in ihm zu erwecken drohte ... es kam nur darauf an, welcher Trieb die Oberhand gewann, ob man sich zärtlich wie ein fragender kleiner Junge an den Mutterschoß schmiegte oder derb zufaßte, als wolle man den Widerstand dieses Körpers brechen, oder ob man sich voller Sehnsucht wie an ein verschlossenes Haus der Träume lehnte oder blutwarm und dankbar die Wonne des weichen, träg erwartenden Aneinanderlehnens auskostete. Weder King noch Juliette sagte etwas in diesem großartigen Augenblick. Er schaute sie an. Ihre Augen ruhten ineinander, zurückhaltend und sinnlich zugleich. Es war ein kurzes, heftiges Spiel der Lustbegegnung, das sich verschwiegen, hinter der Maske der Zurückhaltung abspielte. Juliette spielte es weniger gut als King. Sie verriet sich mit ihrer trägen, nachgiebigen Passivität, unbewußt entspannten sich ihre Lippen. King schaute ihr in die Augen. Die Stimmung, der Ausdruck darin war die zweite starke Impression: die graue, grüngesprenkelte Iris, träumerisch in feuchtem Weiß. Darunter keine Spur von Augenringen. Die unmittelbare Umgebung ihrer Augen war merkwürdig jung und von unversehrter Jugendlichkeit. Dazwischen und darüber jedoch, in der Verlängerung der Nasenwurzel, sah er eine Falte wie ein tiefes Relief. Der offene und doch sinnlich verträumte Blick, die Unversehrtheit und Reinheit der ihn umgebenden Partie und darüber die unerwartete Falte wie eine senkrechte düstere Furche ergaben eine Doppelsinnigkeit, die ihn aus der Fassung brachte. Finster und drohend war die Falte, das Zeichen eines dunkel atavistischen, unerbittlichen Triebes, der sich als Mordgier äußerte. Hier, hier war die Schwelle zum Geheimnis, die Schwelle zwischen Schein und Sein! Und King begriff in diesem an Offenbarung reichen Augenblick, daß er Juliette sah, wie er sie nie zuvor gesehen hatte. Nein, noch nie, obwohl er sie so oft beobachtet hatte. So sah er sie zum erstenmal. Er hätte sich Vorwürfe gemacht, wäre ihm nicht bewußt geworden, was er jetzt, ganz plötzlich, dank einer genialen Vision durchschaute. Trotzdem bewahrten seine und ihre Augen ihre Ruhe und Sinnlichkeit. Wie verabredet und als würden sie beobachtet, behielten beide die Maske der Beherrschung auf, als wären sie innerlich ungerührt. Noch konnten sie einander aus der Umarmung freigeben, ohne daß einer von beiden zu erkennen gab, daß er mehr erwartete. King zog kaum merklich die Augenbrauen hoch: Es war eine Frage. Und Juliette senkte kaum merklich den Kopf. Darauf ließ er sie los und faßte sie spielerisch bei der Hand. »Komm«, sagte er unbefangen und führte sie zum Sofa, »ruh dich hier ein Weilchen aus.« – Und damit verschwand er im Zimmer, das an den Salon grenzte. Während er sich seiner Kleider entledigte, beobachtete er sie durch die offene Zwischentür. Er sah, daß sie sich in die Kissen zurückgelegt hatte. Sie griff nach einer Zigarette und zündete sie an. Sie rauchte verträumt mit kurzen, flachen Zügen und stieß den Rauch gleich wieder aus. Die Schirmlampe über dem Sofa umgab sie mit glattem Glanz. Er sah ihr junges, betörendes Gesicht mit der geraden

Nase und senkrecht darüber die schattendunkle Falte. Sie war sehr schön, doch quer durch ihre Schönheit klaffte die abscheuliche Falte wie ein Riß, stand darüber wie ein Unheilszeichen. Ein leichter Schwindel überfiel King in Herz und Kopf. Er war verliebt, trunken vor Verliebtheit in sein großartiges Abenteuer. Er beeilte sich. Dort im Dämmerlicht war die Arena der Gefahr. Aus purer Sucht nach Gefahr gab er sich begeistert. »Juliette«, rief er mit unterdrückter Stimme und wandte sich lachend, herausfordernd lachend, der offenen Zwischentür zu, währenddessen er nackt dastand und seine Glieder absichtlich langsam in den nachtblauen, weichseidenen Morgenmantel hüllte. Juliette sah ihn an. Sie blieb vollkommen bewegungslos, kein Lichtstreifen, kein Schatten rührte sich auf ihr, nur in ihren Augen, um ihren Mund tauchte ein selbstbewußtes, fast kritisches Lächeln auf. Sehr selbstbewußt sah sie ihm entgegen. Während er auf sie zuging, ließ er ihren Blick nicht los und erwiderte ihn mit seinem herausfordernden Lächeln, das allmählich in eine sanftere Stimmung überging. »Ich möchte gern«, sagte er spontan und zärtlich, als er neben ihr saß und ihren Arm streichelte, »daß du mich heute abend aufrichtig liebst.« – Sie sah ihn unentwegt an. »Warum gerade heute abend?« – Ihr selbstbewußtes Lächeln schwand, die graue, grüngesprenkelte Iris im feuchten Weiß ihrer Augen musterten ihn forschend. Sie war nur auf das alte Spiel bedacht, das sie schon von ihm kannte. Und doch mußte sie in irgendeiner Weise mehr für ihn empfinden, als sie zugeben wollte, denn in ihrem Blick lag unverkennbar ein heimliches, gespanntes Verlangen. »Warum gerade heute abend?« wiederholte sie. Allem Anschein nach würde sie sich nach Kräften wehren, wenn er ohne Antwort, ohne ihr Verlangen zu befriedigen, mit dem alten Spiel beginnen wollte.

Als wolle er seine Gefühle nur zum Teil eingestehen, sagte er: »Weil ich dich gerade heute abend sehr liebe.« – Er sagte es beinahe sachlich und sah sie offen an, während er sich über sie beugte. »Wie willst du das beweisen?« fragte sie nachdenklich. Sie lachte nicht, schrak sogar ein wenig zurück. Sie hatte den Kopf ins Kissen gelegt und sah müde und insgeheim ein wenig traurig aus. Und damit begann das neue Spiel. Ihre Augen schlossen sich, als erschrecke sie. Sie fühlte, wie sich seine Arme mit einer bislang ungekannten Zärtlichkeit um sie legten, und spürte, wie sein Mund mit zärtlich begehrender Verliebtheit den ihren berührte. Er küßte sie eigentlich nicht, es war eher die Liebkosung einer sinnlich bewegten Seele, ein harmloses, durstiges Verweilen seiner Lippen, bald darauf wieder ein Streicheln und Suchen, in dem sich ihrer beider Atemzüge miteinander vermischten. Ausgerechnet King, der so etwas noch nie getan hatte, der nur selten küßte und wenn überhaupt, dann lieblos: flüchtig, ohne Wärme, weil es nun mal üblich war, oder aber besitzergreifend und wollüstig. Ausgerechnet King, der offenbar seinen liebesbereiten, nackten Körper unter dem schönen Morgenmantel vergessen hatte. Dann schmiegte er den Kopf treuherzig und sehnsüchtig an den ihren. Er atmete ganz flach und kurz wie in leichtem Schlummer. Juliette erduldete alles, ohne sich zu rühren, schloß ihn auch nicht in die Arme. Sie hielt die Augen geschlossen, ihr Herz klopfte träge. Da hob King den Kopf und schaute sie aufmerksam und fragend an. Nun erst erwiderte sie den Blick. Sie sah seine Augen auf ihren Mund gerichtet, sah, wie sie über ihr Gesicht glitten, ihre Augen suchten und dann wieder zum Mund zurückkehrten. Noch immer rührte sie sich nicht und wartete mit passivem Ernst. Sie wirkte sehr blaß und unschuldig in diesem Augenblick, die Schattenfurche zwischen ihren Augen war nicht mehr unheilverkündend, sondern rührend. Er nannte sie beim Namen, und wieder begann ein neues Spiel, und nichts war so, wie es früher gewesen war. Er entkleidete sie ohne das derbe Streicheln und Spielen, das sie von ihm gewöhnt war. Sie lächelte nicht. Alles verblieb in der Sphäre von Zärtlichkeit, von sehnsüchtigem Verlangen und Freude. Nur als seine Hand einen Augenblick lang liebkosend bei ihr Geborgenheit suchte, blickte sie mit plötzlich auflodernder Glut hoch. »Deine Augen sind grau und grün«, sagte er erregt. Er warf den schönen Morgenmantel ab und bat: »Nimm mich jetzt in die Arme.« – Auch seine direkte Sinnlichkeit war von derselben erregten Zärtlichkeit geprägt. Sein Trieb, sein Streben nach eigener Wollust wollte keinen Augenblick lang allein bleiben und riß sie sehnsüchtig schmeichelnd mit sich fort. Einmal schmiegte er den Kopf an den ihren, dann wieder umklammerten und preßten seine Hände ihre schmalen Schultern oder ihren Körper. Das änderte sich auch nicht, als sein Körper in äußerster Lust erbebte, bis er endlich stöhnend neben sie glitt und den Kopf an ihre Schulter legte... Ihre Arme hielten ihn fest, den einen um seinen Hals, den anderen um seine Hüften geschlungen. Er war tief befriedigt und entspannt, fragte aber nicht, ob sie sein Erlebnis teilte, denn er vermutete, daß es nicht so war. Er wußte jedoch, daß sie auf ganz andere Art befriedigt war. Er sah, den Kopf an ihrer Schulter, genau auf ihren Mund, um den jetzt ein mildes Lächeln spielte. Ihre Lippen waren feucht, die Zähne glänzend weiß. Er sagte: »Verdammt noch mal, liebe Juliette.« – Ihr Lächeln wurde noch milder, fast nachsichtig, die Hände an seinem Hals und seinen Hüften gaben mit einer leichten Bewegung Antwort. Er hob den Kopf, um ihr besser ins Gesicht sehen zu können. Er wußte nicht genau, warum er dabei Herzklopfen bekam: aus Genugtuung über das vollkommene Liebesspiel oder weil er sich plötzlich an seine Pflichten erinnerte. Er schaute sie an, sah ihren milden Mund und die Falte über der Nasenwurzel, die Schwelle des Schattenreichs. Sein Herz klopfte so heftig, daß er sich wunderte, es nicht zu hören. Er legte sich zurück. »Wart mal«, sagte er, »warte.« – Er drückte ihre Hand auf sein schwer pochendes Herz. »Was ist?« fragte sie laut. Entsetzt beugte sie sich über ihn. Ihr Lächeln war verschwunden, ihre graugrünen Augen waren starr vor Schrecken. Nein, es war mehr als nur Erschrecken: Erinnerung, Erkennen und Erschrecken. Die Falte über ihrer Nase wurde tiefer. »Nichts«, sagte er leise. Er fühlte, wie ihre Hand über seine Brust glitt und innehielt. »Nur Herzklopfen, nichts weiter, das habe ich manchmal, ich werde gleich etwas dagegen einnehmen.« Um sie zu beruhigen, lächelte er, hielt aber die Augen geschlossen und schob ihre Hand zur Seite. Er wollte sich wieder neben sie legen, den Kopf an ihrer Schulter und ihren Arm um sich. »Nein«, sagte sie, »bleib ruhig liegen.« – Und sie breitete den Morgenmantel wie eine Decke über sie beide aus. Sein Lächeln wurde weniger krampfhaft, wurde inniger. Und unvermittelt fragte er: »Sag mal, Juliette, würdest du mich heiraten?« – Sie ließ den Mantel los, ihr Kopf sank neben ihm aufs Kissen. »Du etwa mich?« fragte sie mit farbloser Stimme. Er antwortete: »Ja. Willst du mich heiraten?« – Lauernd sah er von der Seite in ihr verschlossenes Gesicht mit dem sonderbar gespannten Mund und den starren Augäpfeln. Anscheinend war sie von der Frage weniger überrascht als tief schockiert. Ihre Antwort war sehr zurückhaltend, sehr doppelsinnig und herb: »Frag mich das noch einmal, wenn du es im Ernst meinst, nicht jetzt.« – King schmiegte sich liebebedürftig an ihre Schulter, beobachtete aber wachsam und gespannt ihr zur Maske erstarrtes Profil. »Warum nicht jetzt?« – Ihre Antwort darauf war noch doppelsinniger: »Nicht jetzt, nicht nach alledem.« – Nach alledem! Meinte sie damit die tiefe Zärtlichkeit, die sie zum erstenmal miteinander geteilt hatten, wollte sie sich vergewissern, daß sie von Dauer war? Oder war es die Entdeckung, daß nun zum zweitenmal ein Mann mit einem kranken Herzen neben ihr lag? Spürte sie erneut die Qualen einer grausamen Versuchung? Oder wollte sie ihm eine Chance geben? Die Chance, das neue Gefühl auf seine Dauerhaftigkeit zu prüfen? Oder die Chance, ihr zu entkommen, ihrem unseligen, von ihr selbst verabscheuten vampirischen Vorhaben zu entkommen? ... »Aber gewiß werde ich dich nochmals fragen«, sagte King und schmiegte sich noch inniger an sie. Sein Herzklopfen ließ nach. Gespannt schaute er in ihr starres Gesicht, in dem die Augenbrauen manchmal zuckten, als bedrücke sie ein Gedanke. Die Falte, die Schwelle zum Schattenreich, zog sich bis zu den Haarwurzeln hinauf. King empfand eine Freude, die so einsam in seinem tiefsten Ich stand, daß es ihn schmerzte. Und müßte er dazu ihr innerstes Wesen wie durch eine Vivisektion ergründen, bis ihre Schönheit, ihre verfluchte, doppelsinnige, unheilvolle Schönheit tot und zerfasert vor ihm lag, er würde herausfinden, sie dabei ertappen, wie sie wirklich war. Vielleicht würde es sogar ohne Vivisektion gelingen. Mit genialem Weitblick würde er ihr Wesen – ihre wahre Befriedigung, ihr geheimes Vorhaben – in dem Ausdruck erkennen, der ihr schönes unheilvolles Gesicht prägte. Der Augenblick würde kommen, in dem er sie ertappen würde, wie sie wirklich war. Und er würde sie mit den Armen umklammern wie in tiefster Hingabe, sie wie eine Beute mit den Armen festhalten. Und schließlich würde er, wenn sie sich getrennt hatten und sie im Gefängnis saß, ihr jeden Monat einen Brief schreiben, einen herrlich nostalgischen, liebevoll besorgten Brief: »Ach, liebste Juliette, wärest du nur deinem King gegenüber vorsichtiger gewesen, dann könntest du noch immer mit deinem armen, einsam zurückgebliebenen King glücklich sein. Warum mußte alles so kommen? Du, du in einer Gefängniszelle und ich im Gefängnis meiner Einsamkeit. Ich liebe dich, so wahr ich damals an jenem ersten Abend auf dem Sofa in meinem Zimmer, an deine Schulter gelehnt, mit einem Finger die Warzen deiner schönen Brüste streichelte... damals sah ich eine rote Kirsche...« Und er streichelte zärtlich ihre Brust. Die starre Maske verschwand, Juliette lächelte und schob keusch seine Hand zur Seite. »Nein, darf ich das nicht?« murmelte King. »Ist das nur etwas für Kinder und nicht für erwachsene Männer?« – Sie schaute ihn an. In seinen intelligenten grauen Augen las sie lauterste Arglosigkeit. Er war schon ein bißchen sonderbar, sogar rührend: der kühle und korrekte King in seiner vergnügten Ergebung. Dabei erinnerte er sich nur an ein Bild aus seiner Kindheit: eine Frau mit entblößten Brüsten, an die sie einen Säugling legte. Das erschien ihm damals sehr schön, heilig und zugleich gruselig, es war ein Tabu, das für ihn und sein Schauen galt. Seither war in ihm ein heimlicher Widerwille zurückgeblieben gegen den Liebesdrang, der Brüste zum Streicheln suchte oder anbot. Sie sah ihn verwundert an und sagte: »Ja, in der Tat, das ist für Kinder.« – Danach entwand sie sich seinen Armen und ging gelassen, nackt, ohne die geringste Befangenheit, ins Nebenzimmer. Ließ sie ihn allein, um damit einer Wiederholung des schönen und vollkommenen Erlebnisses zuvorzukommen? Oder tat sie es nur aus naheliegenden praktischen Erwägungen? Er hörte, wie sie am Waschtisch mit Wasser plätscherte. Er konnte sie nicht sehen und blieb träge unter dem schönen Morgenrock liegen. Er achtete scharf auf alle Geräusche. Sie wusch sich, kämmte ihre Haare. Er hörte deutlich das Knistern des Kammes in ihrem schönen, lebendigen, elektrisierten Haar. Sie kämmte sich mit sachlichen, kräftigen Strichen, ohne sich dabei eitel im Spiegel zu betrachten und ohne besinnliche, poetische Pausen. So erschien es ihm jedenfalls. Seine Augen verengten sich vor lauernder Spannung wie die Augen eines Raubtiers, das seinen Sprung mißt. »Juliette«, rief er dann mit knabenhaft vertrauensvoller Stimme, »siehst du dort das Fläschchen auf dem Waschtisch? Das sind Herztropfen, tu bitte zehn davon in ein Glas Wasser...« Er hörte, wie sie ein Glas ausspülte und mit Wasser füllte. Gleichzeitig hörte er sein Herz laut schlagen. Er schloß die Augen und blieb erwartungsvoll, mit klopfendem Herzen liegen, ohne sich zu rühren. Dann hörte er sie ins Zimmer kommen. Sie blieb neben dem Sofa stehen. Er öffnete die Augen. Sie war nackt, von einer sehr weißen, edlen Nacktheit. Nur ihr Gesicht war ein wenig dunkler, menschlicher und verwitterter. Ein Körper aus edlem Marmor mit einem dunklen, blutwarmen Frauenkopf. In einer Hand hielt sie das Glas, in der anderen die Arzneiflasche. Sie stellte Glas und Flasche neben ihn auf den Tisch. »Hier«, sagte sie, »tu es lieber selber.« – Sie schaute ihn an. Sein offener grauer Blick begegnete dem ihren mit großer Aufmerksamkeit und einer großen Frage. Sie neigte den Kopf ein wenig, wie um ihn tiefer in ihre Augen eindringen zu lassen. Das wunderbare Gesicht war düster und blutwarm und trug ein senkrechtes Unheilszeichen...

Leider mißlang die Sache mit King und Juliette. Nach den Ereignissen, die inzwischen stattgefunden hatten, las ich Alide nicht mehr vor. So erfuhr sie nicht, daß King und Juliette auf dem Sofa des reichen Mieters kohabitierten. Und das war noch nicht das Schlimmste. Aber daß mein guter King und meine verdorbene Juliette aus dem Rahmen des sensationellen Abenteuers ausbrachen und zu tragischen Figuren wurden, das war schlimm. Ursprünglich als heitere Figuren geplant, wurden sie nur geboren, um Alide und mich zu amüsieren. King hätte so bleiben sollen wie er zu Beginn war: ein Kosta mit einem Herzen, so kühl und unnütz und unbezahlbar wie ein ebenso großer Diamant, und einem Geist, der mit der naiven Herzensromantik spielte wie ein Gott mit dem naiven Ernst der korrupten, irrenden Menschen. Was ist von diesem Spieler und Spötter übriggeblieben? Beim letzten Zusammensein mit Juliette begann er, jämmerlich an seiner Kompliziertheit zu leiden, genauso wie sein Schöpfer, der arme Kosta, der ich selber bin. Und damit war er sofort sehr viel weniger amüsant. Was ist das für ein Mann, der sehnsüchtig und einsam seine Nostalgien in den Armen einer Frau auslebt, die er ursprünglich auf diese Manier entlarven wollte? Hier wächst ihm das Spiel über den Kopf, er wird sein eigener Spielverderber. Er ist kein Dämon mehr mit diamantenem Herzen und verspieltem Geist. Er wird zum Menschen, zu einem kleinen, ordinären, jämmerlichen Menschen, der um eines Traumes willen einen verbissenen Kampf gegen unleugbare und schreckliche Wahrheiten führt. Die Angst, er könne den Traum nicht behalten, sitzt ihm bereits im Nacken. Die Angst verfolgt und bedrängt ihn wie der betäubende Rhythmus eines Tamtams. Noch bewahrt er äußerlich Haltung, tut so, als marschiere er zielbewußt, aber er ist längst auf der Flucht, die ihn immer tiefer in den Lianen-Urwald seiner eigenen Verstrickungen führt. Und bald muß er erkennen, daß er an allen Seiten von dröhnend vorrückenden Tamtams und von in Gift getauchten Speeren umgeben ist. Juliette braucht nicht mehr ins Gefängnis zu gehen, im Urwald ihres King ist sie vollkommen sicher. Sie ist die Inspiratorin und also auch die gesetzmäßige Fürstin des gesamten Phantasie-Urwaldes. Und als Giftmischerin hat sie alle Speere vergiftet, die den besiegten King durchbohren werden. Er ruhe in Frieden... Doch was hätte mein echter King getan, dieser diamantenharte, diabolische kleine Verspötter meines eigenen, sehnsuchtsvollen Ichs? Der hätte die giftmischende Fürstin der Finsternis schon längst derb an der Kehle gepackt und die abgeschossenen Speere in Bumerangs verwandelt... Aber am fatalsten war, daß King selber nicht begriff, daß er sich verändert hatte und schon fast verloren war. Es wird sich im weiteren Verlauf meiner Erzählung zeigen: der betrunkene King im vertrauten Gespräch mit seiner getreuen Wirtin. Ich hatte gerade noch Zeit, es an einem Nachmittag niederzuschreiben. Einen einzigen Tag später, und es wäre nichts mehr daraus geworden. Einen einzigen Tag später, meine Alide, und die folgende prächtige Geschichte wäre nicht entstanden. Denn einen Tag später war King schon tot. Er starb noch am selben Nachmittag an seinen Speerwunden. Aber er ruhe nicht in Frieden...

Die Wirtin hatte in der Küche die Zeitung gelesen und danach an einer Wollsocke gestrickt. Was dachte sie während des Strickens? Eigentlich nichts. Denken, was man so denken nennt, hatte sie nie getan. Höchstens vor sehr langer Zeit in der Schule, aber danach nie mehr nach den strengen Regeln von jener Art: Zwei und zwei ist vier.

Probleme, die zu denken geben konnten, kippte das Leben bei ihr aus wie auf einer vergessenen Abfallhalde. Während sie unbeirrbar mit einfältigen, automatischen Bewegungen an ihrer Wollsocke strickte, fand in ihrem Innern etwas statt, das man am ehesten wohl als Fermentationsprozeß bezeichnen könnte. Ihre Probleme gärten von selbst und reiften zur Lösung heran, ohne daß sie sich im geringsten geistig anstrengte; wie wenn jemand schlafen geht und morgens erleichtert und klüger erwacht. Das Besondere an der Wirtin war, daß ihr die ganze Weisheit wie im Schlaf zufloß. Es waren insgesamt drei Eigenschaften, die sie vor allem auszeichneten. Da war die unbewußt herangereifte Lebensklugheit, die sich wahrhaft sehen lassen konnte, dann ihre Muttertier-Gefühle für King und *last but not least* ihre übersinnlichen Fähigkeiten. Davon wußten nur wenige. Sie ging keineswegs damit hausieren, im Gegenteil, sie schwieg sich darüber aus, wohl weil sie selber ein wenig Angst davor hatte. Oft hatte sie beispielsweise das Gefühl, als sehe oder wisse sie dadurch Dinge, die sie nichts angingen, als habe sie sich unabsichtlich wie ein heimlicher Gast in eine Welt eingeschlichen, in die sie nicht geladen war. Das begann schon, als sie noch ein Kind war. Sie wußte noch gut, wie sie einmal auf dem Rücken im Bett lag und plötzlich mit geschlossenen Augen durch das Bett hindurch den Fußboden unter sich sah. Das war so sonderbar, daß sie sich nicht getraute, darüber zu reden. Ein paar Jahre später trocknete sie die Teller ab, während ihre Mutter vor dem Spülstein stand und das Geschirr abwusch. Plötzlich sah sie das bräunliche Gebein eines Totenkopfes durch ihre Haut schimmern. Der Teller, den sie gerade abtrocknete, fiel in Scherben auf den Küchenboden, sie preßte das Geschirrtuch an die Augen und begann zu schluchzen. Die Mutter sagte: »Aber was hast du denn, Kind.« – Den ganzen Tag über sah sie wieder das gewohnte freundliche Muttergesicht aus warmem, lebendigem Fleisch, nur in der Nase spürte sie einen unheilverkündenden, dünnen Trauergeruch, der ihr das Essen verleidete. Am nächsten Tag half sie ihrem Vater, die weißen Trauerlaken vor die schmalen Fenster an der Straßenseite zu hängen. Wiederum Jahre später, als sie schon verheiratet war, hörte sie eines Nachts ihren Vater mit leise schlurfenden Schritten die Treppe heraufkommen und vor der Tür stehenbleiben. Sie wußte Bescheid. Sie setzte sich im Bett auf und barg tränenlos ihr trauerndes Gesicht in den Händen. Ihr Mann drehte sich neben ihr mit einem Ruck um. Sie beneidete diesen Mann, der nichts gehört hatte und in seinem ganzen Wesen unverletzlich und in sich geschlossen war. Am nächsten Morgen betrachtete sie ihn daraufhin genauer. Sie wußte nun ganz sicher, daß er sie verlassen werde und daß sie allein weiterleben müsse. So hat jedermann sein Schicksal, dachte sie. Noch später war sie dann allein. Sie machte eine Pension auf, und einer ihrer ersten Gäste war eine Prostituierte, die jeden Abend zwei- bis dreimal in die *Diamant Bar* ging und mit einem Kunden wiederkam. Sie hatte das unpünktlich, aber großzügig gezahlte Kostgeld der Frau bitter nötig, sonst hätte sie ihr gekündigt. Sie wußte im voraus, daß die Frau in ihrem Haus Selbstmord begehen würde. Es war kein Selbstmord aus tragischem Anlaß, er lag einfach in ihrem Schicksal beschlossen. Es war wohl hauptsächlich Überdruß, der sie schließlich in jene Richtung drängte, die das Schicksal ihr vorbestimmt hatte. Die Wirtin hatte auch eine Tochter, die verheiratet war und in Amerika lebte. Als sie die Tochter zum Schiff begleitete, wußte sie so sicher, als stünde es mit großen schwarzen Lettern vor ihren Augen geschrieben, daß sie sie niemals wiedersehen werde, sie hätte sie ebensogut zu Grabe tragen können. Nach einem knappen Jahr schrieb die Tochter nur noch selten und nach fünf Jahren überhaupt nicht mehr; sie war glücklich mit ihrer Familie und dachte kaum noch an die Mutter. So ist das, dachte die Wirtin, das ist nun wiederum mein Schicksal. Manchmal hatte sie das Gefühl, der Verlust der Tochter sei die gerechte Strafe für manche ihrer Taten, die streng genommen nicht ganz zulässig gewesen waren. Aber war sie andererseits denn wirklich soviel schlechter als diejenigen, deren Tun und Treiben sie durchschaut hatte? Denn alle mußten ihre Schuld durch ein Sühneopfer begleichen, jeder auf seine Weise. So fand sie allmählich wieder zu ihrem Gleichgewicht zurück, was sich auch darin zeigte, wie sie an ihrer Wollsocke strickte. Breithüftig saß sie da, die Arme auf die schweren Brüste gestützt. Sie hatte ein blühendes Doppelkinn, und ihre kurzsichtigen Augen lagen fahl und leer in den Augenhöhlen, als sei ihre Seele völlig unbewegt. Und doch war gerade an dem Abend von Kings Abenteuer wieder etwas tief in ihrem Innern in Gang gekommen. Ab und zu seufzte sie tief auf, wie um nach Luft zu ringen, um sich von etwas zu befreien. Wieder drückte sie eine Vorahnung von Unheil, die ihr mehr zu schaffen machte als eine Verdauungsstörung. Außerdem betraf es jetzt unverkennbar King, ihren Liebling. Er hatte die Giftmischerin nach Hause gebracht und war zurückgekehrt, ohne zu ihr in die Küche zu kommen. War das nicht bedenklich? Sie hatte die kleine Giftmischerin im Vorbeigehen gesehen, aber da hatte sie noch nichts gefühlt, nein, das konnte sie nicht behaupten. Erst jetzt drängte sich ihr wieder und wieder ein Phantasiebild auf, als ziehe man eine Gardine auf und zu: King, wie er mit glasigen, gebrochenen Augen längelang auf dem Bett lag ... Oh, sie wußte genau: Wenn er nicht starb, wurde er krank, wenn er nicht krank wurde, dann bedrohte ihn etwas anderes. Sie legte kurzentschlossen das Strickzeug hin, stand auf und ging in den Salon. Obwohl sie klein und schwer war, bewegte sie sich mit fast unglaublicher Geschmeidigkeit. Sie klopfte der Form halber an die Salontür und trat in einer Haltung ein, als habe er sie gerufen. Sie sah ihn ausgestreckt auf dem Sofa liegen, die Füße zur Seite gekippt, die Arme schlaff neben dem Körper. Den Mantel hatte er noch an. Gleich nachdem er heimgekehrt war, hatte er sich dort hingeworfen. Auf dem Tisch neben dem Sofa stand außer der Geneverflasche ein entkorktes Arzneifläschchen. Sie erkannte alles im Bruchteil eines Augenblicks, ihre fahlen Augen stürzten sich wie hungrige Hechte darauf. Geräuschlos und geschmeidig näherte sie sich, setzte sich auf die Kante des Sofas und betrachtete aufmerksam sein Gesicht. Auch das Gesicht entsprach der prophetischen Vision: glasige, gebrochene Augen. Durch ihr Gewicht neigte sich die Fläche, auf der er lag, und der schlaffe Körper und das Gesicht von King rollten auf sie zu. »Mein Junge, Herr King«, sagte sie. Besorgt und voll böser Ahnungen beugte sie sich tiefer. Er gab ein undefinierbares Geräusch von sich. Er versuchte, die Energie, die ihm geblieben war, in einen beseelten Blick umzusetzen, und flüsterte: »Mein Mütterchen.« – Die Wirtin hatte Lebenserfahrung genug, um zu begreifen, daß er betrunken war. »Mein Junge, Herr King«, wiederholte sie deshalb nicht minder besorgt und voll böser Ahnungen. Auch wenn es aussah, als sei er nur stockbesoffen, auch wenn er mit Schweißperlen auf der Stirn aufstand, sich blindlings zur Toilette stürzte und sich dort elend und ungestüm erbrach wie ein halbwüchsiger Bursche, der zum erstenmal über die Stränge geschlagen hat, auch wenn er danach keuchend auf das Sofa sank und mit schwacher Stimme um eine Tasse Kaffee bat, sie, die lebenskluge Wirtin, wußte genau, daß ihm mehr zugestoßen war als nur ein böser Rausch. Ihr Blick ruhte teilnahmsvoll auf seinem häßlichen Gesicht, das in ihren Augen schön war. King war für sie ein Prinz: groß, schlank, mit auffallend intelligenten, hellgrauen Augen, vor allem mit einem rührend charmanten Gesicht, in dem sie etwas Lausbubenhaftes und Schwermütiges zugleich sah. Wie er dalag! Man stelle sich dieses Gesicht schlafend auf einem weißen Kissen, über der Bettdecke vor. Das kleine Kinn, die kariösen Zähne mit den kleinen Inseln aus Goldgußfüllungen, die groteske, schiefe Nase! Das gab einer Frau ein leichtes Gefühl der Überlegenheit. Eine solche Frau mußte ihn verwöhnen, als sei dieser Lausbub ihr eigen Fleisch und Blut, der ihr wieder ganz allein gehörte, wenn er genug mit den schmuddeligen Straßenjungen herumgelungert hatte oder wenn er krank oder unglücklich war. King lag da wie erschlagen, in bedingungsloser Kapitulation. Die Wirtin breitete den schönen berühmten Morgenmantel über ihn und feierte den Triumph ihrer überlegenen, weiblichen Milde. Der dumme Junge hatte getrunken, als er heimgekommen war, er war an der Küchentür vorbeigeschlichen und hatte hier in seiner Einsamkeit etwas zu schlucken versucht, das stand fest. Und beinahe streichelnd deckte sie ihn zu. Faszinierend und verwirrend war jedoch, daß King mit einem einzigen Blick der halbzugekniffenen Augen seine ganze bedingungslose Kapitulation zunichte machte. Plötzlich war er nicht mehr der traurige Lausbub, müde vom Spiel, krank oder unglücklich, sondern ein Tiger, ein verwundeter, unberechenbarer, zorniger Tiger. Er schaute sie durch die halbgeschlossenen Lider so scharf an, daß ihr seine gebrochene Stimme gar nicht mehr auffiel. Er murmelte etwas vor sich hin, unverständlich und vor allem unzusammenhängend. Er sagte etwas von Verbrechen und Liebe, dann auch von Verbrechen in der Liebe und schien schließlich eine Frage zu stellen. »Was möchtest du wissen, King? Was das Schönste und Häßlichste war, das ich getan habe oder hätte tun wollen? Beides zugleich? Nun ja, King«, sagte die Wirtin und schaute betreten vor sich hin. Der scharfe Blick, mit dem King sie ansah und doch nicht sah! Sie fühlte, daß sie ihm eine Antwort geben mußte, sie fühlte aber auch, daß seine Worte zwischen Monolog und Zwiegespräch schwankten. Hätte er nur einen Freund, der ihn besser verstand als sie, der ihm helfen könnte. Welch eine Frage, doppelt impertinent, da er sie an eine Frau gerichtet hatte. Wer könnte sich schamlos seiner Verdorbenheit rühmen oder schlimmer noch seiner Noblesse. »Komm, erzähl mal...« Seine Stimme klang noch ein bißchen jammernd, doch die Augen blinzelten scharf und zugleich bittend durch die Lider. Aber als sie auch weiterhin schwieg und nicht daran dachte, ihn mit einer Weigerung oder Lüge abzuspeisen, schloß er die Augen und lächelte unglücklich. »Hast du zum Beispiel«, sagte er schließlich mit weltferner, träumerischer Stimme, »hast du schon einmal so leidenschaftlich geliebt...« Hier stockte er und sann nach, suchte nach einem Vergleich, der seiner reglosen, von Rührung überwältigten Juliette gerecht wurde, zu einer Juliette paßte, die sich wehrlos und sehnsüchtig dem Rhythmus des großen, neuen Spiels überlassen hatte... »Daß du«, fuhr er mit geschlossenen Augen fort und hatte offenbar vergessen, mit wem er sprach, »daß du dir vorkamst wie ein Strand, der wehrlos von den Wellen überspült wird, oder wie eine Welle, die unaufhaltsam auf den Strand hinaufgedrückt wird...« Bei der Erinnerung daran verzerrte sich sein Lächeln zu einem sehnsüchtigen

Grinsen. Die Wirtin schaute starr an ihm vorbei. Was sollte sie auf diese Tirade antworten? »Mein Gott, ja«, sagte sie hilflos, »wenn man jung ist.« – Doch der kranke King hatte sie anscheinend nicht gehört. Das Sehnsüchtige verschwand aus seinem Grinsen, es wurde strenger und sogar grimmig. Und dann sagte er: »Hast du schon einmal den Drang verspürt, meine Liebe, den Prinzen deines Herzens umzubringen ...« Aber da streckte die Wirtin beschwörend und abwehrend die Hand aus. »Nein, King, nein«, versuchte sie, ihn zu beschwichtigen. Aber Kings Gesicht enthob sie aller Überredungskünste. Es grinste nicht mehr, sondern war verschlossen wie eine Totenmaske. Gleichzeitig gab er sich komplizierten Gedankengängen hin, Gedanken über die Liebe, verbunden mit dem Todestrieb. Todestrieb und Liebe, waren das nicht ein und dasselbe? Wie oft hatte er das in einem Atemzug in raunenden Gedichten, nein, auch im Leben selbst gehört? Weigerte sich etwa seine kluge Juliette, den Todestrieb auf sich selbst zu fixieren, und schob sie ihn deshalb auf ihn, King, ab? Den Todestrieb, der zur Mordgier wurde? Mordgier, zu deren Befriedigung sie eine Motivation suchte und fand in ihrer Habsucht, ihrer typisch weiblichen Habsucht? ... »Nein, King, nein!« hörte er von weitem die Wirtin sagen. Er sah eine abwehrende, beschwörende Hand, die Hand seiner Wirtin. Ein Glück, daß die gute Frau ihm dermaßen gewogen war, denn von einem anderen als King hätte sie sich nie gefallen lassen, was er nun hinzufügte. »Ach, Alte«, sagte er plötzlich ganz wach und nonchalant, »was weißt du schon von Liebe. Socken stricken ist alles, was du kannst, wenn es darauf ankommt. Ja, und geschummelt hast du wohl auch wie alle anderen.« – Die gute Frau zog nun doch ihre freundliche Hand zurück und faltete sie resigniert mit der anderen. Aber weil King es war, der sie gekränkt hatte, wiederholte sie: »Nein, King, nein.« – Und nach einem Blick in sein Gesicht, von dem die Todesmaske jetzt verschwand und einem unglücklichen Lächeln wich, sprach sie weiter in einem Ton, der nach anfänglichem Zögern immer fester wurde: »Bist du denn so verliebt? Das Mädchen hat dir doch noch nichts getan? Warum machst du dir dann Sorgen. Halt nur die Augen offen, anderes kann ich dir nicht raten.« – Ihr Blick streifte über den Tisch, das Arzneifläschchen und das Glas. »Oder hat sie das Gift schon für dich bereitgestellt?« – Und dabei lachte die gute Frau, als wolle sie seine düsteren Gedanken mit ihrem Lachen vertreiben. Und sie fuhr fort: »Nein, King, so etwas könnte sie niemals tun, das kann ich dir versichern!« ... King legte den Kopf schief aufs Sofakissen und schaute sie an. Er lächelte beinahe verächtlich. »Wirklich, kannst du das?« – Sein Lächeln, seine Frage waren fast noch kränkender als das, was er vorhin gesagt hatte. Wie einsam war dieser King als Mensch, wie minuziös auch als Detektiv, wenn er sogar Gesinnung und Absicht eines wohlgemeinten Trostwortes attackierte. »Kannst du das wirklich?« Die gute Wirtin wurde fast aggressiv: »Aber sicher!« – Und er schlagartig darauf: »Warum?« – Nun hätte sie sagen sollen: »Mein lieber King, eine solche Katastrophe sehen meine übersinnlichen Fähigkeiten nicht voraus.« Statt dessen gab sie nach, schaute vor sich hin und bekannte unwillig: »Ich habe sie gesehen, so was fühle ich eben.« – King streckte seine Hand nach ihrem Knie aus. »So, fühlst du das?« sagte er bedauernd und ermutigend zugleich. Wer weiß, welche Seiten von Juliette ihm dadurch entgingen, daß er sie in einer konstruierten Situation observierte. Jetzt wollte und mußte er wissen, was seine alte Freundin mit ihrem jungfräulichen Verstand gedacht und mit ihrem arglosen Gemüt gefühlt hatte. Er wartete, ohne zu lächeln. Endlich sagte sie: »Vielleicht wirst du mich jetzt wieder auslachen, aber ich habe nichts gesehen, ich habe keinerlei Zeichen in ihrem Gesicht gesehen.« – »Keinerlei Zeichen?« Die Wirkung ihrer Worte war gewaltig. Er fuhr hoch und flüsterte, das Gesicht nah an dem ihren: »Hast du dieses Zeichen nicht gesehen?« Er deutete rasch und heimlich auf die Stelle zwischen seinen Augen, als stünde Juliette, die Gezeichnete, lauschend hinter der Tür. Die Wirtin schüttelte den Kopf und zeigte auf die Stellen neben den Nasenflügeln. »Hier sehe ich es«, sagte sie. »Du findest es also nicht verrückt? Ich spreche nie darüber. Aber es ist gräßlich. Es ist, als hätte der Tod seine Daumen auf ein solches Gesicht gedrückt. Ich habe es mal bei einer Frau gesehen, die bei mir im Haus wohnte. Als ich in ihr Zimmer trat, wandte sie mir das Gesicht zu, und da sah ich das Zeichen. Nur ganz kurz, es war gleich wieder verschwunden. Der Schreck fuhr mir ins Herz. Sie hat sich erhängt. Aber vorher, ohne daß sie es selber wußte, stand ihr deutlich ins Gesicht geschrieben, daß etwas Schlimmes passieren werde.« – King hatte sich in die Kissen zurückgelegt. »Und heute abend hast du nichts dergleichen gesehen?« Er fragte es ernst, mit sehr ernstem Blick. Er war ein viel zu guter Detektiv, als daß er sie nicht ernst genommen hätte. Keine Methode, kein Instrument der Untersuchung war ihm zu gering, keiner Ansicht, keiner Interpretation versagte er sein Interesse. Er war ganz und gar undogmatisch und vorurteilslos. Um die Geheimnisse des Fehlverhaltens und Verbrechens zu ergründen, suchte er nicht nur mit psychologischen, psychotechnischen und physiologischen Mitteln nach Schuldbeweisen, sondern verschmähte auch nicht Wünschelrute und Psychometrie, die Weissagungen aus dem Kaffeesatz oder mit dem Kruzifix. Denn der schlaue King verlor nie die Tatsache aus den Augen, daß jeder Mensch, auch der aufgeklärteste, eine kleine, unbedeutende Eintagsfliege ist und von den Geheimnissen, die ihn umgeben, keine Ahnung hat. Weiß eine Fliege, die sich einen Augenblick lang auf die Nase von King setzt, daß es Kings Nase ist? Und weiß King, auf wessen Nase er sitzt? Vielleicht schwamm seine Freundin, die Wirtin, in der Iris eines göttlichen Augapfels, woraus sich die sonderbare Folgerung ergab, daß sie manchmal besser sah als einer, der auf einer Nase sitzt. Also nichts und niemanden verachten oder vernachlässigen. Ist ein Zeichen auf einem Gesicht mysteriöser als eine Sorgenfalte oder ein Lächeln? Deshalb hatte er gefragt: Und heute abend hast du nichts dergleichen gesehen? Die Wirtin erforschte nochmals ihr Gedächtnis. Sie sah die sogenannte Giftmischerin wieder in der Diele stehen. »Herr King?« hatte Juliette gefragt. Sie hatte eine warme Stimme. Ihre Haltung war auffallend ruhig. »Darf ich Ihnen den Mantel abnehmen?« Sie reichte der Wirtin ihren Mantel mit einer angenehm harmonischen Gebärde, nicht zu hastig und nicht zu langsam. Dann knüpfte sie das Kopftuch ab und reichte auch das hin. Dabei lächelte sie offen und ruhig. Nein, da war kein Zeichen auf ihrem Gesicht. Als die Wirtin jetzt daran zurückdachte, erschien ihr eher die junge glatte Haut zwischen Nasenflügeln und Wangen von besonderer, adliger Reinheit. Nein, sie hatte ein reines Gesicht, ein hübsches reines Gesicht. »O nein, King, nein!« – Die Wirtin lächelte bei dem Gedanken. Und da es ihr bewußt war, lächelte sie ebenso offen und ruhig wie Juliette ... »Ich war vorhin nicht nett zu dir«, sagte sie gerührt, »trotzdem mag ich dich sehr.« – Er streichelte verliebt über ihr Knie. Das Lächeln bekam Stimme und wurde zu einem etwas derben Altweiberlachen. »Du

Dummkopf«, sagte sie, schob seine Hand fort, stand auf und ging aus dem Zimmer. Als King allein war, richtete er sich auf und setzte sich nun seinerseits auf die Sofakante. Er schüttelte wild den Kopf und fuhr sich mit beiden Händen durch das schüttere Haar. Es war, als schüttelte und striche er ein Netz von sich ab: ein Netz aus exaltierten, bösartigen Verdächtigungen. Etwas später stützte er die Ellenbogen auf die Knie. Das Kinn in beide Handteller gelegt, schaute er mit glänzenden, hellen Augen vor sich hin. In seiner Erinnerung sah er Juliette, wie sie verhalten und freudig neben ihm an seinem Arm ging, als er sie nach Hause brachte. Ihre Miene war gelassen wie immer, aber in ihrem Arm pulsierte Freude. Er fühlte es, wenn sie aus dem Schritt gerieten und sie sich einen Augenblick lang an ihn schmiegte. Ein einziges Mal sah sie dabei zärtlich lächelnd zu ihm auf, aber nicht in seine Augen. Erst vor der Haustür schaute sie ihn an mit Augen, die im Abendlicht maulbeerdunkel waren. Dann legte sie ihm schwerelos die weiße Hand aufs Herz und sagte: »Vergiß vor allem nicht, gut auf dich aufzupassen.« Ihre Stimme war ebenso dunkel wie ihre Augen und glutheiß. Er bückte sich und gab ihr rasch einen Kuß. Auf dem Heimweg lief er, als säße ihm der Teufel auf den Fersen. Es war eine Flucht. Am liebsten wäre er jetzt sofort in ihr Haus eingedrungen und hätte sie bespitzelt. Saß sie nun dort auf der Bettkante und träumte sie wie eine hoffnungslos verliebte, harmlose Jungfrau vor sich hin, während sie vorsichtig ihre Strümpfe abstreifte? Oder träumte sie sündig und wollüstig von ihrem halbgewonnenen Spiel? Wie auf der Flucht war er an der Küche vorbei und die Treppe hinauf gerannt, und hatte ein Glas und noch ein Glas getrunken. Er wußte nicht mehr, daß er die Faust geballt hatte gegen das winzige Arzneifläschchen mit dem Gift wie gegen einen Rivalen. So saß also dieser King in Träumen versunken da, nachdem seine Freundin, die Wirtin, hinausgegangen war. Beim Träumen kam ein weicher Glanz in seine grauen, intelligenten Augen. Lächelnd träumte er von einem ungeheuren Justizirrtum, einem riesigen Mißerfolg, von einer Juliette, die erwiesenermaßen keine Giftmischerin war... Sein Blick fiel auf das immer noch entkorkte Arzneifläschchen und dann auf das Glas Wasser, in das sie die Tropfen tun sollte. Er nahm den Korken und verschloß das Fläschchen ruhig und resolut, er verspürte nicht die mindeste Rivalität. Dann griff er zum Glas, das die liebe Juliette mit Wasser gefüllt hatte, und führte es zum Mund. Das Wasser schmeckte bitter. Es waren nicht zehn, nicht zwanzig, sondern mindestens dreißig Tropfen darin. Hatte er sie selber hineingetan, während er betrunken war? Oder sie? Er wußte es nicht. Wie ein riesiger schwarzer Schleimklumpen stieg das Mißtrauen in ihm hoch, zuerst noch unter magischen Beschwörungen, dann aber frei: schwarz, stark und frei. Es äußerte sich in einem harten, wilden Lachen. Und lachend stieß King das Glas vom Tisch, so daß es in tausend Scherben zersprang...

Alide ging an jenem Nachmittag in die Stadt. Beim Abschied schlang sie mir die Arme um den Hals und sah mir mit einem warmen, ermutigenden Blick in die Augen. Sie drückte ihre Brust an mich und neigte den Kopf ein wenig zurück. Ihre große schmale Nase, matt gepudert, war edel und zart. Der Mund war hellrot geschminkt und gierig. Als sie die Haustür hinter sich zugezogen hatte, blieb ich noch kurz am Fenster stehen und winkte ihr nach. Ich fragte mich, was in mir letztlich überwog: der Wille, ihr zu glauben, oder die Absicht, feurige Kohlen auf ihrem Haupt zu sammeln, indem ich tat, als ob ich ihr glaubte.

Inzwischen kehrte ich zu meinem Schreibtisch zurück, wo ich an der Geschichte von King und Juliette geschrieben hatte. Bei King und Juliette fühlte ich mich sicher wie ein Trinker bei seinem Absinth. Ich weiß noch, daß, als ich zu meiner Arbeit zurückging, der Teppich unter meinen Füßen zu kleben schien, als wolle er mich vom Absinth zurückhalten. Natürlich handelte ich bei allem, was ich tat, wider mein besseres Wissen, deshalb ging ich entweder auf einem klebrigen Teppich, oder ich verlor mich in einem Rausch. Ich betrank mich also weiter an King und Juliette, ich beugte mich über den Schreibtisch und drückte die Stirn an die geballte Faust, denn so verlor ich mich am besten in der Geschichte und brachte einen lachenden King zustande. Dann glitt mir der Bleistift aus den Fingern, und ich starrte vor mich hin. In meinem Absinthrausch tauchte ein ermutigendes und liebliches Bild auf: Alide, wie sie mir lächelnd in die Augen sah. – Dagegen der Gedanke, daß sie schuldig war, daß sie mit fester Hand das Gift bereitgestellt hatte. Nicht zehn, nicht zwanzig, sondern dreißig Tropfen, wermutbitter und tödlich. Mit fester Hand, ruhig und schnell, wie eine Krankenschwester bei der Arbeit. Aber nein, jetzt war ich wieder bei Juliette. Alide schaute mich warm und ermutigend an und ging in die Stadt. Juliette hingegen streifte nachdenklich ihre dünnen Strümpfe ab. Alide spielte wieder ihr altes Spiel, das Schachspiel ihrer Kaufsucht. Sie ging mit viel Umsicht und Überlegung vor und opferte nur kleine Bauern für großen Gewinn. Es war ein gieriges, einsames Spiel mit vielen neuen Anfängen und von langer Dauer, aus dem ich ausgeschlossen war. Jetzt mußte auch ich zu meinem eigenen alten Spiel zurückkehren, aufstehen und, ein Liedchen summend, durch das leere Haus gehen, um in der Küche eine Tasse Kaffee aufzusetzen. Im

Flur hing noch ein Hauch ihres Parfums. Alide ist brutal, eine Juliette von genialem Format. Ihr Blick war warm und ermutigend. Sie ermutigte mich zu blindem Vertrauen, denn anders ging es nicht mehr weiter mit uns. Ich durfte sie nicht enttäuschen. Ich lächelte also ebenfalls warm und beruhigend. Nein, Alide, ich vertraue dir bedingungslos! Ich winkte ihr sogar nach und ging wieder an die Arbeit. Und aus dem Grund meiner Seele erwuchs innige Freude über eine Alide, die wieder einmal auf Abenteuer ausging und ihre Kaufsucht in hundert einzelnen Vorstößen auf die Dinge lenkte, die sie besitzen wollte. Wohl hundertmal hatte mein zerstreuter Blick auf ihren Einkäufen geruht, denn mich interessierten nicht die Dinge an sich, sondern als Symbole ihrer Wunschträume. Ungereimte, unberechenbare Wunschträume, aus denen Alide mir wie eine ganz und gar Unbekannte entgegentrat. Alide, hast du dir das wirklich gewünscht? Natürlich, du mußtest dir so etwas wünschen! So betrachtete ich einmal ein zierliches Flakon und sagte: »Eine Frau kann Dinge für sich einkaufen, als wäre sie ihr eigener Liebhaber.« – Sie nahm mir das Flakon aus der Hand und betrachtete es nun ihrerseits mit einer Aufmerksamkeit, die mich verletzte. Darauf sagte ich: »Viele Dinge hier gehören nur dir.« – Verwundert, mit leichtem Argwohn sah sie mich an, ob ich ihr damit einen Vorwurf machte. Dabei war es doch nur der Kult des einsamen Begehrens, Einkaufens und bewußten Besitzens, der mich so betroffen machte. »Ich meine damit«, sagte ich und nahm das Ding wieder in die Hand, »dies hier verrät mir nur, was du verschweigst und woran ich nicht teilhabe. Wie konnte ich wissen, daß du so etwas haben wolltest? Alles, was nichts mit mir zu tun hat, gehört dir allein.« – Sie stellte das Fläschchen auf den Waschtisch. »Du übertreibst«, sagte sie, »es ist ja nur ein

Flakon, muß ich denn bei so was vorher um Erlaubnis bitten?« – Sie war verstimmt. »Muß ich bei den einfachsten Dingen um Erlaubnis bitten?« – »Aber Alide, natürlich nicht!« – Ich schaute sie verständnislos an. »Warum willst du mich nicht verstehen?« – Ihre Verstimmtheit war so groß, daß sie aufstand und das Flakon in den Schrank stellte. Nach diesem Zwischenfall beschloß ich, ihr ein wenig mehr Einsamkeit zu gönnen, denn jeder Mensch braucht Einsamkeit... Ich stand noch immer im Flur, wie gebannt von ihrem Parfumduft, der noch dort hing. Aber ich ertappte mich dabei, daß ich ständig nach unten auf die Haustür schaute, plötzlich überwältigt von einem Sturm in mir tobender Gefühle. Wäre Alide doch nur wieder zu Hause, in der Küche, wo sie für uns beide Kaffee zu machen pflegte. Ich brauchte sie, sie mußte mir Ruhe schenken, Ruhe und Sicherheit und Liebe und Vergessen, kurzum alles, woran es mir mangelte. Ich hatte geahnt, daß die sogenannten Einkäufe Geschenke von Peps waren, es aber noch nie so deutlich erkannt wie in diesem Augenblick. Andererseits sah ich deutlich den Kult meiner Freude über eine Alide, die unschuldige Einkäufe machte, die ich arglos guthieß. Ich erkannte, wie schamlos und gewissenlos meine Gutgläubigkeit ausgenutzt worden war. Ich erkannte es so genau, daß ich, als ich Mantel und Hut nahm, mich fragte, wie gemein denn mein Mißtrauen, meine Phantasie hätten sein müssen, damit ich alles schon viel früher begriffen hätte. Aber das tut jetzt nichts mehr zur Sache, jetzt weiß ich Bescheid, dachte ich und eilte auf Zehenspitzen die Treppe hinunter, denn ich wollte mich selber nicht hören. Nun sah es so aus, als hätte ich den ganzen Nachmittag lang heimlich und arglistig über den Plan nachgedacht, die beiden zu ertappen. Ich wunderte mich selbst, daß ich erst so spät ging, obwohl ich vor

Ungeduld und Wut keuchte. Vielleicht hatte mich nur die Scheu so lange zurückgehalten, daß ich sie vielleicht doch nicht bei ihm antreffen würde. Denn das wäre einem mißglückten Selbstmord gleichgekommen. Mit Sicherheit wird sie bei ihm sein, dachte ich und trat auf die Straße. Es ging auf den Herbst zu, ein früher, sonniger, sorgloser Herbstnachmittag. Aber ich weiß noch gut, daß alle Töne hohl klangen wie bei heiterem Frostwetter und daß alles, was ich sah, von mir abgegrenzt war und mich nichts anging. Ich weiß noch genau, wie ich auf dem Gehsteig warten mußte, bis ein Trauerzug vorbeigezogen war. Vier Männer des Bestattungsunternehmens gingen in einer Reihe voran, dann kam der Leichenwagen, dann wieder acht Männer, jeweils zu zweit, und danach die anderen Kutschen. In einer sah ich eine Hand auf der Wagentür, in einer anderen tauchte ein bleiches, spähendes Knabengesicht zwischen dem Fenster und der zurückgezogenen Gardine auf. Die vier vorderen Männer schienen nur meinetwegen dazusein, so vielsagend trafen mich ihre Blicke von der Seite. Dennoch erweckten weder sie noch der folgende Leichenzug den Gedanken in mir, der mich sonst unweigerlich bei solchen Gelegenheiten überkam: Wenn Alide sterben sollte... Ich sah lediglich Dinge: den Leichenwagen, ein fahrender Katafalk, der die wehrlose und doch so mächtige Leiche trug, davor die Pferde mit albernem Federschmuck und dahinter die Kolonne schwarzgekleideter Männer. Die vier Männer an der Spitze schritten unerbittlich in gleichmütigem Rhythmus weiter, und der gesamte Zug folgte ihnen. Vier Männer als Schicksals-Peloton, das dem unvermeidlichen Schicksal voranging. – Bevor ich das Geschäft von Peps erreichte, stand mir plötzlich ein Bild der Erinnerung vor Augen, ohne daß ich wußte warum. Ich beobachtete den Zaun um einen Garten, in dem ich als Kind spielte. Auf einer der Zaunlatten klebte ein Nest Insekteneier. In dem Moment, als ich sie entdeckte, schlüpften alle zugleich aus, und ich sah überall kellerbleiche, winzige Spinnen kriechen, die sofort geschäftig durch- und übereinanderkrabbelten. Das Herz klopfte mir im Halse. Ich war Zeuge bei einem verhängnisvollen und ungestümen Ausbruch heimlichen Lebens geworden. Vor Schrecken klopfte mir das Herz im Halse so wie jetzt. Mein instinktives Wissen war ausgeschlüpft, ungestüm und verhängnisvoll. Das war bereits damals geschehen, als Alide mit ihrer zarten Nase und dem gierigen Mund in einem Hauch von Parfum und Abenteuer den Kopf zurücklegte und mir aufmunternd zublinzelte: »Sei blind, mein armer Liebster, sei blind auf deine stumme und rührende Art!« Schon damals wußte ich, daß ich ein ganzes Jahr lang Opfer eines abscheulichen Betrugs und Gegenstand eines scheußlichen Mitleids gewesen war. Schon damals wußte ich, daß sie seit einem Jahr Peps-Alide war und mich versöhnlich liebte wegen der peinlichen Tatsache, daß sie mich nicht mehr liebte. Vier Mann an der Spitze, ein Schicksals-Peloton, das mich vielsagend mit einem kurzen Blick ansah und weitermarschierte. Sie tun mit der Leiche, was meine Alide und ihr Peps mit mir getan haben. Ich war wehrlos wie ein Toter, aber auch mächtig, ein mächtiges, trauriges Hindernis, dem man Ehre erwies, das man aber möglichst bald loswerden wollte. Zwei Mann an der Spitze, Peps und Alide, mein Schicksals-Peloton... Hinter dem Ladentisch stand ein Ausländer. Er wollte mich ansprechen, aber ich ging an ihm vorbei, die Treppe hinauf zu einem Zimmer mit einer Glastür. Die Gardine an der Innenseite der Tür war zugezogen. Die Tür war verschlossen, wie ich es erwartet hatte. Ich schlug die Scheibe ein und zog die Gardine zur Seite.

Alide lag auf dem Sofa, Peps stand daneben. Er war in Hemdsärmeln, Jackett und Weste lagen noch auf einem Stuhl. Er wurde aschgrau. Ich blickte nur flüchtig zu ihm hinüber, er war unwichtig. Trotzdem prägte sich sein Bild haarscharf und für immer meinem Gedächtnis ein: der kleine Kopf, das fliehende Kinn, der Mund, der wie geschwollen aussah, die Clownsnase, die hellbraunen, stechenden Augen. Er war häßlich. Und er hatte Angst. Aber dann schaute ich nur noch Alide an. Als sie mich die Treppe heraufkommen und an der Türklinke rütteln hörte, wußte sie Bescheid. Sie war auf dem Sofa liegengeblieben, denn es war weit unter ihrer Würde, erschrocken und panisch aufzuspringen wie Peps und als Schuldige vor mir zu stehen. Nicht einmal die eingeschlagene Scheibe schockierte sie. Sie trug ein braunes Kleid, das vorn mit Knöpfen geschlossen wurde. Vier oder fünf Knöpfe standen offen, ihre Brüste waren halb entblößt. Gelassen knöpfte sie das Kleid zu. Ihre Augen starrten vom ersten Moment an geradeaus in die meinen. Ihr Blick war nicht schamlos, sondern leer und starr wie der einer Unbekannten. Dicht hinter ihr sah ich ein Fenster, dessen dünne graue Scheibengardinen halb zur Seite gezogen waren. Und durch das Fenster blickte ich auf die Häuser der gegenüberliegenden Straßenseite. Aus dem einen klang Musik. Ich sah, daß in einem der Häuser ein Fenster offen war. Dort im Zimmer spielte jemand Klavier, eine Frau. Ich sah, wie ihr Oberkörper und ihre Hände sich im Takt der Musik bewegten. Sie spielte gut und leidenschaftlich. Sie spielte eine Etüde von Chopin. Wir beide, ich und Alide, liebten Chopin und kannten alle seine Etüden. Wie immer mußte ich auch jetzt wieder denken, welches Verliebtsein sich in diesem romantischen Musikantendasein auslebte. Ich lauschte aufmerksam dem strengen, dunklen

Thema, das sich inbrünstig in die Melodiengirlanden der rechten Hand schmiegte ... Und unterdessen sah ich Alide an. Sie hatte ihr Kleid zugeknöpft und gab den Blick unverwandt zurück. Ihr Gesicht war blaß, sogar ihre Lippen waren blaß, wo die Schminke abgeküßt war. Nur die Augen waren die einer Unbekannten. Der Adel ihres Gesichtes, der sich in den schmalen Lippen, in der reinen Symmetrie der dünnen Schläfen, im wohlgeformten, ernsten Mund zeigte, dieser Adel stand jetzt in krassem, perversem Widerspruch zu dem Rahmen aus verwirrtem Haar, zu den nackten, heißen, jetzt wieder verborgenen Brüsten und zum ganzen Zimmer, in dem ein fader, sinnlicher Geruch hing. Und unterdessen flocht dort drüben die rechte Hand weiter an den schwermütigen, leidenschaftlichen Melodiengirlanden, über die sich das Motiv wie mit Posaunenstößen erhob. Ich stand noch immer draußen vor der Tür und tastete blindlings mit meiner blutigen Hand, mit der ich die Scheibe eingeschlagen hatte, nach dem Schlüssel an der Innenseite. Da sagte Alide zu Peps: »Mach die Tür auf.« – Ihre Stimme klang durchaus beherrscht. Ich zog die Hand zurück und schüttelte den Kopf. Was sollte ich dort drin? Ich fühlte weder Kummer noch Zorn. Ich sah nur noch Alide, diese Peps-Alide auf dem Sofa, und das genügte. Dort auf dem Sofa sah sie mit ihren jetzt bedeckten Brüsten so liederlich aus, daß ich fast Lust verspürte zu lachen, beleidigend zu lachen, wie man jemandem Erbrochenes ins Gesicht spuckt. Ich beherrschte mich und wandte den Blick von ihr ab. Ich sah mich im Zimmer um. Auf einer Etagere stand eine kleine Plastik aus grünem Stein, ein Eselchen. Genau so eines stand auch bei uns zu Hause. Es war ein Peps-Alide-Talisman. Dieser belanglose Umstand beschleunigte meinen Herzschlag. Ich sah wieder zu Alide hin und sagte:

»Laß alles abholen, was dir gehört, und komm nie wieder heim.« – Obwohl sie sehr weit, meilenweit entfernt war, schien sie mich zu verstehen. Ihre Augen wurden weit, ihr Mund verzerrte sich erschreckt und weinerlich wie der eines Kindes, und ihr ganzer Körper verspannte sich. Plötzlich stand sie auf und blieb vor dem Sofa stehen. Wie flehend hob sie kurz die Arme und ließ sie wieder sinken. Dann fing sie an zu weinen. Ich blickte sie an wie ein Filmbild, das einen rühren kann, wenn man es zuläßt. Warum weinte sie? Wer wurde hier verurteilt, sie oder ich? Ach, sie hatte mich ja so gern, weil sie mich nicht mehr liebte. Aber da hörte ich die Stimme von Peps, jetzt nicht mehr heuchlerisch und bescheiden, sondern ängstlich und trocken vor Heiserkeit: »Na, was hast du jetzt zu sagen? Oder weißt du es nicht mehr?« Lässig, kaum merklich schüttelte sie den Kopf. Das bedeutete, sie wußte es wohl, konnte es aber nicht sagen. Ihre Augen hingen weiter an den meinen und flehten um Vergebung. Und meine Augen blieben mehr feierlich als traurig in den ihren versunken. Ich nahm Abschied von einer Toten. Die schöne Frau dort mit den blassen Lippen und den verhüllten Brüsten war nur eine Peps-Alide. Mir graute vor ihr. Denn meine Alide war gestorben. Vier Männer voran, der Leichenwagen, acht dahinter, dann die anderen Kutschen. Ich hatte sie überlebt; wer hätte das je gedacht? Ich lebte noch und sah eine schöne, liederliche Frau, die weinte, eine Betrügerin in ohnmächtiger Reue. Ich sah ein verzerrtes Peps-Profil mit einer Trompetennase. Ich schaute durch ein Fenster auf der anderen Straßenseite, hinter dem eine musikalische Frau Klavier spielte. Es war eine schöne Frau, und sie spielte mit großem Elan. Ich hörte ein Motiv und hörte die gegenläufigen Melodiengirlanden in wunderbar bewegter Harmonie. Außerdem hörte ich mein Blut rauschen, mein eigenes einsames Blut, das wie ein brausender Strom in meinem zum Zerspringen vollen Kopf sang. Ich dachte: Gleich werde ich nichts mehr hören außer dem Rauschen meines Blutes... Aber da sah ich Alide näher kommen. Plötzlich hatte sie wieder ihr eigenes, liebes Alide-Gesicht. Aus ihren Augen flossen keine Tränen mehr, sie blickte mich sanft, aufmerksam und besorgt an. Liebe Alide-Augen. Und das Blut in mir rauschte so heftig, daß mir die Tränen kamen. Alide öffnete die Tür. »Komm«, sagte sie und streckte die Hand aus, um mir zu helfen. Ich prallte zurück und lief die Treppe hinunter. Ich sah gerade noch, daß der Ausländer, der hinter mir gelauscht hatte, sich rasch davonmachte und wieder seinen Posten hinter dem Ladentisch mit der Klingel bezog. Er war ebenso feige wie Peps und schlug die Augen nieder. Auf der Straße nahm ich mir vor, das grüne Eselchen, die kleine Steinfigur, zu Hause in Stücke zu zerschlagen. Die Figur war ein Sinnbild von Alide, von meinem Herzen, meinem Leben. Alle Leute auf der Straße schauten mich an. Da merkte ich erst, daß mir die Tränen übers Gesicht strömten...

Zwei

(Peps) fuhr mit zitternden Händen in Weste und Jacke. Er schaute heimlich zu Alide, die sich sprachlos und niedergeschlagen wieder aufs Sofa gesetzt hatte. Vorhin war er erschrocken, aber das war längst wieder vorbei. Kosta war fort. Alide saß noch da, Peps hatte den Kampf gewonnen. Er verstand selber nicht, warum er immer noch so zitterte und unsicher war. Er nahm eine Zigarette, zündete sie an und beobachtete konzentriert, mit tiefen Zügen das zittrige, ängstliche Gefühl in seinem Innern, bis es zu ihm durchdrang, daß sich alles ohne sein Zutun abgespielt hatte. Er hatte daneben gestanden, mehr nicht. Alide schaute auch jetzt noch an ihm vorbei und sah starr vor sich hin. Noch immer spielte sich alles ohne sein Zutun ab. Obwohl alles seinetwegen begonnen hatte, schien sie ihn glatt zu vergessen. Wenn sie doch weinte, Trost bei ihm suchen würde. Er mußte etwas tun, etwas sagen, wenn er nur wüßte wie und was. Sie machte es ihm nicht leicht. Er schaute sie hin und wieder verstohlen an, aber sie sah ihn nicht. Darauf drückte er die Zigarette aus und begann seine Vorstellung. Er seufzte laut und klagend. Mutlos zog er einen Stuhl heran, ließ sich darauf fallen und barg das Gesicht in beide Hände. Er schluchzte verhalten, mit übertrieben zuckenden Schultern. Dann sagte er mit klagender Stimme: »Wie schrecklich, wenn man jemandem sein Liebstes wegnehmen

muß.« Schluchzend spähte er durch die Finger nach Alide. Das wirkte, und er sah, daß in Alides Augen Tränen aufstiegen. Also schluchzte er leise weiter. Dann streckte er sich, schnaubte die Nase, wie um seiner Rührung Herr zu werden, und sagte sehr beherrscht und schlicht: »Wären wir einander doch damals begegnet, als wir beide ganz jung waren, dann hätten wir niemandem Kummer zufügen müssen.« – Und dann wieder gerührt: »Ich kann das nicht, bei Gott, ich kann das so schlecht.« – Dann erst wagte er es, sich neben Alide zu setzen. Schüchtern und ungeschickt tupfte er ihr die Tränen vom Gesicht. Sie ließ es geschehen. »Aber es mußte ja einmal so kommen«, sagte er und griff nach ihrer Hand. »Wenn ich dich nicht so liebhätte, würde ich mir wie ein Schuft vorkommen.« – Sie sah ihn an. Er hoffte, daß er damit ins Schwarze getroffen hatte. Sie hatte ein tieferes Seelenleben und war gebildeter als er. Es konnte vorkommen, daß er sie enttäuschte oder verletzte, ohne auch nur zu ahnen, was er falsch gemacht hatte. Er heftete seine braunen Augen mit einem sanften Christusblick auf ihre Nasenwurzel. So schauten sie einander lange Zeit an. Ab und zu ließ er die Lider sinken, als ermüdete ihn der große Schmerz über das notwendige Übel, um sie alsbald wieder demütig und flehend zu heben und Augensterne voll reinster Liebe zu zeigen. Alides Blick streifte seinen Mund, der fiebrig und heiß war. Sie lud ein ungeheures Versäumnis auf ihr Gewissen, dachte sie, wenn sie hier sitzenblieb. Ihr war, als ließe sie tatenlos zu, daß ein Wesen, das ihr lieb war wie ein eigenes Kind, ertrank oder verbrannte oder sich erhängte. Ihre Augen glitten immer häufiger von den seinen fort und zu seinem Mund. Sie dachte an Kostas Augen, wie er sie zuletzt angesehen hatte. Das beste war, ihn vorläufig zu vergessen. Sie war in dem Sog eines Abenteuers, das so finster und reißend war wie ein Wasserstrudel. Sie witterte Schuld und Gefahr, ohne daß sie es abzuwenden vermochte. Und dann schaute sie nur noch auf den Mund von Peps mit einem unwiderstehlichen Bedürfnis nach Vergessen und Rausch. Sie lächelte, schloß die Augen und berührte sein Gesicht mit ihren Lippen. Sie sagte: »Nun tröste mich doch, laß mich das alles vergessen.« – Und sie ließ sich hintenüber auf das Sofa sinken. Sein sanfter Christusblick verschwand, er fühlte sich unsicher, auch ein wenig überrumpelt und wußte nicht, ob er sie richtig verstand. Zögernd rückte er ein wenig näher, legte einen Arm unter ihren Kopf und neigte sich zu ihr. »Ach, Liebste«, sagte er und schloß die Augen. Da sie ruhig und abwartend blieb, legte er sich, immer noch zögernd und zurückhaltend, neben sie. Schließlich begann er ihren Arm, ihre Hüfte, ihre Schenkel zu streicheln. Es kam ihm vor, als schmiege sie sich dichter an ihn, passiver, verlangender. Vorsichtig hob er den Blick. Das Lächeln auf ihrem Gesicht war verschwunden und einer ernsten Miene gewichen, sie hatte die Augen geschlossen und runzelte die Stirn. Das konnte ebensogut Abwehr wie Leidenschaft bedeuten. Er wußte es nicht und hatte Angst, etwas falsch zu machen. Seine Hand streichelte langsamer und hielt dann inne. Er murmelte: »Womit kann ich dir beweisen, wie sehr und innig ich dich liebe?« In ihrem Gesicht zuckte es, als hätte sich eine Hand zum Schlag erhoben, ohne sie zu berühren. Sie dachte: Er getraut sich nicht, denn er wagt nicht zu glauben, daß ich es will. Statt daß er mich brutal, voller Eifersucht nimmt und mich von mir selbst erlöst... Ihre Sehnsucht nach Sinnenrausch schlug um in Verdrossenheit, die nach Vergeltung suchte. Sie warf einen scharfen Blick in sein Gesicht und lehnte sich danach fester in seinen Arm. Sie lispelte: »Wollen wir glücklich sein, wir zwei beide zusammen?« Er mochte solche Kinderworte und gab stammelnd Antwort. Und dann schmiegte sie sich so sehnsüchtig und eng an ihn, daß sein Arm sich instinktiv noch fester und verliebter um sie legte. Wieder spähte sie aufmerksam in sein Gesicht, und das Mienenspiel, das sie dort sah, ermöglichte ihr gerade noch, das eigene Kind, das in diesem Augenblick ertrank, verbrannte oder sich erhängte, aus ihrem Gewissen zu verbannen. Sein Mund, jetzt nicht mehr verkrustet, sondern feucht und unruhig, schien anzuschwellen, und zwischen den Lippen wurde ab und zu eine träge, schmachtende Zunge sichtbar. Es war ein ebenso fesselnder wie widerlicher Anblick. Als er schließlich unbeherrscht und gierig nach ihr griff, fing sie geschickt sein Handgelenk mit ihrer starken Hand ab und hielt es fest. »Nein«, sagte sie mit tiefer Stimme, »jetzt nicht.« – Sein Mund, dieses feuchte unruhige Ding, erstarrte und wurde still: eine tote Schnecke. Sie betrachtete ihn durch ihre Wimpern und fühlte sein heftig klopfendes Herz. Das Herzklopfen kam von seiner Sehnsucht und vom Schreck. Er war erschrokken, fast hatte er ins Schwarze getroffen. Dann fühlte er, wie ihr Mund sich fest auf den seinen preßte, leicht zubeißend, als wolle sie ihn aufessen. Und trotzdem gleich danach wieder: »Jetzt nicht, jetzt nicht...« Es klang so flehend mit einem Vorwurf im Unterton, daß er sich sofort gehorsam zurückzog. Mit weichen Lippenbewegungen sagte er: »Nein, natürlich nicht, entschuldige bitte.« – Und dann wurde sein Mund abermals zur toten Schnecke und genoß beseligt die Süße dieses Todes. Er wollte sich beherrschen und ihre augenblickliche Stimmung respektieren. Er streichelte liebevoll und ehrerbietig ihr gewelltes Haar, während er sich trunken an ihren Körper drängte. Und wieder fühlte er ihren Mund, der leicht in seine

Lippen biß. Er hielt die Augen geschlossen und merkte deshalb nicht, daß sie ihn ansah. Ihre grauen Augen schauten auf den Mund, den sie soeben geküßt hatte, auf diese wollüstige, scheintote Schnecke, schauten gnadenlos und brennend wie Raubtieraugen auf die gefangene Beute.

Sie wohnten gemeinsam in seiner Pension. Peps hatte sein Zimmer gegen eine Suite getauscht, die aus einem sehr großen Salon mit drei Fenstern zur Straße und einem angrenzenden Schlafzimmer bestand. Im Salon standen dunkle, etwas altmodische Möbel, über dem runden Tisch in der Mitte hing ein Kristallüster, an einer Wand stand ein Büfett mit Blumen und einer Obstschale und an der Fensterseite eine Sitzgruppe mit tiefen Sesseln und einer Stehlampe. Auf dem Sofa lagen bunte Kissen, in denen sich Alide gern kuschelte, und meistens auch ein Buch. Die Gemälde an den Wänden hatte Peps gekauft, Zeugnisse des Schönheitsideals eines naiven Proleten. Oft stand er vor seiner letzten Erwerbung, einem Pierrot mit einer rundbauchigen Mandoline aus Mahagoniholz in den Armen. Er sagte, das Bild habe ihn siebenhundert Gulden gekostet, was sich im nachhinein als Unwahrheit herausstellte. Er sagte auch, man könnte die Mandoline fast mit Händen greifen. Wohlgefällig die Arme vor der Brust gekreuzt, betrachtete er das Gemälde durch die Wimpern seiner halbgeschlossenen Augen. Im Wandschrank hingen Alides Kleider, in einem riesigen Spiegelschrank im Schlafzimmer seine oft getragenen Anzüge in gewohnter Ordnung. Auf dem Waschtisch im Schlafzimmer lagen selbstverständlich ihre Toilettensachen, darunter sogar eine Tube Zahnpasta, die sie noch gemeinsam mit Kosta benutzt hatte. Jedesmal, wenn sie ihre Zähne putzte, mußte sie daran denken. Dabei überkam sie ein dumpfes Gefühl der Gekränktheit, daß Kosta alle, aber auch alle ihre persönlichen Gebrauchsgegenstände mitgegeben hatte, als sie ihre Sachen holen ließ. Er, der einst die geringsten Dinge, die etwas mit ihr zu tun hatten, als eine Art Fetisch verehrte, hatte alle Spuren ausgelöscht, die ihn an sie gemahnten. Er hatte das Haus von der Erinnerung an sie desinfiziert. Sie hingegen hatte oft die Empfindung, nur durch ihre Erinnerungen weiterleben zu können. Als Carlos, der Geschäftsführer, bei Kosta angefragt hatte, ob ihre Sachen abgeholt werden könnten, stand der große Schiffskoffer schon in der Diele. Carlos hatte Kosta nicht gesehen, nur seine Stimme von der Treppe herunter gehört. Alide meinte, sie würde glücklicher sein, wenn sie wenigstens wüßte, wie es Kosta ging, und wenn sie ihn trösten könnte. Es mußte ihm schlechtgehen, entsetzlich schlecht, und das bekümmerte sie. Nein, sie glaubte nicht mehr, daß er sich etwas antun könnte. Hatte sie es je geglaubt? Dafür war die Liebe zwischen ihnen zu groß gewesen, zu dauerhaft über jedes Schicksal hinaus. Liebte sie ihn denn nicht noch immer? In gleicher Weise liebte er sie auch, noch viel mehr sogar, und deshalb würde er nicht sterben können oder wollen. Vielmehr würde er sich zu Tode härmen, wenn die Affäre mit Peps zu lange dauerte. Er wartete also. Aber sie, sie wartete ebenfalls, wenn auch nur auf ein Wiedersehen, eine Begegnung, auf eine Nachricht, einen Brief. Erschrocken hielt sie den Atem an, ihre dumpfe, gekränkte Stimmung war also Sehnsucht. Verstohlen schaute sie zu Peps auf, der im Schlafanzug im Zimmer herumlief. Peps merkte nichts. Es konnte einem mancherlei in den Sinn kommen, man konnte an vieles denken, ohne daß ein anderer den geringsten Argwohn schöpfte. Ein vages Lächeln spielte um ihren schönen Mund. Mein ureigenstes Wesen hinter einer Fassade, die nichts verrät. Für Kosta war das immer ein Problem gewesen, Peps dagegen merkte nichts. Sie wartete nicht nur auf Kosta, der nicht aus ihrem Dasein fortzudenken war, sondern gleichzeitig auch auf Peps. Sie wartete darauf, daß er ihren Blick entdeckte, einen liebevollen Blick, der nichts verriet. Sie sah, wie seine braunen Augen zuerst verwundert schauten, dann aber glutvoll mit stillem Jubel. Wie von einem Magneten angezogen, kam er auf sie zu. Sie legte ihre Arme um seinen Hals und sagte: »Wir zwei beide wollen das ganze Leben lang zusammenbleiben.« – Sie sagte es mit einer Zärtlichkeit, die nichts preisgab. Sie mochte die jungenhafte Art, mit der er seine Rührung zeigte, einen Augenblick lang wurde er sentimental und dann redselig und kühn vor Glück. Sie reagierte lässig mit einem kleinen Nicken, einem einsilbigen Wort. Und unterdessen dachte sie weiter darüber nach, wie tief und vielschichtig ein Mensch sein kann und wie leicht es ist, seine Tiefen zu verheimlichen und darin unterzutauchen. Aber deshalb wurde ihre gekränkte Sehnsucht nach Kosta nicht weniger. Einen Augenblick lang stellte sie sich vor, er sei es, der sie verlassen habe und sie jetzt verleugnete, und sie legte heimlich die Zahnpastatube, die sie gemeinsam benutzt hatten, außer Sichtweite, damit Peps nicht danach griff... Peps trug eine Oberkieferprothese. Wenn er sie herausnahm und über dem Waschtisch sauberbürstete, wandte er sich schweigend von ihr ab. Manchmal ging sie dann aus Zartgefühl, aber auch mit einem gewissen Widerwillen ins andere Zimmer. Manchmal aber blieb sie erst recht sitzen und sagte etwas, was ihn zum Lachen brachte oder ihn zu einer Antwort zwang, und belauerte dann im Spiegel sein verzerrtes Lächeln und seine lispelnden Lippenbewegungen. Ohne Zähne war er wehrlos, und er wußte es. Manchmal überfiel sie ihn genau in diesem

Moment mit Zärtlichkeiten. »Ach Liebster, komm doch her zu mir, jetzt gleich.« – Ihre Stimme klang sanft, aber nichtsdestoweniger befehlend wie die einer Mutter, die absolute Autorität über ihr fügsames Kind besitzt. Sie ergriff seine Hände, zwang ihn auf die Knie, streichelte seinen Kopf, drückte ihn an ihre Brust und schaute ihm dann in die Augen. Und das alles, bevor er seine Zähne wieder eingesetzt hatte. Sie sah seine Freude über ihre Liebkosungen, denn er vermutete keinerlei Hinterlist. Sie sah seine heimliche, befangene Freude, denn ohne Zähne getraute er sich natürlich nicht zu lachen und entschied sich deshalb für eine Art Glücksmaske: reglose Oberlippe, ein naiv ernster Mund, legte dafür aber seine ganze Freude in einen strahlenden Blick. Sie machte es ihm nicht leicht. Eines Morgens ging sie noch weiter. Sie stellte sich im selben Augenblick mit nacktem Hals und halb entblößten Brüsten neben ihn vor den Spiegel und lächelte ihn strahlend an. Ihre stolze, selbstbewußte Schönheit neben seinem abgetakelten, scheuen Gesicht war beklemmend und grausam. Erschrocken wandte er sich ab und tat, als suche er etwas, obwohl er noch nicht fertig war mit seinem Gebiß. Sie drehte sich gleichfalls um, lehnte sich gegen den Waschtisch und fragte mit ihrem herausfordernden, prahlenden Lachen: »Was suchst du, Liebster?« So gab es viele unausgesprochene Heimlichkeiten zwischen den beiden. Einmal, als sie besonders stark an Kosta denken mußte, legte sie die Tube Zahnpasta, die ihnen gemeinsam gehört hatte, absichtlich in seine Reichweite, gleichsam um zu probieren, was geschehen würde, wenn er danach griff. Und als er danach griff, sagte sie: »Laß das, die gehört mir.« – Insgeheim dachte sie dabei: Uns. Er schaute verwundert auf, sah ihr an, daß es mehr war als nur eine Laune, und warf die Tube mißmutig zurück. »Mein

Gott«, sagte er. Da war ihr plötzlich, als hätte sie den Boden unter den Füßen verloren und schwebte nun im Nichts. Ihr Herz machte eine heftige, sehnsüchtige Bewegung in der Brust wie ein Kind im Mutterschoß. Sie spürte ein akutes, heftiges, schmerzendes Verlangen nach Kosta. Sie fand sich vornüber gebeugt auf einem Stuhl sitzend wieder und sah zu, wie Peps sein schütteres Haar mit Brillantine einrieb. »Was hast du?« fragte er. Beunruhigt bemerkte er im Spiegel, vor dem er stand, ihren verletzten Blick. Als er sich nach ihr umwandte, brach sie in Tränen aus. Absurderweise sehnte sie sich in diesem Moment danach, daß Peps sie für den Verlust von Kosta entschädigte. Warum ging das nicht, war es denn wirklich so absurd? Die demütig tröstende Stimme neben ihr irritierte sie. Gereizt wehrte sie die Hände ab, die sie streicheln wollten. »Laß mich in Ruhe, du siehst doch, daß ich nervös bin.« – Mit einer heftigen Geste wischte sie die Tränen ab und schaute ihn an wie einen Fremden. Ihre launenhafte Schroffheit machte ihn noch nervöser, als sie selbst vorgab zu sein. Seine Hände zitterten, als er sich eine Zigarette anzündete. Aber er begriff, daß er ihr, die soviel feiner und komplizierter war als er, diesmal mit Takt begegnen mußte. Er sagte deshalb ablenkend: »Weißt du, was wir tun sollten? Wir sollten Urlaub machen und uns irgendwo am Meer einmal richtig ausruhen.« – Sie reagierte nicht. »Was meinst du dazu?« – Sie ließ ihn lang auf Antwort warten. »Lieber irgendwo in einem Waldgebiet«, sagte sie schließlich mürrisch. »Schön, also in einem Waldgebiet.« – Er legte die Zigarette fort und faßte nach ihrer Hand. Sie ließ es zu. Und er begann: »Ich habe dir schon oft gesagt, daß man manchmal jemandem Kummer bereiten muß, aber das darf man sich nicht ständig vorwerfen. Denn darum hast du doch geweint, nicht wahr, mein Schatz?« – Sie nickte stumm. »Nun also«, sagte er wieder, »jeder Kummer geht einmal vorbei. Laß ihm Zeit.« Er ließ ihre Hand los, nahm die Zigarette wieder auf und rauchte in hastigen, tiefen Zügen. »Sorg nur dafür, daß du ihm nicht unter die Augen kommst. Das ist das beste, was du jetzt für ihn tun kannst.« Ein Lächeln flog über ihr Gesicht. Sie hatte begriffen: Er hatte Angst, daß sie sich nach Kosta sehnte, tat aber, als könne es sich nur um Selbstvorwürfe handeln. Sie fragte: »Deine Frau damals, hat sie es rasch überwunden?« Er antwortete: »Sie hat mich unsäglich geliebt, aber jetzt hat sie es überwunden.« Und er fügte hinzu: »Als sie merkte, daß es nicht mehr zu ändern war.« Das war eine zweite Anspielung. Sie fragte: »Und du, hast du sie nie vermißt, auch wenn du es mich nicht merken läßt?« – Daraufhin reckte er sich stolz, so einfach und sauber war alles in ihm vor sich gegangen: »Ich? Nein, natürlich nicht. Ich wußte doch, was ich wollte! Und du?« Seine Hand tastete nach einer neuen Zigarette, er zündete sie an und wiederholte durch die ausgestoßene Rauchwolke: »Und du?« – Sie zögerte, schaute scheu vor sich hin, zog spielend mit dem Finger die Konturen der Blumen auf ihrem Morgenmantel nach und sagte dann leise: »Ich, ich habe gar keinen Grund, ihn zu verachten oder zu hassen. Wenn er mir entgegenkäme, würde ich nicht an ihm vorbeigehen. Warum sollte ich?« – Vorsichtig blickte sie auf. Er sog heftig und nervös an der Zigarette. »O nein?« fragte er. »Aber dann nimmst du ihm die Chance, daß er darüber hinwegkommt, merkst du das nicht?« – Sie lächelte verständnisvoll und überlegen und sagte: »Nett von dir, daß du dir Sorgen um sein Schicksal machst. Aber überlaß das mir. Ich sage ja nicht, daß ich ihn suche. Vielleicht werde ich ihm nie begegnen. Warum also darüber reden?« Und ihr Lächeln verwandelte sich in nachgiebige Verliebtheit: »Wozu das Gerede, wir beide sind schließlich zusammen, nicht wahr, und nur darauf kommt es an.« – Bevor er ins Geschäft ging, verlangte es ihn nach ihrer Liebkosung. Sie umarmten sich und standen Wange an Wange. Mit einer Gebärde der Verzweiflung drückte er sie an sich. Mit ihren kräftigen Fingern streichelte sie ihm sonderbar zart über Wangen und Haar. Sie schaute ihn an. Auf seinem Gesicht lag eine Freude, die geflissentlich alle heimlichen Sorgen verdrängte.

Als Peps die Haustür hinter sich geschlossen hatte, begann Alide ihre morgendliche Toilette. Sie wusch sich, hüllte sich wieder in den Morgenrock und schminkte sich. Das dauerte immer sehr lang. Es war ein Spiel mit ihrem Spiegelbild. Sie besah sich von Kopf bis Fuß im Spiegel des Kleiderschranks. Danach betrachtete sie ihr Gesicht in allen Einzelheiten im Spiegel über dem Waschtisch. Sie ging vom Salon ins Schlafzimmer und wieder zurück, ruhig und voller Anmut wie ein Mannequin vor einem unsichtbaren Publikum. Sie ging mit graziöser Unbekümmertheit hin und her, wählte ein Kleid aus und legte es zurecht. Hin und wieder streifte sie ihr Spiegelbild mit kritischen Augen. Ihr Blick glitt kühl, ohne narzistisches Wohlgefallen von Kopf bis Fuß über ihre Gestalt hinweg und musterte nüchtern das Gesicht über dem Waschtisch. Das Spiel mit ihrem eigenen Bild schenkte ihr eine Doppelgängerin von gleicher Schönheit und mit dem gleichen Schicksal. Die beiden wußten alles voneinander und wußten auch, daß sie einander bis in die verborgensten Fehler und Triebe vollkommen glichen. Oft schauten sie einander in einer Weise an, die mehr bedeutete als ein Abschätzen ihres gegenseitigen Äußeren. Sie zogen einander Grenzen und stellten einander vor genau dieselben unlösbaren Probleme, denn Alide reichte nicht über ihre Doppelgängerin hinaus und jene reichte genausoweit wie sie. Stellte eine von ihnen eine Frage, so wußte die andere nie eine Antwort darauf und gab als Echo dieselbe Frage zurück. So wiesen sie sich gegenseitig in die eigene Einsamkeit zurück. Das war ein Grund, einander zu hassen. Ein zweiter Grund war ihre gegenseitige Unantastbarkeit. Für jede von beiden gab es eine Alide, die nur zum Schein existierte. Sie konnten sich weder voneinander unterscheiden, noch einander antworten oder sich begegnen. Sie schauten sich nur ohnmächtig an, kein Vorwurf, den sie einander nicht aus tiefstem Herzen zurückgaben. Der Haß, den sie füreinander empfanden, prallte als Selbsthaß zurück, so daß an beiden Seiten des Spiegels sich zwei Schemen mit denselben kühlen und düster lauernden Augen gegenüberstanden. Zwei Schemen in einer Welt wie in einem luftleeren Raum, die einander kritisch und illusionslos, freudlos und voll unersättlicher Neugierde anstarrten. Und so betrachtete jede von ihnen an dem Morgen die nackte Halsgrube der anderen, die das leichte warme Pulsieren des Blutes zeigte, und ihr Gesicht, eine Maske, die man nicht abnehmen kann, da sie mit der eigenen Einsamkeit verwachsen ist. Sie neigten die Gesichter zueinander und schauten sich tief in die Augen, beide mit demselben Blick. Mit geballten Fäusten stützten sie sich auf den Waschtisch. Wie gut sie einander kannten. Beide sehnten sich nach einem Menschen, der ihnen so vertraut war wie ihr Spiegelbild, aber nach einem Menschen, der antwortete und nicht das Echo der eigenen Frage zurückgab. Was würden ihn diese Frauen mit den in Einsamkeit erstarrten Masken und den geballten Fäusten fragen? – Alide kuschelte sich aufs Sofa und dachte nach. Anscheinend war hier ein Problem entstanden, das sie fortan bis in ihre freien Stunden hinein verfolgte. Eine solche Stimmung hatte sie früher nie gekannt. Solange sie heimlich und doppelsinnig auf den drohenden Konflikt zusteuerte, schien ihr Leben geordnet. Jetzt dagegen fühlte sie sich wie nach einem Krieg, den sie zwar gewonnen, der aber die Landschaft einer ihr teuren Vergangenheit bis in weiteste Fernen verwüstet hatte. Sie war nicht glücklich. Empfand sie Reue? Als ob man je sein Schicksal in die Hand nehmen könnte! Nein, wenn sie ihr Leben so überschaute, dann war ihr nur zu gut bewußt, daß es sich nie nach ihrem Willen gerichtet hatte. Hatte sie überhaupt jemals etwas gewollt? Und wenn, was hatte sie gewollt? Sie schob ein paar Kissen unter den Kopf und sah vor sich hin. Um ihren Mund spielte ein ironisches Lächeln. In Wahrheit richtete sich die Ironie gegen Kosta, in Wahrheit griff sie Kosta an. Diesen Kosta, der immer soviel gewollt hatte. Und nun war genau das geschehen, was er mit ganzer Seele *nicht* gewollt hatte. Nein, sein Glück kann man nicht behüten, wohl auch kaum absichtlich zerstören. Das hatte meistens nichts mit dem eigenen Willen zu tun. Ja, wenn alles wunschgemäß verlief, dann konnte man sich leicht einreden, daß man es dem eigenen lobenswerten Willen verdankte. Sie lächelte ironisch und dachte an die Zeit, als sie ein kleines Mädchen war und mit einer Puppe spielte. Wenn man die Puppe in der Magengegend drückte, sagte sie *Mama*, oder machte jedenfalls ein Geräusch, das man dafür halten konnte. Sie ließ es die Puppe wohl an die hundertmal sagen und dachte: Ob sie jetzt glaubt, daß sie es selber tut? – Und sie blickte nüchtern und dennoch gefesselt in das gleichgültige, steinerne Puppengesicht: Denkst du jetzt, daß du es selber tust? Dann hielt sie die Puppe still und schaute wieder in das steinerne Gesicht:

Und denkst du jetzt etwa, daß du es selber nicht mehr willst? – Und sie machte weiter, ließ in ihrer uneingeschränkten Macht die Puppe wollen und nicht wollen und ärgerte sich schließlich über das Gesicht voll steinerner Selbstzufriedenheit. Sie schlug das Puppengesicht absichtlich an der Gartenmauer kaputt, lief dann zur Mutter und klagte weinend, daß sie sie fallen gelassen hätte. Sie wollte, daß die Mutter ihr glaubte, und da sie das auch tat, hatte folglich auch sie keinen eigenen Willen. Dieser Wille war wie ein kleiner Apparat im Innersten, der ja sagen konnte, und dann glaubte man voller Selbstzufriedenheit, daß man es selber tat. Also ein Spielzeug in den Händen des Schicksals, mehr nicht. Das Schicksal konnte demnach auch die Überlegenheit eines anderen, einzelnen Menschen sein. Das lehrte sie der erste Junge, mit dem sie abends auf stillen Wegen spazierenging. Es war keine Verliebtheit, eher eine erste Entdeckungsfahrt ins Reich der Erotik. Sie küßten einander scheu und tasteten schüchtern den Körper des anderen ab. Es war sehr aufregend und peitschte die Sinne auf, wie beide es noch nicht in ihrer Einsamkeit erfahren und noch nie mit einem anderen gemeinsam erlebt hatten. Als sie sich am nächsten Morgen wieder trafen, zeigte der Junge Reue. Für ihn war das Geschehene eine Sünde wider die Reinheit, viel größer, als wenn er es allein tat. Er schlug deshalb vor, es nicht mehr zu wollen. Ein richtig idealistisches Nicht-mehr-Wollen also. Abends gingen sie wieder in den Wald, der an das Dorf grenzte. Die Sonne ging blutrot unter. Sie dachte: Jetzt kann ich nicht mehr wollen, ich kann aber auch wollen. Sie wählte das letztere und brachte ihn zu Fall. An den vielen folgenden Abenden wählte sie das Nicht-Wollen aus dem einzigen Grund, weil er seine Bedenken aufgegeben hatte und jetzt wollte. Insgeheim zuckte sie die

Achseln, und zwar sowohl über ihn als über sich selbst: solch ein Problem von Wollen oder Nicht-Wollen, was machte das schon aus! Der Schiffer später, über den auch Kosta auf seine Art Bescheid wußte, hatte sehr wohl begriffen, worum es ihr ging. Denn nebenbei gesagt, wie wenig begreifen doch die Menschen, und wäre man aus durchsichtigem Glas. Ja, wenn dieses Glas dann auch noch spiegelt, sehen sie nur sich selbst. Ein Jammer, daß der Schiffer so unmöglich ordinär war und keine Ahnung hatte von dem, was man als »stilles Übereinkommen« bezeichnen könnte. Wenn er etwas begriffen hatte, sagte er unverblümt, was er dachte. Das war oft ärgerlich. Wenn sie auf den breiten niederländischen Flüssen fuhren, machte er Jagd auf wilde Enten. Er legte an und schoß, und der Hund sprang ins Wasser, um die getroffene Beute zu apportieren. Es war etwas Feiges und Abstoßendes in der Art, wie der Schiffer sachlich und doch heimtückisch am Gewehr entlang spähte. Seine Schulter war ausdruckslos und unerschütterlich wie ein Felsblock, der Schuß klang kurz und trocken. Und um sie herum der weite Himmel voll Bläue, Sonne und Wolken. Und dann der Vogel, der aus dem Himmel geholt wurde und aufs Wasser herabtaumelte. Er tat ihr leid, sie wollte das nicht. Der Schiffer lachte sie schallend aus mit einem Lachen, das sein riesiges, schadhaftes Gebiß zeigte, ein Gebiß wie von einem Wolf, der auf Beutefang und Kampf aus ist. Der Hund legte den Vogel aufs Deck. Das Blut sickerte an den Federn entlang, seine Augen waren wie mit Häutchen überzogene Perlen. Sie hob den Vogel sanft auf und umfaßte ihn mit den Händen. Sie fühlte das Skelett, die weichen Federn und das Blut. Sie spürte, wie der Vogel unter ihrem festen Griff kälter und kälter wurde, sah das Blut auf ihren Fingern gerinnen und seinen Kopf schlaff herunterhängen. So war das also. Oder besser gesagt, das war nun einmal so. In diesem Augenblick erwachte in ihr ein neues Gefühl, das ihr Verhältnis zu dem Vogel in ihren Händen grundlegend änderte. Sie wußte, was zu tun war, sie war auf einmal das Weibchen eines Wilden, der seit Urzeiten von Raub und Mord lebte. Vornübergebeugt saß sie auf dem Schiffsdeck. Dann hob sie ihr feines Gesicht wie witternd in den Wind, ihr offenes Haar flatterte hoch, ihre Zähne funkelten herausfordernd in der Sonne. Und entschlossen packte sie mit ihren starken Fingern den Vogel am Genick und ging in die Kombüse. Dort stieß sie mit fester Hand das Messer in ihn hinein, während ihr Herz langsam und entzückt klopfte. Der ordinäre Schiffer stand mit breitem Lächeln hinter ihr. Unter seinen Augen lagen schwere Tränensäcke, die Schwermut und ein hartes Leben verrieten. »Hat es dich erwischt?« fragte er grob und drückte sinnlich seinen Unterleib gegen ihren Hintern. Alide briet die Ente. Beim anschließenden Festschmaus rissen sie den Braten auseinander, bissen das Fleisch von den Knochen und lutschten sie ab. – Später bei Kosta hatte Alide diese Sorte Erfahrungen und Gefühle vollständig verdrängt. Das verdankte sie Kosta, der so hochherzig an sich selbst und andere glaubte. Die Art, in der er ihr sein Seelenleben anvertraute und sich das ihre vorstellte, schloß völlig aus, daß irgend etwas von der ordinären Schiffer-Alide übrigblieb. Sie erinnerte sich hin und wieder daran wie an eine Inkarnation in einem früheren Leben. Gegenüber Kosta, der sie nur als seine Alide kannte, fühlte sie eine tiefe Rührung, die zwischen kritischem Mitleid und warmem Respekt schwankte. Manchmal dachte sie, er sei zu naiv, um die zugeschütteten Abgründe ihrer dunklen Vergangenheit auch nur zu ahnen. Meistens dachte sie jedoch, daß er selbst über solche

Niederträchtigkeiten erhaben sei. Aber gibt es denn einen Menschen, einen ganz und gar lebendigen Menschen ohne heimliche, manchmal sogar offene Niederträchtigkeit? Vielleicht war er nur ein Heuchler. Sie stellte Kosta deshalb auf die Probe und erzählte ihm eines ihrer Abenteuer. Damals war sie eines Abends unerwartet an Bord gekommen, aber der Schiffer war nicht da. Ruhig legte sie sich aufs Bett und schlief sogar ein. Plötzlich fühlte sie ihn über sich. Mit der groben Hartnäckigkeit des Betrunkenen zwang er sie zur Hingabe, zu einer Vereinigung, die sie beide nicht befriedigte und tödlich ermüdete. Danach mußte er noch einmal ins Café zurück, aus dem er gekommen war. Dort blieb er natürlich sitzen, obwohl er beteuerte: »Ich sauf nicht mehr, verdammt noch mal, das Mädel wartet auf mich, ich trink keinen Schnaps mehr.« – Bis ihr der Kragen platzte. Nach einer gewissen Zeit stand sie auch in dem Café und sagte: »Wiedersehn, ich geh nach Hause.« – Er lief ihr auf die Straße nach. Es regnete. Die Pflastersteine glänzten im Laternenlicht. »Verdammt noch mal, wenn du es wagst, nach Hause zu gehen, schlag ich dich grün und blau.« Sie hatte schon längst nicht mehr vor, im Regen und zu so später Stunde allein nach Hause zu gehen. Er drängte sie zur Schute hin und packte sie so fest beim Arm, daß seine dicken Finger blaue Flecke hinterließen. Also ein Schiffer und eine Schiffershure. Und auf der Schute hatten sie sich geprügelt, er plump und ungeschickt, sie mit der grausamen Taktik einer Tigerin. Sie siegte. – Als Alide diese Geschichte Kosta erzählte, lagen sie nebeneinander auf dem Sofa. Mit einer beschützenden, tröstenden Geste streichelte er ihren Arm, als seien die blauen Flecke noch dort, und blickte ihr neugierig in die Augen. »Und danach«, fragte er, »bist du danach noch mal zu ihm gegangen?« Alides Augen waren trüb wie das grüne Glas einer Flasche. Sie war geheimnisvoll und stark. »Ach«, sagte sie, »es war ja zu Ende, ich wußte genau, daß ich Schluß machen mußte.« – Wie stark sie war. Es war die Kraft der unverletzlichen Jugend, die trotz aller demütigenden Niederträchtigkeit nicht geschändet werden konnte. Er streichelte tröstend und verliebt ihren Arm. Wie stark sie damals war, als sie Schluß machte mit der Affäre, an der ihr Herz nicht beteiligt war. Er mußte an ein Edelfräulein denken, das kapriziöses Gefallen an einem Sklaven fand, ihn in ihr Bett befahl und ihm danach den Leib aufreißen ließ, um die Füße an seinen Eingeweiden zu wärmen. Kosta lachte laut auf, umarmte sie, fühlte, wie sie allmählich nachgab, und sah, daß ihre Augen grau und mild waren. Nun wieder ernst und besonnen sagte er: »Trotzdem hätte ich dir so was gern erspart.« Statt einer Antwort schmiegte sie sich noch inniger an ihn. »Obwohl du der Sache Gott sei Dank gewachsen warst«, sagte er. – Sie hatte es gewußt, nichts konnte sein Bild von ihr trüben oder zerstören. Sie schloß die Augen und dachte insgeheim an den Kampf, den sie gewonnen hatte. Der Schiffer hatte die Tür der Kajüte zugeschlossen. Er stützte sich mit den Händen auf den schmalen Tisch, um den sie einander vorher nachgejagt waren. Sie griff nach einer Flasche und zerschlug sie auf seiner rechten Hand in Scherben. Noch nie war er so zornig und verliebt zur gleichen Zeit gewesen, eine Stimmung, in der man einen Mord begeht. Mit einer Glasscherbe bewaffnet stand sie da und wartete. »Wenn du mich anrührst«, drohte sie, »zerschneide ich dir das Gesicht.« – Darauf setzte er sich auf die Bettkante und hielt mit zitternden Fingern seine verwundete Hand fest, die zusehends anschwoll. Er sah sie an. Seine Augen tränten, als schaute er in ein Feuer. Dann lachte er mit echter Trunkenbold-Schwermut. Er warf den

Türschlüssel auf den Tisch und legte sich mit traurig abgewandtem Gesicht aufs Bett... Am Morgen nach dem gewonnenen Kampf beseelte sie ein großmütiges freies Gefühl. Sie backte Eier, küßte schmeichlerisch tröstend seine geschwollene Hand und dachte dabei: Jetzt mache ich Schluß mit dem verliebten Säufer auf dem Schiff. – Sie lachte hell auf, so daß ihre Zähne blinkten, und küßte ihn zum Trost... Auch jetzt, im Gedanken daran, lachte sie, aber es war nur ein Schatten jenes Lachens. Sie fühlte Kostas Hand auf ihrer Wange, ihren Lippen. »Warum lachst du?« – Sie antwortete: »Weil ich dich liebe.« – Sie liebte ihn so sehr, daß sie den Wunsch hatte, ihn vor ihr selbst zu schützen. Aber warum sollte sie ihn lehren, sie so zu sehen, wie sie war? Alle Gefühlsebenen unter der seiner Zärtlichkeit waren für ihn höchstens ein Tummelplatz seiner Phantasie. Die verbissene Lebenswollust, die sie erlebt hatte, würde er nie verstehen! Und so wie sie ihn sanfter in ihre starken Arme schloß, als ihr Trieb sie drängte, stimmte sie auch ihre Seele zärtlicher und milder, als sie wirklich fühlte. Oft umarmte sie ihn mütterlich überlegen, als wollte sie sagen: »Ich beschütze dich, sicherer als bei mir kannst du nirgends sein.« – Es war nur die Frage, ob ihr Beschützen nicht überflüssig gewesen war. Vielleicht war er stärker, als sie vermutete, gerade weil er so war, wie er war. Denn hatte sie nicht geglaubt: Er steht und fällt mit mir? Und was war aus ihm geworden, seit sie ihn nicht mehr beschützte? Freilich hatte sie keine sensationelle oder übertriebene Reaktion von ihm erwartet, und doch mußte er, es war nicht anders möglich, sehr elend und zutiefst verletzt sein. Und wie gut er es verbarg, wie tapfer er es ertrug! – Oder lag er ohnmächtig und einsam im Sterben und verblutete an seiner inneren Wunde wie jemand, der von einem Berg in einen Abgrund gestürzt ist und der, obwohl tödlich verwundet und mit so heftigen Schmerzen, daß sie sich gegenseitig aufheben und betäuben, noch immer nicht begreift, daß er dem Tod verfallen ist?... Sie griff nach ihrer Tasche und nahm Kostas Foto heraus. Sie betrachtete aufmerksam das Gesicht, auf dem vielleicht Todesschweiß stand, während die Augen tragisch ungläubig lächelten, als sei der tödliche Sturz nichts weiter als ein böser Traum... Es war kein schönes Gesicht, es schwitzte nicht und lächelte nicht auf dem Foto. Doch es besaß einen verborgenen Charme, den man nur sah, wenn man Kosta liebte. Alle Lebensphasen schienen darauf bleibende Spuren hinterlassen zu haben: sowohl die Arglosigkeit der Jugend als auch die reife Verschlossenheit, hinter der sich Wissen und Erfahrung verbargen. Daraus ergab sich eine sonderbare Stetigkeit seines Gefühls, eine Unversehrtheit, die Freude ohne korrupte Vorbehalte kannte, und einen Ernst, in dem nichts abgeflacht war. – Alide mußte an Porträts denken, deren Hintergrund eine Landschaft bildete. Sie kannte solche Bilder aus den Museen, die sie mit Kosta besucht hatte. Zwischen Gesicht und Landschaft gab es eine Beziehung, die natürlich und heiter, einleuchtend und zugleich unantastbar war. Ein solches Gesicht stand im Einklang mit der profanen Erde und der Himmelsweite im Hintergrund. Sie sah wieder auf das Foto. Der arglos reife Blick des Nicht-Schuldigen rührte sie an. Lächelte er ungläubig, während ihm in seiner Einsamkeit der Todesschweiß ausbrach? Beim Betrachten des Bildes brannten ihre Augen vor Mitgefühl, bis ihr fast die Tränen kamen. Daß gerade sie es sein mußte, die ihn in den Abgrund stieß. Sie fühlte für ihn dieselbe Liebe wie immer. Vor ihrem Fehltritt hätte sie gern die starken Arme um ihn gelegt, sehr sanft und innig und vorsichtiger denn je wegen seiner inneren Verletzungen... Im selben Augenblick läutete das Telefon hinter ihr. Sie richtete sich auf und ergriff den Hörer, legte den Kopf wieder aufs Kissen zurück und starrte, den Hörer am Ohr, auf das Porträt, das sie noch in der Hand hielt. Das Gefühl der Wehmut und des Mitleids strömte in ihr weiter, ein Wärmestrom unter der Oberfläche ihrer lapidaren, schleppenden Antworten an Peps. Ein Wärmestrom, der durch ein Meer floß, unabhängig davon, was für ein Klima darüber herrschte. »Hallo, Liebster«, sagte sie. Und dabei brandete der unterseeische Golfstrom hoch gegen die Klippe des liebevollen Wortes, das er mit seiner Wärme überspülte. »Nein, Liebster«, sagte sie, den Blick auf das Porträt geheftet, »ich bin noch nicht angezogen.« – »Was machst du?« – »Nichts, ich lese.« – »Was machst du nachher, holst du mich ab?« Peps sprach mit jovialer Herrenstimme wie immer, wenn er im Geschäft war. Es war keine gebildete Stimme, obwohl er sich ihr gegenüber die größte Mühe gab. Das war manchmal rührend, manchmal auch ärgerlich. Heute rührte sie die joviale, vergnügte Stimme, die insgeheim einen bangen Kampf gegen die Fußangeln und Fallen der Phonetik und Grammatik ausfocht. »Nein, Liebster«, sagte sie, »nein, ich bin heute morgen noch nicht draußen gewesen, ich sagte dir doch, daß ich noch nicht einmal angezogen bin.« – Sie sprach absichtlich sehr deutlich und gebildet, fast wie in rhythmischen Versen, und lächelte dabei überlegen und nachsichtig das Foto an. Allein schon diese Stimme, dachte sie, wie kläglich sie sich anhört. »Und was machst du«, fragte er, »bevor du zu mir kommst?« – Sie antwortete: »Nichts, ich lese.« – Und schließlich: »Leg jetzt auf, Liebster, bis bald.« – Sie legte den Hörer auf und dachte eine Weile über seine Angst nach, sie könne Kosta besuchen oder ihm begegnen. Sie mußte ihn beruhigen, sie mußte ihn tief überzeugen, daß es nicht geschehen werde. Sie blickte liebevoll auf das Porträt. Alles, was zwischen ihr und Kosta gewesen war und vielleicht einst wieder sein würde, war eine Welt für sich, an der Peps nicht teilhatte, ein anderer Planet. Das alles ging ihn nichts an und brauchte ihn deshalb nicht zu beunruhigen. Sie nahm die Tasche und steckte das Foto hinein. Noch immer fühlte sie das tiefe Gefühl von Wehmut und Mitleid, aber nun breiter, epischer, wie einen Golfstrom, der ein für allemal den Ozean durchfließt. Sie konnte ihn deshalb durchaus ignorieren und an Peps denken, der sich so unbefangen und glücklich gab, aber im Herzen ängstlich war wie ein Dieb. Es gab natürlich auch Augenblicke, in denen er seine Angst vergaß und in denen sie einander vollkommen angehörten. Es gab diese Augenblicke, und es war erregend, an sie zu denken. Sie streckte sich lang aus und legte die Hände um beide Brüste. So lag sie da und gab sich ihren Erinnerungen hin. Ihr Atem ging ruhig und tief, ihre Pupillen glühten hinter den halbgeschlossenen Lidern. Ihre kräftigen Hände spannten und entspannten sich in langsamem Rhythmus um ihre Brüste. So ging das eine ganze Weile. Dann ließ sie rasch die Hände von den Brüsten gleiten und verschränkte sie im Nacken. – Es klopfte. Mit gefalteten Händen unterm Nacken schaute sie verstimmt zur Tür. Es war die Hauswirtin, die eine Tasse Kaffee brachte und ein Schwätzchen mit ihr halten wollte. Als sie Alide die Tasse gegeben hatte, blieb sie unentschlossen stehen, immer wieder das Opfer ihrer eigenen Geschwätzigkeit. Sie redete befangen und hastig drauflos, als wisse sie im Augenblick nichts Besseres anzufangen. Ihre Augen schweiften unruhig von Alide ab und wichen ihrem abweisenden, stolzen Blick aus. Sie stand wie am Boden festgenagelt und wußte nicht, wie sie wieder hinauskommen sollte. Später, als sie das Zimmer dann endlich doch verlassen hatte, stieg der Ärger in ihr hoch gegen die da drinnen, die sich so stolz und manchmal auch so herablassend wie eine Königin benahm. Letzten Endes lebte sie unverheiratet mit Peps zusammen und gehörte demnach einer Sorte an, die sie sehr wohl kannte. Trotzdem wurde die Wirtin immer zwischen Respekt und höhnender Kritik hin und her gerissen. War diese Frau denn besser als die anderen, die sie aus diesem Milieu kennengelernt hatte? War sie eine Dame mit einer großen Leidenschaft für Peps? Und doch rekelte sich diese Dame den ganzen Morgen auf dem Sofa genau wie die anderen Flittchen. Andererseits wieder, wie sie einen stolz und reserviert anstarrte, bestenfalls mit herablassender Neugierde, als denke sie: Na wenn schon, eine Zimmerwirtin. Und schau dir das makellose, edle Gesicht an, eine Frau unter anderen Frauen wie eine Hirschkuh unter Kühen. Nein, sie war kein Flittchen. Den Peps dagegen hatte die Wirtin längst durchschaut. Das war ein gewöhnlicher Kerl, der viel Geld verdiente und seine Frau gegen eine andere getauscht hatte, mit der er besser auszukommen hoffte. Das war normal. Traurig natürlich für die Ehefrau, aber ganz normal. Aber die da drinnen, die war schwieriger. Und doch konnte die Wirtin sich nicht damit abfinden, nicht nur, weil sie gespannte Verhältnisse nicht mochte, sondern weil sie ihrer Meinung nach ein Recht auf ein wenig Freundschaft, ja sogar Vertraulichkeit hatte. Denn war sie nicht von Anfang an solidarisch gewesen? Und außerdem können und brauchen Frauen einander nichts vorzumachen, unter Frauen ist keine Komödie notwendig und schon gar nicht ihr, der Wirtin, gegenüber, die doch wirklich bewiesen hatte, daß sie einiges verstand und auch tolerierte. »Bevor Herr Peps hier wohnte«, sagte sie einmal und sprach damit aus, was sie eigentlich nur denken wollte, »wohnte ein Pärchen in diesen Zimmern, das sich aus purer Liebe schier auffressen wollte. Aber nach drei Monaten lebten sie wie Hund und Katze. Und warum? Weil er von seiner ersten Frau nicht loskommen konnte, ja innerlich, wohlverstanden. Aber das wird Ihnen mit Herrn Peps nicht passieren. Der weiß wenigstens, was er will. Der hatte es schwer, von seiner Frau loszukommen, im wahrsten Sinn des Wortes. Wieviel Ärger er mit ihr hatte. Ich übrigens auch. Nein, wissen Sie das nicht? Sie stand unten vor der Tür. Ich sehe ihn noch die Treppe hinuntergehen, in Hemdsärmeln, die Zigarette im Mund. ›He du, hau ab‹, sagte er. Ziemlich grob, aber das ist die einzige Möglichkeit.« Alide nickte mit so zerstreutem Blick, daß es fraglich war, ob sie zuhörte. Die Wirtin stand wie angenagelt da und redete weiter wie ein Wasserfall. »Das zweite Mal«, sagte sie hastig, »das zweite Mal hat er sie aus der Diele rausgeschoben, einfach so mit der Schulter, die Hände in den Hosentaschen, wieder in Hemdsärmeln und eine Zigarette im Mund. Er sagte: ›Hau endlich ab, sonst schlag ich dir die Visage zusammen.‹« Alide lachte kurz und heiser auf. Das Lachen wandelte sich zum Lächeln mit kaum entblößten Zähnen und ironisch lauernden Augen. »Ja, das sagte er damals«, fuhr die Wirtin fort. Behutsam wagte sie sich weiter vor. »Wie ein Mann so was sagt, nicht wahr?« – Und darauf Alide klangvoll und lapidar: »Ich hätte es gleich getan.« – Erst jetzt getraute sich die Wirtin zu lachen, breit und zufriedengestellt: »Ha, ha, Sie brauchen da keine Angst zu haben. So was kann nur einem Trottel passieren. Schließlich ist ein Mann immer das, was man aus ihm macht.« Obwohl das spottende, lauernde Lächeln sie nach wie vor unsicher machte, ließ sie sich darauf ein. Sie reckte sich gemütlich und sagte mit ungenierter Vertraulichkeit: »Ich würde einen treuen, gehorsamen Kerl aus ihm machen.« – Wieder ein kühnes Lachen, wobei sie neugierig Alides schöne Brüste betrachtete, die sich unter der Seide des Morgenrocks wie zwei gerade erwachte Tiere aufrichteten. »Möchten Sie noch einen Kaffee?« fragte sie großzügig. Alide schüttelte den Kopf und langte nach einer Bonbonschachtel, die in ihrer Reichweite stand. Sie stützte sich ein wenig in den Kissen auf und bot sie der Wirtin mit einem vertraulichen und dennoch ironischen Zwinkern an, gleichsam als Besiegelung ihres Einvernehmens, aber auch als Aufforderung, den Besuch zu beenden. Alide war also wieder allein. Sie aß Bonbons. Blindlings, sicher und resolut griff ihre Hand ohne Gier zu. Mit verträumtem Blick schaute sie unablässig in die Bonbonschachtel. Ihre Kiefer setzten unermüdlich und hartnäckig die mahlenden Kaubewegungen fort, ohne einen Augenblick innezuhalten. Wer hätte je gedacht, daß sie vorhin sozusagen zu Frau Peps befördert worden war? Dafür hatte sie allerdings einen Teil ihrer Würde, die noch mit Kosta zusammenhing, hier aber keinen Sinn mehr hatte, preisgeben müssen. Sie war nicht mehr die Frau Kosta, die ins andere, feindliche Lager übergelaufen war, sie hatte sich der Denkweise und Moral dieser anderen angepaßt. Sie dachte nicht einmal darüber nach, sondern aß Bonbons, als sei nichts geschehen. Sie aß hartnäckig weiter, Bonbons mit glatter Oberfläche und mit Schokoladekringeln darauf, Bonbons mit Schokolade- und mit Cremefüllung. Und von einem bestimmten Augenblick an war es doch wieder die Vergangenheit, doch wieder Kosta, dem sie in Gedanken nachhing, nicht dessentwegen, was soeben geschehen war, denn davon wußte er nichts und konnte es nicht vermuten. Er legte beide Hände um ihr Gesicht und zwang sie, ihn anzusehen. Mit scherzhaftem Vorwurf sagte er: »Ist das eine Bonbonesserei!« – Sie wehrte ungehalten ab: »Ich esse fast nie Süßigkeiten.« – Doch hinter ihm tauchte eine Landschaft auf wie auf einem mittelalterlichen Porträt. Sie machte ihn sehr einsam, unzugänglich, unwirklich, als wäre er immer nur ein Traumbild gewesen. Alide aß hartnäckig weiter. Ohne sich dessen bewußt zu sein, wählte sie nach einem bestimmten System erst dieses, dann jenes Bonbon. Und während ihre Hand blindlings zugriff, kaute sie gleichgültig weiter mit hemmungslosem Heißhunger. Schließlich warf sie die leere Schachtel auf den Tisch und sah noch eine Weile starr vor sich hin. Sie dachte an die zärtlichen Gefühle, die sie einst für ihn gehegt hatte, und an das Glück, das sie darin gefunden hatte, ihm gerecht zu werden und ihn zu schonen. Aber wenn man sich einmal selber gerecht wurde, war das falsch. Es hieß, sie habe ihn verstoßen, aber in Wirklichkeit hatte er sie verstoßen, nur weil es einen Peps gab. Als ob man ein ganzes Leben lang ausschließlich einem Menschen angehören könnte! Ein Mensch ist eben mehr als nur das, was er für einen anderen darstellt, aber auch mehr als seine Forderungen an den anderen. Ein Mensch ist vieles, er ist mächtig und unergründlich... Nun erhob sie sich vom Sofa, die mächtige, unergründliche Alide. Mit langsamen Bewegungen zog sie den Morgenmantel aus, aber ihre Augen blieben hart. Sie ging anmutig und voll Elan zu ihrem Kleid, das ihre Hände mit verhaltener Kraft ergriffen. Als sie sich angezogen hatte, stellte sie sich vor den Spiegel, kämmte ihr Haar, zog die Lippen nach und betrachtete sich dann mit harten, kritischen Augen. Die Frau dort im Spiegel hatte ein schönes Gesicht. Die Härte der Augen konnte in Zärtlichkeit übergehen oder durch ein strahlendes Lächeln gemildert werden. Leider hatte sie zu kräftige Hände. Man sah sofort, daß sie schwer waren und nur selten zärtlich. Man bemerkte in ihnen eine prikkelnde Kraft, die manchmal bis zu den Ellenbogen reichte. Dann kam es Alide vor, als hingen an ihrem Körper statt der Arme schwere Keulen, die plump und gefährlich waren. Das war schade. Die Frau im Spiegel wandte sich von ihr ab, als sie sich vom Spiegel abwandte. Mit einem Gefühl heimlichen Verdrusses verließ Alide das Schlafzimmer und ging durch den Salon und die Treppe hinunter. Als sie die Haustür öffnete, war sie in ihrer Verdrossenheit bereit, etwas Unsinniges zu tun. Sie hatte Lust, Kosta anzurufen und ihn zu fragen: »Sehnst du dich noch nach meinen Zärtlichkeiten?« – Kein Sterblicher hatte ihre Zärtlichkeit so erweckt wie Kosta. Sie rief nicht an. Ohne Zögern ging sie zum Geschäft von Peps. Carlos, der Ausländer, begrüßte sie mit einem süffisanten Höflichkeitsgrinsen. Er stand an der Kasse und rechnete ordentlich zu seinen Gunsten ab, wenn es darauf ankam. Das Personal, lauter durchtriebene Mädchen, wechselte natürlich Blicke hinter Alides Rücken. Sie ging hinauf in das kleine Büro, wo Peps sie erwartete. Sie hatte sich verspätet. »Warum kommst du wieder so spät«, klagte er. Er sprach in seinem gewohnten, demütig weinerlichen Ton, aber in seinen Augen flackerte Mißtrauen. »Ich weiß es nicht«, antwortete sie und war plötzlich unangemessen tief enttäuscht. Ja, wenn er sie mit heißer Freude empfangen hätte, wäre alles gut gewesen. Auf ihre vage Antwort packte er sie beim Arm und schaute sie gequält an. »Du weißt es nicht«, wiederholte er, »was soll das heißen?« – Da wurde aus ihrer Enttäuschung helle Wut. Hatte sie nicht seinetwegen auf den Anruf verzichtet? Ihr freier Arm hob sich wie eine Keule, die sie mit voller Wucht auf ihn herunterfallen ließ. Dann brach sie in Tränen aus und schluchzte: »Dafür bin ich jetzt zu dir gekommen ...« Er wußte nicht, was er tun sollte, um es wiedergutzumachen.

In dem Urlaub, den sie danach zusammen verbrachten, fanden unheilverkündende und zugleich entscheidende Ereignisse statt. Die Vorbereitungen waren sehr anregend gewesen, fast die Erfüllung selbst. Alide hatte ihre Garderobe ergänzt und gemeinsam mit Peps die Koffer gepackt. Sie hatten das Gefühl, als erwarte sie irgendwo auf diesem Planeten ein Paradies, ein Ort, wo sie in äußerster Harmonie zueinanderfinden würden. Kein Sommerhäuschen, kein *Mon Repos* erwartete sie, sondern ein Hotel auf einem Bergplateau mit Aussicht auf ein liebliches grünes Tal und ferne Wälder. Es war Spätsommer geworden. Alide konnte sich nicht mehr in die Sonne legen, weder vor dem Haus noch dahinter, doch trotz des kühleren Wetters war es so sonnig, war der blaue Himmel so strahlend blau und herrschte eine so vielversprechende Windstille, daß alle Erwartungen gerechtfertigt schienen. Am letzten Tag vor ihrer Abreise hatten sie einen Stadtbummel gemacht und die letzten Einkäufe erledigt. Es war fast beängstigend, wie anregend und friedlich das Leben in diesen Tagen für Alide war. Als sei sie eine verwöhnte Kranke, der man alle Wünsche uneingeschränkt erfüllte, weil sie ohnehin bald sterben würde. Und wie wenig war sie verwöhnt, daß schon ein paar sorglose Tage sie mißtrauisch machten. Aber schließlich lachte sie selber darüber, warum sollte sie sich immer vor etwas fürchten! War die Krise denn nicht endlich überstanden? Sie lachte übermütig. Sie war weder verwöhnt noch sterbenskrank, nein, sie fühlte sich beschwingt wie ein junges Tier, das sich losgerissen hat. Wie wunderbar war es, daß sie in diesen Tagen fast überhaupt nicht grübelte. Sie spürte, daß das Denken für sie verboten war, weil es unnatürlich war und sie unnötig ermüdete. Das einzige, wozu sie bereit war und sich berufen fühlte, war rauschhaftes, feuriges Lieben. Sogar tagsüber waren ihre trägen und schmeichelnden Gebärden, ihre lässigen, aufreizenden Worte darauf ausgerichtet. Sie ging mit Peps durch die Stadt, wenn auch nicht Arm in Arm, obwohl er es wünschte, festlich gestimmt und unbeschwerten Herzens und freute sich über ihre süße, starke Sinnlichkeit. Sie kaufte Kleider in einem Modehaus, das feierlich war wie ein Tempel. Und sie hatte unbändigen Spaß an dem respektvollen, beinahe unterwürfigen Flüstern, mit dem man sie umgab. Die Kleider fielen weich oder rauschend an ihr herab, und sie entdeckte jedesmal eine andere Alide im Spiegel vor ihr, die aber immer dieselbe Frau war, imposant wie ein junges, prächtiges Tier, ein Prunktier. Ihre Nasenflügel bebten vor Freude und Übermut, während ihre Augen sich mit einer Glätte, die nichts verriet, an der Verkäuferin vorbei auf Peps richteten. »Dieses da«, sagte sie und schaute ihn an. Es war der verschwenderische Blick des lockenden, verspielten Weibchens. Peps musterte sie. Auch er sah an der Verkäuferin vorbei mit einem glatten, nüchternen Blick, der Alide jedoch seinen Triumph verriet. Er fühlte sich glücklich: Er war reich, und sie war schön. Draußen auf der Straße würde er sich vielleicht einbilden, er habe sein Prunktier durch die Dressur seiner großzügigen Liebe so gründlich gezähmt, daß es auch dann bei ihm blieb, wenn er es frei laufen ließ ... So war der Urlaub eigentlich schon angebrochen, bevor sie abgereist waren. Und vielleicht war das Urlaubsspiel im selben Augenblick aus und vorbei, als sie im *Bellevue* eintrafen. Vor dem Haupteingang des Hotels, das einsam wie eine Burg in der Landschaft stand, lag eine Terrasse mit großen weißen Fliesen. Unter der Terrasse lag das Tal. An den Seiten und hinter dem Hotel dehnte sich der Wald aus, sonnendurchschienene Wälder, in denen nur hie und da kleinere Gebiete als Privatbesitz eingezäunt waren. Es war ein herrlicher Ort, ein Paradies. Leider führte Alide sich darin als echte Eva auf. Wie es dazu kam, wußte sie nicht, aber sie war nicht mehr so unbefangen wie damals mit Peps in der Stadt und wie Peps es auch hier noch war. Sie grübelte wieder heimlich und unnachsichtig und zerstörte damit das Paradies ihrer Harmonie. Ihre sorglose Feststimmung schwand dahin, ihr Inneres ähnelte immer mehr einem Hauptbuch mit seiner Soll- und Habenseite, in das sie alles sorgsam eintrug mit großen, ein wenig nach hinten geneigten Buchstaben, so daß die Wörter gespannt dastanden wie Läufer vor einem Start. Auf der Habenseite tauchte ein Schwall lobender Wörter auf, auf der Sollseite eine weitaus größere Menge diabolisch grausamer Kritik. Das alles stand kurz vor dem Ausbruch, entweder hier oder später, wenn sie wieder in der Stadt und in ihren eigenen Zimmern waren. Auffallend war die Stille, die ihm voranging, auch in der Natur. Gott selbst als oberster Diabolus schien den Atem anzuhalten, um gleich darauf den Sturm um so heftiger anzufachen. Vielleicht verwandelte sich die zunächst so verheißungsvolle Stille in eine Drohung, weil die Dinge in der freien Natur soviel einsamer und ausdrucksvoller erscheinen. Die Frau zum Beispiel, die bei ihrer Ankunft im *Bellevue* auf der Terrasse saß und nur mit einem kurzen, prüfenden Blick aufsah, kaum merklich lächelte und dann weiterlas. Das war wie ein Vorzeichen. Die Art hingegen, wie Peps ungeschickt mit Messer und Gabel hantierte, da er viel besser nur mit der Gabel in einer Hand zurechtkam, erinnerte Alide an die Gebärden in einer erbärmlichen, beschämenden Komödie. Und sie, Alide, die sich nie um die Leute gekümmert hatte und die während ihres billigen Abenteuers unter den Blicken des ganzen Kais als Schiffersliebchen ein und aus gegangen war, warum störte sie jetzt der prüfende Blick und seine ungeschickte Art zu essen? Das lag vielleicht daran, daß sie nicht mehr ihr animalisches Spiel treiben konnte. Seit sie sich wieder ihren Gedanken überließ, war sie kein Prunktier mehr, das mit schönen Kleidern wie auswechselbaren Häuten und breit schwingenden Schenkeln neben seinem Herrn stolzierte. Der Herr mit seinem fast manischen Glückslächeln im Gesicht war derselbe geblieben. Wann war der Riß entstanden, der ihre Stimmung verdarb? Vielleicht schon im Zug, wo Peps das Prunktier sich selber überließ und ein langes Gespräch mit einem Mitreisenden führte. Der Riß zog sich nach und nach durch all ihre Gefühle. Im Zug begann sie, sich zu langweilen, auf der Terrasse hatte sie sich geschämt. Später beim Diner ging der Prozeß weiter, und sie spürte, wie Unmut, ja sogar Verachtung in ihr aufkamen. Sie ließ sich jedoch nichts anmerken. Peps, der einfältige, arglose Peps, ahnte deshalb nichts von dem zerstörenden Riß, der sich schleichend in ihr auftat. Seit er sie in teure Kleider gesteckt hatte und mit ihr aus der Stadt geflohen war, schien er von ihrer endgültigen Metamorphose überzeugt zu sein. Beim Diner zum Beispiel schenkte er mit einer trunkenen Geste sich und seiner Peps-Alide Wein ein. Und bevor er zu Messer und Gabel griff, rieb er sich aus purer Vergnügtheit hörbar die Hände. Er neigte sein manisch lächelndes Gesicht nahe zu ihr und fragte: »Hast du es jetzt gut oder nicht?« – Sie lächelte freundlich zurück, richtete aber sofort den Blick auf ihren Teller. In diesem Augenblick fand sie ihn unerträglich. Deshalb schaute sie vor sich hin und beschwor innerlich ihr Gefühl für die etwas schmächtige, jungenhafte Gestalt, die ebenfalls Peps war, für den Peps ihrer verliebten Begierde, der so sanft bitten und so heiß küssen konnte. Sie konnte sein einfältiges Lächeln nicht mehr sehen, dieses ewige, willenlose Lächeln um den zu schweren, grobgeschnittenen Mund. Sie wollte sich an den heißen Mund erinnern, der schwermütig und drängend den ihren suchte. Bald würde sie wieder mit Peps ins Bett gehen. Und deshalb sagte sie, ohne aufzublicken, mit dunkler, verliebter Stimme: »Wie lange habe ich kein Küßchen mehr von dir bekommen ...« – Im Zimmer war Dämmerlicht, und draußen zog sich der graue Himmel bis an den Horizont. Das Zimmer hatte einen Balkon, der genau über der Terrasse lag und den Blick auf das Tal freigab. Sie setzten sich noch eine Weile auf den Balkon. Es herrschte eine heilige Abendstimmung wie unter dem Bogen einer Kathedrale, und in der Kathedrale versank alles in eine Ruhe, in der jeder Ärger über menschliche Unzulänglichkeiten kindisch anmutete. Und nach einer Umarmung, in der beide eins und zugleich grenzenlos wurden, gab es keinen Ärger mehr. Peps war in Dankbarkeit verstummt, Alide fühlte sich sehr sanftmütig gestimmt. Die Dämmerung im Zimmer hinter ihnen würde sich bald zur Dunkelheit verdichten, zu einer Nische in der Kathedrale, in der sie sich verstecken, sich zur Nacht aneinanderschmiegen konnten. Wenn es soweit war, würden Alide und Peps hineingehen, die Arme umeinandergelegt. Ohne sich in der Dunkelheit zu sehen, würden sie eins bleiben, er dankbar, sie milde gestimmt, er schmächtig, sie stark und teilnahmsvoll, den Arm um seine Hüften gelegt. Solange sie noch in der Dämmerung nebeneinandersaßen, sprachen sie kaum. Er fragte nur einmal sehnsuchtsvoll: »Denkst du jetzt an mich?« Milde und verliebt gab sie es zu und schaute dann wieder über das verträumte Tal hinweg zum Horizont, ganz erfüllt von der tiefen Ruhe, die ihr mild gestimmtes, finsteres Herz wie graues Protoplasma umgab. Auf der Terrasse unter ihnen erklangen Schritte. Es war die Frau, die mittags dort gesessen und gelesen hatte. Sie war allein. Sie rauchte eine Zigarette, die ununterbrochen zwischen ihren Lippen hing. Sie hatte die Hände in die Manteltaschen gesteckt. Ja, und rötliches Haar hatte sie und verächtlich gesenkte Augenlider. Sie war nicht jung. Alide bemerkte, daß die Frau einen Blick nach oben warf, gleich darauf aber wieder vor sich hinstarrte, den Kopf ein wenig in den Nacken zurückgelegt. Dann kamen noch zwei Leute, ein Ehepaar, Arm in Arm auf die Terrasse und gingen auf sie zu. Der Mann fing an zu reden. »Morgen reisen wir ab«, sagte er, »ich bitte dich zum letztenmal, komm mit.« – Sie ließ die Zigarette locker zwischen den Lippen baumeln und lachte laut auf. Sie sagte: »Zuerst will ich mich ausruhen, ich könnte hier zum Beispiel Briefe schreiben und mich ausschlafen. Das ist alles, was ich will.« Sie hatte eine unbekümmerte, etwas rauhe Stimme, die nicht zu der Stimmung einer Kathedrale paßte und diese zu ignorieren schien. Das gab der Frau eine Überlegenheit, als ob sie nur durch ihre erhobene Stimme ein Weltall mit Füßen trat. Alide sah, wie sie stolz den Kopf in den Nacken warf, die Zigarette zwischen ihren Lippen baumeln ließ und hochmütig auf die beiden vor ihr herabblickte. Vielleicht glomm in den Augen unter den schweren Lidern ein verächtliches Lächeln. Sie war eine starke Frau. In diesem Augenblick empfand Alide ihre eigene Milde als widerliche Süße, die ihren Ekel erregte. Als gelte ihr allein dieses starke Lächeln, das, ohne sie zu berühren, an ihr vorbeihuschte wie eine Fledermaus, die mit ihrem hochempfindlichen Orientierungssinn Alide geortet hatte und ihr auswich. Alide fühlte sich plötzlich sehr allein, anstößig und sogar lächerlich in ihrer sentimentalen Verbundenheit mit einem Menschen, dem niemals ein solches Lächeln galt, eine Verbundenheit, die die Fledermaus in magischem Taumelflug durchquerte. Doch nein, sie durfte und konnte jetzt nicht all das Süße ausspucken und neue Klüfte aufreißen. Sie stand auf und ging ins Zimmer, obwohl es noch nicht zur Nische in der Dunkelheit geworden war. Peps folgte ihr. Im Bett versuchte sie, das Süße in seiner Bedeutung so zu verstärken, daß es gerechtfertigt war und alles verdrängte, was sie bekümmerte. Sie verlangte nach ihm, jetzt sofort, herausfordernd und heftig. Danach war sie befriedigt, aber nicht gesättigt. Noch nie hatte sie das Gefühl der Unzulänglichkeit so stark übermannt. Verzweifelt und wollüstig grub sie ihre Zähne in seinen Hals. Er schrie auf vor Schmerz, duldete es aber wehrlos und mit einem verletzten Glückslächeln, das niemand sah... Tags darauf gingen sie spazieren. Die Kathedrale hatte sich wieder in ein Paradies verwandelt. Der Himmel war hellblau, und alle Waldwege der Erde schienen so unbegangen, so einladend und von Sonne überflutet, als erwarte sie noch an diesem Morgen ein Fest. Alide sagte: »Es kommt nicht darauf an, wohin wir gehen.« – Sie fühlte sich unternehmungslustig und festlich gestimmt. Der vergangene Abend, an dem sie nicht glücklich gewesen war, lag weit zurück. Sie fand, daß sie sich besser auf eine neue Art von Glück einstellen sollte. Und deshalb war sie heute morgen so zärtlich zu Peps gewesen, wie sie gestern abend grausam zu ihm war. Mit ihrer Zärtlichkeit, mit einem Kuß auf seinen schmerzenden Hals, mit einem Blick, der um Verzeihung bettelte, und Händen und Worten, die ihn streichelten, hatte sie sein verstümmeltes Glückslächeln geheilt. Nun glaubte sie wieder, ihre Liebesnächte und ihre

Reise genügten, um ihr Leben glanzvoll zu gestalten. Sie spielte sich nicht mehr als Prunktier auf in ihrem Leinenkleid und mit dem kaum sichtbaren Make-up. »Also, worauf kommt es an?« fragte sie. Peps blieb stehen und studierte eingehend einen Wegweiser. »Auf ein Ziel«, sagte er. Sie fügte sich. Sie gingen auf schmalen Waldwegen, aber nicht Arm in Arm. Alide stellte fest, daß sie gern allein lief. Es schuf eine Aura um sie, die sie nicht nur gegen die Vergangenheit schützte, sondern auch gegen den jeweiligen Augenblick. Sie hatte keinen Kummer und keinen Wunsch. Sie hatte nur sich selbst und ihr Vertrauen in die Verheißungen des Paradieses. Ihr schweigsamer und zufriedener Gefährte störte sie nicht und fesselte nicht ihre Aufmerksamkeit. Sie wußte jedoch, daß er, sobald sie ihn in den Kreis ihrer wohlgefälligen Einsamkeit einbezog, etwa indem sie den Arm um ihn legte, plötzlich federnd ausschreiten würde wie ein Tänzer. Schlimmer noch, hüpfend wie ein dankbares junges Hündchen. Am schlimmsten war, daß er gesprächig würde, und das war vor allem ermüdend, wenn nicht enttäuschend. Ob er, so wie er da neben ihr herging, auf das Zeichen wartete, federn, hüpfen oder reden zu dürfen? Oder hatte er sich ebenfalls in sich selbst zurückgezogen? Nein, er war Peps. Er machte trapp, trapp, trapp, trapp und zeigte ihr sein langes Profil. Auf seinem Gesicht spielte ein leichtes Lächeln, und er marschierte in einem Rhythmus, als ginge vor und hinter ihm eine ganze Kolonne. Trapp, trapp, trapp, trapp. Er spazierte und marschierte in der Kolonne. Den Beweis dafür konnte sie ihm leicht liefern. Sie könnte ein Marschlied oder *It's a long way to Tipperary* anstimmen, und er würde folgsam und im Takt mitsingen. Sie tat es nicht. Dagegen war sie neugierig, was er als nächstes sagen würde. Angenommen, es wäre etwas Überraschendes.

Ihre wohlgefällige Einsamkeit war doch verletzlicher, als sie dachte. Sie beschäftigte sich offensichtlich weit mehr mit ihm als er sich mit ihr. Da fragte er freundlich: »Bist du noch nicht müde?« – Und dann: »Wie still es hier ist.« – Und schließlich: »Wie Carlos es allein wohl schafft?« – Und darauf ließ sie sich höchst überraschend ein: »Dieser Carlos ist wohl dein Vertrauter?« – Er reagierte augenblicklich: »Warum sagst du das in diesem Ton?« – Er war mißtrauisch geworden, aber sie ging noch weiter: »Ich meine bloß, du scheinst ihm sehr zu vertrauen.« – Sein Lächeln schwand: »Du nicht?« – Sie zuckte die Achseln und sagte: »Kommt es darauf an?« – Sie merkte, daß er sie unruhig von der Seite ansah. Danach starrte er wieder vor sich hin. Schließlich sagte er: »Wenn er nicht ehrlich wäre, hätte ich das längst gemerkt.« – Und sie: »Ja? Kannst du alles kontrollieren?« – Sie merkte, daß er nicht mehr lächelte, sondern ärgerlich wurde. »Nein«, sagte er kurz, »das nicht.« – Darauf schwieg sie. Sie schwieg, aber mit einem Anflug von enttäuschtem Spott auf dem Gesicht. Wenn er nun glaubte, sie wolle damit ihre perfiden Verdächtigungen erhärten, dann irrte er sich. Alide war enttäuscht, daß er sich so leicht aus der Fassung bringen ließ. Denn was hatte sie als Mittel dafür eingesetzt? Nicht den hundertsten Teil der Dämonie, die um so stärker in ihr wurde, als es ihr an einem Gegenspieler fehlte. Sie mußte sich beherrschen, um nicht grausam zu werden und dann wieder zärtlich, grausam und zärtlich, grausam und zärtlich. Und sie schloß sich wieder in die Aura ein, in der sie allein war und die sie gegen den Augenblick schützte. Der Anflug von Spott verschwand, und sie spazierte unbekümmert und ruhig weiter... Im Dorf, das sie als Ziel ihres Spaziergangs gewählt hatten, geschah wieder etwas. Sie schlenderten durch die Straßen und betrachteten die Auslagen voll Souvenirs. In einem der Schaufenster entdeckten sie teure amerikanische Sonnenbrillen. »Komm mit«, sagte Peps und zog sie am Arm in den Laden hinein. »So stark ist die Sonne ja gar nicht mehr.« Die Vorhaltung ignorierte er übertrieben nonchalant. Er kaufte zwei Brillen der teuersten Sorte. Alide versteckte ihre Augen hinter einer dunkelgelben Brille und damit auch den Spott, der wieder in ihnen funkelte. Abermals hatte sie ihn durchschaut. Er wollte ihr zeigen, daß er sich jede Grille leisten konnte, eben weil er Carlos vertraute, eben weil er ein versierter Geschäftsmann war. Er führte sich großspurig auf, der kleine Peps. Am besten war es, ihm erst einmal zu glauben. Also kamen sie beide mit einer auffallenden, großen Brille auf der Nase aus dem Geschäft. Beide lächelten, doch ihre gemeinsame Munterkeit hatte verschiedene Ursachen. Für Peps ging es um Revanche, außerdem fand er es nett, daß sie beide das gleiche Kennzeichen auf der Nase trugen. Alides heimlicher Spott dagegen wandelte sich in eine zur Schau getragene Bravour, eine Bravour der Scham wegen Peps. Sie nahm sich vor, immer zu lächeln, wenn sie sich schämte. Noch vor dem Geschäft fiel ihr dazu eine beschämende Erinnerung ein. Nein, nicht in Verbindung mit Kosta, er hatte keinen Einfluß auf ihre Gedanken während des Urlaubs. Er war unerreichbar und wußte auch nicht, wo Alide sich aufhielt. Sie hatte Kosta verdrängt wie eine Sorge, die hier sinnlos war. Was ihr plötzlich vor Augen stand, war ein ähnlicher Morgen, nur sommerlicher, in einem ähnlichen Ferienort. Nicht sie und Peps standen damals vor einem Souvenirbazar, sondern Berthe und Yolande. Sie beobachteten, wie Alide das Postamt verließ und Spießruten lief. Sie hatte damals geglaubt, man könne es ihr vom Gesicht ablesen, daß sie ihr Einverständnis gegeben hatte zum Attentat auf die tiefste und argloseste Liebe, die sie je erweckt hatte. Yolande hatte sie abweisend, fast feindselig angesehen, aber sie schwärmte ja für Kosta, mehr steckte nicht dahinter. Berthe dagegen schwärmte für Alide und schaute sie nicht feindselig oder abweisend an, sondern mit dem typischen schmachtenden Blick aller derjenigen, deren Sehnsucht ein Traum bleibt. Nein, Berthe würde keinen Spott mit ihr treiben, wenn sie sie hier, mit dieser Brille und mit Peps sah. Auch mit Brille und Peps würde sie Alide nicht minder schätzen. Berthe mußte noch sehr lange leben und viel lernen, bevor sie ein abschätzendes Lächeln zustande brachte. Nein, Berthe hatte keine Erfahrung, sie war keine einsame, erfahrene Frau, die sie mit einem Lächeln bedachte, einem Lächeln, das mit dem empfindsamen Orientierungssinn einer Fledermaus Alide ortete und ihr auswich ... Sie spürte einen Schmerz, der Riß in ihrer Gemütsverfassung erweiterte sich zur Kluft. Nichtsdestoweniger schritt sie ruhig und geschmeidig neben dem bebrillten Peps einher, schritt neben ihm durch ein verfinstertes Paradies. Die Sonne hatte sich in dünne gelbgrüne Nebel gehüllt, die Bäume standen da wie ausgelöscht. Aus dem Spaziergang war ein Weg durch einen Verbannungsort geworden, und es war erschreckend, wie dieses Menschenpaar, hinter riesigen Sonnenbrillen verschanzt, gleichsam im Schatten des Fegefeuers dahinging. Alide schaute vorsichtig zu Peps auf. Sein einfältiges freudiges Lächeln war verschwunden, er sah sehr ernst drein und zog die Stirn kraus. Er grübelte. Er wußte nicht recht, was es war, das ihn störte. Eine Ahnung drohenden Unheils hatte ihn befallen. Wer oder was hatte ihm sie eingeflößt? Zuerst dachte er: Sie ist schuld daran. Aber bei dem Gedanken fühlte er sich allzu unglücklich und kam sich ungerecht vor. Darum dachte er: Vielleicht bin ich doch zu vertrauensselig. Carlos hat schuld.

Am darauffolgenden Samstag mußte Peps in die Stadt fahren, um dem Personal die Löhne auszuzahlen. Er ließ Alide mindestens den ganzen Vormittag allein. War es nicht merkwürdig, daß er, genau wie Kosta damals, den gemeinsamen Urlaub unterbrechen mußte? Hatte sie jetzt den Wunsch, Kosta anzurufen? Nein, sie setzte sich in aller Ruhe auf die Terrasse und wartete auf ihren Kaffee. Nein, Kosta war so unerreichbar, daß kein Telefon, kein Zug, nicht einmal ein Gedanke die Entfernung überbrücken konnte. Kosta war tot, nein, Gott sei Dank nicht wirklich. Tief in ihrer Brust stieg ein Schmerz aus dem Zwerchfell hoch, wenn sie nur daran dachte. Nein, zum Glück hatte er nur die Reinheit und Heiligkeit des Gestorbenseins erlangt, seit er aus Alides Dasein ganz und gar verschwunden war. Was wußte er von der Frau, die sie jetzt war? Er kannte sie nicht einmal, diese Peps-Alide in der Mimikry ihrer neuen Existenz. Und nie würde er begreifen, daß sie sich selber jetzt ebenso treu war wie früher. Bei Kosta war sie durch ihre Liebe sie selbst gewesen, bei Peps war sie es aus anderen, unvermeidlicheren Gründen als die Liebe: in der Wechselwirkung von Leidenschaft und höhnender Kritik, von schicksalhafter Ergebenheit und der Wollust der Macht. – Alide lag morgens noch im Bett, als Peps schon reisefertig dastand und scheinbar unbefangen sagte: »So, jetzt werde ich mal schauen, ob Carlos gut aufgepaßt hat.« Sie reagierte nicht darauf und dachte nur: Auf seine Weise liebt er mich immer mehr, denn früher konnte er besser Komödie spielen. Sie fing seinen lauernden Blick auf. »Nun«, drängte er, »ob Carlos wohl gut aufgepaßt hat?« – Sie steckte die Hände unter die Decke und warf einen sinnenden Blick zur Zimmerdecke, während sie fragte: »Glaubst du, dich kann man nicht betrügen?« – Warum wurde er nun fast böse, als hätte sie ihn mit ihrer samtenen Stimme verspottet, wo sie es doch so gut gemeint hatte! Er beherrschte sich, lächelte versöhnlich, setzte sich auf die Bettkante und streichelte ihr zur Zimmerdecke gewandtes Gesicht. Er sagte: »Ich habe dir ja schon gesagt, daß ich mal im Laden nach dem Rechten sehen will.« Als er gegangen war, verstand sie selber nicht, warum sie ihn so gegen Carlos aufgehetzt hatte. Insgeheim mochte sie Carlos nicht. Wenn sie es darauf anlegte, könnte sie mühelos Carlos und die anderen aus dem Geschäft vertreiben. Sie hatte freies Spiel, ein Spiel, das sie vielleicht einmal mit sich selbst als Mittelpunkt spielen würde. Aber sie würde nicht so freundlich sein – scheißfreundlich, fügte sie in Gedanken hinzu –, wie Carlos es zu den Huren und Konkubinen war, die sich dort frisieren, färben, epilieren und massieren ließen. Man stelle sich vor, ich an der Kasse in einem Friseurgeschäft: »Guten Tag die Dame, besten Dank!« – Was für ein Hochmut! Aber das war nur ein kläglicher Rest ihrer jüngsten Vergangenheit in einer Umgebung, die ihr einen gewissen Adel verliehen hatte. Und auch dieser Rest würde vergehen, und dann würde sie eine solche Arbeit durchaus ehrlichen Herzens übernehmen können. Der Salon war eine Goldgrube, und das war nicht zu unterschätzen. Jetzt log sie und wußte, daß sie log. In Wirklichkeit ging es ihr nie um Geld. In Wirklichkeit ging es im Leben um etwas anderes, um etwas, womit sie früher gelebt, was sie selber auch intuitiv erkannt hatte und wozu sie jetzt nicht mehr fähig war: die Harmonie zwischen Geist und Liebe, zwischen Dämon und Seligkeit zu wahren. So ungefähr hatte Kosta es einmal ausgedrückt. Die Worte klangen in ihr nach wie ein dumpfer Ton, wie eine Stimme aus dem Jenseits. Ach, der arme Kosta, hoch erhaben über den banalen Tatsachen und unter sich nur zum Schein das

Fangnetz, das er sich aus dünnen Gedankenfäden ohne Tragkraft zusammengewoben hatte. Nein, die banalen Tatsachen sollte man nicht verachten. Vielleicht erschienen sie einem sogar weniger banal, wenn man nichts mit ihnen zu tun hatte. Tatsachen! Tatsachen, die reelle Chancen bieten! Unwillkürlich lächelte Alide über diesen Ausspruch von Peps, hinter dem sich nicht nur eine gewisse Sicherheit, sondern auch Eigennutz verbarg. Man brachte ihr den Kaffee auf die Terrasse. Sie trank den Kaffee und blickte auf das liebliche stille Tal. Sie schaute weder links noch rechts, denn rechts von ihr schrieb jemand einen Brief. Hochgekämmtes, rötliches Haar über einem großen Gesicht. Eine eigenartige Frau. Vielleicht wie Berthe, vielleicht auch nur eine Frau, die sich über die Tatsachen und ihre Chancen erhaben dünkte, weil sie in Wirklichkeit nichts damit anzufangen wußte wegen ihres über-belanglosen, über-integren Seelenlebens. Also doch Kosta? Denn Kosta vertrat unter anderem die Meinung, daß gesellschaftlicher Erfolg immer irgendwie ein wenig mit Selbstkorrumpierung zu tun hatte. Wenn er jemals *King und Juliette* veröffentlichte und damit Erfolg hatte, würde er sich selbst mißtrauen. Wenn ich Geld hätte, dachte Alide gerührt, würde ich dem Dummkopf gern helfen. Ob er beispielsweise jetzt an seine Arbeit denkt und an *King und Juliette* weiterschreibt? O nein, danach ist ihm längst nicht mehr zumute. Er wird etwas verkaufen, um davon zu leben, und wenn alles verkauft ist, wird er vielleicht seine Glieder auf dem Holzfußboden ausstrecken und sterben. Und das alles nur ihretwegen. Oder nein, weil er so nicht weiterleben konnte. Seit er sie im Sumpf der Gewöhnlichkeit erblickt hatte, war er nicht mehr ausgegangen. Das war jetzt das Problem, das ihn quälte. Sie kannte ihn. Er wäre jetzt unerträglich. »Ich suche nur nach einer Erklärung, die dir hilft«, hörte sie ihn sagen. »Oder bist du doch ein Mistkäfer?« – Und vor Ekel würde er würgen. Nie hatte sie mit jemandem solches Mitleid gehabt wie mit ihm. Sie müßte ihn fragen: »Gib mir dein Rasiermesser, damit ich dir die Kehle durchschneide, deine vor Ekel würgende Kehle. Dann hast du keinen Ärger mehr. Eine Erklärung gibt es nicht. Denn alles läuft nun mal so, wie es läuft...« In diesem Augenblick tauchte der Schopf in ihrem Blickfeld auf, ein roter Schopf über einem großen Gesicht. Eine Hand hielt ihr ein offenes Zigarettenetui hin. »Kleine Plauderei bei einer Zigarette oder lieber weitergrübeln?« – Augen, die sie aufmerksam und prüfend ansahen. Was hat diese Frau, fühlt sie sich wohl neben diesem Proleten oder nicht? – Alide setzte sich zur Wehr. Gelassen und unangreifbar lehnte sie sich in den Korbsessel zurück und sagte, als redeten sie schon seit Stunden miteinander: »Nein, ich grüble nicht, aber eine nette Plauderei kann ich Ihnen auch nicht garantieren.« – Die Frau war keineswegs enttäuscht. Sie lächelte beifällig, lehnte sich nun ihrerseits in den Sessel zurück, schaute in die Luft und fragte: »Soll ich anfangen?« – »Wenn Sie möchten, gern«, gab Alide zur Antwort. Sie schauten nun beide über das Tal hinweg, die eine in aller Gemütsruhe, die andere auf der Hut. Eine ironische, etwas heisere Stimme begann: »Ich weiß natürlich, daß Sie nicht grübeln, aber Sie träumen auch nicht vor sich hin. Ich weiß auch, daß Ihnen nicht viel am Plaudern gelegen ist, aber an einem tiefgründigen Gespräch wohl auch nicht.« – Alide sagte: »Stimmt genau, als ob Sie mein Innerstes studiert hätten.« – Und die Antwort darauf lautete: »Ob Frauen überhaupt träumen? Das ist eine dichterische Fähigkeit. Wenn Frauen meinen, daß sie träumen, wühlen sie meistens in einem Chaos von Erinnerungen und Sehnsüchten herum, das ist alles. Und plaudern tut eine gebildete Frau nur dann, wenn die Gesellschaft sie dazu verpflichtet. Aber sobald sie tiefgründige Gespräche führt, würde ich sie eines Plagiats bezichtigen.« Alide lachte. Sie starrte über das ruhige Tal hinweg und lachte nun sogar laut. »Das erste Mal, daß ich Sie lachen höre«, sagte die heisere Stimme liebenswürdig. Alide warf einen raschen, forschenden Blick auf die Frau. »Ich lache nicht oft«, sagte sie. Dann erst antwortete sie: »Sie halten mich für eine richtige Frau, und außerdem für eine gebildete Frau. Sollen das Komplimente sein?« – »Nein«, klang es wieder ironisch, »nur Tatsachen, möglicherweise sogar bedauerliche.« – »Warum bedauerlich und für wen?« – Die heisere Stimme antwortete fast träumerisch: »Die erste Tatsache, nämlich daß Sie eine echte Frau sind, könnte die Seelenruhe anderer gefährden, und die zweite Tatsache, Ihre Bildung, diese Korrektur der finsteren Instinkte, dürfte Ihnen selber Schwierigkeiten bereiten.« – Alide warf mit einer heftigen Gebärde die Zigarette von der Terrasse ins Tal. Als sie ihre Selbstbeherrschung wiedererlangt hatte, legte sie die Hände lässig in den Schoß und fragte mit ebenso lässiger, samtener Stimme: »Und Sie, sind Sie auch so eine bedauernswert richtige, gebildete Frau?« – Die Antwort ließ nicht auf sich warten: »Keins von beiden. Schauen Sie mich an, dafür habe ich wohl zuviel erlebt und auch zu lange gelebt.« Alide sah sie gewollt freimütig an, nun ihrerseits prüfend: Wie ist diese Frau, fühlt sie sich wohl in ihrer Einsamkeit oder nicht? – Sie sah in gesprenkelte Jaspisaugen, die voller Ironie zurückblickten. Sie sah einen grobgeschnittenen, rotgeschminkten Mund, der müde und nicht gefallsüchtig war. Und an beiden Seiten der Nase tiefe Furchen, die das große Gesicht verlebt und verfallen aussehen ließen. »Ich bin bloß alt«, sagte die Stimme. »Alt«, wiederholte sie und lachte mit verhaltenem Triumph. Zur gleichen Zeit verdunkelten sich ihre Augen und wurden sehr ernst. Sie ähnelten jetzt den Augen eines Raubvogels, eines riesigen, traurigen, sympathischen Raubvogels. Alide wandte den Blick vom Tal ab. Sie neigte sich zu der Frau hin und fragte vertraulich: »Und welchen Unterschied macht das zwischen Ihnen und mir?« – Die Antwort war: »Den kann ich Ihnen sagen.« – Aber dann schwieg sie. Dachte sie über eine Antwort nach? Nein, das war es nicht, dazu war sie viel zu gut mit ihren eigenen Gedankengängen vertraut und formulierte deshalb ohne Übereilung und lapidar: »Ich«, sagte sie, »ich spiele nicht mehr mit. Daß ich eine Frau bin, reizt, kümmert und hemmt mich nicht mehr. Ich stehe sozusagen außerhalb des Gesetzes, wenn nicht darüber, und das ist sehr schön.« Ihr breiter Mund mit der Zigarette zwischen den Lippen lächelte selbstzufrieden, doch die Jaspisaugen hatten daran nicht teil. Sie blieben starr, als meine sie es ernst. Alide schwieg eine Weile, wie um das entgegengebrachte Vertrauen zu bewältigen. In Wirklichkeit jedoch bereitete sie ein großes Spiel vor. Endlich sagte sie mit ehrerbietig samtener Stimme: »Und Sie sind sich natürlich ganz sicher, daß Sie sich nicht irren.« – Die Frau wandte sich mit einem Ruck nach ihr um und fragte mit gespannter Aufmerksamkeit: »Wie meinen Sie das?« – Das Gesicht mit der Zigarette im rotgeschminkten Mund und dem scharfen Blick wartete auf Antwort. Alide tat ganz harmlos und ernst: »Ich meine, ist die Liebe tatsächlich für Sie passé?« – Das war das Spiel. Alides Blick blieb arglos, lauerte aber allzu gierig voller Fragen und Anzüglichkeit. Die Vogelaugen ihr gegenüber blitzten für einen Augenblick wie Menschenaugen auf, und die heisere Stimme fragte: »Wäre es nicht sinnvoller, wenn diese Frage offenbliebe?«

– Aber dann tat sie plötzlich, was Alide vorhin getan hatte: Sie warf die Zigarette entschlossen und energisch ins Tal. Dann, sehr ernst und still geworden, schaute sie sie an. Sie sagte: »Als ich jung war, war es mein größter Wunsch, außerhalb des Gesetzes zu stehen, am liebsten auch darüber.« – Alide nickte. »Über dem Gesetz von Liebe und Leid«, ergänzte sie recht banal mit weicher Stimme. Dann senkte sie den Blick, denn in den Augen der anderen las sie eine Wehmut, mit der sie nicht spielen konnte... »Haben Sie Lust und Zeit, ein wenig spazierenzugehen?« – Sie verließen die Terrasse und wählten einen Weg, an dem Pappeln standen. Alide dachte: Ich gehe hier neben einer Berthe, genau wie vor ein paar Monaten im Wald. – Aber es gab einen entscheidenden Unterschied zwischen dieser Frau und der Berthe von *Mon Plaisir*. Berthe war sehr jung, schüchtern und hartnäckig in ihrer Verehrung, sie erinnerte an einen Knappen, der sein Seelenheil kühn in die Hand der verehrten Edelfrau legte. Diese Frau hingegen hatte sich ebenso melancholisch wie hartnäckig nach dem Alter gesehnt, weil ihr das Sklaventum des Knappen nicht gefiel. Aber damit forderte solch ein Knappe um so heftiger zur Provokation heraus. Wußte sie das und spielte sie das vielleicht aus? Alide dachte kurz an Kosta, auch an Peps, während sie unter den hohen Pappeln ging. Kosta konnte aufmerksam zuhören, wenn jemand seine Seele zu verbergen versuchte oder preisgab, was oft ein und dasselbe ist, und konnte vieles verstehen. Peps natürlich nicht. Und sie, sie fühlte immer untrüglich, inwiefern das Verbergen oder Preisgeben sich zu einem Spiel gestaltete, unabhängig von der Tragik des Falles. Eigentlich dachte sie, daß sie mit mehr Lebensklugheit darauf einging als Kosta. Nur nichts ernst nehmen bis zum bitteren Ende! Sie schaute gerade vor sich hin. Mit einem höflichen Lächeln um den Mund wartete sie auf die Geständnisse, die da kommen sollten. Statt in einer Pappelallee spazierenzugehen, hätte sie auch in einem Salon sitzen können. Sie blieb immer sie selbst, sie identifizierte sich nicht mit der Natur. Sie kannte nicht die moralische Mimikry, die zu einem feinen Gehör, einem forschenden Blick und zu ungezwungenen oder schwerfälligen Waldläuferallüren inspiriert. Auch in der Allee mit den hohen Pappeln blieb sie eine schöne elegante Frau, die damit rechnete, daß sich auch hier alles nur um sie und um nichts anderes drehte. Vielleicht war das auch dem gut gepflasterten Weg zu verdanken, der zu einem Bronzegitter in der Ferne führte. Hinter dem Gitter erhob sich ein graues Schloß mit blinden Fenstern. Hier war noch Natur, hier waren noch Salonallüren gestattet. Ihre Begleiterin sagte: »Gleich biegen wir in einen Seitenweg zum Wald ein.« – Sie konnten auf diesem Weg nicht nebeneinander gehen. Alide ging hinter der Frau. Schließlich hörte der Weg auf. Sie drangen ins Dickicht ein, in dem der Weg für Alide gebahnt wurde. Zweige wurden hochgehoben, Sträucher auseinandergedrängt. Eine weiße Hand mit angeschwollenen blauen Adern hob die Zweige hoch, zwei Arme drängten die Sträucher auseinander. Sie kamen zu einem Stacheldrahtzaun, über den ihr eine Hand hinüberhalf. So drangen sie widerrechtlich in den Wald ein, der zu dem großen grauen Haus mit den blinden Fenstern gehörte, und betraten ein dichtbewachsenes Gebiet. Unter den Bäumen war es dämmrig und so still, daß sie befangen wurden. Jetzt gingen sie wieder nebeneinander, verbundener als vorhin, schritten durch einen kleinen Urwald, in dem Alide Gast war und die Frau ihre Führerin. Eine Führerin, die für den Ausflug auf ein verbotenes und vielleicht sogar feindliches Terrain die Verantwortung übernahm. Der Gast wiederum mußte sich ihr anvertrauen. Außerdem werden in der vollkommenen Stille der Natur kaum Lustmorde verübt, von weniger eklatanten Missetaten ganz zu schweigen! Alide schaute kurz auf, wie um abzuschätzen, wie weit ihre Führerin die düsteren Gefahren nur vorgaukelte. Ein phantastisches Wesen mit rötlichem Haar, einer großen Nase und Jaspisaugen, wachsam und ohne Träume. Sie ging mit langen weichen Schritten und sah sich spähend um: Waldläufermimikry. Nein, Lustmorde lagen ihr fern. Außerdem die treuherzige Stimme. »Es ist schön hier«, sagte sie, »gleich kommt eine Überraschung für dich.« – Dabei nickte sie vergnügt. Alide dachte an Berthe, in deren Begleitung sie auch einmal durch einen Wald gegangen war, ein Mädchen, das ihr sehnsüchtiges Verlangen durch vergeistigte Anbetung bezwungen hatte. Warum bin ich damals nicht netter zu ihr gewesen, dachte Alide. Die Frau, die jetzt neben ihr ging, war längst über alle jugendlichen Sehnsüchte erhaben. Wieder schaute Alide heimlich zu ihr auf. Ihr Hals hatte Falten, und an beiden Seiten der Nase zogen sich tiefe Furchen, aber diese Falten und Furchen waren straff gespannt, so selbstbewußt und stolz trug sie den Kopf. Wie alt mußte sie aussehen, wenn sie sich gehen ließ und sich müde und niedergeschlagen hinsetzte. Aber was konnte diese alte Frau, die nicht mehr mitspielte, noch bedrücken? Die alte Frau blieb stehen und sagte: »Und jetzt kommt die Überraschung.« – Sie packte Alide beim Arm und führte sie in ein Paradies. Der Wald blieb zurück und umgab wie eine Hecke eine Lichtung. Farne verschleierten den Boden, nur hie und da standen einzelne Bäume, die sehnsüchtig und vergeblich ihre Zweige zueinander ausstreckten. Üppige Farne und darüber weit ausladende Baumkronen: ein Paradies. Der

Boden wellte sich hügelig, die Baumkronen darüber machten die Bewegung mit. Ein grünes, mit Licht gefülltes Bassin. Der grüne Boden des Bassins, ein einziges dichtes Geflecht aus Baumwurzeln und Farnschleiern, die Baumkronen darüber einsam in flirrendem Licht. Alide schaute und schwieg minutenlang. »Und abends«, hörte sie leise neben sich, »wird dieses Bassin zu einer unterseeischen Landschaft mit grünen Algen.« – Noch immer gab Alide keine Antwort. Dann hörte sie: »Es gefällt dir doch?« – Ohne zu lächeln, wandte sie sich der Frau zu. Ihr Blick begegnete einem besorgten Augenpaar. Wie naiv, sich so leidenschaftlich um ihr Gefallen zu bemühen. Alides Blick blieb ernst, als sie innig sagte: »Seit Tagen suche ich nach dem Paradies, und hier ist es.« – Es war, als hätte sie es damals der naiven Berthe von *Mon Plaisir* gesagt. Die eben noch besorgten Augen sahen plötzlich verklärt und verlegen an ihr vorbei. Sie setzten sich auf eine Hügelkuppe im Farnparadies. Alide nahm sorgfältig die Umgebung in sich auf. Sie wollte sich alles genau merken, da es hier um eine besondere Erfahrung ging, deren Kulisse sie nicht vergessen wollte. Sie war nicht mehr die Dame mit dem Salonlächeln. Noch immer war sie sehr ernst und spürte einen heimlichen Schmerz. Kosta, die junge Berthe und diese Frau da neben ihr gehörten alle zur selben auserkorenen Menschenart. Wie das Leben sie auch verwundete und schändete, das Paradies stand für sie immer offen. Und sie? Alide fühlte sich als Gast bei den Auserkorenen wie bei den Verdammten, aber nirgends zu Hause. Die Auserkorenen beeindruckten sie allerdings tiefer. Darum sagte sie dankbar: »Ich bin froh, daß du mich hierher mitgenommen hast.« – Die Antwort war herzlich: »Jetzt kannst du auch allein hierher finden.« – »O nein«, sagte Alide exaltiert, »dieses Paradies will ich mit keinem anderen teilen.« – Das war eine deutliche Anspielung auf Peps, den Verdammten, der mit ihr zusammen keinen wahren Zustand der Glückseligkeit zu erschaffen vermochte. Wurde das richtig verstanden? Anscheinend ja, denn sie erhielt zur Antwort: »Wer weiß? Vielleicht begegnet dir morgen ein anderer würdiger Paradiesgefährte.« – Darin steckte sogar der Trost, daß Peps kein bleibendes Übel zu sein brauchte. Alide starrte vor sich hin und sagte ernüchtert: »Ach, mag kommen, was kommt. Ganz glücklich ist man ja nie.« – »O nein? Und deshalb kommt es auch nicht darauf an, wie unglücklich man ist?« – In dieser Frage lag so viel Kritik über die völlige Unzulänglichkeit von Peps, daß sie ebensogut hätte sagen können: »Aber die Sache mit Peps geht entschieden zu weit.« Alide streckte sich, verschränkte die Hände hinterm Kopf und sagte mit tonloser Stimme: »Es kommt vielleicht in der Tat nicht sehr darauf an.« – Da schlug die Frau neben ihr gewollt pathetisch die Hände vor die Augen und rief beklommen: »Mein Gott, mein Gott, und das sagt eine Frau wie du, die für das Glück geboren ist, die alles fordern, alles erwarten darf!« – Alide wandte den Kopf ein wenig in ihre Richtung und musterte sie kühl. »Möchtest du das nicht auch?« fragte sie. »Möchtest du nicht auch alles fordern und alles erwarten?« Und mit ruhiger, nüchterner Stimme fügte sie hinzu: »Von der geliebten Frau?« – Die Hände fielen vom Gesicht herab, es wandte sich zu ihr um. Die Jaspisaugen waren groß und ernst. »Nein«, sagte sie, »nein. Ich mußte mir das Glück immer stehlen, immer widerrechtlich einbrechen in die Domänen von Gott und der Natur. Meine Taktik war immer List, und mein Glücksgewinn war immer Raub, ist das nicht schlimm? Aber ich bin streng dafür gestraft worden. Schon allein das Bewußtsein, daß ich bei jedem

Streben nach Glück in Wesen und Tat eine Diebin war, hat mich von Jugend an die Zeit ersehnen lassen, in der ich mich selber überlebt haben würde.« – Sie sah Alide nicht mehr an, sondern schaute vor sich hin. Plötzlich glitt ein Lächeln über ihr Gesicht. »Und doch, verehrte Frau Peps, habe ich gelebt, und wie! Als hätte ich diesen moralischen Vorbehalt nicht gekannt, und um so begieriger, gerade weil ich ihn kannte. Es war gleichsam mein moralischer Freibrief. Wie hätte es anders sein können, da ja mein Verhältnis zu einem möglichen Glück nun einmal dämonisch war, wie es Gott und die Natur bestimmt hatten! Denn auch mein selbstlosestes, mein heiligstes Verlangen nach Glück war immer noch korrupt, solange mein Herz warmes Menschenblut pumpte.« – Sie schwieg einen Augenblick lang und strich nachdenklich über einen Farnwedel am Boden. Dann sagte sie leise: »Aber warum erzähle ich dir das alles?« – Alide blickte auf die Hand, die liebkosend die Pflanze am Boden streichelte, und sagte, wobei sie das verräterische Liebkosen nicht aus den Augen ließ: »Vielleicht aus Selbsterhaltungstrieb. Es ist mir nicht entgangen, daß du dich mit mir widerrechtlich auf diesem Grundstück befindest und es mir anbietest wie ein Paradies. Vielleicht hast du die Diebin in dir noch nicht vollkommen besiegt.« – Die Hand hielt inne, wurde zu einem reglosen Ding und zog sich dann verstohlen zurück. Und das nur wegen einer pikanten und spielerischen Replik! Alide konnte sich ein Lächeln nicht verkneifen. »Entschuldige bitte«, hörte sie zusätzlich. Sie lächelte so hell und sonnig, wie sie konnte. Langsam gingen sie zum Hotel zurück. Alide wußte, daß ihre zunehmende Verstimmung auf einem unbestimmten und ungerechten Groll beruhte. Warum war diese Frau trotz ihrer dunklen Kompliziertheit naiver und reiner als sie? Ab und zu blickte sie flüchtig in ihr Gesicht, in das überhebliche, verlebte und dennoch faszinierende Gesicht. Sie verdrängte den Gedanken an zwei andere Gesichter, die ihm in ihrer Beseeltheit gleichkamen. Das eine hätte schmerzliches Erkennen, das andere tief verzweifelte Befremdung in ihr wachgerufen. In der Hotelhalle nahmen sie mit einem Händedruck schweigend und endgültig Abschied, obwohl sie einander später beim Diner noch einmal zunicken würden. Alide schritt durch den Gang und ging die Treppe hinauf. In ihrem Zimmer streckte sie sich auf dem Bett aus und schaute mit leerem Blick auf die Zimmerdecke. Sie fragte sich, was sie hier in diesem luxuriösen Zimmer tat, das ihr so leer vorkam: Warten auf Peps?...

Als Peps das Zimmer betrat, sah er seine Alide auf dem Bett liegen. »Hallo«, sagte er. Er zog das Jackett aus und blieb in Hemdsärmeln, die Hände in den Hosentaschen, zögernd stehen. Er schaute sie lange mit gerunzelter Stirn an, als müsse er sich auf etwas besinnen, das er nicht vergessen durfte. Alide streckte die Hand aus, packte ihn beim Arm und zog ihn auf die Bettkante. »Was hast du denn?« fragte sie. Ihre Hand glitt an seinem Arm hoch und legte sich um seinen Hals. Sie zog seinen Kopf etwas herab und schaute ihn prüfend an. Er war sehr müde, auf seinem Gesicht lagen Schatten. »Du mußt dich rasieren«, sagte sie, »es sieht aus, als ob du schmutzig wärst.« – Sie sah, wie seine Augen vor ihr flohen. »Ich bin nicht schmutzig«, sagte er, »nur müde.« – Sie zog ihn näher an sich. »Gib mir ein Küßchen«, bat sie und schloß erwartungsvoll die Augen. Sie fühlte seinen vertrauten Mund, der diesmal nicht so gierig und glühend war, wie sie erwartet und ersehnt hatte. Seine Lippen waren lauwarm, sein Atem roch unrein, da er den ganzen Nachmittag nichts gegessen oder getrunken hatte. Sie legte ihre Wange an die seine und fragte leise: »Wovon bist du so müde?« – Ihre Stimme klang traurig, und sie war auch traurig, weil er die Leere, in der sie dagelegen und zur Decke geschaut hatte, nicht fortgezaubert hatte. Da sah man wieder, daß sie vergeblich wartete! »Wovon bist du so müde?« – Wenn er wüßte, wie entsetzlich müde sie sich fühlte, müde und wie erschlagen. Er antwortete: »Von den Scheißdingen, die ich heute mitgemacht habe.« – Es drang nicht bis zu ihr durch, noch immer dachte sie mit unruhiger Traurigkeit an sich selbst, als sie fragte: »Was für Dinge, mein Schatz?« – Er löste sich aus ihrer Umarmung. »Also weißt du«, sagte er, »ich hätte diesem Carlos nichts sagen dürfen, darum geht es.« – Er schaute trotzig an ihr vorbei. Ihre Hand war von seinem Hals herabgeglitten und lag jetzt auf seinem Knie. »Wieso?« fragte sie. Sie hörte jetzt aufmerksamer zu, denn sie spürte, daß seine Verstimmung ihr galt. Er getraute sich zwar nicht recht, darüber zu reden, würde es aber trotzdem tun. »Er ist tödlich beleidigt«, sagte er schließlich, »verstehst du, tödlich beleidigt. Und an seiner Stelle wäre ich es auch.« – Er warf einen scheuen Blick auf sie und schaute dann rasch wieder an ihr vorbei. Auge in Auge mit dem abweisenden, kühlen Blick verließ ihn der Mut. Und sie tat unterdessen, als ginge sie das alles nichts an. War sie es denn nicht gewesen, die ihn dazu angestiftet hatte? Und mit draufgängerischem Mut sprach er es aus: »Du hast doch gesagt, daß ich ihn kontrollieren soll? Nun, das ist jetzt das Ergebnis. An dem Mann ist nicht das Geringste auszusetzen. Jetzt macht er nicht mehr mit, verdammt noch mal. Und ich habe die Bescherung.« Alide war verwirrt und entrüstet, reagierte aber nicht. Vielleicht war sie zu müde oder zu einsam. Sie dachte lediglich: Wie ist das möglich! Und in Gedanken sah sie Peps in der Stadt, im Geschäft und im Gespräch mit Carlos. Natürlich war es schiefgegangen, und jetzt schob er die ganze Schuld auf sie. Stumpfsinnig war das. Und gleichzeitig stand ihr der eigene Spaziergang vor Augen in einer Atmosphäre, die sie weit über diese Situation wie auf einen Gipfel erhob. Wie gern wäre sie wieder ins Tal zurückgestürzt, mitgerissen und überwältigt vom Lavastrom verliebten Wiederfindens. Das wurde ihr erst klar, als sich ihre Sehnsucht zu Enttäuschung abgekühlt hatte. Er ließ sie im Stich, schlimmer noch, er wandte sich gegen sie. Wie ist das möglich, dachte sie. Ihre Hand lag noch immer auf seinem Knie. In beherrschtem, vernünftigem Ton sagte sie: »Er hat also gekündigt, dieser Carlos. Bitte ihn, daß er bleibt, dann ist doch alles wieder gut?« – Die Hand auf seinem Knie begann, ihn zu streicheln, ihr Blick verlor die Kühle. Vielleicht war das die Rettung, wenn er die Wange an die ihre legte, wenn er das täte. Sie hätte so gern ihre Einsamkeit vergessen. Fast flehentlich streichelte sie sein Knie. Doch nein, er schob die Hand beiseite und wollte seinen Ärger loswerden: »Ja, meinst du das im Ernst? Ich soll ihn anflehen, damit er bleibt? Meinetwegen kann er verrekken. Aber wenn du dich da nicht eingemischt hättest, wäre nichts geschehen.« – Er stand auf und ging auf den Balkon. Feige kehrte er ihr den Rücken zu. »Es ist deine Schuld«, sagte er, »du spielst dich auf mit deiner Bildung, du schaust auf mich herab, aber wenn es um Geschäfte geht, redest du dummes Zeug.« – Das war es also. Jetzt hatte er doch ausgesprochen, was er im Zug siedend heiß vor Wut gedacht hatte und nicht hatte sagen wollen. Aber es war passiert. Vierschrötig stand er da, die Hände in den Taschen. »Verdammt noch mal«, sagte er und merkte nicht, wie Alide ihn mit kühler Verachtung ansah. Wie ist es nur möglich, dachte sie, daß ich mich auf so etwas eingelassen habe. Aber sie wußte nicht, daß das Tal, auf das ihr Liebhaber hinabschaute, plötzlich so grau wurde wie das Meer. Ihr Liebhaber kämpfte gegen zwei Tränen, die seine Augen überschwemmten und das Tal in ein wogendes Meer verwandelten, die ihm schließlich aus den Augen quollen und an den Wangen herabrollten. Er wartete einen Augenblick und wischte sie dann heimlich ab. Wenn sie jetzt sagte: »Ja, ich bin ein bißchen schuld daran.« Oder: »Willst du denn mir die ganze Schuld geben?« Oder: »Meine Schuld ist es nicht...« Aber sie sagte nichts. Oder wenn sie jetzt zu ihm käme. Wenn sie Partei ergriffe, wie auch immer. Aber nein, sie ließ ihn allein, mutterseelenallein. Sie war natürlich böse, böse auf ihre komplizierte Art. Sie war oft unbegreiflich kompliziert. Am liebsten hätte er sie angeschrien: »Sag doch was oder komm zu mir, damit wieder alles gut wird zwischen uns beiden!« Er traute sich nicht. Auch wenn er es noch so gut meinte, er würde sicher wieder alles falsch machen. Er bezweifelte, ob er sie je verstehen konnte. Wenn sie jetzt in Tränen ausbräche wie er vorhin, und sei es nur aus Nervosität, dann konnte er es wagen, zu ihr zu gehen und sie schweigend, vor allem schweigend, aber auch bittend in die Arme zu nehmen, demütig, liebevoll und besiegt. Das war die richtige Methode. Er wandte sich nach ihr um. Wenn sie ihn jetzt gekränkt angesehen hätte, so hätte er es tun können. Doch er begegnete ihrem lauernden, kühlen Blick. Es schien sogar, als ob ein Lächeln um ihre Lippen spielte. Nein, das stimmte nicht. Es schien nur so. Er ging zu ihr und setzte sich wieder auf die Bettkante. Es mußte doch wieder gut werden, er mußte alles gutmachen. Sie sah ihn kühl und lauernd an und richtete dann den Blick auf die Zimmerdecke. Und nun sah es wieder so aus, als läge um den breiten, gewölbten Mund, auf der glatten Gesichtshaut und in den Augenwinkeln ein spöttisches

Lächeln. Sie verachtet mich, dachte er und ahnte nicht, wie gut er sie diesmal verstand. Trotz alledem nahm er die Verachtung nicht so schwer. Was ihn zur Verzweiflung trieb, war das Schweigen, die Unnahbarkeit des zur Decke starrenden Gesichts. Seine Verzweiflung wurde heftiger. Am liebsten hätte er sich an ihren Schultern festgeklammert, seinen Kopf in ihre Halsbeuge gegraben und gerufen: »So hilf mir doch!« Aber er war nicht so großartig in seiner Schwäche. Er faßte zitternd nach ihrer Hand und flüsterte: »Komm, sag doch was.« Unerschrocken heftete sie ihren Blick auf ihn und sagte: »Hast du wirklich geglaubt, daß mich dein Geschäft interessiert, dieses alberne Geschäft mit diesem dämlichen Geschäftsführer.« – Sie sprach mit übertrieben kultivierter, leiser, höhnender Stimme. Es ging ihr darum, ihn so unbarmherzig wie möglich zu verletzen, diesen Dummkopf. Sie fühlte, wie seine Hand auf der ihren zu schwitzen begann. Sie sah, wie sein Gesicht sich tiefer über sie neigte, müde, schwitzend und verletzt. Seine klobige, deformierte Nasenspitze war ihr ganz nahe. Das über sie geneigte, längliche Gesicht drückte großes Leid aus, aber es war ein ordinäres, triviales Leid. Am liebsten hätte sie danach geschlagen, wie man eine Schmeißfliege verscheucht, bevor sie sich niederläßt. Übrigens roch das Stinkgesicht, dieses Schmeißfliegengesicht morgens aus Mund und Nase, ein weiterer Beweis für seine ordinäre Art. »Deine stinkigen Probleme«, sagte sie leise und höhnend, »deine Scheißprobleme.« Er hörte kaum zu, er sah nur, daß sie ihn in diesem Augenblick haßte. Er sah es an ihren Augen, ihrem Mund. Nein, das konnte nicht sein! Beschwörend streckte er die Hand aus, wie um ihre Augen oder ihren Mund zu verdecken. Alide verkannte die Absicht der vor ihr flatternden Hand. Sie wollte ihr zuvorkommen, ihre Augen schlossen sich zu schmalen Schlitzen, und ihre Hand schlug zu ... Die Wirkung war herzzerreißend. Er erschrak, wich zurück und schlug beide Hände vors Gesicht. Er war beschämt und entsetzt, als wäre er beim Anblick seines unseligen Schicksals zerbrochen. Er zitterte am ganzen Körper. Nun kamen ihm außerdem die Tränen. Schwere Tränen tropften durch seine Finger und liefen an den Händen herunter. Er tat ja, als hätte sie ihn blutig geschlagen, und doch war es nur ein einziger leichter Schlag gewesen. Alide sah ihm etwa fünf Minuten lang zu. Dann wandte sie mutlos den Kopf ab und schloß die Augen. Sie wußte nicht, was sie fühlte: Verzweiflung oder Angst. Ihr Herz schmerzte, als habe es einen Stich oder Riß bekommen. Sie spürte sogar Blutgeschmack im Mund.

Drei

Es wohnten einmal vier Mädchen in einem Sommerhaus, in *Mon Plaisir*. Es waren Mädchen, die nichts Gemeinsames zu haben glaubten. Trotzdem versuchten sie, im Urlaub ihr Beisammensein zu rechtfertigen, mit ihrem Los, das sie nicht füreinander bestimmt hatte, zufrieden zu sein und sich ihre Bestimmung selbst auszumalen. So kehrte Hilda, ein einfaches und ungebildetes Mädchen mit einem schadhaften Gebiß, ihre mütterlichen Instinkte heraus, indem sie ihre drei Freundinnen umsorgte. Die unbedeutende Annie mußte sich immer vor Augen halten, wie wunderschön es dort zu viert im Ferienhäuschen, in der Sommersonne war. Der gern flirtenden Yolande lag nichts an Mädchenfreundschaften, sie fand es deshalb erholsam und sportlich, eine Weile auf Liebesabenteuer zu verzichten, so wie sich früher mondäne Frauen gelegentlich aufs Land oder sogar in ein Kloster zurückgezogen haben. Berthe, ja, sie war mal kurz um Annie herumgeschlichen, aber sonst waren ihre Interessen in den Augen der anderen mehr intellektueller Art. Sie wurde deshalb bei den praktischen Haushaltsangelegenheiten nicht ganz ernstgenommen, aber sonst schauten die anderen zu ihr auf. Und dann? Dann lernten sie Kosta und Alide kennen. Und dieses Paar in *Mon Repos* wurde zum eigentlichen Kern ihrer Schicksalsgemeinschaft während ihres scheinbar zufälligen Zusammenseins. Die vier Mädchen scharten sich um diesen Kern in einem Zusammengehörigkeitsgefühl, das jede von ihnen natürlich auf ihre eigene Art erlebte. Das Paar in *Mon Repos* wurde zu ihrem Abenteuer, ihrem großen Abenteuer. Aber wie behielt Hilda es in ihrer Erinnerung, und wie Annie, Berthe oder Yolande!

Hilda arbeitete immer noch als Dienstmädchen, sparte für ihre Hochzeit und ging immer noch mit dem Kapitän der Gemeindefähre. Ja, wenn man Hilda nach mehreren Monaten begegnete und sie fragte, wie es ihr gehe, so bekäme man den Eindruck, die Uhr habe die ganze Zeit über stillgestanden. Man könnte sagen: Menschen wie Hilda passiert nichts. Aber das ist ein Irrtum, auch wenn Hilda es selbst nicht beweisen könnte. Hilda selbst überkam ein Gefühl der Machtlosigkeit, wenn sie antwortete: »Ja, alles ist noch genauso wie damals.« – Das stimmte, stimmte aber auch nicht. Was war anders geworden? Sie wußte es nicht und zerbrach sich darüber nicht den Kopf. Biste-verrückt, dachte sie mit den Worten ihres Kapitäns, wer viel grübelt, wird so verrückt wie die Chefin. Die lag manchmal stundenlang auf dem Sofa und machte Augen, vor denen man Angst bekam. Wenn Hilda Zeit fand, sich auf die Stuhlkante zu setzen und ihrem Geschwätz zuzuhören, ging es ihr gut: »Noch immer diese Blonde, diese Affäre mit der Blonden dauert mir zu lang. Was er wohl für sie empfindet? Übrigens hat er sich meiner Meinung nach in letzter Zeit verändert, merkst du das nicht?« – Es ging um den Herrn des Hauses, der ständig eine Geliebte hatte. Das ließ sich ertragen, solange es nicht mit der einen oder anderen ernst wurde. Hilda stimmte zu. Aber auch dann gab es noch einen Trost. Sie sagte: »Schauen Sie, schließlich ist er nur mit einer verheiratet, und das sind Sie. Verhungern werden Sie bestimmt nicht, egal was er tut.« – Aber die Chefin leistete verwirrt und heftig Widerstand:

»Darum geht es nicht. Er ist mit mir verheiratet, weil er mich geliebt hat. Und er hat keinen Grund, überhaupt keinen Grund, mich nicht mehr zu lieben. Ich bin bereit, alles zu tun, was er will. Wie soll ich es sagen?« – Und sie starrte gequält vor sich hin, als suche sie nach dem richtigen Ausdruck. Doch den würde sie nie finden, da ihre eheliche Willfährigkeit kein Ende kannte. Und außerdem redete man über so was nicht mit dem Dienstmädchen. Oder vielleicht gerade mit dem Dienstmädchen? »Ach weißt du, das ist so«, begann sie, »als ich heiratete, mochte ich ihn sehr gern. Aber das reicht nicht, man muß zu allem bereit sein, zu allem. Nun, darüber kann er sich nicht beklagen. Meinst du, daß die anderen dasselbe für ihn tun?« – Hilda schaute sie zerstreut an. »Es kommt darauf an«, sagte sie, »was für Frauen das sind.« Sie dachte an ihren rechtschaffenen Kapitän, der früher auf großer Fahrt gewesen war und Lissabon, Rio und Schanghai kannte. Wenn er davon erzählte, schaute er Hilda ruhig in die Augen und ließ die Pfeife nicht aus den Zähnen: »Also die Mädels dort, die nützen einen aus, wo sie nur können. Die kennen Kunststückchen, also, damit ziehen sie dir das Mark aus den Knochen. Aber wenn du mich fragst, ob sie einen festhalten, dann sage ich: Mich nicht, für mich ist das nur Spaß, eine Ehe ist doch was ganz anderes.« – Das klang gut. Und doch war da etwas zwischen Hilda und ihrem Kapitän, worüber man nachdenken sollte. Bisteverrückt, wieder Probleme? Nein, es ging um die Dinge, die einem auffallen und die man fühlt. So war und blieb zum Beispiel die Chefin, mal abgesehen von den Gesprächen über die Techtelmechtel ihres Mannes, ein widerliches Frauenzimmer. So wie neulich in der Küche, wieder zu einer Freundin: »Weißt du schon, daß unsere Hilda bald heiratet?« – Und die Freundin: »Nein, wirklich?« –

Und sie: »Ja sicher, und zwar einen richtigen Mann.« – Und die Freundin: »Erzähl mal, wie verdient der Glückliche seine Brötchen?« – Und darauf Hilda mit der gleichmütigen Rechtschaffenheit einer blauäugigen Seebärin: »Als Kapitän auf der Gemeindefähre.« Und die Freundin bemüht humorvoll: »Ein Kapitän auf der Gemeindefähre. Na ja, immerhin ein Kapitän.« – Und beide Damen lachten ... Und als Hilda ihm später erzählte: »Weißt du, und ich muß mir ihr Geschwätz anhören, nicht weil sie mir vertraut, sondern weil sie mich verachtet.« – »Biste-verrückt«, sagte der Kapitän und schaute friedlich drein wie immer, »du denkst dir zuviel dabei. Mit der einen redet sie dies, mit der anderen das. Und wenn du zufällig neben ihr stehst, redet sie halt bloß daher.« – Aber da war noch etwas anderes, was Hilda wurmte und worüber sie nicht sprach. Warum nicht? Nun, sie konnte einfach nicht. Kurzum, sie hatte etwas von ihrer nüchternen Absolutheit eingebüßt. Das Leben und die Menschen erschienen ihr nicht mehr so klar. Hier der Mann ihrer Chefin, der sich Dinge außerhalb von Recht und Ordnung anmaßte. Und im Gegensatz dazu ihr Kapitän, der so rechtschaffen aus den Augen blickte und ihr eine einfache, keineswegs besessene Leidenschaft entgegenbrachte, ja, es ähnelte mehr einer notwendigen Plackerei. Und nie ein bißchen Zärtlichkeit vorher, nicht einmal in Worten, und ebensowenig danach. Nicht daß sie das störte, denn eigentlich lag ihr nichts daran. Und doch vermißte sie etwas an ihm. Schau, jetzt verstand sie sich selber nicht, war sie denn so unvernünftig? Doch dann fiel ihr das Abenteuer in den Ferien, in *Mon Plaisir*, ein. Was war daran das Besondere? Alle Romantik in den Büchern über Frauen, die einen Mann wahnsinnig machen, auf die Knie zwingen oder zum Selbstmord treiben, hatte sie nicht so tief ergriffen wie das

Abenteuer von *Mon Plaisir*. Daß die Liebe manchmal Herz und Sinne wie eine Krankheit befällt, stimmte also. Eine Krankheit, bei der das ganze Leben aus den Fugen gerät und einen höheren Sinn bekommt. Sie hatte es selber an Kosta und auch an Alide gesehen. Meine Güte, so eine Liebe! Wie dieser Kosta dreinschaute! Man hätte ihm Geld und Gut stehlen können, nur nicht diese Frau. Und doch war ihm vermutlich genau das passiert. Was mochte aus ihm geworden sein? Vielleicht war er tot, hatte er Selbstmord verübt. Aber nein, etwas in ihr sagte, das könne nicht sein. Menschen wie Kosta, Menschen mit großen Gefühlen müssen weiterleben. Die waren anders als ihr Kapitän. Nein, es ging wirklich nicht ums Bett. Es ging darum, geliebt zu werden, ja, so geliebt, daß er die Pfeife aus dem Mund nahm und seine Augen warm wurden, feurig brauchten sie gar nicht zu sein. Aber was für Phantastereien! War sie nicht verrückt, diese Hilda, die sonst so nüchterne Hilda? Mußte sie es nicht hoch anerkennen, daß ihr Kapitän wenigstens nach dem Genuß einiger Schnäpschen das Gleichgewicht verlor, und auch dann nur in Maßen?

Hin und wieder besuchte Annie Hilda, natürlich nur an Abenden, wenn der Kapitän Dienst hatte. Hilda mochte sie gern. Wenn Annie sie vor einem Treffen anrief, sagte sie: »Mein Gott, Annie, das ist aber nett.« – Und wenn sie zur Tür hereinkam: »Mein Gott, Annie, das ist nett, daß du mal wieder vorbeikommst.« – Annie war ein Mädchen, das ihre Rührung und Fürsorglichkeit erweckte. Außerdem konnte sie gut zuhören. Und eigentlich war sie auch schön. Schade, daß man so genau hinsehen mußte, bis man es merkte. Der Kapitän, zu dem sie Annie einmal mitgenommen hatte, sah es nicht: »Die und schön? Ein ungeschicktes, blasses Kind, mehr nicht.« Aber sieh doch die Augen, dieses schüchterne Blau? Und die seidigen Locken, die ihr bis in den Nacken fallen. Obwohl sie so schüchtern war, daß sie selbst nie etwas behauptete, war sie nicht langweilig. Aufmerksam und begierig konnte sie zuhören, wenn man ihr etwas erzählte. Hilda schüttete Annie ihr Herz aus. Das hatte sie zwar nie vor, und hinterher war sie Annie auch nicht dankbar dafür, aber wenn das Mädchen bei ihr saß, kam es wie von selbst dazu. Hilda erzählte weitschweifig, hemmungslos und umständlich, und Annie hörte aufmerksam und begierig zu. Nein, es waren nicht die Geschichten und der Tratsch über Hildas Chefin und auch nicht die Art, wie Hildas gequälte Seele sich daran maß, was die Abende für Annie so teuer machten. Es war alles so menschlich, so wunderbar wirklich und alltäglich. Bei Hilda stand man mit beiden Beinen auf der Erde. Hilda war kein Phantom, das mit verschämtem Blick oder ohnmächtiger Wut tatenlos das Dasein betrachtete. Hilda war ein lebendiger Mensch. Sie fand es nicht nur selbstverständlich, sondern genoß es, daß sie lebte. Hilda schenkte ihr Tee ein, schob ihr die Kekse hin, und Annie sah dankbar den resoluten mütterlichen Händen zu. Unterdessen redete sie, und Annie hörte mit unveränderter Aufmerksamkeit zu, denn Hilda brauchte diese freimütigen, unverblümten Aussprachen. Es waren Dinge, über die man reden konnte, die zum Leben gehörten, zum ganz normalen irdischen Menschenleben. Kein Phantom, das auf der Schwelle des Todes hockte und mit sehnsüchtigen, verliebten Blicken und magischem Gemurmel ins Jenseits starrte. Nein, Hilda war wirklich ein Mensch, ordinär vor lauter Wirklichkeit. Eine lebendige, gutmütige, gewöhnliche Frau, die in ihren Zähnen stocherte und dann mit dem Finger zeigte, welcher Zahn als nächster dran glauben mußte. Es war wunderbar. Annie brachte jedesmal Blumen mit, ein bescheidenes Blumensträußchen, das Hilda jedesmal ausrufen ließ: »Aber nein, Kind, das ist doch nicht nötig!« Nach ihren Problemen mit den Zähnen kam die Rede auf ihre Chefin und dann erst auf den Kapitän: »Weißt du, was ich an ihm nicht ausstehen kann? Daß er überhaupt keine Eile hat mit dem Heiraten. Er beeilt sich nie und nirgends. Sein Trödeln kann einen schon auf die Palme bringen. Aber vielleicht verlange ich auch zu viel, niemand ist vollkommen. Aber weißt du, woran er auch nicht denkt? Ich, ich spare fleißig, und wenn ich endlich was beisammenhabe, muß ich es wieder für meine Zähne ausgeben. Und so muß ich mich immer allein um alles kümmern und alles allein durchstehen. Schau, jetzt ist es dieser hier, der dran glauben muß.« – Und damit begann das Problem mit den Zähnen von vorne. Und wieder Tee und Kekse, wieder das menschlich wohlwollende Zuschieben von Tee und Keksen. Hilda war gut, sie wußte gar nicht, wie wohl sie Annie tat. Manchmal sagte sie selber: »Ich rede zuviel, jetzt werde ich den Mund halten, damit du auch mal an die Reihe kommst. Wie geht es denn zu Hause?« – Annie errötete. Sie bereute und schämte sich, daß sie jemals darüber gesprochen hatte. Niemand, und schon gar nicht Hilda, konnte das richtig verstehen. Hilda hatte damals kurz und bündig gesagt: »Deine Mutter ist bekloppt. Damit kannst du nicht leben. Laß sie ihre Toten rufen und zieh aus!« – Annie hatte geantwortet: »Aber dazu verdiene ich nicht genug. Für zwei zusammen reicht es gerade, aber nicht für zwei allein.« – Hilda schaute sie abschätzig an: »Dann soll sie ihre Toten um Unterstützung bitten, wenn die ihr wichtiger sind als du.« – »Es ist meine Mutter«, sagte die sanfte Annie zögernd, »das darf ich nicht vergessen.« – Hilda:

»Biste-verrückt? Wie viele junge Burschen gehen zur See, jüngere als du, nur um rauszukommen. Da müssen die Eltern auch sehen, wie sie zurechtkommen.« – An ihrer Antwort merkte Annie, daß der Kapitän über alles Bescheid wußte. »Was sagt der Kapitän dazu?« fragte Annie. »Das von den Jungen, die zur See gehen«, war die unbekümmerte Antwort. Um ehrlich zu sein, hatte Annie sich schon oft ausgemalt, wie es wäre, wenn sie wegliefe, allerdings nicht aufs Meer, sondern heimlich ins Ausland. Dort würde sie unter einem fremden Namen leben. Für die Mutter wäre sie tot und sie selbst frei. Vielleicht würde ihre Mutter sie lieben, sobald sie glaubte, sie sei tot wie Paul. Aber Annie würde ihr keine Gedichte aus dem Jenseits schicken wie Paul. Würde ihre Mutter dann immer noch liebevoll um sie trauern? Annie lächelte entmutigt. Was immer sie auch tat, sie war überflüssig und zählte nicht. Hilda schaute sie mitfühlend an. Das Kind hatte ein so schmales, müdes Gesicht. »Ein himmelschreiender Skandal ist das«, sagte sie aus tiefstem Herzen. Aber seit gestern gab es etwas, das Annie weitaus mehr beschäftigte, als ihre Mutter und das, was mit ihr zusammenhing. Es lag an Annies Schüchternheit, daß sie erst sehr spät am Abend damit herausrückte. Was gestern geschehen war, hatte sie so tief erschüttert, daß sie die Mutter ganz vergessen hatte. Sie hatte darüber nachgedacht und sogar davon geträumt. Es hatte sie im Wachen und Träumen verfolgt. Sie war in einen Friseursalon gegangen. Sie spürte noch den dicken Läufer unter den Füßen, ein Gefühl, das sie immer ein bißchen einschüchterte. Und dann hatte sie Alide hinter der Ladenkasse gesehen. Die Alide aus *Mon Repos*! Und aus dem Gefühl auf dem Läufer wurde ein Schwindelgefühl. Aber sie ging so tapfer und entschlossen weiter, wie sie konnte. Sie merkte dabei, daß auch sie erkannt wurde. Augen, graue Sphinxaugen, die sich weiteten. Sie merkte auch, wie der dort das Blut in die Wangen und in die Stirn stieg. Schließlich merkte sie, daß sie die wunderschöne Alide, die Alide aus *Mon Repos*, erst dann wirklich wiedererkannte, als sie ihr wiedererkennendes Lächeln sah, ein sonderbar helles, sonderbar bezauberndes Lächeln. Annie zitterten die Knie, als sie die Hand über die Kasse zu Alide ausstreckte: »Wie geht es Ihnen?« – Alide sagte: »Ganz gut, und dir?« – Alide schaute sie prüfend an, sie sah, daß Annie magerer und blasser geworden war, sah in ihre großen Augen, die vor Krankheit fiebrig glänzten, oder vor Leid, das immer weiter in ihr wirkte und vielleicht zu ihrem Tod führen konnte. »Ißt du genug?« fragte sie und streichelte sanft ihre Wange. Annie war tief gerührt. Alide sah sie weiterhin an, jetzt nicht mehr prüfend, sondern träumerisch und seltsam betrübt. Dachte sie an *Mon Repos*, an Kosta? Es wäre kein Wunder, denn die Ferien waren so schön gewesen und zugleich so schrecklich. Annie wußte selber nicht, woher sie den Mut nahm, als sie sagte: »Sie haben ihn also verlassen.« Sie sagte es mit dünner Stimme und glänzenden traurigen Augen, mit denen sie Alide geradeheraus ansah. Eine Feststellung, die nicht nur eine Trennwand, sondern auch eine Verbindung zwischen ihnen beiden bildete. Vielleicht weil Annie so etwas gewagt hatte, aber dabei mit so dünner, so schütterer Stimme sprach, daß man sie kaum zur Rechenschaft ziehen konnte: »Sie haben ihn also verlassen.« – Alides schönes Gesicht veränderte sich und wurde ganz starr. Es war dicker geworden, schwammiger unter den Augen. Oder waren es Tränen, die in Alides Augen aufstiegen? Ach, Annie wußte es nicht. Alide packte sie am Arm und zog sie mit sich hinaus auf die Straße. Wie kräftig und groß Alide war! Wie behutsam dagegen führte sie Annie am Arm. Ihre Lippen bebten, der schöne Mund drückte Trauer aus. »Es war sehr schwer«, sagte sie, »aber es ging nicht anders.« – Und mit Tränen in den Augen schaute sie die kleine Annie an, als wolle sie sie um Verzeihung bitten, sie, die kleine Annie! Und dann hatte sie Annie näher zu sich herangezogen: »Habt ihr ihn seither mal getroffen, zufällig vielleicht?« – Annie konnte Alides flehendes Gesicht nicht vergessen. Hätte sie ihr nur sagen können, daß sie ihn gesehen und daß er gesagt habe, er verstünde alles! Sie, Annie, konnte es gut verstehen. Sie war dann fortgelaufen, ohne sich nochmals umzusehen. Sie wußte nicht, ob Alide ihr nachgeschaut hatte oder ob sie gleich wieder zur Kasse zurückgegangen war. Annie verstand alles. Kosta durfte nicht unglücklich sein, weil Alide dann nicht glücklich sein konnte. So ging es zu unter den Menschen, die in der Gefangenschaft ihres eigenen blutwarmen Herzens auf Erden lebten. Sie konnten dem einen ihre Liebe nicht entziehen, auch wenn sie inzwischen einen anderen mehr liebten. Annie war gerührt und glücklich zugleich. Wenn ich nur helfen könnte, hatte sie gedacht, wenn ich nur etwas für sie tun könnte... Was konnte die kleine Annie schon tun. Sie bekam bereits Herzklopfen, als sie zu Hilda sagte: »Gestern habe ich Alide gesehen, die Alide aus *Mon Repos*.« – Hilda schenkte gerade Tee nach, hielt inne und warf ihr einen scharfen, neugierigen Blick zu: »Was du nicht sagst, die Alide?« – Sie schenkte weiter ein und fragte mit gesenkten Lidern: »Und ihn auch, diesen Kosta?« – Annie schämte sich, als begehe sie einen Verrat: »Nein, sie hat ihn verlassen.« – Und nachdem sie alles erzählt hatte, wurde es nur noch schlimmer. Hilda war streng: »Das ist leicht, in Tränen zerfließen, aber dabei stur den eigenen Willen durchsetzen. Ja, das ist leicht.« – Wer sollte Alide verteidigen? Da saß nur ein schüchternes, wehrloses Geschöpf, das beschämt lauschte: »Alles haben wollen und dann noch heulen. Und inzwischen zieht die wahre Liebe den kürzeren. So geht es überall. Sieh doch hier im Haus: Er geht seiner Wege, und sie ist, auch wenn sie sonst ihre Fehler hat, treu wie ein Hund. Und dann ich selber, ich denke oft, was habe ich eigentlich davon. Da sitzt er in seinem Lehnstuhl, die Pfeife zwischen den Zähnen, und schaut seine Tabaksdose freundlicher an als mich. Und manchmal denke ich, wenn einer käme, der anders ist, wer weiß, was geschähe.« Annie hörte still zu. Nein, Hilda wußte nichts. Es stimmte nicht, was sie behauptete. Liebe zog nie den kürzeren. Und gerade Alide war der Beweis dafür, Alide, die trotz ihres neuen Glücks so unglücklich war. »Nein«, sagte Annie tapfer, »die wahre Liebe siegt. Kann sie etwa Kosta vergessen? Niemals! Und Kosta, angenommen er würde Yolande begegnen, glaubst du, er würde sie auch nur ansehen?« – Hilda beugte sich weit über den Tisch und sah Annie an. Auf ihrem kühlen, rechtschaffenen Gesicht erschien ein Ausdruck, den Annie noch nie zuvor gesehen hatte. Etwas Listiges, fast Rachsüchtiges lag darin, der Ausdruck einer Kupplerin. »Yolande«, sagte sie, »ja, die war in ihn verliebt. Du hast recht, die müßte ihm mal zufällig begegnen.« – Annie schaute in das weit vorgebeugte Gesicht. Ihr Herz begann, wieder ganz plötzlich und schnell zu klopfen, und wurde allmählich langsamer. Es war viel Dunkles in einem Menschen. War das noch Hilda? Das Dunkle in den Menschen war, daß sie sich für ihr eigenes Schicksal rächen wollten und dabei nichts und niemanden schonten, um dann mit der Liebe und den Menschenherzen zu schachern. Sie senkte den Blick. »Nein«, sagte sie flehend, »nein, das darf nicht passieren.« – Auf dem Heimweg war Annie ängstlich und fühlte sich schutzlos. So war sie noch nie von Hilda fortgegangen, sie war einsamer denn je. Beim Gehen drückte sie vor Einsamkeit und Angst beide Hände an die Brust. Ihr Schatten begleitete sie auf der nächtlichen Straße, ein dunkles Ding, das seine Gestalt mit launischen Verrenkungen änderte wie ein Reptil. So war der Mensch eigentlich: dunkel und unberechenbar wie ein Reptil. Ihre Augen glänzten fiebrig. – Und so war auch Alide. Sie hatte den Tag wieder hinter der Kasse im Geschäft verbracht. Als sie an Kosta erinnert wurde, hatte sie geweint, und als Peps sie in die Arme geschlossen hatte, hatte sie gelacht mit ihrem Mund, der schön war wie in einem Film. Und Hilda mit ihrem schadhaften Gebiß, ihrem Kapitän und ihrer Chefin war nicht anders: zuerst rechtschaffen und mütterlich und dann plötzlich ein ränkevolles, bösartiges Weib, besessen von gemeiner Rachsucht. Annie drückte beim Gehen beide Hände an die Brust, so einsam und ängstlich war ihr zumute. Wenn sie nicht mehr an die Menschen außerhalb ihres Gefängnisses glauben konnte, was blieb ihr dann noch übrig! Dann wurde sie selber noch unberechenbarer als ein Reptil. Dann blieb ihr nur der Haß. Dann hatte sie es nur noch mit zwei Menschen zu tun, die sie beide haßte: mit ihrer Mutter und dem toten Paul. Dann würde sie eines Tages unweigerlich etwas Unwiderrufliches tun, um die Mauern ihres Gefängnisses zu zertrümmern, ja, sie würde Böses tun, nur weil sie ein so großes Bedürfnis nach dem Guten hatte. Güte, Schutz, Trost, wer konnte ihr das geben!... Und was sie erst zu Hause erwartete! Sie steckte den Schlüssel ins Schloß, öffnete die Tür und ging hinauf. Ihre Mutter saß wie gewöhnlich am Tisch. Doch es lag ein ungewohntes Lächeln auf ihrem Gesicht, ein Lächeln, hinter dem sich eine unsichere, säuerliche Freude verbarg, als hätte sie eine Überraschung für ihre Tochter. Annie blieb abwartend vor dem Tisch stehen. Sie betrachtete das Gesicht der Mutter und ihre untätigen weißen Hände auf dem Tisch. Die Mutter sagte: »Heute abend haben wir zusammen mit meinen Brüdern und Schwestern in der Sitzung beschlossen, daß auch du fortan an unserem gesegneten geistigen Verkehr teilnehmen darfst.« – Annie sah die funkelnde Freude in ihrem Lächeln: »Weigere dich nicht, mein Kind, es würde uns einander soviel näher bringen.« – Gleich darauf erstarb das Lächeln, die Augen und der Mund wurden hart und böse: »Du wirst verdammt sein, Kind, aber ich will mein eigenes Kind nicht verdammen.« – Annie sah, wie die untätige Hand sich mit großartiger Geste erhob und im Raum schwebte wie eine sonderbar taumelnde Qualle. Die Qualle bewegte sich in plump skandiertem Rhythmus zur magisch beschwörenden Wiederholung des Fluchs: »Aber ich will mein eigenes Kind nicht verdammen.« – Wie dunkel ist der Mensch. Annie, die sanfte Annie, beugte sich weit über den Tisch. Die Qualle war ihrem sonst so sanften Gesicht ganz nahe. Doch jetzt war es nicht mehr sanft, es war ein scharfes, mageres Gesicht mit vor Leidenschaft sprühenden Augen. »Du kannst mir den Buckel runterrutschen!« sagte sie. Die Qualle schlug ihr weich ins Gesicht. Es war ein ekliges Gefühl, so ekelhaft, daß sie mit beiden Händen ihre Wangen rieb, wie um ein schleimiges Mal wegzuwischen. Dann floh sie aus dem Zimmer, die Treppe hinauf in ihre Kammer. Sie schloß die Tür ab. So rasch sie konnte, schlüpfte sie ins Bett und zog die Decke über den Kopf. Gespannt horchte sie, ob ihre Mutter nicht die Treppe heraufkäme und sie vor der Kammertür verfluchte. Doch es geschah nichts. Ihre Mutter ging wie gewohnt ins Schlafzimmer. Dann wurde es still. Annie merkte, daß sie am ganzen Leib zitterte. Sie hatte Angst, so große Angst, daß sie die Decke fest über ihr Gesicht zog. Sie hatte Angst vor dem Leben, das wie ein grinsender Spuk auf sie zu warten schien. Der Spuk sprang in Alides Lächeln und verzerrte es zur Grimasse, sprang in Hildas kühles mütterliches Gesicht und machte daraus eine listige Kupplerinnenvisage. Dann, aus tiefster Finsternis, stürzte das Gesicht der Mutter auf sie zu, ein weißes Gesicht, das anschwoll und blau wurde, ein Gesicht kurz vor dem Erstikken. Annie schreckte aus dem Schlaf hoch, ihr Herz klopfte zum Zerspringen. Sie wartete, bis ihre Erregung abgeklungen war. Endlich lag sie ganz still da, ganz kraftlos und müde, die wehrlose Beute aller Gefahren und Schrecken, die noch kommen würden! Gab es denn niemanden, der den Spuk vertreiben konnte, niemanden, der stärker war! Sie dachte an Berthe. Berthe war sehr ernst und eifrig. Vielleicht sollte sie Berthe zu Rate ziehen. Berthe schaute sie mit Augen an, die so durchsichtig waren wie eine Gebirgsquelle. Schließlich fiel Annie wieder in den Schlaf, so plötzlich und sehnsüchtig wie eine Kranke, die sterben möchte...

Erhabene Stimmungen und edle Ziele sind ganz hübsch und sogar schön, wenn man sie für sich allein durchspielt oder wenn jemand dabei mitspielt. Doch das wahre Ich, das wahre Leben liegen einige Stufen tiefer, sozusagen ebenerdig, und haben nichts Erhabenes an sich. Ist das schlecht? Nein, eher sicher und sogar bequem. Die besten Wohnungen liegen in der Regel im Erdgeschoß, je höher, um so schäbiger werden sie. Yolande erinnerte sich noch gut daran, wie sie damals in den Ferien in *Mon Plaisir* zu Kosta ging. Erhaben war ihre Stimmung, edel ihr Ziel. Sie, die sonst nur flirtete, war zu ihm gegangen, weil sie überzeugt war, daß sie einen Mann wie Kosta würde lieben können. Mit Kosta hatte sie ein edelmütiges Spiel gespielt, um ihn aus seiner Verzweiflung zu retten. Alles hätte sie damals für ihn getan, ganz und gar selbstlos. Mit Leib und Seele hätte sie sich ihm geschenkt, nur um ihn für einen Augenblick seiner bodenlosen Verzweiflung zu entreißen und ihn seine Einsamkeit in einer Umarmung vergessen zu lassen. Nein, so war es nicht gewesen. Sie war nicht selbstlos. Wie war das damals auf dem Heimweg, als er sie mit Leib und Seele abgewiesen hatte? So einsam, so elend hatte sie sich noch nie gefühlt. Sie hatte sich in ihn verliebt, einfach verliebt. Nachträglich konnte man alldem einen verklärenden Schein verleihen, aber in Wirklichkeit war es banal und abgeschmackt gewesen. Zum Glück hatte sie ihren idiotischen Selbstbetrug sehr bald erkannt. Am Morgen, der ihrer mißlungenen Eskapade folgte, war sie wieder sie selbst und nüchtern wie immer. Sie dachte nicht daran, sich in Phantastereien und Gefühle zu stürzen, die nicht erwidert wurden! Es war völlig klar, daß er keine Notiz von ihr nahm. Für ihn existierte nun mal keine Yolande. Und er war nicht so rücksichtslos, daß er in einem Frauenschoß Trost gesucht hätte, ohne hinterher zu wissen, welcher es gewesen war. So was kam ihm nicht in den Sinn. Daher wäre es auch nicht schlimm gewesen, wenn es passiert wäre. Er hätte sie danach ruhig vergessen dürfen, sich nicht an sie zu erinnern brauchen. Es gab so viele, die sie vergessen hatten, warum also nicht auch er. Und da sie nie etwas bereute, hätte sie auch das nicht bereut. Kosta war immerhin Kosta. Sie dachte selten an ihn, konnte sich kaum erinnern, wie er aussah. Doch, an seine Stimme. Oder an die Art, wie er Alide ansah. Aber wenn Yolande ihm begegnete, würde sie ihn sofort erkennen. Sie wußte jedoch genau, wie er *nicht* war, was ihn von anderen unterschied. Sie stellte keine Vergleiche an. Doch wenn man einmal erkannt hat und fühlt, daß nichts zu ändern ist... Eines Tages lernte Yolande einen Geiger kennen. Er spielte in einem Symphonieorchester. Sie hatte Sinn für Musik. Sie spielte Banjo und sang. Als sie mit einer Freikarte das Konzert besuchte, in dem er mitspielte, erlebte sie etwas Wunderbares. Wenn zu Hause im Radio ein Konzert kam, war sie die erste, die nach etwas Leichterem suchte. Die ohrenbetäubende, unzusammenhängende Musik, die mit vielen Umwegen auf den Schluß des Stükkes zusteuerte, gefiel ihr nicht. Und dann das frenetische Händeklatschen hinterher. Sie konnte einfach nicht glauben, daß solch ein Komponist nicht verrückt war und daß das Publikum seine Begeisterung nicht nur vortäuschte. Nein, eine anspruchslose und flotte Jazznummer mit einem Rhythmus, bei dem das eigene Blut mitklopfte, und einer Melodie, die einem aus der Seele schrie, das sprach sie an. »Du bist entsetzlich primitiv und ungebildet«, hatte der Geiger einmal gesagt. Er war ein langer Mensch mit schwarzem Haar, entzündeten Augenlidern und einem verkniffenen Mund. Seine Hände waren schön, mit dünnen, langgliedrigen Fingern, richtige Geigerhände. Was sie anzog und reizte, war die unverständliche Art, mit der er ihr den Hof machte. Es erinnerte sie an einen Film, den sie gesehen hatte und in dem eine verheiratete Frau auf dieselbe Weise umworben wurde. Zuerst ernst, ganz versunken in Gespräche, die sie sicherlich langweilten – im Film geschah es absichtlich, damit er keine Gegenliebe erweckte –, und dann riß er sie plötzlich brutal in die Arme – im Film geschah es in einem Augenblick der Selbstvergessenheit. – Aber Yolande war keine verheiratete Frau. Der Geiger sprach mit ihr über Musik: Daß man sich dabei keine Geschichte vorstellen dürfe, um sie zu begreifen. Musik ließe sich nicht in Begriffe oder Gefühle übersetzen, sie wirke ordnend und harmonisierend auf den Geist und seine Funktionen, vor allem die Musik von Bach. – Yolande gab sich keine Mühe, ihn zu verstehen. Es kam ihr fast lächerlich vor, daß er ihr so etwas erzählte. Was hatte das für einen Sinn? Er brauchte ihr Verständnis gar nicht, wenn er egozentrisch vor sich hinredete. Er schaute ihr dabei auch nicht in die schönen Augen mit der porzellanblauen Iris, die aber vor Argwohn und Spott funkelten. Dann sprach er über seine Ehe. Seine Frau befriedige ihn nicht. Sie sei kühl, außerdem oft krank. Sie sei in kurzer Zeit gealtert: Hängebrüste, ungepflegtes Haar, falsche Zähne. Nicht einen Augenblick lang suchte er dabei den porzellanblauen Blick von Yolande mit ihren festen, spitzen Brüsten, ihrem ordentlich frisierten Haar und ihren guten Zähnen. Er redete ins Leere. An der Haustür drückte er ihr wortlos eine Karte für das Konzert in die Hand. Und wortlos, wie in jenem Film, packte er sie und küßte sie mit brutalem Ernst. Nein, sie verstand sein Verhalten nicht. In diesem Konzert aber geschah das Wunder. Sie sah ihn als den Ausführenden einer wichtigen, weihevollen Aufgabe. Sie verfolgte genau, was dort im Orchester geschah. Sie hörte, wie das Thema des Stückes erklang und von den Geigen an die Flöten und Hörner weitergegeben wurde, bis es alle Instrumente gleichzeitig auffingen und hinaussangen mit einer Vielstimmigkeit, die über ihr Fassungsvermögen ging. Sie sah, wie er entrückt und andächtig mitspielte, und fühlte deutlich, daß er in diesem Augenblick eine bestimmte Würde besaß, reinste und höchste Menschenwürde. Das lenkte ihre Gedanken auf Kosta, nein, auf Männer wie Kosta, die mit einer solchen Würde auftraten. Der Gedanke erweckte in ihr eine Sehnsucht nach einem Leben, vielleicht auch einer Liebe in jenem reinen und erhabenen Stil. Der donnernde Applaus schien ihr nicht nur wohlverdient, sondern rührte sie durch seine verbissene, monotone Begeisterung. Auch das war Musik. Nach dem Konzert gingen sie im Nieselregen heim, er mit hochgeschlagenem Mantelkragen, die Geige unterm Arm, und sie einsam neben ihm. Sie gingen noch kurz in ein Lokal, wo er sagte: »Nimm einen Kaffee, für Likör oder so was habe ich kein Geld.« – Und er fügte hinzu: »Der Abend heute war Mist.« Und das hieß: Er war unter aller Kritik. Er brachte sie bis zur Haustür. Unterwegs hatte er ihr wieder von seiner Ehe erzählt. Seine kränkliche und ungepflegte Frau sei zu alt für ihn. Er sagte es geradeheraus: Er hatte mehr für jüngere übrig. Sie bemerkte, daß er mit rotumrandeten, ruhelosen Augen ins Leere, in den Nieselregen starrte und daß ein hämisches Lächeln um seinen Mund spielte. Er war ordinär. Wie hatte sie ihn nur für etwas Besseres halten können. Als er sie an der Haustür umarmen wollte, sah sie ihm offen in die Augen und fragte: »Kannst du nur die Musik lieben?« Er drückte sie mit einer obszönen Geste an sich und erwiderte: »Das auch.« – Ein brünstiges Tier, das denken konnte und nur an die Schönheit in der Musik gebunden war. Zuerst wollte sie ihn gewähren lassen, was machte es schon aus, dachte dann aber plötzlich: Ich gehe vor die Hunde, wenn ich das tue. Sie stieß ihn heftig von sich und sagte: »Das kostet zufällig mehr als eine Freikarte und eine Tasse Kaffee.« Er war verblüfft und sah an der Art, wie sie ihm in die Augen schaute, daß er sich nicht weiterwagen durfte. Ihre blauen Augen sprühten vor Spott. Er las noch etwas anderes darin als Spott, dem er aber keinen Namen zu geben wußte: Es war Selbstverspottung. Sie trat ins Haus, knallte die Tür hinter sich zu und ging nach oben. Als sie sich vor dem Zubettgehen auskleidete, dachte sie: Wenn ich *ihm* nie begegnet wäre, hätte ich mich heute abend nicht so angestellt. Damit meinte sie Kosta. Sie dachte weiter: Unsinn, sich gegen die Schweinereien zu wehren. Alles ist eine Schweinerei. Das Schöne ist nur gespielt, genau wie die Musik... Kaum fünf Minuten später war sie eingeschlafen. Auf ihrem Gesicht lag ein harter, abweisender Zug.

Am Morgen darauf rief Hilda bei ihr an. Sie berichtete, daß Annie am Abend vorher bei ihr gewesen war und erzählt hatte, daß sie mit Alide gesprochen habe, mit der Alide aus *Mon Repos*. Sie habe Kosta verlassen. – Mehr nicht. Yolande hatte verstanden. Als sie den Hörer auflegte, schaute sie verwundert vor sich hin, denn plötzlich verstand sie noch viel mehr. Wenn er, dieser Kosta, ihr noch einmal über den Weg liefe und sie abermals abwiese, würde sie das sehr unglücklich machen. Yolande und unglücklich! Lieber erstickte sie ihre idiotische Überempfindlichkeit im Keim, als daß sie sich betrügen ließ und sich dem Spott aussetzte. Sie ging wieder an ihre Arbeit, und auf ihrem Gesicht lag derselbe Ausdruck wie im Schlaf, hart und abweisend...

Und schließlich Berthe. Dieses Mädchen war anders als Hilda, Annie oder Yolande. Sie erlebte viel, sie hatte keine Angst vor dem Dunkel in sich selbst oder in anderen, sondern besaß einen tiefen Glauben an die Schönheit. Sie war also eigentlich glücklich, ohne es zu wissen. Nun gab es jemanden, der das sehr wohl erkannte und versuchte, sie von ihrem seltenen Glück zu überzeugen. »Ich wünschte«, sagte diese Person neidisch, »ich wäre an deiner Stelle.« – Es sollte noch Jahre dauern, ehe Berthe begriff, wie ernst dieser Seufzer gemeint war. In diesem Moment sagte sie nur entrüstet: »Ausgerechnet du mußt mir das sagen!« – Denn Frau K. war wirklich unter einem Glücksstern geboren. Als Kind sorgfältig erzogen, als

Mädchen wohlbehütet, mit einem ehrbaren Mann verheiratet, Mutter und schließlich Witwe geworden, lebte sie jetzt allein, wenn auch stets unter der liebevollen und wachsamen Kontrolle ihrer vier Kinder, die sie reihum zum Wochenende einluden, ein Leben, in dem alles freundlich und wie von selbst verlief, sogar der Tod des Ehemannes. »Ja, ich«, erwiderte sie, »ausgerechnet ich sage dir das!« – Frau K. konnte seltsamerweise sehr heftig werden und ließ, seit sie keine Familie mehr zu betreuen hatte und die Woche über allein und frei war, ihrer Heftigkeit freien Lauf. Ihre feinen grauen Haare vibrierten wie elektrisch geladen, und ihre Augen schauten fast weinerlich drein, als sie pathetisch ihre schmalen Hände hob: »Wünschst du dir etwa ein Schicksal wie das meine, ein sogenanntes harmonisches Leben, in dem nichts und niemand dich je aus dem Gleichgewicht bringt? Du weißt gar nicht, was du dir wünschst, davor behüte dich Gott!« – Sie ging auf Berthe zu und legte ihr die nervösen Hände ums Gesicht. Ein junges und glattes Gesicht. Wie oft noch würde es sich naß vor Tränen auf die Arme legen, ehe es alt war. Jede Falte war das Siegel eines Kummers. Ein wunderbares Leben, von Gott selbst bitter bekämpft in immerwährendem Kampf. Sie wußte noch gut, was sie gedacht hatte, als sie Berthe zum erstenmal begegnet war: Lebenshunger. Und beschämt hatte sie an ihre Jugend, ihr eigenes Leben gedacht, in dem der Hunger so gebändigt und wohlerzogen an ordentlich gedeckten Tischen saß. Und weiter dachte sie: Wenn ich so eine Tochter hätte – und schämte sich gleich wieder deswegen. Durfte sie ihren Kindern vorwerfen, daß sie ihre eigene Mittelmäßigkeit in ihnen wiederfand? Mein ganzes Leben lang habe ich hinter den Gittern der Konvention gelauert, ich habe nichts gefühlt, gedacht, gehört, gesehen. Und doch gab es etwas in mir, das es besser wußte. Ich war romantisch und neugierig, in solchem Maße vielleicht, daß ich alle Romantik und Begierde scheute und sogar feindselig abwehrte, wie eine Frau einen Liebhaber scheut, der mit einem einzigen Blick ein Feuer in ihr entfacht hat... Für Berthe sah das anders aus. Für sie war das Leben nicht maßgerecht geschneidert. Keine Konvention, die ihr Dasein in Frage stellte. Sie mußte ihr Leben wie einen gestohlenen Schatz verteidigen. Eine für vogelfrei Erklärte, die sich der Verachtung, dem Laster und der Erpressung aussetzte, wenn sie leben wollte. Aber war denn Schöneres denkbar, als sich den Weg durch einen Urwald voller Gefahren und Feinde zu bahnen! –

Es geschah auf einem Fest. Berthe saß neben Frau K. Es wurde getanzt, und Frau K. beobachtete die Tanzenden. Sie dachte: Es gibt einige darunter, die wissen, daß sie leben, die sich bewußt und heuchlerisch ihrem maßgerechten Dasein anpassen, obwohl sie auch ganz anders sein könnten. Ich selbst habe mich nie getraut. Es würde für mich sprechen, wenn ich mich je getraut hätte, offen gegen das eine oder andere Moralgesetz zu verstoßen. Wäre ich nur einmal mit einem Liebhaber davongelaufen, hätte ich jahrelang getrunken oder umgekehrt, wäre ich meinen Mitmenschen jahrelang mit meinen fanatischen Antialkohol-Prinzipien auf die Nerven gegangen. Aber ich bin nicht davongelaufen, ich habe nie mehr als zwei Gläschen getrunken und fand jede Art von Fanatismus ungezogen. Mit einem Wort, es ist ekelhaft. – Berthe stieß sie an und deutete auf eine junge Frau. »Die finde ich schön«, sagte sie. Die junge Frau hatte glattes, glänzendes Haar und schöne Augen. Frau K. sagte: »Frag sie doch, ob sie mit dir tanzen will.« – Dabei dachte sie: Renn dir nur den Kopf ein. – Sie selbst hatte sich nie den Kopf eingerannt mit dem Ergebnis, daß sie jetzt unzufrieden war. Sie hatte ihr moralisches Lösegeld an Schrammen und Beulen nicht gezahlt. Sie schaute zu, wie es sich abspielte. Berthe faßte Mut und ging das Wagnis ein. Sie tanzte mit der jungen Frau, die Anne hieß. Frau K. sah, wie Annes Finger auf Berthes Rückgrat trommelten und es streichelten. Während des Tanzes wurden die Lampen über der Tanzfläche spielerisch ein- und ausgeschaltet. Als Berthe wieder neben Frau K. saß, flüsterte sie ihr ins Ohr: »Sie hat mich geküßt, als es dunkel war.« – Sie war ganz außer sich. Frau K. nickte: »Gut so, weitermachen.« – Es wurde ein sonderbarer Abend. Berthe tanzte noch einmal mit Anne und dann noch einmal. Wenn es dunkel wurde, suchten ihre Lippen einen weichen Mund, und wenn es hell wurde, schaute sie fassungslos in die schönen Augen. Die folgende Nacht war schrecklich und schön zugleich. Berthe fühlte sich wie im Fegefeuer, in dem sie gleichermaßen gequält wie hemmungslos befriedigt dem Kult jener Küsse nachsann. Sie dachte zurück, wie sie die weichen Lippen mit den weißen Zähnen dahinter berührt hatte, und überlegte, was sie getan hatte und nur tun wollte. Sie hatte ihre Lippen auf Annes Mund gedrückt. Sie hätte sie auch streicheln können, mit ihren Lippen jene Lippen streicheln, oder erst die Unterlippe, dann die Oberlippe und dann beide Lippen zugleich gierig mit den ihren umschließen. Oder aber bittend ihre Lippen zwischen die beiden weichen Lippen schieben. Voller Schrecken entdeckte sie, daß sie bei diesem Kult keinen Gedanken Anne selbst widmete. Schlimmer noch, sie konnte sich kaum an Anne erinnern. Da war nur sinnlicher Hunger und ein schöner Mund. Der schöne Mund, stellte sie fest, ähnelte übrigens einem anderen, dem Mund Alides aus *Mon Repos*. – Am Tag darauf ging Berthe zu Frau K., um ihr zu erzählen, worüber sie nachgedacht hatte. Sie liebe Anne nicht, sagte sie, und dennoch habe sich an dem Abend eine Art Traum erfüllt. Sie sei dankbar dafür und sehr glücklich. Jetzt wolle sie Anne besuchen und sie fragen, ob sie ihre Freundin sein wolle. Nein, sie erwarte nicht, daß Anne sie liebe, das war nicht nötig. Aber sie hatte sich ja durchaus nicht abweisend gezeigt. Mehr als das, was gestern abend passiert war, erwartete Berthe gar nicht. Und dafür wolle sie alles aufbieten, was sie an Liebe und Zuneigung zu geben habe. Frau K. nickte ermutigend: »Gut so, weitermachen.« – Berthe rief also klopfenden Herzens bei Anne an. Ob sie mal kommen dürfe? Selbstverständlich! Berthe ging hin. Aus Taktgefühl kaufte sie keine Blumen. Sie kam nicht, um ihr den Hof zu machen, sondern um ihr zu sagen, was die Küsse für sie bedeuteten: eine dionysische Initiation zur Lebensfreude, und ob es weiter dabei bleiben dürfe? Frau K. hatte damit gerechnet, daß Berthe Anne mit derselben stolzen Scheu anrufen werde, mit der sie ihr Vorhaben mitgeteilt hatte. Ihr Verhalten war so zwiespältig wie ihr Verlangen: gleichermaßen keusch wie sinnlich und ebenso demütig wie von brutaler Aufdringlichkeit. Als Berthe bei Anne eintraf, fand sie eine große Gesellschaft vor. Anne war zwar freundlich, gab aber mit keinem Wink zu erkennen, daß sie sich an den Abend erinnerte. Berthe beobachtete sie und hielt zwei Erklärungen für möglich: Entweder war Anne sehr vorsichtig, oder sie, Berthe, hatte das, was an jenem Abend geschehen war, überbewertet und mißverstanden. Vergeblich wartete sie auf ein heimliches Lächeln oder Augenzwinkern. Mit klopfendem Herzen ergriff sie endlich die Gelegenheit, Anne in ein Zimmer zu folgen, in dem sie unbeobachtet waren. Sie fragte: »Du erinnerst dich doch noch?« – Sie ergriff dabei Annes Hände und schaute sie eindringlich und ernst an. Die

Antwort lautete: »Natürlich erinnere ich mich, aber ...« Ablehnende Augen und Gebärden. »Ich bin nicht so«, fügte sie noch hinzu. Berthe antwortete mit gebrochener Stimme: »Das dachte ich mir, natürlich, aber ein bißchen Freundschaft empfindest du doch für mich?« – »Wenn du willst«, wurde ihr großmütig versprochen, »wenn es nicht zu schwer für dich ist.« – »O nein!« – Und in dem Augenblick faßte Berthe den Entschluß, eine Freundschaft aufzubauen, in der ihre Liebessehnsucht nur eine platonisch mystische Rolle spielte und nicht mehr. Währenddessen standen sie Auge in Auge, die Hände warm und fest ineinander verschlungen, und in ihr loderte ein Feuer auf. Noch im Banne jenes Augenblicks dachte sie später auf der Straße: Sie treibt ein Spiel mit mir. Bei Frau K. angekommen, fragte sie: »Ob sie es wohl ehrlich meint?« – Frau K. hob die gefalteten Hände vor die Augen und dachte nach. Sie wußte genau, wie es um Berthe stand. Das ließ sich leicht aus ihrem Hin- und Hergerissensein zwischen Sehnsucht und Widerstand erraten. »Natürlich«, sagte sie, »meint sie das ehrlich. Auf dem Fest war es Neugier. Im übrigen will sie nichts von dir, kann es aber auch nicht lassen, ein wenig mit deiner Schwäche für sie zu spielen.« – Berthe war empört: »Aber das ist abscheulich!« – Frau K. schüttelte entschieden den Kopf. »Das denkst du nur. So sind Frauen nun einmal. Jetzt mußt du selber wissen, was du tust.« – Berthe schaute sie unentschlossen an und sagte: »Darüber muß ich nachdenken.« – Sie ging fort, merkte aber nicht, daß Frau K. ihr nachschaute. Und sie merkte ebensowenig, daß Frau K. sich schuldig fühlte. Erst hatte sie Berthe zu dem Abenteuer ermutigt und dann seinen enttäuschenden Verlauf bagatellisiert. Frau K. fragte sich, woher ihr geheimes Verständnis für Anne, diesen kleinen Vamp, wohl stammte? Aber dann dachte sie: So ist eben das Leben, das wirkliche Leben hinter der Maske des Anstands. Sie, Berthe, mußte versuchen, ihre eigenen Spielregeln zu erfinden. Sie, Berthe, lebte nun einmal unter dem anerzogenen Anstandsreflex. Sie, Berthe, mußte also für sich einen eigenen, völlig neuen Idealismus schaffen und sich in Liebe und Moral einen eigenen Opportunismus zulegen. So dachte Frau K., denn hatte Berthe in ihrer Situation nicht mit Neugier, Verachtung, Spott und sogar Erpressung zu rechnen? War das etwa keine Erpressung, wie diese Alide damals aufgetreten war? Verständnis, sogar Mitgefühl zu zeigen für die Art Liebe, die Berthe suchte, nur um ihre Hilfe in einem suspekten Abenteuer zu erpressen! Natürlich war es suspekt! Berthe hatte ja auch das Telegramm aufgegeben, das Alide ihr zugesteckt hatte (Ich komme, aber später. A.). An Peps. Ein suspekter Mann, denn Berthe hatte es sich nicht verkneifen können, in den Friseursalon zu gehen und sich ihn einmal anzusehen. Wie Berthe erzählt hatte, war diese Alide eine schöne, königliche Frau. Das Abenteuer einer Königin mit einem Lakai. Frau K. hatte das unwiderstehliche Gefühl, sie selbst habe ihr Leben in einer Art Kulturreservat mit keuschen, stilisierten menschlichen Beziehungen zugebracht, während draußen das rauhe, das wirkliche Leben wogte, wie das gefährliche Meer mit seinen Strömungen und Wirbeln eine schmale Insel heftig umbrandet. Einem Mädchen wie Berthe war sie auf ihrer Insel nie begegnet. Ein solches Mädchen hätte dort vermutlich nie ihr unstatthaftes Verlangen verraten, auch wenn es noch so stark war. Ein solches Mädchen wäre wohl von selbst in das rauhe, stürmische Seegebiet geflohen, wo sie Menschen fand, für die die Insel ebenfalls zu klein war. Sollte man sich nicht im Kampf gegen die Fluten, Wirbel und Brandungen üben? Aber solche Überlegungen führten leider zu nichts. Tief im Innersten wußte Frau K., daß sie sich selbst lieber nicht trauen sollte. War es nicht möglich, daß sie sich für die Enge ihrer Insel an Berthe rächte? – Berthe war nach Hause gegangen und hatte sich in ihrem Zimmer aufs Sofa gelegt. Sie wollte nachdenken. Nach einer Weile merkte sie, daß unaufhaltsam Tränen aus ihren Augen flossen und über ihre Schläfen tropften. Warum weinte sie? Sie wußte es kaum. Weil Anne sich nur aus Neugier mit ihr eingelassen hatte? Weil sie sie zurückgewiesen hatte? Weil ihre Freundschaft nicht aufrichtig, nicht fair war? Was machte das schon aus! In Wirklichkeit war Berthe enttäuscht, weil sich ein jahrelanger Traum wieder nicht erfüllt hatte. Leben wollte sie, leben, sei es auch eine einzige Lüge, als dumme Trine, wenn sie nur endlich leben durfte! Nun flossen die Tränen nicht mehr, und sie versank in trübe, verbitterte Gedanken. Was bedeutete ihr diese Anne, dieser kleine Vamp? Nach zwei Begegnungen wußte sie nur, daß Anne sich zugänglich gezeigt hatte, mehr nicht. Vermutlich hätte sie sie niemals liebgewonnen. Von beiden Begegnungen war nichts in ihrer Erinnerung zurückgeblieben außer der jeweiligen Situation: ihre Lippen auf Annes Lippen, ihre Augen versenkt in Annes Augen und ihrer beider Hände fest ineinander verschlungen. Anne selbst spielte dabei kaum eine Rolle. Also ging es nur um eine Gelegenheit zu lieben, logischerweise, denn das ist ein wesentlicher und sehr notwendiger Akt der Selbstverwirklichung, wenn man zweiundzwanzig Jahre lang in vollkommener Einsamkeit gelebt hat. Ich muß aufpassen, dachte sie, es ist alles nicht so schlimm, solange ich über mich selbst genau Bescheid weiß. – Anne war die Frau, die Berthe sich zu ihrer Initiation ausgesucht hatte, aber sie war kein Idol, das über eine unantastbare, völlig eigenständige Macht und Schönheit verfügte, wie Alide sie besaß! – Etwas weniger trübsinnig und verbittert dachte Berthe über das Idol Alide nach. Eine Fürstin mit ihrem Lakai! Sie, Alide, konnte sich alles, selbst das Verächtlichste erlauben: eine Liebelei mit einem Lakai, der, wenn er seine betreßte Uniform ausgezogen hatte, nichts war als ein schmalschultriges, schwitzendes, stinkendes Männchen. Und sie blieb die Fürstin, ein glänzendes Idol voller Süße und Pracht. Aber sicher war auch, daß sie sich eines Tages oder Nachts des Lakais entledigen würde. Und wie? Vielleicht bestellte sie ihn zu einem intimen Treffen in den Keller ihres großen Palastes, einen Keller unheimlich wie ein Burgverlies! Und wenn er dann eingeschlafen war – mit einer Fürstin schlief man wie auf Rosen, auch auf einem Lehmboden, bedeckt mit dem Unrat stinkender Kanalratten –, würde sie ihn verlassen und die Tür für immer verriegeln. Berthe sah das graue, murmelnde, glucksende Wasser im Keller steigen. Es war phantastisch! Und dann rannte sie zahllose Wendeltreppen hinauf, lief durch drei Treppenhäuser und drang keuchend ins Gemach der Fürstin ein. Sie wollte ihr berichten, daß das Wasser schon einen Meter hoch stünde und ebenso grau sei wie das Gesicht des Lakais. Doch die Fürstin blickte sie nur zerstreut an und lächelte heiter. »Was für ein Lakai?« fragte sie. Daraufhin sank Berthe zu ihren Füßen nieder. Das Lächeln, ein strahlendes, hochmütiges Lächeln ohne Liebe und Verstehen, war jetzt ganz nahe. Und dann drang aus dem Keller das Murmeln und Glucksen des Wassers bis zu ihnen hinauf. Ein Schrecken durchfuhr sie. Das Wasser strömte jetzt auch aus den Zimmerecken: vier graue rauschende Springbrunnen. Berthe erwachte und sah, daß die Dämmerung aus den Zimmerecken auf sie zukroch. Nur in den Fenstern stand noch helles Tageslicht. Sie wartete, bis sie sich beruhigt hatte, stand dann auf und knipste ihre Schreibtischlampe an. Sie zog eine Schublade auf, suchte, blätterte in einem Heft und las darin: »Ich konnte nicht umhin, mir diesen P. anzusehen. Es ist unbegreiflich. Doch Frauen wie A. gehen, glaube ich, immer ihren eigenen Weg, auch wenn es so aussieht, als gingen sie an der Seite eines anderen.« – Und ein Stück weiter: »Frau K. ist mehr ein ›Fall‹ für mich als eine Freundin. Mir scheint, sie möchte dem Leben am liebsten die Haut abziehen, nur um seinem Herzklopfen näher zu sein. Bei meinem Problem kann sie mir nicht helfen. Ich wollte, ich hätte einen Freund.« – Und noch weiter: »Annie hat mir geschrieben, daß sie A. gesehen hat und daß A. anscheinend nicht glücklich ist. Weiter nichts. Aber A. ist nur ein Anlaß für sie. Sie selbst ist unglücklich. Wie soll ich ihr nur helfen? Ich weiß selber nicht, wie ich mit dem Leben zurechtkommen soll.« Sie griff nach dem Füllfederhalter und schrieb anschließend an das letzte Geständnis: »Wenn ich nur das Warum und Wozu verstünde, was der Sinn, der Zweck meines Lebens und meiner Mentalität ist. Wenn ich das nur wüßte ...« Berthe legte den Füllfederhalter wieder hin und schaute in die Dunkelheit, die sich in ihrem Zimmer ausbreitete. Es war noch nicht völlig dunkel, sondern es war eine milde Dämmerung, trüb und grau. Auch ihr Inneres war trüb und grau. Sie fragte sich, ob dieser Trübsinn sie jemals ganz und für immer verlassen werde. Wenn das nicht geschah, wenn ihr Leben immer so blieb, wie es war, wollte sie lieber tot sein... Sie legte das Heft mit ihren Bekenntnissen in die Schublade zurück, stand auf und machte sich fürs Zubettgehen zurecht. Traurig und müde zog sie die Decke über den Kopf. Sie starrte in die vollkommene Dunkelheit und dachte: Ich bin allein, mein Leben geht nur mich etwas an. Wen kümmert es, was ich denke, tue oder lasse. Aber wenn ich so denke, komme ich nie mit den Menschen zurecht. Sie dachte weiter: Ich sollte jemanden kennenlernen, der so ist wie ich und der mich lehrt, stark zu sein. Oder wenigstens jemanden, der das Leben ebenso ernst nimmt wie ich... Und dann fiel ihr Kosta ein. Kosta wäre solch ein Mensch, dachte sie, während sein Gesicht blitzartig und doch ganz deutlich vor ihr auftauchte. Vor allem die Augen machten sie stutzig. Sie waren streng und aufmerksam, ein Funke Begeisterung glomm in ihnen. Sie schlief ein. Und am nächsten Tag rief sie ihn an.

»Als ich die Treppe hinaufgestiegen war und vor ihm stand, erblickte ich einen völlig anderen Mann, als ich in Erinnerung hatte. Er stand da, die Hände in den Hosentaschen, und schaute mich an, als sei ich kilometerweit von ihm entfernt. Es war fraglich, ob er mich überhaupt sah. So sehr hatte er sich mit seiner Einsamkeit identifiziert. In seinen Augen war kein Funke Begeisterung wie damals im Sommer in *Mon Repos*. Sie machten eher den Eindruck, als sei ihnen nichts ferner als Begeisterung, wofür auch immer. Außerdem lagen dicke, krankhafte Tränensäcke unter den mich anstarrenden Augen. Ihm war deutlich anzusehen, daß er es seit *Mon Repos* sehr schwer gehabt hatte. Er führte mich in ein Zimmer, das kahl, ärmlich und schmutzig war. Später am Nachmittag erzählte er mir, daß er nicht mehr regelmäßig arbeite, daß er keine Lust mehr dazu habe und daß er hin und wieder etwas von der Einrichtung verkaufe, um leben zu können. Er schob mir einen Sessel hin und legte sich aufs Sofa, weil er, wie er sagte, ziemlich müde sei. Auf einem Tischchen neben dem Sofa standen Zigaretten und Genever. Ich begriff, daß er trank. Ich begriff auch, daß er auf seinen Kummer reagierte, wie man es von jedem beliebigen Menschen erwartet. Wahrscheinlich würde er mir nichts sagen können, was mir selber weiterhalf, und ich bereute schon, daß ich gekommen war. Es war nicht sehr freundlich von mir, daß ich ihn nur wegen meiner eigenen Nöte besuchte. Umgekehrt jedoch konnte ich auch nichts für ihn tun, denn wie sollte ich, die ich so wenig Erfahrung hatte und selbst kaum zurechtkam, ihm helfen können. Außerdem sah er nicht so aus, als ließe er sich helfen. Er schaute mich mit stumpfen Augen prüfend an und fragte: ›Wie bist du auf den Gedanken gekommen, mich zu besuchen, Berthe?‹ – Hätte ich darauf geantwortet: ›Nur so, um zu sehen, wie es dir seit *Mon Repos* geht‹, hätte er mir sofort die Tür gewiesen. Er war noch nicht so weit, daß er sich um irgendwelche Konventionen der Höflichkeit kümmerte. Ich hatte den glücklichen Einfall, vollkommen aufrichtig zu ihm zu sein, obwohl meine Aufrichtigkeit nur dem Umstand zu verdanken war, daß ich keine taktisch bessere Lösung fand. Ich sagte: ›Annie hat Alide gesehen. In einem Brief bat sie mich, dir zu sagen, daß sie dich anscheinend trotz ihres neuen Lebens nicht vergessen kann. Vielleicht bedeutet dir das etwas.‹ – Die stumpfen Augen zwinkerten nicht einmal. Man konnte ihm nicht anmerken, ob zu ihm durchgedrungen war, was ich gesagt hatte. Er starrte mich nur an. ›Es wäre doch möglich‹, fügte ich so ruhig wie möglich hinzu, ›daß dir dies durchaus etwas bedeutet, daß es der erste Schritt zu dir zurück ist. Aber du kennst Alide besser. Das kannst nur du wissen.‹ – Er reagierte nicht darauf. Er hob nur die Hand und rieb sich träge die müden Augen. Dann griff er zur Zigarettenschachtel und nahm eine Zigarette heraus. Ich dachte schon, gleich sagt er jetzt ganz ruhig und leise: ›Möchtest du nicht gehen? Du ermüdest mich.‹ – Aber er hielt mir die Zigaretten hin als Beweis, daß er sich endlich auf ein Gespräch einließ. Während er rauchte, schaute er scheinbar ungerührt und nachdenklich vor sich hin. Ich merkte jedoch, daß seine Hände zitterten. Plötzlich begann er in leisem, vertraulichem Ton: ›Hör mal, Berthe, ich weiß nichts, so gut wie nichts von ihr. Ich kenne sie nicht. Ich weiß nichts von ihren Leidenschaften oder Beweggründen. Ich kenne nur das Phantom Alide meiner eigenen Phantasie, aber seit sie sich damit nicht identifizieren will und an der Seite eines anderen ihre eigenen Wege geht, ist sie mir fremder als jede Fremde. Kannst du das verstehen?‹ – Er schwieg und rauchte und schaute an mir vorbei. Ich hatte den Eindruck, daß er sich beherrschen mußte und deshalb nicht weiterredete. Außerdem fühlte ich, daß er besonders offen gewesen war und daß diese Reaktion seinen tiefsten einsamen Überlegungen entsprach. Vorsichtig sagte ich: ›Du solltest dich an die Tatsachen halten. Ist es nicht logisch, daß das Leben, das sie mit diesem anderen teilt, ihr zuwider ist?‹ – Er schüttelte betrübt den Kopf und antwortete: ›Es gibt keine Tatsachen, und sie teilt ihr Leben mit keinem anderen. Sie ist unbeschreiblich einsam, und das ist ihre Stärke. Sie geht ihren eigenen Weg, den sie mit niemandem teilt. Sie gibt sich zwar den Anschein, als täte sie es, zuerst mit mir und jetzt mit einem anderen, aber sie verliert sich nie, nicht eine Sekunde lang. Sie hat mich auch nie geliebt, jedenfalls nicht mit einer Liebe, die einer gewissen moralischen Norm entspricht. Und jenen anderen liebt sie ebensowenig. Sie täuscht es vor in einer fast genialen Anpassung an das, was ihr Opfer von ihr erwartet und in ihr erblickt. Denn man wird unwiderruflich ihr Opfer, da sie unergründlich und unberechenbar immer ihren eigenen Weg geht, auch wenn es einem das Herz bricht.‹ Danach schwieg er wieder, schaute mich nun aber doch an. Er schien fassungslos zu sein und verstand selber nicht, daß er mir all die Dinge gesagt hatte, die er bislang nur gedacht hatte. ›Begreifst du das überhaupt?‹ fragte er ein wenig beunruhigt. Es war ziemlich peinlich. Ich schlug die Augen nieder und sagte: ›Tut mir leid, aber die Tatsachen, von denen du sprichst, erscheinen mir selbstverständlich. Welche Frau ist nicht unergründlich, nicht unberechenbar? Zumindest in den Augen des Mannes, der sich auf sie fixiert hat und sie deshalb nicht mehr objektiv sehen kann.‹ – Ich sah auf und suchte seinen Blick. Er war nicht mehr bestürzt, sondern neugierig. ›Wie kannst du dann annehmen‹, fragte er leise, ›daß ich sie kenne und wissen müßte, was es bedeutet, daß sie mich nicht vergessen kann?‹ – In die Enge getrieben sagte ich: ›Aber es könnte immerhin sein, daß du es weißt.‹ – Erstaunen kam in seine Augen: ›Sag mal, wie kommst du zu dieser Weisheit?‹ – Ich fühlte, wie mir das Blut in die Wangen stieg, und erwiderte: ›Andere Leute haben auch ihre Gründe zum Nachdenken, nicht nur du.‹ – Und er: ›Und was sind deine Gründe?‹ – Ich sah ihn kurz an. Es war ihm durchaus ernst mit seiner Frage. Und deshalb antwortete ich: ›Die ergeben sich aus dem Problem, daß ich dem Leben anders gegenüberstehe als andere, ein bißchen einsamer, ein bißchen schwieriger. Deshalb muß ich wachsamer als andere prüfen, wie Menschen sich zu anderen Menschen verhalten.‹ Nun hatte ich es ausgesprochen. Er schaute mich mit so eindringlichem Interesse an, als hätte er erst jetzt meine Anwesenheit wahrgenommen. ›Wie Menschen sich zu anderen Menschen verhalten‹, wiederholte er. ›Hübsch gesagt.‹ – Er sah mich unablässig an. Sein Blick durchdrang gleichsam einen Nebel und wurde heller und glänzender. Dann richtete er sich auf. ›Ach ja‹, sagte er mit erstaunter Stimme, ›natürlich.‹ Erst dann ließ sein Blick mich los. Ein wenig später stand er auf und ging zum Wandschrank, dem er zwei Gläser entnahm. Er schenkte sie voll Genever und schob mir eines hin. Das seine trank er in einem Zug leer und schenkte sofort wieder nach. Er hatte sich auf die Sofakante gesetzt, rieb sich müde die Augen und schaute vor sich hin. Ich betrachtete ihn. Ich hatte Angst, daß ich mit meinen Anspielungen eine Aversion in ihm erweckt haben könnte, aber dann begegnete ich wieder seinem ernsten, nachdenklichen Blick – nein, er dachte nur darüber nach. Und wieder griff er nach seinem Glas und trank es in einem Zug aus. ›Weißt du‹, fing er an, ›ich wußte immer schon, daß mit dir etwas los war. Aber was das war, mußtest du mir erst sagen. Ist das nicht traurig? Ist das nicht auch ein eindeutiger Beweis dafür, daß ich mit Phantomen meiner Phantasie lebe?‹ – Er griff zur Flasche und schenkte sein Glas voll. Fast zornig hob er es zum Mund und trank es aus. ›Ich habe noch nie‹, sagte er, ›noch nie die Realität gesehen, immer nur Schatten, Träume, Spukgestalten, die mich auslachen. Begreifst du das etwa auch?‹ Er schaute mich mit funkelnden Augen an, in denen ich Selbstvorwürfe, vielleicht auch Selbstverachtung las. Natürlich, auch diesmal hatte er nicht selbst geschaut, selbst entdeckt und selbst seine Schlüsse gezogen! Alles was er sagte, enttäuschte mich maßlos. Er ahnte nicht einmal, was mein Problem für mich bedeutete. Seine Augen hielten mich gefangen. Er sagte: ›Sogar dich habe ich angeschaut, ohne dich zu sehen.‹ Und dann mit prüfendem, schamlosem Blick: ›Während es doch offen auf der Hand lag.‹ – Sein Blick tastete meine Augen, meine kleinen Brüste und schmalen Hüften ab und musterte mich, wie ich da im Sessel saß und meine Zigarette rauchte. Aber ich stand die Prüfung durch, ohne die Augen niederzuschlagen. Obwohl ich dabei feuerrot wurde, schämte ich mich keineswegs. Dann glitt sein Blick von mir ab, und er sagte:

›Was hast du gesagt? Du hast Schwierigkeiten?‹ – ›Ziemliche‹, gab ich zu. Und er: ›Ist es die Einsamkeit?‹ – Und ich: ›Das auch, aber vor allem würde ich gern überzeugt sein können, daß auch diese Art Liebe moralisch und natürlich ist.‹ – Er sah mich an. ›Jede Art von Liebe ist natürlich und moralisch‹, sagte er. Das klang so selbstverständlich, daß meine Augen aufblitzten. Doch ich sagte: ›Du machst es dir zu einfach.‹ – Er stand auf, strich mir kurz über den Kopf und ging ein wenig im Zimmer hin und her. Schließlich blieb er vor mir stehen und sagte: ›Keinerlei Vorurteil kann dich je daran hindern, daß du liebst, mehr noch, daß deine Liebe erwidert wird. Wo gibt es da ein Problem?‹ – Er hob die offenen Handflächen mit einer Gebärde des Abwartens: ›Dann gilt nicht mehr, was du darüber denkst oder irgendein anderer, dann hat die Liebe selbst das Wort, und wenn es echte Liebe ist, ist sie auch natürlich und moralisch.‹ – Darauf wandte er sich von mir ab und stellte sich ans Fenster. Ich betrachtete seinen Rücken und stellte stolz fest, daß meine Erwartungen an dieses Gespräch sich schließlich doch erfüllt hatten. So ist das also, dachte ich, darauf läuft es hinaus. Aber wie weit entfernt war das alles von meinem Abenteuer mit Anne und von meinen einsamen Erinnerungen an seine Alide. Ich fühlte mich akzeptiert, aber auf eine Art, die mir noch nicht zustand. Doch er drehte sich bereits um und warf einen unruhigen und verdrossenen Blick auf mich. Und während er sich wieder auf das Sofa setzte, sagte er: ›Was ich soeben gesagt habe, hilft dir wohl nicht viel. Und doch ist es wahr.‹ – Er schenkte sich Genever ein und trank. Schließlich beugte er sich wieder zu mir vor und sagte mit leuchtenden Augen: ›Die Wahrheit‹, sagte er und zeigte auf seine Brust, ›die gibt es nur hier. Im Leben hingegen‹, und er hob beschwörend die Hand, ›ist die

Wahrheit immer entstellt oder verstümmelt.‹ – Er trank und trank. Seine Hände bewegten sich träge, seine Augen glühten. Er sagte: ›Was ich vorhin über Alide gesagt habe, ist natürlich eine verstümmelte, schwer verstümmelte Wahrheit, und alles, was ich über sie denke oder sage, ist verstümmelt und entstellt.‹ Er barg das Gesicht in die Hände. Nach einem Augenblick schaute er auf. Er sagte: ›Entschuldige, Berthe, aber komm bitte nicht wieder.‹ – Ich stand sofort auf, da ich meinte, in seinen Augen Tränen schimmern zu sehen. Als ich aus dem Zimmer ging, wandte er das Gesicht ab. Wenn ich jetzt an ihn denke, steht er immer so in der Erinnerung vor mir: einsam, betrunken und traurig über die verstümmelte Wahrheit.«

Auf dem Schreibtisch in Kostas Zimmer lag ein Manuskript. In letzter Zeit war wieder daran geschrieben worden, aber das Hinzugeschriebene hatte noch niemand gelesen. Das war schade, denn es war ein sehr guter Abschnitt, in dem das Wesen der Hauptperson besonders treffend geschildert wurde. Die Hauptperson war King, der Detektiv, der sich in die Person, die er zu entlarven versuchte, verliebt hatte. War das nicht vollkommen widersinnig, selbst zur Beute zu werden, wo man eine Beute zu fangen gedachte? Er konnte das nicht ohne weiteres hinnehmen. Und deshalb behielt er sich noch immer das Recht vor, ebenso an Juliettes Schuld zu zweifeln wie an seinem eigenen, mehr als kriminellen Interesse. Immer noch Zweifel also trotz einer Krise, nach der die Tatsachen keineswegs mehr fragwürdig erschienen, einer Krise, in der er den Wermut des Verrats geschmeckt hatte, als er das Glas Wasser an die Lippen gesetzt und danach wild gelacht hatte wie ein enttäuschter Liebhaber. Noch Zweifel also! Nein, es war nicht Feigheit. Er mußte seine Aufgabe zielbewußt zu Ende führen, und das bedeutete in diesem Fall, daß entweder Juliette oder er selber zum Opfer wurde. Der Endspurt im Wettlauf um die Wahrheit war ein Wegweiser, der zum Tode wies. Aber sein Zielbewußtsein schloß nicht aus, daß King bis zum Endspurt gründlich und differenziert zweifelte. Das war nicht nur seine Pflicht, sondern entsprach auch seiner wissenschaftlich orientierten Natur. Und wer entkommt seiner Natur, wenn man bedenkt, daß Natur und Schicksal Hand in Hand gehen? Übrigens hatte er schon als Kind die Begriffe Schuld und Unschuld erstaunlich plastisch gesehen. Schon als Kind hielt er das Verhältnis von Schuld und Unschuld für komplizierter als mancher Erwachsene. Er wußte sehr früh, daß die beiden Begriffe zusammen- und auseinanderfließen konnten, um in einem anders verteilten Kräfteverhältnis wieder ins Gleichgewicht zu kommen wie Figuren in einem Kaleidoskop. Schon als Kind also! Schon damals zeigte sich sein schauspielerisches Talent, das dem späteren Detektiv unentbehrlich wurde. Durch dieses Talent war er schon auf der Schule aufgefallen. Man betraute ihn mit der Hauptrolle in *Die entzauberte Prinzessin*, einem Märchenspiel. King sollte den Prinzen spielen, der die Prinzessin entzaubert. In einem einsamen Wald begegnet er einem Hexenkind in Lumpen, das giftige Kräuter sammelt. Es ähnelt nicht im geringsten dem bildschönen Mädchen, das aus dem Palast geflohen war, weil man sie gegen ihren Willen verheiraten wollte. Nein, wer sie wirklich liebt, muß sie trotz ihrer abschreckenden Verkleidung erkennen. *King*: »Vom Herumirren müde, kommt mir diese Waldhütte vor wie ein Palast. Darf ich mich hier ausruhen?« – *Die Prinzessin*: »Willkommen, Fremder.« – *King*: »Ich suche eine bildschöne Prinzessin, habt Ihr sie wohl in diesem Wald gesehen?« – *Die Prinzessin*: »Nein,

Fremder.« – *King*: »Mich dünkt, Eure gesenkten Augenlider verbergen Augen, so schön wie die der Prinzessin.« – *Die Prinzessin*: »Ihr schmeichelt mir, Fremdling.« – *King*: »Mich dünkt, der Staub auf Euren Haaren verbirgt den Glanz goldner Sonnenstrahlen.« – *Die Prinzessin*: »Ich sage nochmals, Ihr schmeichelt mir, Fremdling.« – *King*: »Ich bin ein Königssohn, die gelehrtesten Männer meines Landes haben mich unterrichtet. Mithin kann ich Schein und Sein unterscheiden. *(Er geht aufgeregt hin und her und bleibt wieder vor dem in Lumpen gehüllten Mädchen stehen.)* Mein Verstand und mein Herz erkennen Euch: dem Schein nach ein Hexenkind, aber im Sein eine Prinzessin. *(Er streckt schwärmerisch die Arme nach ihr aus.)* Und so Ihr nicht eine Prinzessin von Geblüt seid, so seid Ihr es aufgrund Eurer so schlecht getarnten Schönheit und Eurer schönen Seele!« – Wie inbrünstig King, der spätere Detektiv, seine Rolle spielte! Auf der Generalprobe zog man ihm eine weißseidene Kniebundhose an, legte ihm ein kurzes Cape aus rotem Samt um die Schultern und gürtete ihm einen Schleppsäbel um. Doch er imponierte nicht durch die Kleider, sondern durch seine treffsichere Haltung und seinen Ausdruck. Er merkte natürlich, daß die in Lumpen gekleidete Hexe sich in ihn verliebt hatte und gerne gesehen hätte, daß das Märchen Wirklichkeit würde. Vielleicht hätte sie daran geglaubt, wenn King außerhalb der Proben etwas von dem prinzlichen Kavalier beibehalten hätte. Aber gleich darauf wurde er wieder zu dem Jungen, der sich von allen abseits hielt, von den Mädchen wohl mehr aus Verachtung und von den vom Hordengeist besessenen Jungen aus hochmütigem Individualismus. So war er schon als Kind einsam und besonders. Diese Besonderheit des Kindes King ist mehr als eine Anekdote wert. Denn wird zum Beispiel nicht auch eine banale Äußerung eines Künstlers als geflügeltes Wort angesehen, ja, als etwas Sakrales, nur weil *er* es sagte (oder er es *sagte*)? Dieses geflügelte Wort, das King einst sprach. King sollte also in der *Entzauberten Prinzessin* auftreten. Aber als der Tag angebrochen war, lag er krank im Bett und mußte die Hauptrolle einem anderen überlassen. Die Aufführung mißlang. Aber er hätte doch nicht niesend und hustend die Prinzessin aus der verkleideten Giftkräuterhexe hervorzaubern können. Die Aufführung mißlang, weil er ausfiel. Paßt auf, wo ein King fehlt, geht etwas schief. King ist wie ein Ferment, ohne das das Leben dem Tode ähnelt, alle Phantasie amorph und jeder Elan steril ist. Er wußte das, und die Jungenhorde wußte es auch. Mochte King auch krank sein, er gehörte dazu, und sein Fehlen kam einer Schuld gleich. Als er wieder gesund zur Schule kam, lauerten ihm alle Jungen der Horde auf, um sich dafür zu rächen, daß er seine Rolle nicht gespielt hatte. Er hatte seine Pflicht versäumt, nein, schlimmer noch, er war seiner Aufgabe nicht gerecht geworden. Und die Prinzessin war nur scheinbar, durch einen Scheinprinzen entzaubert und nicht wirklich erlöst worden aus dem Hexenspiel. Die Jungen der Horde verhöhnten ihn als Spielverderber und Bleichschnabel. Schließlich rückten sie ihm zu Leibe und verprügelten ihn ordentlich. Er ließ es wie einen Schicksalsschlag über sich ergehen, und als es vorüber war, klopfte er sich den Straßenschmutz von den Kleidern, strich das dünne Haar glatt, tupfte sich die blutende Nase und das anschwellende linke Auge ab und sagte: »Solange ihr mich nicht totschlagt, bin ich ganz gewiß nicht allein schuld.« – Kann das nicht als geflügeltes Wort gelten? Damit begann sozusagen seine große innere Entwicklung in der Frage der Schuld und Unschuld, und er hatte es weit darin gebracht. Er zauberte mit den Begriffen wie ein gelernter Magier, der ein Kaninchen in die Hosentasche steckt und es dann aus seinem Zylinder zieht. Es kam auch vor, daß er damit jonglierte wie mit einem schwarzen und einem weißen Ball, und zwar so schnell, daß Schwarz und Weiß zusammenflossen. Doch niemand wußte genau, wie kompliziert es in dem großen King zuging, weder seine Auftraggeber noch seine schrecklich normale Zimmerwirtin und am wenigsten vielleicht Juliette. Seine Auftraggeber ließen sich vertreten durch einen Verwandten jenes Mannes, den Juliette entweder vergiftet hatte oder nicht. Auf diesem Verwandten lastete die Pflicht nachzuprüfen, wie weit King mit seinen Ermittlungen gekommen war und ob er sich mit dem düsteren Problem in einer Weise beschäftigte, die ein Ergebnis in Aussicht stellte. Kurzum, er wurde einfach zur Rechenschaft gezogen. Der Verwandte erwartete King hinter seinem wuchtigen Schreibtisch, in dessen Schublade – und damit unsichtbar – eine Flasche Genever auf King wartete. Falls er einschüchternder Strenge nicht zugänglich war, dachte der Verwandte, so verlockte ihn vielleicht der Genever zu einem Bekenntnis oder zu Enthüllungen. Es war nicht vertretbar, daß er für ein festes monatliches Honorar immerzu Ungewißheiten lieferte, das ging nun wirklich nicht mehr. Diesmal also entweder das Eingeständnis seiner Unfähigkeit bei diesem Fall oder die Enthüllungen. Wer weiß, vielleicht hatte King seine Recherchen längst wegen eines Liebesverhältnisses aufgegeben, oder aber er hatte die Beweise längst in der Hand. Also heraus damit, wie es um die Sache bestellt war. Doch King war dank eines besonderen Talents Einschüchterungsversuchen gegenüber vollkommen unempfänglich. Er besaß die Gabe, in jedem Gesicht, also auch in dem großflächigen Inquisitorgesicht des Verwandten, den Totenschädel zu sehen (nachdem er es in Gedanken entfleischt hatte) und sich in jedem noch so hübschen Körper unter der Haut den Magen mit Essensresten und die Gedärme mit den Exkrementen vorzustellen. Ferner sah er hinter den Schädelknochen die Gehirnmasse, in der die Gedanken herumtappten oder launisch hin und her flitzten wie unvernünftige Fische in einem Wassergraben, und manchmal auch einen Gedanken, der versteckt und unbeweglich war wie ein Hecht, der auf Beute lauert. – King hatte alles gesehen. Da saß hinter einem imposanten Schreibtisch ein Mann, in dem Tod und Verderben lauerten und in dessen Gehirn alles außer dem Hecht abgestorben war. Der Mann schaute ihn über seine goldene Brille hinweg mit einem Blick an, der streng und strafend Rechenschaft forderte. In Wirklichkeit jedoch verlor sich der kurzsichtige Blick in einem Nebel und reichte kaum bis zu King, der für den Mann zum schweigenden Schatten wurde. Dann fiel der Blick durch die Brillengläser, und King wurde gesehen. Auf die Strenge reagierte er lediglich mit einem Lächeln, in seinen Augen lagen Erbitterung und Hohn. Eine Hand faßte in die Schublade, in der der Genever stand und stellte die Flasche auf den Schreibtisch. King sah hin und sagte: »Sehr gern.« – Darauf wechselte der andere seine Taktik: »Es ist natürlich möglich, daß wir Ihre Arbeitsmethode nicht verstehen.« – King hob das Glas und trank es aus. Er hörte: »Nun gut, schließlich geht es uns nur um das Ergebnis.« – King hob zum zweitenmal das Glas und trank es aus. Und hörte: »Das Honorar zahlen wir weiter, sogar gern, wenn ein Ergebnis zu erwarten ist.« – King hob das dritte Glas, trank es in einem Zug aus und schaute dann sein Gegenüber mit bleiernem Blick an. Er sagte: »Erstens: Wenn ich einen Auftrag übernehme, dann trage ich ihn mir selber auf.« – Und er fuhr fort: »Zweitens: Auch wenn ich nicht dafür bezahlt werde, bringe ich den Auftrag zu Ende.« – Und schließlich: »Drittens: Ich verkaufe nicht meine Arbeitsmethode, sondern das Ergebnis.« Er hatte leise gesprochen, aber mit einer Langmut, die nicht mit sich spotten ließ. Sein Gegenüber schaute ihn eindringlich an: »Das Ergebnis? Also der Schuldbeweis? Wann? Wann?« – King lächelte ohne Heiterkeit. Mit einer Gebärde wie der eines Chinesen legte er die Hände auf die Brust und sagte: »Wenn sie mich vergiftet hat.« – Als er diesmal von dem Besuch heimkehrte, ging er nicht ohne weiteres an der Küche seiner übersinnlich begabten Wirtin vorbei. Er glaubte, er verehre sie wegen ihrer Vorahnungen und Visionen, aber in Wirklichkeit liebte er sie wie ein Sohn, wie ein abergläubischer Dichter. Sie war dumm wie seine eigene Mutter. Außerdem war sie eine Art verzauberte Prinzessin, so häßlich, empfindsam und gutmütig wie sie war. Und sie war auch ein lebendiges Handbuch jener Geheimnisse, die ihre Zeichen im Traum und in den unmoralischen Randgebieten des täglichen inneren Erlebens zu erkennen geben. Er ging nicht an der Küche vorbei, sondern sagte: »Wie kommt es, Mütterchen, daß die Leute mich nicht ernst nehmen?« – Er hatte sich auf einen Küchenstuhl gesetzt, strich über scin dünnes Haar und machte vor komischer Verzweiflung große Augen. Wie immer mußte die Wirtin über ihn lachen, obwohl seine Clownerien, ebenfalls wie immer, sie nicht erheiterten. »Was haben sie gesagt, die Herren?« – fragte sie. King zog ein Päckchen Zigaretten aus der Tasche und schnippte eine heraus. Dann legte er sich fast diagonal auf dem Küchenstuhl zurück und lehnte den Kopf an die Wand. Die Zigarette zwischen die groben Lippen geklemmt, inhalierte er tief, stieß kraftvoll den Rauch aus und dachte mit halbgeschlossenen, zusammengekniffenen Augen nach. Endlich sagte er: »Sie sagten, ich bekäme kein Geld mehr und müsse mich beeilen.« – Die Wirtin war sehr vorsichtig im Umgang mit ihrem schwierigen, zartbesaiteten Mieter. Sie ging also nicht auf die Geldfrage ein und fragte auch nicht: »Mit Juliette?«, sondern statt dessen: »Beeilen? Haben sie das gesagt?« – Dann wartete sie, bis er weiterredete. Und er fuhr fort, immer noch mit dem Hinterkopf an der Küchenwand, die Zigarette im Mund und mit Schlitzaugen: »Sie wollen Beweise. Hast du mit deinem einfachen Gehirn je daran gezweifelt, daß ich sie liefern werde?« Die Wirtin schaute entrüstet drein: »Aber natürlich nicht, mein Junge!« – Und ihr Blick ruhte mit tiefem Vertrauen auf ihm. Doch dann erschrak sie, etwas ließ ihr Gesicht erstarren und trübte ihre Augen, als überkäme sie eine Art *Petit mal*. In einer Vision sah sie sein vom Verhängnis überschattetes Bild. Sie sah: Vor ihr saß ein Verurteilter, ein unerbittlich Verurteilter. »Sie wollen Beweise«, wiederholte er und lachte kurz auf, »sie wollen Fäulnisgeruch, ehe von Verwesung die Rede ist.« – Die Wirtin schaute ihn nicht mehr an und hörte mit niedergeschlagenen Augen zu. »Was hältst du davon«, fuhr er fort, »sie bieten einem mit der linken Hand Geld an, aber so, daß man es als gut abgerichteter Hund nicht nehmen darf, während sie einem mit der Rechten den Giftbecher zwischen die Zähne drücken!« Er setzte sich gerade, spuckte die Zigarette in den Ausguß und sah sie an: »Gehört sich das?« – Die Wirtin gab den Blick zurück mit mehr mütterlicher Liebe, als sie jemals für ihre Tochter aufgebracht hatte, die nach Amerika ausgewandert war und sie vergessen hatte. Die Tochter, ihr leibliches Kind, stand ihr längst nicht so nahe wie King, der Sohn ihres Herzens. Besorgt sagte sie: »Ich wünschte, du hättest nie damit angefangen.« – Und dann ratlos: »Denn worauf läuft das alles hinaus?« King beugte sich mit tiefernstem Blick zu ihr vor: »Verstehst du denn nicht? Einer von uns beiden gewinnt, entweder sie oder ich.« Das war eine Vertraulichkeit von weitreichender Bedeutung, eine Anspielung auf Verhängnis und Gefahr. »Und falls sie gewinnt«, wagte die Wirtin zu fragen, »heißt das, daß sie unschuldig ist?« Ein Stück Verzweiflung, möglicherweise auch Ärger mischte sich in Kings Ernst. Er sagte leise und nachdrücklich: »Mensch, wenn sie gewinnt, gibt es eine Beerdigung, verstehst du denn nicht...« Stille trat ein, eine so tiefe, unheilverkündende Stille, als habe sich der Tod eingeschlichen, um sein Opfer zu begutachten. Sogar das gemütliche Singen des Wassers auf dem Herd wurde zum schauerlichen Totenlied. Die Wirtin rieb sich mit der Hand die Stelle unter der Nase, an der sie immer schwitzte, wenn sie nervös war. Doch gleich darauf verjagte sie die Schatten des Todes und schlug mit der Hand in die Luft wie nach einem Insekt. »Aber komm«, sagte sie verzweifelt, »sie kann ja auch verlieren, und dann kommt alles ganz anders.« – King stand auf. »Wenn sie verliert?« fing er fragend an, lief rasch zur Küchentür und riß sie auf. »Sie verliert doch erst, nachdem sie zuvor gewonnen hat...« Er lief aus der Küche hinaus und warf sich in seinem Zimmer aufs Bett. Er hatte plötzlich das heftige Bedürfnis, allein zu sein. Sein Zwerchfell schmerzte. Er sah mit hartem, trockenem Blick zur Zimmerdecke auf und dachte: Es steht also fest, daß ich sie für schuldig und damit für die Stärkere halte. – Er schaute zur Decke, wo der Stuck ein banales Muster aus geraden Linien bildete, die in Rocaillen mündeten. Dann verzog er plötzlich die groben Lippen zu einem Grinsen, daß man meinen konnte, das verächtliche Grinsen gelte der Stukkatur. Dem war nicht so. Das Grinsen galt ihm selber. Ihm war plötzlich eine Wahrheit aufgegangen, eine abscheuliche Wahrheit, die ihn wie eine Flutwelle überspülte und zu ersticken drohte. Welche Wahrheit? Diese: Er war ein schlechter Detektiv! Das bewies der Schmerz in seinem Zwerchfell. Aber es gab noch einen anderen wesentlichen, unwiderlegbaren Beweis: Als Detektiv hatte er nie die Begriffe schuldig oder unschuldig den Tatsachen angepaßt und nie damit gespielt wie ein Jongleur oder Gaukler, obwohl er das geglaubt hatte. Er hatte sie behandelt, aufgemerkt, wie ein Philosoph. Ein Philosoph. Konnte man sich einen unbrauchbareren Detektiv vorstellen als einen Philosophen? War es nicht immer der Philosoph in ihm gewesen, der seine Schlüsse gezogen und nichts von Juliettes wirklichem Wesen begriffen und erklärt hatte? Über einen Philosophen darf man nicht geringschätzig lachen, man darf ihn aber ebensowenig ernst nehmen, ein Mensch, der dem seichten, unbegreiflichen Spiel des Lebens eine fehlende Dimension hinzuzufügen versucht, damit es Stil und Sinn erhält. Aber die seichten Dinge bleiben trotzdem seicht. Was für ein tatsächlicher Effekt ergibt sich, wenn King, der Detektiv-Philosoph, sich mit einer Juliette beschäftigt? Er sucht natürlich nach der fehlenden Dimension und sieht darin das gelieferte Beweisstück. Er argumentiert folgendermaßen: »Wenn sie tatsächlich einen Giftmord begangen, tatsächlich das Herz ihres Geliebten zum Stillstand gebracht hat, dann kann das Opfer selbst das nicht mehr bezeugen. Sieh, hier fehlt nun die Dimension und übrig bleibt ein verschwommenes, nicht greifbares Vermuten. Also mußt du dich selbst als Köder aussetzen und sie in eine Situation manövrieren, in der sie wieder eindeutig zur Giftmischerin und tatsächlich schuldig wird. Doch armer King, wie willst du dann mit deinem vergifteten und stillgesetzten Herzen Zeugnis ablegen? Begreifst du jetzt, welche

Schlußfolgerung du mit deinem letzten Atemzug formulieren mußt? Ich bin am Sinn des Lebens gestorben, mit Qualen, die mich ins Grab begleitet haben. Draußen über dem Grab bleibt jedoch alles im schwachen Zeichen des Vermutens stehen, und alle Juliettes laufen frei herum, als wären sie der Sinn des Lebens ...« Nein, wart mal, da ist auch noch die Wirtin, die Mutter dieses bedrohten Herzens! Die Wirtin? King grinste zum Stuck an der Decke hinauf. In diesem Augenblick durchschaute er die Einfalt und die Gewöhnlichkeit der guten Seele in der Küche, die zwischen Haushaltssorgen und Schattenwelt-Visionen, Geradlinigkeit und Rocaillen schwankte. Wenn es nach ihr ginge, brächte sie Juliette jetzt schon an den Galgen, auf die Guillotine, aus dem einzigen Grund, weil ihr Herzenssohn sich dem Grübeln überließ und seine Lebensfreude vergiftet war. Ginge es jedoch vor einem Tribunal um schuldig oder unschuldig, dann würde sie möglicherweise, zwischen Trivialität und ihren Visionen hin und her gerissen, Juliette heute erhängen und morgen abschneiden, sie heute auf die Guillotine bringen und ihr morgen den lieblichen Kopf auf den ebenso lieblichen Rumpf zurücksetzen. Denn strenggenommen kannte sie nur den Kopf in seiner Lieblichkeit, ihre bösen Ahnungen betrafen nur King. Den Januskopf hatte sie nie gesehen, den Januskopf, der so böse und schön, so häßlich und gut zugleich war ... King grinste, doch allmählich trübte sich sein Blick. Den Stuck nahm unser Philosoph kaum noch wahr, er schloß die Augen. Er preßte die Lippen zusammen und dachte verbissen: Meine liebe Wirtin, was ist wichtiger, übersinnliche Fähigkeiten oder ein überkochender Milchtopf, Hellseherei oder ein Mieter, der Wanzen und anderes Ungeziefer einschleppt? Ja, ich weiß: die übersinnlichen Fähigkeiten. Vergiß die Milch, die Wanzen und King, der neuerdings Mietschulden hat und sich leichtfertigerweise überhaupt nicht darum kümmert. Die Wirtin, dieser irdische Engel, mußte lernen, auf Gottes Stimme in ihrem Inneren zu hören. Sobald sie eine Vision, eine Stimme, eine Eingebung von oben bedrückten Herzens verstanden hatte, läge es an ihr, sich mit heiligem Fanatismus zum Schutze der Blinden, Tauben und Intuitionslosen aufzuwerfen, die einander hier in diesem Tränental gefährden. Doch was tut sie mit ihren Gaben? Ihr Kontakt zu Gott ist wie der einer Putzfrau in einem Palast zum völlig unnahbaren Fürsten, der ihn bewohnt. Sie sieht und kennt Ihn wohl, Er jedoch hat sie noch nie gesehen. Sie hat den Schmutz Seiner Schuhe vom Marmorboden gewischt. Das ist natürlich an und für sich eine große Aufgabe. Aber wer diesen Schmutz, nur weil er von Seinen Schuhen stammt, für heilig erklärt und damit ehrfürchtig und selbstgefällig spielt, hätte auch Wahrsagerin aus Karten und Fotos, dritter Stock Hinterhaus werden können ... – Seht, wie hämisch dieser King über seine Wohltäterin denkt, vor allem in letzter Zeit, nämlich seit sie seine Wohltäterin geworden ist und er keine Miete mehr zahlt. Oder ist es deshalb, weil sie Juliette für unschuldig hält? Er wußte noch genau, wie sie bei der Erinnerung an Juliette lächelte, die sie eines Abends empfangen und in sein Zimmer geführt hatte. Damals saß sie bei ihm auf der Sofakante. Sie lächelte das Lächeln Juliettes. So war das eben bei einem Medium, das seinen Körper einer fremden Seele zur Verfügung stellte: eine Prostituierte für Schatten, Schattengedanken, Schattengefühle. So hatte ihn Juliette aus der alten Zauberhexe angelächelt, die sich so gern in ihn verliebt hätte, wenn sie nur jünger gewesen wäre ... Verdammt, dachte King, wäre ich nur ein Engel oder ein Teufel, jedenfalls nicht so ein elender Schuft, wie ich es bin. Am liebsten ein Teufel, der die Menschen versteht und sich über ihre Verlorenheit amüsiert. Ein Engel kennt keine Rachsucht und weint anstatt eines jeden, der nicht weinen will oder kann. Mein Lebenstrieb eignet sich besser zum Amüsieren, und Tränen sind mir zu salzig. Weder Engel noch Teufel, sondern nur ein gescheiterter Detektiv, oder schlimmer noch, ein Philosoph, der versucht, Engel und Teufel in sich zu vereinen, ein Kuppler zwischen engelhafter Langmut und dämonischem All-Verständnis. Er, der arme King, verkuppelt nichts, sondern wird wie bei einem enormen Aufprall zwischen den Puffern zerdrückt. Sein ohnehin kleines Menschenherz wird zur leeren Traubenschale zerquetscht. Er drückt die Hände auf die Brust und läßt sie höher zum Hals gleiten. Sein Atem bekommt ein rasselndes Nebengeräusch. Wenn es sich nicht um King handelte, könnte man vermuten, er weine. Aber zur Sicherheit prüfe man den Blick, der wieder zur Decke starrt: ein gequälter, aber trockener und fester Blick ohne Tränen. Er dachte: Ich muß den Trottel hier auf dem Sofa vergessen. Er griff zur Geneverflasche, die neben ihm stand, und schaute nach, wieviel noch darin war. Nein, nicht genug, um durch ein Fegefeuer kurzer, heißer Betrunkenheit in den Himmel des Nichts zu stürzen. Vorsichtig stellte er die Flasche zurück. Nein, nicht dieses Fegefeuer, in dem die unschuldigsten Gedanken von den Apokalyptischen Reitern gejagt und bedroht werden. Dann lieber auf dem Sofa liegenbleiben und sich mit einem Trottel identifizieren, dessen Herz gebrochen ist und schmerzt. Um den Schmerz ertragen zu können, stürzte er sich in einen Wachtraum, in dem er ein Held war: Er sah Juliette im Schlafzimmer. Er selber lag auf dem Sofa im Salon. Er drückte beide Hände aufs Herz und spähte durch die Wimpern, während Juliette glaubte, er warte mit geschlossenen Augen auf sie. Sie ließ ihre Kleider herabgleiten und stand nackt da, eine Juno unter den Frauen. Aber dann griff sie zur Handtasche. Sie suchte etwas darin und wandte ihm einen Augenblick lang den gekrümmten Rücken zu. Das dunkle, wellige Haar fiel ihr ins Gesicht. Doch dann sah er wieder die dunkle senkrechte Falte zwischen Haaransatz und Nasenwurzel und den zu einer grausamen Kerbe verzerrten Mund. Sie nahm ein Fläschchen aus der Tasche, griff nach einem Glas Wasser und ließ Tropfen aus dem Fläschchen hineinfallen. Ihre Gesten waren verstohlen und ausladend wie die einer rachsüchtigen Juno, die sich an göttlichen Maßen orientiert. Doch jetzt glitt King unhörbar wie ein guter Detektiv vom Sofa. Mit einem gewaltigen und zielsicheren Sprung landete er hinter ihr, umfaßte ihre vornübergebeugten Hüften und packte ihre Hand, der er fast spielerisch das Fläschchen entwand. »Du, meine liebe Gefahr«, sagte er. Sie richtete sich auf und ließ sich hintenüber in seine Arme fallen. Ihre Augen füllten sich mit Tränen, die merkwürdig glitzerten. Ihr Mund begann zu beben, die senkrechte Falte verlor ihren grausamen Zug und zerfloß auf der glatten weißen Stirn. »Warum wolltest du mich vergiften?« flüsterte er und berührte mit seinen Lippen die ihren. Sie antwortete mit heiserer Stimme: »Ich weiß es nicht.« – Es war die Wahrheit. Er hielt eine Frau in den Armen, die starb und zugleich wiedergeboren wurde. Er trug sie auf den Armen. Ihr Körper ergab sich wehrlos und ohne Stolz. Er hatte ihr Geheimnis geraubt, in dem ihre Einsamkeit, ihre Wollust und ihre Habsucht gegeneinander stritten, und damit hatte er ihre seelische Kraft gebrochen und besiegt. Er legte seine Beute behutsam nieder und schaute sie eindringlich an. Er sah, wie ihre Wimpern zitterten und kaum wahrnehmbar auseinanderwichen. Er merkte, daß sie ihn aus dem Augenwinkel betrachtete. Er sah ihre Pupillen und um sie herum zwei schmale Irisringe in hellem Grau, dem wunderbaren Hellgrau kindlich reinen Ernstes... Aber das alles war nur ein Wachtraum. Er drückte die Hände nicht mehr an die Brust, sondern ließ sie kraftlos zur Seite sinken. Er sah aus wie ein Kranker, ein Opfer, ganz im Gegensatz zu seinem Wachtraum, in dem sie das Opfer war. Er dachte: Ich rufe sie nicht an, ich warte. – Er wartete also wehrlos wie ein Opfer auf sie. Er hatte die einmalige Gelegenheit verpaßt. Wenn sie jetzt hereinkäme und das Giftfläschchen hervorholte, würde er weder die Kraft noch die Geistesgegenwart besitzen, aufzuspringen, ihre Hand zu packen und zu flüstern: »Du, meine liebe Gefahr.« – Sein Zweifel richtete sich gegen sich selbst und schwächte ihn, als sei er bereits vergiftet. Er verlor die Zielstrebigkeit in Haltung und Tonfall, er konnte das Hexenkind nicht mehr entzaubern und zu einer Prinzessin mit kindlich reinem Blick verwandeln. Wenn sie jetzt hereinkäme, wäre es für sie lächerlich einfach, ihre große Chance wahrzunehmen. Erst dann würde sich unwiderleglich herausstellen, ob sie schuldig war, wenn auch auf Kosten seines Lebens. Meinetwegen, dachte er und grinste lustlos. Was lag schon daran. Er würde sterben, und in diesem Leben bliebe eine Juliette zurück, die ihn bald vergaß. »King? Ja, der hat alles für mich getan, das stimmt. Aber warum er damals Selbstmord begangen hat, weiß ich nicht. Übrigens ist er schon der zweite Mann in meinem Leben, der das tat. Schlimm ist nur, daß man mich deswegen verdächtigt.« – »Meinetwegen«, flüsterte er, stellte sein lustloses Lächeln ein und gab sich keine Mühe mehr, auch nur einen Gesichtsmuskel anzuspannen. Sein Unterkiefer klappte herunter, die Augen fielen ihm zu, und die Nase ragte mager und blutlos empor wie bei einer Totenmaske. Die Hände lagen an seinen Seiten... Und nun kam die Wirtin herein, der nun einmal das unheimliche Los beschieden war, die Menschen in der Nacktheit ihres Schicksals zu erschauen. »Mein Gott«, rief sie und ging mit erstaunlicher Gelenkigkeit auf ihn zu. Sie war sehr dick, doch in ihrer moralischen Verpflichtung King gegenüber überwand sie die Atemlosigkeit, und der dicke Leib wurde zum schwungvollen Fahrzeug der Seele. »Mein Gott!« rief sie und setzte sich zu ihm aufs Sofa wie damals, als sie zusammen festgestellt hatten, daß Juliette lieb und ungefährlich sei: »Ist es wegen Juliette?« – Nun legte sie sogar die Hand auf seine Wange und streichelte ihn. Sie strich über seine feuchten Schläfen. Also doch Tränen, Tränen als Todesschweiß der Seele. »Ist es wegen Juliette?« – Er schlug die Augen auf und sah sie an. »Wegen Juliette«, wiederholte er mit schwerer Zunge. Er mußte darüber nachsinnen. Kam es denn noch darauf an? Außerdem, wer war das eigentlich, der ihn da fragte? »Ach, hör doch auf«, sagte er und schloß wieder die Augen. Dabei dachte er: Juliette ist nur schuldig, wenn sie gewinnt, und das ist dann meine Schuld. – Wie lästig war der Blick voll Liebe und Besorgtheit, der auf ihm ruhte. Und das war noch nicht das Lästigste, er spürte auch Feindseligkeit in sich, und zwar gegen Juliette. Nun legte die Wirtin die dicken Hände auf ihre Knie, setzte sich gerade hin und sagte böse: »Hör mal, denk bloß nicht, daß es mir um das Mädel geht!« – Wenn er aufgeschaut hätte, würde er ihr tief entrüstetes Gesicht gesehen haben: »Sei unbesorgt, ich sage nichts Unfreundliches über sie. Um dich geht es mir, nur um dich.« – Und weil sie ihm tüchtig die Wahrheit sagen wollte, legte sie den Kopf weit in den Nacken zurück: »Los, schau mich an.« – Er sah auf und betrachtete aufmerksam ihr fettes

Doppelkinn. Das hat nichts zu sagen, dachte er, Buddha versank auch in seinem Fett und war trotzdem weise. »Um dich«, wiederholte sie, verschränkte die Finger ihrer dikken Hände und hob sie wie zum Gebet: »Versteh mich doch. Was geht mich diese Juliette an? Vielleicht ist sie schuldig, und dann soll sie büßen. Und wenn du ihr keine Buße auferlegst, dann tut es Gott. Guck nicht so lauernd, das weiß ich sicher, auch wenn ich in deinen Augen nur eine Frau Niemand bin.« – Sie regte sich auf, sie hätte weinen können und hätte geweint, wenn Tränen etwas genützt hätten. Sie gehörte zu den Frauen, die nie um sich selbst, sondern immer um andere Tränen vergießen, Tränen, die weder Trost noch Rührung auslösen. Nein, sie weinte nicht. Sie sagte: »Ich habe lang genug gelebt, um zu wissen, daß wir alle schuldig sind, und ich bin außerdem zu alt, um deiner Juliette ihre Gefährlichkeit nicht zu gönnen. So ist nun mal das Leben.« Sie sah ihren Herzenssohn mit schwerem Blick an, ein Buddha, der nicht lächelte: »Weißt du, was dein Fehler ist? Du denkst, du kannst mit allem allein fertig werden. Du kennst weder Gott noch Gebot. Du bist dein eigener Gott. Und darum bist du wie der Kasper aus dem Puppentheater, der selbst die Schnüre zu der ihn lenkenden Hand durchschnitten hat. Und darum liegst du jetzt hier in Tränen trotz all deiner Schneidigkeit.« – King fuhr auf, stützte sich auf einen Arm und sah sie grimmig an: »Ach, hör doch auf, du alte Sonntagsschullehrerin. Glaubst du wirklich, du verstündest, worum es hier geht? Halt die Hände still!« – Und er bog ihre ineinander verkrampften Finger auf. Sie lächelte bitter: »Nein, ich verstehe natürlich nichts, aber trotzdem« – sie faßte ihn bittend an beiden Armen –, »solltest du auf mich hören. Glaubst du, du könntest allein mit deiner Vernunft die Wahrheit herausfinden? Ich habe meine Visionen...« Sie zögerte, sprach es dann aber aus: »Zweimal habe ich dich gesehen, mit dem Zeichen des Todes. Ich muß dich retten...« Und dann ratlos: »Wenn ich nur wüßte, wie! Kannst du nicht fortgehen, ganz weit weg?« Warum wurde Kings Gesicht plötzlich so maskenhaft starr? Kein menschliches Gefühl war in seiner Miene zu lesen. Mit starrem Blick sah er auf die Tränen, die in den blassen Augen der Wirtin aufstiegen, viele dünne, unpathetische Tränen, die sie selbst vermutlich gar nicht merkte. »Hör zu«, sagte King nun seinerseits mit harter Stimme, »es ist zu spät, ich bin verloren. So, jetzt weißt du es. Du hast recht, Juliette war nebensächlich. Sie war bestenfalls die Königin des Schachspiels, kapierst du das?« – Eine dünne Träne rollte über ihre Wange. Während sie ihn gespannt anblickte, kratzte sie sich die Wange, als ob sie etwas juckte, und merkte dann, daß sie eine Träne weggewischt hatte. Sie sah ihn gespannt an. »Die Königin des Schachspiels«, wiederholte er und griff wie in einer plötzlichen Eingebung zur Flasche Genever, zog den Korken heraus und trank einen Schluck. »Bitte, nicht trinken«, sagte die Wirtin. Aber er achtete nicht darauf und fuhr fort: »Ein Schachspiel, aber nicht mit ihr, sondern mit mir selber und um die Königin.« – Aufmerksam betrachtete er die Geneverflasche, die er noch in der Hand hielt. Die Tränen dort auf dem Gesicht konnte er kaum ertragen. »Nun ja«, sagte er, »ich habe verloren, die Königin ist nicht für mich bestimmt. Das schlimmste ist, daß ich mich damit selbst geschlagen habe, verstehst du das, fühlst du das?« In großen Zügen trank er die Flasche leer, in der höchstens noch genug für drei Schnapsgläser war. »Dieses Trinken!« sagte die Wirtin. Sie schaute ihn mit hilfloser Trauer an. Sie fragte sich: Warum hänge ich, die schon so viele Menschen im Leben verloren hat, so sehr an diesem Mann? Er ist es ja kaum wert. Er ist leichtsinnig und brutal, und jetzt hat er auch noch angefangen zu trinken. Sie sah, wie er wehmütig auf die leere Flasche starrte. Die größte Katastrophe ist eine leere Geneverflasche. Er schaute sie halbbetrunken und trübsinnig an und sagte: »Insofern stimme ich mit dir überein, daß man die Wahrheit ebensogut in den Visionen einer alten Zauberhexe wie dir suchen kann als mit meinem pathologischen Denken des Kulturmenschen. Vermutlich sind wir beide gleich weit von ihr entfernt. Genever gibt einem ein Selbstwertgefühl, dann denkt man nicht mehr soviel und kann träumen wie ein Narr, der sich glücklich wähnt. Komm, hol mir eine neue Flasche. Ich habe kein Geld, aber sorge dich nicht um die blöden Gulden, das geht schon in Ordnung...« – In diesem Augenblick war das Gesicht der Wirtin schön: fett, glänzend, mit zwei dünnen Tränenspuren. Sie ähnelte einem Buddha in weiblicher Inkarnation, der aus purer Weisheit Trauer trägt. Sie schüttelte bekümmert den Kopf: »Nein, King, bitte nicht.« – King sagte: »Verdammt noch mal, schau her!« – Er hielt die grüne Flasche dicht vor ihr schönes Buddhagesicht. »Leer!« rief er mit dem Ausdruck tiefer Verzweiflung. »Leer!« Sie nahm ihm die Flasche aus der Hand und sah ihn beschwichtigend an. In ihrer großen Weisheit wußte sie, wie schwach und dumm der Mensch dem großen Gesetz von Liebe und Leid gegenübersteht. Ihr großer King war genauso wie die anderen und lebte in tiefem Mißverständnis mit der eigenen Seele. Ihr King! Er konnte ihren wissenden und liebevollen Blick ebensowenig ertragen wie ihre Tränen. »Hier«, sagte er und band seine goldene Armbanduhr ab, »verkauf das, aber hol in Gottes Namen Genever, was kümmert mich noch die Zeit.« – Er warf ihr die Uhr in den Schoß und drehte sich zur Wand. Er lag mit abgewandtem Gesicht wie ein kleiner Junge, der wegen irgend etwas schmollt. Sie sah kopfschüttelnd auf ihn herab und dachte: Ich werde ihm den Gefallen tun. Sie warf einen Blick auf die Uhr, es war halb drei. Sie würde die Uhr verkaufen. Und sie verließ das Zimmer... King spürte, wie der Genever, wenn es auch viel zuwenig gewesen war, in seinem Magen brannte. Das Fegefeuer loderte in ihm auf. Sein moralischer Schmerz und seine Ekstase waren zwei ungeheure Kräfte, die ihn zerrissen. Er sah sein Schicksal verknüpft mit einem schönen und einem grauenhaften Profil, die zusammen den Januskopf, das Symbol der Doppeldeutigkeit und des Zweifels, bildeten. Er wartete auf den Genever wie ein Sterbender auf die Erlösung aus hundert Qualen. Genever ist die Letzte Ölung jener, die einsam und in moralischen Sterbensnöten sind. Er weinte...

Nein, ein solches Bild von King lehne ich entschieden ab. Am besten wäre es, das Geschreibsel zu zerreißen und in den Papierkorb oder in den Ofen zu werfen. Warum tue ich das nicht unverzüglich? Weil das Schreiben mir Ablenkung verschafft hat, aus Dankbarkeit, weil es mir das Leben für ein paar Augenblicke erträglicher machte? Sieh, an der Vorderseite des Hauses blicke ich auf eine stille Straße, deren Fahrbahn und Gehsteig mit kleinen Klinkersteinen gepflastert sind. Und an der Rückseite liegen Gärten, in denen Windböen und Regen die Bäume kahlgepflückt haben. Das Leben in dem leeren Haus zwischen der Straße und den Gärten ist eine Qual, glaubst du mir das? Oft beneide ich die Selbstmörder. Sie knüpfen sich auf oder schneiden sich die Pulsadern auf, von Gift will ich gar nicht reden, und dann haben sie es geschafft, vielleicht, denn sicher ist das nicht. Auch wenn ich das Gefühl habe, zwischen der toten Straße und den toten Gärten zu erstikken, Selbstmord liegt mir nicht. Vielleicht wenn es Winter wird, wenn Tag für Tag kalter Regen fällt, wenn alle Fensterscheiben beschlagen und die Möbel und ich selbst bis ins Innerste ausgekühlt sind, wenn die Abende um vier Uhr nachmittags beginnen und mich in ihre Melancholie einspinnen, um wie traurige Vampire meine letzten Lebenskräfte auszusaugen... Nein, auch dann noch nicht. Aber wenn die Wintertage die Lust zum Selbstmord erwecken, warum nicht auch der Frühling? Da gab es eine Frau, die an einem Frühlingsmorgen vom Dach sprang, aus dem Gegensatz heraus: sie selbst verloren und hoffnungslos, dort der frische Neubeginn. Auch wenn du dich vor Elend und Kummer krümmst, es wird trotzdem wieder Frühling und Sommer und wieder Winter... Nun also, sowenig ich jemals Selbstmord begehen werde, sowenig kann ich die paar Seiten zerreißen. Ich bin also nicht verloren. Deshalb hätte ich keinen King beschreiben dürfen, der sich verloren wähnt, sondern einen Mann, der, von zähem Lebensmut besessen, die Unterhaltung im Büro jenes Verwandten beendet, indem er aufspringt und mit arrogant vorgewölbter Brust und eingezogenem Bauch, die Hände in den Hosentaschen vergraben, sagt: »Sind wir faire Leute oder nicht? Vertrauen wir einander oder nicht? Wie abgemacht liefere ich euch das Mädchen aus, wenn es soweit ist. Und ich komme ihr auf die Schliche, das verspreche ich euch, und wenn ich durch die Hölle müßte.« Und dieser King hätte einen kalten Blick auf den Herrn hinter dem imponierenden Schreibtisch geworfen, einen Blick, bei dem es einen fröstelt. Dieser King war ein Mann, der, wenn es dem Zweck diente, auch zu einem Mord fähig war und notfalls seinerseits den Giftmord der Frau begangen hätte. Er konnte seine Juliette in die Arme nehmen und ihren Kopf an die Brust drücken, während er kalten Blickes über sie hinwegschaute und überlegte, ob er ihren moralischen Widerstand mit Gift brechen sollte, oder ihr zehnmal, zwanzigmal die Kehle zudrücken, um sie auf diese Weise zu einem Geständnis zu zwingen. Die Finger um den Hals, die Gurgel zudrücken, nicht länger als eine Minute. Aber Vorsicht, eine Gurgel ist ein empfindliches Ding, so zart und weiblich, daß sie deine Wollust erregen kann. Und dann könntest du kräftiger und länger zudrücken. Eine männliche Art zu morden, der Würgemord. Also vorsichtig... King warf noch einen Blick auf den Herrn hinter dem Schreibtisch und ging mit pantherhaft geschmeidigen Schritten aus dem Büro und auf die Straße... So, das klingt schon besser als die Geschichte von einem King, der wie ein Weib flennte. Er ging die Straße entlang, vorbei an zwei Giebeln, die die Straße flankierten. Was die Einförmigkeit betrifft, sind Häuser wie die Menschen. Häuser haben Fenster und eine Tür, Menschen ein Gesicht mit Augen, Nase und Mund. Manchmal hat ein Mensch, häufiger jedoch ein Haus die Ehre, King aufzufallen und ihm zu gefallen. So wie das Haus dort zum Beispiel, auf dessen Fensterscheibe das Wort *Parthenon* gemalt ist. Bei Gott, der Wirt weiß selber nicht, was das bedeutet. Aber darauf kommt es nicht an. Er ist ein muskulöser Spitzbube mit störrischem kurzem Haar über der niedrigen Stirn und Augen, die zu einem Schwein passen würden. »Drei Schnäpse auf einmal, ich hab was runterzuschlucken.« – Der Wirt begegnet Kings kaltem, rachsüchtigem Blick. »Doch hoffentlich keine Weibergeschichte?« – Der Wirt hat Lebenserfahrung, die von selber kommt, wenn man Schweinsaugen und eine niedrige Stirn hat. Aber diesmal irrt er sich. Wie könnte er erraten, daß King nur tief beleidigt ist, weil man an ihm zu zweifeln wagte. »Biste-verrückt?« gibt er zur Antwort. Der Wirt: »Dann ist es ja gut. Ein Weib ist wie das andere, mußt du wissen. Wie Schokoladetafeln. Die sind auch alle gleich.« – »Und wenn so ein Weib«, fragte King, nur um die Lebenserfahrung des Wirtes auszuloten, »wenn so ein Weib mal nicht wie alle anderen ist?« – Der Wirt: »Dann geht die Sache schief, dann dreht entweder sie dir den Hals um oder du ihr.« – »Siehst du, genau darum geht es!« – King hat seine Schnäpse vor sich stehen. Er beugt sich über die Theke und sagt gefühlsselig und vertrauensvoll: »Aber nun was anderes, was würde Gott dazu sagen?« – Der Wirt läßt sich nicht beirren, er kennt seine Leute. »Gott?« Und mit schelmischen Schweinsäuglein erwidert er Kings heiß-kalten Blick und sagt: »Von Gott weiß ich nur so viel, daß er Verdammt mit Nachnamen heißt.« – King lacht, obwohl er das Späßchen nicht zum erstenmal hört, greift nach seiner Geldbörse, bezahlt mit höflicher Geste, weil der Chef selber kassiert, und spaziert weiter. Auf der Straße geht er wieder wie ein menschgewordener Panther, mit langsamen, weichen Schritten, fast platzend vor verhaltener Kraft. Sein Hut sitzt schief und viel zu weit hinten, seine Krawatte wölbt sich in großem Bogen aus dem Pullover hervor. Sein Typ hat etwas von einem Sportler, aber auch von einem Zuhälter. Die Augen – das wissen wir – sind kalt, die Wangen liegen straff über dem Jochbein, der Mund ist grob, auch die Nase. Höchst merkwürdig ist jedoch der Adamsapfel zwischen dem Kinn und der vorstehenden Krawatte. Der Adamsapfel tanzt, wippt, bewegt sich wie ein Ding mit eigenem Leben. Er verrät Rührung, Spott, Hunger und Durst, kurzum, Kings ganzes Gedanken- und Gefühlsleben. Während er dort auf der Straße geht, denkt er noch einmal über den Wirt nach. Der

Spitzbube steht auf der Grenze zweier Welten, weiß es aber selber nicht, und darauf kommt es auch nicht an. Die Alltagswelt ist so kalt und dunkel wie eine Eisscholle im nächtlichen Polarmeer und die andere, in die er dich hineinlockt, ist feurig und leuchtend, als hätte er dir die Sterne des Himmels ins Gehirn gesteckt. Deine Gedanken bekommen Schwung und kennen wie die Eisscholle im Polarmeer keine Grenzen mehr, deine Gefühle werden mystisch und wenden sich Gott zu, auch wenn du nur fluchen kannst. Bei diesen Gedankengängen bewegte sich der Adamsapfel gerührt auf und ab. King ist ein nachdenklicher, empfindsamer Mensch, und deshalb ist sein Gang so einsam und schwungvoll. Er geht auf einer Eisscholle, trägt aber einen feurig leuchtenden Stern in seiner Seele. Das Leben, denkt er weise, ist nur eine Frage der Geduld, alles findet seine Versöhnung, entweder im Glück oder im Tode. – »Verdammt«, wiederholte er, »im Glück oder im Tode, das ist dasselbe.« Da machte plötzlich sein Herz einen grauenhaften Salto mortale. Es sprang ihm in die Kehle, rutschte tief hinunter in den Bauch und pendelte wieder in die Brust zurück. Dort saß es heftig pochend, fast zerberstend wieder an seinem Platz bei der Aorta. Vor ihm stand Juliette. Sie schaute ihn so großäugig an, daß sie in seiner Erinnerung zu einem einzigen großen Augenpaar wurde. Ihm war, als ob sich die Erde spaltete und das ganze, soeben entstandene Nichts voll Wasser strömte und zum Ozean würde. Dort stand also Juliette mit dicken Tränen in den Augen. O King, du Narr, du siehst doch, daß diese Frau dich wirklich liebt! Stich dich an einer Nadel, und sie wird dich, als seiest du tödlich verwundet, von Kopf bis Fuß in antiseptische Watte wickeln. Du Narr! Ihre Hände erhoben sich tastend zu seinem mageren, verlebten Gesicht. Er stammelte: »Kann sein, daß ich in letzter Zeit ein bißchen zuviel getrunken habe.« – Ihre Hände streichelten seine Wangen so warm und zugleich so federleicht, wie man es von so schweren, plumpen und sadistischen Händen nie erwartet hätte. Sieh mal, hier verwandelt sich Juliette in Alide, ein heikler Prozeß, nicht wahr? Man muß genau lesen, um ihm folgen zu können. Man muß aufmerksam verfolgen, wie Juliette hier die plumpen Hände von Alide bekommt und zu Alide wird. Dann müssen wir jetzt auch King in Kosta, in mich selbst verwandeln. In einer wichtigen Eigenschaft stimmen wir übrigens längst überein. King und ich, wir sind beide dem Schnaps verfallen, nicht aus Genußsucht, wie wenn Frauen naschen, sondern aus Verzweiflung über unsere Verzweiflung, und das ist kein läppisches Wortspiel, sondern eine nüchterne Tatsache. Ich sagte zu Alide: »Laß uns zusammen weitergehen.« – Wir gingen zusammen nach Hause. Ich mußte, verdammt noch mal, meine ganze Selbstbeherrschung aufbieten, um sie nicht zum Laufschritt zu zwingen, schneller, schneller. Ich hatte die größte Mühe, mich zu bremsen. Ich wollte so rasch wie möglich unter vier Augen mit ihr sein und sie vieles fragen, beispielsweise, ob sie endlich eingesehen habe, wie absurd es sei, daß wir nicht mehr zusammenlebten. Einfach absurd. Aber ich darf nicht vergessen, taktisch vorzugehen. Schau, wie sie dort neben mir geht, leicht schwankend, als wandle sie durch eine triste Traumlandschaft und gehe zögernd auf die Schrecken eines Traumes zu. Fürchte dich nicht, alle Schrecken liegen schon hinter dir. Manchmal blickt sie scheu zu mir auf, wahrhaftig, mit scheuem und schuldbewußtem Blick. Fürchte dich nicht. Im Haus gehe ich voran, schaue mich aber auf der Treppe und im Gang alle drei Schritte nach ihr um, als könne sie davonlaufen. Und ich muß doch wirklich mit ihr reden. Sie läuft nicht davon. Sie tritt ins Zimmer, natürlich sieht es jetzt schmutzig, unordentlich und ärmlich bei mir aus, ich habe ja allerhand verkauft. Noch auf der Straße hätte ich sie warnen müssen: »Meine Umgebung strahlt kein Glück aus. Mach dir nichts draus. Hin und wieder finde ich es trotzdem, manchmal tauche ich in einen Rausch unter, manchmal bleibe ich bis zum späten Nachmittag im Bett liegen, weil mein Leben in letzter Zeit so langweilig ist.« – Das hätte ich sagen müssen. Jetzt sah sie sich ebenso scheu und schuldbewußt um, wie sie mich auf der Straße angeschaut hatte. Dann schlug sie plötzlich die Hände vors Gesicht und weinte, weinte! Warum weint eine Frau? Aus Bosheit, aus verletzter Eitelkeit oder aus Nervosität. Das letztere mußte es sein, Nervosität. Ich drängte sie zum Sofa, ich nahm sie in die Arme und tröstete sie, so gut ich konnte. Ich streichelte ihr den Kopf und flüsterte ihr altvertraute liebe Worte zu. Meine Sanftmut, mein Takt stillten ihre Tränenflut fast ebenso schnell, wie sie begonnen hatte. Dann schaute sie mich besorgt und traurig an und streichelte mich ihrerseits mit lieben Worten. »Was hast du getan, was hast du nur getan«, sagte sie wiederholt. Ich gab keine Antwort, nahm sie nur in den Arm und zog sie zu mir aufs Sofa. Wir lagen ganz eng und innig aneinandergeschmiegt. Ich schloß die Augen und dachte: Gleich werde ich mit ihr reden. Aber zuerst wollte ich die große Liebe, die wir früher füreinander gehegt hatten, wieder fühlen. Es war, als ob mein ganzes Wesen geschient, verbunden, eingerenkt würde. Ich schmiegte mich dichter an sie. Ich fühlte mich gerettet, in Sicherheit und war voller Vertrauen. Das Gespräch mit ihr konnte später stattfinden, war vielleicht gar nicht mehr notwendig. Ich drückte sie an mich. »Darf ich?« fragte ich. Worum ich sie bat, war die völlige Heimkehr ins Glück. »Du?« antwortete sie sanft. »Immer!« – Hör jetzt gut zu, so lautete ihre Antwort. »Du?« sagte sie sanft. »Immer!« Mein Arm glitt von ihr ab. Ich setzte mich auf und blieb neben ihr sitzen. »Dann ist es nicht notwendig«, sagte ich. Ich lächelte, aber es war kein schönes Lächeln, konnte es auch nicht sein, denn meine Lippen waren plötzlich kalt und steif geworden. Ich hatte begriffen, daß sie für mich verloren war und blieb. Und ich wußte auch, wer sie gewonnen hatte und behalten würde. Ich fühlte mich wieder so grau und kaputt wie immer. Außerdem schien ihre Anwesenheit ein glimmendes Feuer in mir anzufachen, das bislang unter der grauen Asche geschwelt hatte: ein Feuer aus Groll und Haß. Sie hatte es gleichfalls bemerkt. Ihre Augen zwinkerten, als fürchtete sie sich, aber sie blieb regungslos liegen. Sie sagte nur: »Verzeih mir, ich habe dir großes Leid angetan, verzeih mir doch!« – Ich fragte: »Bist du glücklich?« – »Nein«, sagte sie daraufhin, »natürlich nicht.« Und ich: »Liebst du ihn?« – Und sie: »Nein, auch das nicht, ich liebe dich.« – Und ich: »Dann komm zu mir zurück und gehe nur hin und wieder zu ihm.« – Und sie: »Das ist nicht so einfach.« – Da sprang ich vom Sofa auf und stellte mich ans Fenster. Ich sah keine Gärten, sondern rote Nebelschleier. Ich steckte die Hände in die Taschen und dachte: Ruhig, ruhig, jetzt keine verrückten Dinge tun, das bringt auch keine Lösung. Aber wie in Gottes Namen kann ich sie hierbehalten! Ich hörte, daß sie sich bewegte. »Geh nicht fort!« rief ich. Sie hatte sich nur auf die Sofakante gesetzt und schaute verzweifelt vor sich hin. »Ich hätte nicht herkommen dürfen«, sagte sie mit weinerlicher Stimme, »glaubst du, ich kann so leicht vergessen? Ich will es auch gar nicht.« – Ich ging auf sie zu und ballte die Fäuste in den Hosentaschen. Leise und beherrscht sagte ich: »Nein, es ist gut, daß du gekommen bist, und ich kann verstehen, daß du bald gehen willst, obwohl ich glaube, daß du wieder zurückkommst. Aber die Sache muß eben durchgestanden werden, nicht wahr?« Sie gab keine Antwort. Offenbar hatte sie das, was ich gesagt hatte, beruhigt, denn sie warf einen verstohlenen Blick auf ihre Armbanduhr, stand auf und legte mir die Arme um den Hals. Sie drückte den Kopf fest an meine Brust und sagte traurig: »Du bist so böse, du bist so böse, obwohl es für mich niemanden gibt als dich. Obwohl das alles passiert ist, ahnst du kaum, wie sehr du für mich existierst...« Sie hielt den Kopf an meine Brust gedrückt. In ihrem Haar roch ich dasselbe Parfüm wie früher, es war von Peps. Schon damals hatte sie nicht mehr mir gehört, sowenig wie jetzt. Seit ich das wußte, war ich nicht mehr glücklich. Dieselben Dinge hatten mich früher glücklich gemacht: das Parfüm in ihrem Haar, ihr Kopf an meiner Brust, ihre mit lässiger, schöner Stimme vorgetragenen Behauptungen, mit denen sie sich aus jeder Verlegenheit zog und die eine Vielfalt von Interpretationen zuließen... Meine Fäuste in den Hosentaschen entspannten sich, mein Herz war müde und schwer. »Aber dann sag mir wenigstens«, sagte ich erschöpft, »wie kannst du so leben, wie kannst du du selbst sein, oder gibt es etwas, das wichtig ist und von dem ich nichts weiß?« – Wenn sie darauf »ja« gesagt hätte, würde ich sie vielleicht weggeschickt und mich todmüde und erledigt aufs Sofa gelegt haben. Sie sagte: »Ach Liebster, von so etwas, auf das du anspielst, kann keine Rede sein.« Ihre Stimme wurde lebendiger und klang nicht mehr traurig: »Begreif doch, der Umgang mit ihm ist stumpfsinnig und außerdem oft langweilig. Kein Vergleich. Jetzt weißt du es. Willst du noch mehr wissen?« – Sie schüttelte den Kopf, den sie noch immer an meine Brust gedrückt hielt, als wolle sie sagen: Welche Bedeutung hat das zwischen uns beiden? Sie hatte recht, es ging mich nichts an, aber gerade deshalb wollte ich noch mehr wissen. Mich überkam eine bleierne Müdigkeit, trotzdem war ich neugierig. »Natürlich will ich mehr wissen«, sagte ich und lehnte mich fester an sie. Ich streichelte sie und flüsterte: »Wie gefällt ihm dein ...?« Und ich zählte alles auf, was ich an ihr schön gefunden hatte. In der Mitte meiner Aufzählung betastete ich ihr Gesicht. Natürlich Tränen. »Und so«, gab sie zur Antwort, »bin ich immer noch für dich, nur für dich.« Doch meine Neugier reichte viel weiter, das war nur der Anfang. Ich fragte: »Und tut er auch ...« Und in das kosende Beisammenstehen, Flüstern und Streicheln legte ich immer mehr wollüstig gefärbte Nostalgie. Wir seufzten und rieben uns aneinander. Und da war ich sowohl Peps als auch Kosta. Hatte ich mich vollkommen mit ihm identifiziert und mich selbst in meine tiefsten Hirnwindungen verdrängt? »Nein?« fuhr ich fort, »Tut er das nicht? ... Kann er nur ... Und wenn er zu dir kommt, dann ... Was tut er dann? ... Was sagt er dabei? ... O Gott! ...« – Danach begleitete ich sie auf den Gang hinaus. Ich wußte ja längst, daß sie dringend wegmußte. Und es war lieb von ihr, daß sie nur ein einziges Mal auf die Uhr geschaut hatte. »Hast du bemerkt«, fragte ich, »daß ich meine Armbanduhr nicht mehr habe?« – Wir waren schon im Gang, als ich das sagte. »Wo ist sie denn?« – Ich sagte: »Verkauft. Ich habe sie kaum noch gebraucht, ich arbeite ja nicht mehr. Manchmal ist der Mensch noch etwas anderes als der Sklave seiner Zeit.« – Sie sagte: »Ich schenke dir eine neue.« – Während wir die Treppe hinuntergingen, hielten sich unsere Hände verliebt an den Fingern fest. Ich riß die Tür auf und rief: »Adieu!« – Das alles tat ich. Dann ging ich wieder ins Zimmer zurück. Dort brach es aus mir heraus. »Du Feigling!« Mit einem blutigen Schleier vor den Augen und einer Sirene in den Ohren begann ich, gegen die Stühle zu treten. Du Feigling! Ich keuchte vor Anstrengung. Erst als ich in meiner Vernichtungswut das Zimmer in einen Trümmerhaufen verwandelt hatte, hielt ich inne und zitterte von Kopf bis Fuß. Ich war ein noch größerer Feigling, als ich mir je hatte vorstellen können. Auf dem Tisch neben dem Sofa stand eine halbvolle Flasche Genever. Feige, wie ich war, hatte ich sie verschont. Also war mein verzweifelter Wutanfall nur Schein, nur Theater gewesen. Ich kicherte und ging auf die Flasche zu. Ich trank sie in einem Zug leer und sank gleich darauf in Bewußtlosigkeit, in der goldene Sterne tanzten. So lag ich dort auf dem Sofa, denn das hatte ich natürlich auch verschont...

Wieviel Zeit so verstrich, weiß ich nicht. Ich weiß nur, daß entsetzlich viel geschah. Zuerst die Sterne. Der Tanz der goldenen Sterne vor meinen Augen war schön, aber störend und schmerzhaft. Und gleichzeitig drehte ich mich kurios um meine Achse, horizontal, vertikal und auch diagonal. Das nahm mich so in Anspruch, daß ich nicht sah, wann die Sterne verschwanden. Von einem bestimmten Augenblick an waren sie fort, und es war dunkel. Doch dann tauchte wieder ein Stern auf, verblaßte, zog sich etwas in die Länge und hatte plötzlich ein Krönchen auf und ein Paillettenröckchen an. Eine Ballettänzerin, natürlich mit blonden Haaren. Aber das war ja Yolande, das Mädchen aus *Mon Plaisir*! Sie verneigte sich vor mir. Die Tänzerin war verschwunden, und nun war es Yolande, deren Gesicht mir ganz nahe kam. Sie sagte: »Ich bin ein guter Kamerad.« – Ich wußte, daß sie Alide haßte, war mir aber trotzdem bewußt, daß ich Widerwillen gegen sie empfand. Warum? Weil sie eine andere war, und ich wollte keine andere. Ich war krank, ich konnte kaum reden und flüsterte: »Geh fort, du kotzt mich an.« – Ich beugte mich über die Sofakante und kotzte. Tränen rollten über mein Gesicht. Ich war allein, es war Abend. Ich legte mich zurück und lechzte nach einem Glas Wasser. Mir war sehr elend, weil niemand da war, nicht einmal Yolande, um mir ein Glas Wasser zu reichen. Ich ekelte mich vor dem Gestank in meinem Mund und dachte: Das ist das Ende, sonst wäre jemand hier, der mir Wasser brächte. Die Küche war sehr weit, ich mußte durch einen langen Gang gehen und durch noch einen Gang und noch einen, ein Labyrinth von Gängen in einem großen Haus. Ich stellte mir vor, ich hätte mich verirrt und könnte die Küche nicht mehr finden. Ich tastete mich im Dunkeln an der Wand entlang und fand keine Tür. Ich tastete mich an einer schwarzen Wand entlang, die sich locker und körnig anfühlte, und blieb mit den Händen daran kleben. Ich kam nicht weiter. Ich dachte: Am besten wäre es zu sterben. Ich lehnte mich an die Wand und weinte, wie ich es als Kind oft getan hatte: den Kopf auf dem Arm und den Arm an der Wand. Jemand klopfte mir auf die Schulter, und ich drehte mich um. Es war nicht mehr dunkel. Hinter mir stand der Wirt, ein Spitzbube mit störrisch abstehendem Haar und Schweinsaugen. Er zeigte in eine Kammer. Dort saß Alide auf Berthes Schoß. Ich sah es überdeutlich, als hätte ich meine Hände zur Röhre gekrümmt und hindurchgeschaut. Beide saßen regungslos da, Alide quer auf dem Schoß von Berthe. Beide starrten mit völlig leerem Blick vor sich hin. Ich wollte auf und nach vorn springen und stieß einen Schrei aus, der in einem Röcheln steckenblieb. Dann lag ich wieder still mit offenen Augen da. Ein saugender, spitzer Schmerz durchbohrte meinen Kopf. Es war hellichter Tag, und draußen bot ein Mann Herbstastern und Rosen an. Er rief laut zu den stummen Fassaden hinauf, daß er Herbstastern und Rosen verkaufe. Alide stand an seinem Karren. Sie liebte Blumen, insbesondere Herbstastern. »Es war ein Mann«, erzählte sie, nachdem sie mit einem Nachschlüssel ins Haus eingedrungen war und sich neben mich gesetzt hatte, »ein Mann mit faulen Zähnen und tiefen Rissen an den Händen. Vielleicht muß er abends Holz hacken oder Tannenbäume fällen.« Es war gar nicht mehr so lange hin bis Weihnachten. Der Mann mit den Herbstastern und Rosen stand in krassem Widerspruch zu der Poesie, die er feilbot. Denn Blumen sind Poesie. Alide hatte ihm natürlich Herbstastern abgekauft, blaue Blüten mit goldenen Herzen. Sie stellte sie in eine kaputte Vase, die nur bis zur halben Höhe wasserdicht war. Sie fragte: »Hast du solche Kopfschmerzen?« Und dann massierte sie meinen Kopf. Eine magisch streichelnde, knetende Hand. Ihre Hand war ein wenig zu fleischig und zu schwer, immer ein bißchen zu schwer knetete und strich sie mir über die Stirn bis tief in den Nacken. Ich fühlte, wie der widerwillige Schmerz, den die Hand mir zufügte, meine Kopfschmerzen betäubte. »Hör jetzt auf«, sagte ich, »weißt du, ich glaube, mir ist klargeworden, daß ich dich nicht mehr liebe.« – Sie saß neben mir auf dem Sofa. Sie beugte sich ein wenig vor und griff nach ihrer Tasche, einer großen gelben Tasche, die ich nicht kannte. »Hast du gehört, was ich gesagt habe?« – »Ja, Liebster«, sagte sie und öffnete den Reißverschluß der Tasche. Ich sah absichtlich nicht auf ihre Hände, die zu schweren Hände, die ich haßte. Ich betrachtete ihr Profil, ein Engelsprofil. »Und doch bist du eine Frau«, sagte ich. Ihre Hände blieben still auf der offenen Tasche liegen. Sie schaute mich an: »Warum sagst du das?« Als hätte ich es noch nie gesehen, so starrte ich jetzt in das Gesicht, von dem ich Mund, Augen und Stirn sah. Aber wie ich feststellte, war mir das Gesicht so fremd geworden, daß es jede Annäherung ausschloß. Und das kam nicht von meinen Kopfschmerzen, die erneut eingesetzt hatten und wie Messerstiche mein Gehirn durchbohrten. Nein, der Grund war ein anderer: ein befremdliches Erkennen, das ihr Gesicht, obwohl in Reichweite meiner Hand, in solch unermeßliche Fernen rückte. Ihre Haut war hell, die Augen waren grau und trübe, und ihr Mund war breit und aufgeworfen. Es war die weiße und marmorharte Stirn, die Stirn einer Totenmaske. Es war die senkrechte Sorgenfalte, wie ich sie von Juliette kannte. Kleinere Falten liefen von links und rechts auf die Nasenwurzel zu wie Zweige an einem Stamm. Hinter dieser marmorharten und marmorweißen Stirn lagen Gehirnwindungen, durch die ihre Gedanken flitzten, kühl und irrend wie in einem Labyrinth, aus dem sie selber keinen Ausweg wußte. Doch das bereitete ihr keinen Kummer. Das Denken war in ihr keine menschliche Funktion, aus der Rechenschaft und Verantwortung erwuchsen, sondern nur ein Mittel, hier auf Erden einem menschlichen Wesen zu gleichen. Es diente ihr dazu, Herbstastern zu kaufen und dem Blumenhändler zu antworten, und brachte sie auf die Idee, mit einem Nachschlüssel leise die Haustür zu öffnen und in ihr eigenes Haus einzudringen, leise, leise, wie ein Engel, der, aus dem Himmel verstoßen, auf Erden kein Anrecht auf ein Haus hat. »Ein verstoßener Engel«, sagte ich zu ihr. Sie lächelte mich an wie ein krankes Kind. Ich sah immer nur auf ihre harte, heilige Stirn. »Damit«, sagte ich, »hast du mich unglücklich gemacht. Du bindest dich an einen Mann wie mich, obwohl du weißt oder fühlst, daß du dich ebensogut an einen Mann wie Peps binden kannst, einen Mann, der einem Hund ähnlich sieht, oder an einen Mann wie den Flußpiraten, den Schiffer, der einem verwundeten Büffel gleicht. Du kannst dich auch an eine Frau binden, an

Sascha oder an Berthe. Vielleicht auch an ein Tier, etwa an einen Schwan, dann wärst du Leda und der Schwan ein Gott. Oder an ein Schoßhündchen. Oder an dich selbst. Du mußt ein Engel sein, weil du trotz allem schön bleibst. Bist du ein Todesengel?« – Sie sah mich an, lächelte aber nicht mehr. Ihre Augen wurden grau und trüb, Tränen stiegen darin auf. Sie zeigte menschlichen Kummer, der hier durchaus am Platz war, aber auch das war nur ein Trick, um einem Menschen zu gleichen. Etwas furchtsam hob ich die Hand und legte sie ihr aufs Herz. Es klopfte ruhig und regelmäßig, ein Herz ohne Kummer. Ich nahm die Hand weg. Ich sah wieder auf ihre Stirn, diesen Schild des Himmels oder des Todes. Ich fragte: »Was willst du? Willst du frei sein? Darüber hast du noch nie geredet. Willst du den anderen heiraten? Einst wolltest du auch mich heiraten. Also sag es nur.« – Sie schüttelte langsam den Kopf: »Nein, warum sollte ich? In Wirklichkeit habe ich immer nur dir gehört.« – Tränen, menschliche Tränen trotz des ruhig und regelmäßig klopfenden Herzens. Sie suchte in ihrer Tasche nach einem Taschentuch und wischte sich die Augen ab. »Sag mal, Alide«, sagte ich leise, »wie war das eigentlich mit Sascha?« – Jetzt waren ihre Augen trocken. Sie schaute mich unsicher an und blieb auf der Hut. »Komm, erzähl mal«, sagte ich noch leiser. Ich glaube, sie hätte es sogar verstanden, wenn ich es nur gedacht hätte: »Es war Liebe, nicht wahr?« – Sie nickte und blickte mich weiterhin unsicher an: »Ja, aber vor allem bei ihr.« – »Und sie ist tot«, sagte ich. »Das war nicht meine Schuld«, sagte sie hart. Ihre Augen waren dunkelgrau und feindselig. Ich dachte: Daran kann ich erkennen, daß sie mich nicht mehr liebt. Dann machte ich die zweite Stichprobe auf die Liebe, die es nicht mehr gab, nie gegeben hatte, da sie weder Frau noch Mensch, sondern ein verstoßener Engel war: »Aber, meine Liebste, ein anderer hat niemals Schuld! Weißt du das nicht? Jeder auf dieser Erde versündigt sich einzig und allein gegen sich selbst. Das weißt du doch!« – Darauf wurden ihre Augen wieder zärtlich und hellgrau. Sie legte den breiten, aufgeworfenen Mund an meine Stirn und küßte sie. Und dann schmiegte sie ihre Wange an die meine und sagte: »Du bist so gut, du darfst nicht so traurig sein, auch wenn alles anders verläuft, als wir es einst gedacht hatten. Ich will immer alles für dich tun.« – Ich hatte die Hand wieder auf ihr Herz gelegt. »Ja?« fragte ich leise. »Was denn alles?« – Sie zögerte nicht einen Augenblick: »Ich will dein Zimmer saubermachen und dir alles bringen, was du möchtest, Blumen, gute Bücher und, wenn du willst, auch Fotografien von mir, die muß ich natürlich erst machen lassen.« – Ihr Herz lag wie ein ruhig atmendes junges Tier unter meiner Hand. »Und willst du auch mit mir ins Bett?« – »Natürlich«, sagte sie, »auch das.« – »Das finde ich herrlich«, sagte ich. Ihre Wange glitt an meinem Kiefer entlang, sie küßte mich auf den Hals und grub ihre Zähne mehrmals zärtlich in meine Haut. »Nein, nicht jetzt«, sagte ich, »jetzt bin ich krank.« – Sie richtete sich auf und langte nach der Tasche, die ihr vom Schoß geglitten war. Sie kramte darin herum, nahm eine neue Armbanduhr heraus und band sie mir ums Handgelenk. »Gehört die Peps?« fragte ich. Sie lächelte, ihre Zähne waren weiß und feucht. »Natürlich nicht, die habe ich heute morgen für dich gekauft.« – Ich schaute auf die Uhr, es war halb zwölf. »Ich möchte etwas haben, das du gestohlen hast«, sagte ich, »von Peps.« – Sie starrte in die offene gelbe Tasche, ihr Gesicht war nicht mehr so hell wie vorhin. Und ja, dann sah ich wieder Tränen quellen und neben den Nasenflügeln herabrollen, den kräftigen, edlen Nasenflügeln eines Engels entlang. »Jetzt möchte ich gern wissen, warum du weinst«, sagte ich. – »Begreifst du das nicht?« antwortete sie. »Weil du so was sagst. Das tut mir leid für dich, nur für dich, denn wenn du so was sagst, leidest du noch.« – Daraufhin schwiegen wir lange. Ich betrachtete unverwandt ihr Engelsprofil. Ich merkte, daß unsere Hände ineinander geglitten waren und daß ihre Hand keinen Widerwillen mehr in mir erweckte. Ich sagte: »Ich habe die Möbel kaputtgeschlagen.« Sie lächelte melancholisch und zärtlich und rieb und knetete dabei meine Hand. »Das sehe ich«, sagte sie, »ich werde dafür sorgen, daß du neue bekommst.« – Dann wagte ich die Frage, die mir wie eine Entdeckung vorkam: »Liebst du mich oder hast du Mitleid mit mir?« – Sie schaute mich entrüstet an: »Mein Gott, mein Gott, ich liebe dich, mein Gott, mein Gott, mein Gott...« Danach starrte sie wieder vor sich hin und schüttelte, immer noch empört über mein Mißverstehen, ab und zu den Kopf. Sie blickte auf meine Hand, die in der ihren lag. Langsam hob sie sie hoch, küßte sie und schaute dabei auf die Uhr an meinem Handgelenk. »Liebster«, sagte sie, »bis morgen.« – Sie schloß hastig die gelbe Tasche und stand auf. Unauffällig und rasch, als wäre sie auf der Flucht, lief sie aus dem Zimmer, die Treppe hinunter und eilte scheu, mit schnellen Schritten über die stille Straße. Auf der Kreuzung am Ende der Straße tauchte sie im Menschenstrom unter. Ich folgte ihr mit den Augen, die Wange an die Fensterscheibe gepreßt. Ich schaute ihr nach, nur um zu sehen, wie sie heimlich vor mir floh. Sie trug einen unauffälligen blauen Mantel, aber ich konnte sie bis zuletzt erkennen... Ich ging zurück, die Hände an die Schläfen gepreßt, ich verging fast vor Kopfschmerzen. Auf dem Tisch neben dem Sofa standen die Herbstastern, blau mit einem goldenen Herzen. Sie waren schön und abscheulich, hier im Zimmer wie in meinem Leben. Aber ich verging vor Kopfschmerzen. Darum legte ich mich wieder hin und drehte mich vorsichtig auf die Seite zur Wand. Dann legte ich den Arm so hin, daß ich die Armbanduhr unmittelbar vor Augen hatte. Ihr Glanz schmerzte mich. Ich schloß die Augen. Sie tickte leise und nervös, was mich schrecklich störte. Ich wollte die verstreichenden Minuten in Gedanken an Alide verbringen und an das, was sie gerade tat: Sie überquerte die Kreuzung, rief ein Taxi, weil es so spät geworden war, ließ es irgendwo in der Nähe halten und eilte zu Fuß zum Geschäft von Peps. Das leichte, nervöse Ticken wurde zum Geräusch ihrer Schritte: Schnell, schnell klickten ihre Absätze auf dem Pflaster. Ich lief ihr nach, ich lief ihr nach! Ich sah sie nirgends mehr. Nur das Klicken hörte ich noch. Jetzt wurde es zum Hufschlag eines Pferdes, eines trabenden Rennpferdes. Es saß mir auf den Fersen, wollte mich mit seinem bösen Maul, von dem der Schaum troff, beißen. Plötzlich änderte sich die Szene. Jetzt rannte ich hinter dem Pferd her, das mir unermüdlich vorantrabte. Ich wollte ihm auf den Rücken springen und verfehlte den Sprung. Mit gebrochenen Gliedern lag ich auf dem Weg. Menschen hoben mich auf und legten mich wieder auf das Sofa... Meine Arme und Beine waren tote Gegenstände, mein Kopf war wie zerschlagen, das Herz raste hinter meinen Rippen. Ich band die Uhr ab und warf sie fort. Drei Meter entfernt lag sie auf dem Boden und glitzerte. Ein Auge. Der böse Blick. Ich drehte mich wieder zur Wand...

King, der im *Parthenon* drei Schnäpse getrunken hatte, fühlte, wie sein Herz einen gräßlichen Salto mortale schlug. Es sprang in seine Kehle, rutschte tief in seinen

Bauch und pendelte dann wieder an seinen Platz zurück. Vor ihm stand Juliette. In den ersten Augenblicken konnte er sie gar nicht so genau betrachten, wie er wollte. War sie froh? Erschrocken? Oder schaute sie mit dem gierig hypnotischen Blick des Reptils auf das Kaninchen? Er sah es nicht, denn er war Gott und allen Teufeln viel zu dankbar, daß er ihr begegnet war. Er war so verärgert über sein Erlebnis in jenem Büro, daß er beinahe platzte vor Unternehmungslust. Und da lief ihm seine Beute regelrecht in die Arme. Jetzt würde er beweisen, daß man ihn nicht ungestraft verspotten konnte. »Juliette!« Es war ein Freudenschrei. Und dann lachte er gerührt, holte tief Atem und faßte sie an den Händen. Erst jetzt nahm er sie richtig wahr. Sie blickte weder froh noch erschrocken, sondern eher schüchtern, was sich darin zeigte, daß ihre Augen trotz des lächelnden Mundes ernst blieben. »Freust du dich nicht, mich zu sehen?« fragte er. Sie antwortete: »Natürlich, aber du siehst so schlecht aus.« – Er hatte sich wieder in der Gewalt, sein Herz klopfte lautlos, und seine Augen waren kühl und aufmerksam, obwohl darin etwas wie Freude über seine Rolle als Liebhaber lag. »Aber du siehst so schlecht aus«, sagte sie. Er hatte ihre Hände losgelassen, jetzt hob sie die Rechte an sein Gesicht. Sie strich kurz und zugleich so warm und federleicht mit den Fingerspitzen über seine Wange, wie nur die Liebe eine Frauenhand führen kann. Juliette aber hatte sehr warme leichte Hände, entzückende Hände! Und während er gleichgültig die Achseln zuckte, sagte er: »Kann sein, daß ich in letzter Zeit ein bißchen zuviel getrunken habe.« – Sie sah ihn ernst an: »Warum?« – Er sagte darauf: »Wenn du dich so sehr für mich interessierst, warum bist du dann nie zu mir gekommen?« – Sie schlug die Augen nieder und antwortete: »Dafür hatte ich meine Gründe.« – Er musterte sie gründlich. War das Heuchelei, diese niedergeschlagenen Augen? Nein, nicht bei Juliette. Alle Frauen geben sich scheu und zurückhaltend, und je weniger sie dabei fühlen, desto besser ist ihr Spiel. Er sagte: »Komm, laß uns gehen.« – Sie gingen zusammen weiter, aber nicht nach Hause. Sie gingen die Straße zurück und am *Parthenon* vorbei, wo King vorhin seine Schnäpse getrunken hatte. Er sagte: »Wollen wir uns da drin ein wenig unterhalten?« – Es war eigentlich kein Lokal, in das man eine Dame einlädt, aber in der Gegend gab es nichts Besseres, und im *Parthenon* war es so still wie in einem Tempel. Der Wirt stand grau und groß hinter der Theke und tat aus Taktgefühl, als habe er King noch nie gesehen. Er grüßte kaum und starrte dann mit den Schweinsaugen wieder ins Leere. King ging mit Juliette durch den ganzen Raum und wählte dann einen Tisch am Fenster. Er zog einen der beiden Stühle zurück und sagte: »Will die Prinzessin meiner zärtlichsten Träume so gnädig sein, sich hinzusetzen?« – Als er ihr gegenüber Platz nahm, sah er die verdammten Tränen in ihren Augen. Mit spitzen Lippen sog er pfeifend die Luft ein, um seiner Betroffenheit Ausdruck zu geben, trommelte mit allen zehn Fingern auf die Tischplatte und sah sie an. »Warum hast du nie was von dir hören lassen?« fragte sie. In dem Augenblick tauchte der Wirt vor ihnen auf und stellte zwei Schnäpse, die sie gar nicht bestellt hatten, vor sie hin. »Wunderbar«, sagte King, »schenk dir auch einen ein.« – So unhörbar wie der Wirt gekommen war, bezog er wieder Posten hinter der Theke. »Sieh mal«, sagte King einleitend, »ich habe geglaubt, du liebtest mich nicht mehr.« – Als er das sagte, fühlte er sich wie ein Sechzehnjähriger. Er griff nach seinem Glas und trank es leer. Der Schnaps wärmte ihn, und er bekam einen klaren Kopf. Er tat, als habe er sich erholt, setzte sich gerade hin und zog die Krawatte, die sich protzend vorwölbte, wieder ordentlich unter den Pullover. »Die Wahrheit ist, Juliette«, und dabei sah er sie ernst und eindringlich an, »daß ich ziemlich krank gewesen bin. Ich war krank und sehr niedergeschlagen, und wie es dazu kam, will ich dir gleich erzählen... Weißt du, daß ich, wenn es darauf ankommt, ein Gefühlsmensch und außerdem unsäglich verletzbar bin?« – Juliette sah ihn an. Sie hatte die Tränen abgewischt. Sie sah ihn an mit Augen voller Erinnerung. Sie dachte natürlich an den Abend, an dem King sich preisgegeben hatte, an den Abend, an dem King zum arglosen und schwärmerischen Liebhaber geworden war mit so viel Liebe für sie im Herzen, daß es fast zersprang. »Ein Gefühlsmensch und außerdem unsäglich verletzbar«, sagte er deshalb. Sie antwortete schlicht: »Ja.« Es klang so zärtlich, so innig, daß er für einen Augenblick die Fassung verlor. Er griff nach dem leeren Glas und hob es, ohne hinzusehen, hoch. Kaum drei Sekunden später kam der Wirt unhörbar an ihren Tisch und brachte ein volles Glas. Das »Ja« von Juliette galt allem, was er war oder zu sein vorgab. Dazu die zärtlichen Augen und der leicht geöffnete Mund... King ertappte sich dabei, daß er sie zu lange anstarrte. Er korrigierte sich und sagte streng: »Doch zuerst mußt du mir deine Gründe sagen, Juliette, warum du nicht gekommen bist.« – Augenscheinlich kämpfte sie innerlich mit sich: niedergeschlagene Augen, bebender Mund, nervöses Zupfen an dem baumwollenen Tischdeckchen. Und schließlich sagte sie: »Weißt du, mein Junge, daß ich früher mal einen Mann gepflegt habe?« – King nickte mit fragend hochgezogenen Augenbrauen. »Und weißt du, daß dieser Mann ein Herzleiden hatte?« – King nickte abermals ermutigend und fragend. »Und weißt du auch, daß er gestorben ist?« – King nickte nochmals und senkte dann bedauernd den Kopf. »Und weißt du, daß er Arzneien bekam, die sehr genau dosiert werden mußten?« – King hob den Kopf und sah sie mit arglos gespannter Aufmerksamkeit an. »Und daß er mir eine Leibrente vermacht hat?« King blickte erstaunt. Ihm war unbehaglich zumute, was redete sie da? »Und weißt du, mein Junge, daß die Leute zu reden anfingen?« – King rutschte unruhig auf dem Stuhl hin und her, und sein Erstaunen wurde zu Verdrossenheit. »Nun ja«, sagte er, »natürlich war dieser Mann dein Liebhaber. Aber wen geht das etwas an? Und deine Vergangenheit geht mich ebensowenig etwas an, denke ich.« – Da richtete sie ihren Blick, der währenddessen nervös nach allen Seiten herumgeirrt war, geradewegs auf ihn. Sie sagte: »Nein, das meine ich nicht, sie glaubten, ich hätte ihn vergiftet.« – King trank seinen zweiten Schnaps, hob das leere Glas, bekam keine drei Sekunden später den dritten und sagte zum Wirt: »Schenk dir auch einen ein.« – Juliette wartete auf seine Erwiderung und nippte zum erstenmal an ihrem Glas. Er sagte: »Glaubten sie das? Nun ja, die Menschen denken nie was Gutes.« – Doch dann sah er sie an, als verblüffte ihn etwas, das ihm bis dahin entgangen war, und er sagte ungeduldig: »Aber, liebe Juliette, ich habe dich doch nur gefragt, warum du nicht zu mir gekommen bist. Und das weiß ich noch immer nicht.« – Ihre Augen waren traurig, um ihren Mund spielte ein verzweifeltes kleines Lächeln. Vielleicht war es falsch, ihm von ihren Skrupeln zu erzählen, die ihn vielleicht tief schockiert hätten. Aber da sie nun einmal angefangen hatte, mußte sie weitermachen. »Junge«, sagte sie, »was hat dir gefehlt? Du bist doch krank gewesen?« – Und dabei legte sie bittend, wie besiegt, beide Hände mit den Handtellern nach oben auf den Tisch. »Mir?« antwortete King. »Mein

Herz, du weißt, mein Herz ist nicht sehr kräftig.« – Dann saß er plötzlich regungslos, wie erstarrt da, sogar seine Pupillen waren starr. Das dauerte fünf bis sechs Sekunden. Daraufhin beugte er sich so rasch vor, daß es aussah, als falle er, und legte die Hände auf ihre offenen Handteller. »Mein Gott, Juliette«, sagte er gerührt und sah ihr tief in die Augen. »Wie müssen dich diese alten Klatschgeschichten gequält haben.« – Er begegnete ihrem wehrlosen Blick. »Ja, liebe Juliette, also deshalb bist du nicht gekommen.« – Ihre Hände waren innig ineinander verschlungen. Er holte tief Atem. »Deshalb also bist du nicht gekommen.« Noch nie hatte er so bewußt wahrgenommen, wie schön ihre Augen waren, mit einer Iris aus durchsichtigem Grau. Nein, es war vielmehr der Ausdruck von Wehrlosigkeit und Sehnsucht, der sie schön erscheinen ließ. Sie liebte ihn, ihr Blick war eine Bitte um Liebe. Dieser Blick und ihre fest ineinander verschlungenen Hände versetzten ihn in einen Rausch. Er entwand ihr seine Hände und betrachtete nachdenklich mit gerunzelten Brauen das Baumwolldeckchen auf dem Tisch, wobei unzählige Gedanken durch sein Gehirn jagten. Der Augenblick war da, jetzt mußte die entscheidende Schlacht geschlagen werden. Er ergriff sein Glas, trank es aus, hob es abermals hoch, und als wieder ein volles vor ihm stand, bat er leise, den Blick gesenkt: »Juliette, weißt du noch, was ich dich gefragt habe? Jetzt frage ich dich wieder, gerade jetzt.« – Sie antwortete nicht. Er sah nicht auf, aus Angst, wieder eine Abweisung in den schönen Augen lesen zu müssen. Und nicht nur bittend, sondern mit unterdrücktem Ungestüm fügte er hinzu: »Juliette, du mußt, du mußt meine Frau werden!« – Erst jetzt schaute er auf und begegnete einer solchen Rührung und Freude in ihren Augen, daß es ihn selbst beinahe rührte. Er lachte kurz und nervös, wie es verliebte Leute überkommt, und sie lachte mit. Er nahm wieder ihre warmen, leichten Hände und sagte: »Wir sind arg verliebt und tun, als hätten wir noch nie zusammen im Bett gelegen.« – Wieder lachten sie beide. Und sie: »Ist das wahr? Das weiß ich kaum noch.« – Er: »Kommst du gleich mit?« Ihre Hände verschränkten sich fest ineinander. Er: »Ich werde telefonieren. Dann ist der Kaffee fertig, wenn wir zu mir nach Hause kommen.« Er ließ sie los, sprang auf und lief in eiliger Freude zur Telefonzelle ... »Alte«, sagte er mit gebrochener Stimme, »jetzt hör mir gut zu.« – Er lehnte sich an die Wand, als sei ihm schlecht. »Ich brauche wieder den Salon, und Kaffee und Likör und alles, was dazugehört. Ich komme mit Juliette. Hör gut zu, Alte. Es ist gut möglich, daß du recht hast und daß sie so unschuldig ist wie du oder ich. Aber stell die Herztropfen wieder auf den Waschtisch. Und jetzt kommt das Schlimmste, Alte, du mußt dich hinter dem Garderobenvorhang verstecken und aufpassen. Nein, sei still, nicht wenn ich mit ihr zusammen bin, das erledige ich im Salon. Du mußt nur aufpassen, was sie hinterher tut, wenn ich sie allein lasse, denn ich werde sie einen Augenblick allein lassen ...« Er legte den Hörer auf. Er drückte kurz die Hand auf die Stirn, die ganz verschwitzt war. Er zog sein Taschentuch heraus und wischte sich die Stirn trocken. Dann streckte er sich, zwang ein Lächeln in die Augen und um den Mund und öffnete mit forschem Schwung die Tür. Der Wirt stand nicht mehr hinter der Theke, sondern lehnte hinter Juliette an der Wand. Er schaute King mit seinen kleinen farblosen Schweinsaugen vielsagend an, hob die Hand und krümmte die Finger, als hielte er ein Fläschchen, und machte kleine, schüttelnde Bewegungen, wie man tropfenweise etwas ausgießt. Dann zeigte er mit einer Kopfbewegung auf Juliette. King vollbrachte in diesem Augenblick eine wahre Glanzleistung. Er ging geradewegs auf den Wirt zu und sagte: »Mann, du bist der beste Kerl im ganzen *Parthenon*, das ist für dich, und der Rest ist für deine weise Frau Pallas Athene.« – Und er gab ihm eine große Summe. Er war so begeistert über den Lauf der Dinge, daß er vergaß, seinen Schnaps auszutrinken... Draußen nahm er den Arm von Juliette. Wie aneinandergeschmiedet gingen sie dahin. Alle paar Schritte sahen sie einander an, nicht in die Augen, sondern auf den Mund, wie Verliebte es zu tun pflegen...

Die Wirtin hörte sie hereinkommen. Genau wie King sie angewiesen hatte, saß sie, hinter dem Garderobenvorhang versteckt, im Nebenzimmer, wo ein Bett und ein Waschtisch standen. Sie saß auf einem Hocker zwischen den Anzügen des reichen Mieters, der wie so oft nicht da war. Übrigens, wenn er dagewesen wäre, hätte sie ihn unter irgendeinem Vorwand, notfalls mit einer Lüge, fortgeschickt, denn der Wille von King, Detektiv King, war ihr Gesetz. Die Anzüge rochen nach Kampfer und auch ein wenig nach Tabak. Sie atmete tief durch, trotzdem brach ihr der Schweiß aus auf dem Rücken, unter den Armen, auf der Oberlippe. Sie hatte den Eindruck, daß die beiden sich kaum die Mühe nahmen, ihre Mäntel abzulegen. Die Tür zum Salon war angelehnt. Die Wirtin hatte mancherlei erlebt, sie wußte Bescheid und hatte selbst längst kein Interesse mehr an derlei Dingen. Sie hatte die Tür auch nicht aus prüden Erwägungen zugezogen, nein, nur damit sie sich vorläufig noch ein wenig rühren konnte. Von ihrem Wachtposten aus ließ sich der Vorhang mit einer vorsichtigen Bewegung etwas beiseite ziehen, und sie konnte durch den Schlitz ins Zimmer spähen. Durch einen seitlichen Schlitz blickte sie auf den Waschtisch an der Wand, auf dem das Fläschchen mit den Herztropfen stand... Die beiden kamen schweigend herein, sanken aufs Sofa, sich in die Arme. Schweigend und leidenschaftlich suchten sie einander. Die Wirtin legte gelassen die Hände auf die Knie. Sie hörte zu, obwohl das eigentlich nicht ihre Absicht war. Aber es war ja King. Eine sonderbare Wehmut überkam sie. Also auch King, dachte sie, aber er ist auch noch jung. Traurig und wehmütig saß sie zwischen den muffigen Anzügen. In diesem Augenblick wurde ihr bewußt, daß ihr Leben vorbei war. Sie war alt. Ein Menschenleben dauert lang, und nur während einer kurzen Zeitspanne hat man Freude an dem, was die beiden dort taten. Das war unumgänglich, das passierte, wurde aber meistens die Ursache von Elend und Verdruß. Sie hatte schon so viele Menschen, meist Frauen, unter ihrem Dach beherbergt, deren Leben daran gescheitert war. Und sie selbst? Vielleicht hatte sie sich damals auch so bedingungslos und gierig hingegeben, wie es diese Juliette jetzt tat. Sie konnte sich nicht mehr daran erinnern. Es war der Segen des Alters, daß man nicht mehr der Sklave seiner Triebe war, daß man ein wenig Mensch wurde und sich *deswegen* nicht mehr einem anderen Menschen auszuliefern brauchte. Auf die beiden dort, King und Juliette, wartete noch viel Elend und Verdruß, ehe sie die heitere Abgeklärtheit erreichten, die ihr, der Wirtin, eigen war. Sie seufzte betrübt. Dann hörte sie sie reden. King: »Wir können morgen heiraten, wenn du willst.« – Juliette: »Ich will ja, meinst du etwa, ich will das nicht auch?« – King: »Ja, Liebste, das habe ich gedacht. Also, du willst?« – Juliette: »Wie könnte ich anders wollen, Liebster, sag selbst, wie könnte ich!« – Ein verliebtes, ekstatisches Gestammel. Dann King: »Ich muß mal kurz weg, Liebste, höchstens zehn Minuten.« – Und Juliette: »Wo willst du hin, was will mein lieber Junge tun?« – Und King: »Ich habe wegen meines Frauchens eine geschäftliche Verabredung fallenlassen. Das muß ich in Ordnung bringen.« – Und Juliette: »Und muß mein Junge dazu noch aus dem Haus?« – Und King: »Ich werde mir den Abend freinehmen und komme zu dir.« – Und Juliette: »Ja, kommst du dann zu mir? Kommt mein Liebster zu mir?« – So lief das also. Aber dann: »Schenk dir Kaffee ein und ein Likörchen, sieh mal, es steht alles da. Und mach dich frisch, wenn du Lust dazu hast, guck mal hier, ich mach dir Licht.« Die Wirtin sah, wie King ins Nebenzimmer kam. Er ging zuerst zum Waschtisch und knipste die Lampe darüber an, dann wandte er sich zu ihrem Versteck um. Er sah sie nicht, wußte aber, daß sie ihn sah. Er blickte ganz kurz, wie zum Gruß und Einverständnis in ihre Richtung. Dann drehte er sich um und ging wieder in den Salon. Die Wirtin drückte behutsam die Hände auf den Magen. Mein Gott, was für ein Gesicht hatte er da gezeigt: entschlossen, aber mit dem Lächeln eines Märtyrers! Was war in ihn gefahren? Wußte er denn noch immer nicht, daß dieses Mädchen ihn liebte? Wagte er noch zu zweifeln? ... Und plötzlich stieg ein Gedanke in ihr auf, der ihr Übelkeit und ein beklemmendes Völlegefühl verursachte. Sie hätte sich vor Elend erbrechen können. Mein Gott, mein Gott, das war das Schlimmste, das ihr zustoßen konnte: King wahnsinnig, King im Verfolgungswahn! Wie starr und heiß hatten seine Augen in ihre Richtung geblickt, wie elend war sein Lächeln. Die Haare hingen ihm glatt in die Stirn, aus dem zerknitterten Kragen ragte der zu magere, nervöse Hals. O King! Und unterdessen standen die beiden eng umschlungen im Salon. Oh, arme Juliette! Es lief noch darauf hinaus, daß sie Juliette warnen mußte, vor King ... Dann hörte sie ihn fortgehen. Juliette stellte die Tassen und Gläser auf den Tisch. Die Wirtin hörte auch, wie sie die Kaffeekanne hob und sich eine Tasse vorweg einschenkte. Sie zog den Stöpsel aus der Karaffe und füllte zwei Gläser mit Likör. Und dann ging sie ins Nebenzimmer. Sie hatte einen leichten Schritt. Die Wirtin mußte an ein schönes junges Tier denken, so leicht und anmutig bewegte sich Juliette. Vielleicht fiel ihr der Vergleich auch nur deshalb ein, weil Juliette im Nebenzimmer plötzlich regungslos stehenblieb, als wittere sie Unrat. Sie war mittelgroß und trug ein hellbraunes Kleid mit beigefarbenen Holzknöpfen. Sie hatte schmale Schultern, breite Hüften und schöne Brüste. Das Kleid war tief ausgeschnitten und gab die weiße Haut am Hals frei. Das dunkle, gewellte Haar über dem schmalen Gesicht war in der Mitte gescheitelt. Sie machte einen jungen, arglosen Eindruck, dem nur die Augen, ihre grauen Augen, widersprachen. Sie stand still, mit äußerst wachsamem Blick, als wittere sie Unrat. Aber das dauerte nur einen Augenblick. Dann wandte sie sich zum Spiegel über dem Waschtisch. Sie ging wie eine junge Frau, die weiß, daß sie geliebt wird: hastig und besorgt. Sie ging also hastig auf ihr Spiegelbild zu. Sie sah sich besorgt an, stellte die Handtasche neben sich auf den Waschtisch und suchte tastend nach Puderdose, Lippenstift und Kamm. Die Wirtin schaute durch den Schlitz an der Wandseite. Sie sah Juliette im grellen Licht stehen, sah, wie sie die Oberlippe sorgfältig mit dem Lippenstift nachzog und die Lippen dann aufeinanderpreßte, und sah, wie sie sich mit der Puderquaste auf Hals und Nase tupfte. Und das alles geschah unbefangen und anmutig. Doch warum drückte die Wirtin noch immer die Hände gegen den Magen? Wegen King? Nein, ihre ganze Aufmerksamkeit galt Juliette. Und was stimmte nicht mit dieser schönen Juliette? Die Wirtin sah, wie sich die grauen Augen streng und aufmerksam im Spiegel betrachteten. Über den Augen stand die Falte, in der King ein Zeichen gesehen hatte. O nein, das war kein Zeichen. Und plötzlich geschah das, dessen Vorboten die Atemnot und die Magenschmerzen gewesen waren. Juliettes Gesicht schien zu verschwimmen, nur die Augen blieben starr. Augen ohne Seele. Augen, die sich zuerst auf ihr Spiegelbild richteten und dann auf das Fläschchen. Seelenlose, berechnende Augen trotz ihrer zarten hellgrauen Farbe. Die Wirtin beobachtete, wie sie nach dem Fläschchen griff, den Korken herausnahm und dann zu zögern schien. Aber es war kein Zögern, sie horchte nur, und ihre Augen spähten wachsam umher. Sie erinnerte an ein Raubtier, das sich auf den Hof einer menschlichen Behausung gewagt hat. Dann ging sie mit ihren federleichten Schritten in den Salon. Die Wirtin hörte sie am Tisch mit den Gläsern hantieren. Wie eine Hirschkuh kam sie zurückgesprungen und setzte das Fläschchen sehr behutsam zurück, genau auf den Platz, wo es gestanden hatte. Und jetzt bemerkte die Wirtin ein Glühen, ein fast mystisch freudiges Glühen in den Augen. Sie sah jetzt auch wieder das Gesicht, dessen Wangen sich gerötet hatten ... Die Wirtin nahm langsam die Hände von ihrem brennenden Magen und schlug sie vors Gesicht. Jetzt wußte sie Bescheid, sie hatte es gesehen. King war nicht verrückt. O King! ... So traf er sie an, als er sie aus ihrem Versteck befreite. Er zog den Garderobenvorhang beiseite und fand sie mit den Händen vor den Augen. »Nun?« fragte er. Seine Stimme klang heiser. »O King ...«

Ich versteckte sorgfältig die Seiten, auf denen ich an der Geschichte von King und Juliette weiterschrieb. Alide durfte sie nicht sehen. Sie durfte nicht wissen, daß ich darin mit ihr und auch mit mir selbst abrechnete. Sie durfte auch nicht wissen, daß ich aus meinem Kummer ein Spiel machte und darin die einzige Daseinsform fand, an der mir noch etwas lag. Oder nein, so war es auch wieder nicht. Ich saß am Ofen, den ich selbst angezündet hatte und schrieb über King und Juliette, als ich plötzlich hörte, wie der Nachschlüssel ins Schloß gesteckt wurde. Ich raffte die Papiere zusammen und versteckte sie blitzschnell hinter einer Reihe Bücher. Und als Alide hereinkam, saß ich still neben dem Ofen oder lag auf dem Sofa. Sie merkte nichts von meinem eigentlichen Leben, das sie ja doch nicht mehr begreifen konnte. Sie trat ins Zimmer, umgeben von der Kühle der frischen Luft, im Arm einen Strauß Herbstastern, Rosen oder Chrysanthemen. Sie war immer noch der unbehauste Engel, der kein Recht auf ein Zuhause hatte. Deshalb war sie zunächst immer schüchtern und vorsichtig. Sie kam mir nie zu nahe. Sie blieb also mitten im Zimmer stehen: »Darf ich?« – Manchmal benahm ich mich wie ein Wahnsinniger. Ich schimpfte, bis sie das Zimmer verließ, und wenn sie fort war, drückte ich in der Verzweiflung, in der sie mich zurückließ, die Fäuste auf den Magen und mußte würgen. Ein wenig später schlich sie wieder die Treppe herauf, kam auf mich zu, nahm meine Fäuste in die Hände und zog meinen Kopf an sich ... Ein andermal blieb ich ruhig mit gesenkten Augen sitzen, als hätte ich sie nicht gehört. Dann kam sie nicht zu mir. Sie ordnete still die Rosen in der Vase, einer neuen Vase, die sie mitgebracht hatte. Sie öffnete den Reißverschluß der gelben Tasche und brachte mir schöne Bücher, Zigaretten und Genever als Geschenk. »Liebster«, sagte sie. Ich tat, als hörte ich nichts. Dann stellte sie sich hinter meinen Stuhl und strich mir übers Haar. Dann legte sie mir die Arme um den Hals. Ich fühlte Tränen von ihrem Gesicht herabtropfen, brennende Tränen. Und dann zog ich sie auf meinen Schoß, in meine Arme. In meinem Herzen loderte eine Glut auf wie ein alles verwüstender Brand. Es konnte auch geschehen, daß ich ihr hungrig und gierig entgegenlachte! Denn schließlich tat ich nichts anderes als warten. Warten, spähen, fragen, sonst nichts. Sie kam von einem sehr fernen, unbekannten Planeten. Und hier in diesem Leben, in meinem Zimmer, stand sie wie in einem Vakuum. Das Land ihrer Herkunft war mir unbekannt, der Boden, auf dem sie lebte, der Tisch, an den sie sich zum Essen setzte, das Bett, in dem sie liebte, alles unbekannt, unbekannt, unbekannt. Ich wußte nicht, was sie tat oder sagte, wenn sie nicht bei mir war, was ihr fehlte und wonach sie sich sehnte, was sie aß und was sie trank. Ich spähte, fragte, wartete. »Das Kleid ist neu, wo hast du es gekauft? Wann? Allein? – Was machst du abends? Liest du hin und wieder? Und er, dieser Idiot, er nicht? Was tut er überhaupt, dieser Idiot? Nur quasseln und dir schöne Augen machen, mehr nicht?« – Ich konnte ihr nichts anhaben. Wenn ich zu weit ging, floh sie, kam aber noch am selben Tag zurück. Das nutzte ich aus, um sie zweimal täglich zu sehen. Sie sagte: »Ich habe keine Ruhe, wenn ich dich in einer solchen Verfassung allein lasse.« – Ich antwortete: »Du brauchst nicht mehr zu kommen. Ab morgen verriegele ich die Tür mit dem zweiten Schloß, ich will dich nicht mehr sehen.« Und als sie am anderen Tag kam, hörte ich sie mit dem Nachschlüssel hantieren, doch die Tür blieb zu. Sie läutete, aber ich öffnete nicht. Sie läutete nochmals. Ich hielt wieder die Fäuste in die Magengrube gedrückt. Nun läutete sie nicht mehr. Doch als ich nach einer halben Stunde zur Treppe ging, um auf die Tür hinunterzuschauen, vor der sie vergeblich gewartet hatte, stand sie immer noch da. Sie lehnte den Rücken gegen die Tür und wartete. Leise, ganz leise ging ich hinunter und machte auf. Sie kam herein, legte mir noch unten in der Diele die Arme um die Taille und hielt mich so etwa eine Viertelstunde lang schweigend fest. Dann führte ich sie nach oben und sagte: »Wir müssen mal vernünftig miteinander reden.« – Ich nahm mir vor, das Gespräch in solche Bahnen zu lenken, daß sie sich nicht in Ungenauigkeiten flüchten konnte. »Weiß er, daß du hierherkommst?« – »Natürlich nicht, er könnte das nicht verstehen.« – »Liebst du ihn?« – »Frag das doch nicht immer wieder: Nein, nein!« – »Dann verlasse ihn doch!« – »Über kurz oder lang werde ich es tun, glaube mir.« – »Warum nicht gleich?« – »Weil ich nun mal damit angefangen habe. Du hättest mich nie gehen lassen dürfen.« – »Was redest du da! Ich hätte dich nicht gehen lassen dürfen? Ja, hätte ich dich aus dem Büro mit mir schleifen, dich vom Sofa zerren sollen? Ihn krankenhausreif schlagen?« – Sie schlug die Hände vors Gesicht und weinte. »Also, sag es schon!« – Sie nickte weinend, wischte sich mit einer Hand die Augen und streckte die andere flehentlich nach mir aus. »Dann weiß ich, was wir zu tun haben«, sagte ich. »Du gehst nicht mehr zurück, du bleibst bei mir.« – Sie antwortete nicht. Auf dem Herd kochte das Wasser, und ich machte Kaffee. Ich hängte ihren Mantel auf den Garderobenständer im Flur und schob ihren Stuhl etwas näher zum Ofen. Dann schenkte ich den Kaffee ein. Ich dachte: Gleich will sie wieder fortgehen, aber ich muß sie zurückhalten. Ich dachte sogar: Wenn sie jetzt bleibt, existiert sie nicht mehr in der unbekannten Welt, dann ist sie wieder da und faßbar, dann kann ich ihr wieder alles erzählen und kann sie alles fragen. Und ich fing sogar an: »Weißt du, die Geschichte von King und Juliette habe ich noch nicht aufgegeben. Nur ist es nach alldem, was passiert ist, keine Detektivgeschichte mehr. Aber darauf kommt es nicht an. Es geht lediglich darum, ob es mir gelungen ist, etwas niederzuschreiben, das man als reine und künstlerisch vertretbare Umsetzung meiner inneren Spannungen werten kann. Oder glaubst du, daß man meinen King mißversteht? Ein humorloser Mensch muß wohl einen arroganten Idioten in ihm sehen. Ein Mensch ohne Gespür für das Geheimnisvolle kann das Kokettieren mit dem Unbekannten nicht verstehen.« – »Und Juliette?« fragte sie. Aber gleichzeitig schob sie den Stuhl nach hinten und stand auf. »Und Juliette«, sagte ich, »ist ertappt. Sie wird das Giftmischen von nun an seinlassen und bleibt hier.« – Alide wollte das Zimmer verlassen, ich hielt sie zurück: »Wohin gehst du jetzt?« – Sie sagte: »Das weißt du genau. Sei doch bitte vernünftig, es kommt schon alles wieder in Ordnung.« – Ihre einschmeichelnde Stimme stand in krassem Gegensatz zu ihrer Haltung. »Komm«, sagte sie, »laß mich durch.« Befehlend stand sie vor mir, in ihren Augen stieg kalter Glanz auf. Sie faßte mich bittend beim Arm, was beinahe in eine zornige Gebärde umschlug: Am liebsten hätte sie mich zur Seite gestoßen. »Ich denke nicht daran«, sagte ich, »und wenn ich dir die Knochen brechen muß, du bleibst hier.« – Sie sagte beherrscht: »Mach jetzt keine Szene.« – Aber ihre Hand an meinem Arm kniff mir blaue Flecken ins Fleisch. Sie haßte mich, sie überlegte, ob sie eine Chance hätte, wenn sie drauflos schlug. »Traust du dich nicht?« fragte ich. »Trauen«, sagte sie, »was heißt hier trauen? Du mußt mich gehen lassen. Oder willst du mich etwa mit Gewalt zurückhalten? Das tun nur Idioten. Erniedrige dich nicht zum Idioten, jedenfalls nicht, wenn du willst, daß ich einen Unterschied zwischen dir und einem Idioten machen soll.« – Das war gleichzeitig ein Urteil über Peps und ein Appell an meinen gesunden Verstand. War das nun hinterlistig oder nicht? Ich sah sie an und fand sie häßlich. Was wollte ich noch von ihr? Ich wich zur Seite. »Geh nur«, sagte ich. Im Gang griff sie nach ihrem Mantel und lief die Treppe hinunter. Zögernd zog sie die Haustür hinter sich zu. Sie hatte genau gefühlt, warum ich sie schließlich doch gehen ließ. Hinter der Gardine versteckt, schaute ich ihr heimlich nach. Sie ging niedergeschlagen, mit gesenktem Kopf und blickte sich zweimal scheu nach meinem Fenster um. Ich war überzeugt, daß sie diese Haltung bewußt annahm für den Fall, daß ich ihr nachschaute...

Und jetzt nachdenken über dieses Luder. Ich legte mich absichtlich dazu hin. Ich mußte vor allem den letzten Eindruck festhalten: hassende Augen und ein starres Gesicht, zuerst gemein den einen gegen den anderen ausspielen und sich dann unterwürfig und flehend umsehen. – Was wollte ich noch von ihr! Sollte sie doch bei dem Idioten bleiben und mich in Ruhe lassen. Ich liebte sie nicht mehr. Ich liebte nur noch die Liebe, die ich einst für sie empfunden hatte und die mit jenem Luder nichts mehr zu tun hatte. Wenn es darauf ankam, würde sie gegen mich kämpfen wie ein Tier, und wenn wir dabei hier drinnen über den Boden oder draußen in die Gosse rollten. Ein Luder war sie, ein Luder, ein Luder! Doch das Wort wurde sinnlos... Als hätte sich ihr Schatten bei mir eingeschlichen und das Wort in Stücke zerbrochen. Das Wort war keine Barrikade mehr. Ihr Schatten kroch über den Trümmerhaufen meiner Verachtung bis an mein Herz. Ich stand vom Sofa auf, verriegelte die Haustür mit dem zweiten Schloß und stellte die Klingel ab. Ich kämpfte tapfer auf der zerstörten Barrikade und verjagte sie ganz weit aus meinem Herzen... Aber nach drei Tagen lag ein Brief auf der Matte. Ich lief die Treppe hinunter, hob den Brief auf und las ihn noch in der Diele. Alide schrieb, sie sei nun zum drittenmal vergeblich dagewesen und müsse mich sehr dringend sprechen, heute mittag im *Pavillon*. Ich ging hin. Sie war schon da und hatte Tee bestellt. Sie hatte mich noch nicht bemerkt. Ich war betroffen, wie selbstsicher sie dort saß und wartete. Keine Spur von Einsamkeit oder Sehnsucht, gegen die ich gekämpft hatte. Ich konnte es nicht verstehen. Dagegen hatte ich sofort begriffen, daß sie mir nichts Wichtiges mitzuteilen hatte. Das *Pavillon* war ein ruhiges Café. In den Mittagsstunden saßen dort Damen nach dem Einkaufen, Geschäftsleute bei Besprechungen und Paare, die sich heimlich trafen wie sie und ich. Als Alide mich bemerkte, sah sie mir froh entgegen. »Tag, Liebster«, sagte sie, »ich war so besorgt.« – Ich schaute sie an. Ich bemerkte etwas an ihr, wußte aber nicht was, etwas in ihrem Gesicht. »Was ist mit dir los?« fragte ich. Sie zeigte schüchtern auf ihr linkes Auge und die Nasenwurzel. Jetzt sah ich erst, daß ihr Auge blau angelaufen war und die Nasenwurzel eine Schramme hatte. Ich lehnte mich müde in den tiefen Sessel zurück: »Habt ihr euch geschlagen?« – Sie nickte bösartig lächelnd: »Aber ich bin diejenige, die bei dem Streit weniger abgekriegt hat, versteh mich recht.« – Ich wußte längst, daß sie nicht sagen würde: »Jetzt weiß ich, woran ich bin, jetzt reicht es mir.« – »Gut so«, sagte ich, »schlag nur tüchtig zu.« – Ich nahm eine Zigarette und zündete sie gelassen an. Meine Hände zitterten nicht, ich lauschte nicht mit stockendem Atem ihren Ausreden, halben Geständnissen und vorgetäuschten Entschlüssen, die nur dazu dienten, mich zu besänftigen oder mich verrückt zu machen. Eher brachte ich sie um. Es war nur ein Gedankenspiel, das nichts zu tun hatte mit dem wirklichen Verhältnis, in dem ich zu ihr stand. Ich lag mehr im Sessel, als daß ich saß, und glaubte, nicht mehr genügend Kraft zum Aufstehen zu haben. Drei

Tage lang hatte ich gekämpft. Daß ich jetzt trotzdem hier im feindlichen Lager saß, hatte nichts zu bedeuten. Sie bekam mich nicht mehr in ihre Gewalt. Ich war eine verlorene Beute, meine Kapitulation galt nicht mehr. »Was hast du mir zu sagen?« fragte ich müde. »Du wolltest mich doch so dringend sprechen?« Sie beugte sich vor. »Hör zu«, sagte sie mit tiefer, farbloser Stimme, »du weißt, daß ich dir nicht böse sein kann, was immer du auch getan hast. Hast du mich verraten?« – Jetzt durchschaute ich sie, jetzt wußte ich Bescheid. Ihr Peps hatte endlich erfahren, daß sie mich heimlich besuchte, und hatte drauflosgeschlagen. Freudige Genugtuung wallte in mir auf. »Verraten?« fragte ich. »Ich dich verraten? Wie denn?« – Ich sah sie ärgerlich an, als verstünde ich sie nicht. Sie musterte mich eindringlich, und ich hielt ihrem Blick mit großem Erfolg stand. Sie dachte: Du hast noch nie gelogen und betrogen und verraten, du bist so einfältig, daß du zwischen Verrat und einem blauen Auge keinen Zusammenhang erkennst. Sie sagte: »Ich sehe schon, das würde dir niemals einfallen, das habe ich übrigens gewußt.« Ich setzte mich gerade hin, jetzt hatte ich wieder die Kraft dazu, die Freude der Genugtuung belebte mich. »Verraten«, sagte ich bedrückt und sah sie dann plötzlich mit großen Augen an, als ob mir ein Licht aufginge. »Daß du zu mir kommst?« – Ich ließ mich wieder in den Sessel zurücksinken, schaute sie aber weiterhin bestürzt und mit großen Augen an: »Und jetzt glaubst du, ich hätte dich verraten?« – Auch darauf fiel sie herein: »Nein«, sagte sie, »nein, ich habe nur zur Sicherheit gefragt.« – »Aber«, fuhr sie fort, »weißt du, wer es dann getan haben kann, wer Interesse daran hat, daß ich Ärger kriege?« – »Nein«, sagte ich betrübt. Wieder ging sie in die Falle. Ich drückte das Kinn tief auf die Brust und schien mich in düsteren

Gedanken zu verlieren. »Und deswegen«, zog ich im gleichen traurigen Ton den Schluß, »deswegen hast du dich hier im Café mit mir verabredet.« Sie überhörte meine Worte und sagte: »Weißt du, wer es gewesen sein könnte? Die Klazien, seine Frau.« – Ich fragte: »Wohnt die etwa in meiner Nähe oder kennt sie dich?« – »Natürlich kenne ich sie«, sagte Alide. »Also deshalb«, begann ich wieder entmutigt, »traust du dich nicht mehr zu mir?« – Sie schaute mich stolz und spöttisch an: »Was denkst du, natürlich traue ich mich. Ich habe gesagt: ›Noch so eine Szene, aus welchem Grund auch immer, und es ist aus.‹ Also komme ich jetzt so oft zu dir, wie ich will.« – Ich setzte mich gerade hin, ich mußte ihre Treue zu mir bewundern. »Ich werde dich nie verraten«, sagte ich gerührt, »und du wirst mich nie verleugnen.« – Wir sahen uns mit verlogener Innigkeit an. Noch nie war ich für sie ein so guter Gegenspieler gewesen. »Aber sag mal, Liebste«, fing ich wieder an und saß nun wirklich kerzengerade vor heller Genugtuung, »wie wagt er es, dich zu schlagen! Daß dir so etwas passieren mußte!« – Ich sah sie mit tiefster Teilnahme an. Sie reagierte stolz und tröstete mich zärtlich: »Still, Liebster, mit so was werde ich durchaus fertig.« – Ich stützte die Arme auf den Tisch und beugte mich zu ihr. »Wie ist es denn passiert?« fragte ich zutraulich. Aber diesmal ging sie mir nicht auf den Leim. Sie schüttelte abweisend den Kopf. »Wozu ist es gut«, fragte sie, »wenn ich dir das erzähle?« – Sie sah mich argwöhnisch an. »Nun«, sagte ich, »eine Reportage über einen Boxkampf ist immer spannend.« Und ich lachte über meinen Geistesblitz. Sie runzelte verstimmt die Augenbrauen, was ich natürlich nicht merkte, und fuhr daher gemütlich fort: »Auch wenn du es mir nicht erzählen willst, kann ich es mir vorstellen.« Und ich beugte mich noch weiter vor: »Soll ich es dir sagen? Zuerst ist er eifersüchtig, gerät in Wut vor Eifersucht und beginnt, dich zu beleidigen. Der erste Schlag kommt von dir. Er schlägt zurück, schlägt dir ein blaues Auge und zerkratzt deine Nase. Du weichst etwas zurück, aber das ist *reculer pour mieux sauter*, ein Ansetzen zum großen Sprung. Denn wie sieht die Situation aus? Er steht vorm Tisch, du dahinter. Der Wettlauf um den Tisch beginnt. Zuerst macht es dir sogar Spaß, denn du kannst leicht vor ihm davonlaufen. Er ist wütend, er keucht vor Wut und Enttäuschung. Du läufst und läßt ihn hinter dir herlaufen, bis er keuchend aufheult und nach Atem schnappt, an Tempo verliert und mit starren Augen hinter dir herläuft wie ein kranker Hund, der sterben möchte. Aber ist er schon genug bestraft? Noch ein bißchen laufen und noch ein bißchen ärgern: ›Du blöder Idiot, du wagst es, über einen Mann wie ihn zu urteilen!‹, und damit meinst du mich. Und dann bleibst du plötzlich stehen, drehst dich um und erwartest ihn. Für seinen einfachen Instinkt ist das eine Art Kapitulation. Deshalb hat er auch nicht die Absicht, nochmals draufloszudreschen. Vielmehr möchte er dich jetzt an den Händen fassen mit einer Geste wie: Laß uns in Gottes Namen wieder Geliebte sein! Doch was tust du mit deinen Händen? Du versetzt ihm noch zwei Schläge auf die Augen, zerkratzt ihm das Gesicht und reißt ihm ein Büschel pomadisierter Haare vom Kopf. Ja, Hände spielen manchmal eine komische Rolle in der verdammten Erotik.« – Sie hörte zu und schaute mit einem bitteren Lächeln an mir vorbei. »Nun?« fragte ich. »War es so?« – »O Gott, o Gott«, sagte sie, »was bist du für ein Phantast. Hab ich dich jemals geärgert? Du siehst die Dinge entweder viel zu schön oder zu häßlich, aber meist zu häßlich.« – Und dann warf sie mir einen traurigen Blick zu. »Wo holst du deine Phantasie nur her?« fragte sie. Und dann: »Wäre alles so abgelaufen, wie du sagst, wäre es spannend gewesen, da hast du recht. Aber es war alles viel läppischer, viel lächerlicher.« – »Wie war es denn?« fragte ich verlegen. Sie zögerte einen Augenblick, fuhr dann aber fort: »Nun, die Wahrheit ist, daß ich davonlaufen wollte. Daß ich es dann doch nicht tat, lag an seinem Verhalten und an meinem Mitleid.« – »Was tat er dann, schlug er dich? Erweckte er damit dein Mitleid?« drängte ich. »Erzähl doch.« – »Also«, sagte sie und seufzte bei der Erinnerung auf, »ich lief davon. Jesus, das war eine Szene! Denk dir, er lief mir nach auf die Straße. Zum Glück war es dunkel. Ja, er lief mir nach. Und dann läuft er plötzlich an mir vorbei und geradeaus zum Wasser, dort am Holzkai, du weißt schon. Und dort zieht er die Jacke aus, wirft den Hut auf die Straße und läuft laut jammernd am Wasser entlang. Und droht mit Selbstmord, denk dir.« – Ich hörte atemlos gespannt und mit der heimlichen Wollust der Genugtuung zu: Der arme gute Peps hatte ordentlich eins draufgekriegt. Vielleicht wurde er dadurch ein bißchen menschlicher, dachte ich scheinheilig, oder nach einer zweiten, ähnlichen Szene ein mit Wasser vollgesogener Kadaver. Letzteres wäre mir am liebsten. Nach außen hin spielte ich den idealen Zuhörer, dessen Einfühlungsvermögen und Verständnis keinen Augenblick lang nachläßt. Ich schüttelte hin und wieder mißbilligend und bedauernd den Kopf. »Jesus«, sagte ich, »das ist überhaupt nicht lächerlich. Aber dann ist er doch nicht gesprungen. Nein, ich halte ihn deswegen nicht für einen Komödianten, ganz im Gegenteil: Auch die heftigsten Empfindungen eines normalen Menschen gehen eben niemals über die Grenze des Selbsterhaltungstriebes hinaus. Ich bin ja deinetwegen auch nicht ins Wasser gesprungen.« – Doch meine Überlegungen gingen an ihr vorbei. Sie lachte hämisch und enttäuscht. »Lächerlich war es«, sagte sie ... Ich bestellte ein Taxi, es war höchste Zeit für sie, nach Hause zu gehen. Im Auto schmiegten wir uns leidenschaftlich aneinander. Ich legte eine Hand um ihren Hals, die andere in heimlicher Vertrautheit auf ihren Unterleib und drängte mein linkes Bein unter ihr rechtes. So schmiegten sich unsere Körper eng aneinander. Das Taxi schlingerte und holperte über die Pflastersteine in einem Rhythmus, der in unsere Umarmung überging. Sie sagte: »Von jetzt an komme ich abends, wenn es dunkel ist.« – Ich drückte meinen Mund fest an ihren Hals und küßte sie. Ich saugte, bis ein roter Fleck entstand, mein Verräterkuß ...

Die Wirtin kam mit so übertriebener Entschlossenheit in Kings Zimmer, daß dieser beinahe lachen mußte. In der Mitte des Zimmers blieb sie stehen, verschränkte die Arme über dem schweren Busen und tat so wie jemand, der nun endlich Rechenschaft fordert. »Und?« fragte sie. »Warum sitzt du nur da? Wie lange dauert das noch? Was brütest du jetzt wieder aus?« – Nun mußte er wirklich lachen. Es war ihm gar nicht bewußt, daß er so lange und intensiv nachgedacht hatte. Er fühlte sich recht wohl, allein mit sich selbst, und hatte nichts, aber auch gar nichts ausgebrütet. Er hatte sich nur seinen interessanten Erinnerungen hingegeben, an denen sein Leben überreich war. Die Erinnerungen tauchten vor seinem inneren Auge auf und wurden von Sphärenmusik begleitet. Wahrhaftig, das mußte Sphärenmusik sein, eine warme, rauschende Musik, mit den Ohren nicht wahrnehmbar, die tief und heimlich in seinem Inneren erklang und sich auf einen einzigen Gefühlston beschränkte. Seine Nerven vibrierten wie die Saiten einer Geige. »Meine liebe Alte«, sagte er zur Wirtin, »du redest zu laut, du bist zu ordinär, ich sinne nur über meine Tugenden und Heldentaten nach, laß mich bitte in Ruhe.« – Aber er hatte sich leider schon zu lange und zu freundschaftlich mit ihr eingelassen, als daß sie sich an seiner abweisenden Haltung gestört hätte. Sie nahm die Tassen und Gläser, den Kaffee und den Likör und stellte alles auf ein Tablett, ging aber damit keineswegs aus dem Zimmer. Im Gegenteil, sie nahm einen Stuhl und setzte sich. »Hör zu, King«, sagte sie, »deine Tugenden und Heldentaten glaube ich dir ohne weiteres, aber du mußt jetzt fort, du mußt verschwinden, sonst läuft die Sache verkehrt und nimmt ein schlimmes Ende.« – King warf den Kopf zurück und hob belehrend den Finger: »Merk dir ein für allemal: Im Grunde läuft nie etwas verkehrt. Das wäre ein Verstoß gegen das simpelste Naturgesetz. Es *kann* einfach nichts verkehrt laufen. Aber ach, wie solltest du das begreifen?« – Die Wirtin war alt und von Natur aus eigentlich ein bißchen geizig. Aber wenn man alt geworden ist und das ganze Leben ohnehin an einem vorbeigeht, wozu soll man da noch geizig sein. Sie sagte: »Hör gut zu, du könntest auf einem Schiff verschwinden, meinetwegen auch nach Amerika.« (Also genau wie ihre Tochter.) »Das Geld dafür kann ich dir von der Bank holen. Und drüben fängst du ein neues Leben an.« – King lachte mitleidig und überlegen. »Meine liebe Alte«, sagte er, »wie kannst du nur so dumm sein. Erstens solltest du deinem Geiz keine Gewalt antun und dich mit deiner Altfrauenliebe aus meinem Leben raushalten. Und zweitens kenne ich Amerika.« – Die Wirtin war zutiefst überrascht, nein, zutiefst verletzt: »Was sagst du da? Du warst in Amerika? Warum hast du mir nie davon erzählt? Du weißt doch, daß ich auch was mit Amerika zu tun habe!« (Durch ihre Tochter.) – »Ach«, sagte er aus einer Art Taktgefühl heraus, »überall dort, wo Weiße wohnen, ist es ein abscheuliches

Land. Und draußen auf dem Land gibt es Gegenden und in den Städten eine Art von Ghettos, wo die Urbevölkerung lebt. Die Weißen haben ein sehr ausgeprägtes Überlegenheitsgefühl, man könnte sagen, sie stecken in einer Art kultureller Pubertät und sind gerade im Stimmbruch. Aber sich immer mit Halbwüchsigen abzugeben ist auch nicht angenehm.« – »Ich mag es nicht«, sagte die Wirtin, »wenn du auf diese Weise über Amerika redest.« – King verlor sich einen Augenblick lang in Gedanken und träumte mit glänzenden, verliebten Augen vor sich hin. Wo sein Geist jetzt wohl weilte? Gewiß nicht in Amerika. »Weißt du«, sagte er, »daß ich in das Leben verliebt war? Obwohl es im Grunde kleinlich ist, kleinlich und miserabel.« – Da konnte die Wirtin ihm gut folgen: »Ja sicher, alles nur fauler Zauber. Man stellt sich eine Menge vor, und dann ist es vorbei, ehe man es merkt. Und was hat man erlebt? So viel Elend, daß man am Ende glaubt, es müsse so sein.« – King ging nicht darauf ein. »Und darum«, fuhr sie fort, »laß dir dein Leben nicht vermiesen, setze es nicht aufs Spiel für eine Frau wie Juliette.« – »Still«, sagte King, »keine Namen nennen. Ich habe gar nicht an sie gedacht. Ich habe sie für tot erklärt und will sie vergessen.« – Das Gesicht der Wirtin strahlte vor Freude: »King! Ist das dein Ernst? Ich hatte solche Angst, daß du Dummheiten machst. Gut, daß es nicht so ist. Wenn ich es nur verhüten könnte, dachte ich, und wenn du Gott weiß wohin gehen würdest, notfalls nach Afrika.« – King winkte mit einer verächtlichen Geste ab. »Afrika«, sagte er, »dort war ich schon zweimal, davon habe ich erst recht genug. Das erste Mal haben sie mich fast aufgespießt und geröstet, und ich war froh, daß ich gerettet wurde. Und beim zweitenmal war es ähnlich, aber da machte es mir nicht mehr soviel aus. Wenn ich zum drittenmal hinführe, würde ich mich vielleicht freiwillig am Spieß drehen lassen.« Die Wirtin mußte lachen: »Du bist ein Lügner und ein Phantast.« – King antwortete: »Und weißt du, woher das kommt?« Während er weiterredete, erhob er sich aus dem Sessel, zog die Krawatte unter dem Pullover zurecht, zog das Jackett an und legte einen Schal um. »Das kommt daher«, sagte er, »weil dieser Planet zu klein ist für die Art von Leben, das ich liebe.« Er hatte schon die Türklinke in der Hand und dachte: Und durch alles rauscht die Sphärenmusik. Er sagte: »Dieser Planet: an beiden Polen eine unbewohnbare Eisfläche, am Äquator eine Sonne, die einem das Hirn austrocknet, und dazwischen ein Klima, das von den widersprüchlichsten Faktoren bestimmt wird, und dies ist das tödlichste.« – »Zieh doch deinen Mantel an«, rief die Wirtin ihm nach. Zu spät. Er lief schon die Treppe hinunter und zog entschlossen die Tür hinter sich zu...

Er ging nicht geradewegs zu Juliette, und das war ein Fehler. Hätte er das getan, so wäre vielleicht die Begegnung in ihrem Haus ganz anders ausgefallen. So kam es zu einem Debakel, einem furchtbaren Debakel. Also: Der Fehler war, daß er zuerst kurz ins *Parthenon* ging. Als er die Haustür hinter sich schloß, strich ihm ein leichter Frostwind um die Ohren, und er hörte seine energischen Schritte auf dem Pflaster. Und da machte er eine Art Entdeckung über sich selbst. Da ging er nun, seine Füße und Ohren bewiesen ihm, daß er existierte. Ein Mann auf einer Straße, der auf dem Bürgersteig ging, sich dabei rechts hielt und gehorsam mit dem Überqueren der Fahrbahn wartete, bis ein Polizist ihm die Erlaubnis dazu erteilte. Er existierte dort in dieser Straße, ein Mann, der aus eigenem freien Willen langsam oder rasch gehen konnte, weitergehen, stehenbleiben oder umkehren. Niemand schrieb ihm zwingend vor oder veranlaßte ihn, dort zu gehen. Er ging wie alle anderen durch die Stadt und verhielt sich automatisch richtig. Er ging entsprechend rechts und wartete an den Kreuzungen, bis er weitergehen durfte. Nur in seiner Absicht war er völlig einsam. Es gab niemanden, der davon wußte, ihn am Arm festhielt und zu ihm sagte: »Aber King, auch wenn du es dir schon seit Monaten vorgenommen hast, könnten wir doch noch einmal darüber reden.« – Dann hätte er gesagt: »Hau jetzt ganz schnell ab, darüber gibt es nichts mehr zu reden.« – Und er wäre geradewegs zu Juliette gegangen... Daraus zog er den Schluß: Ich kann wollen, was ich will, aber nur solange ich allein bin. Der Wille eines anderen prallt gegen den meinen wie ein Feuerstein gegen einen Feuerstein, und erst daraus entsteht die Tat, eine Tat, die durch zahllose Faktoren bestimmt wird, nur nicht durch meinen Willen. – Hier ergriff der Philosoph in ihm das Wort, was ihn mit Widerwillen gegen sich selbst erfüllte, so daß er sogar stehenblieb, um seine Schritte nicht mehr hören zu müssen und auf diese Weise sich selbst wegzudenken. Und in der Stille, die nun entstand, hörte er wieder die Musik, die vorhin so laut in ihm erklungen war, eine *missa solemnis* für die eigene mißratene und verdorbene Seele. Und die Musik erhob sich mächtig hinter seinem kleinen Willen, den er (da war wieder der Philosoph) eines Automatismus verdächtigte, dessen Ursache noch im Dunkeln lag. Ja, die Musik trieb ihn schließlich weiterzugehen, weiterzugehen. Wann hatte die Musik angefangen? Doch wohl an diesem Mittag, nicht wahr? Als er mit ihr das *Parthenon* verließ. Da hatte das Präludieren in ihm begonnen, jeder Nerv wurde gleichsam zur Violinsaite. Der Wirt hatte eine Gebärde gemacht, die ihm als Warnung dienen sollte. Eng an Juliette geschmiegt, Arm in Arm, mit ineinander verschlungenen Händen, war es ihm vorgekommen, als fließe sein Blut und ihr Blut durch einen einzigen Kreislauf. Der schönste Spaziergang seines ganzen Lebens. Vielleicht war er da neben ihr im Zeichen des Todes gegangen, dachte er. Aber auch wenn es ihm den Tod brachte, so war es doch intensivstes Leben, in dem sie beide dasselbe heiße Herzklopfen des Verlangens geteilt hatten. Und sobald sie den Salon betraten, hatten beide dieselbe Hast, ihr Verlangen aneinander zu befriedigen. Die schönste, leidenschaftlichste Tat seines Lebens. Vielleicht hatte er dort in den Armen des Todes gelegen, dachte er. Aber was zum Tode führte, war auch intensivstes Leben, in dem sie beide das schwere Herzklopfen der Befriedigung teilten. Und danach hatten sie sich harmlos und verwirrt wie glücklich Verliebte, die sich nach alldem sicherer denn je wähnen, unterhalten. In diesem Augenblick gelang es King nicht mehr, das Perfide zu ermessen, mit dem er zu Werke gehen mußte, um Juliettes Wesen zu ergründen. Vielleicht hatte sie ihn zu einem geradezu perfiden Spiel mit seinem eigenen Herzen gezwungen, dachte er. Ihm blieb nur eine Chance. Er hatte sich aus ihrer Umarmung gelöst, war ins Nebenzimmer gegangen und hatte dort das Licht angeknipst. Vielleicht hatte der Wirt vom *Parthenon* vorhin etwas ganz anderes mit seiner ungeschickten, derben Geste signalisieren wollen. King hatte den Garderobenvorhang zur Seite gezogen. Die Wirtin hatte die Hände vor die Augen gepreßt, als hätte sie einen Dämon nicht in einer Vision, sondern in leibhaftiger Gestalt gesehen. In dem Augenblick hatte die Himmelsmusik in ihm begonnen und sich mit zunehmender Stärke zu mannigfaltigen Motiven ausgeweitet in einer Orchestrierung, in der alle Engelsposaunen ertönten. Da war er schon allein. Es ist vollbracht, es ist vorbei, hatte er gedacht. Was er an Werten besaß, hatte er aufs Spiel gesetzt und verloren, um Juliette zu finden und zu erkennen. Es war vorbei. Mit seiner eigenen Seele hatte er sie wie in einem Teufelspakt um die ihre betrogen. Deshalb hatte niemand ein Recht auf sie außer ihm, nur er durfte über sie verfügen, konnte sie zur Hölle jagen oder sie daraus befreien ... Aber zuvor ging er noch kurz ins *Parthenon*, und das war der Fehler. An der Theke standen zwei Männer, dahinter stand der Wirt, grau und groß. »Das ist nun das dritte Mal«, sagte King. Der Wirt gab ihm einen Schnaps und schaute ihn flüchtig an. Gleich darauf wandte er seine Aufmerksamkeit wieder den beiden Männern zu, zu denen King sich gesellt hatte. Der eine sagte: »Was ich sage, das meine ich auch so, ich bin ein Mann von ›ja‹ oder ›nein‹.« Und dabei klopfte er mit dem gekrümmten Zeigefinger auf die Theke, es klang wie Holz auf Holz. Er war ein kleiner Mann mit schütterem Haar auf dem gelblichen Schädel und einer Brille. Der andere schob seinen Ellenbogen über die Theke und musterte den Sprecher mit trägem, verächtlichem Blick. Er schüttelte langsam den Kopf und bemerkte: »Damit kommt man nicht weit, wenn man alles meint, was man sagt. Wie zum Teufel ist das möglich? Wie denkt der Herr darüber?« – Damit wandte er sich an King. Der trank sein Glas aus, schob es dem Wirt wieder hin und sagte: »Ich bin im Grunde ein Mann von ›vielleicht‹.« – Er holte tief Atem: »Aber irgendwann muß es dann doch zum ›ja‹ oder ›nein‹ kommen, darin stimmst du mir doch zu?« – Dabei sah er dem Wirt in die Augen und zeigte mit ausgestrecktem Zeigefinger beschwörend auf dessen Brust. Der Wirt fragte: »Wieso ich?« und zog die Augenbrauen hoch, unter denen seine Augen nackt und kalt hervorblickten. King beugte sich über die Theke und antwortete: »Heute morgen waren wir uns einig, oder nicht? Und heute mittag habe ich dich doch auch richtig verstanden?« – Er hob die Hand, krümmte die Finger wie um ein Fläschchen und machte ruckartige Bewegungen, wie wenn man etwas tropfenweise ausgießt. Der Wirt hielt die Geneverflasche in der Hand, um Kings Glas wieder vollzuschenken. Er kippte die Flasche schon halb übers Glas, überlegte es sich dann aber und schenkte keinen zweiten Schnaps nach. Seine Augen waren kalt. Als er abwehrend die Arme verschränkte, sah King, daß auf seine Handrücken ein Anker und ein Herz tätowiert waren. Der Wirt sagte: »Ich möchte gar nicht wissen, ob du heute schon mal hier warst oder nicht. Am besten wär's, du haust jetzt ab. Darum schenke ich dir nichts mehr ein.« – Und dies war der entscheidende Punkt für alle weiteren Ereignisse. King warf ein paar Münzen für das eine Glas hin und verließ das *Parthenon*. Eine Straße weiter entdeckte er eine Kneipe, wo hinter der Theke eine alte Frau mit blondierten Haaren stand. Sie war spindeldürr, hatte ein Gesicht, das an einen Pferdekopf erinnerte, und große knochige Hände. Er trank sechs Schnäpse nacheinander. Er forderte sie auf mitzutrinken, merkte jedoch, daß sie nur zum Schein mittat. Sie schaute ihn müde und besorgt an. »Du hast wohl Kummer«, sagte sie. Aber er gab keine Antwort. »Paß bloß auf«, sagte sie, »daß du dich nicht in den Dreck setzt. Ich mein es gut mit dir.« – King sagte noch immer nichts. Sie schenkte sein Glas nochmals voll, er konnte die derben Handknochen unter der alten Haut erkennen. Dann sagte sie: »Wenn ich deine Mutter wäre, würde ich dich jetzt ins Bett stecken.« – Er fühlte, wie eine fürchterliche Wut in ihm aufwallte. Der eine behandelte ihn wie einen Wahnsinnigen, die andere wie einen Kranken, aber alle belogen und betrogen ihn wie Juliette. Wie sie! Er warf wieder Geld auf die Theke und lief ohne ein Wort hinaus.

Jetzt hörte er seine Schritte kaum und spürte kaum den Frostwind um die Ohren. In ihm loderte ein Feuer. Jetzt ging er geradewegs zu Juliettes Haus. Er klingelte. Während er wartete, drückte er die Stirn gegen das Gitter vor dem Türfenster und schaute hinein. In der Diele war es dunkel, er konnte nichts unterscheiden. Plötzlich ging das Licht an. Er sah eine weiße Treppe mit einem roten Läufer. Die Tür sprang auf. Er ging hinein und drückte so beherrscht, wie er konnte, die Tür hinter sich ins Schloß. Er ging hinauf. Dort sah er sie. Sie wich argwöhnisch vor ihm aus, floh ins Zimmer zurück und stellte sich hinter den Tisch. »Du bist ja betrunken«, sagte sie. Sie sah ihn erschrocken, aber wachsam an. Er sagte: »So geht es nicht weiter.« – Er stützte sich schwer mit den Händen auf die Tischplatte. »Was geht nicht weiter«, fragte sie, »die Sache mit uns?« – Dabei verlor sie ihn keine Sekunde lang aus den Augen. Er merkte es, als er die Hand hob und sie darauf erschrocken zurückwich. »Nein«, sagte er, »nein, nicht das.« Und er nahm ein imaginäres Fläschchen in die Hand und tat, als schenke er aus. »Das ist es, was nicht weitergeht«, sagte er. Sie wurde blaß bis zu den Lippen. »Ich versteh dich nicht«, sagte sie. Er legte die Hand wieder auf den Tisch und versuchte zu lächeln. Es wurde zu einem Lächeln, bei dem alle Muskeln in seinem Gesicht zu zittern begannen, jämmerlich und schrecklich zugleich. Deshalb wurde er wieder ernst und sagte: »Du liebst mich, und ich liebe dich, das weißt du doch.« – Sie nickte. Er holte bebend Atem: »Oder wenn du mich nicht liebst, sag es ehrlich, dann gehe ich fort.« – Sie rief: »Natürlich liebe ich dich, wie kannst du nur daran zweifeln!« – Dabei beugte sie sich, ihre Wachsamkeit für einen Augenblick vergessend, über den Tisch zu ihm hin. »Aber Liebster«, sagte sie flehend. Ihr Kopf war ihm jetzt ganz nahe. In ihren Augen sah er Tränen. Seine Hände schossen blitzschnell hoch und umklammerten ihren Hals. Schnell, schnell, bevor sie schreien konnte, bevor ihre Hände sein Gesicht erreichten. Er mußte es tun, bevor er ihr wieder glaubte. Am Hals zog er sie auf den Tisch, sie versuchte, sich mit den Armen dagegen zu stemmen, bis ihre Arme ohnmächtig nachgaben. Er sah, wie ihr schönes, liebes Gesicht feuerrot wurde und wie ihre Augen groß und glasig vor Entsetzen aus den Höhlen traten... Dann war es plötzlich, als wiche der Krampf aus den Muskeln seiner würgenden Hände, und sie erlahmten. Er fühlte, wie Juliettes Gesicht fortglitt. Es entglitt seinen Händen und fiel herab. Als er es nicht mehr vor sich sah, fühlte er sich plötzlich schrecklich allein. Er war allein, nicht nur in diesem Zimmer, sondern auf dem gesamten Planeten Erde, der sich mit einem unbarmherzig tödlichen Klima wie wahnsinnig um die Achse drehte. Er taumelte die Treppe hinunter und fand sich auf der Straße wieder, noch immer ganz allein. Er lehnte sich an einen Laternenpfahl und starrte auf die Pflastersteine. Er dachte daran, wie Juliette ihm aus den Händen geglitten war. Die Erde drehte sich wie wahnsinnig um ihre Achse, und er war ganz allein. Er erbrach sich so heftig, daß ihm die Tränen übers Gesicht liefen. Er stolperte nach Hause, noch immer allein. Erst etwas später wurde er gewahr, daß er wieder auf seinem Sofa lag. Die Wirtin breitete eine Decke über ihn. Er griff nach ihrer Hand und sagte: »Es ist vollbracht...«

Danach schrieb ich unbefangen: Kannst du verstehen, lieber Leser, wie ich mich fühlte, als ich die letzten Worte dem Papier anvertraut hatte. »Es ist vollbracht?« Ich war glücklich, denn die Seiten, die mit dem monumentalen »Es ist vollbracht« enden, sind großartig. Wer schreibt mir so was nach? Still, still, beschuldige mich nicht der Arroganz. Jetzt, zwei oder drei Tage später, lache ich, bis mir die Tränen kommen, denn wie sollte ich überhaupt schreiben können, wenn ich nicht zumindest während des Schreibens davon überzeugt wäre, es sei großartig. Nur still, allmählich gewinne ich Abstand, und dann laufe ich wieder wie gewöhnlich einsam und ziellos herum ohne jenes gewisse Lächeln: Immerhin habe ich etwas Geniales an mir. Still, es war ja gar nicht wahr, nichts war vollbracht. Ich brauchte meine Papiere nicht mehr hinter den Büchern zu verstecken, denn tagsüber kam niemand mehr an meine Tür. Keine Alide, die raffiniert die Tür mit Hilfe eines Nachschlüssels öffnete. Ich konnte mich ruhig meiner *story* widmen, und solange ich schrieb, glaubte ich daran. Ich hatte sogar meine Freude daran. Mein Kummer wurde wie ein Stückchen Holz auf dem Strom der kreativen Freude mitgerissen. Doch ein wenig später war ich wieder so, wie das Schicksal mich haben wollte: ein unzufriedener Einsiedler, der morgens aufsteht und mit erloschenem Blick in den neuen Tag schaut. Ich mache Feuer im Ofen und räume meine Bude auf soweit unbedingt notwendig, denn ich brauche ein Plätzchen zum Schreiben. Schreiben, eine Art Narkotikum wie der Genever. Aber wenn ich jetzt die letzten Seiten zurückblättere, lache ich, bis mir die Tränen in die Augen kommen. War ich denn dabei glücklich? Gott, mein Gott, was habe ich verbrochen, daß ich so hart bestraft werde, daß ich hier auf dem Papier ein Verbrechen begehen muß und mich im wirklichen Leben nur noch bedroht fühle und die Flucht ergreife wie jemand, der für vogelfrei erklärt worden ist! Wenn es dunkel wurde, ging ich aus dem Haus und trieb mich so lange herum, bis sie nicht mehr kommen konnte. Wohin ich ging und was ich tat, war mir gleichgültig. Ich ging zum Beispiel in ein Café und las die Zeitungen am Lesetisch. Ich besuchte ein Kino oder ein Theater oder ein Konzert. Ich ging sogar in den Lesesaal der Stadtbibliothek und blätterte dort in den Zeitschriften, als läse ich. Was mich wunderte und vor allem ermüdete, war die enorme Aktivität, die von draußen auf mich einstürmte. Wie strengten sie sich an, diese Zahllosen, die in einer Zeitung schrieben, einen Film drehten und darin spielten oder ein Theaterstück einstudierten und ihren Auftritt organisierten oder nach jahrelangen Studien auf die Bretter traten mit einer Geige, einem willig dressierten Kehlkopf oder sich an ein Klavier setzten. Nichts von dem, was sie vortrugen, rührte mich. Neugierig betrachtete ich nur die Menschen selbst. In mir hatte sich ein Gedanke festgesetzt, von dem ich nicht mehr loskam. Sie alle lebten sich in ihren Aktivitäten aus dank einer sorgfältig gehandhabten Bewußtseinsverengung, aus der sie nie heraustraten. Sie zogen sich darin zurück wie auf einen Felsgipfel, umgeben von den Schluchten der Einsamkeit und Verzweiflung. Angenommen, sie würden wissen wollen wie ich, wie sinnlos ihr ganzes sogenanntes sinnvolles Streben war, wieviel sie automatisch aus ihrem Bewußtsein verbannten, nur um ständig zu vergessen, daß ihre Größe klein und ihre Weisheit töricht war... Einmal besuchte ich einen Liederabend. Nach jedem Stück wurde leidenschaftlich applaudiert. Aber was vergaßen all die Menschen rings um mich herum? Warum klatschten sie frenetisch in die Hände? Ihre Gesichter waren in einem enthusiastischen Lächeln erstarrt, wurden zu Masken der Rührung und des Glücks. Dahinter lag ihre eigentliche, innere Welt. Nichts veränderte sich darin, und das unberechenbare Leben blieb eine absichtlich vergessene, tiefe Kluft der Einsamkeit und Verzweiflung. Da machte ich nicht mit. Einige merkten es natürlich und schauten mich an, als wollten sie mich lynchen in ihrer heiligen Entrüstung. In der Pause sprach mich ein Bekannter an, der mich nach dem Konzert nach Hause begleitete. Es wehte ein frostiger Wind. Ich lief in forschem Tempo voran, als ginge ich allein. Der Bekannte merkte, daß ich keinen Wert auf seine Gesellschaft legte, wußte aber nicht, wie er sich taktvoll zurückziehen sollte. Es war fraglich, ob ich stehenbleiben würde, wenn er sagte: »Hier muß ich mich von dir verabschieden.« Er sagte es nicht, sondern begann hastig, wie aufs Geratewohl: »Ich habe dich in der Pause gefragt, warum du nicht applaudiert hast, und du sagtest, du hättest keine Lust dazu. Kosta, was ist mit dir los?« – »Nichts«, sagte ich, »gar nichts.« – Er schaute besorgt vor sich hin, seine Augen tränten vor Kälte. »Wir haben zusammen studiert«, sagte er, »aber nie richtig Freundschaft geschlossen, das ist vielleicht schade.« – »Warum?« fragte ich. »Ach«, sagte er zögernd, »Menschen, die in jungen Jahren befreundet waren, finden später leichter Anknüpfungspunkte für ein Gespräch. Vielleicht hätte unsere Begegnung dann einen Sinn gehabt, für dich oder für mich.« Ich antwortete nicht darauf, sondern schaute nach oben. Ich sah einen Himmel voll funkelnder Sterne. Wie schön. Die Straße, in der wir gingen, war eng und still, unsere Schritte klangen darin wie Hammerschläge, und das war abscheulich. »Was bist du eigentlich geworden?« fragte ich und schaute ihn von der Seite her an. Er hatte ein knochiges, bleiches Gesicht und sah erbärmlich irdisch, erbärmlich exaltiert aus. »Lehrer«, sagte er und wandte mir mit einer aufrichtigen und zugleich aggressiven Bewegung das Gesicht zu. »Dann kannst du ja mit deinen Schülern Freundschaft schließen«, sagte ich gehässig, »wenn du ihnen später mal begegnest ...« – »Ja?« erwiderte er aggressiv. »Das hätte vielleicht mehr Sinn«, sagte ich. Wir waren vor meinem Haus angelangt. »Ich glaube«, sagte er, »daß jeder Mensch die Wahl hat zu entscheiden: entweder er selbst zu sein oder anderen zu dienen. Was, denkst du, ist das Bessere?« – Ich stocherte bereits mit dem Schlüssel im Schloß. »Mein lieber Junge, das Beste ist der Kompromiß, denn dann gleichst du einem Heiligen«, sagte ich. »Versuch es mal. Adieu!« – Ich ging hinein und ließ unhöflich die Tür hinter mir ins Schloß fallen. Vorher sah ich noch, wie er unentschlossen stehenblieb. Ich ging die Treppe hinauf und ließ mich wie betrunken vornüber aufs Sofa fallen, obwohl ich den ganzen Tag über keinen Tropfen angerührt hatte. Auf dem Bauch liegend hielt ich das Kissen in den Armen, als ob ich sie umarmte, obwohl ich sie seit Wochen nicht gesehen hatte. Gegen drei Uhr nachts hielt ich es nicht mehr aus. Ich hatte absichtlich nicht nachgeschaut, ob ein Brief auf der Matte lag. Ich stand auf und ging steif vor Kälte die Treppe hinunter. Mit einem Streichholz leuchtete ich die Matte ab. Es lag ein Brief da, aber nicht von ihr. Die Handschrift war mir unbekannt. Zuerst wollte ich den Brief zerreißen, ohne ihn zu lesen. Doch als ich wieder auf dem Sofa saß, riß ich den Umschlag auf und las: *So wie die Winde in dem öden Land / aus Fels üppige Wüstenrosen schleifen / so nimmt Gott deine Einsamkeit zur Hand / und läßt in Wüsten Rosengärten reifen ...* Ein Gedicht des Lehrers. Ich erschauerte vor Kälte und grinste. Entweder hatte er es selbst gedichtet oder aus einem christlichen Abreißkalender abgeschrieben. Ich mochte solche naiven Narren und gönnte ihnen alles Gute. Sobald es mir wieder besserging, sobald mir danach zumute war, wollte ich mich für seinen frommen Wunsch bedanken. Ich könnte ihn besuchen und probieren, ihm seine Frau auszuspannen. Und falls es mir gelang, hatte er wenigstens die Gelegenheit, einen Rosengarten in sich selber anzulegen. Dann zerriß ich den Brief und ging zu Bett. Ich träumte, daß ich Alide in einem Garten sah. Sie ging herum, pflückte Rosen und zerzupfte sie. Es waren herrliche Rosen, und als ich sah, wie sie die Rosenblätter abzupfte und um sich herum verstreute, überließ ich mich einem sentimentalen Schmerz. Ich sah sie in einem Regen von Rosenblättern. Sie hielt den Kopf ein wenig schief, und ihre Hände rissen heftig und bösartig die soeben gepflückten Rosen auseinander. Ich rannte auf sie zu, schlang meine Arme um ihren Hals und drückte die Stirn an ihre Schulter. So stand ich da und weinte wie ein Schuljunge, der für seinen großen Kummer bei der Mutter Trost sucht. Es war sehr traurig, aber auch sehr schön. Sie weinte auch. Wir waren uns im Innersten fremd, traurig und dennoch mild gestimmt, und weinten zum Vergnügen. Ich stammelte: »Wie gut du bist, wie gut du bist.« – Dann wachte ich auf, und meine Augen waren feucht, meine Seele war seltsam leer. Ich achtete darauf, daß ich mich nicht bewegte, hielt sogar die Pupillen still. So starrte ich in die Nacht, erfüllt von der Erinnerung an den Traum: »Wie gut du bist, wie gut du bist ...« Gegen Mittag rief ich den Lehrer an. Ich sagte: »Danke für das Gedicht, es war mir ein großer Trost.« – Er hörte an meinem Tonfall, daß ich meinen Spott mit ihm trieb, und antwortete: »Ich habe das ganz impulsiv getan, manchmal überkommt mich so was, entschuldige bitte.« – Ich sagte: »Du bist natürlich ein hochanständiger Mensch und zutiefst von dir selbst überzeugt.« – Er lachte: »Mach dir keine Gedanken. Ich habe genügend unanständige Eigenschaften, wenn es nur darauf ankommt, ob du mich ernst nimmst.« – Ich sagte: »Komm, komm, auch das Unanständige in dir ist noch unschuldig und spricht für dich.« – Er reagierte nicht. »Bist du noch da?« fragte ich. »Ja, natürlich«, sagte er. »Hast du zum Beispiel«, fuhr ich fort, »einmal einen Mord begangen?« – »Nein.« – »Oder gestohlen?« – »Auch nicht.« – »Deine Frau in gemeinster Weise betrogen?« – Er schwieg. »Aha«, sagte ich, »da sitzt der Haken. So was tust du natürlich heimlich und erklärst dich hinterher zum Sünder vor Gott. Deiner Frau geht es dabei blendend, und Gott ist auch Genüge getan.« – Er schwieg weiter. »Sag doch was!« Er holte tief Atem. »Meine Frau ist gestorben«, sagte er und legte auf ... Danach ging ich in ein Café und betrank mich. In der Dämmerung kam ich nach Hause. Auf der Matte lag eine Zeitung, die ich mit hinaufnahm. Ich machte Licht, ließ mich auf das Sofa fallen, schlug die Zeitung auf und schaute nach, was es gab, wohin ich gehen konnte. Es rauschte und brauste in meinem Kopf, die Buchstaben in der Zeitung tanzten und wirbelten durcheinander wie Mikroben in einem Wassertropfen unter dem Mikroskop. Dann hörte ich sie mit dem Schlüssel ans Türfenster klopfen. Ich schlich in den Gang und schaute vorsichtig um die Ecke des Treppenabsatzes hinunter. Sie drückte die Stirn an das Gitter und schaute herein. Die Klingel war abgestellt, das zweite Schloß verriegelt. Ich sah sie vor der Tür stehen, die Stirn traurig ans Gitter gedrückt. Dann legte ich mich im Gang so auf den Boden, daß ich sie gerade noch sehen konnte. Und ich sagte: »Alide, Liebste, Liebste.« – Und dann legte ich den Kopf auf die Arme und schluchzte in meinem betrunkenen Kummer. Ich schlief nicht ein, lag aber stundenlang so da. Zu einem gegebenen Augenblick bemerkte ich, daß es völlig dunkel war. Nur unter meiner Zimmertür war ein Streifen Licht. Tastend griff ich um mich, fühlte den Läufer, die Treppe und legte mich wieder horchend hin. Am

Türfenster war kein Klopfen mehr zu hören. Ich stand vorsichtig auf und griff nach dem Treppengeländer. Langsam tastete ich mich nach unten. »Alide!« rief ich beklommen. Ich war wie versteinert vor Kälte, nur meine Stirn glühte vor unerträglichen Kopfschmerzen. Ich schob den Riegel zurück und riß die Haustür weit auf. Es war niemand mehr da. Ich blickte auf die Straße, auch dort ging niemand. Ohne die Tür abzuschließen tastete ich mich nach oben, langsam, mit den Händen auf den Stufen wie ein kranker Hund. In meinem Zimmer machte ich das Licht aus, tastete mich zum Sofa und ließ mich wieder vornüber auf das Kissen sinken, das ich umarmte. Wieder träumte ich. Ich sah Alide hinter dem Gitter eines Käfigs. Sie klammerte sich an den Stäben fest und drückte die Stirn dagegen. Sie schaute mich traurig an und weinte mit herabhängenden Mundwinkeln wie ein quengeliges, krankes Kind. Etwas weiter bemerkte ich einen Hackklotz, auf den sie den Kopf legen mußte. Das Beil lehnte schief gegen den Klotz. Ein Mann trat herbei, es war King. Zum erstenmal fiel mir auf, daß er große Ähnlichkeit mit Peps hatte. Wie Peps war er ziemlich groß, sehr mager und hatte dieselbe häßliche Trompetennase, denselben groben Mund und dieselben dünnen, pomadisierten Haare. Ich haßte ihn. Ich behielt sie beide fest im Auge, ihn und sie. Ich fürchtete einen Blick der Liebe, des Einvernehmens. Doch Alide hielt ihren Blick unablässig auf mich gerichtet, und King zog sachlich einen Schlüsselring aus der Tasche. Er suchte den größten aus und öffnete damit die Käfigtür. Dann sah ich, daß er sie hochheben und zum Hackklotz tragen wollte. In diesem Augenblick erwachte eine Bestie in mir. Ich brüllte und wollte auf ihn zuspringen. Da erwachte ich und hörte einen fürchterlichen Schrei, in dem ich meine eigene menschliche Stimme kaum wiedererkannte. Und wieder blieb ich totenstill liegen, so still, als gäbe es mich gar nicht mehr. Mein Gesicht war naß vor Schweiß. Ich wartete, bis mein Herz nicht mehr so stark hämmerte und ich wieder mit mir selbst und meinem abscheulichen Leben vertraut geworden war. Nun streckte ich die Hand aus und zog am Schalter. Ich sah mich selber liegen, ich lag da, als sei ich krank, gelähmt: die Füße auseinandergekippt, dürre Beine in den Hosen, tief eingezogener Bauch und auf der Brust die gekrümmten, verzweifelten Hände. Ich sah mich im Zimmer um, aber da war niemand, keine Alide, kein King, kein Peps. Beide Sessel, der beim Tisch und der neben dem Ofen, waren leer, die Zimmertür stand einen Spalt offen. Ich glitt vom Sofa und knipste überall Licht an, auf dem Gang, in der Küche, in der Diele. Ich ging die Treppe hinunter zur Haustür. Sie stand immer noch offen, aber niemand war da, nirgends, nicht einmal auf der Straße. Ich schloß die Tür ab und ging wieder nach oben. War ich immer noch so außer mir oder fror es mich so? Meine Beine zitterten, meine Zähne klapperten. Ich griff nach meinem Mantel und zog ihn an. Dann setzte ich mich mit *King und Juliette* an den Tisch. Meine Hände bebten so stark, daß die Seiten ohrenbetäubend raschelten wie große dürre Herbstblätter. Trotzdem nahm ich mir nicht die Zeit, Feuer anzuzünden. Ich mußte sofort anfangen und retten, was zu retten war. Ich schrieb: Wenngleich sie vergessen hatte, daß sie einst vor langer Zeit eine Geliebte gewesen war, so war sie doch immer noch Mutter. Eine Mutter, die ihr Kind zuerst im Schoß und dann in den Armen trägt und später, wenn es erwachsen ist, im Sohn immer noch das Kind sieht und den Kopf des Erwachsenen schützend in ihren Schoß oder den Armen birgt. Auch wenn ihr Kind einen Mord begangen hat, sie ist und bleibt seine Mutter. Kein Verbrechen kann sie dem eigenen Kind entfremden. Es kann mit blutigen Händen oder mit vom Würgen noch gekrümmten Händen zu ihr hereinstürzen, sich vor ihr niederwerfen und sagen: »Es ist vollbracht...«, sie wird ihm nur die Hände auf die Augen legen und sie sanft zudrücken. So mag er glauben, daß er sterben darf und keine Rechenschaft abzulegen braucht vor den Menschen, die ebenso schwach und schlecht sind wie er selbst. Doch er stirbt nicht, nein, er schläft ein, und sein Gesicht wird wehrlos und verletzlich wie das eines Kindes. Sie sieht, wie unglücklich er ist ohne die Maske seines Erwachsenseins. Ein unglückliches Kind ist ein unschuldiges Kind. Und sie, als Mutter, fühlt sich schuldig. Denn ist sie nicht schuld daran, daß er auf der Welt ist? Sie zieht ihm die Kleider aus und den Schlafanzug an und deckt ihn zu. Die Kleider versteckt sie im Schrank und schließt ihn ab. Sie verläßt das Zimmer und schließt auch dieses ab. Wenigstens einstweilen ist er in Sicherheit. Dann schleicht sie die Treppe hinunter und geht hinaus. Es ist Nacht. Sie wählt die stillsten Straßen, ihre Schritte sind leise und schlurfend, aber sehr schnell. Versuche mal einer, sie zurückzuhalten. Schnell und schlurfend läuft sie an den Häusern entlang, ein unförmiger Schatten, der eins ist mit der Dunkelheit. Sie läuft geradewegs zum Haus von Juliette. Dort drückt sie sich, eins mit der Dunkelheit, vorsichtig an die Tür. Sie zieht den Schlüsselring, den sie bei King gefunden hat, heraus und probiert behutsam, fast unhörbar die Schlüssel aus. Schon der dritte paßt. Sie geht hinein und schleicht sich tastend nach oben. Im Gang bleibt sie regungslos stehen, eins mit der Dunkelheit. Sie lauscht. Es ist unheimlich still im Haus, nur unter der Zimmertür sieht sie einen Lichtstreifen. Sie wartet und lauscht und hört nichts außer ihrem eigenen Herzschlag, der ihr unheilverkündend in den Ohren dröhnt und rauscht. Sie ist schon alt, sie hat viel mitgemacht und ist schon oft dem Tod begegnet, dem unbarmherzigen geheimnisvollen Tod, der sich in einem Gesicht spiegelt oder sich in der Maske der erlegten Beute zeigt. Sie muß in das Zimmer hineingehen, in dem Juliette liegt, das Opfer von King, dem Sohn ihres Herzens. In ein hell erleuchtetes Zimmer, in dem kein lebendiges Geräusch zu vernehmen ist. Gebe Gott, daß ihr Gehör nicht mehr so scharf ist, daß es ein Atmen hinter der Tür wahrnimmt. Gebe Gott also, daß Juliette atmet und alles nur ein böser Traum war. Ja, gebe Gott die böse Wahrheit, daß King dem Wahn eines Geistesgestörten erlegen ist und morgen, in eine Zwangsjacke gesteckt, in eine Anstalt gebracht werden muß, in eine Zelle, deren Wände aus Matratzen sind. Aber sollte der böse Traum die böse Wahrheit sein, sollte sie hinter der Zimmertür dem Tod begegnen ... nein, nein, sie würde am Tod vorbeilaufen und Juliette abermals ermorden, dann wäre es nicht mehr King, sondern sie, die es getan hätte und die Schuld trüge! Sie legte die linke Hand aufs Herz und trat an die Zimmertür. Dort streckte sie entschlossen die rechte Hand zur Türklinke aus. Und sie flüsterte: »So sei es denn ...«, drückte die Klinke herunter und trat ein. Leer! Das hell erleuchtete Zimmer war leer! Blitzschnell sah sie sich um. Sie schaute hinter die Gardinen, unter den Tisch und hinter den Sesseln, in die Schränke, überall, überall. Und überall, im ganzen Haus knipste sie das Licht an, überall, überall. Und nirgends Juliette, nirgends auch nur eine Spur von Juliette. Schließlich kehrte sie ins helle Zimmer zurück und ließ sich, außer Atem und überwältigt von Glück, in einen der leeren Sessel fallen. Selig und befreit starrte sie vor sich hin, als schaute sie in den Himmel. Mein Gott, mein Gott ... Sie tastete nach ihrem Taschentuch, um sich die Tränen des Glücks abzutupfen. Aber sie kamen nicht. Statt dessen brach ein Lachen aus ihr, ein zärtliches, verliebtes Lachen. Noch nie hatte sie eine so verblüffende Ähnlichkeit mit einem Buddha gehabt, einem Buddha, der entdecken mußte, daß er nicht nur weise lächeln, sondern auch verliebt und laut lachen konnte über die menschliche Wirrsal. Und dann ließ sie noch einmal gemächlich den Blick im Zimmer schweifen, aufmerksam und munter, als zeigte Juliette ihr selbst: »Sehen Sie, daran hänge ich sehr.« – Es ist ein gerahmtes Kachelbild mit einer Frau in einem weißen Gewand und weißen Tauben und darunter die fremden Worte: *Le Retour des Colombes.* Zu lieblich und unschuldig für eine Giftmischerin. »Diese bemalte Kachel«, könnte Juliette nun sagen, »ist zwar häßlich, aber sehr kostbar.« – »Wie sind Sie dazu gekommen?« – »Ein Erbstück.« – »Ha, das riecht wenigstens nach Tod.« – »Dort neben meinem Bett sehen Sie ein Nachtschränkchen. Schauen Sie ruhig in die Schublade. Schauen Sie auch nach Belieben in die Schränke.« Und die Besucherin läßt es sich nicht zweimal sagen. Sie stürzt sich lebhaft und raubgierig wie ein Hecht darauf. Suchte sie vorhin nach Juliette, so hat sie es jetzt auf ihre Seele abgesehen, die sich hier doch irgendwo widerspiegeln muß. Sie findet kein Giftfläschchen, natürlich nicht. Wohl aber eine Flasche Genever, noch halb voll, und in einem Schrank auf dem Gang leere Flaschen derselben Marke. Mit wem veranstaltet Juliette Trinkgelage? Nicht mit King. Und am Boden eines Nähkörbchens findet sie Briefe, schlecht geschriebene Liebesbriefe voller Grammatikfehler, also auch diese nicht von King. Bei Gott, sie hat nirgends einen Mantel, Juliettes Mantel, gesehen! Natürlich nicht, denn Juliette hat das Haus verlassen. Aus Angst? Aus Angst, King könnte zurückkehren, um sich zu überzeugen, daß er sie tatsächlich zur Hölle gejagt hat? Nein, nein, jetzt plötzlich weiß sie warum. »Ich Dummkopf«, sagt sie laut. Sie knipst das Licht aus und schleicht die Treppe hinunter, sich mit beiden Händen am Geländer haltend. Die Dunkelheit steht vor ihren Augen wie ein Plagegeist, der sie hindern und zurückhalten möchte. Schnell, schnell nach Hause, ehe Juliette ihn gefunden und ihm ihr geheimnisvolles Gift hat verabreichen können! Schnell und schlurfend läuft sie an den Häusern entlang, ein Schatten, eins mit der Dunkelheit...

King hörte ganz fern eine Stimme. Er hatte sich in einem dunklen dichten Wald verirrt, und irgendwo am Waldrand rief jemand seinen Namen. Wie konnte er antworten? Er rang mit den Lianen, die seine Füße festhielten, und mit den Zweigen, die ihm ins Gesicht peitschten. Die Stimme rief abermals. Er wollte zurückrufen, brachte aber nur ein heiseres Stöhnen zustande. Wie war er in den Wald geraten, wieso hatte er sich darin verstrickt? Gerade war er noch auf einem Fußweg neben einem Schulkameraden gegangen. Der sagte: »Ein Angeber bist du, ein Versager! Wer hat schließlich die Prinzessin entzaubert? Du nicht!« – Und dann war er in ein lautes, hohles Gelächter ausgebrochen. Es klang wie Faustschläge auf einem leeren Faß. King fühlte sich schrecklich verkannt. Er wollte zuerst drauflosschlagen, bekam aber die Arme nicht hoch. Dann wollte er glattzüngig antworten und beweisen, daß er seine versäumte Rolle längst durch viel größere Rollen wettgemacht habe, doch nun rann die Erinnerung aus ihm heraus wie aus einem lecken Faß, und seine Zunge wurde zu einem unbeweglichen, bleischweren Ding. Schließlich war er immerhin demütig und blindlings seinen eigenen Weg gegangen, so war es doch! Und wieder hörte er die Stimme: »King, King!« – Er rang verzweifelt mit den

Lianen und Baumzweigen. Er riß sich los, wurde gleichsam vom Wald allmählich nach oben gedrückt und schwebte durch die Luft. Dort traf er, keine Armlänge von ihm entfernt, seine Wirtin. »King«, sagte sie, »King, du mußt jetzt wach bleiben und mir gut zuhören. Hier, trink zuerst das.« – Er roch Kaffee, schwarzen Kaffee, den er mochte. Er trank. Der Kaffee rann über seine ausgetrocknete Zunge. Er schluckte gehorsam und beflissen wie ein Kind. Er sah die Wirtin dankbar und fragend an. »Ich mußte dich wecken«, sagte sie. »Weiß Gott, was du geträumt hast.« – Er antwortete: »Ich weiß es noch. In meinem letzten Traum hatte ich Streit mit einem Schuljungen und davor ...« Seine Augen weiteten sich immer mehr vor Entsetzen und Abscheu. Er setzte sich mit einem Ruck auf und sah die Wirtin ganz aus der Nähe an. Der Kaffee schwappte aus der Tasse. »Paß auf, der Kaffee«, sagte sie. Er flüsterte: »Ich ...« – »Nein«, sagte die Wirtin, »nein, nein.« – Ihre Stimme klang zärtlich und beschwichtigend: »Nein, zum Glück nicht, mein Junge, du hast es nicht vollbracht. Ich habe dich geweckt, um dir das zu sagen. Entweder du hast phantasiert oder es ist dir nicht gelungen, aber du hast nichts auf dem Gewissen.« – Er starrte sie nur an. In diesem Augenblick wurde ihr nochmals bewußt, was für ein sonderbarer Kauz dieser King doch war. Das Grauen in den weit geöffneten Augen erlosch wie ein Feuer, in das Wasser geschüttet wird, und zurück blieb graue Asche. »Geträumt?« fragte er. Seine Stimme war genauso grau wie seine weit offenen Augen. »Nein«, sagte er, »dann ist es nicht gelungen.« – Dann hob er mit einer ratlosen Geste die Hände zu den Schläfen und preßte sie dagegen, als wolle ihm der Schädel zerspringen. »Sei doch dankbar dafür, mein Junge«, sagte die Wirtin. Seine Hände glitten von den Schläfen zu den Augen hinüber.

»Schon gut, Junge«, sagte die Wirtin und zog seinen Kopf an ihre Schulter. Sie dachte: Wenn er jetzt weinen könnte, wäre er wieder in Ordnung. »Schon gut«, sagte sie nochmals und streichelte seinen Kopf. Es fühlte sich so menschlich, so sicher an, diese Schulter, die seinen Kopf stützte, diese Hand auf seinem Kopf, daß er tatsächlich zu weinen anfing und wie ein Schuljunge schluchzte, der in seinem großen Kummer bei der Mutter Trost sucht. Verzweifelt flüsterte er: »Wie gut du bist, wie gut du bist...« Doch unterdessen jagten noch viel verzweifeltere Gedanken durch sein Gehirn: ich Angeber, ich Versager. Entweder phantasiere ich oder es mißlingt mir. Und sie, meine liebe alte Wirtin, ist dankbar, daß ich ein Angeber und Versager bin. Jetzt kann keine Macht der Welt, kein Kriminalbeamter und kein Krankenpfleger aus dem Irrenhaus mir etwas anhaben. Ich bin kein Mörder oder Wahnsinniger, ich bin nichts als ein harmloser Angeber, ein Phantast, der Scheinmanöver ausführt. Und siehe, meine liebe alte Wirtin ist dankbar dafür, daß ich ihr erhalten bleibe. Wenn sie wüßte, wie ihre Güte mich beschämt. Und man wird sehen, ihre Güte und Liebe sind so unendlich, daß sie sogar weiterhin an mich glaubt... Er legte die Arme um ihren Hals und drückte seine Stirn nur noch verzweifelter an ihre Schulter. »Wenn ich wüßte«, sagte er, »was ich tun soll...« In diesem Augenblick läutete die Klingel. Die Wirtin antwortete: »Bleib vorläufig im Bett.« – Sie horchte, wer dort unten an der Tür sein konnte. Das Mädchen, das ihr morgens im Haushalt half, machte bereits auf. King hatte sich aufs Kissen zurückgelegt und dachte: Sie hat recht. Es ist gut hier im Bett. Was sollte ich sonst tun? Das Spiel ist aus. – Die Wirtin hörte, wie das Mädchen rief: »Wer ist da?« – Und dann: »Was möchten Sie?« Doch statt einer Antwort hörte sie leichte, rasche

Schritte, die die Treppe heraufkamen. Juliette! Die Wirtin fuhr hoch. »Du bleibst da«, sagte sie zu King. Genaugenommen schnauzte sie ihn an. Und King antwortete mit einem unterwürfigen Blick. Mit einer ungestümen Gelenkigkeit, die ihrer Fülle widersprach und einer höheren Eingebung zu gehorchen schien, ging die Wirtin zur Zimmertür. Juliette klopfte. Es klang traurig, aber unerbittlich. King dachte: Jetzt müßte ich rufen: »Juliette, Liebste, Liebste...« Aber die Worte kamen ihm nicht über die Lippen, und er blieb regungslos liegen. Die Wirtin riß die Tür auf und trat in den Gang. Obwohl sie die Tür gleich hinter sich schloß, konnte er alles, was zwischen ihr und Juliette gesprochen wurde, so deutlich verstehen, als säßen beide an seinem Bett. Sie redeten nicht viel. Die Wirtin: »Hör mal, Mädchen, ich glaube dir ja, daß du ihn gern hast, aber du darfst nicht zu ihm hinein.« – Juliette: »Wollen Sie ihm das bitte geben?« – Die Wirtin: »Natürlich, meine Liebe.« Dann wurde es still. Was war nun? Standen sie wortlos da? Nein, Juliette schlich fast unhörbar die Treppe hinunter. Gewißheit erfüllte King, als er die Haustür sich leise öffnen und schließen hörte. Die Wirtin kam wieder herein mit einem Rosenstrauß im Arm. »Von ihr«, sagte sie. Tränen rollten über ihre Wangen. Es waren rote, fast voll erblühte Rosen. Sie stellte sie in eine Vase mit einer Sorgfalt und Andacht, die Ehrfurcht ausdrückten. Sie sagte: »Wie ist das möglich: einander lieben und einander nach dem Leben trachten.« – Sie schob den Tisch näher an sein Bett und stellte die Vase mit den Rosen darauf. »Hier«, sagte sie, »das ist Juliette.« – Und damit meinte sie die Rosen, aber auch das Päckchen Briefe, die sie aus Juliettes Nähkörbchen gestohlen hatte und neben den Rosen ausbreitete. Dann ließ sie ihn allein. Er stützte sich auf einen Ellenbogen. Ohne die Hand danach auszustrecken, betrachtete er fasziniert die Briefe und sah nach der Handschrift und dem Datum des Poststempels. Er spürte, daß die Briefe ihr Geheimnis bargen. Wenn er sie las, würde er etwas finden, das sie ihm auslieferte, in die Hand gab. So also dachte King, Detektiv King. Die Schamröte stieg ihm in die Wangen. Was war er für ein elender Schuft! Hatte er sein Spiel denn nicht verspielt? Oder ging es um Revanche? Niederträchtige Revanche? Nein, King, es ging um Leben oder Tod. Du wolltest sie töten, und es ist dir nicht gelungen. Nun ja ... Er griff nach der Zündholzschachtel, die neben einem Päckchen Zigaretten lag. Er nahm die Briefe in die eine Hand und hielt mit der anderen ein angezündetes Streichholz darunter. Es war eine sonderbare, helleuchtende Flamme, in der die Briefe ungelesen aufloderten. Die Flamme erinnerte ihn an ihr Lächeln, ihr sonderbares, helleuchtendes Lächeln, in dem ihre Verbrechen und Sünden verschrumpelten wie die verkohlenden Blätter in der Flamme. Dann legte er sich aufs Kissen zurück, sah unablässig die Rosen an und dachte: Sie weiß, daß ich sie für schuldig halte und sie trotzdem liebe. Mehr kann sie nicht verlangen. – Er schlief ein und träumte, daß sie ihn mit ihrem schönen vertrauten Lächeln ansah und dabei mit unerbittlichen, resoluten Händen die Rosen Stück für Stück entblätterte. Dagegen konnte er sich nicht wehren und sagte nur: »Hat King, der große King, nach seiner völligen Kapitulation denn kein Recht auf ein bißchen Gnade?« Und im Schlaf tropften seine Tränen auf das Kissen ...

Danach schrieb ich unbefangen: Verstehst du, lieber Leser, wie wohl ich mich fühlte, als ich die letzten Worte dem Papier anvertraut hatte: *Und im Schlaf tropften seine Tränen auf das Kissen?* Ich fühlte mich beschämt. Das war kein King, aber auch kein Kosta, der die Mühe wert war. Kosta hatte nicht den Mut aufgebracht, King den Mord begehen zu lassen, und deshalb mußte der Anschlag scheitern. Und das war noch nicht das Schlimmste. Denn wie verhielt sich King dazu? Zuerst schämt er sich, weil sein ganzes Unternehmen auf die Prahlerei eines Angebers hinausläuft und zum Mißerfolg wird. Und nach diesem Mißerfolg hält er sein Spiel für verspielt und verbrennt deshalb großmütig die Beweisstücke, die ihn ins Recht gesetzt hätten. Sehr nett bisher. Doch dann betrachtet er gefühlvoll und sogar unablässig die blutroten Rosen. Also glaubt er in diesem Moment an Juliettes Liebe. Sonst hätte er niemals gedacht: Sie weiß, daß ich sie für schuldig halte und sie trotzdem liebe. Mehr kann sie doch nicht verlangen. – Doch sobald er einschläft, sieht er, wie sie die Rosen mit unerbittlichen, resoluten Händen Stück für Stück entblättert. Da glaubt er also nicht mehr an ihre Liebe, an die Liebe einer Giftmischerin. Aber auch dabei bleibt es nicht. Als sie unbarmherzig zeigt, daß er trotz seines Edelmutes ihre Liebe offensichtlich nicht verdient, bleibt ihm nur noch übrig, sie um Gnade anzuflehen. Und seine Tränen tropften auf das Kissen ... Bah, da zeigt es sich, daß King das Spiel verspielt hat und sich als schlechter Verlierer erweist ... So, dachtest du das? Aber King springt aus dem Bett und ruft mit einer Stimme, die durch den Gang in die Küche schallt, nach Rasierwasser und dem Schlüssel des Kleiderschranks. Die Wirtin meditierte in der Küche über die Liebe, die unheilbar verwundet. Ihre Hände arbeiteten fleißig und wie von selbst an einem Strickzeug, ihre kleinen farblosen Augen schienen sich im Nebel zu verlieren und hatten noch niemals, nicht einmal bei ihren ureigensten romantischen Erlebnissen, einen so schönen träumerischen Blick gehabt. Liebe, die unheilbar verwundet! Wie traurig, aber auch wie schön war das. Ihr Kopf neigte sich zur Seite, und ihre Augen verschleierten sich vor tiefer Rührung. Eine solche Liebe hatte sie bis zum heutigen Tag nicht für möglich gehalten und war ihr noch nie in Wirklichkeit begegnet. Doch jetzt wußte sie es, jetzt wußte sie, daß es sie gab. Sie sah Juliette mit den Rosen im Gang vor sich stehen. Sie konnte nicht anders, als zu ihr zu sagen: »Ich glaube dir ja, daß du ihn gern hast.« – Ja, sie durfte nicht vergessen, daß sie es trotz allem mit einer Giftmischerin zu tun hatte. Ich glaube dir ja? Ach, die Wirtin war sich sicher. So ein unglückliches und zugleich wunderbares Frauengesicht hatte sie noch nie gesehen. Die flehenden Augen und die Würgemale am Hals. Juliette: »Wollen Sie ihm das bitte geben?« Sie konnte nicht anders, als ihr zu antworten: »Natürlich, meine Liebe.« – Dann sah sie Juliette die Treppe hinuntergehen, leise, leise, denn sie existierte ja nicht mehr für King. Und sie sah, wie Juliette blindlings nach der Tür tastete, woraus sie schloß, daß sie ihre Tränen nicht mehr zurückhalten konnte. Liebe, die unheilbar verwundet! Und Juliette war zu Hause natürlich auch gleich zu Bett gegangen. Und so, ohne daß sie ihn vergiftet oder er sie erwürgt hatte, lagen beide da und baten, bereits durch den Tod geschieden, um den Tod ... Plötzlich konnte sie nicht weiterträumen. Ihre raschen Hände hörten auf zu stricken und sanken in den Schoß, ihr Blick verlor den Schleier. Nein, das war noch nicht King. Er rief noch nicht um Rasierwasser und um den Schlüssel zum Kleiderschrank. Er lag noch immer da und starb an der Liebe, die unheilbar verwundet. Sie ertappte sich bei dem Gedanken: Nie und nimmer hätte ich ihm die Briefe geben dürfen! Ohne die Briefe wären beide gleich schuldig gewesen und hätten sich genau dasselbe angetan. Sie, Juliette, hatte ebenso einen gescheiterten Mordanschlag auf dem Kerbholz wie King. Damit hatten sie einander auch dasselbe, nämlich gar nichts, vorzuwerfen und hätten noch zueinanderfinden können. Ja, dann hätten sie glücklich werden können, King und Juliette. Und später hätten sie in ihren Erinnerungen kramen können, wie alles geschehen war ... »Weißt du noch, Liebste, wie es damals war, als wir uns eben kennengelernt hatten?« – »Natürlich, Schatz. Ich mit meinem Giftfläschchen.« – »Und ich wollte dich erwürgen.« – »Ja, das war gemein von dir, du hast mir blaue Flecke in den Hals gekniffen.« – »Aber vergiß nicht, ich war stockbesoffen. Wegen dir, deinetwegen hatte ich zu trinken angefangen!« – »Warum eigentlich, hattest du Angst, ich wolle dich nicht haben?« – »Aber nein, Liebste, du wolltest mich vergiften, und das war genaugenommen mindestens ebenso gemein, denn du warst nicht betrunken.« – »Nein, mein Schatz, aber vergiß nicht, daß ich die Dinge einfach nur so tat und überhaupt nicht mit so einem Schlaukopf wie dir gerechnet hatte. Was für ein Glück, daß ich es mit so einem Schlaukopf wie dir zu tun kriegte.« – Und er fügte hinzu: »Und ich mit einer unschuldigen kleinen Giftmischerin.« – Und dann eine Umarmung. Später erzählten sie die Geschichte ihren Kindern, und die erzählten sie den ihren weiter ... Die Wirtin saß noch immer da und starrte vor sich hin. Diese Gedanken zerschlugen ihre Träume von einer Liebe, die unheilbar verwundet, so radikal, daß sie sich kaum noch an sie erinnerte. Träume waren also nichts als Lügen und Gefühlsduselei. Was war die Wahrheit, das reine Gefühl? Sie hätte King die Briefe nicht geben dürfen und hätte die kleine Juliette, nachdem sie sie nach möglichen Giftfläschchen durchsucht hatte, zu King hineinlassen müssen. Das Gesetz der Liebe mußte befolgt werden, und das hatte sie, die häßliche alte Besserwisserin, verhindert, sie, die von der Liebe junger Leute im Grunde nichts mehr begriff. Ein Wunder, daß sie ihm nichts von den vielen Geneverflaschen im Dielenschrank und von der halbvollen Flasche im Zimmer erzählt hatte. Angenommen, er fühlte sich so elend, daß er die Briefe noch nicht gelesen hatte. Sie stand so impulsiv und gelenkig auf, wie sie es nur zustande brachte, wenn es um etwas Wichtiges ging. Sie wollte sich in sein Zimmer stehlen, die Briefe heimlich an sich nehmen und sie dann hier im Herd verbrennen ... In diesem Augenblick rief King: »Rasierwasser! Den Schlüssel zum Kleiderschrank! Und zwar ein bißchen dalli!« – Er taumelte und wankte, er war totenblaß, und auf seiner Stirn stand der Schweiß. Aber er würde sich waschen, rasieren, anziehen, er würde die Brust rausstrecken und den Bauch einziehen und sein schwaches Kinn anheben, so daß es nach Willensstärke aussah. Er würde Haltung annehmen, als ob er bis jetzt lauter Siege errungen hätte. Ja, das würde er fertigbringen, denn sein Blick gewann in diesem Augenblick die alte Selbstsicherheit zurück und wurde wieder hart und klar wie Kristall. Nein, er war kein schlechter Verlierer, dieser auferstandene King. Beweis: Er faßte der Wirtin, die mit dem Rasierwasser und dem Schlüssel ins Zimmer trat und einen heimlichen Blick auf den Tisch warf (wo keine Briefe mehr lagen, sondern nur ein Häufchen Asche), er faßte der Wirtin spielerisch unters Kinn. Die Gebärde war fast etwas zu leichtfertig nach allem, was geschehen war. Aber sie zeigte die Unerschrockenheit, den unzerstörbaren Optimismus, womit gute Verlierer ihren Verlust zu tragen wissen und unter Umständen sogar als Gewinn verbuchen. Er sagte: »Wundere dich nicht, Mutter meines Herzens, und fürchte dich nicht. Ich glaubte, die Affäre sei zu Ende. Aber das stimmt nicht. Es muß noch etwas getan werden. Kein Mord, nur ein Diebstahl.«

Unterdessen rasierte und kleidete er sich so sorgfältig an, als sei er Lord Lister, der Gentleman-Dieb, und nicht die komische Figur, die er war. Vor den erstaunten Augen der Wirtin verwandelte sich der kranke King in die vertraute, strahlende Gestalt. Er lief mit solcher Gelenkigkeit und Bravour die Treppe hinunter, daß die Wirtin beide Hände unter ihren schweren Brüsten aufs Herz drückte. Gott sei Dank, daß ich schon so alt bin, dachte sie, denn er ist hinreißend...

Ich legte die Seiten über King und Juliette in eine Mappe und versteckte sie sorgfältig hinter einer Reihe Bücher. Ihre Bedeutung für mich stieg von Tag zu Tag. Ich bekam allmählich eine Beziehung zu ihnen, die mir nur die Wahl ließ: Entweder ich verträumte mein Leben mit *King und Juliette* oder ich verkümmerte in tiefster Einsamkeit. Sie stellten eine Art Herausforderung für mich dar: Laß uns nicht los, denn wenn du das tust, bist du verloren. Es passierte sogar, daß ich an King und Juliette dachte, als lägen sie mir weitaus mehr am Herzen als Kosta und Alide. Dann fürchtete ich sie wie eine Gefahr, die mein Dasein überwucherte und an meinem wirklichen Leben fraß, bis ich daran starb oder rettungslos verkrüppelt zurückblieb. Immerhin hatte ich vielleicht dann eine wundersame Genesung als letzte Chance. Ich hatte zum Beispiel von einem Mann gehört, der zwanzig Jahre lang soff wie ein Tier und dann noch zehn Jahre lang wie ein Heiliger lebte. Ich hatte auch von einem anderen Mann gehört, der in einem unbedeutenden Streit aus Versehen seine Frau getötet hatte, es aber vergaß, wohlverstanden, er vergaß es völlig über einem Glück, das aller Beschreibung spottete. Und schließlich hatte ich noch von einem anderen Mann gehört, der, als der Sarg seiner Geliebten ins Grab herabgelassen wurde, in eine Zwangsjacke gesteckt werden mußte, sonst wäre er ihr unverzüglich gefolgt. Aber schon nach drei Monaten dachte er an eine andere, die ihn mit ihren großen spitzen Brüsten unter dem engen Pullover betörte. Die Brüste waren der Anlaß zu einer Vereinigung, die körperlich und charaktermäßig so vollkommen war, daß er den Tod der ersten Frau als eine besondere Gunst höherer Mächte betrachtete, die ausschließlich seinem persönlichen Glück diente. Es dürfte also stimmen, daß die Liebe ein Traumspiel der Instinkte ist und daß es im Leben zahllose Spielebenen gibt, auf denen oder auch unter denen man durchaus einige Zeit verweilen kann, ohne an Qualität zu verlieren. Das letztere bewies der Trunkenbold, der sich später einen Heiligenschein erwarb. Aber wie dem auch sei, vorläufig soff ich noch, und sie, Alide, war nicht tot. Der Tag würde jedoch kommen, an dem ich das Saufen völlig vergaß und wieder in der Besessenheit eines neuen Traumes lebte. Man stelle sich vor, nicht mehr Alides graue Augen, sondern ein golden glänzender Blick, der Blick einer edlen Hirschkuh. Nicht mehr Alides irritierende, unbestimmte Worte, sondern präzise und erlesene Formulierungen von Gedanken, deren Mittelpunkt ich war und die um mich kreisten. Nicht mehr Alides kühles Selbstbewußtsein, sondern eine Frau, die mich schweigend umarmt und sich mit ihren großen spitzen Brüsten zärtlich an mich lehnt. Schau, ich könnte jetzt schon ganz nett darüber schreiben. Irgendwann später würde ich es als Prolog eines neuen Schicksals, einer neuen Sehnsucht betrachten... Manchmal dachte ich neugierig an das Schicksal von Klazien, der Frau von Peps. Es verstand sich von selbst, daß ich sie verachtete. Ich verachtete sie, weil sie Peps geliebt, zu Peps gehört und um ihn gelitten hatte.

Aber vor allem verachtete ich sie, weil sie nicht einmal diesen Peps hatte fesseln und behalten können. Verzehrte sich eine solche Frau in nagendem Kummer oder hatte sie sich bereits wieder mit einem der zahllosen Pepse getröstet, an denen das Leben so reich ist? – Nun, das Folgende kann einem Obdachlosen, einem Landstreicher auf der Straße passieren. Er läuft ziel- und freudlos draußen herum. Sein Magen ist dumpf und leer, aber Hunger hat er nicht, nicht mehr. Seine Vergangenheit ist ein Schutthaufen, seine Gegenwart ein Vakuum, von der Zukunft wagt er nicht zu träumen. Und trotzdem, aus schierem Selbsterhaltungstrieb denkt er an das Nächstliegende: zuerst an eine Tasse Kaffee, warm und duftend, die auf einem Tisch, an seinem Stammplatz steht. Er sitzt also an einem Tisch, und zwar nicht allein. Ihm gegenüber gibt es menschliche Gesellschaft, und eine Stimme sagt zu ihm: »Morgens eine Tasse Kaffee gibt einem wieder Schwung.« – Klazien sagte das, als habe sie mich erwartet. »Kosta? Ja natürlich, kommen Sie herein, aber achten Sie auf die Stufen im Gang.« – Ich trat ins Zimmer. Reproduktionen an der Wand, unechte antike Möbel, Perserteppiche auf dem Boden: eine spießbürgerliche und teure Einrichtung. Was mich dagegen fesselte, war ein fächerförmig auf dem Tisch ausgebreitetes Kartenspiel. »Legen Sie Karten?« fragte ich. »Nur so für mich«, sagte sie. Sie war sehr blond. Sie band die Schürze ab und strich sich mit einer verwirrten Geste übers blonde Haar. »Ich setze schnell einen Kaffee auf«, sagte sie. Eine Weile ließ sie mich allein, und unterdessen studierte ich den Kartenfächer, in dessen Mitte die Karodame lag. Die Karodame ist die verlassene oder die freie Frau. Klazien kam zurück. Sie hatte nicht nur Kaffee aufgesetzt, sondern sich auch die Nase gepudert und die Haare hochgesteckt. »Erklären Sie mir mal, was da liegt«, bat ich. Sie lachte verlegen und sagte: »Ich tue das nur zur Unterhaltung, aber ein bißchen glaube ich auch daran, nicht an die Karten, sondern daß jedem sein Schicksal vorgezeichnet ist.« – Ich gab keine Antwort und wartete auf ihre Erklärung. »Er«, begann sie zögernd, »nun, er ist nicht glücklich mit ihr, sie also auch nicht mit ihm. Ich liege ganz günstig, aber was diese Karte da neben mir soll ...« Und sie zeigte auf den Herzbuben, die Liebeskarte. Sie hatte sehr gepflegte Nägel. »Nein?« fragte ich. »Stimmt das nicht?« – Sie schob die Karten zusammen und legte sie beiseite. »Zum Glück nicht«, sagte sie, »so wie ich jetzt lebe, allein und frei, fühle ich mich ganz wohl.« – Sie sah mich an. »Aber wie ich sehe, sind Sie noch nicht soweit.« – Sie stützte die Ellenbogen auf den Tisch, ihr Blick verriet gütiges Mitleid. Sie hatte einen Porzellanblick wie damals die Yolande aus *Mon Plaisir*, nur weniger geistreich und verspielt. Ihre Augenbrauen waren zu dünnen Bögen gezupft. »Es war falsch«, sagte sie, »daß Sie beide sich auch später noch getroffen haben.« – Sie lächelte überlegen und schüttelte gutmütig den Kopf. »Und Sie haben uns verraten«, sagte ich darauf. Nun lächelte sie nicht mehr. »Glauben Sie das wirklich?« fragte sie. Wieder schüttelte sie den Kopf. »Er läßt ihr nachspionieren, durch Carlos, den er entlassen hat. Das habe ich von den Mädchen gehört, die im Geschäft arbeiten. Hin und wieder besuchen sie mich noch.« – »Nein«, fuhr sie fort, »überlegen Sie doch, warum sollte ich Sie verraten haben? Ich weiß selber nur zu gut, daß nichts und niemand etwas an der Sache ändern kann. Was man auch tut, die beiden bringt man nicht auseinander, aber euch beide auch nicht. Und das ist gut, denn so ist jeder für sein eigenes Schicksal verantwortlich.« – Sie griff nach den Karten und mischte sie. »Und«, fragte ich, »was erwarten Sie von Ihrem

Schicksal, wo Sie nun allein und frei sind?« – Sie breitete die Karten vor mir aus und sagte treuherzig: »Ich lasse mich zur Kosmetikerin ausbilden und hoffe dann Arbeit zu bekommen. Selbständig im Leben zu stehen, begreifen Sie, so daß alles Sinn und Wert bekommt, meine Zeit, meine Freundschaften und sogar meine Meinung. Das ist mein Ziel. Aber soll ich nur mal so zum Spaß für Sie auslegen? Wählen Sie dreimal fünf Karten mit der linken Hand.« – Ich tat es. Sie sagte: »Ich werde die Karten befragen.« – Und sie begann: »Sie haben es schwer, manchmal kommen Ihnen sogar die Tränen. Sie sind ein Mann von vielerlei Gedanken, Taten liegen Ihnen fern, und das ist schade. Sie könnten Glück haben, aber Sie treten es mit Füßen. Sie sind sehr einsam, aber das ist Ihr eigener Wille. Schauen Sie, das hier sind die Frauen. Und da ist sie, Alide, wie sie denn heißt. Sie liebt Sie zweifellos, aber nur mit dem Herzen, Leidenschaft ist nicht dabei. Irgendwann wird sie zu Ihnen zurückkehren, Sie dann aber nochmals verlassen, wieder für einen anderen. Sie hegen tiefen Groll, aber der ist ungerecht, denn jeder bestimmt sein eigenes Schicksal. Wer es annimmt und trägt, der gestaltet es auch. Schauen Sie, da ist noch eine Frau, eine Blondine, die Sie liebt.« – Sie deutete mit ihrem Zeigefinger und ihrem spitzen, blutroten Nagel auf die Karten. Ihr Kopf neigte sich zu mir, ein helles Gesicht und blonde Haare. Ich ergriff ihre Hand. »Diese blonde Frau«, sagte ich, »solltest du das sein?« – Sie machte keine Anstalten, ihre Hand zurückzuziehen. »Nein, natürlich nicht«, sagte sie und schaute mich an. Das Blut stieg ihr in die Wangen. »Auch wenn ich die Frau von Peps war«, fügte sie gekränkt hinzu, »so verdiene ich doch nicht, daß Sie mich verachten.« – Ich ließ ihre Hand los und schaute vor mich hin. »Nein, natürlich nicht«, sagte ich. In meiner

Haltung war etwas, das sie versöhnlicher stimmte. »Warten Sie«, sagte sie, »ich will Ihnen etwas zeigen.« – Sie stand auf und nahm ein Fotoalbum aus einer Schublade des Buffetts. »Das ist mein Hochzeitsalbum«, sagte sie. Sie setzte sich wieder neben mich und schlug das Album auf. Ich sollte sehen, daß auch sie etwas erlebt und verloren hatte, nicht nur ich. »Schauen Sie, das ist unser Hochzeitsfest. Ich war sehr glücklich und er auch. Schauen Sie, hier verlassen wir das Haus, hier steige ich ins Auto mit meinem schönen Brautstrauß, hier gehen wir die Stufen zum Rathaus hinauf, und hier sind wir im Trausaal. Und hier kommen die Fotos vom Hochzeitsmahl und vom Fest.« – Ich schaute aufmerksam zu. Sie trug ein weißes Brautkleid, er einen Smoking mit Zylinder, den er in der Hand hielt. Sie sah sehr jung aus. »Wie lange ist das her?« fragte ich. »Über sechs Jahre«, sagte sie. Ich verglich sie mit einem der Fotos. »Du hast dich verändert«, sagte ich, »aber zu deinem Vorteil.« – »Damals war ich ein dummes Gänschen, jetzt weiß ich Bescheid.« – Und sie bedachte mich mit einem weisen Lächeln, bei dem sich jedoch Trauerfalten von den Nasenflügeln zu den Mundwinkeln zogen. »Hast du sehr darunter gelitten?« fragte ich. »Zuerst schon«, sagte sie, »ich konnte das Album nicht ansehen, ohne zu weinen. Und ich wartete und wartete.« Ich ließ sie reden und musterte unterdessen den Bräutigam. »Du wartetest«, ergänzte ich, »auf diesen Mann.« Ich zeigte auf eine Nahaufnahme, auf der er sich lachend nach rechts wandte, zu seiner blonden Braut. Unbarmherzig deutlich sah man darauf die Clownsnase, das stupide Lächeln, das fliehende Kinn und den riesigen Adamsapfel. Sie sah mich schmerzlich betroffen an und sagte im selben traurigen Ton wie vorhin: »Sie verachten ihn, aber das ist nicht gerecht. Kennen Sie ihn denn überhaupt?« – Ich schämte mich, obwohl ich innerlich vor Wut schäumte. Ein redliches, liebevolles Plädoyer für einen gemeinen Heuchler. Ich klappte das Album zu, stand auf und ging in den Gang hinaus. Sie kam mir nach. »So hören Sie doch«, rief sie, faßte mich beim Arm und hielt mich zurück. Sie stellte sich vor mich. »Ach«, sagte sie und legte mir spontan die Hände auf die Schultern, »wie leid mir das jetzt tut.« Ich schob ihre Hände von mir weg und lief zur Tür hinaus. Ich hatte wieder allen Grund zum Saufen. So weit war es also gekommen, daß mich die verschmähte Ehefrau eines Peps zurechtweisen mußte und mich beschämte. Ich dachte: Jetzt könnte ich mich eigentlich gleich zu Tode saufen. Ich ging in eine Kneipe und versteckte mich am Lesetisch hinter einer Zeitung. Ich las natürlich nicht, ich trank und dachte nach. Nach sechs Schnäpsen stand ich auf und ging zur Telefonzelle. Dort führte ich ein Gespräch: »Hier Kosta. Und? Legst du nicht auf? Nein? Aber ich muß dich doch fürchterlich gekränkt haben, mit meinem Geschwätz damals über deine verstorbene Frau. Und? Legst du immer noch nicht auf?« – Er antwortete: »Nein, Kosta, das werde ich nicht tun. Hast du mir was zu sagen?« – »Verdammt noch mal«, sagte ich, »ich wüßte nicht, was. Was denkst du eigentlich von mir?« – »Von dir? Du scheinst mir ein wenig vom Kurs abgekommen, mehr nicht.« – »Und wie ist das geschehen, was glaubst du?« – »Eine Frau?« fragte er. – »Eine Frau? Biste-verrückt? Eine Frau ist höchstens der Anlaß. Die Ursache liegt viel tiefer: Selbstverachtung. Aber kannst du so etwas verstehen? Selbstverachtung als Folge einer immer fortschreitenden Selbsterniedrigung? Kannst du das verstehen, ein so korrekter Kerl, wie du bist? Ich fürchte mich vor nichts.« – »Du bist betrunken«, sagte er, »aber das macht nichts. Und glaube mir, ich kann dich verstehen.« – »Und was hat man in einer solchen Situation zu tun, weißt du das auch?« – Er lachte auf. »Schwebt dir etwa Selbstmord vor Augen? Tu das nicht. Du bist ein Auserkorener. Nur die Auserkorenen müssen eine Krise der allertiefsten Selbstverneinung durchmachen. Denk an Augustinus.« – »Ich habe nicht von Selbstverneinung gesprochen, sondern von Selbstverachtung.« – »Das ist dasselbe, was du nicht einzusehen scheinst, weil du betrunken bist. Weißt du, was du tun solltest? Schlaf deinen Rausch aus und schreib dann deine *Confessiones.*« – Und er legte auf...

King legte den Hörer auf, blieb noch kurz in der gläsernen Telefonzelle stehen und spähte von da aus über den Platz. Er stand mitten im lebhaften Verkehr. Über den Platz brausten Autos und Fahrräder, die plötzlich auf das Kommando einer roten Verkehrsampel anhielten und sich in Bewegung setzten, sobald das Rot zu Grün überwechselte. Über den Platz strömten Fußgänger zu Hunderten und Aberhunderten. Links von der Telefonzelle, am Rande des Bürgersteigs standen Blumenbuden: Tulpen, Rosen, Narzissen und Nelken. Das Wetter war prächtig, der Himmel sonnig und hell, ein bezauberndes Vorspiel des Frühlings. Hinter den Blumenbuden war ein Taxistand. King verließ die Zelle und ging hinüber. Sein Taxi glitt in der Autoschlange über den Platz, bog ab und fuhr in eine Straße an einer Gracht. King lehnte sich zurück und dachte nach, nicht was er tun oder sagen sollte, denn das mußte er dem Augenblick entsprechend improvisieren, sondern darüber, was er getan und am Telefon gesagt hatte. Wenn er sich nicht irrte, war er wieder mal so brillant gewesen, daß er sich dem Rausch, der ihn wärmte und beflügelte, ruhig überlassen konnte. Er würde ihn weiter zu den richtigen Worten und passenden Taten inspirieren. Wie konnte er nur denken, er habe verloren! Ein Kampf ist mehr als eine bestimmte Anzahl Runden. Manchmal mag der Schiedsrichter glauben, er zähle nur noch der Formalität halber bis zehn, da du unwiderruflich *knockout* geschlagen scheinst. Er zählt ruhig mit einem Unterton der Gleichgültigkeit, ja sogar gelangweilt, und schwingt bei jeder Zahl formell den Arm. Bei neun springst du auf, frisch und lebendig, als beginne eben die erste Runde. Der Gegner ist so überrascht, daß er sich zu decken vergißt. Und du verabreichst ihm spielerisch einen kleinen Stoß in die Magengrube, das genügt. Es ist eher ein moralischer Stoß als ein physischer. Er klappt zusammen, fällt auf die Knie und schaut dich überrascht und flehend an, und erst als der Schiedsrichter ihm die Zehn in die Ohren brüllt, wird ihm klar, daß er gar nicht *knockout* ist, sondern hätte weiterkämpfen können. Eine gleicherweise komische wie schmähliche Niederlage. Und King, der Sieger und als solcher überaus edelmütig, neigt sich dem Verlierer zu. »Es war nur ein Scherz«, wird er sagen, »das hast du ja gefühlt, den letzten Schlag hätte ich ohne weiteres auch einem netten Mädchen versetzen können ...« King sprang aus dem Taxi und lief mit enthusiastisch federnden Schritten in die Straße an der Gracht, wo die winterlichen Bäume schon den Frühling in sich trugen, zu einem Haus mit einem strengen, düsteren Giebel. Dort erwartete ihn sein Auftraggeber, der ihn so übel und erniedrigend behandelt hatte. Er traf ihn wieder hinter seinem imposanten Schreibtisch an, wo er ihn diesmal nicht in Mißtrauen erstarrt, sondern warm, lebendig und herzlich empfing. »Nun, Herr King, was haben Sie mir da gerade am Telefon gesagt? Sie haben Ihre Aufgabe erledigt? Und Sie wissen es jetzt sicher?« – King ließ sich auf einen Stuhl fallen und schlug die Beine übereinander. Er zündete eine Zigarette an und schaute, bevor er zu sprechen begann, bedächtig in den zartblauen Zigarettenrauch, der sich vor seinen Augen ringelte und verflüchtigte. Dann richtete er den Blick auf das Gesicht ihm gegenüber, das unverhohlene Spannung ausdrückte: lauernde Augen und gieriger Mund. Lauernd und begierig wartete der Kerl auf den Augenblick, um seine Beute reißen zu können wie ein Jagdhund, der gleich aus dem Zwinger ausbrechen möchte. King sagte: »Sie können sie fassen, denn sie wird gleich, am Telefon, ihre Schuld bekennen. Aber ich stelle eine Bedingung: Sie zahlen mir mein Honorar unmittelbar danach, wenn das geschehen ist, also innerhalb der nächsten drei Minuten.« – »Warum«, lautete die Frage, »warum haben Sie es so eilig? Schauen Sie, was ich hier habe, damit wir genüßlich zusammen den Erfolg feiern!« – Er zog die Schublade mit dem Genever auf. King antwortete: »Ich habe mir soeben Abstinenz auferlegt. Nach ihrem Geständnis muß ich sofort nüchtern nach Hause, um diesen Erfolg in meine Memoiren einzutragen: *Aus dem Leben eines Detektivs.* Außer Detektiv bin ich nämlich auch eine Art Zwangsneurotiker, ich muß und ich will meine Taten in Worten festhalten. Mit einem Schnaps hinter der Binde würde mir das nicht gelingen. Und wenn ich einmal am Schreiben bin, vergesse ich Sie, pardon, und mit Ihnen sogar mein Honorar und würde vielleicht deswegen nicht mehr herkommen. Oder doch, ich würde mich erinnern, aber in einer Weise, die mich nicht mehr zu Ihnen führen würde. Sie haben den Fehler begangen, mich als Automaten zu betrachten: Stecke Geld rein, und er funktioniert! Das nehme ich Ihnen ein bißchen übel. Wenn ich etwas für Sie tun soll, müssen Sie sich schon nach meinen Wünschen richten. Sie bekommen also ihr Geständnis und ich sofort darauf das Geld.« – Und schließlich befahl King: »Lassen

Sie mich sehen, ob es für mich bereitliegt!« – Dem Mann hinter dem Schreibtisch gelang es nun nicht mehr, Herzlichkeit vorzutäuschen, er schien in sein altes Mißtrauen zurückzufallen. Er sagte mit dumpfer Stimme: »Sie machen immer so viele Präliminarien, Herr King, und das behagt mir nicht besonders. Wissen Sie, daß ich, indem ich hier auf dieses Knöpfchen drücke, innerhalb von drei Sekunden Hilfe herbeirufen kann?« Er zeigte auf einen Knopf innerhalb seiner Reichweite. »Das sage ich Ihnen nur für den Fall, daß Sie mit Ihren Präliminarien nur einen Raub, einen Überfall planen und das Geständnis ausbleibt.« – Unterdessen, da er offenbar doch Angst hatte, King könne ihm seine Dienste ganz versagen, zog er die Brieftasche heraus und öffnete sie. »Ha, ha«, sagte King, »jetzt darf ich doch wohl lachen, bevor Sie mir zeigen, daß in der dicken Brieftasche noch etwas anderes ist als pornographische Ansichtskarten und ähnliche Dokumente.« – Er lachte schallend auf, zog mit einer drohenden, hinterhältigen Geste, wie man ein Messer oder einen Revolver zieht, sein Taschentuch aus der Tasche und schneuzte sich die Nase. »Hier«, sagte der Auftraggeber, »haben Sie gesehen? Hunderter und Tausender!« – »Okay«, sagte King und stand auf. »In euren Augen«, sagte er, »habe ich wohl denselben schlechten Ruf wie ein Henker, der auf die delikate Anordnung der Gerechtigkeit seine Hände schmutzig macht. Und diese Gerechtigkeit vertreten Sie hier mit Ihren Pilatushänden. Ist es da ein Wunder, daß zwischen Henker und Opfer eine Art Solidarität entsteht? Ich werde sie deshalb um Verzeihung bitten, bevor ich sie in die Schlinge treibe, die Sie ihr zugedacht haben. *Come on!*« – King griff nach dem Hörer des Telefons und drückte dem anderen die Mithörmuschel in die Hand. »Das mit dem Geld geht doch in Ordnung?« fragte er nochmals. »Natürlich, gern«, sagte der Auftraggeber und rieb sich das Gesicht, auf dem der Schweiß aus allen Poren ausbrach. Dann hörte er folgendem Gespräch zu: K.: »Bist du es, Juliette?« – J.: »Ja.« – K.: »Ich bitte dich um Verzeihung, Juliette.« – J.: »Das ist nicht nötig, Liebster.« – K.: »Ich habe die Briefe aus deinem Nähkörbchen gestohlen und auch gelesen.« – J.: ... K.: »Und dann habe ich etwas Sonderbares getan. Hör gut zu. Ich habe sie verbrannt, Juliette.« – J.: »O Liebster, und dann bittest du noch um Verzeihung, du mich!« – K.: »Wie kannst du nur so dumm sein, solche Briefe aufzubewahren. Sie hätten dir das Leben kosten können, das wußtest du hoffentlich!« – J.: »He, hattest du sie denn schon, bevor du kamst, um...« – K.: »Ja, du Dummchen, da wußte ich schon alles. Hast du noch mehr von diesen Briefen? Verdammt noch mal, du setzt dein Leben aufs Spiel!« – J.: »Ach nein, Liebster, das waren alle, die ich aufbewahrt hatte, und der Mann selbst ist ja tot.« – Sie lachte, es war ein sinnliches, schmeichelndes Lachen, es war, als streichelte sie ihm mit den Händen über Gesicht und Hals. »Liebste«, sagte King, »heute abend komme ich zu dir.« – Und er legte auf. Er saß auf der Schreibtischkante und sah auf seinen Auftraggeber herab. Der zog ein Taschentuch heraus, entfaltete es und tupfte sich damit Gesicht und Hals ab. »Das Geld!« befahl King. Der Mann hinterm Schreibtisch sah zweifelnd auf und stammelte: »Ist das etwa ein Beweis?« – King rutschte wie gestochen von der Schreibtischkante und lief zur Tür. »Nein, nein, bleiben Sie hier!« – King kam zurück und blieb dicht vorm Schreibtisch stehen. Er war leichenblaß und sagte mit heiserer Stimme: »Glauben Sie, ich hätte die Briefe wirklich verbrannt? Sie Esel! Aber jetzt werde ich es tun.« – Wieder wollte er fortgehen. »Nein, nein, lassen Sie mich zu meinem Wort stehen, machen Sie keinen Unsinn, hier ist das Geld!« – Er zerrte die Banknoten aus der Brieftasche. »Hier, Sie haben ein Recht darauf, aber machen Sie keinen Unsinn. Und die Briefe noch heute nachmittag, abgemacht?« …

Ohne sich zu besinnen ging King zu Juliette. Er läutete, und jemand öffnete die Tür, aber nicht Juliette. Es war eine alte Frau, die mühsam ein paar Stufen herabstieg: »Nein, sie ist fortgegangen. Wohin? Das weiß ich nicht. Ich weiß auch nicht, wann sie wieder zurückkommt. Nein, sie hat nichts gesagt.« – »Wer sind Sie eigentlich?« fragte King. »Ich?« sagte die alte Frau. »Sie hat die Wohnung von mir gemietet.« – King suchte in seiner Tasche und gab ihr hundert Gulden. »Tun Sie mir einen Gefallen«, sagte er, »und sagen Sie ihr, wenn Sie sie sehen, sie solle sofort, aber sofort zu mir kommen, ich muß sie sehr dringend sprechen. Ich heiße King. Passen Sie auf. Das alles muß geheim bleiben, ganz geheim.« – Danach rannte er auf die Straße und schaute sich um, ob er sie nicht zufällig sah. Er rief ein Taxi und ließ sich rasch nach Hause fahren. Dort stellte er sich vors Fenster, während die Wirtin hinter ihm seinen Koffer packte. »Nicht zuviel«, sagte er, »ich muß mich nur waschen, rasieren und zum Essen umkleiden können. Der Rest ist Larifari. Du wirst mich wiedersehen, wenn ich wieder arm bin, aber dann mit ihr, auf jeden Fall mit ihr zusammen. Und dann gibt es für mich sicher wieder ein Rätsel zu lösen, sonst machen wir, sie und ich, selber eines. Schließlich haben wir einander erprobt und sind einander ebenbürtig.« – Die Wirtin faltete seinen Smoking zusammen und seufzte: »Wenn sie nur schon da wäre!« – »Sie kommt«, sagte King. Er stand vorm Fenster und schaute auf die Straße hinunter. Sein Herz klopfte sehr langsam, sehr schwer. Sie kommt, sie *mußte* kommen. Und wenn sie nicht kam, würde er sie holen, wo immer sie auch war. Er dachte an seine Memoiren: *Aus dem Leben eines Detektivs.* Ohne sich umzudrehen sagte er: »Pack vor allem auch die Papiere dort in den Koffer, es sind meine Memoiren.« – Wenn sie nicht kam, war es die Katastrophe kurz vor Toresschluß, dann würde die letzte Seite des Abenteuers fehlen, und der Ausgang würde für den Leser für alle Ewigkeit ein unerträgliches Rätsel bleiben. Eher würde er sich erhängen, nachdem er seine Memoiren wie Juliettes Briefe verbrannt hatte, als sein künstlerisches Gewissen mit einer solchen Sünde zu belasten. Man kann alles tun, grübelte er und stand dabei so nahe am Fenster, daß seine Nasenspitze das Glas berührte, man kann alles tun, einen Mord, einen Diebstahl oder was auch immer. Aber es läßt sich kein Grund und kein Motiv ausdenken als Entschuldigung für mangelnde künstlerische Integrität. Denn wenn ich an meinen Memoiren schreibe, bin ich nicht mehr King, sondern gleichsam ein allmächtiger Gott in meinem eigenen Universum. Und wäre ich das nicht, wäre ich nur King, ein Philosoph mit heftig klopfendem Herzen, dann stürzt das Universum ein, und die Papiere, die ich als meine Memoiren bezeichne, werden hoffentlich in Flammen aufgehen und als Asche im Schutt verwehen …

Da läutete es. Die alte Frau stand vor der Tür. Paß auf! Die Treppe hat vierundzwanzig Stufen. Ich war mit vier, fünf Sprüngen unten in der Diele und riß die Tür auf. Paß auf! Die alte Frau blickte erschrocken in mein Gesicht und wich zurück. Sie sagte: »Sie sehen aus, als wären Sie vom Teufel besessen, so sind Sie die Treppe heruntergestürmt.« – »Nun?« fragte ich. Sie sagte: »Ich habe es herausgefunden. Sie ist, wie sie es in letzter Zeit öfter getan hat, zu ihrer Familie gefahren, die wohnt in A. Ich hoffe, Sie wissen, wo das ist, dieses A.« – Ich antwortete: »Ich weiß es, danke schön.« – Ich versuchte zu lächeln und suchte in meiner Tasche nach Geld. »Nein«, sagte sie, »hundert Gulden sind genug für die kleine Information. Ich habe nur gefragt: Kommt die Dame heute noch zurück? Und er sagte darauf: Nein, sie ist nach A. gefahren.« – Ich lächelte mit bebenden Lippen, nickte verstehend und zugleich abweisend und warf dann unbeherrscht die Tür ins Schloß. Ich flog die Treppe hinauf, griff zum Telefon, gab ein Telegramm auf und bestellte ein Taxi. Eine Stunde später saß ich im Zug nach A. Es war eine Reise von gut vier Stunden. Genau wie mein King wollte ich versuchen, an nichts zu denken und mir nichts im voraus vorzustellen. Mein ganzes Leben der letzten Monate mündete in diesen Entschluß. Wenn ich ihr begegnete, durfte kein Mißverstehen aufkommen. Ich durfte ihren vagen Reden ebensowenig eine Chance geben wie meiner Feigheit. Bald würde ich ihr begegnen, eine Begegnung, die alles entschied und die Seite über die Enträtselung des einsamen Abenteuers diktieren würde. Vier lange Stunden dauerte die Reise, und vier lange Stunden saß ich wie erstarrt, mit geschlossenen Augen und heftig klopfendem Herzen da. Der polternde Rhythmus des Zuges rüttelte meine Phantasien kaputt. Um nicht darüber nachzudenken, was mich erwartete, spann ich meine Phantasien weiter über King, der vorm Fenster stand. Ein Polizeiwagen jagte quietschend um die Ecke, um King, den Schwindler, zu holen. Er wollte aufs Dach flüchten, begriff aber, daß er schließlich doch gefaßt würde. Darum wollte er das Geld, das er seinem Auftraggeber abgeluchst hatte, lieber irgendwo verstecken. Aber wo? Aber wo? Der Rhythmus des Zuges rüttelte meine Phantasien kaputt. Ich wußte nicht mehr, warum ich King über die Dächer laufen ließ. War ihm denn nachzuweisen, daß er den Kerl beschwindelt hatte? Vielleicht nicht. Aber warum sollte er dann das Geld verstecken? Warum denn auch? ... Auf dem Bahnhof in A. ging ich langsam, mit steifen Beinen zur Cafeteria. Und dort saß Alide. »Tag, Alide«, sagte ich, »Tag, Alide.« – Draußen war es dunkel. »Komm«, sagte sie, »komm mit.« – Draußen an der Schmalseite des Bahnhofs, wo keine Laterne brannte und es stockdunkel war, blieben wir stehen. Sie legte mir die Arme um den Hals und schluchzte: »Endlich, mein Liebster, endlich.« – Mit Wange und Mund streichelte sie mein Gesicht. Es war, als hätte sie mich tot geglaubt und jetzt wiedergefunden. Es war, als stürbe ich und als versuchte sie, mich dem Tod zu entreißen. Dann nahmen wir ein Taxi zum *Parkhotel*. Im Taxi schmiegten wir uns in tiefstem Liebeskummer aneinander. Bevor wir ausstiegen, schaute sie mich eindringlich an. »Wir dürfen dort durch nichts Außergewöhnliches auffallen«, sagte sie. Ich nahm ein Zimmer und bestellte sogleich einen Tisch im Restaurant. »Du siehst aus wie ein kranker Landstreicher«, sagte sie, als wir das Zimmer betraten. »Was um Himmels willen hast du gemacht?« – Ich nahm ein Bad, rasierte mich und wechselte den Anzug. Als ich herauskam, sah ich sie vor dem Spiegel stehen. Ich sah das Spiegelbild ihres Gesichtes, ihres edlen, schmalen Gesichtes. Dann stellte ich mich neben sie und ergriff ihren Arm. »Sieh mal«, sagte ich. Sehr aufmerksam betrachteten wir gegenseitig unser Bild im Spiegelrahmen. »Du siehst noch immer aus wie ein verirrter Engel«, sagte ich. »Nichts kann dir je etwas anhaben. Bist du das, die vor dem Bahnhof geweint hat? Deine Wangen waren heiß vor Tränen.« – Und ich streichelte mit einem Finger ihre Wange. »Deine Wange ist kühl«, sagte ich. Sie schlang die Arme um meinen Hals. »Mein Mund ist warm«, sagte sie. Sie küßte mich und sah mich dann wieder zärtlich und lieb an. »Bei dir«, sagte sie, »fühle ich mich wohl. Ich liebe dich. Wenn du nicht bei mir bist, ist das wie eine Wunde in meiner Seele, und ich habe immer Schmerzen, immer nur Schmerzen.« Sie legte ihren schmalen Kopf mit einem flehenden Lächeln an meine Schulter. »Und sobald du bei mir bist, erlebe ich eine Genesung, eine wundersame Genesung.« – Sie lächelte mit halbgeschlossenen Augen, und ich konnte mit ihr lächeln, denn ich wußte, was das bedeutete, eine wundersame Genesung. In meinem Gesicht zuckte kein einziger Nerv mehr. Wir speisten unten im Restaurant. Arm in Arm betraten wir den Saal, Fuß an Fuß und Auge in Auge saßen wir am Tisch. Hinten im Saal war Musik, es wurde getanzt. Später am Abend tanzten wir auch. Ich hielt sie eng an mich gepreßt, sie neigte ernst und verträumt den Kopf. Während wir tanzten, fragte ich: »Liebst du mich?« – Sie sagte: »Ich liebe dich.« – Ich fragte: »Kommst du jetzt mit mir zurück?« – Sie sagte: »Laß uns nicht darüber reden, wir wollen jetzt nur zusammensein.« Da dachte ich: Dies ist der Augenblick. Ich sagte: »Wir *müssen* darüber reden, komm mit.« – Ich nahm sie bei der Hand und führte sie aus dem Saal. Wir zogen unsere Mäntel an und gingen auf die Terrasse. »Sollen wir in den Park gehen?« – »Nein«, sagte sie, »gib mir eine Zigarette!« – Es war eine helle Nacht mit Mond und Sternen. Die Bäume des Parks zeichneten sich groß und schwarz vor dem Himmel ab. Ich stand neben ihr auf der Terrasse. Sie schaute mich an, ihr Blick war dunkel, erwartungsvoll. Ich sagte: »Alide, ich werde dir jetzt etwas sagen, was ich noch nie gesagt habe. Ohne dich gehe ich vor die Hunde. Ich brauche dich. Ich wäre glücklich und würde arbeiten, wenn du wieder bei mir wärst. Du weißt doch, daß ich etwas kann, daß sich die Mühe lohnen würde. Wenn du mich liebst, dann sei in

Gottes Namen so großmütig und atme in meiner Nähe, selbst wenn es jemanden gibt, der deine Sinne gefangenhält und dich verführt in einer Weise, die dich überwältigt, selbst dann! Geh meinetwegen mit Peps ins Bett, was bedeutet das schon. Denn wenn du bei mir bist und zu mir gehörst, brauche ich zum Beispiel nicht mehr zu trinken ... und daraus ergibt sich alles weitere. Dann liege ich im Gang, Alide, den Kopf nahe zur Treppenöffnung, so liege ich da und warte auf dich. Komm in Gottes Namen zu mir zurück ...« Wir faßten einander an den Händen und legten unsere Gesichter sehnsüchtig aneinander. Während ihr heiße Tränen übers Gesicht rannen, sagte sie: »Ich kann nicht, ich kann nicht, noch nicht. Ich komme nicht los von ihm, wenn ich bei dir bin, und von dir, wenn ich wieder bei ihm bin. Verzeih mir. Du zwingst mich, einen von euch zu verleugnen. Wenn es denn sein muß, dann das Schlimmste, dann muß ich dich verleugnen. Oh, könntest du mich nur hassen, denn ich kann nicht anders handeln, vorläufig jedenfalls. Haß mich, haß mich doch ...« Und unterdessen klammerte sie sich an meine Hände, als würde sie ertrinken. Und den Kopf drückte sie an den meinen, als wäre er sonst gar zu einsam im ewigen Weltall. Ich dachte: Das ist endgültig das Ende. »Liebste«, sagte ich darauf, »ich habe dich so schrecklich gehaßt, daß ich dich ermorden wollte.« – Sie antwortete: »Hättest du es nur getan, ich würde dir alles verzeihen.« – »Liebste«, sagte ich wieder, »ich gehe jetzt fort, für immer. Leb wohl.« – Sie antwortete: »Leb wohl.« – »Liebste«, sagte ich zum drittenmal, »zum Abschied tanzen wir noch einmal miteinander.« Wieder gingen wir Arm in Arm in den Saal zurück, wo eben ein Walzer anfing. Wir tanzten ruhig und konzentriert, und ich sah, daß ihr Gesicht ganz blaß geworden war. Ich spürte, sie glaubte mir nicht, daß dies nun endgültig das Ende sei. Doch als der Walzer zu Ende war, brachte ich sie zum Tisch zurück, an dem wir gegessen hatten. »Leb wohl«, sagte ich. Sie antwortete nicht. Sie sah mich tief erschüttert und elend an. »Leb wohl.« – Damit wandte ich mich um. Mir war, als wellte sich der Boden unter meinen Füßen. Ich schaute mich nicht um. Ich ließ mich vom Fahrstuhl nach oben, in unser Zimmer bringen. Dort packte ich meinen Koffer. Und dann fuhr ich wieder hinunter, bezahlte die Rechnung und nahm ein Taxi, das mich bis zu meiner Haustür brachte. Es war früher Morgen, eine fahle, unbestimmte Zeit. Ich ging hinauf und ließ mich aufs Bett fallen. Ich dachte an nichts mehr. Ich fiel in den Schlaf und erwachte Stunden, viele Stunden später. Und dann griff ich zum Manuskript von *King und Juliette* und schrieb die folgenden Seiten, die ich Epilog nennen könnte …

Epilog

King, der am Fenster nach Juliette Ausschau gehalten hatte, änderte seinen Plan. Er wollte nicht länger tatenlos warten. Er ging fort und bezog Posten vor ihrem Haus. Das dauerte bis zur Abenddämmerung. Dann sah er sie heimkehren. Er hatte ja versprochen, daß er abends zu ihr kommen werde. Doch das Wiedersehen vor dem Haus mißglückte, es war weder unbefangen noch freudig. Sie schien zu erschrecken und sagte: »Aber Junge, du bist ja schon da!« – Er nahm ihre Hände, neigte sich verliebt und besonders aufmerksam zu ihr und sagte: »Tag, Juliette.« – Er bemerkte, daß sie keinen Lippenstift aufgelegt hatte, vielleicht hatte jemand ihn abgeküßt. Er sah, daß ihre Augen befriedigt glänzten wie nach einem Liebesabenteuer. Er sah auch, daß ihre Bluse zerknittert war, als hätte eine Hand darunter gewühlt. Er tat, als entgehe ihm das alles, und sagte: »Geh nicht hinauf, ich habe einen wunderbaren Plan. Wir gehen irgendwo an einem hübschen Ort essen.« – Mit dem hübschen Ort meinte er ein Restaurant. Sie machte zuerst Einwände: »Ich muß mich doch vorher ein wenig frisch machen. Ich war einkaufen und fühle mich ganz zerknautscht, merkst du das nicht? So fühle ich mich wirklich nicht wohl.« – »Das ist nur Einbildung«, sagte er unbekümmert. »Komm, wir nehmen einfach ein Taxi, und im Restaurant kannst du dich in der Toilette immer noch frisch machen, wenn du es für nötig hältst.« – Sie ließ sich überreden. Im Taxi nahm er sie in den Arm und küßte sie. Er prüfte heimlich, ob er Spuren von den Küssen, die sie am Nachmittag mit dem Unbekannten gewechselt hatte, an ihr entdecken konnte. Ihre Lippen erschienen ihm fader und weniger aufreizend als sonst. Aber auch so fand er Gefallen daran. »Liebster«, sagte sie, »ich fühle mich einfach nicht wohl ohne ordentliches Make-up. Soll ich dir etwas gestehen? Bevor wir uns treffen, nehme ich sonst immer ein Bad und brauche Stunden für mein Make-up.« – »Ja«, sagte er überzeugt, »du liebst mich.« – »Sag, Liebster«, begann sie wieder, »es ist lieb von dir, daß du mir trotz jener Briefe nicht böse bist.« – Er drückte sie nur fester an sich. Einen Augenblick lang verspürte er die Neigung, sie so fest zu drücken, daß er sie zum Schluß tot in den Armen hielt. Eine tote Juliette, die ihm allein gehörte, als hätte er sie erschaffen. So kam es, daß sein Arm vor verhaltener Lust zu zittern begann. »Liebster«, sagte sie zum drittenmal, »bleibst du heute nacht bei mir?« – Er ließ den Arm jetzt sichtbar zittern und antwortete: »Nicht nur heute nacht, mein ganzes Leben lang, und zwar so endgültig und unbedingt, als wäre ich tot. Denn Tote vergißt man nicht, das meint man nur. Tote leben weiter, gerade weil sie einmal gelebt haben, begreifst du das?« – Doch Juliette ließ ihn ruhig reden, das einzige, was sie wahrnahm, war das Zittern seines Armes und seine Lust. Sie kamen zu einem romantisch gelegenen, kleinen alten Hotel mitten in einem uralten Garten, der an einen See grenzte. Es lag weitab von der bewohnten Welt. Eine Wirtin mit feuchten braunen Augen empfing sie zuvorkommend. Sie war alt und sentimental und hatte auf den ersten Blick gesehen, daß da ein Liebespaar ankam. Ach, die Liebe ist doch etwas Wunderbares im Leben junger Menschen! Sie ist allerdings manchmal auch ein Gift, das wußte die Wirtin sehr wohl, das, in falscher

Dosierung genossen, gefährlich werden konnte. Aber diese beiden genossen es richtig, sie waren wirklich eine Wonne fürs Auge, gesund und warmen Herzens, mit glänzenden Augen ... King saß allein am Tisch, Juliette war zur Toilette gegangen. Er streckte faul die Beine von sich und schaute durchs Fenster in den mondhellen Garten. Etwas weiter sah er den See, dessen Wasser silbern spiegelte. Am Ufer lagen Boote. Im Sommer wurde dort in der Sonne geschwommen und getobt, gerudert, geträumt und geflirtet. Dann ertönte Grammophonmusik, zu der im Garten getanzt wurde. Die Wirtin blieb neben ihm stehen und sah wohlwollend in sein träumerisch verliebtes Gesicht. »Ist es hier warm genug?« fragte sie und legte noch ein paar Scheite aufs Holzfeuer. Das Feuer wurde lebendig, es knisterte im berstenden Holz und züngelte in schönen gelben Flammen empor. King hielt die Hände darüber, seine Hände waren weiß und kräftig und zitterten nicht. Er sagte zur Wirtin: »Wir möchten hier essen, liebes Mütterchen.« – Juliette kam zurück und lachte ihm schon von weitem entgegen. Ihre Augen glänzten, ihr Mund war rot wie Blut. Sie setzte sich ihm gegenüber ans Feuer, die Füße gegen die seinen gestützt. King sagte: »Weißt du, liebste Juliette, von welcher Adresse aus ich dich heute nachmittag angerufen habe?« – Und er nannte unerschrocken den Namen seines Auftraggebers. Sie erblaßte, doch King lachte beschwichtigend und griff rasch nach ihren Händen. »Er will dich an den Galgen bringen«, sagte er, »wie du wohl weißt, aber das wird nicht geschehen, du bist viel zu lieb.« – Er fühlte, wie ihre Hände feucht wurden, in den Augen stieg kalter Argwohn auf. »Und mir hat er den Auftrag dazu gegeben«, fuhr er fort, »und die dafür versprochene Summe habe ich in der Tasche.« – Sie versuchte, ihre Hände mit einem Ruck aus den seinen zu befreien, doch es gelang ihr nicht. »Verräter«, sagte sie mit einer Stimme, die er noch nie von ihr gehört hatte. Seine Hände hielten die ihren ruhig, aber stahlhart umfangen. »Dachtest du etwa«, fragte er in tiefem, zärtlichen Ton, »daß ich dich verraten hätte? Niemals, niemals!« – Unterdessen beobachtete er aufmerksam ihr Gesicht, dieses wunderschöne, harte und lieblose Gesicht, das so gefährlich und abweisend war. Sie sagte, wiederum mit der fremden Stimme, die jeglichen Schmelz verloren hatte und gemein und bösartig klang: »Also du hast mitgemacht, du hast dich mit meinem ärgsten Feind eingelassen, das hast du also gewagt.« – Er betrachtete sie aufmerksam. Er las in ihren Augen keine Enttäuschung, sondern nur blanken Haß. Er wußte, daß sie ihn umbringen könnte. »Still«, sagte er und lächelte. Sie lächelte zurück. Mit ineinander verschlungenen Händen blieben sie sitzen. Die Wirtin deckte den Tisch, ließ ihre feuchten braunen Augen über das Paar schweifen und nahm entzückt an ihrem Lächeln teil. Als sie hinausgegangen war, nahm Kings Gesicht wieder den Ausdruck größter Aufmerksamkeit an und das ihre den gnadenlos kalten Hasses. »Hör zu«, sagte King, »der Mann wird dich bis ans Ende deiner Tage verfolgen, und die Möglichkeit besteht, daß er einmal einen King findet, der sich nicht in sein Opfer verliebt. Ich habe dich natürlich geschont und ihm sein Blutgeld abgeschwindelt. Der Mann wird uns nicht mehr zur Last fallen. Weißt du jetzt, wie gut ich es mit dir meine, und was ich mit deinen Feinden tun werde, wer immer das auch sei?« – Er ließ ihre Hände los, lehnte sich in den Sessel zurück und schaute sie erwartungsvoll an. Seine Augen glänzten, und um seinen Mund spielte ein leichtes Lächeln. Er sah, daß in ihren Augen eine Glut aufstieg und daß sich auch um ihren Mund ein Lächeln ausbreitete, das sie warm und zärtlich machte und verjüngte. Sie stand auf, hockte sich vor seinen Knien auf den Boden und schaute so zu ihm auf. So also hob sie ihr warmes, zärtliches Gesicht zu ihm empor. Ihre Augen strahlten, als sie sagte: »Du läßt mich also nicht im Stich?« – Darauf streckte er die Hände aus, legte sie um ihren Kopf und beugte sich über sie. »Niemals«, sagte er, »niemals.« – In diesem Augenblick kam die Wirtin wieder herein und brachte das Essen. »Ihr jungen Leute werdet herrlich speisen«, sagte sie und warf ihnen einen feuchten, gerührten Blick zu. »Wieso denken Sie das?« fragte King. »Abgesehen davon, daß Ihre Küche natürlich ausgezeichnet ist?« – Beide, King und Juliette, schauten lachend zu ihr auf. Es war wie ein Bild, diese beiden jungen Menschen, ein Bild, das *das Glück* darstellte. »Verliebte Leute«, sagte sie als Erklärung. Dann warf sie noch ein paar Scheite aufs Feuer und ließ sie wieder allein. Sie saßen Fuß an Fuß und Auge in Auge. King schenkte Wein in die Gläser und hob sein Glas. »Auf das Glück«, sagte er, sah gedankenvoll in sein Glas, stellte es aber wieder hin, ohne daraus zu trinken. »Du hast nicht getrunken«, sagte Juliette besorgt. Sie setzte sich gerade hin, legte aber beide Hände auf den Tisch mit einer Geste der Wehrlosigkeit und Ergebung. King griff in seine Innentasche und zeigte ihr ein Bündel vieler dicht beschriebener Seiten. »Schau«, sagte er, »das habe ich geschrieben: *Aus dem Leben eines Detektivs*. Es fehlt noch eine Seite, dann ist es ein Roman. Solange diese nicht geschrieben ist, werde ich nicht trinken.« – Er beugte sich zu ihr vor: »Und mehr steckt nicht dahinter.« – Seine Augen leuchteten hell in verliebtem und verschwörerischem Glanz. »Was noch in dem Fläschchen übrig ist«, sagte er leise, »heben wir uns für einen anderen Zweck auf.« – »Wofür?« – Juliettes schöne, federleichte Hände schoben sich näher heran, ihr Gesicht wurde dunkelrot. »Damit«, sagte King, »sichern wir uns unsere Ruhe, verstehst du?« – Sie lächelte, ihre Zähne glänzten feucht und weiß. Sie drängte ihren Fuß zwischen Kings Füße und schaute ihm dabei tief in die Augen. »Wie denn?« fragte sie unsicher. »Dafür sorge ich«, sagte er, »ich werde ihm sagen, daß du die Briefe zurückgestohlen hast, und dann, wenn ich einen Schnaps mit ihm trinke, nehme ich die Gelegenheit wahr.« Er beugte sich tiefer zu ihr vor und flüsterte ihr mit vor Leidenschaft stockendem Atem die prächtigste Liebeserklärung ins Ohr, die eine Giftmischerin je verlangen kann: »In deinem Namen werde ich sein Herz zum Stillstand bringen, in deinem Namen ihn zur Hölle schicken. Gesegnet sei dein Name. Und wenn das geschehen ist, steht keine Gefahr mehr zwischen uns, dann sind wir eins, und niemand wird uns jemals trennen können...« Sie küßten sich über dem Tisch. Die leichte Berührung ihrer Lippen war zugleich die glühendste Besiegelung einer schrecklichen Leidenschaft. Juliette langte nach ihrer Tasche. Ihre Hände zitterten, griffen aber zielbewußt und resolut hinein. »Hier«, sagte sie und reichte ihm etwas hinüber, das sie in ihrer zur Faust geballten Hand verborgen hielt. Er fühlte, wie sie ihm ein kleines herzförmiges Fläschchen in die Hand drückte. Er hielt es so lange in der Faust fest, bis es ebenso warm war wie sein Handteller. Er fühlte Juliettes Fuß an seinem Bein entlang streichen, sah ihre grauen Augen heiß und glänzend in den seinen ruhen. »Es ist ein Herz«, sagte er, »das ich da in der Hand halte. Ich werde es zerbrechen, zermalmen.« – Da spürte er Juliettes Fuß zwischen seinen Knien. Er packte den Fuß und klemmte ihn so fest zwischen seine Beine, daß sie vor Schmerz aufschrie und ihre Augen sich vor Leidenschaft verengten.

Den Kaffee nach dem Essen tranken sie am Holzfeuer. Eine große Mattigkeit hatte Juliette befallen, die sie gleichsam in den niedrigen tiefen Sessel gedrückt hatte. Sie lag weit hintenübergelehnt und wandte den schönen schmalen Kopf dem Feuer zu. Die spielenden Flammen warfen Lichter und Schatten auf ihr Gesicht, das aus der Dunkelheit auftauchte und wieder darin versank. Ihre Stimme klang träge und schmeichelnd. »Heute nacht«, sagte sie, »mußt du sehr lieb sein.« King stand auf und kniete vor sie nieder. Er legte die Hand ganz leicht in ihren Schoß. »Warum?« fragte er verliebt. »Erklär es mir.« – Sie schwieg, lächelte mit geschlossenen Augen, legte ihre Hand auf die seine, die in ihrem Schoß ruhte, und drückte sie an sich. Dann sagte er leise: »Ich werde lieb sein, ungeheuer lieb!« – Und er stand auf. »Wir gehen natürlich nicht fort, wir bleiben heute nacht hier. Ich will das gleich besprechen.« – Sie blieb sitzen mit geschlossenen Augen und dem satten Lächeln des Verlangens ...

King verließ also die Gaststube und betrat den Gang, der zur Küche der Wirtin führte. Aber er ging an der geschlossenen Küchentür vorbei. Er nahm seinen Mantel und lief hinaus. Der Garten hinter dem Haus lag in hellem Mondlicht, die Bäume hoben sich groß und schwarz vor einem Hintergrund von Wiesen ab. Rechts vom Garten war das Wasser, der See bildete hier eine Bucht. Das Wasser glänzte dunkel unter der runden Uferböschung aus Binsen und Sträuchern. Er lief dorthin. Er steckte die Hände in die Manteltasche und spürte darunter, in der Tasche seines Jacketts, das Giftfläschchen. Spähend blickte er übers Wasser. Am Horizont der Dunkelheit war es so still, daß er sich wunderte, wie rasch ein Mensch dem Leben hinter sich entfliehen kann. Er knöpfte den Mantel auf und zog das Fläschchen aus der Jackettasche. »Das ist ihr Herz«, sagte er. Er hob es an den Mund und küßte es. Dann warf er es ins Wasser. »Jetzt ist es vorbei«, sagte er zu sich selbst. Er knöpfte den Mantel wieder zu und beugte sich über einen Pfahl. Er wickelte ein Tau los, stieg in das Boot und griff nach den Riemen. Mit kräftigen, breiten Schlägen ruderte er auf den See hinaus. Niemand hielt ihn zurück. Der Mond stand blaß und leuchtend in der Dunkelheit, die Sterne funkelten, das Wasser sang unter den Ruderblättern. Er dachte: Dort drüben sitzt eine Frau. Sie hat kein Herz. Sie wartet auf mich, aber ich existiere nicht mehr. King, der seltsame Abenteurer, der so geschickt und gemein, so verschlagen und romantisch sein konnte, ist tot. Wie soll ich nun die letzte Seite schreiben? *Aus dem Leben eines Detektivs*: Wie mache ich daraus einen Roman? Unterdessen war er in der Mitte des Sees angelangt. Er ließ die Ruder sinken und sah sich um. Ganz fern sah er ein kleines Licht, dort mußte sie sein. Der kleinste Stern über ihm war in seinem Funkeln schöner, geheimnisvoller und wirklicher. Er schaute empor. Er fühlte sich unsäglich klein und dankbar. Auf die letzte Seite kommt es nicht mehr an, dachte er. Er zog das Manuskript *Aus dem Leben eines Detektivs* aus der Tasche. Er hob die Seiten an den Mund und küßte sie aus Dankbarkeit, wie er zuvor das Herz aus Dankbarkeit geküßt hatte. Er dachte: Die letzte Seite ist vielleicht nicht mehr meine Aufgabe. – Er zerriß die Seiten in hundert Fetzen und warf sie ins Wasser. »Das ist nun auch vorbei«, sagte er. Dann nahm er die Riemen auf und ruderte weiter über den See, hinüber auf die andere Seite. Er hatte Lust zu singen, tat es aber nicht. Einen Lobgesang auf die Sterne. Doch er fürchtete sich vor seiner schwachen Stimme. Und an der anderen Seite sprang er ans Ufer. Er dachte: Dies ist die Welt, hat es mich je gegeben?

Anna Blaman (eigentlich Johanna Petronella Vrugt), geboren 1905 in Rotterdam, war dort Lehrerin. In den fünfziger Jahren Reisen durch Frankreich, Italien und Marokko. Vorlesungen über Simone de Beauvoir und Albert Camus, übersetzte u. a. *Die schmutzigen Hände* von Jean Paul Sartre und Brechts *Mutter Courage.* 1939 erschien Anna Blamans erste Erzählung, es folgten u. a. die Romane *Vrouw en vriend* (1941), Einsames Abenteuer *(Eenzaam avontuur,* 1948), ausgezeichnet mit zwei Literaturpreisen, *Op leeven en dood* (1954), *De verliezers* (postum) und mehrere Erzählbände. Anna Blaman starb 1960. Sie gilt heute als Klassikerin der modernen niederländischen Literatur. Ihr Werk wurde mit dem Van der Hoogt-Preis ausgezeichnet.

H. D.
(Hilda Doolittle)
Das Ende der Qual
Eine Erinnerung an Ezra Pound
Herausgegeben von Norman Holmes Pearson
und Michael King
Aus dem Amerikanischen
von Andrea Spingler
Mit einem biographischen Essay
von Renate Stendhal
144 S. Fotos. Geb.

»Die Aufzeichnung der 72jährigen Dichterin und einstigen Verlobten von Ezra Pound, H. D. oder: Hilda Doolittle, im Sanatorium in Küsnacht sind ein Lebensrückblick in abgewandelter Tagebuchform. In dem ihr eigenen freiassoziativen Stil mit magischen Zeitsprüngen und der Überlagerung von mythischen, imaginären und realen Personen scheinen die tieferen Dimensionen ihres Lebens auf: im Wechsel von analytischer Erkenntnis, mystischer Erleuchtung und Depression ein einsames Ringen um das Wort – und um das eigene Selbst. Unter der Führung des Psychiaters Dr. Erich Heydt kehrte H. D. zu ihren entscheidenden Anfängen zurück – zu ihrer ›Entdeckung‹ durch Ezra Pound – und gestand sich widerstrebend Pounds zentrale Bedeutung für ihr Leben ein.«

Aus dem Vorwort von Renate Stendhal

Gertrude Stein
Drei Leben
Erzählungen
Mit einem Vorwort von Cesare Pavese
Aus dem Amerikanischen von Brigitte Gerlinghoff
320 Seiten. Broschur

›Die gute Anna‹, ›Melanctha‹, ›Die sanfte Lena‹: Die Lebens- und Leidenswege dreier Frauen aus dem Amerika um 1900 oder: der Beginn der amerikanischen Prosa im 20. Jahrhundert. »›Drei Leben‹ ist ohne Zweifel ein stilistisches Meisterwerk, eines jener exemplarischen Werke, mit denen die künstlerische Laufbahn eines Menschen beginnt, für den der sprachliche Ausdruck das eigentliche Problem und zuweilen die Monomanie seines ganzen Lebens sein wird.«

Aus dem Vorwort von Cesare Pavese